i

为了人与书的相遇

THE MESS-CULTURE
只有大众
没有文化

反 抗 一 个 平 庸 时 代

增订版

王小峰 著

广西师范大学出版社
·桂林·

再版序
属于我们的精彩，早已经不复存在

这本书首次出版于 2015 年，书出来后，为了感谢我采访过的那些人，我送给他们每人一本留作纪念。跟黄舒骏先生联系的时候，我说："这本书的名字叫《只有大众，没有文化》，想必您知道书名是受到哪一首歌的某句歌词的启发。"黄先生回道："心里有这么猜想，您说了我就比较确定了。"

书名取自第一版序言中的一句话，这句话当然源自黄舒骏的《改变 1995》："只有流行，没有音乐，我看你眼不见为净，也是好事一件。"

我很喜欢这首歌。我在 1995 年正式进入媒体做记者，歌词里回顾的事件是我做记者后发生的。每次听这首歌，都能勾起我回忆很多往事。我清晰地记得，有一天，一个朋友打电话给我："你知道吗？邓丽君去世了。"我愣了半天，一瞬间感觉天塌下了一半。《泰坦尼克号》在美国上映时，我在一家报纸做编辑，我和一个朋友忙活好几天，编了整整两大版《泰坦尼克号》的介绍。还有老鹰复出、王子在脸上刻上"奴隶"、桑塔纳获得格莱美奖、收到一个朋友带给我的多利羊的 T 恤……

做记者的好处是，可以有意识地去关注世界上发生的大事，并且从不同的角度去分析、判断这些事件，虽说是带有工作性质，时间长了，也会融入其中，成为一个旁观者、见证者，而不是像今天社交媒体上，人们关注新闻事件是为了证明自己还活着，评判一件事是为了吸引眼球。

是的，一切都变了。

《只有大众，没有文化》第一版面世时，我甚至都没有意识到，这些曾经为一个时代奉献了很多精彩内容的人，已经走向终结。他们或是在悬崖边死死抠住石缝，不让自己掉下去；或是以一种尴尬的方式谢幕。这，仅仅只过了五年的时间。

这不是青出于蓝式的进化，而是黄鼠狼下耗子式的退化，正如过去一首歌里唱的那样："一片贫瘠的土地上，收获着微薄的希望。"

黄舒骏在《改变1995》里伤感地唱着："属于我们的精彩，早已经不复存在……"他好像手里拿着一个水晶球，预见到了一个又一个未来。

我不是个恋旧的人，我更喜欢新鲜事物，我们常说，回顾过去，展望未来。可有时候怀旧，是因为看不到未来。我从《三联生活周刊》辞职后，不再关注当下的文化现象，有种如释重负的感觉，眼不见为净，也是好事一件。

我感到荣幸的是，在我做记者的这段时间，曾经与那些出色的文化人活在同一时代，甚至有机会去评论、采访他们。现在，这一页不可逆地翻过去了，就像一本书翻完最后一页，合上。

2019 年 5 月

序

这本书的内容都是过去十几年我在《三联生活周刊》上发表的采访和评论。以前曾有出版社希望把这些文字集结成书，但我心里一直很抗拒这件事，一是这十几年写的文字有多少我没统计过，估计有几百万字，一想就头大，更别说再整理一遍了，而且在电脑里放得随处都是，找起来也麻烦，有些文稿因为更换电脑可能早就丢失了；二是我从来不喜欢看我过去写的文字，当初采访过谁，什么内容，我快忘得差不多了；三是这些文字大都有时效性，时隔多年再拿出来，肯定不禁看，也有些过时，甚至有些幼稚，有些观点、看法我可能早就变了，自己看都觉得矛盾；四是这些文字当初都是为了出刊，在时间紧、任务重的情况下写就的，常常是在发稿的最后一刻才写完，有点萝卜快了不洗泥。所以，我心里最清楚：没有一篇让我满意。

之所以还要拿出来献丑，主要是编辑罗丹妮跟我说过好多次，希望能出成书，并且给我讲了诸多道理，我才有一搭无一搭找出几篇文章看看。有些文字虽然是写人，但主题大都围绕文化、艺术、娱乐、商业、受众、审美等话题展开，说来说去说的还是大众文化。这些文字记录了过去十多年中国大众文化的一些点与面，以及中国进入商业时代后在各种规则不健全下产生的种种文化怪象和幼稚的文化消费心理。既然是记录过程，连大众文化自身都那么幼稚混乱，我在写作过程中肯定也有局限和理解上的肤浅。再看这些文字，发现时过境迁，物已不是人已全非，但是那些大众文化的核心问题依然存在，我们依然没有吸取教训，继续在错误的地基上疯狂地生长。虽然这些文字没有从正面去探讨中国大众文化问题，但我从事记者工作这些年来，心里始终绷着"大众文化"这根弦，试图通过每一次采访来检验自己对大众文化的理解。如果说这些文字在今天还有点可读性的话，那还要感谢中国大众文化至今还没有解决的自身的问题。

中国是一个历史悠久的国家，过去它的大众文化都是在非商业环境下形成的，经过千百年的积淀变成一种生活习惯、伦理道德、世俗风情、处世哲学、人情世故……它的文化，都是出于一个目的——为了生存，而不是为了生活。如果按照英国学者雷蒙·威廉斯对"大众文化"定义的标准，中国的大众文化过去恰恰缺少商品市场属性，它更像威廉斯形容的"生气勃勃的大杂烩，政治倾向加上大众的欣赏趣味"[1]。正是因为大众文化商品市场属性的缺失，我们一直没有真正明白大众文化究竟是什么。真正的大众文化是在解决生存问题的前提下，为了满足精神需求才出现的，它的目的是丰富生活内容，它的方式是精神消费。当消费关系形成，大众文化才能像一面镜子一样照出人精神世界的实质——这才是大众文化的核心所在。真正意义上的中国大众文化的出现也仅仅几十年，进入市场经济之后，文化才和大众、商业联系在一起，才有了当代意义上的大众文化。

我正好是在中国开放后成长起来的，感受和见证了当代中国大众文化形成和发展的过程。身处其中，多少还有点纵横的时空感，却未必能把自己从中摘出来去审视它，仅仅是以记者的身份和角度去观察和记录文化娱乐行业里发生的事情。和别人不同的是，从做记者那天起，我始终对文化与商业之间的关系感兴趣，这也是我每次采访的出发点。这些年一路采访

---

[1] 陆扬等编：《大众文化研究》，上海三联书店，2001年7月，"代前言"第8页。

下来，直觉是只有大众，没有文化。中国大众文化在无比繁荣的情况下缺乏文化含量和中国大众的精神世界在更加全球化的环境下缺少灵魂是"相映成趣"的。

我们在一个没有大众文化的商业基础的环境下突然开放，所有外面成熟的大众文化产品和商业模式不分主次一股脑都进来了，我们在照搬照抄的过程中，忽略了文化也需要生态环境这个重要的因素——它的形成是有主次和规律的，次序颠倒、毫无规律的话，结果一定混乱，甚至会遭到报应。即使大众文化在中国以各种各样的方式存在，它和中国文化自身的发展一直处在两张皮的状态。最终，传统世俗的力量把本该正常发展的大众文化扭曲消解，使之变成一种没有文化内涵的大众起哄，这也从反面印证了中国人在精神需求层面上的低级。

中国有很多研究大众文化的学者，我不知道他们是否真正近距离研究过中国大众文化，我感觉他们只是把西方大众文化的理论拿过来往中国的文化现象上一套就算完事儿。至少，这么多年我看到的有关中国大众文化问题的书，大都是脱离现实夸夸其谈，或者仅仅停留在表层上就事论事，没有从中国的传统观念、价值观以及从封闭到开放所形成的不正常的大众文化繁荣，再到这种繁荣导致的文化消费怪象，以及这种怪象对后来大众文化的影响——这样的角度去分析中国大众文化问题。这些年我在采访中遇到的诸多问题，在理论学术研究方面都是一片空白。

这十几年，我看到的是凡是被称作"大众文化"的东西，在中国都混乱不堪，身处其中的人，清醒者感觉无奈，投机者如鱼得水。中国大众文化一直在这个残缺的状态下无知无畏地勇往直前，胡乱拼贴，没有人也没有时间去修复那些残缺，结果当代大众文化拙劣地拼贴出一幅极度荒诞的图画——热闹、低级、扭曲、丑陋、疯狂、空虚、无聊……中国人的思维方式是无论做什么都带着忽略过程、直奔结果的投机主义心态。大众文化建设的基础是一个无法逾越的过程，但我们仍勇敢地越过去了，颇有人定胜天的豪气。与此同时，我们也在慢慢地遭到报复——音乐完蛋了，电影在票房狂飙中丢失了灵魂，文学被文字游戏替代，戏剧表演成段子，电视节目沦落为成人版的"喜羊羊和灰太狼"……但我们根本不在乎这些。这些都是我在采访中和被采访者在探讨时常常遇到的一些无解问题。

如果我们回头去看西方的大众文化，它有一些中国大众文化不具备的显著特征，它的大众文化产品有着严格的市场细分和不同层面的审美情趣，这让大众在消费文化产品的过程中可以做到井水不犯河水，各取所需。即使某个层面出问题，也不会波及全部。文化产品的制造者也很清楚该向市场提供什么样的消费品，通过市场杠杆去调节文化的品种和数量。这就是为什么好莱坞电影会出现爱情片、恐怖片、灾难片、喜剧片等类型，流行音乐会出现爵士乐、摇滚乐、乡村音乐、电子音乐等不同风格。一方面是多年积累的商业供需经验使大众文化的提供者至少清晰地画出了商业市场和审美趣味两个维度的空间，分门别类针对不同需求为消费者提供文化产品；另一方面，这种商业板块的形成是建立在前面的大众文化的成果和经验基础上的，它不是盲目和随意地制造，因而更科学更合理，具有文化自身的延续性。

反观中国大众文化，由于缺少这样一种商业秩序和文化发展过程中的有序进化，它制造出的大众文化产品缺少层次感和领域化，造成了十五岁和五十岁的消费者都要面对同一类大众文化产品的现状，这自然会引发审美情趣上的冲突；同时，由于开放之后中国的大众文化迅速接受了西方商业环境下形成的成熟、完善、合理的大众文化商业模式，并且在市场检验过程中立竿见影地得到了成功验证，从而相信我们完全可以忽略文化发展的传统、逻辑和次序。结果是，没有一种大众文化产品能够持久发展下去，没有一种大众文化的积累能够对后面的大众文化提供直接的经验和帮助。这些年中国的大众文化几乎都在"另起炉灶"的状态下进行，既没有文化进化的规律，也没有正常的市场推进逻辑。

过去，我看西奥多·阿多诺（Theodor Adorno）关于大众文化批判的理论时，感觉他作为一个理论家，对大众文化的批判显得过于狭隘。他从美学和阶级两个角度把大众文化描述成抹杀个性、推广平庸，导致大众文化产品变成千篇一律的东西；大众不假思索予以消费，毫无保留地接受这些文化产品，结果剥夺了工人阶级的政治反抗意识，盲目追求快感，甘心受资本主义奴役……当然，这个论调因时过境迁和人们对大众文化的研究领域不断拓宽和加深而作古。但是，如果把阿多诺的一些观点放到当下中国大众文化的氛围中，会发现他的观点掷地有声。这是为什么？说明我们虽然可以拍一部好莱坞式的商业大片，但是我们对大众文化的理解和商业操作的水准真的还停留在上世纪30年代。

但我还是相信即使再糟糕的大众文化氛围，也会有一些有价值的大众文化产品和人文精神逆向而生，它的光泽被喧嚣的文化杂音所埋没。这些年我一直试图去寻找那些被埋没的东西，并记录下来，或者以一种批判的眼光去看中国大众文化的问题。

大概是因为自己在做记者之前已经对大众文化的规律和真相有过一些了解，一旦理论和实际联系在一起，反倒让我对中国的大众文化变得越来越失望，本能地想把这些经历遗忘。这就是我在重新整理这些文字时，总有一种不真实或者恍如隔世之感的原因，甚至都不记得当年还采访过他们。我理想中的大众文化不是现在这样的，它是有序有条理的，它会随着时代的进步创造出很多令人兴奋的文化产品，它大众，进而厚重。而我看到的有创造性的大众文化则少而又少，就像扔给乞丐的硬币。重新阅读访谈中被采访者说过的话，有些依然掷地有声，道理依然有效，但现实却离这些道理越来越远。

中国大众文化已经越来越直接、简单、粗暴地成为一个变现的工具，不仅制造者逐渐丧失理性，连同这种文化下培养出的受众也丧失理性，集体沦落成毫无审美情趣和判断标准的纯消费动物。出于情感、利益或低级趣味的驱动，消费者已变得胡搅蛮缠。今天中国的大众文化像雾霾一样窒息和麻痹着人的灵魂。如果阿多诺还健在，他那套过时的、后来常被大众文化研究者诟病的理论，几乎是他在上世纪40年代对当下中国大众文化现象的伟大预言。

这部书稿的文字多是访谈记录，主要是讲故事、记录事实，不是研究结果，因而没什么系统和章法，探讨的也是具体问题，比较杂碎，更像是一些案例。被采访者多身处文化娱乐行业，尤以流行音乐行业最多。流行音乐作为最普遍的大众文化，特别能说明当今大众文化出现的问题。尤其是，流行音乐在中国的出现、发展以及死亡，每一步都能成为中国大众文化幼稚混乱的证据。举一反三，即可窥其他领域大众文化之一斑。

中国的大众文化已味如嚼蜡，身处其中的人大都局限在一个天花板下，毫无远见，只有一种固态的死循环逻辑在重复。从商业角度来看大众文化现象，它变得越来越恶劣；从文化角度来看大众文化，它变得越来越恶心。我曾经困惑，为什么一个逐步开放的国家，人们却越来越僵化、保守、封闭，凡事皆以利为先，只看结果，不顾规则？后来我在美国传教士明恩溥的《中国人的文明与陋习》一书中找到了一些答案——是几千年来中国人自身形成的坚不可摧的文化传统。一本写于19世纪的书，居然在今天还这么显灵，让我感到阵阵寒意。

我不相信那些乐观主义者对未来中国大众文化的展望，作为一个局外人，又常在河边走，我知道，中国的大众文化产业是在一个死结下狂欢，这个结不解开，掀起的只是钞票的尘埃。

感谢本书中接受我采访的人，虽然我们探讨大众文化的话题浅显片面，甚至有些支离破碎，但至少你们用自己的经验和智慧把很多问题总结出来了。尤其是，你们的坦诚和认真让这些文字的分量没有因为时过境迁而减轻。每一次采访都让我受益匪浅。

感谢《三联生活周刊》给了我这么一个平台，也感谢主编朱伟，要不是他平时的威逼利诱，大概我也不会写出这些文字，更不会有这本书。

感谢当初为这本书中的文字给予我帮助的实习生（不分先后）：邓婧、刘心印、罗丹妮、童亮、郭闻捷、李媛、张萌萌、郄斯、温馨、魏玲、霍晓、马雯君、方婷婷、付婷婷、谢宁馨、林磊、南楠、宋诗婷、刘冬凌子、尤帆；同时也感谢董昕、刘芳、盛明旸、张菁在采访中给予的帮助，这本书的字里行间也有你们的心血。由于原始文稿记录不全，如有疏漏，敬希见谅。

2015 年 6 月

目 录

再版序：属于我们的精彩，早已经不复存在 / i
序 / iii

辑 一
邓丽君和我们的一个时代 / 003
叶佳修：从乡间小路走来 / 022
三访罗大佑 / 026
李宗盛：大陆流行音乐还没有审美标准 / 042
黄舒骏：像写论文一样写歌 / 049
Beyond：撒了一点人文作料的心灵鸡汤 / 062
周杰伦：时代的符号 / 072
滚石唱片：最后的辉煌 / 081
李寿全：用三十年验证一个经典 / 091

辑 二
崔健：二十多年来 / 103
朱哲琴：一个理想主义者的意外生存 / 115
窦唯：生活的压力和生命的尊严 / 120
谁制造了王菲？ / 134

陈琳之死　/ 145

许巍：平凡生活　/ 153

汪峰：摇滚"叛徒"　/ 163

朴树：一棵没长大的树　/ 171

HAYA：我们是谁？从哪里来？到哪里去？　/ 179

老狼：一种活法　/ 185

辑 三

中年崔永元的梦想与情怀　/ 209

王朔，那时候他看上去很美　/ 231

兰晓龙：我有一种变态的自尊心　/ 253

马未都：收藏有诈　/ 261

陆川：我想拍一个战争本性的电影　/ 277

贾宏声：最后一个理想主义者的青春终结　/ 291

北岛：诗歌是我们生存的依据　/ 300

宁浩：检讨自己　/ 310

廖一梅：从心里拧巴出一头犀牛　/ 320

当贾樟柯把镜头对准暴力　/ 328

朱德庸：小世界与大世界　/ 340

辑 四

校园民谣十年　/ 359

网乐即将轰鸣？　/ 373

谁持彩铃当空舞？　/ 381

从乌托邦到享受生活：中国音乐节十年　/ 390

明星多有病　/ 401

粉丝的三十种可能　/ 416

宋柯：给中国唱片业寻找死因　／ 427

歌星带着合同在天上飞翔　／ 437

音乐去哪儿了？　／ 452

辑 五

明天听谁说评书　／ 463

马季：最后一位相声大师　／ 472

这一夜，80后说相声　／ 482

当话剧被演成段子　／ 490

东北文化的繁荣与危机　／ 502

春晚：事先张扬的自娱自乐　／ 518

田连元：说书要把人说透　／ 529

用周星驰过渡　／ 542

辑 六

鲍勃·迪伦一直是个谜　／ 551

老鹰飞来　／ 565

约翰·莱登：我是朋克之王　／ 575

迈克尔·杰克逊：他始终在用音乐证明自己　／ 580

西摩·斯坦：音乐狩猎者　／ 591

斯皮尔伯格：《西游记》是一部公路片　／ 602

附录：人物年表　／ 609

辑一

邓丽君和我们的一个时代

邓丽君是一个奇特的文化现象，她的奇特之处在于，两岸特殊的政治背景发展出的不同文化轨迹在一个特定的时空错位中交汇在一起，邓丽君恰恰出现在这个点上，于是她成为那个精神匮乏年代的一道独特的佳肴，在争议中完成了对大陆流行文化的影响。

今年（2005）是邓丽君去世十周年，当我们回头打量这个已被时光拉远了距离的歌手时，会发现，从她身上折射出来的时代印迹变得越来越清晰。特别是在今天这个特殊的历史时期，邓丽君这个名字还可能被赋予一些更新的意义。这个曾经被误解、误读的名字随着时间推移慢慢还原出她真实的一面：她是不同制度下同根文化的象征。上世纪70年代末，当中国大陆的窗口打开时，第一个走过来的就是邻家女子邓丽君。当时，人们说不清楚，在没有"三通"的情况下，为什么在两岸文化还没有正式接触的时候，她便不请自来？她的歌声眨眼间便传遍大江南北，她到底有什么魔力？

当我们用时间的长镜头再次把焦点定在那个年代，也许就会发现，恰恰是两岸间三十年隔离造成的经济、文化上的泾渭分明，才给了邓丽君一个机会。

当一个柔美的女人，唱着甜美的歌曲来到我们眼前时，像是一场风雨吹打着我们的脸。经历了"文革"的人，在听到邓丽君的时候，只能有两种非此即彼的反应：喜欢或憎恶。而这两种态度，在那个特殊的历史背景下，都已经完全超出了审美范围。邓丽君制造了那个年代第一个观念上的冲突，而两岸关系的敏感，又赋予了邓丽君些许政治意味。随着两岸关系的缓和与大陆进入市场经济，人们对邓丽君的认识也在发生变化，慢慢在还原一个真实的邓丽君。

邓丽君的歌声遍及全球有华人的地方，不管是在台湾、香港，还是在东南亚、日本、北美，邓丽君给人留下的是一个妩媚、甜美的标准中国女人形象。在他们看来，她只是一个红歌星——一个唱歌好听的歌星而已。只有在中国大陆，一些特殊原因才让她变成了一个政治符号、文化标志、一种潮流，一个那一代人心中终生难以磨灭的印记。

如果抛开政治因素单纯去看邓丽君的歌曲，同样可以找到流行的理由。邓丽君在大陆广为流传的歌曲，恰恰是她去日本发展之前的歌曲，这些歌曲有一个共同特征，那就是"很中国"、"很民族"。从上世纪30年代老上海的流行歌曲到中国各地的民间小调甚至戏曲，不管它们是以怎样的现代方式演绎，都带着浓厚的根源性。从这一点看，它非常符合中国人的审美习惯。而邓丽君的演唱方式，既有别于旧上海那批歌手的风尘与青涩，又不同于当时台湾其他歌手的洋气与生硬，她恰到好处地把这些歌曲演绎成最具中国文化特征的作品。民歌是一个民族文化根源之一，只有具备这样的根源，才会有真正的群众基础。今天，流行音乐变得丰富多彩却又都是昙花一现，只能说明，在这个浮躁的时代，流行文化离我们民族的根源越来越远，已经成为海市蜃楼般的浮云。所以，可以断言，多少年之后，这一代人绝对不会像怀念邓丽君一样怀念周杰伦。

受邓丽君影响的一代人,和今天受流行文化影响的人不同,他们是专一的、刻骨铭心的,邓丽君是这一代人的集体记忆。在那一代人眼里,邓丽君是最美的,她出现在大陆改革开放之初,她的歌声在渴望柔情的人们心里,最终在时光荏苒中变成了一个美丽的符号和传奇。

邓丽君对大陆流行音乐的发展有巨大的影响,是因为许多人由此开始了解什么叫流行音乐,许多人因为她的歌声加入到流行音乐的行列,并成为大陆流行音乐的基础。就这一点来说,她就像猫王之于美国摇滚乐,"披头士"之于英国摇滚乐。邓丽君对大陆流行音乐的影响,从疾风骤雨到润物无声,一直持续到今天。

邓丽君唱过一首歌:

某年某月的某一天,就像一张破碎的脸／难以开口道再见,就让一切走远／这不是一件容易的事,我们却都没有哭泣／让它淡淡地来,让它好好地去／到如今年复一年,我不能停止怀念／怀念你,怀念从前／但愿那海风再起,只为那浪花的手,恰似你的温柔。

这首《恰似你的温柔》也许是渐渐远离了那个年代后、在今天重新提起"邓丽君"这三个字时,人们头脑中对这个人最形象的感受,正如她的形象在他们心中逐渐变得模糊但又令人无法忘怀。

邓丽君是一个奇特的文化现象,她的奇特之处在于,她是两岸特殊的政治背景发展出的不同文化轨迹在一个特定的时空中两个异面交汇在一起的那个点,她成为那个精神匮乏的年代里一道独特的佳肴,在争议中完成了对大陆流行文化的影响。而在另一次时空错位中,她最终失去了回到大陆的机会——这片拥有她最多听众的地方,这片留下她歌声最多的地方,没有留下她的足迹,这成了她毕生的遗憾。

邓丽君的歌曲是什么时候进入到中国大陆,又是以何种方式进入的,已无从考证,大约在1977年到1978年这段时间,她的磁带先是在东南沿海一带进入，随后又通过无线电波让更多的人知道。到了1979年，随着卡式录音机慢慢成为寻常家庭的消费品，邓丽君的歌声通过这个媒介传遍中国。

在争议中启蒙

乐评人金兆钧是老三届，那时候正在北京师范学院上大学，他回忆说："我的印象是1977年，那时候'板砖'（即当时的三洋牌单卡录音机，因形状大小像一块砖头，故被称为'板砖'）还没开始卖呢，都是从南方转过来的大开盘带，1978年我第一次听到，当时的感觉是，这是谁的歌？真好听。有了录音机之后，大家都在拼命地复制，我印象特别深的是我一个同学在'倒'那盘告别音乐会的磁带，听得如醉如痴。印象最深的是《何日君再来》前面的那段告白，背景音乐非常好听。到1980年的时候邓丽君已经风靡全国了。"

邓丽君的突然流行没有任何征兆，甚至，在当时传播媒介不完善的情况下，她仍能如此流行本身就是奇迹，这也恰恰说明了人们对邓丽君的喜爱程度。

金兆钧当时在学校是个比较活跃的文艺分子，学校领导找到他："既然邓丽君影响很大，你要不办个讲座给大家讲讲？"那是1981年的事情，于是金兆钧连着讲了三次，把他当时对邓丽君和那些流行的歌曲所了解到的内容都说出来了，他说："快到年底的时候，北京团市委召集大学生代表搞了一个座谈会，专门谈邓丽君。那时候还挺开放的，不是为了批判她，就是听听大学生的反应。我在会上说了很多，后来《音乐周报》编辑把我留下来，让我写一篇关于邓丽君的稿子，这是我写的第一篇流行音乐评论。"

那次座谈会去了二十多人，学生们的反应也不一样，大都觉得挺好听的。金兆钧印象中当时没有什么特别激烈的言辞，团市委和文化局的人也没什么引导和诱导。那次座谈会，也仅仅是上面对下面的了解而已。而就在当时，一些老音乐家开始批判邓丽君，一个音乐家已经写了一系列文章来批判邓丽君了。批判邓丽君的焦点基本上是集中在她的一些歌曲内容比较灰暗、颓废的问题上，还没有上升到政治层面。后来有人开始质疑《何日君再来》，对这首歌的主题指向究竟是谁提出疑问，当时《北京晚报》的编辑刘孟洪先生曾专门撰文，为这首歌辩解。金兆钧说："《何日君再来》从情绪上讲比较颓废，但是这首歌只要听上几遍就会唱，到现在电台仍不让播放这首歌，这牵扯到历史上三四十年代音乐观上的冲突。改革开放，这些东西就要重新出现，争论就来了。"

1979年北京有个西山会议，会上提出邓丽君是靡靡之音、黄色音乐的代表；张丕基、王酩都挨了批，因为他们的歌曲写得像靡靡之音；李谷一的《乡恋》也是在这个背景下成为受批判的典型，直到几年后李谷一出现在中央电视台春节晚会上，"《乡恋》风波"才告一段落。在稍后几年，港台歌星开始出现在电视上，虽然一些人认为张明敏在唱法上有问题，但是题材上好一点，还可以忍受；奚秀兰为什么能上春节晚会？因为唱的是台湾民歌。但邓丽君不一样，她唱的很多曲目都是三四十年代的，年纪大一点的音乐家都不认她，因为有些东西是由历史决定的。

邓丽君从流行之初就带来了争议，今天看来，这种争议在当时还很正常，以当时人们对流行歌曲的认识程度，不可能对邓丽君这样的文化现象完全接受。

但是，光荣属于80年代的新一辈却不这么看，第一批接受邓丽君的人，肯定是追逐时髦、对新生事物好奇的年轻人。在"板砖"流行后，又出现了四喇叭立体声录音机。有些情景可以在当时拍的电影中找到：那时候，银幕上不三不四的小痞子，一定是穿着花衬衫、喇叭裤，烫头发，戴蛤蟆镜，拎着四喇叭录音机，里面装着八节大电池，在大街上晃悠。这些年轻人，录音机里放出来的，大都是邓丽君的歌。金兆钧回忆说："当时在北京出现过这样的情况，北海公园经常办舞会，后来被公安局封了，因为控制不住，人太多了，几万人，全在北海后门的那个山上。听音乐，听完了就跳舞，那时候听的主要就是邓丽君。

"邓丽君带来完全不同的歌曲概念，70年代末粉碎'四人帮'恢复了抒情歌曲的传统，但恢复的是五六十年代的抒情歌曲，比如《九九艳阳天》《我的祖国》。邓丽君带来的是历史上三四十年代的时代曲，从文化类型上看毕竟还是都市的东西，这东西在当年跟老百姓没什么缘，可是在改革开放的背景下，一听到它又跟那种建国后的抒情歌曲不一样了。尤其是当时二十多岁的人最敏感，觉得这才是属于我们的。"

尽管邓丽君在音乐界引起了极大的争议，但同样在音乐界，一些音乐家开始潜心研究邓丽君的音乐，比如配器、演唱风格。"我知道当时许多音乐家躲在家里听邓丽君，偷偷研究她的编曲，他们从来没听过这些声音。邓丽君首先影响中国流行音乐的就是让很多人知道流行音乐的编曲是什么，很多电子声音咱们都不知道。"金兆钧说。而邓丽君影响的另一个方面，就是确立了当时女歌手的演唱风格，即所谓的"气声唱法"。在此之前，大陆歌曲除了比较本色的民间唱法之外，还有一种介乎美声和民间唱法之间的"民族唱法"，邓丽君让人们知道还可以用另一种方式唱歌，即后来所谓的"通俗唱法"。金兆钧说："第一批流行歌手百分之百地模仿邓丽君，比如广州的刘欣如，北京的田震、段品章、赵莉、王菲……"

邓丽君带动的不仅是流行音乐的启蒙与发展，也刺激了当时音像经济的发展，那时候听录音带是文化消费主要内容之一，虽然那时候一盘录音带五块五毛钱，对普通人来说属于奢侈品，但仍然没有阻止普通人对它的消费。金兆钧说："那时候广州太平洋影音公司一年就卖掉八百万盒卡带，一年一座大楼拔地而起。"1979年，大陆的音像发行公司只有几家。到了1982年，全国已有三百家音像出版社，基本上都在"扒带子"。"扒带子"在当时来说就是一个学习、培养的过程，大陆流行音乐的创作表演经验就是这么"扒"出来的。

最后，金兆钧说："邓丽君确立的音乐形式还是很传统的，是大部分中国人都能接受的。中国早期流行音乐的创作，对整整一代的创作者起了重要作用。另外我个人觉得，她能产生那么大的影响，是因为她是30年代以来一直到60年代音乐的集大成者，她挑的都是历史上被证明是最好听的歌曲，她的唱法也是30年代以来唱法的集大成者。"

那时候我们没有那个情怀

同样是在1979年，还有一个人在听邓丽君，和其他人不同的是，他是在军营里用扩音喇叭听，这个人叫朱一弓，他曾经是上世纪80年代著名的音乐编辑之一，很多当时和现在的流行歌手的磁带都是经他之手编辑发行的。朱一弓很早就淡出这个行业，但是谈起邓丽君，他仍感慨万千："那时候我还在当兵，听了邓丽君后我觉得好听，完全不同于我们以往的民歌，那时候'文革'刚结束，我还是把邓丽君归到民歌里面，实际上她的影响是远远不会结束，会一直延续下去的，就是因为她的民歌精神。当时还挺有意思，我带了几盘录音带到部队听，那时候我自己制作了一个扩音音箱，在我们的小院里面放，声音很大，旁边的机务中队在开会，后来他们就给我提意见，说战士们听到之后心思完全不在他们那边了。但是我就是觉得好听，有时候我是故意把声音放大。有些机务中队的人中午或晚上休息的时候都到我这里来听。"朱一弓在慢条斯理地回忆着他当年的"恶作剧"。

1981年，朱一弓从军队转业，做起了音像出版的工作，谈及当时邓丽君的影响，他说："不管是作品还是演唱，邓丽君确实是很民间的。80年代初期，咱们能掌握这种唱法的人还没出现，追随这种式样进行创作的人也没出现，所以在那个时候还是一个听和学习借鉴的阶段，真正出现创作是在1984年前后。实际上，她的影响太广了，现在看起来不光是歌手，对歌手的影响还是其次，重要的是对创作的影响。这种演唱风格，这种'美'影响了当时的一拨人，它让这些人重新考虑作品的题材是什么，作品的情感是什么。邓丽君非常出色地演绎了中国民歌，有些民歌很好听，式样比较多,当时大家在一起讨论的就是如何借鉴这些手法,创作出这边的流行歌曲。比如苏越,我们接触得很早,有一次在棚里录音,我听到他写的两首歌,觉得很好,我们便开始合作,录了很多作品,他在创作上吸取了很多邓丽君的东西。"

朱一弓在进入音像行业的时候,小歌手程琳已经开始出名了,随后,一些更年轻的歌手也都开始步入歌坛。他那时候遇到的女歌手,不管自身条件如何,都是从模仿邓丽君起步的。他回忆说:"许镜清在1981年就跟我合作,当时他说有一个女孩,高中还没毕业,能不能听听?这个人就是田震。她第一张专辑的案头工作我参与得比较少,但我感觉到田震本人的性格和邓丽君完全不一样,她只是模仿了一些歌而已,后来卖得也不好,但是朱晓琳骨子里面就比较像,当时存在很多这样的情况,但是邓丽君吸引了很多人走上唱歌这条路。"

至于邓丽君为什么这么流行,影响为什么这么深远,朱一弓有他自己的看法:"原来的歌曲只要求正面就行了,到了邓丽君,作品指向内心,指向自己的性别,她更要突出女性的柔美,她恰恰是继承了民歌娟的一面。邓丽君之所以从那边一路杀向全国,我认为是她的民歌基础。民歌作为一个民族里面最通俗的、最普遍的音乐语言,是永远不会衰落的。其实后来我们在创作中出现的一些问题,都与这个有关。为什么我们号称文化资源最悠久最丰富,却在国际上没有一个成熟的作品?"

性别指向在当时实际上是对公众的一种人性解放,也是当时人们在经历了人性扭曲后的一次适时的释放,邓丽君恰好给人们提供了这种释放的可能。和当时其他的文艺作品——电影、文学、电视相比,流行歌曲这个形式来得简洁、迅速、直接,人们甚至不用去思考和咀嚼,马上就可以融入成自己心灵的一部分。有了性别区分,人们才得以通过它来证实自己的内心,看清一度被压抑、扭曲的人性中的另一面。邓丽君歌曲中的妩媚、柔情甚至调情在当时无疑成了最具性诱惑的东西。朱一弓说:"邓丽君一开始有很浓的风尘味儿,当她到了《淡淡幽情》,我们又看到了她另外一面。

她有风情,也变得高级了。所以她的演唱解决了这样的问题——高的人也能听,低的人也能听,可以让任何人想入非非。"

也许,台湾著名乐评人马世芳先生的看法更能说明两岸间人为造成的时空隔阂形成了两地对邓丽君的不同看法,使她在两岸之间的影响有所不同。他说:"我们成长在80年代,对她早期的作品了解得不多,我们只是知道她,但是没那么多情感,只是一种集体记忆而已。至于她对台湾流行音乐的影响,台湾从60年代起就一直有这种软绵绵的东西,到70年代初有些歌曲被划为靡靡之音,70年代末80年代初她的一些歌曲传到大陆,我们才觉得她那么厉害,我们没有想到一个唱歌软绵绵的歌手在对岸有那么大的影响。她在十年前去世的时候,我听到大陆的摇滚歌手录制了一张纪念她、翻唱她歌曲的专辑《告别的摇滚》,感到不可思议。她在我们这里就是按正常商业操作模式下推出来的红歌星,但不是石破天惊。"

邓丽君对大陆流行音乐的影响是不可估量的,但是,无论她的影响有多大,不管出现了多少以模仿她、翻唱她的作品成名的歌手,却始终没有出现一个邓丽君式的人物,甚至这样风格的作品都没有。原因很简单,就是我们一直没有一个应该诞生邓丽君的社会背景和环境。马世芳说:"邓丽君对所有唱歌的人来说,都是无法超越的,她和她所属的时代紧紧地扣在一起,她是在那个比较从容、耐心、细致的年代诞生的歌手,她不属于台湾的民歌运动时代,不属于后滚石时代,也不属于李宗盛包装出的那类都市女子。她属于老派、传统一点的流行音乐,在台湾,她是非常受欢迎的女歌星,但是却从来没有文字来论述她的音乐,人们只是对她的私生活和八卦感兴趣,这一点是非常遗憾的。"

朱一弓说:"现在我们回头看,为什么大陆在音乐创作上没有类似邓丽君的作品?这是一个生活内容的问题。80年代有小酒吧吗?有偶遇吗?这也是我后来一直思考的问题,我们没有这样的环境。80年代有什么?有《思念》,完全心灵的,一只蝴蝶飞进我的窗口。为什么《思念》代表着80年代的感觉?因为80年代只能是这样了。而今天,社会的发展变得丰富了,那种属于邓丽君作品的背景要素也具备了,现在的作品变得非常丰富了,可是,人的心灵中的某些纯粹的东西又消失了,所以,还是没有这样的作品和人出现。"

另外,朱一弓又不无羡慕地说:"邓丽君也是赶上了好时候,她背后成就她的是一个社会环境,有一批创作人员,而且都是高手,他们有那个情怀。但是在 80 年代,我们这边没有那样的人,没有那样的环境,现在回想起来没有那样的作品诞生也是正常的。我举个例子,在当时,晚上录音完了,想出去买点夜宵,我们在农影录音棚(位置在双榆树),要开车到北京站。在 80 年代,这个距离太远了。没有那样的生活内容,就不能有那样的作品,这就是为什么这拨人喜欢邓丽君但又写不出她那样东西的原因。我们只能听,无法模仿。后来苏芮出来之后,马上就吸引了很多人,因为苏芮这种高亢、有力量的歌手,容易和我们贴近,在创作上给了我们很大的启示。1984 年左右,改革开放初见成果,深圳也有几座楼出现了,奥运会也拿冠军了,全国人民的心气也不一样了,和邓丽君歌曲的感觉已经不一样了,所以才出现后来的《西北风》。这里面有批判,有忧患,有觉醒,所以这样的作品能出来很多并能留下来,《我的故乡并不美》,这才是当时中国的写照,是比较真实的。80 年代末,我们与台湾的唱片公司交流,他们对《西北风》不以为然,我们当时还以为他们有问题,现在看来,是环境不一样,考虑的东西不一样。邓丽君是在中国另一片土地上,语言一样,人们听这个东西既熟悉又陌生,好像就是自己的所思所想,但是身边又没有。在流行歌曲这一块,适合中国语言风格的作品是国外任何音乐都替代不了的。"

赵莉:邓丽君让我有了心理障碍

直到上个世纪 80 年代后期,大陆才出台了海外音像制品引进版的政策,这一政策的出台,直接导致扒带子的狂潮消退,很多当年靠扒带子走红的歌星要么做出艰难的转型,要么从此淡出歌坛。

大陆歌坛一度被模仿邓丽君的女歌手"控制"着,在这个"模邓时代",出现了一大批女歌手,不管她们在演唱上是否像邓丽君,在原创作品相对匮乏的阶段,也只有去翻唱邓丽君的歌曲。赵莉,一个普通的名字,就是当时众多模仿邓丽君风格中最有名的歌手之一。与很多模仿者不同的是,赵莉的声线、音色和邓丽君极其相似,以至于邓丽君的唱片制作人在多年后听到赵莉唱邓丽君歌曲时竟然也难以分辨。由于赵莉有这个先天优势,所以在当时她出过的翻唱邓丽君歌曲的磁带有八九盘之多,而且每盘都非常畅销。

赵莉出生在河南周口,后到河北承德,从小喜欢唱歌,因为几次歌手比赛,她得以有机会到北京发展。1985年,在她录制第三盘磁带的时候,开始翻唱邓丽君的歌曲,从此她便一发不可收拾而且身不由己地去翻唱邓丽君的歌曲。赵莉说:"我当时就是喜欢唱歌,不管是谁的,好听就唱。1986年,我录了大量邓丽君的歌曲,当时中国旅游音像出版社找我,他们觉得我的音色跟邓丽君很接近,就给了我很多邓丽君的歌,因为当时邓丽君的歌曲在大陆很受欢迎,正版又进不来,出版社认为是很大的市场,便找了很多歌手去演唱邓丽君的歌曲,在我之前有好多人都在唱邓丽君的歌。"

赵莉回忆当时的情景时说:"我很喜欢邓丽君的歌,到现在也很喜欢,那时候小,大家都叫我小邓丽君,开始还没有感觉,后来觉得除了邓丽君的歌曲,我还可以唱别的,但是他们当时给我的歌都是邓丽君的。从1986年到1988年,我录她的歌是最多的,几乎天天都在录。"

当时的情况是这样的,每个录音棚的记录上都写着赵莉的名字,录制的时间和曲目,仔细看都是邓丽君的。

"当时录的专辑,通常不写我的名字,都写邓丽君的名字,贴上她的照片。直到1989年我去法国演出的时候,接触到其他方面的流行音乐,才有要去国外走走的想法,不然在国内,只能唱邓丽君的歌曲。我想唱别的,他们就说你唱得不好,不合适。那段时间我都有点糊涂了,我是不是就这样了？当时对邓丽君我都有了心理障碍。"

甚至这种压力曾经让赵莉梦到过邓丽君，在梦里，她问邓丽君："你为什么唱歌那么好听？有什么秘诀没有？"邓丽君在她的手心里写了一个"吟"字。"我觉得这个字代表了她歌唱的全部，"赵莉说，"我太喜欢唱歌了，可是老让我唱邓丽君的歌，我就受约束了，不快乐了。一首歌可以学来，但是她的感情你是学不来的。"1990年，赵莉出国，在国外，她学到了很多唱法，这才慢慢明白，"我在真声区和邓丽君非常像，其实她就是一种唱法，模仿她也是很正常的，而我自己内心里要表达的东西很重要，明白了这些也就不避讳这个了，后来唱她的歌也就没什么障碍了。"

那一次，她离我们最近

邓丽君的离去，留给她和大陆歌迷的最大遗憾就是她没有在有生之年回来开一次演唱会，哪怕是她回乡祭祖对大陆歌迷来说也是一种欣慰。当邓丽君得知大陆地区的听众都非常喜爱她时，她非常希望能回乡开一次演唱会。但由于种种原因，直到她辞世，也未能如愿。

据邓丽君的弟弟邓长禧透露，1981年，当时邓丽君还在美国洛杉矶，有朋友给她打电话，说电视里看到她在中国大陆很红，至于红到什么程度，她后来才慢慢知道。1987年左右，新华社驻香港分社的乔淮东的太太彭燕燕通过演艺圈的人认识了邓丽君。当时邓丽君很喜欢和彭燕燕在一起，因为邓丽君喜欢听北京话，并且还校正自己的发音。当时她有个意向，在1990年自己进入歌坛二十年时在北京举办一次演唱会，但1991年后，邓丽君对演艺事业有些心灰意冷，只是偶尔参加一些非商业的慈善演出。

其实，也就是在这期间，大陆有一个人，险些就把邓丽君回乡演出的事情促成，这个人就是黑子。在80年代和90年代流行音乐圈里，提起"黑子"这个名字，几乎无人不晓。黑子原名王彦军，曾经当过兵，转业后进入东方歌舞团，此后一直活跃在流行音乐领域，他擅搞大型演出，喜欢赚钱，故得名"黑子"。八年前,黑子离开了音乐圈,当记者打通他的电话、告知采访意图时,黑子高兴地说:"你要采访别的内容我就不说了,谈邓丽君,我愿意,因为我太喜欢这个女人了。"

黑子是大陆流行音乐圈里唯一一个见过邓丽君两面的人,他见邓丽君只有一个目的,就是在北京给她举办演唱会。聊起邓丽君,黑子的话语中立刻流露出邓丽君情结:

> 我对邓丽君感觉是最好的,这么多年,你看到现在,我开着车,平常在一个固定环境里,我都听她的歌。70年代,我还当兵,也是搞音乐,我第一次听到流行音乐就是邓丽君,我从来没有听到过这种声音。1984年我转业后开始正式做唱片公司,这个过程邓丽君给我的印象是最深的,早年周璇给我的印象都很模糊,而且70年代大陆就没有流行歌曲。什么叫流行歌曲,就是很简单、很好听。在那个年代听到邓丽君,我觉得很有意思。我做流行歌曲,一做就是十几年。邓丽君在当时起的作用是让整个中国大陆知道这种音乐是怎么回事,她的作用就这么大。而且她的歌几十年下来还这么多人听,邓丽君本身就是一个音乐奇迹,这种奇迹在后人来说是很难逾越的。这个女人很有魅力,她一生是一个很完整的故事,别看她走得早。

东方歌舞团演职人员经常去亚非拉地区演出,黑子有一个很多人不具备的优势,那就是出去比较方便,他利用这个优势,把很多港台歌星介绍到大陆演出。而在黑子的心中,最大的愿望是把邓丽君请过来。甚至,他像一个追星族一样,觉得哪怕只是见邓丽君一面也好。1989年初,正好有个机会,在香港丽源酒店,黑子见到了邓丽君。

黑子回忆说:"我见到她两次,跟她聊天很有意思,她知道我在大陆做这个行业,可能有人给她讲过我的事儿,她也觉得挺好奇,想知道大陆到底是个什么情况。"同样,黑子也对邓丽君好奇,他兴奋地说:"因为我迷这个女人,所以我会很认真地让她开心。我很少很迷一个女人,我特别迷她,我到现在对她那天穿的什么衣服都记得很清楚。她穿了一个裙子,简单的凉鞋,直的短发,露着耳朵,这是我最喜欢的形象。她很像我小时候看过的电影《霓虹灯下的哨兵》中的春妮,我小时候认为完美的女人应该是春妮的样子。我从小就喜欢这个形象,特清纯。邓丽君给我的感觉就特别像春妮,只不过比春妮打扮得漂亮多了。所以邓丽君给我的印象特别深,是个特别完美的女人。"

着了迷的黑子当然没有忘记他见邓丽君的目的,"我的目的就是想让她来大陆演出,我当时以为她是因为钱的事情,估计她觉得我们出不起这个钱。我算过,当时可以出很高的钱,可能不到100万,在当时是个天价。我敢出这个钱,我有的是钱。我不好意思上来就说钱的事情,我老跟她说笑话。她为什么很想跟我聊天呢?就是因为我很爱说,讲些笑话,她就很放松。我目的是想让她来"。

回想起当时邓丽君对这边的印象,黑子认为,她对大陆其实特别陌生,都是听别人说的。"由于两岸关系还比较紧张,她对大陆特别戒备,认为大陆这边很可怕。她一直问我'你到底是不是大陆人?'她以为我是从美国回来的呢。我说我英文就会二十多句,我说我真的是大陆土生土长的,我还是当过十四年兵的人。她说:'你是共军?'我说:'那你就是匪军。'把她笑得够呛。"

黑子用这种逗趣的方式跟邓丽君聊天,其实就是不想让她觉得他是个商人,一见面就谈演出的事。"我觉得上来就谈正事,那无聊透了,我的目的是想让她来,但不想以这种形式让她感觉来做这些事情。第一次我都没有提演出的事情。"

之后,黑子与邓丽君一起进餐,"我们在一起简单吃了点东西,喝的粥我还记得呢,我要的皮蛋瘦肉粥,她要的白粥。她有洁癖,到饭店里都带自己的筷子,她跟我说她在法国学过护士,她在显微镜下看自己的手,上面都是活的细菌,从此她就有了洁癖。她当时就是什么都不乱动,桌子扶手也不摸,把手放在空中"。

黑子与邓丽君的第二次见面,也是在香港,时间是1991年。最后,黑子对邓丽君说:"我非常希望你能来这边演出,像你这样一个有这么大成就的人不来太可惜了。"黑子跟她陈述了来大陆演出的重要性,比如这边对她的喜欢程度,作为一个中国人,没能来大陆,是一生比较遗憾的事情。黑子问:"在费用上,合约有没有什么问题,我可以花最高的价钱。"邓丽君笑着说:"不是钱的问题,我根本不在乎钱,有很多原因我去不了,这种机会一旦有,我一定要去,但是什么时候现在我没法说。"

"我感觉,她当时还是因为政治问题。这个女人根本不在乎钱,她的政治背景我实在不了解,所以她非常遗憾,这辈子没有来大陆。"黑子说,"我觉得她没有任何准备,因为不现实。我其实有很多的准备,包括经济上的准备,当时除了我没人敢出这么高的价钱。我还跟文化部的官员打过招呼,包括再高一层的官员,我都谈过,认为完全可行。在这种情况下,我才跟她谈得比较具体,但是她没有做好任何准备,她只是有这个愿望而已。我相信是台湾当时对她控制比较严,这个因素最大。"

黑子的这个判断与邓丽君70年代的经纪人、和邓家亲如一家的新加坡人管伟华先生不谋而合。谈到这次擦肩而过的演唱会时,管先生说:"她很想回来,但回来她有问题,她的三哥是个军人,爸爸也是个军人,那时候由于'假护照事件'的影响,她已经离开了台湾。'假护照事件'在台湾是很严重的,伪造证件是可以判死刑的,所以她不敢回去,到了美国,在那里她认识了成龙。当她的歌曲在大陆红了之后,蒋经国就让有关单位不再追究她了,然后叫她回来劳军,台湾用她做很大的宣传。但对她个人来说她没有不想回来,当时不是因为她,而是她家人的问题。我曾经想过通过红十字会的名义请她过来。1987年前后,新华社香港分社找我,希望邓丽君能来大陆演出。我跟香港分社的负责人见过一面,探讨了可行性。我问邓丽君,她说她也有苦衷,主要是身体不是很好,她那个时候比较臃肿,正在治疗过程中。政治因素也有,那时候她的哥哥提升到上校,这也是邓丽君没来大陆的原因之一。"

黑子不无遗憾地说："我做这个行业有两大遗憾，一个是她，一个是迈克尔·杰克逊。杰克逊我当时都谈成了，那个年代把杰克逊谈成了是很难的，合同到现在我还留着呢，一百零八页，每一条我都做了准备，那时候他还答应我提供五百万美元建一个迈克尔·杰克逊小学，但是最后一道关没批下来。"

亲情中的邓丽君

在这次采访过程中，除了采访到了邓丽君的弟弟邓长禧先生，也在"无意"中知道了邓丽君在刚刚出道不久后的经纪人、新加坡人管伟华先生，现居天津，依然从事娱乐行业。

谈起邓丽君，管伟华便神采飞扬，他说他跟邓丽君真是有缘分，虽然名义上是经纪人，实际上他和邓家好像是一家人。他还说，自己的生日和邓丽君的祭日都是同一天，不知道是不是冥冥之中的巧合。

"我跟邓丽君认识得比较特殊，当时台湾有支女子乐队，我去看她们，邓丽君也去看她们，就这样认识了。认识的时候我在越南搞第一场演出，那时候越南正在跟美军作战，很危险，没有人敢去，我是第一个去的，邓丽君也去了。我从小就很有勇气，什么地方都敢去，二十一岁的时候我就带团演出，他们也相信我。我后来常带她到越南、泰国等东南亚一带演出，前后大概两三年的时间，直到她去日本。"

邓丽君留给管伟华最深刻的印象就是她的聪明、善良。在合作的日子里，他们更像是朋友，而不是一种雇佣关系。管伟华感慨道："过去这么多年了，很多我们熟悉的人都过世了，现在的人没有我们那时候有感情，我在新加坡搞过很多慈善演出，邓丽君从来没有跟我要过一分钱。不像现在，歌星还要住总统套房，她最多是想住在一家新饭店的新房间。邓丽君见我第一面就叫我教她游泳，我跟邓妈妈在旁边谈生意，她在游泳池里，死活要拉我下去。我跟邓丽君之间的感情不像一个经纪人和艺人之间的关系。那个时候很单纯、很快乐。"

邓丽君是一个比较好学的人，而且人非常聪明，管伟华说："她学东西很快，学法语，她都讲得很好了，我们还不会。学开车也是，她都可以开车到处转了，我们还不知道怎么开呢。她在去日本之前，一场演出最多可以拿到五百美金，而到了日本，每天只给她一百美金，但她还是去了日本，也是为了学习。刚开始挺苦的，母女在那里熬了那么久，非常不容易。"这就是后来为什么邓丽君可以用粤语、闽南语和日语、英语、马来语唱歌的原因，她在语言方面非常有天赋。

另外，邓丽君没有一个正常的童年，很小的时候，她就开始工作，四处跑码头唱歌，和大人一样养家糊口。"她没有什么童年，有时候遇到和我们年龄相仿的人，会耍耍小性子，但这都是很正常的，她人非常善良，而且没有架子，对金钱向来不是很看重，她真是一步一步走过来的，很顺其自然的，不像是那种钩心斗角的环境出来的。"管先生讲起往事，历历在目，"她不是那种很刁蛮的女孩子，很能够跟大家融在一起的。我们去越南，乐队的人在一起打牌，她总会跑过来踢我们一脚，像小男孩一样的"。

同样，在管伟华的眼里，邓丽君的母亲也是一个很善良的人，采访中，他总是亲切地称之为邓妈妈，"我就喊她邓妈妈，她和我的亲妈妈一样。邓妈妈就是很善良的人，从来不像有些星妈一样，有时候，她为了保护女儿，是很可怜的。当时很多人都在欺负邓丽君，邓妈妈的功劳很大，她就是一个单纯的人，不会钩心斗角，不像有些明星的妈妈总是争排名、通关系啊，太多事情了。邓妈妈都告诉邓丽君，不要去争这些"。

邓长禧在谈到母亲的时候说："我妈妈是典型的北方妇女，任劳任怨。家里五个小孩，小时候家里生活环境不好，父亲做一点小生意，入不敷出。她的毅力反映到我姐姐身上，她常常告诉我姐姐，凡事退一步想。她也是我姐姐的精神支柱，每次我姐姐遇到挫折，她都去鼓励姐姐。有一次，姐姐脚扭伤了，便发脾气说，不在日本待了，回台湾。妈妈说，那就回去吧。然后给姐姐做好吃的饭菜解乡愁。在我眼里她就是个贤妻良母，父亲的脾气比较刚烈，但是他们很少吵架。"

在管先生看来，邓丽君的单纯、善良和没有正常的童年可能是导致她一生感情生活不顺的主要原因。"后来，她经历两次最大的情感挫折，她和成龙的事情，我还没有感觉到有什么变化，而她跟郭孔丞的事情让她变化太大了，他们之间的恋情是对邓丽君一生影响最大的。郭家全家大都没意见，只有郭孔丞的奶奶不同意。邓丽君的命就是这样，如果他奶奶过世了，就什么问题都没有了。当时人都把她当成郭家媳妇了，郭家奶奶认为歌女不能进入名门望族。"管先生说，"所以，当她选择了谁的时候，都是真的，她也不隐瞒自己的感情。但是可能她太忙，当她红了，可能真的没机会去谈恋爱了。碰到郭孔丞可能是最好的了，因为双方都很合适。还有一次，她喜欢一个男孩，但追她的是这个男孩的叔叔，结果男孩把她让给了他叔叔，但是邓丽君不喜欢他叔叔。"

在谈到邓丽君的感情生活时，黑子非常感慨："邓丽君这个人在感情上挫折比较多，其实她个人生活是挺悲惨的。她去世之前跟一个法国人在一起，我相信那个法国人确实跟她有感情，但是中国人跟外国人的感情，超越了文化，都不现实，它只是暂时的。如果她没有去世，他们之间这段感情一定会结束，她是个很中国化的人。她命中注定有她自己这么一个地位，也命中注定会在这么年轻的时候就走了。上帝安排每一个人是有它的道理的，就让她起到这么大的一个作用，再用这样的一个形式走开，我反而觉得对她来说是个好事。我不敢想，她如果活到现在，会是什么心态，也许是个悲哀，这是很可能的。"

后记

在这次采访中，记者本来想借这个机会搞清楚邓丽君出版过的唱片：邓丽君究竟出版过多少张正式的唱片，又出版过多少张精选唱片，唱过多少首不同语言的歌曲？但是邓长禧说，他创办的邓丽君文教基金会都不清楚这些数字。到目前为止，他们能统计的结果也只是"出过三百余张唱片、唱过两千多首歌"这样笼统的数字。造成这种混乱的主要原因是最初的台湾两家公司宇宙和海山,后来把版权转让给了很多家公司,所以,拥有版权的公司都在出各种邓丽君的唱片,以至于在人们概念中《淡淡幽情》《漫步人生路》这样的专辑都变得越来越模糊。所以,想查证出具体数字,几乎不可能。

(2005年)

叶佳修：从乡间小路走来

当年王洁实和谢莉斯唱红的《外婆的澎湖湾》让人们知道了叶佳修，张明敏唱红的《我们拥有一个名字叫中国》也让人知道了叶佳修不仅能写小情调的作品，还能写出"静脉是长城，动脉是黄河"这样很有气魄的歌曲。而他影响过的人，从李宗盛到周杰伦。

叶佳修这个名字对大陆乐坛来说，在80年代初期跟邓丽君、刘文正一样重要，但由于他写的歌都是被别人唱，不是以歌手的身份出现，所以知道他的人不是很多。在批判流行歌曲是"靡靡之音"的年代，叶佳修的歌曲非常幸运地被主流意识形态接受，甚至被列入中小学音乐教材中，所以也影响了那一代人。邓小平当年访美，卡特总统请乡村歌手约翰·丹佛到白宫表演。叶佳修就是台湾的约翰·丹佛。他的歌曲大都是歌唱大自然的美好、对生活充满乐观的主题，比如《乡间的小路》《踏着夕阳归去》《乡居记趣》《小蚂蚁》《小村的故事》《赤足走在田埂上》《山水寄情》《外婆的澎湖湾》。当年王洁实和谢莉斯唱红的《外婆的澎湖湾》让人们知道了叶佳修，张明敏唱红的《我们拥有一个名字叫中国》也让人知道了叶佳修不仅能写小情调的作品，还能写出"静脉是长城，动脉是黄河"这样很有气魄的歌曲。而他影响过的人，从李宗盛到周杰伦。

在中国大学生音乐节前夕举行的"三十年两岸校园歌曲经典演唱会"上，叶佳修第一次站在北京的舞台上，演唱了《乡间的小路》《外婆的澎湖湾》《我们拥有一个名字叫中国》等曲目，演唱会之前，记者电话采访了叶佳修。

当问及从什么时候知道自己在大陆比较受欢迎时，叶佳修说："80年代我去美国巡回演出，在街头看到了我的专辑，但不是我唱的，也不是台湾歌手唱的，而是哈尔滨的一个歌手唱的，有十几个版本，这时我才知道自己在大陆很受欢迎，而且官方也不排斥我的作品。后来张明敏、费翔这样在大陆比较受欢迎的歌手也都唱过我的歌。作为一个作者，作品不一定由我自己来唱，别人唱我很开心，我发现每个人唱的时候眼睛里流露出的眼神都不是我创作时的那个故事。"

叶佳修在台湾的花莲长大，这个地方风景优美，父亲是个公务员，外婆是典型的农民。他的很多作品都跟他小时候的生活环境有关，属于乡村题材。上大学叶佳修才第一次离开农村，城市生活显然没有花莲那样丰富，他发现，在城市里生活的人都对大自然有种向往，于是，叶佳修开始萌生写歌的念头。大学他学的是政治专业，老师告诉他，学政治要学会一种服务意识，当时学校保送他去美国进修，但叶佳修更想去创作歌曲。面对比较乏味的都市生活，叶佳修想："要是用三四分钟的歌曲让大家去乡村走一趟，把接近大自然的快乐带给大家，来一次乡下休闲之旅多好。"

就这样，从大学一年级开始，叶佳修开始写歌。在此之前，叶佳修接触到的流行音乐不太多，他回忆说："上中学，学习压力比较大，我们用学英语的借口，开始接触西洋音乐，最后被西洋音乐征服了。毕业的时候，学校组织电影包场，我在电影里看到了猫王，让我很震撼，过去我听到的美国歌曲都是用歌来叙述，而猫王是用身体在叙述。我喜欢写诗，但是歌曲有旋律，让人能感到歌曲的抑扬顿挫，我想应该像猫王那样吧。"但是一张专辑改变了叶佳修的想法，他买的第一张专辑是约翰·丹佛的，他发现，他和丹佛的生活背景非常相似，丹佛的歌曲是在描述他的家乡，虽然风景不是很美，但是歌写得很美。于是叶佳修又一次受到震撼，"写自己的生活也是艺术的表现，我的音乐创作从接触约翰·丹佛后才确定"。

之前的生活积累，让叶佳修很自然地通过"约翰·丹佛方式"把作品写出来。那时候，台湾还没有兴起民歌运动，叶佳修只是凭着他最朴素的"学政治要从服务角度出发"的想法去给大家写歌，没有想过出唱片或者成名。直到大四，民歌运动才兴起，"唱自己的歌"是民歌运动的口号，这让叶佳修大学四年写的歌曲跟民歌运动不谋而合，开始有唱片公司找叶佳修了。

谈到当年的台湾音乐背景，叶佳修说："当时台湾歌坛大量翻唱日本歌曲，歌手与创作是分开的，主题都是成人的情爱，年轻人和大众的审美不在一个层次上，我们想听属于自己的歌，希望唱自己的生活，需要某种声音出现，因事而出，就有了民歌运动。我所处的那个时代，校园和社会不同，进大学不容易，只有10%的人才能进大学。校园文化也比较活跃、强烈，能形成自己的文化，我们都自视甚高，在文化层面要求多一点，平时用的文字、词汇跟社会都不一样。那时候社会上流行的歌曲在我们看来表达都不精致，没有文化层次。"

其实，大陆高校在80年代也曾朦朦胧胧出现过校园音乐现象，但这种校园文化并不强烈，这很大程度上和中小学音乐教育不足有关，加之以前大陆并没有流行音乐，校园文化并没有从音乐这个角度全面体现出来，因而没有台湾校园那种比较强烈的要唱自己的歌、把校园与社会区分开的意识。而且，大陆是在1977年恢复高考的，高校文化积累的时间并不长，随着80年代末90年代初的转折，高校文化这个看似高高在上实则免疫力极差的文化被彻底打碎了，后来的校园民谣也不过是80年代末校园音乐的一个尾音，虽然这最后的音符奏得比较响亮，但于事无补。随着高校的扩招，互联网时代的来临，校园音乐再也聚不起那个魂了。

谈到台湾校园音乐的现状，叶佳修说："台湾现在也是这样，大学入学率89%。但是台湾有自己的解决方式，他们会有自己的作品，会有一个小众范围。而且我们有自己的通道,金韵奖、大专民谣比赛可以让大学生自由展现自己,让同样类型的作品集中在校园歌曲的区块里面。我们很重视台湾的小众文化,我们有系列传承演唱会,每个学校都有很多资源,如果这个活动继续延伸,会出现第二波,要形成自己的市场才行。这类活动从来就没断过。"

大陆并没有这样的传统,不管是过去的青年歌手大奖赛还是现在泛滥的选秀节目,都没有把大学生当成主角,无法为校园文化提供一个展示平台。当大学生找不到自己的平台时,就把自己淹没在别的平台中。如今的校园音乐,已经丧失了本该属于校园的纯粹,而与校园之外的环境相比,大学生倒认为这样没有落后于潮流,其实是随波逐流。

这次大学生音乐节貌似给大学生搭建了一个音乐平台,但校园音乐的文化氛围不是靠一个商业性的音乐节就能开发出来的,它需要长时间积累才能形成,而且这种纯商业活动是否具有持续性也是个问题。

叶佳修说:"学生比较特别,有弹性,思想自由,但是可能没有把这些写出来,如果有场运动,就能让他们写出来。并不是每个人都像我当年那样,没有目的和运动就写出来了。"

由于现在学生在创作上过于与商业接轨,都带有很明显的目的性,为自己歌唱的心态在慢慢消失,很难再听到真正打动人的作品。叶佳修说:"我并不反对供需条件的存在,刺激大家的创作动机,可是很多作品不见得发自内心,也不容易让听众产生共鸣,创作更不能缺少自己经历过、沉淀过的东西。"叶佳修有一个愿望,他说:"如果将来有机会来大陆,我希望能指导一下年轻人的创作,能在大陆各大高校演出,在演出前花一个星期的时间跟大学生座谈、上课。我这方面的经验比较多,能提供给年轻人非常好。"

(2007年)

三访罗大佑

这个时代不是当年他横空出世的时代,在这个80年代生人决定流行文化口味的年代,罗大佑能给他们带来什么,他们又能接受罗大佑什么?当怀旧的气息渐渐隐没在人们的记忆中,罗大佑将面临70年代生人和80年代生人两代人的背叛,只有罗大佑自己才能拯救自己,而拯救他自己的只有他的音乐。

一、我妥协是因为我走得更宽了

当罗大佑离我们还很远时,我们习惯了通过他的歌来解读他的内心世界,在那个很难买到罗大佑专辑的年代,"罗大佑"这个名字就影响了整整一代大陆人。如果说"披头士"在1960年代对美国的"侵略"改变了后来美国摇滚乐的方向是借助于他们有一个出色的经理人和他们在巅峰时期适时地踏上美国、对美国文化造成直接冲击的话,那么罗大佑对大陆流行音乐的影响完全是在一种没有商业营销的背景下完成的,他的音乐在多个层面击中了那一代人的心灵。

在台湾的歌手中，刘文正、邓丽君等都不同程度地影响过大陆流行音乐，"刘邓"在当年告诉了大陆人什么叫流行音乐，带有启蒙性质；而罗大佑则是赋予流行音乐以灵魂。因此，他的影响更深远，更值得把他放在一个中国文化的背景下去讨论。但历史的阴差阳错使大陆听众真正认识罗大佑的时间向后推迟了二十年，而这二十年正是大陆变化最剧烈的时期。2000 年，当罗大佑站在上海八万人体育场第一次与他的大陆听众零距离接触时，人们发现，罗大佑是从一个断代的历史中走来，只有通过"怀旧"这个词才能与恍如隔世的音乐巨人站在一起。当那次朝圣般的膜拜曲终人散，罗大佑把自己孤零零地扔在了这个时代。

这个时代不是当年他横空出世的时代，在这个 80 年代生人决定流行文化口味的年代，罗大佑能给他们带来什么，他们又能接受罗大佑什么？当怀旧的气息渐渐隐没在人们的记忆中，罗大佑将面临 70 年代生人和 80 年代生人两代人的背叛，只有罗大佑自己才能拯救自己，而拯救他自己的只有他的音乐。

王小峰 =Q

罗大佑 =A

Q：你总是能创造一种现象，华语流行歌坛的音乐现象，上海演唱会引发的怀旧现象……那么，罗大佑的下一个现象是什么？

A：我不知道。我现在的新歌是想统一一个未来，把自己的历史和新的历史做某一种结合。我写歌写了二十五年，下一个阶段怎么样我不知道，我觉得年底"围炉演唱会"还是很重要的，这场演唱会我准备了二十年。而上海演唱会是第一个批下来的，我根本没时间准备。

Q：对这场演唱会有信心吗？

A：我到现在写了二十五年的歌，我希望能创作出未来，如果没有未来，罗大佑就黔驴技穷，所以要把以前的观众拉回来。现在的音乐市场是为二十岁以下的人准备的，但让我还有一点信心的原因是有这么悠久历史的国家，我们不可能只为二十岁以下的人去做音乐。一个创作者，他的创作会一路改变，不会在三十岁时就被更年轻的人淘汰掉。

Q：上海演唱会之后，你成了一种现象，成了怀旧符号，大家真正关注的是你这个人创造的一种现象，而不是你的音乐，这好像不是件好事。

A：如果我的音乐经不起检验，只能听两三个月，我也不会出唱片。1994年出版了一张国语专辑《恋曲2000》，后来出了两张闽南语唱片，这中间我遇到的最大困难就是时代变化太快，现在一切都可以拷贝，这可能是现在这个数字时代与以往模拟时代最大的差别。对我来讲可能需要一个更大的轮回，我在考虑音乐创作上的一个轮回，一个时代契机的轮回，我不断摸索，不断失败，人们只看到我写歌成功的一面，没有看到失败的一面，没有看到我很多根本没法拿出来的歌曲。

Q：你步入歌坛已经有二十年了，一个歌手在二十年后还能被人关注，这是很多人都做不到的，你现在能不能比较一下前十年和后十年在创作状态上有什么不同？

A：80年代创作《之乎者也》，正是龙应台出版《野火集》的时候，书里面有一篇文章叫"中国人你为什么不生气"。蒋经国是在1988年1月去世的，之后台湾和大陆之间发生了一些变化。80年代和90年代，对我来说是对于社会挣扎的观察不同，这种挣扎实际上也代表一种时代变革之下每个人肩负起被生活挑战的命运，但是每个人都经不起这种挑战，他需要做出很大妥协来适应现在这种现实生活。

Q：言外之意你后十年在很多方面做出了妥协？
A：我肯定要妥协的，我觉得应该妥协。

Q：但是如果你妥协了，歌迷就认为这不是原来的罗大佑了，因为原来的罗大佑站得太高了，他们不希望看到一个往下走的罗大佑。

A：当我走得宽了，我必须往下走。我原来只属于台湾，后来去了香港，现在又来北京，我要走得宽，就必须"下来一点"。在80年代，在一个小的范围内人们允许罗大佑走得更高，后来因为走得宽了，去的每个地方都不一样，消费者对我的要求也不一样，所以我在妥协。

Q：你的新专辑《美丽岛》是在什么状态下创作的？

A：对于八年来整个历史和大环境的感受，我总结了一些经验，摇滚的也有，电子的也有，民歌的也有，情歌的也有……跑不了这些。

Q：《之乎者也》当年也是花了八年的时间，你觉得新专辑和《之乎者也》相比有什么不一样？

A：我自己不能讲这个话，因为太不公平。

Q：新专辑中你最满意的是什么？这张专辑是否代表你未来的方向？

A：满意自己的创作态度。很难说这张专辑代表自己未来的方向，很多歌都是过渡时期的作品，像《爱人同志》也是延续《之乎者也》到90年代的过渡一样。

Q：在你这次北京演唱会之前，我替你做了一个调查，一个有趣的现象是，很多去过上海演唱会、被你歌声感动过的人表示不想去看北京演唱会。

A：最好不要来。这次来看的应该都是当初没有钱去上海的人。上海演唱会是我完全没有预料到的，比较仓促，老实说上海演唱会完了之后，我下台后的第一个反应是搞砸了。因为有很久没有办演唱会了，很多歌词都忘掉了，也就是说我并不把上海演唱会看作是成功的。经过后来的九场演唱会下来，才让我有了一些经验，把一个历史拉回来，把一个怀旧也拉回来。

Q：年轻人是否会对你有所了解？至少有八年你都没有在大陆出版国语唱片，大家对你很陌生。

A：两个方面：第一，有很多新人出来，包括陶喆、周杰伦，他们都在挑战罗大佑，这绝对是好事。那个时代因为只有罗大佑，所以大家也寂寞，罗大佑也寂寞。那个时代是没有歌曲的年代，现在歌曲很多，这绝对也是好事，罗大佑自己也要经得起考验，不能混了二十年，说我是那个罗大佑就可以不努力。这绝对是一个竞争的时代，经不起考验你就下去。我的歌曲里什么东西吸引人？我觉得这张唱片的卖点就是我在用我的心做音乐，真正卖的是这个东西，而不见得是哪一首歌。第二，我觉得是自己在探索中文语言在感情上的表达方式。一种语言一定有它的文化，语言和文字是两回事，语言是我跟你讲话时带感情的一种东西，在中文语言里找到一种表达方式一直是我在做的事情。

Q：我参加过两次你的新闻发布会，感觉你有时候很喜欢作秀，但是作秀技巧又不如刘德华。很多媒体对你这样作秀也不适应，人们还是希望看到一个人文的而不是一个艺人的罗大佑。

A：我现在比以前能讲话。以前的罗大佑是戴着墨镜不讲话的抗议歌手。但你别忘记罗大佑也是一个活生生的人，他也要吃喝拉撒。但两岸之间有距离，1976年我开始写歌，一直到1982年我唱《恋曲1980》，距离都很遥远了，歌是不是能表达出一个人最实在最外在的东西，这不一定。在记者招待会上我还要穿着西装，要面对所有媒体，要拍照，拍照的时候我就需要这种状态。而你听歌的时候，是最近的，是心灵之间最直接的沟通，这和我们现在这样的沟通完全不一样。

Q：到底哪个罗大佑更接近真实的罗大佑？

A：那个罗大佑就是写歌的罗大佑；这个罗大佑是一个也需要抽烟、喝酒，晚上睡觉也需要做梦的男人。这就是台上和台下之间的差别。

Q：你的歌总能传达出一种人文气息，即便情歌也是这样，新专辑是否还在延续这些？

A：它毕竟要回到整个时代来看我的变化，在出《之乎者也》、《家》的时候，我从来没离开过台湾。当人们讨论我那么厉害的时候，环境也在变，时代也在不断改变，包括我们做音乐的方式。前些天我在听 80 年代出的专辑，我吓了一跳，那么简单的鼓、吉他的声音，现在很容易做出来，在那个年代我要花一年的时间。人文这块跑不掉，当我把人文的东西丢掉，我就背叛了自己，我可以妥协，但我不能丢掉自己。

Q：最后再问你一个问题，歌坛还会出现一个罗大佑吗？

A：肯定会，我自己走了二十年，不可能希望下一个罗大佑在三年内出现。但能不能借助我让这个人快一点出来？

（2002 年）

二、我在见证这个时代的旅程

2004 年 11 月，罗大佑发布了十年以来自己的第一张个人新专辑《美丽岛》。对于他在新专辑中的改变，很多人不解，那个愤青的罗大佑终于不见了，取而代之的是多元、散乱的罗大佑。《美丽岛》记录了罗大佑十年间的生活感悟，他试图跟上时代的脚步以证明自己还是一个有活力的、在音乐上有话语权的人，但他身处其中，又无法将自己摘出来。

Q：你十年没出唱片了，这十年你都在干什么？

A：在探索下一阶段应该怎么过活，这样才能产生下一段音乐。从《之乎者也》开始，一直到 1988 年《爱人同志》，这都是阶段性的改变。人转变才会有音乐的转变。我一直在找一个生活方式，我不能确定自己是不是能把歌写下去，我只能靠时间来解决能不能把音乐做下去这个问题。

Q：我听到你这张新专辑，确实感到你在和时代同步，这些歌也反映了你十年来思考的东西，但我总感觉隔着一层东西，这种感觉不像我听你在 80 年代做的那些唱片更直接一些。

A：你十六年前听一首歌跟现在听一首歌的感觉不同了吧？那我也在改变，时代也在改变，经过科技，所有的东西都在改变，所以不可能有当初那样的感觉。

Q：你哪些地方发生了改变？

A：我现在全部都在改变，专辑出来我是很开心的。这张专辑写了六七年。我有时间把这段时间的经历记录下来，这是很难的，中间不断有事情发生，97 回归、世纪交接、"9·21"大地震、非典、伊拉克战争……这些改变多大啊！

Q：你这张专辑和上一张专辑像一个时代分界线，标志是什么？

A：标志有很多，这是一张 21 世纪的唱片，我前面的都是 20 世纪的。当年写第一首歌的时候我二十一岁，现在五十岁，还在写歌。你不觉得全世界正在发生很大很大的改变吗？我不晓得下一步是什么，但我敢肯定这是一个新阶段的开始。

Q：现在世界变化比较剧烈，这也是你创作时所关注的，那么倒退二十多年，那时候你关注的可能没这么多吧？

A：我写《鹿港小镇》《之乎者也》《未来的主人翁》《家》的时候，从来没离开过台湾，因为一个人的创作只能在他看到、感觉到的范围内。那时候的台湾媒体还有限张政策，就是报纸只能出三张，那时候的审查制度还是很严格的，《之乎者也》不能播，只能被局限在一定的范围里。现在我到处都跑过了，时间和空间都经过了很多改变。

Q：可不可以这样说，那时候你创作就像拿一支来复枪对准一个目标，打得非常准，现在你好像是用机枪扫射，反正这一片都打过去了，是不是打准了并不重要？

A：对。假如我们有想打的欲望，市场也好，听者的心灵也好，自己想表达的目标也好，不管是来复枪还是机关枪，打的动机很重要，为什么要打？都是要表达自己的能量。我现在用机关枪扫射出去，该谈的事情都谈了，《绿色恐怖分子》讲的是去年"3·19"发生的丑陋的事情（"3·19"枪击事件是发生在 2004 年 3 月 19 日对台湾执政党主席陈水扁和副主席吕秀莲的枪击事件）；《宁静温泉》表达一个人在社会中的经历；《美丽岛》说的是我出生的地方，经过一些变乱，真情换虚拟；《伴侣》是非典时期写的……

Q：你刚说了你这么多年有很多改变，我看到你以前接受采访的时候总强调要超越自己，你的改变和超越之间的关系是什么？

A：其他我不敢讲，这张唱片我倒是很开心的。你听每首歌，它的旋律都是独特的。创作就是无中生有，怎么去写一个东西，让人觉得它有独特的东西在里边，我没有去抄自己，这是让我很开心的。

Q：你这张专辑创作时间跨度比较长，大约有六七年的时间，三年前我听过你的几首新歌，你在里面加了很多新的音乐元素，你需要加进这么多音乐元素来跟进这个时代吗？

A：80 年代我用摇滚乐的方式，但每个时代有每个时代的声音，都有它习惯的聆听方式。在我这张专辑中，《伴侣》只有一架钢琴，《倾城之雨》只有一把电吉他。我从来没有在一张专辑里一首歌中只用一把电吉他，我不需要那么纯粹，21 世纪得有 21 世纪的声音。

Q：你说你的音乐要有时代特征，同时你又说音乐被当成资讯、音乐不再是心灵的产物了，我想起你在《未来的主人翁》里有一段歌词："我们不要一个被科学游戏污染的天空,我们不要被你们的发明变成电脑儿童。"但是这个时代就是一个电脑儿童的时代。

A:《美丽岛》这张唱片有很强烈的电子的东西。摇滚乐其实也使用非常强烈的音色去抗拒越来越喧闹的都市,优美宁静的音乐可以去表现人的心里宁静的一面,它不能去抗拒这个现实。在这个时代也是这样的,当新的一代人用电子的声音完成游戏、上网或跳舞时,我们得用他们能接受的语言去抗拒它,说这个不见得是对的。

Q:你现在的歌词写得没有以前有震撼力了。

A:语言的能力在我们这个时代正在被削弱,我现在坚持不用 E-mail,因为它太有效了,可问题就在这里。我在演唱会现场问大家,没有手机的请举手?结果没有举的。你不觉得这个问题很严重吗?以前家里打电话要排队,现在在任何地方都可以打电话,它的太方便,带来的就是什么东西都没那么重要了。

Q:你的意思是不是语言的创造力被削弱了?

A:是的,比如我要写一封信给你,下笔的时候我知道它来之不易,其间我一定斟酌得很厉害,短则一两页,长则十几页,为什么古人能写出好文章,就是因为沟通的方式很书面。

Q:是不是你也受到了这个影响了?

A:我相信每个人都会受到这个影响,但我已经尽我的全力去避免这种影响了。在《美丽岛》这首歌里我就避免用白话文去写。我觉得人和人之间看似越来越近,比如手机、电脑、E-mail,其实肯定是更远了,因为他们并没有进行一个实质性的交流。科技本身有很大的问题,在科技时代,大家要的是结果,在以前的时代,结果不重要,沟通的过程重要。有句话说"旅程才是目的"。比如,我花十年的时间写这些歌,它卖掉多少已经不重要了，但是我见证过这个时代，这个时代的旅程就很重要了。科技最大的问题是太有目的性，而人活着的目的不能太明确，就活那个过程吧。

Q：那你当年写《未来的主人翁》时想到过这样的结果吗？

A：至少我意识到科技的可怕了。1993年我在香港，当时在录音棚里，我看到他们把人声取样下来，唱得不准、节奏不准都可以修正，当时我就觉得这东西很可怕，如果谁都可以唱歌的话，这就说明唱歌越来越不值钱了，人的情感越来越不值钱了。当有人拿到一个很好的合成器，一弹所有的和弦都出来，作曲就不那么重要了。

Q：是不是这个时代歌词已经不重要了？

A：我觉得不是，歌还是歌，没有歌的民族一定很寂寞，音乐应该有种可延续下去的东西，就是力量。比如贝多芬，这个音乐天才写的"mi-mi-mi-do"这四个音到现在我们都记得，两百年后，大家都知道这个旋律，它回到了最简单。我相信人越走向科技化，就越要按照大自然的法则来生活。

Q：现在人们听音乐越来越容易了，但是音乐对人们来说已经不像原来那么重要了，听音乐变成了消费音乐。

A：我还是很乐观的，现在唱片卖得少主要是因为太容易拷贝，现在的年轻人只要有一台电脑，就可以成为盗版商。当家庭盗版量增加时，并不意味着音乐需求量减少了。唱片本身不值钱了，但是里面的东西还是值钱的。假如这个世界上有盗版的存在，就说明人们还是有这个需求的。我担心的是这个世界上连想做盗版的人都没有了，那音乐就没有了。比如说iPod，最多能存一万首歌，可是谁需要一万首歌？对我来说，平时需要听的歌曲不超过一百首，那表示我珍惜这些歌。如果你有一万首歌，这些歌就都不重要了，这就是科技本身的危险。美国发明了互联网，却从网上遭受到最大的损失。

（2005年）

三、创作还是要继续

一个无法回避的现象是，很多人到中年的歌手，在他们各方面经验日臻成熟的时候，本来还可以在事业上更进一步，但却不得不面对数字化时代的现实，这个残酷的现实几乎让他们不得不放弃过去创造的一切。他们不像更年轻的音乐人那样，适应通过数字时代传播自己的作品的方式，并成为传播中的一员；他们更习惯按照过去的方式录制一张唱片，通过唱片去证明自己，或者，通过演唱会与歌迷交流。在没有发片的日子里，这些老人家显得无所事事，有些甚至慢慢开始远离音乐。个中滋味，也许他们自己最清楚。

人们自然希望罗大佑会沿着"恋曲 2010"、"恋曲 2020"这样的节奏唱下去。但是罗大佑已无心恋战，出不出唱片，已经变得不重要了。至少"华语流行音乐教父"这顶桂冠在他有生之年不会属于别人了。

自从 2004 年《美丽岛》发行之后，罗大佑除了跟"纵贯线"进行了长达一年的演出之外，没有任何动静。直到最近（2011 年 6 月），他才计划在北京等地举行几场演唱会，同时，罗大佑对录制新唱片的计划并没有表现出太大兴趣。

Q：从《美丽岛》到现在，你都在做什么？

A：这期间就是写写曲子，然后反省人生。我最近都在想，过去这十年，二十年，到底发生了什么事情？我 1987 年 4 月 1 日到香港以后，搬了十九次家，我就在想自己怎么会跑来跑去，搬了这么多次家，这到底是为什么？我最后有一个总结就是"归属感"——我缺少一种归属感。

Q：你所指的"归属感"是什么？

A：不只是居所的归属感，是心灵以及作为一个创作者的归属感。其实很矛盾的，作为一个创作者的宿命其实是很痛苦也很幸运的。大家都有心情不好的时候，我记得最清楚的是梁弘志过世，他出殡那天，我们去为他送殡。那个礼拜我的心里很难受，我一直在唱他那首《驿动的心》。有一个好处是你唱了他的歌之后，那个伤心的感觉慢慢会减轻很多。我也在想，作为一个音乐人，你怎么去感动别人，你到处漂泊的原因和理由是什么，为什么会这样，是矛盾的吗？做音乐人很矛盾的一点就在于他一方面要能让人被感动，之后又要能抚平人心、让人安静下来，最后得到真正的宁静、安定，有一个舒坦的心情，再重新好好地工作，开启生命另一天。音乐人比较麻烦的一点在于他要知道人最动态的状况是什么，什么是能让人激动的；但是安静下来，又要知道怎样能够让人听着音乐睡着觉，这其实是很矛盾的一种职业，这也是归属感为什么重要的原因。

Q：那你现在有这种归属感吗？

A：快啦。从1954年出生到现在，乐坛上比我资深的人也找不到几个了，这个年纪斗胆出来开演唱会，也算是抱着一个比较平静的心态。

Q：现在的音乐人在今天这样的环境，谁都不敢再往前走一步。传播音乐的观念、方式与过去不一样了。《美丽岛》发行之前你谈到过互联网对音乐的影响，现在，你对这个问题又有什么新的理解？

A：版权到最后其实是打不过科技的。大家都会把大量的投资放在硬件上面。基本上我还是乐观的，既然音乐是可以被大家共享的，那就让音乐被大家共享好了，创作者也只好把创作当成一种不自私的行为。我还是尽量创作。电影还有个电影院保护，但音乐就没有，获取音乐太容易了，那我们就只好认命了。至于要不要创作呢？那当然要创作啦！譬如说转型到音乐剧范畴，进入到类似电影院这样的殿堂里，来保护我的创作。既然政府没有办法保护我，就只好转型到这个结构里去。

Q：现在的音乐家都尽量用回避数字版权受侵犯的方式创作。那以后谁还唱歌呢？

A：我们当然得靠自己。像我们老人家，要把身体养得健康一点，嗓子保养得好一点，这样可以唱久一点，演唱会还可以继续开。这个世界在录音技术还没有发明以前，演唱会就已经存在，否则以前的音乐家是怎么活的呢？

Q：实际上是在一个数字时代，逼着音乐家回到"公元前"唱片时代了。最后是要把观众、听众培养到体育馆里、剧场里。

A：对，这是很正常的。

Q：另外，现在人们太容易得到音乐了，容易得到就容易不珍惜。

A：有一个讲法是人一辈子只要有大概一百张CD的量就够了，真的是这样，因为好听的唱片其实不多，而且人的取向是有限的。可是真正的重点是你要听完多少张CD以后才能决定最后哪一些CD是你需要的。老实说，当一个人下载了一万张CD以后，他哪里会知道哪些音乐是好听的？我们的问题就是选择太多了。像我们那个时候会很小心地到处去打听哪些音乐是好听的，所以我们对音乐的选择和过滤是很小心的，音乐的来源也很清楚。现在的人下载都来不及，一天就下载二三十张，一个礼拜可能就下载了几百张了，音乐的来源是混杂的。面对一大堆东西以后，其实思考是混乱的。

Q：当选择的量很少的时候，意味着别人的作品占有大脑的空间就会比较少，自己创作与想象的空间就会比较大。现在一下塞满以后，就没有想象的空间了，只是判断各种类型而已。

A：没错。我觉得在我们那个年代，当选择少的时候，反而人是小心的、谨慎的，所以聆听音乐的程度是高很多的。人们对音乐的尊重与敬畏的层次是高的，让音乐保留下来的感觉是慎重的，这个很重要。所以那个年代音乐可以被留下来跟现在音乐被得到的喜悦程度是完全不一样的。现在做音乐的人做出来的音乐已经没有以前那样的深度了,因为现在做音乐太容易了。我们现在拥有这么多的乐器,一个键盘就可以做出很多种音乐。以前做音乐多小心呐,我等了一年、两年,好不容易等到今天,可以有一个管弦乐队,终于有这样一个机会。录音室也那么贵,一百多个人在等我,我写了两三年,终于要录音了,谨慎恐惧,哪里敢错一个音!人家穿西装打领带在那边等你,每个人一天下来起码都是一千块人民币,你哪里敢随随便便写歌!每个音符都要写得很小心,小心的程度就跟拜神一样,这里就有敬畏。

Q:你当时在创作《童年》的时候,歌词就写了五年。现在写五天都算长的。当年你创作音乐的时候那么痛苦、那么麻烦,图个什么?

A:图个……图个……我不知道。我不晓得别人是不是这样子,但有几个字我觉得还是唱得不顺口,跟别的词摆在一起就觉得不对,就非要把那几个字消灭不可。还有几行没写出来,那个感觉还没到,好像我的童年还不够完整,好像我的童年里面有一些意境还没有到。像最后一段"阳光下蜻蜓飞过来,一片片绿油油的稻田",我花了很多时间。虽然那段并没有把童年里最有趣的事情写出来,但是那一段里有童年的一种视野,是长大以后去看,比稻草更高一点点,好像能够看到山的感觉。是人长大以后比较能够看到多一点点的世界的感觉,是比六七岁稍微更宽一点的视野,看到颜色,可以分辨天空了,我想把那种感觉写出来。等最后一段出来以后,我才觉得整个歌曲完成了。至于为什么一定要这么写,我不知道,大概只有作曲的人知道为什么非得完成这个事情。有些东西没有完成就觉得对不起自己,如果对不起自己,唱这首歌的时候就会觉得味道不够。

Q:但是2005年我在听《美丽岛》的时候,心里有一种不是很畅快的感觉。火力很猛,但打得不准。

A：对，《美丽岛》不畅快，《美丽岛》当然不畅快。《美丽岛》那张唱片出来的时候是 2004 年 11 月，后来想一想，那段时间大概是台湾有史以来最糟糕的时候。那时候陈水扁正在把钱往外面送，弄到瑞士，那是台湾有史以来价值观最乱的一段时间。我怎么可能打得准呢？那个时候乱七八糟的。台湾 1999 年"9·21 大地震"，我是 9 月 24 号从美国回到台北；2000 年选举变天，民进党陈水扁当选；2001 年是全世界网络经济泡沫，还有"9·11"；2002 年我搬到北京，台湾"3·31 大地震"；2003 年非典，我还在广州办了演唱会，还有伊拉克战争；2004 年是"3·19 事件"，3 月 27 日一大堆人到"总统府"前抗议游行，2004 年我还在台湾做巡演……《美丽岛》就是那时候写的，台湾一直没有消停，像过山车一样，所以我整个思考是乱的。

Q：是不是这个世界上只要一发生什么大事，你的反应都会比较敏感？

A：我会，我是一个想得比较多的人，年轻的时候没有这么严重。

Q：是不是说年轻时习惯从一个角度去看一个很具体的现实，可能会写出一些作品，比如《童年》，或者对审查制度不满，就写了《之乎者也》，随着关注的范围越来越大，很多可能跟音乐无关的事件也被你牵涉进来了，甚至会去想这些能不能激发创作灵感？

A：会有关系，而且你到外面多跑一跑以后，音乐多多少少都会和你周遭发生的事情有关系。

Q：你除了演出，做音乐剧之外，还有没有出唱片的计划？

A：我接下来主要就是一些音乐剧的作品。因为首先音乐剧像电影一样比较容易受到版权的保护，可以做巡回的比较长的演出。而且因为歌多，不会是唱片的形态。我人也到了一定的年纪，不一定要自己去唱，音乐剧又可以有剧本，又可以有导演，又可以有各种表演形式，就可以群策群力，多一点人参与，是一个将多种表演形态、各方的创意和人马聚集到一起的现场演出。到目前为止，华语世界还没有一个比较够影响力的音乐剧出现，也差不多该是时候了。

Q：你的野心是想去填补华语地区音乐剧的一个空白？
A：对。

Q：但是那些喜欢你、一直期待你还能出一张唱片的听众可能会在这方面比较失望。
A：我自己唱歌还好，假如这个嗓子还唱得下去就唱。但是我一直把自己比较多当作一个写曲的人，其次，才是一个歌手，作曲对我来讲还是比唱歌重要，我觉得大家看我也是这个样子。

Q：这个音乐剧准备了多长时间？
A：讲都讲了十年，准备大概也有七八年，歌大概有五六十首了。估计后年大概能够进入剧场了。我们现在有三个剧本，我现在在把三个剧本融合到一起。舞台剧之前会有一个音乐电影先出来，电影还是会以我之前的歌为主，把以前的歌串到一起。先用这个电影做一个试探，做一些导演、演员等人才的集合，大概明年会推出。

（2011年）

李宗盛：大陆流行音乐还没有审美标准

> 流行音乐制定美学标准的十年间，在它获利发展成一个井井有条、合理的行业的过渡阶段中，我不希望由韩国人、日本人、欧美人来给中国人定标准，说这个好那个不好，一定要由我们自己人来定，我们有自己的审美观和文化背景。
>
> ——李宗盛

人们认为，很多台湾音乐人在几年前纷纷来到大陆寻求发展，是台湾流行音乐没落的标志，对大陆流行音乐有帮助。大陆、香港、台湾流行音乐的格局也该发生实质变化。到底现在整个华语歌坛处在什么样的状态上？它该何去何从，大陆流行音乐又是什么样的？李宗盛对现在的华语流行音乐是这么看的——

Q：最近这几年华语歌坛的变化——原来大陆比较弱，但这几年有上升的趋势，香港、台湾地区有衰落的迹象，滚石唱片出现了一些问题，这是否意味着一种新的格局出现？

A：我不见得对大陆音乐有了解，正在开始了解，所以我不确定我的观察就是对的。我并不认为港台衰落、大陆上升三者之间有相互联系，并不是因为港台弱了，大陆就向上了，我并不认为大陆音乐制作的水平跟听众的层次因为港台的衰落而上升。大陆改革开放这么多年，社会气氛比较松弛，流行音乐必须架构在一个有明显消费的、比较小资的、媒体活动空间比较大的前提上，这样的环境中才比较容易存活。而大陆在这方面这几年进步是比较明显的，但在制作上并不能说整个大陆就超过了台湾或超越了香港。港台的弱是在经济面和社会面的，跟文化的关系不大。到目前为止，你随心取样台湾出的十张唱片、大陆出的十张唱片，比较一下制作的工法，各方各面，台湾仍保持着相当明显的优势。大陆当然有个案，很不错，整体来讲我认为还有一段距离。

Q：台湾流行音乐曾经有过一段辉煌时期，你也是辉煌时期参与的一分子，当初台湾流行音乐是如何走向一个辉煌的顶峰的？

A：流行音乐必须等社会发展到一定程度后才会着床，才能够茁壮。我觉得时间点掌握得很好。我们往回看，从民歌运动开始，往后十五年，是最好的时期，那个时候也是台湾经济起飞的时候，这两个时间点刚好吻合在一块。当老百姓的生活状态到了一定程度之后，就会开始需要娱乐。民歌运动对于整个华语圈最大的意义，就是它导入了大量的知识分子。民歌运动是从"唱我们的歌"这个概念开始的，被大批知识分子所接受和认同，并且他们成为华语流行音乐的骨干，使这个行业的从业人员素质变得非常好，所以起点很高。大陆的问题就是当整个社会需求出现的时候，你回过头看它，音像产业的从业人员是值得忧虑的——大部分都是野心家、投机家、资本家。这些年，流行音乐最大的倒退是知识分子并不支持这个行业，没有得到他们的认同，这是大陆流行音乐最吃亏的地方。

Q：台湾、香港流行音乐的衰落是什么原因造成的？以前听到最多的是盗版和网络下载破坏了这个行业，是不是还有别的深层原因？

A：因为我是干制作的，所以只能从制作的层面去看。最开始，制作人最受尊重，二十年以后，制作人在一张专辑中的角色是非常卑微的。这意味着什么呢？如果我们回过头去看台湾过去十年出版的唱片，你把唱片封面打开，你会得到很充分的证据，整个流行音乐的外移是非常严重的。一张唱片大概只有百分之二三十是在台湾完成的，从乐手、编曲、词曲创作者的名字就能看出来这些人都跟台湾无关。可以这么解释，整个流行音乐的制造基础已经扩大了，为什么会造成这样的状况？台湾基本上已经没有多少人在写歌，也很少有人愿意天天练琴，编曲就剩那么两三个，对做A&R（艺人与曲目部门）的人来讲，就是采买，一笔预算，马来西亚可能比台湾便宜，而且比台湾还好。所以整个产业外流得非常厉害。台湾到今天已经不是华语流行歌曲生产的地方了，它已经慢慢变成一个舞台，就是台湾变得香港化了。那么台湾有没有受益呢？并没有。所以，台湾、香港、大陆三者之间的角色正在发生变化，香港比较难的是它现在不是音乐中心，也未必就是一个音乐舞台。以前在红磡办一个演唱会很了不起，现在是在首体办一个才了不起。

Q：大陆是否会出现您刚才说的"外移"情况？

A：我觉得还可以，以比例来讲，不会那么大。我认为大陆还有它的审美观，这是我对大陆有最大信心和感兴趣的地方。无论如何都需要一个过程，大陆现在正在经历定自己的标准的时期，以前都是以外面的为标准，未来几年，包括自信心的增强，比如他就认为刀郎好听就去听刀郎，我认为大陆会有自己的一套，不会永远跟在港台后面，这是一个过渡的时期。以我对这个行业的了解，不管是五大公司还是台湾公司的决策层，都调到大陆来。甚至有的艺人，很明显地不把港台市场当成第一位，在台湾，可能花十五天做宣传，但是在大陆可能就会花上一个月的时间。我相信大陆会有一套自己的机制，当中需要外面的协助是很正常的。

Q：以往科技的进步会促进流行音乐的繁荣，从上个世纪90年代后期开始，科技进步实际上对全球流行音乐发展起到的是破坏作用。这种科技的进步对整个流行音乐领域的影响，会让流行音乐的未来出现哪些变化？

A：已经是这样了。新科技发展对音乐这个行业来说，唯一受害者我认为只是唱片公司，对爱乐者没有影响。现在做音乐是全民运动，也正是因为电脑和制作软件的出现，造就了各种各样新的音乐形式。以总量来讲，现在全球每天产生新的音乐数量远远超过过去，整个产值也是过去很多倍，音乐创作本身是非常蓬勃的、对人类有益的，产值也没有更小，只是唱片公司没有挣到钱。所以必须要有一个新的模式出现，现在大家还没有找到这样的一个模式。唱片公司可能要转型成立一个市场媒介的公司，唱片这种形式在中国是最后一丝希望，中国能不能卖出合法的唱片，如果可以，就有救了。现在很多公司的最大收益都不是来自唱片这一块。

Q：我从2002年就注意到了，很多港台音乐人来大陆，但好像没有在大陆找到一个发展的点，是不是你们有些水土不服？或者音乐理念上与大陆有什么冲突？

A：我不知道大陆是怎么看我们这些人，大陆人对我们有期待很正常。其实对我而言，我只想换个地方住一住，我该完成的事已经完成了。对罗大佑来讲，可能有这方面的困难。整个机制都还没有完成，虽然一片好景，但还是在过程当中。任何一个来北京的人都是保守和谨慎的，我来北京就是过日子，多认识些人、了解一下状况，在北京是生活的经验。我觉得整个架构没有完成，所以连五大公司审美都没有品位，什么挣钱他们就做什么，刀郎一火，环球不就来了嘛！没有任何一家海外公司在大陆赚钱的。但他们又不可能不来，大陆的水太深了，你也摸不透是怎么回事，大陆人都不见得能搞定，更何况外面的人呢？

Q：纵观整个华语地区的流行音乐，你认为大陆是否会成为流行音乐的中心呢？

A：以市场规模来看，现在已经是了。可是现在大陆引起巨大经济效益的案子大概只有10%，大陆是一个市场，但会不会是制作的中心，我认为不会这么快。

Q：大陆和海外相比，流行音乐还存在哪些问题？

A：机制还不够完善，这是最主要的问题。从创作上面来讲，我不知道怎么说，可能是那种感觉还不够。从根本上说，大家可能都太急了。大家看到一片繁荣景象，这个行业的门槛又很低，力量又无穷大。文化产业所能引起的冲击是很大的，有太多的产业跨平台进入到这个产业。我接触的年轻的"小朋友"，都比较急功近利。你说他对音乐没热诚吧，也不是，他总想有个目的。但是很多人看得到，却做不到，又不肯学。以前资讯不发达，学得比较慢，情有可原。现在资讯这么发达，这么久的时间了，我也没有看到大陆大步追上谁。当然，我们宽容地讲，这是一个过程。在这时候有没有静下心来把基础东西做好，这是我最担心的。你看，一部韩剧，横扫全中国，后面带来的手机、冰箱、汽车的上百亿的市场……很多中国人认为韩国的东西牛，这种文化的影响是巨大的，全亚洲什么时候都听中国人的歌呢？这是我来大陆的原因，就是在定标准的过程中，我希望提供我过去的经验。流行音乐制定美学标准的十年间，在它获利发展成一个井井有条、合理的行业的过渡阶段中，我不希望由韩国人、日本人、欧美人来给中国人定标准，说这个好那个不好，一定要由我们自己人来定，我们有自己的审美观和文化背景。我没有大张旗鼓，在平常的聊天中我会把这些观念跟朋友们讲。

Q：那您具体怎么做呢？

A：我还没开始呢。大陆太大，另外，这个环境让我变得很孤单。

Q：大陆将来有一天是否会变得像港台那样越来越商业，让音乐本质上的东西没了？

A：没办法，基本上流行音乐是最一针见血、躲都躲不掉地反映一个地区现象的东西。台湾有段时间流行音乐空洞、无病呻吟，男欢女爱啊，事后回头再看，那时候的歌舞升平和物欲横流是一致的，歌曲就是反映那个时期的社会形态。大陆要出什么发人深省、登高一呼的摇滚，你说摇滚现在有什么好愤怒？都吃得饱饱的，当初的那种苦闷都没有了。过去有些人可能扛着革命的旗帜，可是摇滚得一塌糊涂、烂透了，你把鼓给我打到点子上行不行？这是一个大转移的阶段，如果这时候流行歌呈现的是浮华，没办法。

Q：有人说，中国有两样东西不适合走向世界，一个是电影，一个是足球，那么流行音乐呢？

A：我不这样看。我觉得中国流行音乐不必对世界有什么影响，因为这边就是你的世界，有十几亿人，一定要先有音乐对这边的人有影响，再想世界。我们不必去在乎日本人、法国人是不是喜欢我们。如果我在中国是一个超级的大腕儿，制作水准是世界级的话，他们会来找我，所以我不会想先得到西方人的认同。

Q：您的新专辑什么时候出版？

A：正在做，它是我新的心情，对音乐的新的见解，它是非常"我"的音乐。过去我是一个唱片从业人员，职业作曲家、作词家，在我的角色里，必然要完成的任务是让歌星红，让歌卖钱。在我下面要做的专辑中，我比较在乎我自己是什么感受，专辑已经做了一半了，明年发行。

Q：能谈谈您年底演出现在是种什么心情吗？

A：我明天就去马来西亚排练，我挺紧张的，因为我没有过一个多小时的演出经验。虽然紧张，但我很雀跃。总的来讲，我认为歌要经过时间的洗礼，激情也必须经过时间的考验。我把这场演唱会当成朋友的相聚，时隔二十年，你还来看我，你现在还爱我，相隔二十年，看来你是真爱我，真爱这些歌的。我把这二十年当成一个检验和沉淀，所以我紧张、在意，有大部分是来自这方面。我们要碰面了，我站在你面前要把歌唱一遍，那种感动、期待和恐惧是造成我紧张的一个原因。我从来没做过个唱，所以才紧张。之所以选择和周华健合作，是因为相互有种惺惺相惜的感觉。另外他有很丰富的舞台经验，他比较奔放，我比较闷。

（2004年）

黄舒骏：像写论文一样写歌

> 不管大家用什么形式努力挣扎，我还是愿意提早宣布或者说宣判我们经历过的美好时代已经结束。但是另一方面我又很积极地朝下一个时代走。
>
> ——黄舒骏

黄舒骏是歌坛的一个异类，无论从哪方面讲，他都应该成为一个叱咤歌坛的人物。他的唱片热销过，他的歌词像教材一样被解读过，但他不想让创作屈从于商业，或者说他从一开始就没有想变成一个风云人物的愿望。不管身边如何风起云涌，这个大学里学大气科学的人夜观天象，似乎看到了自己的未来。他宁愿在浓厚的人文气息中去找寻一个精神理想国，因此他的创作比任何人来得都要吃力。他不想重复自己写过的主题，他甚至认为，自己可以把一个题材写尽，让后人没有机会去重复。当他去写一个话题时，会像写论文一样，在痛苦和煎熬中完成一次次创作。这么多年，他每次都把自己逼到才思枯竭的边缘，像挤牙膏一样出了十张专辑。

Q：为什么这么多年没有出唱片？

A：刚开始是个人状态的问题，我是一个极度敏感的人，我远在别人之前就已经发觉自己的状态，当然也有很多方法去克服，惊险地过了好几关。从第一张专辑做完之后，我就已经觉得写不出第二张了，但还是写出了第二张。当别人说那是我作品里最好的东西时，事实上我知道那是惊险过关的，我是在不是非常饱满的状况下把它做出来的，所以我开始体味到创作必须接近一种临界点的必要性，不管叫自我突破也好，急中生智也好，燃烧生命也好，它就是要在某一种临界点才能够产生的一些东西。

1994年，有一天我录音完跟一个编曲去吃早餐，也不知为什么，他突然告诉我说："你也可以尝试着做一下别人的专辑。"我听到他这句话第一个反应是非常不悦，我觉得他在暗示我的状况有问题。从1988年到1995年，我是一个非常纯粹的个人创作型艺人，完全不做任何别的事情，一年只想我今年这十首歌是什么，而且我那时候认为这是一个至高无上的挑战或成就。但是很不幸可能真被他料中了。我那时候开始对做自己的东西有太多怀疑，在1994年之前做过的这些几乎已经把我心里面创作版图重要的地方都占据了，真是举步维艰。1995年，刚好黄莺莺要做她的《春光》专辑，我先是帮她写了两首歌，她说那你要不要帮我制作这两首歌，所以这是我开始制作历程的一个开头。这个过程想不到蛮顺利，这一年我制作了很多唱片，伊能静、陶晶莹甚至Beyond，然后我竟然进了EMI做音乐总监，这解释了我后来出专辑开始迟缓的原因。其实我自己心里一直都非常清楚，我最终的目的是要回到自己的创作，那些只是调节，好像出去散散心的那种感觉。后来离开EMI，1997年没什么事，我就做自己的《两岸》专辑。

但是我在2000年就意识到整个唱片界出现很重要的变化，就是现在大家知道的状况，当时我自己好像再没有那么高的兴致做唱片了，于是决定去网络公司担任总经理。我接触网络比较早一点，事实上已经意识到自己要跟音乐说再见。直到2001年，我做了《改变1995》这首纪念杨明煌的歌，之后我真的觉得要离开唱片界了。接下来就是去圆自己另外一个梦：回到台大念MBA。毕业后做台湾选秀节目，接着做大陆选秀节目——对我来说一直都是一个马不停蹄的过程。但是唯独我个人工作这条线有一些中断，中断到后面有一点变成了虚线，又变得好像没有线。

Q：你刚才说自己在创作第一张专辑的时候，就已经觉得到了一个坎儿，但是陆陆续续地出了十张专辑，这种不想重复自己的压力，内心和外部哪个更大一些？

A：我对自己的要求远胜于外界。我相信外界并没有那么清楚地去希望我这样做，不管是唱片公司的立场还是市场反应，或者说有些人真心希望我能够写出更好的东西，但不管是什么理由，他们都没有像我对自己那么苛刻。对唱片公司来讲，他们最希望的是你不断复制你成功的经验，最好是每张专辑的十首歌都跟前一张卖钱的那十首歌的布局一模一样，最好每一张都有类似《恋爱症候群》这种歌，或者每张都有像《她以为她很美丽》这样调侃式的作品……但是我没有办法去重复过去，不管是音乐形式还是歌词的内容，我都希望找到非常独特的角度去完成这些作品，我给自己的压力远胜于一切。我的创作后来可能接近某种病态或偏执，这种偏执就是你一定要把自己压迫到某个角落，你才有可能让那个主题发挥到极致。比如写爱情，我绝对不会写很简单的你爱我我爱你，我一定要找一个非常特殊的角度，几乎没有人尝试过的角度，比如说像《谈恋爱》和《男女之间》这样的歌词。我总是希望我把它写得不需要有别人再来写这个主题了，就好像是圈地为王那种想法。这种企图的个性到后来成为难以完成个人创作的原因，但每一次自我压迫后还真能出一些东西，可能是痛并快乐着吧。

Q：在你成为一个歌手之前，会向往成为一个歌手之后那种状态给你带来的那种很好的感觉，但是没想到进来之后发现创作是那么麻烦。

A：我十岁开始就跟着我姐姐听西洋音乐。小时候成绩不错，又多才多艺。我的大学时代，叛逆期到来，决定不想要做原来的自己，才开始尝试有没有可能把音乐当成主业。这个尝试很意外，只是选项之一，我那时候也希望做舞台剧、写剧本、搞实验电影。只是出唱片的机会最早出现，它是横空跨出，突然天外有一只手过来把我拎走的感觉。它把我拎走之后，很快就进入了一个我意想不到的领域。当时我也不是唱片公司众里寻他千百度的歌手，只写了四首半的歌，他们就已经决定要让我成为一个创作型的歌手，后来他们真的是这样做了。我是先上车后补票。我在一个月内非常密集地写了九首歌，加上之前的四首半，选十首，就是我的第一张专辑。这个历程非常短，短到我不太记得我有没有真的渴望过做音乐、当歌星或者当创作型艺人，而是变成我很快就很认可自己要做这件事，这中间虽然有很多痛苦过程，但我能够持续如此痛苦又有新的作品出现，会很甘于忍受那种痛苦，因为我觉得我找到了生命中最应该做的事情。到了1995年几乎是山穷水尽的状态下，才转去和别的艺人合作，他们觉得我那时候状态好极了，可是我自己心里很清楚，我唯一真正想做的事情是成为一个把平衡感做得很好的创作型艺人。

Q：让自己紧绷的创作神经先松弛下来，把注意力放在别的上面，会找回自己的状态吧？

A：其实最后的目的都是希望——到今天还是——我今天不管做任何事情，这一切的一切都是要帮助我回到个人创作的状态，所以我永远没有忘记这件事情。我没有想到我绕的圈子比我想象的要大了一圈，也许我原先只预期是三年，到现在是八年，没有做新专辑，以至于很多朋友都以为我离开了音乐，其实一点都没有，我真正生命的核心还是在个人创作这件事情上。

Q：写不出东西的感觉什么样？

A：很像你故意催吐，然后吐不出来又继续催吐，吐到连胆汁都吐完了还要继续催吐的一种感觉。我写过形容这种状态的短文，就像挤牙膏，你已经觉得牙膏没了，然后你还是每天去挤它，可糟糕的是它每天还是会跑出一点点，于是你就不停地挤它，然后每天都在想它到底是不是已经没了，但是你还是要去挤。挤到最后，你甚至要把这个皮给挖掉，然后继续在里面刮，刮到真的一点都不剩，也许到那个时候，你才会确定说没有。寻找创作灵感的过程就跟这个很类似。有无数个夜晚我就坐在书桌前，望着书架上一堆书发呆，然后做任何可能的脑力激荡活动，比如说我能不能用第二格那本书的书名加上第五格左边那本书的书名产生我的歌名，用歌名来刺激我要写的主题，诸如此类太多莫名其妙的方法。我看佛教书，看禅宗，看科学。为了要了解对生命恐惧的最原点是什么，就去找宇宙学的书，企图从宇宙的发生去概括生命的起点。人家说欺人太甚，我是虐己太甚。

Q：那些歌大家听着都觉得挺好，不知道你那么痛苦。

A：我们在看别人的作品，如果没有其他故事的描写，我们不知道他是在接近于自我毁灭的状态下去完成的。要追求艺术上的极致，你在精神上受到的折磨是相当恐怖的，但是我却一直有一个感觉，好像能够突破这个痛苦我就可以攀到顶峰，所以才会不断自我压榨。很多大家看起来习以为常的歌词其实都是寻找非常久的，有时候卡住两个字就可以卡住我半个月，那是极度的痛苦，当然找到之后它是一个非常喜悦的过程。可是反复经历这种状态，严重影响了到我真实的生活，不管是个人生活还是感情生活。我记得为了做一张专辑，有一天我突然跟女朋友讲，我要去美国一个月，她说要录音吗？我说是要写歌。她不能理解为什么一定要去美国，你也可以在家里写，我说没有办法，我在这里，你在我身边我没有办法，她说我可以不来吵你嘛，我说我没有办法。当时就执意一定要完全离开原先的生活环境去做这样的事情。结果我到了美国一个月，前三个礼拜照样发呆，到了最后一个礼拜也许才有一点点产出，然后就飞回来。

Q：但是整个过程你都扛过来了，很多人扛不住可能就不再去做这样的事了。

A：你这样形容我相当同意。我在回忆这个过程时，觉得自己的力量是占绝大多数的。如果说我是被环境施压或者强迫的话，我就没有第二张专辑了。其实当时第二张专辑面对的商业压力非常强大，《马不停蹄的忧伤》成功之后，公司要在这么短的时间内乘胜追击，而我自己希望能够完全不同。前两张专辑风格真的是截然不同，而这个截然不同是在公司强大的压力下完成的。但是自己却在某些时候会挺不住给自己的压力——要求绝对不同。比较年轻的朋友常常会问我关于人生、生命的感触，我到现在甚至都懒得回答，因为我会直接把我歌曲的歌词拷一段告诉他，我已经写过了，你这个感觉我写过了。我几乎在过去的岁月里把大部分大家可以聊的话题和对生命的疑惑都在我歌曲里面说了，就是因为这样，我会追问我自己到底还有什么没有写过，什么没有思考过？

Q：人们常用"人文歌手"形容你，你刚才讲的这些感觉跟写论文一样。

A：我觉得人文歌手的部分在学生时代没有那么明显，倒是到后来越来越被这样认为，那也主要是因为我后来累积的作品，越来越多这样的倾向。比如后来写像《未来的街头》《何德何能》《对话录》。我写歌真的蛮像写论文这种态度，我是寻找主题，作为创作最优先的一个起点。很多人都会问，你是先有词还是先有曲？我都会说我是先有题目的，我确定我要写这些事情，我有这个题目，然后才开始去创作、寻找适当的文字和音乐形式。比如说我写《男女之间》，我的企图就是从今以后再也没有人需要写男女之间的这个事情。起因是，我看很多女性杂志，都喜欢告诉女生说男生其实怎样怎样，我看多了后就觉得好厌烦，而且绝大部分是女生的观点。你会发现在谈论男女之间的市场上，女性占大宗，女性用女性的观点去讲男女之间的关系，很少有男性去把男女之间的事情讲清楚。那我就有这样的角度和气度说,我要写,而且我决定写完之后不用有人再写了。我在歌词里面所寻找的那种男女之间的差异跟对比,整篇没有一句是废话,都是经过自我锤炼写出来的。在音乐形式上,我用圆舞曲的形式,开头男女之间互相追求、互相了解,还没有熟悉、还没有真正合得来时,就像这首歌刚开始很多音符是会弹错的一样,等到那个女生过来跟那个男生说我帮你弹,一人弹左手一人弹右手,从开始有点跟跟跄跄,一直进入到后来琴瑟和鸣,变成一场华丽的圆舞曲,一直唱到最后。接着又突然在最后一个音弹错,其实也是某一种恋爱症候群的形式,到最后又开始分叉了。我一直希望做到的就是音乐跟歌词都是有意义的,它不只是让这个词加一点旋律。虽然很多人对我的定位会专注在歌词上,但我并没有忽略音乐或者说旋律的创造,就像《改变1995》,每一个片段配器都跟歌词息息相关。我企图在一首歌里面做到几乎像电影的影像一样,影音、文字都有着关联的意义,这就是我为什么每写一首歌都花这么长时间的原因。

Q:台湾对传统文化的继承很完整,也形成了一种文化氛围,这种人文环境在过去很明显,出来像你、罗大佑、李寿全、李宗盛这样的一批人文色彩很浓的创作者,写的是流行音乐,表达出来的其实已经超出了流行音乐本身。

A:我们在成长过程中有种很特别的地方,这种特别也是我接触大陆朋友之后才开始发现的,我们在同一个时代,因为环境不同,理解上也截然不同。这个区别是我们接触到很多属于中华文化或者是属于中华文化底蕴的东西。那时候我非常急切的原因是,我们一直有"故乡在大陆"这样一个强大的背景,我们为了不忘记这些东西的源头,不管是吸收知识,还是美学养成,都跟这件事情息息相关。当然这些事情后来也有被批判,很多人会说我们对大陆的了解远胜对台湾的了解,甚至有人这样批评台湾的教育。我不是很关心这个讨论的结论是什么,但它最重要的意义是我们接受的以中文或者说中国历史为核心的整个文化底蕴是非常丰富的。我们觉得这个地方去不了，但不能忘记它，所以整个东西有点浓缩在台湾的教育里面。但这是我们长大之后分析出来的，我们在当年的成长学习过程中是自然而然的，从来没有意识到这件事情为什么会出现，但它就出现在我念的书，我课余的活动，我想听的东西、吸收的东西之中。

当然还有非常重要的一点，我们除了学习自己这种有丰富底蕴的文化之外，台湾在那个年代是非常亲美的，我们接受的外部世界的东西80%以上是美国的，那中间当然就包含他们的流行音乐。对于我来说，听到西洋歌曲，会有一种冲动：我能不能用自己的东西把它表现出来？那种向往是存在的。当我们开始创作，对中文的了解和对西洋歌曲表达形式的了解，就融合成为后来我们在流行音乐里面表达出来的东西。很重要的是那个时候的教育使我们这些作品出现后获得相当多的共鸣。当时如果只是我们创作人想这么搞，听众并没有这个需求，我们也不会存在了。当时又碰到台湾经济刚好也发展到了一个蓬勃的状态，所以这几条线放在一起就形成了我们这样的角色存在。既有文化的底蕴，又有一个市场价值，才造成这么大的回响。罗大佑、李寿全或者是我，在商业上都是成功的，才会产生这么大的散发力量到了很多人耳朵里面。我觉得这是那个时代台湾最特别的一个地方。

Q：与大陆不同的是你们当年的环境，台湾在面对外来文化时并没有显得自卑，内心有一个坚硬的核，面对各种文化碰撞不会碎。而大陆在继承传统的过程中断裂了很多次，文化里这个核没有，或者很小、很弱，所以大陆音乐这么多年一直找不到归属感。

A：我们这几位的出现的确是跟整个时代的学习环境有关系，虽然到最后也是少数这几个人而已，但至少在台湾，这群人是可以存在而且的确有他们的影响力。我们在创作时都没有想到我们要有什么独特的条件才可以做出这件事情，那时候有一个想法就是要用"我的方式"。我的方式是一个很强大的力量，我听了这么多喜欢的西洋歌曲，年轻时会觉得他们好棒，可是当我开始做音乐，我不会用"他们好棒"来想这件事情，而是想我如何把他们的东西转化为用我自己的语言和音乐，也可以做出来相同分量的东西。形式上我们没有办法摆脱西洋音乐已经创造出来的类型，但我们当时在创作中并没有停留在这种辩证关系中太久，我们真的就去实践、就去做了。

Q：台湾流行歌曲有两个主题写得很好，一个是乡愁，一个是青春。一旦你们拿这两个话题表达的时候，那种内在的情感是非常丰富的。

A：你刚才讲到乡愁，我就稍微想了一下台湾人的乡愁是什么，它身上含有两种乡愁意义：第一个是以台湾这个岛本身来讲，台湾就是这么一个小岛，所以从高雄到台北就是一件大事，虽然只是四个小时的车程。但是当时一个南部的小孩到台北奋斗，光是这一点就是非常大的乡愁，这就是罗大佑在《鹿港小镇》里面描述的。鹿港其实是在中部的某个地区，还不到高雄，以大陆来看这就是短得不得了的一个距离，有什么好乡愁的？但是它就能创造这么大的共鸣，所以一个人时空的感受是来自他成长的地方，因为这地方本身就很小，所以它在里面实际上是自我完成了一种乡愁感。第二个乡愁感就是1949年国民党政府带了一批人到台湾来，这些人在之前从来没有意识到他们会在从来没有想象过的地方过了人生最重要的大半辈子。这两件事情对台湾人来讲都是记忆非常深刻的，不管这只是一个生长环境，还是一个大时代的变局，大家对这样的乡愁感触是有一个共鸣的。

青春这部分在我的歌曲里其实也常常触及，从不管用什么形式。我的形式当然有点特别，就是不要变老。不要变老就是希望自己永远年轻的一种不同的说法，这是我的习惯，我不会说我希望青春永驻，我希望写一首歌叫《不要变老》，我想要用"希望我的爱人不要变老"这样的角度讲青春的话题。我觉得这两件事的确是在创作主题上很容易得到共鸣的，我们透过文字去表现一个文化上的共鸣的事情，在台湾是非常自然的。

Q：你这些年也经常往返于大陆和台湾，现在台湾的音乐环境跟你们那个时代有哪些不同？两岸音乐环境有什么不一样呢？

A：我觉得最大的不同在于我们当时引起共鸣有一个背景，那就是知识或文化的吸收或接受程度有一个共通性，这个共通性当时看可能是一个缺点，现在回头看可能是一个优点。我们吸收的各种知识和信息基本上是比较一致的，因为一致才会有共鸣。我讲这件事情，我用这个故事、用这个句子他会感动，是因为他跟我接受的是同样的教育，他跟我接受的是同样的美学，所以我们会产生共鸣。而现在的台湾，可能不只是台湾，应该是整个地球急剧变化，因为互联网的关系，分众的可能性越来越高。我们猜测现在共鸣产生的可能性比较低是因为这是一个相当个人化的时代，每个人可以用自己的方法去建构自己的知识系统和美学系统，甚至语言的系统。没有办法产生足够的共鸣是因为这是一个自由的个人时代。

台湾那个时候产生的共鸣传到大陆，我们事实上是有一个共同的需求和渴望的，因为大陆的环境状况不同，在某个角度被压抑的时候，台湾却先开花结果。流行音乐创造了一个也许你们也想做、也能做得到的事情，但是环境限制使台湾先去完成了，所以当你们吸收的时候会觉得台湾做的这些事情的确是有它的独特性，而且的确是让你们有感觉。这个感觉其实是你们本来就有这个需求的，只是在那个环境中没有被满足。当然你们也有可能可以直接听西洋歌曲，可是在听西洋歌曲这个时间点上却发现台湾这些人用共同的语言已经做了一个相当程度的转化，把西洋歌曲转化成为我们自己很自然可以听到的流行音乐。大家已经不需要再直接从西洋歌曲里面吸取像我们这一代获得的这些东西，大陆通过台湾流行音乐得到自己原先渴望的一些回响，这是两边一些环境的差异所造成的。

即使今天的台湾要找到一个多数人的共鸣也非常困难，台湾现在是一个非常热闹、非常嘈杂，却又听不到声音的地方，每个人都在讲，但是你却听不到大家在讲什么，消费一种激烈的言论到了漫无目的的地步，所以没有办法形成一个大家共同的渴望。台湾现在是有点让我看不懂，我看不懂台湾现在的言论市场或者创意市场，我没有办法看懂大家希望我们现在走到一个什么境界，虽然很多人都觉得台湾的谈话节目好精彩，居然什么话都能讲，什么人都能骂，觉得好过瘾，可是身为台湾人，我觉得现在整个台湾都是噪音，反倒是我们过去在流行音乐里面留下的东西相对来讲还是蛮清晰、有价值的。

Q：你上大学的时候学的是大气科学，是像诸葛亮观天象一样，靠着各种各样的数据来分析天气变化、气候变化，那么现在华语音乐上空的大气状况如何？

A：现在整个华语歌坛气氛如何，我觉得是一个百花齐放的、相互冲击的环境，但现在乱流太多，没有人真正知道自己的位置在哪里。我甚至怀疑，我有个想象，我不知道有没有学者专家研究过，当年唐诗转变到宋词的这个中间过程到底是个什么状态，到底人们在写什么东西，它的历史有多长。我现在非常怀疑的就是这三十多年间，是不是已经把第一阶段流行音乐界重要的模式做完了，现在是这个模式的尾端，另外一个模式大家还不知道是什么。在90年代每一件事情我都有我可能是第一人、开拓者的感觉。但是现在我找不到大家最需要什么而我可以去创造出来的感觉，相当于一个过渡的阶段。我没有办法断定，我只是强烈怀疑，是不是现在华语流行音乐走到了一个交界处，而即将要出现的东西尚且未知，我们不知道那个形式是什么。如果真是那样，我觉得这一代年轻人真的要比我们想象的更加努力，才有可能创造新东西。

Q：现在网络的普及，网络对音乐的传播导致创作者损失很大，在这种状态下，创作者该怎么办？

A：我们曾经在过去累积了那么多的大家耳熟能详的歌曲，可现在你会发现：一年之中出现的、能让大家朗朗上口、耳熟能详的歌的质和量都不断在下降。过去在以台湾为出发点的华语流行音乐圈，每年产生出几十首这种歌是非常正常的，因为每一个优秀的艺人或者走红的艺人，他的主打歌好像很自然、很宿命地必须成为华语世界 KTV 里都会点出来唱的流行歌曲。但这个数字在不断下降，会不会有一天真的就再也没有一首大家都能够共同喜欢、共同传唱的歌曲了？于是大家就没有共同的记忆了？在音乐界，创作者一直都面临这个非常茫然的未来，因为他们看不到他们自己。我希望能够提醒现在正在创作的人，真的要比以前更加努力，除了个人创作的努力，可能还要有一种集体意识的努力——你要集体去创造一种创作者与接受者所形成的一个共鸣方式，这个方式是什么我没有办法回答，因为我发现现在有很多事情超出我原先的预期和想象。

Q：我们在谈论罗大佑、崔健这样两岸比较有标志性的人物的时候，都会说这是一个在集体主义年代里出现的个性主义，但在今天这样一个完全都是个性主义的年代里，反而出不来个性主义。

A：我也参与过电视选秀或唱片公司找新人的活动，你会发现现在的年轻人他们很有自信。你问他自信的理由是什么？他没有办法回答，可是他还是坚信自己很有自信，坚信自己很有个性，非常有个人的风格。那你再问他你的风格是什么？他又答不出来。也就是说——"个人、个性、自信"变成朗朗上口的一句话，却又变成一个个没有内涵的形容词。在我们那个时代会有一个共识作为基础，基于这个共识，我达到了哪一个层面，于是我证明我是一个很有个人风格或很有个性的人。而现在的环境就是分众过度，所以当他不管以什么理由自认为很有自信很有个性的时候，他却没有办法传递出这个东西让另一个人知道，到最后只能变成"个人"而不是"个性"。他只懂自己，他并不知道你是不是也懂他所了解的。流行音乐里有个很重要的东西叫作"共鸣"，换成商业的语言叫作"销售量"，以前是有很清楚的彼此的互相关联，你得到共鸣就是得到销售量，现在你会发现你不知道你有没有得到销售量，你连你有没有得到共鸣都很难确定。点击率到底代表什么？它是一个免费的世界里任何一个人都可以做的事情，它里面的质量就会让你产生一些怀疑了。你不会知道这件事情是怎么产生的，没有一个真实的数字支持你，来证明你的确得到这样的共鸣，所以现在虽然自我了解以及对周遭了解的信息是如此的公开，可是在某一个层面上，它却比以前更加的模糊，更不能确定。

Q：在这种环境下，你又如何定位你自己呢？

A：这是个非常有趣的事情，我一方面会非常感伤或者感慨，曾经经历过的一个环境到现在实质上是在消失中。不管大家用什么形式努力挣扎，我还是愿意提早宣布或者说宣判我们经历过的美好时代已经结束。但是另一方面我又很积极地朝下一个时代走。我参与在网络上的活动或者互相沟通的过程，相当投入。而我一直也在研究了解，如果我希望我的创作得到可信的共鸣，应该是通过什么样的途径。这件事我并没有因为我是属于上一代、经历过上一代那种环境的人，而不愿意或者胆怯去接触新时代。如果过去二十年是一个阶段的话，我经历过那一个二十年，可以打一个包了。我愿意用一个比较积极进取的态度让自己的作品在难以避免的互联网环境里很勇敢地去接受大家的检验，不管是什么样的方法，我接下来第一步会以与互联网的关系进行我下一步的创作。

（2009 年）

Beyond：撒了一点人文作料的心灵鸡汤

> Beyond 的音乐呈现恰恰是把人生而不是时代抓住了，任何人成长过程中都会遇到一些最基本的人生问题，他们的歌曲蜻蜓点水般地都触及了，带给年轻的人共鸣比歌坛教父们的影响来得更直接——Beyond 很自然成了市场经济初期内地年轻人的心灵鸡汤。

1988 年 10 月 15 日，北京首都体育馆，这个可以容纳近 18000 人的地方坐满了人，他们像往常一样，来看歌星演唱会。首体在那个年代见证了不少音乐盛况，当时的门票也不贵，穴头们随便攒几个人就可以在这里开一场演唱会。这类演唱会根本不用宣传，只要在《北京晚报》不起眼的地方登出具体演出时间和歌手阵容的广告，整个首体差不多就能坐满。所以，当时在首体的演唱会，一般都要连着开三场。

对北京的观众来说，他们通过首体这块场地见过不少世面，比起中国任何一座城市，北京观众的眼光都是挑剔的。这次轮到 Beyond 了，当 Beyond 演唱会进行到一半的时候，有半数观众离席而去，很显然，他们无法接受粤语歌曲。在当时，北京人能听到的粤语歌曲大都来自电视里播放的香港电视连续剧的插曲。由于当时北京电视台播放的港剧不多，北京人能听到的粤语歌曲屈指可数，比如《万里长城永不倒》《万水千山总是情》。这类歌曲正是通过电视剧的反复播放才流行开的。冷不丁听一首粤语歌曲，跟听一首外语歌曲没什么区别。

所以说，粤语对生活在北方地区的人来说，尤其是对北京人来说，是一种比英语还要陌生的语言，Beyond 在那时候跑到北京举办个唱，现场还能留下一半观众，实属奇迹了。

一般人们会把北京地区的文化事件当成一个判断文化潮流的指标，毕竟这里聚集了中国最重要的文化机构和人才，北京人在文化上的优越感是中国任何城市的人都没有的。北京人在接受台湾流行歌曲时没有任何障碍，但是在接受粤语流行歌曲时却花了很长一段时间。当时内地的音乐形态，流行歌曲九成都是台湾歌曲，最受欢迎的还是童安格走红之前在台湾走红的那些歌手，或者就是当时专门靠山寨台湾歌曲走红的内地歌手，再或者，满大街流行的都是囚歌和西北风，即使在北京这样高楼林立、颇具现代感的都市，也充斥着一股农业文明气息。就算 Beyond 当时唱的是国语歌，现场也能跑掉三分之一的观众。1988 年，崔健也刚刚在中山音乐堂搞了一场小型摇滚演出，北京人没几个知道摇滚为何物，更何况操着粤语的香港摇滚呢。而那时候北京人知道的摇滚也就是崔健，除此之外对摇滚歌手的定义就有点滑稽了，孙国庆、王迪、景岗山，甚至田震，只要扯着嗓子唱歌的，都叫摇滚。

对大部分内地人来说，接受粤语歌曲都是带着一种复杂心情的。一方面，中国的开放让人们知道在南边有一个资本主义的花花世界，内地人对那里的物质世界充满好奇心，但对那里的文化形态却全然不知，直到可以看到香港影视剧之后，粤语流行歌曲才被影视剧附带进内地。另一方面，粤语对大部分内地人来说是一种比较复杂的语言，和普通话相距甚远，接受起来有一定困难。尽管生硬的粤式普通话一度成为文艺作品中调侃港商的标志，但这种语言很快转化成内地人对粤语流行文化的膜拜。在这一点，上海是一个很典型的例子。他们最先接受粤语和闽南语，不是因为上海人多么热爱流行音乐，而是开放之后商业交流逐步形成了这样的氛围。对语言的模仿往往是对某个地区某种物质与文化的向往和认同——东北话除外，它更多是因为语言中的喜剧色彩而被人"传"说。这个模本后来不断地在内地复制，最终覆盖了北回归线以北的整个内地。这时候恰恰是90年代初期"四大天王"时代，巴别塔因为明星效应而不复存在。一个赵本山向全国普及了东北话，一群香港明星向全国普及了广东话。

但是，1988年Beyond北京之行，传递给他们的信息是，内地不是他们的市场，语言障碍让他们在之后的商业策略中从来就没有考虑过内地市场。他们录制国语版歌曲是因为他们想攻占台湾唱片市场。在台湾市场失败后，他们又瞄准日本市场，结果黄家驹发生了意外。Beyond没有想到，最终神化他们的恰恰是最初拒绝他们并且是他们放弃的内地。

一直以来，人们都认为Beyond在香港乐坛属于异类。或者说，对香港能出现像Beyond这样的乐队、出现黄家驹这样的人有点匪夷所思，因为那个环境可以出来一百个刘德华，但不可能出现一个黄家驹。

作为一个曾经的殖民地，从一个渔村演变成一座大都市，香港没有像上海那样形成一个属于自己特色的文化氛围。如果说香港文化就是传统中国人生活中的市井文化，即使后来经济发展、商业发达后形成的各类商业文化现象变得精致时髦，它本质上仍无法摆脱其市井特色——那就是它只有通俗文化；而另一方面，香港作为殖民地，它始终在一个没有归属感的状态下生存，这体现在，一方面它可以不用选择去接受外来事物，在流行音乐方面，他们最初就是唱英文歌；另一方面，这种没有归属感带来的不安，又让他们试图去寻找一种精神家园，所以香港电影热衷拍武侠片，实际上这就是在殖民文化中寻找一种爱国自尊的心理平衡。

直到上世纪70年代，以许冠杰为代表的香港歌手开始用粤语演唱流行歌曲，逐步形成了今天粤语的演唱风格。整个香港的流行文化（影视、音乐）在80年代达到商业繁荣的高峰，某种程度上受惠于内地的改革开放、经济特区的设立。开放初期，香港几乎是中国对外贸易的大走廊，这进一步促进了香港的经济繁荣。香港的娱乐经济也在80年代开始了大跃进。Beyond

就是在这个背景下出现的。

香港的市井文化几乎不需要 Beyond 这样的角色，但是商业繁荣后，娱乐公司可以有更多资金做一些商业上的冒险。当时香港最大的唱片公司宝丽金，几乎拥有本地最大牌的歌手，这些歌手创造的商业价值可以让唱片公司拿出一部分预算扶植地下或还没有获得商业成功的歌手，这是大公司在全世界的一贯策略——通过构架一个歌手资源梯队来丰富自己的内容，占领不同层次的市场。当时有不少香港地下乐队有幸与唱片公司签约，Beyond 就是其中的一个。但问题是，香港的娱乐市场比较单一，没有市场细分，无法保证不同形态的流行音乐生存。Beyond 之所以有机会签约大公司，是因为当时大公司的闲钱太多。

香港是一座生存压力比较大的城市，虽然香港的音乐教育普及程度很高，但很少有人从事音乐创作工作，因为会面临生存问题。这就是香港即使在商业繁荣、唱片行业繁荣的时候，也从来没有出现大批词曲作者的原因。这批乐队的出现改变了翻唱填词现状，不管他们对摇滚乐的理解是什么样，"摇滚不死"、"理想万岁"的符号贴在他们身上，就很容易激励年轻人。Beyond 的音乐和言行谈不上叛逆，但在那样一个商业环境中，这种存在本身就足够叛逆了。这也是 Beyond 后来二十年间一直能保持他们影响力的原因之一。

Beyond 受欢迎的一个最重要的原因是他们的歌曲旋律朗朗上口，他们用口水歌的旋律来表达他们的一些想法，这其中包括了批判现实、人文关怀、励志人生、天地大爱等各类题材。在香港这个一切靠商业说话的地方，是不允许玩另类的，Beyond 是在个性和商业中间无奈做出的一个选择，否则他们可能连存在的机会都没有。恰恰这种用口水歌传达态度的做法，在市场中找到了他们最大的受众群。一些悲天悯人、大而无当甚至有些空洞的歌词配上恶俗的旋律，不管是在香港还是在内地，听起来立刻就变得有些超凡脱俗了。只能说，香港流行音乐内容过于单一，小情小爱是主流，Beyond 在这个环境中被衬托得与众不同。内地后来接受 Beyond 也是因为要么流行歌曲写得俗不可耐，要么是摇滚乐做得太过极端，能走在中间路线的要么没有后劲儿，要么缺乏人格魅力。当 Beyond 试图攻占台湾市场时，这招就不灵了。因为台湾流行音乐不论在原创还是在社会批判、人文关怀方面都做得相当到位了，Beyond 的歌词、旋律甚至个性在台湾没有任何优势。在写励志歌曲方面，台湾音乐人远远强于 Beyond，因为台湾大众文化一直就没走出过青春期。登陆台湾失败，让巅峰期的 Beyond 不得不寻找日本这样的海外市场。

　　黄家驹的意外离世产生的新闻效应，根本没有今天媒体做热门事件报道那样铺天盖地，尤其在内地，当时的娱乐媒体还不发达，黄家驹意外身亡的新闻事件并没有被放大。Beyond 被放大，完全是来自他们的歌迷，黄家驹去世后，Beyond 的神话才刚刚开始。

　　客观地说，若论音乐性，Beyond 的音乐谈不上有多出众，仅仅是比那些流行歌曲多一点音乐质感；论时髦，他们的音乐也不及达明一派或林强；论人文色彩，他们又不及罗大佑和黄舒骏；论摇滚的通俗性，甚至不及当时的黑豹……换句话讲，把 Beyond 放在整个华语音乐范畴内，他们毫无优势可言，但他们恰如其分地取了一个流行音乐的平均值。在歌迷眼中，他们被称作是华语歌坛"殿堂级人物"。对于没有见过殿堂是什么样的歌迷来说，用什么样的措辞都不为过。那么，他们是如何被推向殿堂的呢？

　　Beyond 的巅峰期正好是 90 年代初，此时内地对港台歌手的了解还处在卡带年代，只闻其声，鲜见其人，流行文化的商业魅力在此时还没有形成，只有在央视的春晚亮相才能让知名度波及全国。香港歌手的专辑进口或引进的品种也少之又少，在音像店能见到的也不过是徐小凤或者谭咏麟，大量的引进版专辑主要还是以台湾流行音乐为主。在 90 年代之前，流行音乐也极少被媒体报道，内地人对流行音乐的接受程度一直处于民间自发状态。在北京亚运会之前，北京人民广播电台播放流行歌曲是需要申请报批的，能否播放亚运歌曲都要向市政府宣传部门申请。在地方，情况略好一点，上海电台早就不把流行歌曲当成洪水猛兽，80 年代中后期就开始播放流行歌曲了。流行歌曲真正成为广播媒体传播的主要内容是在 90 年代初期电台纷纷进行节目改革后，直到90年代中期主流媒体才介入到流行音乐的传播中——这时黄家驹已经去世了。

90年代初恰恰又是中国人价值观发生重要转变的分水岭。90年代前，在"振兴中华"的氛围下，理想主义成为当时最主流的价值观，60后和70后是在这种主流价值观下成长起来的。但60后和70后在流行音乐层面上的主要差异是后者有更好的接受流行音乐的环境。这也是为什么是70后生人把Beyond奉若神明的原因之一。

随着理想主义的破灭，市场经济的推行，理想主义逐步演变成拜金主义。理想转变成拜金这个过程，多数70后正值青春期。如果说50后的心灵鸡汤是《钢铁是怎样炼成的》，那么60后的心灵鸡汤可能就是《读者文摘》以及全国各地的《××青年》。但70后这一批人成长起来时，更多的大众文化内容带着商业气息进入到他们的生活，从大众文化中寻找心灵慰藉是70后有别于60后的特征。80后没什么心灵，所以也无所谓鸡汤。90后无所谓心灵鸡汤，只要有甜味儿就行……

Beyond的歌曲有个特点，他们用最浅显的方式表达人在成长过程中遇到的一些问题，比如母爱、自由、成长，简单明了，毫无深刻可言，他们用一种平和而不是高高在上的方式表达出来，在香港显得特别与众不同，而在内地，经济的快速发展已让人无暇去怀疑罗大佑歌词式的人生了——通俗易懂最重要，如果还有那么一点点个性更好。

真正有个性的歌手往往是被时代造就出来的，Beyond某种程度是香港娱乐繁荣时期的产物，但他们的音乐形态却没有那么深的时代烙印。罗大佑属于80年代的台湾，崔健属于80年代的内地，离开那个时代背景，纵使他们的作品再有艺术魅力，他们的个人魅力也会随时间的推移而黯淡。而Beyond的音乐呈现恰恰是把人生而不是时代抓住了，任何人成长过程中都会遇到一些最基本的人生问题，他们的歌曲蜻蜓点水般地都触及了，带给年轻的人共鸣比歌坛教父们的影响来得更直接——Beyond很自然成了市场经济初期内地年轻人的心灵鸡汤。一句"原谅我这一生不羁放纵爱自由"

就足以让他们心潮澎湃了。内地歌迷是多好对付啊。

残存在70后身上最后的一点点理想主义情怀就这样被Beyond击中了。黄家驹去世后,在大学、中学念书的那拨年轻人是推崇Beyond的骨干。因为比他们再早的人已过了对流行文化敏感的年纪,比他们再晚一点的人先天对Beyond没有记忆。这样看来,Beyond的追随者通过大众文化寻求心理满足的层面比较低,容易满足,这和整个内地一直以来文化产业没有正常的发展环境有关,消费者的消费能力和鉴赏水准使得你稍微加一点人文作料,鸡汤就会立刻变得鲜美无比。

也是在90年代,卡拉OK开始在中国盛行。Beyond当年的一些热门歌曲成了很多人K歌的必选曲目,这对Beyond在80后、90后中间的传承起到了很大作用。黄家驹的音域不宽,不分男女,什么嗓子都能跟着唱,旋律又如此口水,可想而知Beyond的流行度。对任何一个时期的年轻人来说,接受Beyond比接受任何一个不属于他这个时代的人都容易许多。他们对Beyond的热爱堪比街头中老年人对"凤凰传奇"的喜爱。

对比内地、台湾和香港三地流行音乐环境,不难看出,台湾流行音乐相对比较成熟,60年代翻唱英文歌,70年代民歌运动,80年代流行音乐达到巅峰期。台湾流行音乐中包含的类型比较丰富,人文色彩也相对较浓,有很主流的,也有很另类的。台湾流行音乐几乎为中国内地流行音乐确立了行业标准和审美标准。但是到了90年代末期,由于亚洲金融风暴的影响,加上数字化传播,台湾本土流行音乐受到很大影响,而当时台湾流行音乐最大的销售市场——内地也由于数字传播与盗版共同作用令市场迅速萎缩,台湾流行音乐从此衰落。在这之后,真正意义上的明星也就是周杰伦。

相反,香港流行音乐的最大问题是它只能允许一种商业流行音乐存在,没有给其他音乐的生存空间。最初香港人喜欢翻唱,后来买版权填词,创作力量一直没有正常生长,Beyond也成了这片流行音乐速生林中的一棵怪异树种。在90年代中期,香港流行音乐几乎发展到变态的地步,歌手每年都要出三四张专辑,音乐质量日趋下降,市场过度饱和,在后四大天王时代,香港能说得上有特点的歌手只有陈奕迅一个人。

1992年，邓小平在上海过春节时曾说，上海要"一年一个样，三年大变样"。他希望上海的经济模式能和香港经济互为补充。但上海的迅速崛起，成为新的商业金融城市，多少对香港产生了一些影响。香港不再有开放初期内地出口通道这样的优势了。当金融风暴开始，香港经济受到了严重影响。作为经济繁荣象征的娱乐行业，从此一蹶不振。香港艺人也纷纷到内地寻找机会。

内地流行音乐虽然起点低，而且比港台落后很多，但中国人的生存哲学在开放之后起到了作用，那就是凡事只追求结果，而不要过程。实际上内地音乐市场空间非常大，表面上看什么细分的音乐类型都有，但就是没有市场，结果什么音乐都发展不起来。这是对向来只看重结果的中国人生存哲学观的最好报复。比起港台音乐，内地音乐真的什么都不缺，缺的是时代感，甚至连时髦都做不到。而市场需求量之巨大，只能靠港台音乐来填补。进入21世纪，内地没出现什么新歌手，电视台的娱乐节目倒是多了不少靠贩卖一个个恶俗的人生故事来博得公众同情的选秀大军。

如果说开放之初，人们对香港的向往是对商业发达的殖民文化的向往，这种向往即使在今天，内地现代化到与香港同步甚至某些方面超过香港之后，依然成为几代人心中的情结。这也许是内地人对商业社会物质文明的垂涎转变成对商业文化膜拜的结果。

进入21世纪，华语流行音乐基本都后继无人，那些濒临退休的老歌星们不断集体焕发第二春、第三春，就算老骥伏枥、志在千里也禁不住这样折腾，他们终究要离开舞台。但凡能给人们成长过程中留下过美好回忆的歌手，当他们淡出人们视线很久之后突然第一次转回身，一定是轰动的，他会让人带着一种朝圣般的心情去接驾，把那个封存在记忆中很久的心情之盒慢慢打开，让一种情绪在那一刻慢慢融化，人生从此又多了一份美好。但不幸的是，您隔三岔五就复出一次，怀旧的心可是像胶卷一样，曝光一次就完了，老歌星们留存在人们心中的那点魅力随着不断复出、跑场也渐渐散没了。最主要的是，他们每次来到人们眼前，手里都没什么新货。

在这一点上，Beyond 在人们心中的记忆永远封存在 1993 年。如果黄家驹在世，就目前歌坛的糟糕环境，Beyond 也未必能延续这个神话。甚至，铁杆的 Beyond 歌迷一直认为，黄家驹去世前，Beyond 已经达到了他们的巅峰，即使他活着也无法超越自己了。所以，不管时间怎么改变，Beyond 给他的歌迷留下的记忆一直是完美的，同时也给追随者们留出了巨大的想象空间。时间会荡涤掉很多浮华的东西，至少在香港歌坛，能让人念念不忘的人不多，Beyond 算一个。他们的封神演义在黄家驹过世后这二十年间不断酝酿发酵，越来越被符号化。当新人换旧人的商业机制失灵时，Beyond 的含金量是值得怀疑的。

中国的文化分布很不平均，多年来文化中心一直集中在北京，其他省会城市最近几十年只顾经济发展，忽略了文化发展，文化和经济发展比较均衡的城市也只有北上广。即使在一些省会城市，流行文化的影响也如强弩之末。90 年代之后形成的人口大量流动，尤其是把北上广当成目标城市，这实际上是在互联网时代到来之前最好的大众文化传播方式。对于来自文化氛围匮乏的省会城市、地级市、县级市甚至农村的人来说，当时他们对流行音乐的消费还仅仅停留在盗版上。这种人口的常年流动让人有机会在更高级别的城市中感受到更多不同的流行音乐，Beyond 在众多的流行音乐中是最容易被选中的。因为这些离开家乡到外面打拼的人普遍没有归属感，流行文化消费往往是他们缓解迷茫和空虚的最好办法。让他们直接接受欧美、日韩音乐有点困难，甚至接受罗大佑或者崔健也不容易，Beyond 无疑是最合适的选择，关键是他们比那些天王天后级的歌手更容易打动他们的内心。

从时间点上看，Beyond 在内地的慢慢流行，恰恰与中国的城市扩张和人口流动的时间相吻合，不管是农转非还是心怀理想走向北上广，他们都会喝到 Beyond 这口心灵鸡汤，并且成为一些人在那段有些动荡经历的岁月中的青春记忆。

流行音乐作为一种大众文化消费品，它受欢迎的程度和作品本身的深刻性是成反比的,这一点在"披头士"和迈克尔·杰克逊身上同样得到验证。恰恰是 Beyond 那种浅显直接、通俗易懂的音乐和想法,才让更多人接受了他们。如果把 Beyond 当成一个文化符号去挖掘其中的内涵,确实没有太多可以呈现的内容。他们和任何一个在这个时代成为文化现象的人物一样,要面对内地、香港和台湾三地不同文化形态下的受众。每一种流行文化现象的出现,都与这三个时空的时代背景有着紧密联系,却又各有不同,甚至比整个欧美流行文化的发展更为复杂。这主要在于,内地的流行文化从来就没有按常理出现过,它只是被动地去接受港台文化。当我们把任何一个流行文化中的代表人物放在这个背景下去解读时,会发现,它既像一个悖论,却又合情合理。

抛开各种因素的影响,单纯去看 Beyond,它只是一个符合大众口味的流行乐队,本身没有那么多的光环,只是因为他们在不同的时空多棱镜的折射下,才变得如此耀眼。总体来说,华语地区的流行音乐仍缺乏丰富性,于是让 Beyond 这样一支中规中矩的乐队都如此显山露水。这反过来可以证明,大众对流行音乐的欣赏要求相对比较低。

过去对 Beyond 争论最多的是歌迷们一厢情愿地想象出一种属于他们喜欢的音乐形态,商业还是不商业,歌迷们为此一直争论不休。这种毫无价值的争论会发生在每一个转型歌手的身上,因为每一个人对音乐的审美都带有强烈的个人感情色彩。当然,随着黄家驹的去世,这种争论的声音也随之消失。现在看来,Beyond 应该为此感到骄傲,至少当年的听众还是从一个审美角度来谈论他们的音乐,而当下人们已经不再用审美的方式去喜欢音乐了,他们更像是被商业蛊惑和放大的狂风掀起的粉尘,被吹来吹去,已经变得毫无理性和判断,更谈不上审美。人们管这些粉尘叫"粉丝"。这也是本文写到这里从来没有用"粉丝"这个词来描述 Beyond 的歌迷的原因。

(2013 年)

周杰伦：时代的符号

从周杰伦开始，大众已经不仅仅需要一个时代代言人，还需要一个时尚代言人，当年轻一代无法再为音乐赋予灵魂的时候，那就赋予时尚吧，把属于这个时代标志的符号放进去，这一样能成为流行。

如果我们把邓丽君、刘文正、罗大佑、周杰伦的名字放在一起，并且告诉你，他们都是一个时代标志性的人物，你也许会反对这个名单中有周杰伦的名字。因为邓丽君、刘文正确立了华语流行歌曲的最基本模式，后来不管谁再唱流行歌曲，都没有超过这两个人；罗大佑为流行音乐赋予了灵魂，拓宽了流行音乐的内涵。那么，周杰伦创造了什么？

也许五年、十年后，人们会说："周杰伦创造了自刘文正以来华语流行歌曲新的演唱方式，只是在当时我们根本听不清楚他在唱什么。"的确，很多人听不清楚这个台湾青年在唱什么，但这并没有妨碍他的唱片在台湾、香港、大陆和其他亚洲地区热卖。在台湾，他的唱片销量一张比一张多，刚刚出版的专辑《叶惠美》在整个华语地区已经卖掉了一百五十万张。一百五十万张唱片的销量在过去也许算不得什么，但是在今天盗版和网络共享的时代，这个销量绝对称得上天文数字了。

如此高的唱片销量也证明了周杰伦已经成为华语歌坛的一个文化现象。那么，为什么在人们听觉上出现如此大的障碍时周杰伦仍然这样走红呢？也许这就是我们要讨论的一个问题，即周杰伦的音乐与这个时代的关系。

以往，我们解读罗大佑、李宗盛、黄舒骏、崔健的音乐时，总是通过他们的歌词中蕴含的各种意义来解释这个时代，从中寻找一种与这个时代相符合的人文、生命、社会的价值，当这些价值被发现之后，他们立刻变成这个时代的标志：当你想到80年代就会想到罗大佑、崔健，就会想到《恋曲1980》或者《一无所有》。现在的年轻人十年后会想到周杰伦，会想到他的《爱在西元前》或者《双截棍》。可是当今天我们用解读罗大佑或者崔健的方式解读周杰伦的时候，会发现这远远比听清楚他的歌词还要困难。

罗大佑也好，崔健也好，你很容易从他们的歌词中找出这样的词汇来概括：批判、关怀、忧患、躁动、反叛……这些词汇构成了他们思想的骨架。但周杰伦和方文山把这一切都模糊化了，你看到的只是断面、碎片、分镜头，它色彩斑斓，却无法形成一个具象。

罗大佑当年唱："就像彩色的电视变得更加花哨，能辨别黑白的人越来越少。"这是一个花哨的时代，色彩斑斓逐渐消解了各种曲直是非黑白。过去人喜欢求索，希望提出问题并寻找答案。但是今天的年轻人解构了前辈们的标准和价值体系，他们抛弃了令人沉重的思维方式，但是还没有力量来建立一种新的体系，只能以一种简单、平面化的方式来为自己的价值体系做一个拼接，它可以没有黑白，但是不能没有色彩。尽管这个色彩只是薄薄的一层，但是对于今天走向享乐主义的一代人来说，已经足够。辨别黑白的能力已不重要，他们只想以自己喜欢的方式来接受事物，而周杰伦就是涂抹这个时代色彩的人，并且他现在把色彩涂抹得很鲜艳。

因此，从周杰伦开始，大众已经不仅仅需要一个时代代言人，还需要一个时尚代言人，当年轻一代无法再为音乐赋予灵魂的时候，那就赋予时尚吧，把属于这个时代标志的符号放进去，这一样能成为流行。过去我们说不清楚罗大佑的音乐是什么风格,但你能说出它的优美;你说不清崔健的摇滚乐是什么形态,但是你知道它很摇滚。同样,你说不出周杰伦的音乐是什么,但是能保证最时髦的音乐它里面都有。这是一个处处都需要信息量的时代,音乐亦如此,人们可以轻易听到各种音乐,做音乐的人也希望把他听到的音乐"复制"到他的音乐中。在标准、规则越来越清晰的数字化时代,人们的审美和判断却越来越模糊,只要热闹和时髦就够了。

华语歌坛群龙无首的状态因为周杰伦的出现而变得清晰了许多,他是一个颠覆者,他要在这个时代版图上画出一个属于他自己形状的符号。但是人们有些困惑,他们听不清周杰伦在唱什么。

就连周杰伦自己也承认,有时候他也听不清楚自己唱的是什么:"人们听不懂这个问题蛮矛盾的,我有时候也听不懂,我不是刻意去这样唱,至少这样比流行歌曲好。"如果你了解周杰伦是听什么音乐长大的,就知道他为什么这样说了。

"最早的时候我喜欢罗大佑和张学友,十五岁的时候开始喜欢黑人音乐,比如 Boyz Ⅱ Men 和 All 4 One 这样的黑人团体的音乐,再后来我就不受别人的影响了。"其实听不清楚这个问题的关键在于周杰伦改变了以往中国人唱歌的方式:"不能把平仄考虑进去,否则就成了数来宝。"周杰伦说。

中国人传统的唱歌方式在周杰伦这里被颠覆了,这显然是因为他发现了美国黑人音乐与中国音乐相结合时出现的问题:汉语的四声与英语的升降调之间存在一种不可调和的矛盾。这个问题曾经困扰过很多音乐家,很多中国人想借用黑人布鲁斯或爵士乐风格演绎自己的音乐,但听着总让人觉得不舒服。当年陈淑桦录制唱片时,曾经有人建议可以让歌曲更布鲁斯一些,结果很失败。当"嘻哈"成为潮流时,这个问题就越来越明显了。以说为主的"嘻哈"用汉语演绎的话,和快板没什么区别,黑人演唱时表现出来的那种韵律感便荡然无存。比如台湾近几年出现的"糯米团"、"L. A. 四贱客"、"哈狗帮"都面临快板与说唱之间的冲突问题。在此之前,杜德伟和陶喆对用华语演唱 R&B 的改进起到很关键的作用,这些也给周杰伦提供了一个最初的范本。

"干脆把唱变成一件乐器。"这是周杰伦的颠覆性想法,不考虑平仄,尾音处理得像黑人那样,咬字模糊一些,这可能是最好的处理办法,以牺牲发音为代价,去找出那种黑人音乐的韵律感。于是,"嘻哈"的感觉出来了,人们也听不清楚了。

阿尔发唱片公司总经理杨峻荣先生在谈到唱不清这个问题时说:"不是所有的R&B都唱不清楚,只有周杰伦唱不清楚。"那么如果以后中国人都这么唱的话,是否会成为华语流行音乐的灾难?杨峻荣认为:"这是一个观念问题,当你还喜欢留声机的时候,大家都去听CD了。"那么如果在十年之后华语歌坛真的都像周杰伦这样去唱歌的话,是否可以确定现在周杰伦正在发动一场华语歌坛的革命呢?杨峻荣沉吟片刻,然后肯定地说:"是的。"

《时代》周刊在对周杰伦的采访中认为,他这样一个歌手,不吸毒、不惹是生非、不反叛,居然也能如此走红,这让西方人觉得很奇怪。其实一点也不用奇怪,周杰伦的出现,尤其是他对汉语演唱方式的破坏,是一个必然的结果。这种破坏和他装腔作势的样子结合在一起,看起来很符合当下年轻人的口味。

90年代初期,嘻哈、R&B又在美国回潮。照一般规律,在西方时髦的音乐,在亚洲地区普及、被接受一般需要三年左右的时间,但是这股黑人音乐潮流在亚洲生根发芽的周期远远长于以前流行的任何音乐。直到2000年左右,黑人音乐才开始在华语地区流行,当然这和日韩等国更早接受黑人音乐的影响是分不开的。年轻人听嘻哈歌曲、跳嘻哈舞、穿嘻哈服饰,已经成了一个时尚潮流,此时,就缺一个在青年人心中的领军人物出现了。

反过来再看看华语歌坛,90年代末期正处在新旧交替的阶段,作为华语流行音乐的制造"大户",台湾在这期间正遭受到前所未有的盗版袭击,唱片业的经营每况愈下,很多唱片公司采取了保守策略,宁可出那些市场上千篇一律的唱片，也不去创新，台湾唱片业一度滑进了低谷。曾经敢与世界五大唱片公司抗衡的滚石唱片公司也在这个时期开始衰落。很多唱片公司已经拿不出更多的资金来扶植一个新人、尝试一下新音乐，一些新面孔在出版了一张唱片后，唱片公司发现唱片不好卖，便立刻把歌手束之高阁。但是潮流无法回避，中国人开始笨拙地玩起了 R&B。

　　此时的歌坛，就像黄舒骏在《改变1995》中唱的那样："全台湾都在 R&B，全美国都在 Rap。"一个新的音乐潮流出现了。

　　台湾有个脱口秀明星吴宗宪，他主持过一档节目叫《超级新人王》，通过这个节目来发现一些演艺界的新人。周杰伦有机会参加了这个节目，为了引起吴宗宪的注意，他写了一首非常奇怪的《菜谱歌》。果然，吴宗宪发现他是个可塑之才，便签下了周杰伦和词作者方文山。这时是 1998 年，第二年，吴宗宪的阿尔发唱片公司与周杰伦又签了一份歌手合约。

　　杨峻荣在接受记者采访时回忆："我第一眼看到杰伦是 2000 年 7 月 1 日，当时他睡在唱片公司，瘦瘦的，我每天看他在办公室里晃来晃去，戴着鸭舌帽，不怎么说话。说话也很简单：'好'，'不好'，'是'，'不是'。我当时刚刚接手公司，很多情况都不了解。一次，我问他：'宗宪跟你说过出唱片的事情了吗？'他说：'宪哥说我写够十首歌就发片。'我问他写了几首了，他说写了一首。于是他从他杂乱无章的东西里找出了已经录制好的样带，放给我听。这首歌就是他后来的第一首单曲《可爱女人》。四分钟后，我对他说，马上做，10 月份发片。之后我打电话给吴宗宪：'这样的歌手，你还等什么！'"

　　2000 年 11 月，周杰伦的第一张唱片出版了，阿尔发公司也因此变成了一个大公司。

　　今天再回过头看他的弟子的成名之路，杨峻荣不无自豪地说："周杰伦的确为华语歌坛带来不少影响力，原来写歌词都要有韵脚，大部分唱片公司都很保守，包括词作者也一样，周杰伦的音乐展示了很多可能性，他告诉人们，原来音乐也可以这样做。对我来说，他在音乐上的自由度，在华人音乐家中我没有见过，他音乐中对很多声音的处理、运用、想象力都是前所未有的。周杰伦在华语歌坛起了很多示范作用，他把很多东西勇敢地扔进了音乐里。"

"我在做他的第一张唱片的时候就感觉他能红。我对宗宪说：如果这个人做不出来，我就不跟你玩了。"杨峻荣为什么认定周杰伦会走红呢？"'大众'两个字很重要。"当时的台湾歌坛真正有实力的只有陶喆和王力宏，这两个歌手都曾在海外生活过，学历很高，因此音乐也很西化。而周杰伦与他们不一样的是，他土生土长在台湾，从来没去过海外，父母离异，只有高中文化，如果拿这个背景和其他歌手相比，肯定是周杰伦的弱项。"现在的唱片公司在歌手宣传上尽可能把歌手的形象完美化，如果我们把不好的东西说出去，会不会起到负面作用？但是最后我们决定，把最真实的周杰伦告诉人们，有好的音乐，我们什么也不担心。"

杨峻荣说："唱片的消费者大部分都念高中，很多人的家庭并不富裕，还有些人的父母真的离婚……大部分人的背景和周杰伦一样，这让消费者对周杰伦有一个认同感，拉近了彼此之间的距离。缺点在这时变成优点，因为最终又回到了音乐上面。一个艺人，事事都很完美、很坚强，就失去了平衡感。周杰伦的音乐太坚强，而性格又很害羞，这是一种弥补和平衡，让人们感到了亲和力。年轻人认同他，他们的父母也不反对孩子喜欢周杰伦，而周杰伦做好了一件事——音乐，他成功了。"

近几年，台湾由于唱片业的萎靡，很多公司都不敢在歌手身上投入太大，但是周杰伦完全可以让唱片公司良性循环，前两张专辑都成了当年唱片销量之冠。杨峻荣告诉记者："周杰伦的唱片一张比一张好卖，新专辑《叶惠美》销量已经超过了上一张专辑的同期销量，这在台湾是真真确确的，是比较特殊的现象。"所以周杰伦在唱片市场上可以做到大进大出，杨峻荣很骄傲地说："我敢肯定，周杰伦唱片的制作费用不是全台湾最高的，但是他MV（音乐录影带）的制作费用肯定是最高的。"杨峻荣的经营理念是：

让歌迷感到物超所值。甚至在唱片盒的设计上他都非常挑剔:"我要让歌迷在打开 CD 盒的时候手感一定非常舒服,所以在模具设计上非常讲究。"

谈到周杰伦,就不能不谈到"酷",很多人都着迷于周杰伦的酷,他的音乐、他的表情,都被赋予了酷的含义。

周杰伦怎么看自己的酷呢?"我觉得酷是不多话,沉稳,不要跟别人一样。我不太刻意在穿着上有什么不同,现在的人是这样,只要你跟别人不一样,他们就会去追随。"杨峻荣对周杰伦的酷的理解是:"他不太爱讲话,很有个性。现在每个年轻人都有更广泛的空间发挥脑子里的东西,都想雕刻出自己的形状。不过我觉得现在的年轻人都像周杰伦这样不爱讲话,我不太喜欢,大部分人应该去追求自己的形状。我更希望年轻人能感受到杰伦的诚实和自信。"

"酷"可以用来解释今天一切人们解释不清的事物,"酷"消解了前辈们思想中沉重的一面,这也使人们很难从周杰伦的音乐或方文山的歌词中找到沉重、深刻的内容。周杰伦的音乐很杂,方文山歌词的主题涉及面也很广,这些看上去杂乱无章的内容,最终用"酷"串联到一起。

周杰伦对自己的音乐也非常自信:"我的音乐会慢慢加入很多东西,会比较摇滚,但是不证明我喜欢摇滚。在一首歌里能融进很多元素,并不是每个人都能做到,我觉得我已经走在前面了,现在的音乐可以打 90 分。"

方文山的歌词让周杰伦变得更酷,他看似前言不搭后语的歌词实际上为我们解释了这个时代年轻人的审美习惯。

"我跟杰伦合作和跟其他歌手合作的最大不一样是他的空间比较大,以前唱片公司觉得歌词很另类,怕人接受不了,在开会的时候就给否定掉了,但我和杰伦的第一张专辑就是这么玩出来的。"方文山说他写歌词通常分为两类,一类是工作,就是别人约他写的歌词,这种创作有很多约束,像命题作文;一类他称作"创作",可以自由去写,不管什么主题。他说:"我写什么主题的歌词就会收集这方面的资料,把它当成电影脚本去写,所以我的歌词很有画面感。"

的确，方文山的歌词云里雾里让人找不到传统诗词中的赋比兴，但是很受年轻人喜欢。"现在的年轻人受影像影响很大，他们反叛传统的叙事风格，他们喜欢不是很有逻辑的剪辑，我自己也是受影像的影响很大。而我和周杰伦相互影响，写出来的作品相互之间都很吻合。"方文山的歌词比较强调画面，每一句话几乎都是一个独立的画面，现在的歌迷读他的歌词跟看日本动漫没什么区别。

方文山认为，通过跟周杰伦的合作，也让他自己的空间拓展得很开："现在创作的空间大多了，以前有关暴力、血腥主题的歌词别人不敢用，现在也可以用了。"

像周杰伦与方文山这样珠联璧合并能做出很符合时代口味的音乐的搭档不多见，尽管他们的每一张唱片都能招来褒贬不一的评价，但是每张唱片都在争议中获得成功。现在，周杰伦的身价已经升到四亿台币，而且只用了短短的三年时间。

一个时代有一个时代的特征，杨峻荣跟记者回忆过去几十年歌坛的变化，他说："80年代兴起民歌运动，在民歌运动之前，创作只集中在刘家昌等少数人身上；80年代中期，校园民歌进入了死胡同，同时民歌影响到流行音乐，二者之间原来的鲜明界限模糊了。从1988年开始，市场发生了变化，台湾出现了很多餐厅秀，很多歌手都去餐厅赚钱，流行音乐的创作出现了停滞。90年代后，餐厅秀没落了，歌手只好从唱片公司挣版税，唱片销售成了歌手收入的很大来源，想多收入就多写歌，于是台湾歌坛在很短的时间内创作力量又爆发出来。与此同时，台湾的媒体也发生改变，1988年以前，台湾的强势媒体只是无线的三个台，传播资源掌握在别人手里，于是人捧人的现象很严重，现在媒体多了，变成了自由市场，新人靠捧是捧不出来的。所以，这个变化也导致像周杰伦这样有实力的创作歌手出现。"

周杰伦在少年时曾梦想自己能做一个罗大佑式的人物，当记者问到周杰伦为什么希望做这样的人物时,他说:"他是当时流行乐坛的头头,一个时代需要一个这样的人物。"在被问到他今天是否已经成为乐坛的"头头"时,周杰伦说:"我觉得还要过一两年,我的音乐还没有达到巅峰状态。"

杨峻荣认为:"我并不希望周杰伦扛起那么大的招牌,要定义一个时代,是非常沉重的事情,在我眼里,他仍是一个新人。现在用他来定义一个时代,为时过早,我觉得再过十年,会充分一点。"

周杰伦的野心和杨峻荣的谦虚,形成了鲜明的对比。两年之后会发生什么,谁也不知道,十年之后会发生什么,更无法预测。作为一个歌手,周杰伦的音乐和过去的时代代言人相比显得轻浮了一些,但至少现在他可以做到成为一个时代的符号——让未来的人去了解这个时代年轻人曾经追逐的时髦文化。

(2003年)

滚石唱片：最后的辉煌

> "滚石三十周年"台北演唱会，我在现场很平静，到了周一早上，我哭了，不是因为这个演唱会，而是我看到了我们的态度；看到了我们还在做创业时想做的事情，三十年前我们那伙人骑脚踏车或摩托车、做滚石唱片时的那种态度；看到我们怎么去跟消费者交代，跟三十年来支持我们的人交代。
>
> ——段钟沂

台湾滚石唱片公司成立三十周年北京演唱会于 2011 年 5 月 1 日在国家体育场举行，这可能是华语地区第一次举办如此大规模的演唱会，历时五个半小时，有三十多个歌手参加，并且这仅仅是一家唱片公司旗下歌手的阵容。这是滚石公司在过去三十年间成就的检阅，即使在五大唱片公司分割亚洲市场的情况下，他们仍然持续保持着与最重要的歌手的合作，三十年来不间断地为整个东南亚音乐市场输出了很多有影响的流行音乐。没有滚石唱片，华语地区流行音乐可能会是另一种样子。

"滚石三十年演唱会"实际上是去年（2010）"滚石三十年"台北演唱

会的一个延续。1980年,段钟沂、段钟潭兄弟在台北创办了滚石唱片公司,并在几年内发展成为台湾最大的唱片公司,在上世纪90年代,滚石公司不管是在签约歌手还是市场份额方面都成为亚洲最大的独立唱片公司。

但随着数字化时代的到来,全球音乐产业都受到无可逆转的冲击,作为亚洲最大的独立唱片公司,滚石在这场数字化风暴中也承受着前所未有的煎熬。尽管它现在仍然可以称得上是华语地区最大的唱片公司,旗下仍有十几位签约歌手,但与当初几百名歌手、上千位员工的阵容相比已不可同日而语。

三十年河东的繁荣过后,滚石面临三十年河西的没落,标志着一个时代转型过程中传统工业产业的没落。因此,当滚石把几十位曾经合作过的歌手召集到一起、举办这场马拉松式的演唱会时,某种程度上讲这可能是整个华语地区最后的辉煌。今后不会再有这样传统工业模式下的唱片公司体系了,唱片公司签约、培养歌手的方式慢慢会消失;另外,参加此次演唱会的歌手多半已过中年,下一个十年他们大都到了退休年龄,三十周年演唱会可能是他们参加的最后一次流水席。

段钟潭:以后有没有唱片公司,无所谓

Q:滚石在三十周年举办了这么大规模的演唱会,在过去十年、二十年时有过这样的演唱会吗?

A:滚石十年我们在新加坡、吉隆坡、香港都办过当地的"滚石十年"演唱会,台北我们就一直没办,我觉得特别困难。第一就是艺人很多,在同一个时间把他们凑在一起有很大难度;再有就是节目不好安排,你会希望所有的歌手都有最好的表现机会,这就一定牵扯时间的长度。通常演唱会最多就是做两个半小时节目,这样的主题根本没办法做。所以我们在十年、二十年的时候基本上也在回避这样的困难。去年,我也一直认为办不起来,觉得太困难了。话说回来,我们直接签约的歌手已经很少了。虽然合作过的歌手非常多，可是也都开枝散叶凑到别的公司去了。而且过去这个十年，滚石的状况又是特别不好。后来内部开会讨论要不要办，我们就想了一个办法，向所有合作过的歌手发出邀请函，定一个日子，你愿意来就来，看看有多少人来，我们再根据这些人来设计节目，以大家尽兴为原则。结果来的人很多，一下就搞了五个多钟头。

而且我们还面临一个困难，因为三十年，观众年龄跨度很大。如果当年他二十多岁或者在滚石的前五年听这些歌曲，他现在已经是五六十岁了，可是也有现在十七八岁的。歌手走红的时间也不一，有的在当年是红得不得了，可是现在可能都比较沉寂。所以怎么去面对这些年龄层不同、喜好也不同的观众，还有不同时期的歌手，搞得我们很痛苦。

后来台北演唱会效果很好，之前的担心都是多余的，而且歌手特别开心。他们平常东奔西跑，也没什么机会聚在一起，在后台大家都玩开了。我发现很多歌手那两天的表现，真的出乎我的想象，他们很有情感和感觉，有一个情绪在里面，很吸引人。就像一场梦一样，让时光倒流，那个晚上大家找到一个当年自己的感觉。

Q：创办滚石的时候您还不到三十岁，三十年后搞了一场演唱会，当时在现场心里是什么滋味呢？

A：我一个人的时候去想，要办一个"滚石三十周年"演唱会挺激动的，我也觉得我那天晚上大概会激动得不行了，会泪流满面，可是没有。到那一天我就是个工作人员，盯着节目、音响，不能出错。要尽量做到完美，不能有问题。他们在后台玩得高兴，我在前面东奔西跑，完全没办法感慨。事后的感觉其实还有很多事可以做。台北演唱会让大家的热情都重新燃烧起来，我的感觉是这样子，感慨不多，反而都还能继续往前看。

Q：现在滚石签约的歌手有多少，和十年前、二十年前相比是有多大差距呢？

A：大概是以前的十分之一吧。在签约歌手数量最多的全盛时期，我都不太数得出来有多少，可能有两百个。我们现在也就是十来个歌手。全盛时期有一千二百个员工，现在还不到一百二十个员工。

Q：面对这个不太好的音乐环境，现在为什么还坚持做这个唱片公司？

A：当然首先你要活得下去，你不能搞到活不下去，就有问题。在活得下去的这个基础上，我觉得还是去看，想做什么。比如说很辛苦，钱赚得少了，或者说赔钱了。我回头去看，我是没有受到什么影响，它带给我快乐、满足、成就……我总觉得钱永远就是工作的副产品，它不是你的主要产品，主要产品是你的工作。我喜欢喝红酒，喝一万块的还是喝一百块的也都没有什么问题。所以我自己是没有受到什么影响，还是挺开心的。

Q：当初创办滚石的时候，有没有给自己规划一个标准或者目标，将来要做到一个什么样的程度？

A：做滚石唱片之前做了五年的《滚石》杂志，赔了不少钱。那个时候也没钱，后来就去努力还债。当时就想，杂志不能做，太难。可是杂志又已经做了，我们又喜欢音乐，那稍微接近一点的是什么？就是唱片，所以就选择了唱片。开始做唱片真不知道会做多久，赔钱就不做了，根本不知道会做这么久。我们坚持原创，做大学生、知识分子这样的歌手。至少我是受到美国嬉皮摇滚乐的这个影响，觉得文以载道，音乐要能够影响人的思想，要能够影响人的生活，要传递讯息，而不只是风花雪月。这个想法在当时是没有的。因为我受摇滚乐的影响很大，所以我觉得我自己对人生、道德、社会、文化的塑造基本上是从摇滚乐里面得到的。这个信念我很强，所以就一路走了下来。

Q：您从什么时候起觉得滚石唱片有力量了，可以不惧跟同行竞争了？

A：大概在1995年、1996年，然后就赔得一塌糊涂。当时觉得滚石很厉害了，就开始往外扩张，新加坡、中国香港、泰国、日本、韩国都成立分公司，这让我们赔得很惨。

Q：传统唱片公司这样的操作方式，在今天这个数字时代可能面临着各种各样的冲击挑战。作为唱片公司老板，现在有什么好办法面对吗？

A：一个公司的问题，或者一个产业的问题，都不是那么重要。我觉得那很多时候是个别公司的问题，它有可能会老化，有可能会受限于它自己成功的方程式，有些我不知道原因。可是我总觉得产业的问题或者一个公司的问题，至少从流行音乐来讲，它都不应该是一个限制，或者说它应该不是做不好音乐的一个理由。制作费就是这么多，以前这么多，现在这么多，你还是拿得出来，如果好好做你还是可以做出好的产品。

Q：当您第一次在网上听到MP3的时候，第一反应是什么？

A：当时我兴奋得不得了。我觉得，哇！中国人要出头了。在传统的唱片行业里面，五大唱片公司有强大的全球发行网络，华语是弱势文化，英语是强势文化，你穷尽一生之力，也不可能改变这个状况。可是当互联网起来的时候，你可以到美国去搞一个网络发行公司，不管你是印度人、以色列人还是华人。文化种族这个壁垒在这个产业面前会被打破。当时想到这个就觉得太棒了，终于有机会逐鹿中原了。结果又赔了。

Q：听起来很像农夫与蛇的故事。

A：我可以说我们是受害者，可是你也可以说我们不行嘛。包括这些大唱片公司，他们也花了无数的钱，想要把科技纳入他们的发行系统里，都失败了。一直到iTunes出来才算是一个成功的商业模式。从商业应用上来讲，那可能就是你的能力不足。如果在关键的几年里，包括五大唱片，它如果能够找到这个商业模式，那可能又是另外一个结果。从悲观角度来看，就是得让这个社会逐渐成长到一个状态，也不是只有音乐、电影、艺术、科技，等等都是如此，当这个社会大部分人的利益都跟这个东西关联性越来越强的时候，就会迫使这个社会去做一个这样的改变。比较乐观的看法是，当一个国家逐渐看得出它必须要走上那条路的时候，比较早一点用法律、产业政策去鼓励引导，结果会更好。

Q：唱片市场不好，以后唱片公司是不是越来越依靠演出挣钱？

A：或许过几年，唱片公司会介入到演出市场上，有这个可能。我做"纵贯线"也好，做"滚石三十周年"也好，也是无心插柳柳成荫，我并不知道它后来会变成什么样。比如说"纵贯线"，我很坦白地跟你讲，我根本不知道它会不会捞钱。当我决定去做它时，根本不知道会演几场。但是我觉得这个形式有可能会对他们的未来产生影响。

Q：将来唱片公司还会扮演什么样的角色？

A：有可能就没了，无所谓，也可能会以不同的形式出现。那它是叫唱片公司还是叫演出公司，还是叫经纪公司？没关系。艺人当然总是艺人，这些拉里拉杂的事总是要有人来打理，这个是一个团队的事情。我觉得大陆有一个问题，过去封闭的时间很长，突然开放的结果就是你可以选择的太多，这样就没有那种破釜沉舟的动力了。这样不行我可以那样，那样不行我可以这样，没有一个人有决心，那怎么搞得下去？每个人都圆滑得要命，然后又有很多诱惑：他又做了什么又怎么样了，他又仿冒又怎么样了……总想这些事。

Q：滚石自从罗大佑、李宗盛之后，再没出现过更有人文色彩的歌手，这是为什么？

A：陈昇应该算一个。这个话题聊起来会比较长。比如说，吃苦这件事，或者一种心灵的困局，到底对创作的影响怎么样，还有就是对文字的影响。我们滚石对流行音乐只有一个贡献，就是我们没倒，还在那儿。我们有一个对不起这个行业的就是我们没有把节奏的东西做得很好，我们都还是旋律的东西。旋律跟歌词有绝对的关联，甚至歌词的重要性大过旋律。这就会涉及现在的小孩对文字的体验或掌握。流行音乐就是每一个时代的面貌，所以它不应该是一样的。这个时代的流行音乐就是应该这个时代的小孩去做，它长什么样就是什么样子。每个时代都有那个时代的流行音乐去反映那个时代的面貌、思想、生活方式，等等。

有很长一段时间是李宗盛在掌控歌词内容。我们也形成一点点企业文化，就是对歌词特别在意，可是到后来也有点捉摸不到了，不太了解现代人的爱情。我们那时候对爱情这东西掌握得非常精准，一首歌出来会带给你抚慰也好，让人听了想怎么去面对自己的一段感情也好，都非常到位。后来就模糊掉了，搞不清楚现在他们爱来爱去是怎么回事呢？有点糊涂，后来也没有那么多好作品了。我觉得我们是相对比较严肃的，可是到了90年代，大家对爱情就没有那么严肃了，也就没那么纠结了，也觉得不需要那么恨啊爱啊的。可是也不对，还是有爱啊恨啊。

段钟沂：三十年滚石的态度一直没有变

Q：当滚石举办成立三十年的大型演唱会的时候，一个不能回避的事实是，今天的滚石和过去已经不能同日而语了。

A：滚石做的事情一直没有变。有人说滚石后面这十年怎么没有第一个十年那么精彩？第一个十年我们有罗大佑，有赵传，有潘越云……第二个十年百花齐放。但是到第三个十年，没有听到声音。如果大家是从这个角度来看的话，我会承认它是一个比较低档的十年。但是从我们做的事情来看，前面那二十年所产生的内容一直是我们非常重要的资源，我们一直使它能够变成价值。我讲价值不是说它能变成钞票。"滚石三十周年"台北演唱会，我在现场很平静，到了周一早上，我哭了，不是因为这个演唱会，而是我看到了我们的态度；看到了我们还在做创业时想做的事情，三十年前我们那伙人骑脚踏车或摩托车、做滚石唱片时的那种态度；看到我们怎么去跟消费者交代，跟三十年来支持我们的人交代。

Q：创业之初都会对未来有一种想象，您所说的态度是怎么通过滚石唱片体现出来的？

A：我可能很难把这个态度说清楚。我在念初中的时候台湾是戒严，然后报禁、党禁，所有的东西都看不到，我们看到的都是政府要我们看到的东西，所以那个时候生活很单调，但是我们有自己的乐趣，比如说我们每天大概都在海边，还有就是收音机。我们用收音机听什么？西洋音乐。越战打到第二年的时候，台湾就变成美国大兵越战之后的休闲基地。他们都引进了什么？引进了西洋优秀音乐。那个时候有个台湾美军电台（AFNT，American Forces Network Taiwan），给美国大兵播放西洋音乐，不是给我们听的，但是我们也可以听得到。所以那个关键的十年对我跟段钟潭和那个时代的很多人影响很大，因为我们吸收到那样的养分了，也开始反叛，刚好是我们反叛的年龄。我们也是一样反对战争，我们也认为爱比战争重要，我们也尊重人权。美国的妇女平权运动跟人权运动，其实都在那个十年出现。我们听的所有摇滚音乐都告诉我们一个态度：爱，和平，勇气，梦想——这是流行音乐的本质。

Q：从密纹唱片一直到iPod出现之前，唱片业是靠实体挣钱的，但是现在不行了。

A：滚石三十年，它前面二十年的确是靠卖实体产品赚钱，整个音乐产业都是因为实体产品能够赚到钱才生存下来的。那个时候台湾大概有将近三千家唱片行，现在台湾大概没有多少家了，现在连书店都关了，这表示人家不买实体产品了。那他要不要听音乐？他怎么听？从网络下载。我们在四五年前一致认为实体产品不卖钱但是数字音乐产品应该可以挣到钱，结果没有。为什么没有？有几个原因：第一个原因是他发现不花钱，还是可以听到音乐；第二个原因是他可以不听音乐。以前他用三个钟头听音乐，现在只用半个钟头听音乐，甚至不听。他不听音乐干吗去了？他可能上网，在Facebook上面逛。消费者不听音乐，所以不管网络还是实体也都没有办法挣到钱。

我的看法是，我们最多的时候在全亚洲有十二个分公司。这些公司刚开始都经营得可以，到后来都不行了，2000年之后一个一个关掉了。那个时候你面对的困境其实是很可怕的，但是十年过去了，我们这十年在卖什么？我们还是在卖内容，不管是实体、线上还是数字。我们滚石三十年一共出版了将近一千八百张专辑，平均一个月出五张。这一千八百多张真正留下来的、被记住的、被卖的、能够卖的、能够帮公司赚到钱的，大概是三百到四百张。滚石到现在为止将近两万首歌，真正会被人家记住，一直在传唱的，大概十分之一吧。那就表示如果你当时生产出来的内容好，你就可以一直卖。"纵贯线"是一个很好的例子，如果"纵贯线"这四个人过去三十年没有累积下来很好的歌，你去唱，人家会去买你的票吗？现在我们唯一一个还可以自圆其说的，就是坚持做一些好音乐。因为滚石过去还是靠做一些好音乐一直活下来的。

Q：但是怎么去面对将来呢？将来得创造出好音乐才能让这个公司的内容继续延续下去。如果说唱片这个传播载体没有了，也就没有影响了。

A：现在这个还是没有改变。我们公司一个很特殊的例子就是郁可唯，我们还是帮她出CD，她卖一千张两千张不重要，还是要有。但是郁可唯的发展跟她的运作模式其实很有趣，她靠演唱会。郁可唯不是因为她会唱歌，是因为她会在台上唱歌。如果我们要去做好的内容，是她在台上唱歌的时候可以感动人，而不是在录音室，不是在一个CD上面。如果从这个角度来看的话就会发现，原来滚石过去三十年，我们一直在做这件事情。他如果不能站在台上唱歌，那他就不是我们要做的歌手。

Q：过去歌手演唱会的效应来自唱片销售产生的黏合力，现在唱片不能卖了，怎么去培养观众接受看演唱会的方式，以此让唱片公司存活下来？

A：过去是我必须去真实地听到你的歌，或者是我要在电视上看到你的歌，在电台上听到你的歌。但现在比以前更好的是，唱片公司不要花这个钱了，我们在互联网这种所谓的新媒体上可以让消费者看到、听到我的歌，而且是活生生的。当他开始接受这些的时候，就有可能会去听演唱会。30年代甚至到50年代的美国，几个人就开一个唱片公司，像我们现在几个人就开一个网络公司一样，小唱片公司就是拿着唱片去送给电台播，播完了就带歌手巡回演出。他们可能去一百人不到的小酒馆唱，唱完了再做下一站。人类文明史上面最精彩的是什么？可能我有些偏执，最精彩的不是绘画、文学，是古典音乐五百年。现在已经2011年了，我们现在还要回头去听巴赫、听莫扎特，这很了不起啊。

Q：那是不是会有这样的可能呢，再过一百年两百年，那时候的人听的流行音乐都是我们今天创作的这些作品。

A：这个我不敢讲，我也是这样想的。我是在想有一天我的儿子、我的孙子、我的孙子的孙子都还在听罗大佑……

（2011年）

李寿全：用三十年验证一个经典

> 在以前的年代，你有什么想法，你有机会可以往下做，你会聚集一些人，大家一起做。现在这个年代不可能了，因为现在人都是自己在做事情。
>
> ——李寿全

李寿全有一个固定头衔：唱片制作人。这意味着他的知名度和影响力远远不及那些站在舞台上的歌手。人们知道苏芮、王杰、潘越云、王力宏、张悬……但未必知道这些响当当的名字都与李寿全有关。流行文化具有时效性，再受欢迎的歌手也有谢幕的那一天，慢慢被人淡忘，作为幕后的角色，只有人们在仔细回顾那段历史时，他们的名字才会被提及。多数时候，李寿全的名字印在唱片封套不起眼的位置上，只有一次，他的名字被印在唱片封套上，那是他的唱片——也是唯一一张唱片《8又二分之一》发行的时候。

李寿全在某些方面很像美国作家塞林格，塞林格的《麦田里的守望者》出版之后，人们期待着他的第二本长篇小说，但是后来他只发表了一些中短篇小说。《麦田里的守望者》后来成了美国文学经典。当年《8又二分之一》发行，人们也同样期待李寿全能乘胜追击，从制作人转型成歌手，但是他没有，而是继续从事幕后制作工作。三十年过去了，还是这唯一的一张专辑。时间可以抛弃一切，但时间从不撒谎，《8又二分之一》成了经典。

2016年，《8又二分之一》三十周年纪念版发行，同时也推出黑胶唱片。

"我还是想站在一个人文立场去看待一些事情"

1983年，李寿全为电影《搭错车》制作了电影原声音乐，他作曲的《一样的月光》获当年金马奖最佳电影插曲奖。人们都夸赞李寿全歌写得很棒，李寿全说："这音乐三十年之后再说。"在他看来，如果音乐留不到三十年，那还是不重要。当他做完《8又二分之一》，才意识到，自己一直在朝着这个目标去做。也许做摇滚餐厅DJ的经历让他意识到，自己在节目中可以对别人的音乐指指点点，当自己做音乐的时候，必须要做好。

李寿全创作《8又二分之一》的时候，台湾还处于"戒严状态"，虽然"戒严"已经持续了几十年，对当时的台湾人来说已经习以为常，但是创作上还是会有一些限制。和批判性较强的罗大佑相比，李寿全比较温和，谈到那个时期的创作，李寿全说："当你处在一个环境中时，你会觉得它是正常的，我们等于是在这个制度下去突破，就需要想办法确认自己要写什么，为什么写，这对创作者是很棒的磨炼，你必须想办法创作出你自己的东西，让人觉得好听，也不是教条，又不会让当局去限制你。那时候的写法和铺陈都有一些偷偷在心里面想的东西，至少心里面都是那样反叛的东西，但我们不会那样去写，要表现得很顺从，达到创作的目的。现在，你想写什么就写什么，所以操作上的乐趣就没有了，少了创作上的隐喻、象征。创作有千百种写法，我跟张大春一起创作的时候，他写出的一些文字是没有办法禁掉的，他们也知道我对现实发出一些微小的声音，我们并没有在摇旗呐喊。我觉得音乐里面这样的东西是比较长久的，那些批判和呐喊可能因时代改变就会被淘汰了。就像过去骂国民党，现在骂民进党，那之前骂国民党的算不算数？所以，批判可能有一天会翻盘。"

《8又二分之一》和很多音乐专辑最大的不同是，词作者皆非专业写词人，李寿全试图通过与作家的合作达到他想要的效果。谈到当初与这些作家的合作，李寿全说："通常，我和作词人的合作都会是先设定一个情境，然后再去发展，并不是我写词，我可能只有一个想法，希望这个歌怎么走，在什么地方结束，然后他再写。这些文字可能会让我有更多想法，一来一往，直做到完。跟张大春合作，我们是两个人直接坐下来就开始写。我是习惯先有词，不习惯先有曲。一首歌，文字一定要把故事讲清楚，然后我再安排它的段落，哪一段可以当作副歌重复。我和张大春写电影插曲时，先想象一个从外地来台北的人是如何过他的一天，然后开始。从那些镜头一个一个开始讲：下雨的台北外围的都市，感觉很昏暗，一个年轻人坐在那边，镜头向外推，然后看见雨珠和听到车声。张大春就写了'雨水和车声拥挤在窗口'。这是经典，把文学和画面结合在了一起，只有张大春才会写出这样的句子，他可以用一句话把镜头都交代完。我们就是这样一句一句往后推，四句一段，完了再做下一段，我们坐在咖啡厅同时进行，一个下午就把歌词写完，然后我开始谱曲。大概就是这样的过程。他在写词的同时，我就会说这个字可能不好发音，就要把字换掉。所以，我的歌通常音和文字会结合得比较紧密，不会让人听起来有错觉，包括视觉上，我会比较注意画面感。"

"我还是想站在一个人文立场去看待一些事情，"李寿全说，"我自己是听西洋摇滚乐的，我很羡慕那些创作者的视野可以那么广，而且他们可以把个人的情绪和整个大环境磨合在一起，那是我的目标。所有的歌曲有它的故事，甚至像短篇小说那样的效果。《8又二分之一》是我一直想努力做到这样的效果，歌词里面是有情节的发展，甚至会出现惊喜或是无奈，就像短篇小说的结构，但这真的是太难了。找作家做一次，就很难再突破了。"

谈到人文精神，李寿全说："我们这种人就是天生忧国忧民，不愿意循着人家给你的路线走,从小到大就比较不乖,觉得我可以有能力改变什么,有使命感,所有的人文部分创作者通常应该都有这样的情怀,觉得他的观点、他的感受可以替大家去讲话,我觉得还是个性使然。我只写过一首情歌,《守着阳光守着你》,可那也不是小情小爱,是很伟大的爱情。流行歌,当时为了工作,和吴念真写了一首《热线你和我》,完全是按照广告歌的方式写的。这几年不太一样,因为年纪大了,通常比较多的都是对生命的感叹。以前都是想把对社会或者自己的一些感受写出来,因为我不想重复别人的,所以就找一些别人没有写过的话题,别人没有描写过的情节,希望把它变成歌曲。这个世界就是,教育制度让不同基因的人做了不同的事情,积极点的当政治家,去呼口号,去改变整个社会秩序,我们这些没有那么强势的人,创作或者写出心里话,获得共鸣,是我们最大的愿望。"

从"听西洋歌"到"唱自己的歌"

李寿全进入音乐行业,正值台湾民歌运动巅峰期,上世纪六七十年代台湾流行音乐经历了从"听西洋歌"到"唱自己的歌",民歌运动恰恰是把"唱自己的歌"发挥到了极致。但是这股民歌风潮也有它的局限,无论在音乐上还是在主题上都过于简单浅显,这意味着它不会有太久的生命力。但是民歌时代唤醒了人们的创作力,这为后来罗大佑、李寿全拓宽国语流行音乐打下了基础。李寿全说:"听西洋音乐的年轻人,到民歌出现的那一年,大部分都在念大学,那时社会比较安定,当他们念到大学的时候,开始不喜欢自己的音乐,他们都听西洋音乐,因为台湾的华语流行音乐都很难听,可他们心里又想,为什么我们不能把自己的音乐做好?我念高中的时候听西洋音乐,开始思考,为什么不能用西洋音乐的方式来做国语音乐呢?"

当李寿全服完兵役,进入唱片公司之后,他终于有机会对当时的华语流行音乐动动手了,1983年,他为苏芮制作的《一样的月光》在当时摇滚风格十足,后来苏芮也很少再演绎这种风格的歌曲。还有他为刘文正制作的专辑《太阳一样》，也一改他过去软绵绵的情歌风格，让刘文正摇滚起来。稍早一些，罗大佑录制了摇滚风格的《鹿港小镇》，他们二人用这种方式宣布民歌时代的结束。

当李寿全着手录制自己的专辑《8又二分之一》的时候，从民歌时代蜕变出来的台湾流行音乐进入了新的繁荣期，人们都在尝试用不同方式来演绎流行音乐。李寿全终于可以按照自己的意愿去录制一张唱片，多年来西方音乐的浸淫，让他可以更大胆地去尝试一些不一样的方式——叙事性歌词和70年代西方前卫摇滚的结构，在华语流行音乐中第一次实现。这张没有任何讨巧的唱片在当时非常成功。李寿全说："唱片公司对创作和制作有了新的想法，原来罗大佑、李寿全做出的唱片可以卖，变成市场上的新方式，新人进来用做唱片的方式就可以成功。原来唱片是靠歌手，现在可以靠制作了。所以那几年是制作导向，制作人做得好唱片就可以卖，制作人做什么就宣传什么。"

事实上，当年的台湾流行音乐，还没有像后来那样过度商业化，民歌时代传承下来的人文情怀，被罗大佑、李寿全等人发扬光大，同时，台湾对唱片工业化生产还没有掌握到得心应手的阶段，所以，李寿全是幸运的，一个很宽松的唱片行业让他这样有想法的音乐人有机可乘。他说："我大部分时候是和滚石唱片合作，滚石的段氏兄弟把我们当作小弟一样，公司像是社团一样。当时《未来的未来》电影的主题曲也是滚石做的，所以我想要不然做张唱片吧。飞碟唱片的彭国华和吴楚楚知道消息后马上打电话给我：'你过来，你用工作室的名义拿一笔版税，就可以出唱片了。'这是很现实的，我还没有做唱片，就可以拿到一笔钱，而且是比较高的酬劳，而且我用工作室，这是一个很大的诱惑，让你有空间可以做音乐。"

但是，这种制作人主导唱片制作的模式并没有持续太久，随着唱片市场越来越好，唱片公司慢慢开始转向针对销售市场去制作唱片，李寿全说："原来宣传费和制作费是一样的，后来宣传费变成两三倍之后，它可能会影响唱片的收入，唱片公司开始听宣传企划部的想法，因为收入可能更多。

所以，唱片开始导向企划宣传，制作地位就下来了，到网络时代，企划宣传也不管用了，唱片卖不好，销售量很低，又回到了经纪人导向，演出可以养歌手、养公司。现在又回到了最早期的以歌手为主，宣传企划和制作都不重要的阶段了。"

"我只想让这个事情有一个完美的结局"

三十年后，当李寿全重新审视自己唯一的一张唱片，也觉得它非常特殊，之前没有人这样制作过唱片，之后也没有。当有人建议他重新出一版黑胶和CD纪念版，他决定利用这个机会去弥补三十年前的一些遗憾。

《8又二分之一》最初的黑胶和卡带版有九首歌，1987年出CD版时加入了EP唱片中的三首歌，这次纪念版又加入了四首新歌。三十年前出版唱片时，李寿全对当时录音混音效果甚至包装都不太满意，这次出纪念版，当初的EP分轨母带已经遗失，但是找到了当年送审新闻局的版本，重新做了Remaster。新增加的四首歌中，李寿全重新编曲演唱了一遍《张三的歌》，这是给他当年和三十年后歌迷的最好的礼物。李寿全说："这张唱片现在又拿出来制作，第一是因为看到在淘宝上大家把一些旧唱片拿出来卖高价，我很不开心，为什么我们不能再做一张给大家，而非要去买那些贵的。第二是我觉得当年的唱片品质并没有做到很好，刚好华纳唱片想复刻，重新做这张专辑。我的想法是，三十年之后去重新检视自己的作品，重新把它做完。我想交代这些事情，交代做这张唱片的背景，因为那个年代不太可能做这样的事情，现在反而让我有机会重新看这件事情，重新和当年那些合作的人见面，把那个年代是怎么回事，我们在做什么，再写成文章，这让我蛮开心的。"

从唱片时代过来的人多少都会有"唱片情结"，李寿全也不例外，这次出纪念版，也从某个方面满足了他内心的情结："我常常讲，我们买到原版的黑胶唱片，和翻版的不一样，双封面打开像朝圣一样，是有仪式感的。

我以前做的那版没有仪式感，当时我很难过，怎么就很粗糙地拿出来了？虽然设计有点想法，可我还是觉得少了一种仪式感。所以，这次我要做成双封面。黑胶和CD不同，CD唱片公司要付我版税，黑胶我还要用版税补贴印刷费，因为黑胶包装印刷花太多钱了，任何一个决定都会增加它的生产成本。本来黑胶外面的纸套，唱片公司提供的是白色的，但我觉得白色很难看，就自己花钱买了黑色纸套。还好，我只出一张专辑，可以这么做。因为我只想让这个事情有一个完美的结局。经过三十年，我现在有能力重新做，那我就要把它做成我最想要的唱片的样子。反正现在音乐已经不值钱了，那它既然是个作品，就要让它有作品的感觉。"

如果世上从此没有天空，鸟该怎么飞

李寿全的音乐中总是流露出一种恒定的伤感，不管他在诠释什么主题。这是因为他对那个时代的绝望，还是内心原本就带有伤感的气质？对于这个问题，李寿全说："是自己的个性，是个人的感受。"他说，"我是在台北的九份山上长大的，九份是出产黄金的地方，那边的人为了追逐黄金，把生死看得很开。因为他可能一夜变得富有，再从富有变成贫穷，可能会掉到山里，被石头砸死也是旦夕之间，那边坟墓区和居民紧邻。九份的天气夏天和天堂一样，冬天西风呼啸。我和吴念真一起回忆小时候在九份的事情，我们共同的印象就是出殡的行列。很奇怪我大概刚念小学就知道人会死这件事情，因为矿山，邻居突然会有人死，死亡和我们小孩子是很接近的，所以我天生就觉得生命是苦的，人生观是悲观的。我们是在悲观里面寻求一点点的乐趣，这是我基本的个性。在创作音乐的时候，我很少写欢乐的作品。我是觉得文学创作者都是悲观的多，对生命都是比较悲观。"

李寿全成长的那个年代，台湾正发生着变化，可以接收到大量的西方资讯，所以他觉得未来有希望。那时候人们都没什么事，也没有太大的生活压力。台北地方不大，人们经常会聚到一起，想做点什么事，就会一起去做。他说:"我们聚在一起,聊的最多的就是电影和音乐,最近谁出了一张新专辑,谁在哪部电影里出现,聊的都是精神层面的东西,不太聊生活。那时候物质条件没有现在好,有些东西很贵,要买个新潮的东西很贵,可是精神方面蛮充实的。我们的经济发展,电脑是从286一步一步慢慢发展下来的,电话是从接线到转盘,再到按键,再到无线电话。可是大陆的发展是突然间一下就全部到位了。所以,少了我们中间那段对理想追逐、享受进步的过程。我觉得有那段经历是蛮幸运的,回头再看,我会很珍惜我们现在有的事是过去慢慢来的。在以前的年代,你有什么想法,你有机会可以往下做,你会聚集一些人,大家一起做。现在这个年代不可能了,因为现在人都是自己在做事情。做音乐的朋友很少,只是工作上认识的人,甚至有时候工作都不用在一起了。我就发现现在大部分年轻人聚在一起聊的大部分内容都是做什么可以赚钱。"

三十年前那个时代,是让李寿全留恋的,因为有很大的学习和发展空间,生活中也充满乐趣,"每一个年轻人进入社会,我觉得他第一件事情想的肯定是又赚钱又好玩,至少要有一个吧。当时对我们来讲,赚钱的机会有很多,你只是要选择一个好不好玩的工作而已,那时候真的只是想好玩而已。就是做这件事情好玩,找朋友聊天好玩,大家一起工作好玩。我会给他们建议说,你要听外国这个歌,多好玩,人家做什么事情都好玩。而且这些事情都是围绕着音乐、电影。我们在看着电影大受震撼的时候,也会看它里面用的什么音乐,我们是不是可以复制一个这样的东西。就一直在学习、模仿,学习、模仿,然后融入自己。以前的收入说起来没有现在高,可是那时候作品会容易受到关注,你只要愿意动点脑筋,多用点功,就会有成果,这些成果会得到一些回馈,我觉得那是很重要的。现在可能是赚得多,但是歌却无声无息。我觉得那个年代没有了,现在不可能再出现。我刚才谈到听西洋音乐,现在人们听西洋音乐已经没有原来的乐趣。以前美国音乐是美国音乐,英国音乐是英国音乐,你很清楚,可以分辨,什么是灵魂乐、摇滚乐、乡村乐。现在没有了,已经完全打破界限了,现在音乐出来你不晓得它到底是哪一国的。整个世界发展速度太快,音乐的纯净度已经没有了。科技的发达让人们加速失去对文化或音乐的鉴赏力,因为网络上红的歌,大家认为它是红的,就有商机。问题是搞笑的音乐可以红,恶搞的音乐也可以红。所以它破坏了大家的音乐品位。以前听到一首好歌,找到它的原版唱片有多难啊。"

李寿全写过一首歌,叫《回家的路》,里面有句歌词:"如果世上从此没有天空,鸟该怎么飞,抬起头来还能看见谁。"音乐的天空在慢慢消失……对老一代音乐人来说,他们曾在音乐的天空中自由地翱翔过,留下过经典,但是对未来,却无法奢望。

(2016年)

辑二

崔健：二十多年来

> 当我写了《红旗下的蛋》以后，我就厌恶了这种横空出世的位置，我试图把两脚落在地上，这个感觉就像将军开始当兵了，要解决具体问题了。可是很多人并不愿意关注士兵，他们还是愿意服从于一种权威和势力。
>
> ——崔健

这是我第四次采访崔健，也是时间最长的一次。很显然，采访崔健远远没有听他的摇滚过瘾，当他在滔滔不绝地试图表达他头脑中的各种想法时，你会发现语言表达和思维上的不连贯让他无法说清楚任何一个问题，就像他的一句歌词描述的那样："也不是天生爱较劲，只是积压已久的一切本能的反应。"这种感性、跳跃性的思维方式常常让他的表述前后矛盾，他自己却浑然不知，这些话要是变成歌词，可能会更精彩一些。

第一次采访崔健是1996年，他当时谈得最多的是语言的终极批判问题，他一直反对语言带来的结论。现在，他似乎明白了，很多话用音乐来表达是不够的，他开始像个评论家一样用他当年不屑的语言批判来扩大他音乐的外延力量。很多别人早就搞明白的问题，他今天还看不明白，一直较着劲想弄明白。

在过去相当长的时间里，这种较劲让崔健变成了一个有魅力和标志性的摇滚艺术家，但是在今天，这种较劲让他越来越拧巴。甚至，这次采访谈论的很多问题，在之前的几次采访中都谈过。我发现，崔健多年来的特殊经历使他形成了一种特有的思维方式，在与人交流时，永远是以不变应万变，这也许是他坚持的一种态度。从另一方面看，崔健也很单纯，只要他按照自己的逻辑把一些事情想明白，他就是正确的。

崔健即将发表他的第五张专辑《给你一点颜色》。一直在红色中纠缠的崔健，这一次，又找到了另一种颜色——蓝色。他在新专辑里开始尝试更多的风格，和上一张《无能的力量》相比，这张专辑他走得更远，听起来比上一张更加让人难以接受。

人到中年的崔健，他的摇滚精气神是否还跟当初一样？当他像个思想家一样面对音乐、媒体、生活时，他又是如何去叙述这一切的呢？

Q：二十多年前你刚开始玩摇滚的时候，你的创作状态是什么样子？

A：要是跟现在比的话，某一个脉络上应该是一样的，想尝试自己创作上从无到有的可能性，一件事不做两遍。我刚开始弹琴的时候就开始写歌，写到《一无所有》的时候已经是若干首以后了，所以尝试不同的可能是我创作的主脉，在这点上我没有变化，以后也不会有变化。你要说不一样，那就是风格上的不一样，年龄的不一样，承受的东西不一样，着重点不一样，平衡能力不一样。

Q：到今天这张已经是第五张专辑了，录制这张专辑时你是什么状态？

A：从作品上讲，它应该是两三年以前的，后面的两年大部分时间在做后期，当时我也没想到做后期工作需要这么长时间，搞家庭制作后期的工作量是创作的几倍以上，原来没有做过这种真正的尝试。

Q：看你的演出，会发现一个很明显的现象：你唱新歌的时候，台下的反应不是很热烈，直到你唱《一无所有》，大家的劲头才会上来，最让人激动的还是老歌，听众并没有跟着你的感觉走。

A：我只能这样说，第一是个遗憾；第二，现场音乐文化实际上和前几年一样，有些方面发展飞快，有些方面处在暂停状态，甚至倒退。中国摇滚乐现场状态几乎没有发展，我们都演二十年了，到过很多地方，大部分听众还都是第一次听摇滚乐。我发现最好玩的演出是在北京的小地方演出，因为观众不愿意听老歌。我们演出所到之处基本上都是唯一一次，顶多有两三次，也是间隔五六年，到场的观众大部分还是新观众。我问他们，你们有多少人第一次听我的音乐？哔——手举起一片，很多人还是第一次听摇滚乐。

从这一点来说，中国的摇滚现象产生在媒体，是文字爱好者对摇滚关注的结果，让我们当时一刹那就走红了。真正的摇滚乐应该像西方那样从小型演出滚起来的，是积累出的一种文化。我问过很多人，每年在摇滚方面的消费有多少钱，80%的人一分钱都没有，但是所有的人都知道摇滚乐。摇滚乐目前只是一种现象，根本不是一种文化。包括中国的一些乐评人，他们只是一种打口文化的产物，他们首先听了大量的打口音乐，打口音乐的特点就是它是外来的、廉价的，它的文化基础也是打口的，甚至它跟本地区的人格建设、文化嫁接几乎是零。

所以，这造成了中国摇滚乐是横空出世，不是从本土的基础一点点滚起来的。虽然我是以本土的摇滚形象出现在中国摇滚歌坛的，但我的出现形式是横空出世，并不是一个积累过程。当我写了《红旗下的蛋》以后，我就厌恶了这种横空出世的位置，我试图把两脚落在地上，这个感觉就像将军开始当兵了，要解决具体问题了。可是很多人并不愿意关注士兵，他们还是愿意服从于一种权威和势力。

我发现，80年代后期我们自由创作的状态正好符合当时商业文化，就那几年是个平衡点，从大众政治文化过渡到大众商业文化，那几年正是我们出山的几年，我们受到的关注是自然的，不是炒作出来的，不是由一个政治群体或商业群体操作出来的。打口文化就是左手扶着西方的东西，所谓知识分子所能够接触到的西方的先锋艺术；右手拿着中国的古董。如果两手一撒开，他们都是人格缺陷，支撑点没有了。我称这种艺术家为打口艺术家，他们从无到有的过程是空白的。在西方不是，西方经过了几百年，从他们的艺术品里，你能感觉到他们个人的支撑点，它们之所以让人感动，是因为它是个人的。如果你单纯地说它是西方的东西，很容易让中国人讨厌，因为这属于列强文化。在东方人眼里为什么没有成为列强文化？是因为它是个人的，能发现它们从无到有的发展脉络。

Q：那你想怎么去当好一个士兵呢？

A：也许是自我否定的过程决定了我一时去选择这个，更重要的是我的创作心态是以起伏交错的曲线发展，这段时间与那段时间不一样，这种可能性是有的。所以，当我掌握作曲方法的时候，我喜欢Hip-Hop，喜欢独立完成一些工作，这种生活方式决定了我的创作方式。首先我对拿刺刀的工作比较感兴趣，我对每一个细节感兴趣。我记得姜文说过的一句话，很启发我："才华人人都有，但就拼最后的5%。"我很幸运我生长在这个国度里，我很高兴中国有抵制外来文化产品的机制，当然这种机制对它自身创作也有限制。如果打口文化成为洪水了，成为主流文化，我们的艺术家会像香港一样，丧失自己的支撑点。我觉得香港、台湾和新加坡的音乐基本上是这样，他们没有那种文化从无到有的过程，他们都是拿来主义；韩国、日本也是这样。再好的制作，再好的听觉快感也满足不了你内心人格的快感，所以这就是我选择做士兵的过程。

Q：现在人没有支撑点不是一个人造成的，可能是时代发展的一个阶段，如果你想去改变它是不可能的。

A：你说的是结果，对我来说，我改变一个人我就高兴。我干吗要去做名利双收的事情？我从来没想过，所以这是我选择当士兵的原因。今天有个记者问我，你做音乐不是为了大众吗？我说不是，我就为我自己啊。

Q：你在一次演出的时候说："如果说西方的摇滚乐像洪水猛兽，那么中国的摇滚乐就像一把刀子，我要把这把刀子献给你们。"你在创作上也在参照西方的东西，而且从历史发展过程来看，没有你的出现，大家对摇滚乐的理解和认识需要一个更长的过程，今天你又说西方的东西让我们丧失了支撑点。

A：这最起码是我阐述我的观点第二位以后的，不是第一位的。我以前说过这样的话，从形式上讲，西方摇滚乐像洪水一样，但是首先感动我的还是个人的东西，我第二位才想到是西方文化。如果中国摇滚乐永远失去个人支撑点的话，它永远只是单纯的一把刀子，在这一点我不愿进入一种诡辩的层次，偏要从逻辑上去吻合这两种说法，我觉得这就属于咬文嚼字了。

Q：可能有人玩摇滚、听摇滚没有你说的支撑点，他听了之后很兴奋，可能就去唱摇滚了。你现在想明白了，所以你才觉得在演出时遇到那样的尴尬。

A：你在解释一种现象，单独听摇滚和单独唱摇滚之间的区别，我可以非常清楚地告诉你，这完全是不矛盾的，只不过是一个层次问题，只有去创作的时候才会真正理解这个问题。我虽然说过"西方的摇滚乐像洪水猛兽，那么中国的摇滚乐就像一把刀子"，但我还没有失去我的观点，我要强调刀子的意义，我要牢牢地插在这个土地上。

Q：你刚才说中国在80年代末90年代初是从一个政治文化向商业文化转变的过程，那时候商业文化的意识还没有建立起来，很多商业上的成功其实并不带有更多的欺骗性,那时候任何文化成为一种现象都是很单纯的。

A:我是这样理解的,现在的传播媒体本身就有欺骗性,很多媒体都是以欺骗为目的的,不少媒体都存在一种红包制度,红包制度就是鼓励非个性,有红包制度就是在鼓励共性。在这个年代个性不美,你想从无到有创立个性,就是丑恶的。根本就没有理想,谁去挖井谁是傻帽,谁去卖水才是真正的时尚。

Q:这就是你在这张专辑中对文字工作者进行批判的原因?

A:我刚才差不多都说了,他们视社会问题不见,专拣软柿子去捏,所以红包制必须批判,实际上它就是反对个性。

Q:我刚才想说的是政治文化向商业文化转变,对现在人们的价值观念的影响问题。你有"文革"后期的经历,对你后来的创作有很大影响。

A:时间本身就是个监狱,时代也是个监狱,很多人也会被框进去,这也是我最近想通的事儿。年代的压力负担特别重,很容易让我不愉快,成了无形的枷锁。从创作角度来说应该摆脱这种东西,我只有发现了我和年轻人在商业上格格不入的时候,才会想这个问题。平常在创作上和友情上从来没有这种障碍,包括60年代生人,我没有觉得他们跟我是同代人,我充满了对这个年代陈旧东西的厌恶,我没有觉得60年代出生的人就是光荣的,从某种方面讲60年代对我来说是模糊的。我个人觉得,生活状态决定了我的生活方式和70年代是一样的,甚至和80年代的人生活方式是一样的。

Q:我有一次去你家,发现你有很多书,关于毛泽东的,那个时代的人思维方式和现在的人是不一样的,如果现在让你去写周杰伦这样的歌你也肯定写不出来。你在写歌的时候会想到年轻人听到后会是什么反应吗?

A:我并不是不在乎媒体和大众,不用怀疑了,我是为我个人做音乐。我自己有很多矛盾,很多难处,甚至是我的隐私部分,我像所有人一样,有一本难念的经,生活有很多问题,我的感情生活也经常出现烦恼的事。我怎样去证明我自己,我怎么去看到我自己和理想的差距,我怎么去完成这个过程,这就是我创作的方向。我怎么让自己知道自己不是一个胆小鬼,我有很多很多的选择。

Q:《新长征路上的摇滚》和《解决》是总结那个时代,可是今天再听《无能的力量》或者《给你一点颜色》,它不是对一个时代的总结,这是否意味着你创作姿态上变化了?

A:太好了,我特别高兴你这样说。我始终不愿意给人一种结果,我愿意给人一个开始。《新长征路上的摇滚》的成功是一个开始,而并不是一个结果的成功。为什么叫"新长征路上的摇滚"?因为它给人一种方向,你所说的结果是那时候所有人都在找方向。但是现在不是,现在所有人都在选择结果,当他的选择看不到结果的时候,他就觉得这个东西没有价值。恰恰相反,我的这个专辑是给少数人的,给理解我的人、不用沟通就能沟通的人,它是一个新的开始,后面还有新的挑战。它传达的不是一种思想,而是一种方向,这正是我愿意提供给歌迷的。

Q:你这次的起点是什么?

A:我的起点就是上一张专辑,我所有乐观的专辑成功的可能性都多一点,比如《新长征路上的摇滚》和《解决》。《红旗下的蛋》有点太入世了,它是一个沉甸甸地放在现实中的一个蛋,《无能的力量》被很多人曲解成"无能",实际上真正的意思是"无权力",是无权者的力量。我始终在寻找我体能里面最应该让我产生力量的基础,产生我面对生活的基础,这是我最低调的一张专辑。如果我站在大炮打蚊子那种角度上看这张专辑,那一点都不是力量。什么叫力量?你的心态以现实中最重的东西作为砝码,怎么给它压回来。我这张专辑不是像《一无所有》时期是多年积累的过程,而是再创作、再积累的过程,这个积累过程就是四年的时间。积累的过程其实是很复杂的心态，怎样去平衡这个心态？我对所有音乐风格的表述都有兴趣，甚至我听任何一张专辑都不能听超过三首歌。为什么我喜欢 MP3？就是因为听众可以自己去选择。于是我想我为什么不去做一张这样的专辑？我干脆四分五裂，每首歌都一个方向。后来我发现在这是一个巨大的冒险，因为听打口 CD 的人绝对听不到这样的唱片。我觉得社会发展到现在确实是这个特点，西方的东西突然全进来了，各种各样的东西你全都能感受到，在这之前你是一个饥渴状态，吸收能力是非常强的，但是不能像西方那样表现出来，那种复制非常拙劣。

Q：一旦你把不同的风格做在一张专辑里，大家听着会感觉很别扭的。

A：我觉得如果没有听太多打口 CD 的人会接受这个，听打口 CD 的人又太清楚西方音乐的概念。我也受过西方评论家的批评，说我的音乐有明显的东方社会主义国家音乐的特点，太复杂，说我们听音乐不专一。西方的音乐特点就是太专一，一个风格就是坚持到底，我干吗要像西方人那样？我本来就不是西方人。

Q：你一直是个很倔的人，总想跟现实叫板，想达到一种什么样的结果？

A：我觉得不是，我是坚持个性。坚持个性不能叫倔，没有个性偏要弄出个性才叫倔。我觉得要是扭曲自己是对自己资源的浪费，所有倔的人都是长期以来没有对个性的系统认识，明显的反映就是中庸化。中庸被当成一种美德来称赞，甚至还能跟儒家思想对上口。对我来说这都是值得怀疑的，我要用后半生的精力去批驳这种想法。

Q：你的这个性格促使你想做成一些事情，这二十多年有哪些事情你做成了，哪些没有做成？

A：这个东西只能说是正比的增长，随着活的时间越长，想做的东西越来越多，不可能越做越少。有个台湾记者这样问我："你准备什么时候退役？"我说你为什么问我这个问题？他说台湾的艺术家唱了十年就准备退役了。我说那肯定是他做得不高兴，这事只能是越做越愿意做，不能当成马拉松那样去吃苦。做音乐本身就是一种娱乐，做演出是一种生活方式。

Q：你刚才强调了半天个性，现在的年轻人也都在追求一种个性，你追求自己的个性跟市场化的个性，还是不一样的，现在的人认为你有个性，和当年80年代的人也认为你有个性其实是不一样的。

A：现在人的个性是市场需要的个性，不是人本身的个性，他们的眼珠已经不会看自己了。当时流行歌曲是革命化的，70年代末期，邓丽君突然进来了，把情歌个人化。而我们那时候自己去创作，自己演唱，这本身就是一种个性。但现在的人都忽视了这东西，他们认为有个性并不是相对过瘾的一件事，认为有个相对稳定的生活状态，有个不冒险的生存方式，就可以了。谁谈个性就是对生活的一种威胁，所以它排斥所有的个性。

Q：你刚才说你不指望现在的年轻人像当初年轻人那样接受你的音乐。

A：几乎不可能了，你看我那时候一个采访都没做过，我现在只是配合销售，我觉得这种工作是我应该做的，因为目前这个方式是主流方式，也是对我工作团体的一个尊重。如果给我一个机会，有跟那些明星一样的宣传渠道，老百姓都能接受我。我觉得我的力量大多了，我煽乎起来比他们能煽乎。给矿工演出应该是我们干的事情，怎么成了《同一首歌》干的事情了？他们不给钱就不去，去了又装好人，居然没有人批评这个。

Q：那你想过没有，你为什么没有这个机会？
A：我也没指望这个机会，我要努力争取这个机会。

Q：演出不多是不是会影响你的状态呢？

A：活人和死人的区别就是他老能调整自己。

Q：这张专辑里你的愤怒没有当初那么直接了？

A：我当初是往外走，相比之下是一走了之，现在我偏要磕下去。

Q：在你这张专辑里，你更想表达什么？

A：《蓝色骨头》是我的一个起点，自身的东西更多一点，我更理性地想看我的未来，更准确地概括这张专辑。比如三脚架有三条腿才会稳定，我觉得我生活就需要"三"，"三"这个数字对我来说无时无刻不存在的。我的音乐里必须有力量、内容和音乐性，我的生活也是一样，事业、爱情和身体，少了一个都不行。我这张专辑里给人感觉是一种三三制。我是个非常理性的人，但我很羡慕那些单纯做音乐的人，很遗憾地讲，我不是单纯做音乐的人。我个人认为，《蓝色骨头》是对专辑的一个概括。这张唱片和我第一张唱片相比，在某种程度上只能说是延续，不能说是一种改变，我把音乐变得更有文化性，更不商业性。我第一张专辑的商业意识比现在强，但我现在主动把唱片与市场结合的文化意识比那时候强多了。

Q：但是现在的听众谁还愿意琢磨你歌词里有什么意义啊？

A：如果我每年有一百场演出，我肯定会累，就会需要另外一种创作方式，甚至我会厌恶歌词，西方的东西可能就是因为这个产生出来无歌词的音乐，人们讨厌写歌词，他们是根据这个脉络过来的。中国人这么做是因为没歌词的东西时髦，还有就是没歌词的音乐不危险。可是跟你的生活有什么关系？人们认为音乐就是听的文化。我是电子音乐发烧友，但我自己不愿意玩，对我来说这太容易做了，做完之后发现跟西方的东西一模一样，这不是我要做的事情。我故意要打烂这些东西，把它本土化。所以我写了《农村包围城市》，典型的四四拍，加了好多 Loop（一种节奏或旋律片段的循环），这都是西方的，这跟中国产生了什么关系了？后来我发现它那种力量跟中国有关系，就是最朴实的力量。

Q：我在听《网络处男》的时候感觉你受 Prodigy 和 Chemical Brothers 的影响很大。

A：肯定的，我是他们的歌迷，能不受他们的影响吗。我的任何一首歌，都受人影响，《新长征路上的摇滚》受"警察"（The Police）的影响，《假行僧》、《一无所有》受的是斯汀的影响，大家都能听出来，我没必要躲避这些东西。听完了他们的音乐有冲动马上就去创作了，唯一的一点就是把它中文化了。换了语言和乐器，一下子就有欲望和中国音乐发生关系。

Q：你是比较早唱 Rap 的，80 年代的时候大家对这种形式还不太理解，现在是一个 Rap 的时代，你的 Rap 和现在的 Rap 还是不一样。

A：首先我用中文唱的，中文唱 Rap 有很多技术上的东西，没有玩过布鲁斯、没有玩过 Offbeat（错拍）、没有玩过复合节奏，很难把 Rap 唱得像 Rap，基本上就是数来宝。英语本身就是有点像军鼓一样的语言，里面有不同的多重的爆破音，能同时出现，特别丰富。中国话都是一个字一个音，还有四个音控制。我觉得最好的写作方法就是首先是把微小的口语词加进去，另外就是解放语音，你愿意怎么发音就怎么发音，你愿意升就升，愿意降就降，这样一解放，就马上想到地方话。这是逼得没办法，没辙。

Q：周杰伦和陶喆那种唱法是不是也是解放口音呢？

A：我是专业人，不能随便去评论，我只觉得他们是一种舞曲。我觉得他们要是唱山东话的话也挺奇怪的，因为现在的时髦就是 R&B，就是旋律加说唱，还有就是舞曲。我觉得 Hip-Hop 不是这样，它很直接，即兴。

Q：我不太喜欢《无能的力量》，因为感觉你把自己放在一个高度上去指指点点，但是这张专辑放弃了这样的姿态，开始像早期那样去感受生活了。

A：《无能的力量》过于严肃，歌词里出现"人格"这个词本身就挺别扭，《缓冲》里"那天傍晚我从天上飞了下来"就是典型的居高临下，可能是态度上就要较这个劲。《无能的力量》是一张很有创造性的专辑，我做了特别多的尝试，而且是几年时间磨出来的。

Q：你刚才说你不想做将军，想做士兵，但是在公众眼里，大家不会这么看，崔健是一个摇滚明星，他影响了一代人，这样会让你别扭吗？

A：应该这么想，你吃了太多油腻的东西肯定想吃点粗粮，这是一个平衡问题。我只把握一个原则，就是一件事不干两遍。

Q：作为一个在80年代成名的人，你对今天的80年代新一辈有什么感觉？

A：我觉得是我们表达方式不一样，语言不一样，你说"范儿"，他说"棒"，你说"飒"，他说"酷"，但是追求的东西还是一样的。有些人被形式所左右，比如他们说你跟我一谈政治你就老了，但是他们谈政治的方式不一样。当你自然去了解他们、跟他沟通的时候，他们不太在乎你的语言方式，因为你打动他了。我经常被他们说服。

（2005年）

朱哲琴：一个理想主义者的意外生存

> 那时候我们就讨论过这样的事情，是先赚些钱然后再寻找自己的理想，还是艰苦地走下去？当时在讨论的这些人，你看现在还剩下谁？但是这些讨论曾经对我的成长产生很大影响，让我向相反的方向走了。人家去广州、北京，我去了四川、西藏。
>
> ——朱哲琴

朱哲琴在当代中国乐坛的地位，从名气上讲，她不如王菲；从音乐的时代标志上讲，她不如崔健；从商业和市场的指标上看，她甚至排不到前二百名。但是她的出现，给90年代之后的中国音乐画出了一块新版图。按照西方对音乐的定义，朱哲琴与何训田的音乐该属于 New Age、World Music 或 World Fusion。一个人占领一片土地跟一千个人占领一片土地，谁更有价值呢？

朱哲琴的正式专辑在过去十多年间一共只有三张：《黄孩子》、《阿姐鼓》和《央金玛》。最近，朱哲琴终于出版了新专辑《七日谈》，距上一张专辑的出版已有十年的时间。这张唱片的创作是从2001年开始的，何训田不会按照一个日程表去创作，朱哲琴说："他一直在构想。十年前我们做了一张《阿姐鼓》，这十年就是《阿姐鼓》，如果从这个东西脱离出来，需要时间。另外，何训田的音乐永远都在往前走，他不愿意重复自己，有人说他一首歌就能发展出无数想法来。所以他需要每一首歌有不同的东西，创作的时候考虑的时间就比较长。"

《七日谈》里一共有七首歌，再听不出任何西藏音乐的痕迹，它融汇的音乐来自更宽广的亚洲地区，在音乐结构上比《阿姐鼓》更丰满，音乐色彩上也更斑斓。《阿姐鼓》以西藏音乐为支点，尝试做一次民族与世界的对接；而《七日谈》的支点是何训田和朱哲琴，那些来自亚洲各地的音乐式样被打碎了，融在一起，成了表达他们音乐哲学的想象。十年前，他们在寻找音乐，十年后，他们在寻找自己，人与音乐的位置发生了转换。

朱哲琴说："前面的两张唱片都是西藏的背景，其实我们不愿意说那就是西藏音乐，这点我从来不想混淆。西藏这个主题刚好是我们生活经历到那里自然而然的成果。现在，我们已经离开那儿，往更多更自由的空间去发展，这就是这张唱片的立足点。音乐上，我们一直在讨论一个问题：什么是当代的中国音乐？这看上去是一个很大的命题，其实跟我们的创作息息相关。这十年我们去过很多地方，回过头来会问自己：什么是中国？什么是中国音乐？我觉得西藏、云南、新疆的音乐都不能代表中国，它只是其中的一部分。所谓的'中国人'其实没有一个纯粹的地域概念，它是融合了各种不同的东西，然后形成它特有的东西。特别是在印度、尼泊尔、不丹这些地方，我看得非常清楚，我们的文化有很多来源。现在中国没有严格意义上的中原文化了，中国这二十年刚好从封闭进入多元化，这些都体现在这张唱片里。如果非要从音乐上用一个词来界定这张唱片的话，那它就是'泛亚洲'形态。很多亚洲音乐的素材最终流到了中国，然后汇成一个东西。"

这十年，何训田在寻找突破自己的路口，朱哲琴则利用闲暇时间到处旅行，他们不想再做出一张"越是民族就越是世界"的专辑，因为有一张《阿姐鼓》足矣。"我想象不出十年前我们会做这么一张专辑，"朱哲琴说，

"现在创作观比较开放,当人们把越是民族就越是世界的东西拿出来的时候,我需要一个新的空间,这个空间不是在某一个区域里面。当旅行、资讯成为可能的时候,我的思维、我的想象力就会跟这些结合,我觉得会更好玩,它很有挑战性,对听众的耳朵也是一个挑战。"

旅行让朱哲琴接触到亚洲各种民族的音乐,谈到对这些音乐的感受,朱哲琴说:"他们的音乐更天性,挠痒痒就是挠痒痒这一件事,这是它特别可爱之处,这跟思维有关系。中国人无法变成他们,他们也无法变成我们。我跟何训田合作,发现他的思维非常严谨,这跟中国的哲学文化息息相关。非汉族的音乐更率性一点,汉族音乐从古琴开始,一个音符都要深思熟虑。十年前我可能觉得率性的音乐好,但是现在,我不会用好和不好来区别,这是截然不同的东西。何训田的音乐是在一个整体的构思之下,每一部分会有天性的东西出来,让我来发挥,但很快又会回到他的整体结构之中。"

当这种天性的音乐与何训田的严谨结合,结果会是什么样呢?"他的生活经历和思维方法形成了他的思维习惯,这张专辑一共七首歌,是个完整的概念,他在歌词里体现的东方哲思非常清楚。他的思维非常严密,通过一个很精密的构造达到一个很朴素简单的结果。《阿姐鼓》让人得到了一个听觉的印象,而不是这种结构,这也是他跟其他音乐家不同的地方,是很有意思的地方。他的音乐构筑了一个非常丰富的世界,像旋转木马,各种各样的东西都会出现。"

而朱哲琴的天性角色也恰如其分地融入何训田的严谨之中,谈到两个人的合作,她说:"我心灵上很开放,我跟何训田不一样,我很简单。音乐对我来说是很本能的东西。比如说有一首歌,我照着谱子唱就是一件很困难的事情,但我一进录音棚,一听见手风琴响,我就鬼使神差进入到这个音乐里面。如何在他的这个没有规则的空间里找到我生存的位置?不过,我很幸运,这十年给我一个很好的做人基础,十年前我可能融不到这个作品里,这十年我的音乐处在停止状态,但我的人生没有停止,这十年我的视野开阔了,反而让我去思考东方文化的东西,让我有种归属感。我们不是以谁覆盖谁,这十年的人生和成长构成一种可能性,让我们重合的地方更多。我们的合作一直比较默契,他不是为我在写作,他只会为自己写作,但我们会互相触动。我的旅行可能也会对他创作这张专辑产生影响,他不是很喜欢身体力行地去世界各地,但是他的心很大,整个世界都在他的心里。他很严谨,我更天性,这种互补就体现出来。"

对于一个歌手来说,十年才出一张唱片,某种程度上是很致命的,但是朱哲琴并没有因为这个而被人遗忘,相反,人们一直对她有种期盼。她前两年曾在北京保利剧院办过一次小型演唱会,反响很好。一个歌手,这么多年一直有种坚持,这里面肯定有种东西在支撑她。

"我从小在广州长大,但很快就离开了。那里改革开放,很吵闹,钱的观念很强,我却变得非常不安。那时候我心里对音乐和艺术充满了想象,包括精神层面的追求。"朱哲琴回忆说。80年代,她参加央视青年歌手大奖赛,获得第二名,很多文艺团体想要她,但是她没有去。"那样的生活我见过,它离艺术很远,这是我本能的辨别,所以我离开,我就想寻找自己。城市里没有我的空间,我就到四川、西藏,后来到世界的不同地方。在寻找过程中,会发现任何地方都有你喜欢的东西,从这些旅行中我看到了我的人生。我无法在那样的地方找到什么,但是在找的过程中它构建了我的生活,如果你寻找的是一个理想的世界,实际上这个世界就在你的心里。"

还是在广州的时候,朱哲琴经常跟一支叫"新空气"的乐队在一起,这是广州最早倡导创作自己作品的乐队。"那时候我们就讨论过这样的事情,是先赚些钱然后再寻找自己的理想,还是艰苦地走下去?当时在讨论的这些人,你看现在还剩下谁?但是这些讨论曾经对我的成长产生很大影响,让我朝相反的方向走了。人家去广州、北京,我去了四川、西藏。那些理想的东西点燃过我的人生,年轻的时候这些东西对我来说很重要。"朱哲琴说。

所以,朱哲琴开始了寻找。"我必须跟一个音乐创造者合作,我在走这条路,很明显我跟大多数人不在一个方向,这样的合作机遇在中国非常少,因为写这样的音乐的人非常少。记得我在唱《丹顶鹤的故事》的时候,有人跟我说，你很难在中国找到给你写音乐的人，他认为我对音乐的感受跟大多数人要表达的方式不一样。"很幸运，这个理想主义者找到了实现她理想的那个人。

"我认识何训田是有故事的。我在北京参加完一个月的巡演以后，就觉得这东西跟艺术太没关系了，便谢绝了所有演出。有一天有人给我打电话，说四川有个国际电视节，想邀请我去。我正好想去四川玩，就答应了。之前解承强（'新空气'成员，《丹顶鹤的故事》作者）跟我说，亚洲流行音乐节有个四川人写了三首作品，都特别好，不知道叫什么。我去四川录音，闲下来我就跟负责录音的艺术总监说，听说你们四川有个人，在亚洲流行音乐节上写的歌不错。他说，'那人是我'。他叫何训田。"

俩人在音乐上的想法一样，或者说，当时何训田也在寻找一种声音，就是朱哲琴这样的。很快，何训田约朱哲琴录制了一张《黄孩子》。当朱哲琴把《黄孩子》拿回广州交给他的老师解承强听的时候，他说了一句话："很好，烧掉。"他对朱哲琴说："你的东西很阳春白雪，没人喜欢。""有时候，我们的知识和判断是不是有谬误？我经历过很多这样的事情，我的作品出来后，人们第一不敢有反应，第二是怀疑。比如我第一次在首都体育馆唱《丹顶鹤的故事》，唱完后整个首体鸦雀无声，没有喝彩也没有喝倒彩，若干年后这首歌在人们心中倒是被记住了。《阿姐鼓》出来后跟这个一模一样。我的作品每次出来，相对于当下的市场和聆听习惯，总是新的。当人们找不到坐标的时候，说话都很谨慎，都怕自己说错了。可我只有往前面走，我宁愿停止也不会去模仿别人。"朱哲琴说。

《七日谈》也许还会这样让人不敢有反应，这看上去更像一个理想主义者在极度商业的时代制造的一个反讽，这个反讽也让她每一次都意外生存下来。

（2006年）

窦唯：生活的压力和生命的尊严

> 我再说一句话，顾城的一句诗："我拿刀子给你，你们用它来杀我"，这篇报道写出来，他们拿着刀，一个给我，一个给对方，让我们互相仇恨。
>
> ——窦唯

公众眼中的窦唯是——摇滚歌星、王菲前夫。除此之外，人们再找不出第三个窦唯的公众定位。人们之所以有这两点深刻印象，一方面是因为在90年代中国摇滚以群体状态出现时，窦唯所在的"黑豹"乐队为中国摇滚乐普及起到了崔健没有起到的作用。在歌迷心中，真正的"黑豹"，是窦唯担任主唱的"黑豹"。另一方面，他与王菲的婚姻，把他的名声普及到摇滚之外。

从《黑梦》到《山河水》，一个内敛、深沉、不食人间烟火的窦唯代替了"黑豹"时期的摇滚偶像窦唯。离开魔岩之后，窦唯的音乐进一步虚无、随意，他甚至干脆把乐队的名字改成"不一定"。他把嘴闭上，用纯音乐示人，他的唱片不再是媒体和评论界谈论的话题，他的歌迷对窦唯的再次转型感到有点失望。在最近的五年间,窦唯并没有培养出更多的乐迷。在音乐的世界里,窦唯的音乐渐渐被人淡忘了。

窦唯进入了另一个音乐世界,在这个世界里,没有喧嚣,没有噪音,没有煽情。他做了一系列即兴的、融合的、包容更多音乐元素的唱片,即兴爵士乐、即兴电子乐、即兴民乐、即兴冥思音乐……在闭嘴的六年间窦唯先后出版了十余张专辑。但是窦唯一直没有抹去摇滚歌星这个标记。摇滚歌星也是艺人,艺人就会被消费,人们更愿意接受世俗的窦唯而不是艺术的窦唯。

1994年,对王菲和窦唯来说都是相当重要的一年。王菲的专辑《天空》彻底摆脱了港台式流行歌曲的俗气,她的华语歌坛天后的地位从此形成,同时她也成了娱乐媒体八卦的焦点;而窦唯在这一年也在媒体的包装下变成了"魔岩三杰"之一。当两个如日中天的明星走到一起,媒体的八卦慢慢把窦唯拖进了娱乐绯闻的漩涡。窦唯不善言辞,甚至也不知道该怎么讲理,他可以操控很复杂的乐器、音乐设备,却无法对付别人的嘴。八卦、明星、受众三者在商业社会中就像那个古老的石头、剪子、布的游戏一样,只要遵循这个游戏规则,你总能成为受益者。但是命运恰恰把这个不善言辞和对世界充满畏惧的窦唯推向了角斗场。历史无数次证明,当绝大多数人都认可一种游戏规则时,你违背了规则,你就是牺牲品。只是窦唯还没有明白如何违背这个规则时,就倒下了。

在公众眼里,窦唯是世俗的窦唯,在窦唯心里,他是艺术的窦唯。当窦唯逐渐放大他的内心世界时,他便也逐渐失去了与世俗沟通、接触的机会。活在音乐梦幻中的窦唯社会活动能力已变得越来越差,梦幻与现实的拉锯战让他在音乐世界里的强大顷刻间变得脆弱无比。原来的无所谓如今变得茫然无助,他无法打通这两个世界的隔膜。"矛盾,虚伪,贪婪,欺骗,幻想,疑惑,简单,善变,好强,无奈,孤独,脆弱,忍让,气愤,复杂,讨厌,嫉妒,阴险,争夺,埋怨,自私,无聊,变态,冒险……"这是窦唯《高级动物》里的歌词,他在描述人这个复杂的高级动物的同时,也在被世俗"描述"着。

最终，他点燃了一家媒体记者的汽车……然后，他在一份声明中说："因对某些媒体的报道有异议，在与媒体的接触中，媒体不能坦诚交流，意图引起公众注意，所以采用了过激行为。"人们对他"意图引起公众注意"的方式感到不解。

在种种事件中，窦唯被描述成一个脑子有毛病、行为不正常的人。但即便是一个艺术家，也总有理性的一面，那么，窦唯究竟是一个什么样的人呢？如果我们能了解他的成长过程，也许就不难理解他为什么这么"不正常"了。事实上，不管窦唯是摇滚歌星还是音乐家或是八卦主角，他都没有向人们展示出一个真正的窦唯，人们对窦唯的误解，最终也导致他采取过激行为。

苏阳是窦唯的初中同学，也是在窦唯的影响下，他成了一名乐手，并在1995年组建了"麦田守望者"乐队。谈到初中时窦唯给他留下的印象，苏阳说窦唯在当时算是一个挺另类的学生，"我们是市重点中学，他在这个学校里算是一个调皮、恶作剧比较多的学生，我跟他不是一个班，但也认识。我印象最深的就是他穿一身特别紧身的牛仔服，那时候穿这样衣服的人很少。上高中之后他已经不在五中了，初中跟他最好的朋友和我一个班，也跟我是朋友，这样我们才熟悉起来"。

窦唯是个在音乐品位上始终跟别人不一样的人，在上初中的时候就这样，苏阳说："他那时候唱歌的方式跟别人都不同，我估计他当时早就想好了以后怎么唱歌了。"当时社会上流行霹雳舞，窦唯在这方面比较擅长，没事就教苏阳跳霹雳舞。

谈到窦唯的恶作剧，苏阳说："他很喜欢音乐，在学校有什么文艺表演，他就上来吹笛子，我印象最深的是，在学校的一个歌咏比赛的活动上，他上台后，拿着一片木板，一边敲着桌子打拍子，一边唱邓丽君的歌，直接就被班主任给薅下去了。那时候邓丽君还是靡靡之音，我们上初中还是80年代初，别说唱邓丽君的歌，听邓丽君都不容易。"

中学时代的窦唯是朝气蓬勃的，和很多活跃的学生没什么区别。"那时候根本想象不到他现在的性格有这么大的变化。当时他挺新潮,追时髦,倒也没觉得他有音乐天赋,反正挺喜欢音乐。他的性格挺开朗,挺爱说话。他不是那种乱贫的人,但挺有主见,比如一帮人出去玩,大家能说出一大堆意见,他先不说,到最后他总结:要不咱们这样吧……实际上他事先早就想好了。"苏阳说。

窦唯的音乐道路受家庭的影响很大,父亲是搞民乐的,母亲在北京第一机床厂工作,也喜欢唱歌,在厂里唱歌数一数二,所以人们都说他妈妈是"一腕儿"。在窦唯上中学时父母离婚,他和妹妹一直跟母亲在一起生活。

家庭环境是否对窦唯有过什么影响呢?苏阳说:"也许小时候对他的影响在当时没有表现出来,还没有形成一个思维方式,但是这些东西可能在他心里有影响了,可能都不知道。也许大了之后才会想到这些事儿。"

窦唯在职业高中上了一年的学,然后考进了北京青年轻音乐团,他开始到外地走穴,这时候的窦唯在同学的眼中已经和过去不一样了,苏阳回忆道:"记得那时候他跟我说一场能挣三十块钱,对我们这些学生来说这太了不起了,有时候他一天唱好几场,按我们的感觉就是他已经发了。耐克、乔丹一代的鞋,九十九块钱一双,那时候也就他能买得起。他不走穴我们就在一起玩,一起抽烟,上高中抽烟是件挺大的事情。他给我们讲走穴的故事,那会儿觉得他挺好玩的。"

窦唯在音乐上的感觉随着他进入专业团体渐渐显露出来,他虽然文化课的成绩一般,但绝对算得上是一个好孩子。苏阳说:"他从来没有挨过处分,性格比较温和,从来不打架斗殴。我们这几个朋友都是暴脾气,他属于脾气比较小的那种人。"

有一次,苏阳去轻音乐团找窦唯玩,窦唯告诉他,打鼓挺好玩的,于是就当场教苏阳打鼓,苏阳一下子就喜欢上了打鼓,后来组了乐队,苏阳一直是鼓手。窦唯做事很认真,他这种认真往往能感染周围的人,"在音乐方面他确实影响了我们这一帮朋友,我们都特别喜欢音乐,我是受影响干上这行,其他人不管干什么行业,都特喜欢音乐,都是窦唯影响的"。

不过苏阳也说："窦唯小时候的确开朗，但不是能和你交流的人，那时候很多朋友虽然小，十七八岁，但是可以聊天了，说一些心里话什么的，但他很少跟人有心灵上的交流。我始终觉得他不是那种善于表达的人，至少在用语言表达这方面。窦唯的歌词说真的算不上好歌词，因为他真说不出来。"

1987年左右，窦唯进入了摇滚圈。现在"不一定"乐队的成员陈小虎算是认识窦唯比较早的一个人，也是当初北京摇滚圈里出道较早的，用他的话讲，崔健他们算第一拨，他是第二拨。

陈小虎回忆他当年认识窦唯的过程时说："1987年，我们在北京化工学院演出，我们有一个乐队叫'派'，乐队的成员有高旗、何勇、曹钧、骅梓和我。我们唱上半场，都是些翻唱的歌，崔健唱下半场，我们乐队有三个人争着当主唱。演出结束了大家都不散，很多人都上来即兴表演，这时候窦唯上来了。那时候窦唯很年轻，挺有冲劲，他当时唱了一首'威猛'乐队的歌，大家觉得这哥儿们唱得真棒，他的即兴能力特别好，用俗话说台缘儿很好。我记得窦唯那天给我印象最深的是他戴两个眼镜，因为他是近视眼又没有现在这种可以翻盖的墨镜，他就在近视眼镜外面套了一个墨镜。"

80年代中后期，摇滚乐开始在中国兴起，当时人们对摇滚乐知之甚少，对中国摇滚有着启蒙作用的是英国的"威猛"乐队。陈小虎说："那时候我们要想听点什么东西只能买空白磁带，然后去找那些老外，跟他们交朋友，请他们吃饭，去饭馆请人喝大瓶的燕京啤酒，然后去录一些东西。"

陈小虎说："像小窦这样完全不知道从哪儿冒出来一个人，大家都觉得他唱得挺不错，挺有感觉。我觉得他当时在舞台上的表现力，国内完全没有人能比。因为那时活动很少，外交人员大酒家常常在地下室搞一些活动，大家常在那里聚会，然后慢慢就熟悉了。到后来小窦去了'黑豹'乐队，写了一些歌在那里演出，我印象中他们是最火的，在舞台上他也是表演最好的。"

"黑豹"乐队是由郭传林组建的,在摇滚圈里,人们习惯称郭传林为"郭四",熟悉的人都喊他四哥。谈到窦唯加入"黑豹"乐队的事情,郭传林说:"1987年'黑豹'的主唱还是丁武,后来有人说给我介绍一个唱歌非常好、感觉非常好的歌手,叫窦唯,我就邀请他参加演出。感觉他的灵气和舞台表现都很完美,再加上他的音色,后来丁武离开乐队成立'唐朝',我就想把窦唯拉进来,这可能是'黑豹'唯一的亮点。他那时候比较有朝气,说话也比较幽默,接触人也比较诚恳,有礼貌。我跟他谈完了之后他考虑了几天,后来他又跟我谈了一些问题,他那时候在北京青年交响乐团当歌手,经常走穴演出。我跟他讲,我组建'黑豹',每个人都要背水一战,都要辞职,两三年后就能出来。他当时也答应了加入'黑豹',在创作方面他还是比较积极的,对音乐的感觉和对音乐的执着,是在'黑豹'期间无可替代的。"

的确像郭传林所说,大约三年的时间,"黑豹"真的走红了。1990年,有六支摇滚乐队在北京首都体育馆搞了一场"90现代音乐会","黑豹"并没有出现在演出名单中,这件事对他们影响很大。两年后,"黑豹"的第一张专辑出版,以势不可当的气势横扫大江南北,当时市面上的各种"黑豹"盗版磁带多得令人咋舌。《无地自容》《Don't Break My Heart》《别去糟蹋》成为流行一时的歌曲。而窦唯高亢激昂的演唱风格,成为"黑豹"乐队最突出的标志。

但是,也就是在"黑豹"第一张专辑出版不久,窦唯做出了一个令人吃惊的决定——离开"黑豹"。

十年前,记者采访窦唯,问他当初为什么离开"黑豹",窦唯轻描淡写地回答说:"因为在音乐上我又有了新的想法。"所以,在一次去海南的演出中,窦唯突然剪去了他的长发,让乐队成员一惊,"我是想用这种方式告诉他们,我要离开乐队。"窦唯说。

事实上,窦唯离开乐队的真正原因,在今天已经是一个众所周知的秘密,那就是他跟王菲好上了。而之前王菲是"黑豹"键盘手栾树的女朋友。郭传林对此也感到很无奈,因为他知道,这种事肯定会影响到乐队的内部团结。

"他有一次给我打电话，决定离开'黑豹'，我问为什么？他说也不为什么。我跟他谈了几个条件，第一，别唱'黑豹'的歌，因为他一唱'黑豹'的歌，这边肯定完蛋；第二，乐队的一些所谓的秘密不能往外说，他都答应了。我说你的音乐风格看看能不能变化一下。前几年，我们见面喝酒，他喝多了。我觉得那个保证书可能一直压着他，对他有一定的压力。"

在"黑豹"时期的窦唯，给人的印象和过去差不多，苏阳说："他在'黑豹'乐队，跟在高中没区别。"郭传林说："那个时候他愿意跟人交流，很有个性，比较外向。那时候比较爱表达，演出的时候我们俩都住一个房间，他是个喜欢交流的人，'黑豹'时期的窦唯比较积极进取，后来发生变化是跟王菲结婚之后。他离开乐队之后基本上就没什么联系了，偶尔通一次电话，等我再见到他，就发现他的性格开始发生变化了，比较沉闷，不爱说话了。我问他，你怎么不说话？就在他泼人可乐、媒体闹得最凶的时候，我见到他，那时候他变得更沉默，他刚跟王菲离婚。我觉得他的性格变化是情感上的问题，还有媒体的原因。"

这时的窦唯开始变成了一个怪人。究竟他与王菲走到一起又分开这段时间发生了什么事情，不得而知。总之，那个活跃、开朗的窦唯不见了。

苏阳说："他性格的变化还真没有一个明确的标志。大了以后，大家都明白了，有时候朋友聚在一起，他的状态就很放松，大家坐在这里聊天，他坐在旁边，你能感觉他有话要说，但是憋半天，就叹口气。比如他始终对社会的状态不乐观，他就是想表达的时候最多也就一句话。有时候他可能会掰扯一下，但说来说去就那么一句话。他不善于辩论，不善于引经据典。老朋友在一起说的都是陈芝麻烂谷子的事情，音乐上也很少交流，最多他就是说，'我听这个呢'，然后把唱片放出来就不说话了。"

离开"黑豹"之后，窦唯组建了"做梦"乐队，陈小虎也是乐队的成员之一，"从那时起我们真正算一起做音乐，以前就是在一起玩，大家都是好朋友，有共同语言。从'做梦'乐队开始，对他才开始有一些真正的认识。"陈小虎说。

在陈小虎的眼里，窦唯是一个非常逗、有幽默感的人，"1992年之前他给我的印象是一个特别快乐特别幽默的人，他的话虽然不多，但是特别像相声里捧哏非常棒的人。那时候我们常去黄小茂家玩，黄小茂家还有一盘录像带，录的就是我们俩说相声。窦唯捧哏我逗哏，逗得小茂天天笑得前仰后合。窦唯是一个特喜欢玩，而且不是一个豁造（瞎折腾）的人。那个时候家里刚有程控电话，也刚有野酸枣的广告，窦唯就弄一个电话留言，一打电话就有一个'野酸枣，滴溜溜的圆，我不在，请留言'"。陈小虎回忆这些经历的时候显得非常开心。

谈到窦唯的变化，陈小虎说："我觉得音乐可以记录一个人当时的生活状态，'做梦'的音乐首先不是那么流行、上口，那个时候窦唯开始有一些变化，对生活的认识开始有不同，性格上有些变化，话也少了，人也内敛了。我觉得人的变化肯定是因为很多方面，环境、家庭，包括自己真正步入社会，真正出来闯荡。

"当时记得朋友们都在劝他不要放弃。我印象很深，他说：'我想好了，我决定了。'这让我觉得他很有主见，他要决定的事情就没有人能劝。'做梦'乐队出完唱片后，他开始慢慢有些变化了。我后来也问过他，他的理由是人那个年龄做的就是那个年龄的事儿，这个年龄就该做这个年龄的事儿。"

其实窦唯跟朋友在一起玩的时候，还是很放得开的。陈小虎讲过窦唯曾经给大家拍过不少DV，"他每次出去玩就召集大家拍片子，我们曾经拍过武打片、恐怖片，连周迅、黄觉都跟我们一块在里面演过，还有专业的化妆师，还拍过抗日战争的片子，拍了大概有七八个，那是1994年左右的事"。

窦唯不爱说话，尤其是面对媒体的采访时，他常常用几个字就把记者打发掉。那时候，人们对窦唯不理解，觉得窦唯是故意装出这样的。周杰伦在公众面前的装是出于商业包装的需要，而窦唯，在没有任何商业意识下，不可能这么装出一副沉默的样子，而且他不会一装就是十几年。

郭传林说："他不爱说话，我也不爱说话。有一次他来我公司，我一直劝他开口唱歌。那次他来,在这里待的时间特别长,我就放一张佛教音乐的唱片听,突然他问我:'四哥,你有病。'我就问他:'咱俩到底谁有病?我觉得你有病。'他说:'我是有病,咱俩犯的是同一种病,你看我在这里待这么长时间你都没话跟我说。'我说:'待着不一定说话,咱俩有一个沟通就行了。'"

陈小虎说:"他是一点一点变成这样的。以前他好像不是很在乎这些,因为那时候也不是很受关注,他真正感觉压力太大的就是跟王菲离婚。后来他很注意自己的言行,他说,'言多语失'。他非常注意别人对他的看法,比如头一天一帮人在聊天,第二天见面他会问:'我没有什么过分的地方吧?'"

郭传林说:"窦唯不爱见人。所以我不愿意跟他吃饭,因为也没得聊,就是吃。有一次吃饭,我跟他说,'你过来,我这里人多,热闹'。他来到餐厅都坐下了,别人陆陆续续都到了,他就起来了,说:'四哥,我走了。'我说:'干吗?'他说:'人太多。'他以前不这样,那时候乐队的人天天在一起,他有说有笑的。"

窦唯越来越静了,无论是音乐还是生活,他越来越低调。他从不去人多的地方,也不愿意在人多的地方跟人见面,跟人约也是去那种很安静的地方。他在后海的一家酒吧,一待就是三年。这两年他又一直在南长街的清风茶馆待着,朋友找他不用打电话,直接去那里,他肯定在,因为那里比较安静。

窦唯喜欢安静的环境,他是个想远离是非的人。外面的安静和内心的平静,才能让窦唯感到舒服。

这种沉默的性格在窦唯面对媒体的时候,变成了一层很安全的保护网,当有人告诉窦唯报纸上关于他的不实报道时,他最多用"无聊"两个字来表明他自己的态度,从来不多说一个字。

但是这种保护自己的方式往往又会起到反作用,沉默最终会演变成压抑、躁动、郁闷。陈小虎说："窦唯是个坚强的人，他能绷五年，后来实在绷不住了。"

郭传林得知窦唯出事，去看窦唯，窦唯说的第一句话就是："四哥我闯祸了，我把丁武给骂了。"郭传林问他："为什么？"他说："我比较憋得慌，跟高原的事情，压力太大。"

苏阳也说："他自我保护意识挺强的，但他调节能力差。我觉得，娱乐记者你该分得明白，有些是娱乐明星，你炒炒他们的新闻，说不定他还高兴呢，那种贱人，你骂他都没事。窦唯还是艺术家的范畴，你别拿对付娱乐明星那一套对待窦唯。就像赵传那首歌里唱的那样：生活的压力和生命的尊严哪一个重要？"

陈小虎说："我记得以前参加个什么活动，打车的时候连续几次被拒载，他当时有点急，就摔门。我从他的眼里看出这人要是真急了的话，是挺厉害的。但平时跟朋友之间这么多年，还真没怎么急过。"

窦唯是一个能掌控音乐但不能掌控自己生活和命运的人，他的笨嘴拙舌使他干脆放弃了社会交际的机会。窦唯的朋友炀子讲过这么一段往事，2003年非典期间，炀子在上海的男朋友家里躲非典，一个偶然的机会，炀子帮窦唯联系成一场演出，炀子说："5月份，男朋友带我去 Ark 酒吧，我当时就想，窦唯现在干吗呢？我问问酒吧能不能让他来演出。我给他打电话，后来就谈成了。演出结束后，我问窦唯，演出怎么样？他说非常好。这样我就放心了。他说：'炀子我非常感谢你，我要送你一个礼物。'我说：'什么东西？'他说：'我的《暮良文王》母带。'我当时就想，为什么不能把它发表呢？我在上海人生地不熟，就打114，后来又找到上海音像，接待的人听了窦唯的音乐后说：'这个纯音乐的我们倒是可以出版，但是这种音乐是什么呢？你可不可以问一下窦唯？'我给窦唯打电话，窦唯说：'我不知道怎么说。'后来再给窦唯打电话，他就很着急，他不敢接电话，他说：'这个音乐就是做出来的，叫什么我说不清楚。'"

苏阳说:"他从来不东拉西扯乱说,他要想半天,然后叹口气又不说了。不过我们早就习惯了,我们聚会的时候有时把他扔在一边不搭理他,如果说他怪,他不太容易开放自己,不太容易跟人交流,一方面可能他觉得自己表达不准确,一方面可能觉得说了也没用,这种可能性更大一点。"

郭传林说:"他社交方面差一点,比较笨。"

苏阳说:"如果一个人在音乐方面很能变通,那他一定是个生意人,窦唯恰恰不能变通,他适应社会的能力很差。我觉得音乐这东西挺可怕的,它也可以把人一步一步引导到一个世界里。音乐给窦唯带来很多,也影响了他很多,对于懂音乐的人,音乐可以把他的情绪和过去固有的潜意识里的东西挖掘出来,甚至会加剧这种感觉。我记得他跟我说过一句话:'人无论在什么心态下,在变化过程中都能找到一种音乐,跟你特别契合。'我觉得这句话说得特别好。当这种音乐和他的心理契合的时候就会把他心里的那种情绪放大了,超出了日常的那种感觉,他把它当成了灵魂沟通的方式。我觉得,做音乐的人,有的人是为了娱乐大众,有些人是为了娱乐自己,我们乐队就是很典型的后者。再有一种就是连自己都不娱乐,窦唯就是这种人。我觉得他对音乐的态度太认真了。他现在已经是大师级人物了,不然他做不出这样的音乐,他的性格和状态就是这样。但是对生活来说可能不是件好事,拿得起来放不下。我们很多朋友在一块儿,说劝劝窦唯,我就说,你们别劝他,他就这样,他要是真变了,就没意思了。如果说就他这样的人你还伤害的话,这个社会就有问题了。"

炀子是学美术的,她知道窦唯喜欢画画,经常跟窦唯讨论绘画,她说,"从窦唯的画里面,你能感觉到他心静如水"。陈小虎说:"有时候给窦唯打电话,问他干什么呢,他要么是在怀柔,要么是在密云,在那里画画呢。"当窦唯对某件事上心的话,他会非常认真,相反,对他不感兴趣的事情,他就不知道该怎么办。

陈小虎说:"1991年,我们开始做乐队,排练一天最少五个小时。做这件事情的时候我发现他非常认真,他能够很长时间一言不发,前期都在听排练，然后休息的时候提出些建议，等再排的时候就商量怎么改，剩下的时间他就在听。那时觉得他不是像玩的时候那样嘻嘻哈哈，做事情极其认真。因为他很认真，不管什么演出，他都要求去看场地看设备，可是看场地的路费、食宿都要从演出费里扣，从私心杂念里讲我觉得造价太高，但是从另一方面讲我又比较支持他，因为这样对乐队来说更负责任。有时候为了省钱当天去晚上就回来，这四年每次有演出他都这么做，把精力都用在他自己喜欢的事儿上。好多人说窦唯不食人间烟火，这话好像是夸他也好像是骂他，但说实话，他真不行。他处理一些社会当中的事情，都是我去帮他处理。他能晕到什么程度？车要年检他都不知道。"

同样，在面对媒体的不实报道时，窦唯也是无能为力，这也是他最困惑的。窦唯曾对炀子说："当初我说的真的不是那个意思，这个采访有误导。"炀子说："他整天面对音乐，没有那么多思维方式判断别的事情，或者说他没有跟人打交道的能力。他跟乐队交流的时候也是用音乐，他跟我讨论的时候也是看我是否悟到了一个点，如果我说到点子上，他会跟我继续，如果我偏离了很远的话，他会选择放弃跟我讨论。"

2004年7月，北京某周刊有一篇报道关于王菲、李亚鹏和黎明去庆云楼的事情，文中称庆云楼是窦唯开的。窦唯觉得这篇报道太过分了，便带着炀子去杂志社讲理，但是杂志社并没有跟窦唯很好地沟通，后来颜峻出面，希望双方和解。窦唯说："什么叫和解？再有一次这样的事情的话我就报警，我觉得危险，我觉得每一分钟都没有安全感，我不知道明天将发生什么，因为所有媒体说的跟我做的都一点没关系。"后来，窦唯又去那家杂志社，无奈地说："算了，大家都是乡里乡亲的，都在北京，如果过去有什么误解的话，我希望从现在开始不要误解我了。然后你们可不可以更正？"炀子说："第二期我找到了一个方糖大的更正说明，没有比这个更讽刺的了。电话费无数、上火无数、生气、激动，到最后一点理都没有。后来一看到这样的新闻，我就退却了，我说如果不通过正式渠道的话，我们都太微弱了。窦唯不是一个好斗的人，他不发泄出来就会感到委屈，会憋出病来。他一般不会去打扰对方。"

窦唯在音乐之外,似乎是个很愚钝的人,但是在为人处事上,他又能在某些方面高人一等,比如,窦唯是个很有礼貌的人。

陈小虎说:"窦唯是一个很有礼貌的孩子,比如说坐一堆人给他介绍,他会站起来一一跟大家握手、问名字。比如桌子上有张废纸,他肯定给你收起来,烟灰缸一会儿给你倒一趟。乐队演出,他永远提前一个小时到现场。五年了,我就比他早到过一次。他先去把舞台给扫了,拿墩布墩一遍,服务员每次都看不下去,才帮他弄。能感觉到他家教不错。他其实是一个忍耐力很强的人,没有什么过激行为、过激语言,而且他不是一个爱骂人的人,平时说话都文绉绉的。"

但就是这么一个彬彬有礼的人,最终用一种极端的行为来为自己"验明正身"。事实上,这么多年让窦唯最不舒服、也是他最讳莫如深的就是媒体对他两段婚姻的报道。

陈小虎说:"他有他的问题,不太爱说话,更多的时间是闷在那儿。还有一个问题是希望对方理解,他做这类音乐不止他老婆不理解,甚至乐队也有好长时间有分歧,认为他生活现在这么拮据,孩子也大了,也需要钱来养,这是很正常的事情。我说想挣钱对你来说并不难,张嘴唱歌钱不就来了吗?但是他不喜欢,觉得那个没什么意思,觉得对现在的音乐更有兴趣。"

窦唯,的确处在生活的压力和生命的尊严之间不可调和的矛盾之中。

"我认为他根本就没有了解到现代社会发展的速度。社会现实是什么,他不了解,所以他接受不了这些东西。他其实是一个非常保守的人,这么多年我没有看到他主动戏过果儿(追女孩)。小窦给我的印象一开始就是非常信任别人,但是越到后来越不容易信任人,包括唱片公司、媒体,到最后与媒体几乎都成对立面了。他相对比较敏感、脆弱,这根神经绷得挺紧的。他想做一件事,比谁都轴,九头牛都拉不回来。我跟他爸爸聊天,说以前我觉得小窦是一个胆小的人,出了这件事我发现他是个比较勇敢的人,我不是支持他这么做,以前他给我的印象是个胆小怕事、不想有口舌之争的人。

其实我觉得他应该有更好的处理办法,他没有经验,也不懂如何处理这些事情。"陈小虎说。

炀子说:"窦唯本人是以一个长期做音乐的思维方式去思考问题的,他面对那么多杂乱无章的评价,肯定没有能力去捋顺。美国50年代有个画家叫波洛克,他死于一场车祸,他一夜成名之后,媒体一直带着他往前走,观众整天怀疑他做的是不是艺术,他觉得往前走,别人看着都是谎言,最后这些把他逼崩溃了。"

在出事的前一天晚上,窦唯看着关于他骂李亚鹏的报道,对炀子说:"我再说一句话,顾城的一句诗:我拿刀子给你,你们用它来杀我。"他说:"这篇报道写出来,他们拿着刀,一个给我,一个给对方(李亚鹏),让我们互相仇恨。"

(2006年)

谁制造了王菲？

你看到这样的一个王菲：她飘荡在三地的天空，却又似乎不属于任何一个地方。这就是王菲的聪明之处，她明白，任何一个地方都不能完全满足她的需要，三地流行音乐的发展各有所长，她只有组合三地唱片业的优势才能让 1+1+1 > 3。

在整个华语地区，有两位女歌手可称得上是标志性人物，一个是邓丽君，一个是王菲。邓丽君的意义在于，她用歌声传达了一种美好的情感，尤其对大陆听众而言，这种美好几乎被放大到无限，并且一直影响大陆流行音乐。邓丽君启蒙了一大批大陆的女歌手，这其中就有王菲。王菲是整个华语地区唱片工业巅峰时期制造出来的一个"产品"，但却卓尔不群，即使她退出歌坛也没有褪色。

从上世纪 70 年代末期开始，台湾流行音乐进入到大陆，对于被禁锢了几十年的大陆人来说，流行音乐在当时相当于美国上世纪 50 年代的摇滚乐，起到了解放天性的作用。绝大多数年轻人第一次从流行歌曲里面听到了情欲，这也是当年反精神污染中流行歌曲被列入批判对象的原因。没有流行歌曲最初人性的启蒙，就没有以崔健为代表的摇滚乐的反叛。

流行歌曲突然进入大陆，并且蔓延，让音像发行公司意识到，必须为市场填补大量的流行歌曲以满足年轻人的需求。当时大陆的音乐家在流行歌曲的创作上还缺乏经验，对于流行歌曲中所表达的主题，与受众之间的心理学和市场学的关系，都没有任何概念，即使是去模仿，也抓不住流行歌曲的内涵。在那一时期，以谷建芬为代表的音乐家确实创作了一大批流行歌曲，但与台湾流行歌曲相比还存在着本质差别——那就是流行歌曲到底该唱什么。或许，今天我们再回顾那段历史，发觉谷建芬的作品那时也只能达到那个程度——用谨小慎微的方式表达模糊的情感，这在当时尺度已经很大了。

所以，就出现了翻唱，那些不管是受邓丽君还是刘文正影响的歌手，都开始翻唱台湾歌曲，这种做法既可以填补市场需求又能弥补大陆流行音乐创作的不足。这种方式一直持续到1988年左右，当海外音像制品可以通过引进而不是进口更多更快速地进到大陆时，翻唱终于失去了市场。

这个时期的大陆流行歌手基本上以录制翻唱卡带为主，靠走穴维生。除此之外，他们不会创造更多流行文化的附加值。媒体不会去关注一个流行歌手，也没有八卦花边新闻，更不会有企业找歌手做产品代言，对于相对争议性不大的歌手，可以有机会在电视上露面，比如苏小明、朱明瑛；大部分歌手几乎游离于媒体视线之外。听众的注意力集中在歌曲上，至于歌手本身的魅力，由于缺乏更多信息，很难让听众产生心理消费。

如果以王菲1987年离开北京到香港定居为一个点，可以看出，在北京生活的这段时间，她和内地第一批、第二批流行歌手一样，听着邓丽君长大，感受到开放给她带来的新鲜事物，翻唱过几个专辑，甚至销量都过百万，但有多少人记住了她？几乎没有。当时公众相对熟悉的流行歌手加在一起也不过三四十人，第一届百名歌星演唱会，人们能认得出的歌手不过那么几位，王菲只是进入了第二届百名歌星演唱会的阵容。在北京生活这期间，流行音乐对王菲而言只是启蒙，她并没有在这个环境里得到太多。但是当

谁制造了王菲？

时的摇滚乐对王菲的影响甚至决定了她未来的方向。

在她离开北京之前，崔健的摇滚乐也刚刚露出一丝端倪。第一届百名歌星演唱会，崔健第一次露面，随后的一张拼盘专辑里面收录了崔健的两首歌，之后音像市场再无崔健的任何踪迹，直到1989年，崔健的《新长征路上的摇滚》才面世。其他的摇滚乐队也都是刚刚有了雏形。摇滚乐究竟是什么，不仅对当时的听众来说还是个新生事物，对第一代摇滚乐手来说也一样。但是王菲很敏感地发现流行歌曲与摇滚乐之间的差别，尤其是她当时与北京的摇滚乐手走得很近，与"黑豹"乐队键盘手栾树的恋爱经历对王菲而言，开启了她音乐世界的另一扇窗口。即使后来相当长一段时间王菲并没有左右她音乐风格的自主权，但是这颗种子一直埋到90年代中期，她可以与窦唯、张亚东自由合作的时候才发芽。

西方摇滚乐也是随着台湾流行歌曲进入到中国的。如果说在80年代中国人通过流行歌曲完成了初步叛逆的话，那么，摇滚乐则是让中国人完成了进一步的叛逆。80年代，思想开放让人们慢慢通过文艺作品还原了人的本性，整个文艺界的反思思潮与开放后外来文化的冲击结合在一起，在当时出现了一批具有开创性的作品。对于当时只有十六七岁的王菲来说，这种思潮本身对她的影响并不大，但是那个时期的氛围会直接影响到她。摇滚乐跟她所处的环境有着千丝万缕的联系，摇滚乐在当时很前卫，却又很本能，逐步开放的环境让她能接受这种很解放的音乐。

离开北京举家移居香港，并非王菲个人意愿，但这一步却决定了王菲未来的命运。如果王菲当时依旧在北京，她现在顶多也就是另一个那英。

在80年代，内地流行音乐谈不上产业，但是流行音乐创造的市场价值远远超过了现在。当时音像行业最基本的操作模式是音像出版社责编制，和图书责编制的模式一样。一个音乐编辑去物色歌手进棚录音，然后找到一家音像发行公司把磁带发行。音乐编辑相当于后来的制作人，但是操作方式远远没有制作人的工作复杂，他们对歌曲的判断比较简单，即好不好听；对市场的理解还停留在跟风状态，他们不会去评估市场趋势和走向，只能根据现有的歌手、歌曲资源决定一张专辑的结果,更谈不上市场策划与包装。听众也停留在你给我什么我听什么的状态上,几乎是一种文化配给制。80年代的大批歌手实际上没有自己的风格和特点。当时能主导流行音乐制作的骨干都是半路出家,之前从未接受过流行音乐的影响和训练,对流行音乐的理解停留在一知半解的阶段。尤其是,媒体对流行音乐的忽略,使听众无法了解流行音乐,流行音乐的文化氛围在当时几乎没有。音乐编辑和歌手对于市场的回馈信息也不全面客观,仅仅有一点简单的市场概念。由于当时的卡带都非常畅销,因此也分不清哪一类内容的卡带最有市场。

回顾那个年代出道的歌手,除崔健外,其他歌手仅仅停留在因演唱歌曲而带来的知名度上,并没有因为其知名度而对音乐文化及个人价值带来更进一步贡献与提高。80年代红极一时的歌手,韦唯、毛阿敏、刘欢、田震……他们带给流行音乐本身和受众的影响都是单薄的。那个时代造就了这么一批歌星,但是他们并没成为流行文化创造的主体。当时的环境不足以支撑这些歌手创造更大的商业价值和文化价值。流行音乐仅仅是一种现象,而不是文化本身。如果王菲当时还在北京,可以想象,她可能会成为一个和毛阿敏一样有知名度的歌手,但也仅此而已。

开放后第一代、第二代、第三代歌手在90年代进入市场经济后,迅速地被过渡掉了。此时定居香港的王菲,十八岁的年纪,她一点都没有耽误,香港完善的唱片业环境为成就她提供了最好的条件。

与此同时,大陆流行音乐在进入90年代后经历了一阵低迷期。翻唱不灵了,原创力量尚未成气候,靠市场行为去包装、运作歌手还处在低级阶段;而且,唱片制作公司几乎是与盗版行业同时兴起,按照国外唱片业的运作模式去包装歌手面临盗版的直面打击,商业链条断了。因此大陆原创音乐在最初发展了几年后,到1994年达到一个短暂的巅峰状态,随后便急转直下,日渐萎靡。

另外,当内地唱片制作行业出现时,仍然存在一个从业者缺乏对流行音乐深刻了解的现实问题。从业者只从港台、欧美学到一点皮毛,无论是对流行音乐的理解还是对制作环节以及市场的认知，几乎都是从零开始。在此之前的流行歌手，出一盘专辑，销量差不多都以百万计，但是他们都无一例外地缺少商业价值。流行音乐进入包装时代，这批有天分的歌手又"时过境迁"，能享受到包装时代好处的歌手屈指可数，借此更进一步的只有田震和那英。当内地唱片业终于差不多搞清楚唱片行业是怎么回事、商业运作意识慢慢成形、新一代的唱片业从业者明白了流行音乐是怎么回事的时候，互联网时代又到来了，盗版与免费共享几乎从根本上彻底摧毁了尚未形成基础的内地流行音乐发展的梦想。

在内地经济发展的转型期，王菲在香港歌坛起步，在唱片业的运作下，到了90年代中期，她已经步入香港一线歌手的行列。与她当年同时出道的内地歌手几乎都淡出公众视线。内地新生代包装歌手普遍都缺少真正的实力，王菲当时不仅在香港和台湾地区算得上数一数二的歌手，对内地的影响也是日渐升温。

从70年代末期一直到今天，台湾流行音乐一直影响着大陆，进入80年代后期，香港流行音乐开始影响内地，它比台湾流行音乐多了一些时髦和肤浅。到了90年代初期，以"四大天王"为代表的香港歌手让内地人彻底进入了偶像崇拜时代。从这个变化过程不难看出，从邓丽君的启蒙到"四大天王"把流行音乐娱乐化，内地人对流行音乐的理解是：港台流行音乐代表着一种魅力、时髦、开放、潮流。这一切流行音乐衍生出的文化现象都是内地从来没有的，在这十年间，港台音乐带给内地一种流行文化的氛围，也让这个时期成长的年轻人对流行音乐的审美完全钉死在港台流行音乐上面。

当内地听众流行音乐的美学训练定型之后，王菲开始回归。王菲进入香港歌坛，正是香港流行音乐的鼎盛时期，但是香港流行音乐从一开始就带有明显的殖民地文化特色，他们的文化缺少归属感，不像台湾流行音乐有很明显的根源性，这也是最初内地人更容易接受台湾流行音乐的原因之一。香港流行音乐一直奉行拿来主义，把外国的歌曲拿过来填上中文歌词，在音乐上缺乏自己的气质。但是香港的娱乐产业非常发达，当地人也习惯了这种殖民地文化，不会像台湾那样发起"唱自己的歌"的民歌运动。80年代后期，是香港流行音乐的巅峰，所以王菲从一开始就进入了香港歌坛的最佳环境。但是王菲对外来音乐的吸收并不像香港本地那样不假思索地拿来，她靠的是对音乐的嗅觉。这个嗅觉在她身上真正起作用，要到她可以自主自己的音乐的时候。

王菲对内地的影响发生在1994年之后。在此之前，她的影响也仅仅是几首畅销的商业歌曲，和其他流行歌手无异。从1993年的《执迷不悔》到1994年的《胡思乱想》，王菲对内地的影响是有限的，人们对她的认知是"从内地过去的歌手"，但从音乐上已经慢慢分辨出她与香港歌手的差别。王菲的出现，多少提高了香港流行音乐的审美标准，尤其是，在千篇一律的港台歌曲中，还有王菲这样稍微与众不同的风格。

在《执迷不悔》《十万个为什么》《迷》《胡思乱想》的铺垫之下，王菲慢慢找到了自己的音乐方向，1994年与台湾音乐人合作的《天空》彻底征服了内地歌迷。《胡思乱想》让王菲意识到，香港流行音乐不会再给她带来任何新的音乐创新。这个时期正是"四大天王"时代的后期，香港流行音乐已经没有任何内容，这个只能做艺人不能做歌手的地方，唯一能带给她的是录音制作的技术，而不是音乐。

王菲移居香港后，始终没有融入香港的环境，如果还要依托这个基础，无法让她的演唱再进一步。而且王菲一直有个情结，不管她在香港获得多大荣誉和成功，在她看来都微不足道，她真正在乎的是在内地获得认可。当时王菲选择与台湾音乐人合作，是因为台湾出现了一批才华横溢的幕后制作人，杨明煌、黄舒骏等人当时正处于创作巅峰状态；同时也可以开拓台湾唱片市场，但对王菲来说还不止这些——在《天空》中，王菲第一次与窦唯合作，这为之后与内地音乐人合作做了一个铺垫。同时，《天空》对王菲来说可谓是一箭三雕的一步棋，台湾、香港、内地同时看到了一个在众多歌星中再度脱颖而出的王菲。从此之后，你看到这样的一个王菲——

她飘荡在三地的天空，却又似乎不属于任何一个地方。这就是王菲的聪明之处，她明白，任何一个地方都不能完全满足她的需要，三地流行音乐的发展各有所长，她只有组合三地唱片业的优势才能让 1+1+1 > 3。虽说后来也有不少歌手跨三地合作，但是没有任何人能做到像王菲这样成功，这是她走向华语流行音乐巅峰的关键所在。

也是在 1994 年，内地流行音乐获得了空前发展，不管是流行歌曲还是摇滚乐，都成绩斐然。尤其是摇滚乐，魔岩唱片公司推出的一系列专辑在整个华语唱片市场震动很大，内地摇滚乐开始逐渐被港台地区认知。1994 年末，窦唯、张楚、何勇、唐朝在香港红磡体育馆举办了一场演唱会，在香港引起一阵不小的轰动，三地流行音乐发展不平衡的现状略有改变。摇滚乐在某些方面要比商业流行歌曲显得更有创造力一些，而王菲在去香港之前就已经受到摇滚乐的熏陶，从心理上讲，她对北京的音乐更有认同感和归属感。北京摇滚乐的群体崛起，让王菲很自然地从北京摇滚当中找到新的灵感。

内地摇滚乐在发展过程中经历了三个阶段：早期的认知阶段，多数人还在摸索摇滚乐是怎么回事，崔健最早悟出摇滚乐的实质；中期模仿阶段，"黑豹""唐朝"开始从西方摇滚乐当中寻找自己可以模仿的对象，并加以本土化，完成了西方音乐加汉语歌词的融合阶段，这在一定程度上启蒙了内地听众对摇滚乐的认识；第三阶段，摇滚乐普及了，尤其是盗版和打口唱片的大量涌入，让内地人认识了更多风格的摇滚乐。窦唯在这方面的变化非常明显，他从早期的流行摇滚偏向后朋克与新浪潮音乐，并且找到自己的发展路数，就是一个例证。他的变化与王菲对他的影响以及他后来对王菲音乐的影响存在必然关系。

90 年代，西方流行文化（尤其是流行音乐和电影）开始全面影响中国内地，越来越多的人听到了除港台音乐外的西方流行音乐，广播电台、报纸杂志报道西方流行音乐的内容比重越来越大，在 1994 年，专门介绍流行音乐的杂志就有六七种。这个氛围让成长中的流行音乐消费者看到了一个更广阔的流行音乐空间。欧美音乐的涌入，MTV电视节目的传播，不仅让听众熟悉了各种风格的流行音乐，也让内地人忽然发现，流行歌手也可以是时尚的代言。这时再看内地和港台的歌手，好像都少了点什么——他们都有明星的做派，但是在形象上相对都比较保守。对内地歌迷来说，由于外在环境尚未形成流行文化的基础，往往需要一些时髦的点缀来刺激、诱惑人们的注意力，最好是既有欧美音乐的洋气，又有本土文化的认知感。假如，有这样一个歌手，形象很好，音乐有点新意，风格有点个性，如果在打扮上再有那么一点点出格，看上去更酷一点，叛逆得能让你够得到，就几近完美了。纵览当时的歌坛，"四大天王"每个人身上似乎都少点什么；梅艳芳、林忆莲这样的歌手，在音乐上翻来覆去没什么新鲜的；台湾的女歌手无一例外的都是一副小家碧玉的怨妇型形象，一回两回行，多了也没意思了；台湾的男歌手，齐秦、王杰在走下坡路，赵传形象上也差一些，周华健哪方面都好，就是身上缺少点叛逆劲儿……90年代中后期当道的流行歌手，无疑都是受欢迎的，但是他们身上又都不具备歌迷潜意识里所需要的东西——比如叛逆和性感符号，但是王菲做到了这一切。

如果王菲留在北京，她可能永远想不到会这样去改变自己。在香港和美国的经历让她开了眼界，她很敏锐地捕捉到流行文化的时尚元素——香港、欧美、日本流行文化对她的影响完全都可以体现在她的身上。在十多年前，一般的逻辑是，内地人都以港台时尚潮流为标准，毕竟三地之间文化娱乐沟通比较频繁。相反，日本、欧美时尚潮流对内地影响比较小。王菲在这方面比较直接，她干脆越过港台，直奔欧美，她把比约克的形象设计搬过来，把"小红莓"的"咽音"模仿过来，在唱片封面设计上越来越大胆性感。对于王菲模仿"小红莓"的演唱方法，主要是王菲的嗓音在高音部分一直是弱项，那首《执迷不悔》把她高音区的演唱弱点暴露无遗。所以，王菲很聪明地模仿了"小红莓"、Cocteau Twins这类乐队女主唱的演唱方式，用这种修饰的假音不但回避了自己的弱点，而且还标新立异，将自己嗓音的优势发挥出来。而在这个时期，包括港台，有多少人知道比约克、"小红莓"、托里·阿莫斯或者 Cocteau Twins 呢？恰恰是她这超前半步的模仿，成了个性的象征。王菲的外在与内在总是同步进行，这样给人一种完整感，刻意雕琢的痕迹也就不明显了。她用这种方式，把西方另类音乐变成了华语音乐的主流。

也许王菲从一开始就明白，中国人对流行音乐的理解也就是邓丽君的《路边的野花不要采》《采槟榔》这种民间小调。在她看来，只要能为我所用，并且能很好地把握住，她并不在意这东西来自何处。在这一点上，王菲比很多人看得更远。90年代西方流行音乐刮起了另类风潮，不管是美国还是欧洲，由于主流音乐的颓靡，唱片公司把目光集中在地下音乐上，从"涅槃"开始，另类音乐一度占据主流，以托里·阿莫斯、安妮·迪弗兰科、谢里尔·克罗、阿兰尼斯·莫里塞特、P. J. 哈维为代表的另类女歌手在当时遮住半边天。这些歌手无论在音乐、形象和气质上都有些共同性，她们主张女性的社会地位，强调女性的音乐与男性平等……王菲从这些另类女歌手身上受到了很多启发，但是王菲的音乐从来都没有偏离主流，她像是一只章鱼，把触角伸向各处，恰如其分地抓取她所需要的一切。1995年，当比约克第一次来北京开演唱会，媒体除了拿她跟王菲联系在一起说事之外，其他方面一律变得失语，比约克不远万里来中国只是做了一回王菲的托儿。一年后，"小红莓"开始在内地流行，很多人是因为王菲知道了这支乐队（王菲翻唱过他们的歌曲《梦》）。尤其是，Cocteau Twins 邀请王菲在他们复出的专辑中合作，这又给王菲另类的形象增添了一丝色彩。

90年代中期，内地创刊了第一本时尚类杂志，这本杂志的出现，标志着内地人对时尚潮流的消费意识开始逐渐增强，尤其是对流行文化中的时尚符号变得更加敏感，人们开始留意明星的造型打扮，而这方面依旧是内地流行文化欠缺的。与此同时，小资、白领的高端精神、物质文化消费趋势慢慢形成，王菲无疑更能受到这类群体的喜爱。

90年代中期之后，内地流行音乐的受众已经彻底习惯了粤语流行音乐，此时"四大天王"已是强弩之末，台湾流行音乐也慢慢缺少新意，而内地流行音乐圈撑得住的歌手也都是在吃老本,新人大多羽翼未丰,能与王菲抗衡的歌手几乎没有。到90年代末期,内地对港台音乐的接受已经变成惯性,但从骨子里仍然没有认同感,喜欢、接受与认同在程度上有所不同。从1996年开始,王菲逐渐把她的工作重心和生活重心放到了北京,此时,内地人对王菲的认识已从一个"北京出去的香港歌手"变成了"带着香港背景的内地歌手"。她的音乐异于香港和内地,她身上具备香港娱乐圈打造出来的精致与时髦,音乐中也有与内地汉语文化相通的气质,这在很大程度上让她比任何一个港台歌手更容易被内地人认同。

当王菲与张亚东和窦唯合作,在音乐上又有了新的感觉,之后她出版的专辑都以国语为主。从这一点已经看出,唱片公司已经逐步放弃香港音乐市场了。与内地音乐人的合作,让转型后的王菲在音乐风格上更加坚固。

如果以港台流行音乐环境为标准来看,王菲的音乐显得过于另类,但是王菲很清楚,她从来不是另类,她只是不喜欢那种商业包装出的流行,而是用稍微出格但又能被人接受的方式与这种模式化商业对抗;如果以内地流行音乐环境为标准来看王菲,她又显得有些时髦。这就是王菲的聪明之处,她在流行与摇滚(或者另类)之间、内地流行文化与港台文化的审美之间找到一个点,这个点是两者之间的差异,这种差异让她在整个华语地区找到了一个平衡。如果说邓丽君在70年代获得了整个华语地区听众的认可,是因为很大程度上她的歌声代表着华人的共同审美,而王菲获得华语地区听众的认可,则是因为她集不同华语地区的不同审美于一身。她从来不会因为喜欢某一种音乐而变成这种音乐的传声筒,而是博采众长,为我所用。王菲的成长背景和她出道的环境已远非邓丽君时代那样单一了,音乐审美与市场也逐步细分。作为内地土生土长的歌手,她对时尚很敏感;在北京她耳濡目染摇滚乐的氛围,让她对音乐的理解比港台歌手更前卫。这一切都是因为她在年轻时生活的环境——北京,时尚方面很落后,但音乐氛围很好。到了香港,她尽可能在外形上脱胎换骨,她知道如何用时尚手段弥补她与香港艺人之间的落差。如果拿王菲在香港出道的同时代的歌手对比一下，不难发现这些差异给王菲带来了什么。林忆莲，一直是唱片公司保守包装的样板，她具备香港流行音乐标准下所具备的一切，从一开始到现在，她一直是一个中规中矩的歌手。那英，她有着和王菲类似的经历，内地成名，台湾包装，但无论怎样，那英也仅仅是一个歌唱得比较好、但缺乏一种内涵气质的歌手，在个人魅力上总是差些火候。

在华语歌坛，王菲是不可复制的，她的经历加上她的直觉，就注定无法再出现第二个王菲。如果从整个时代背景来看，王菲经历了中国内地从开放到逐步走向市场化的所有过程，在每一个阶段，她都是受益者。三地的歌手中，再找不出第二个来。

1996年之后，王菲的事业达到巅峰状态，直到她宣布退出歌坛。演艺事业总是有规律的，她出道的时候，有很多参照和对手，她知道如何丰满自己的羽翼，当进入高处不胜寒的阶段，她和所有人一样，开始茫然。过去，她惯用的吸纳大法，显得有些不灵了。后期的王菲，在音乐上已经没有新的招数，在录制《将爱》的时候，她已经没有感觉了。一方面，人做任何事情都有疲惫的时候，她感觉到自己到了事业的低潮期。另一方面，新类型音乐的出现——Hip-Hop或其他新音乐无法让她从中找到灵感。互联网时代的全球音乐一体化让整个世界的音乐都没了新意，即使王菲的触觉再灵敏，也感受不到这方面的信息了。听众仍希望她每张专辑都能有让他们接受的那种惊喜，但是她做不到了。再有，她知道，这时的重心该向生活方面偏移了。还有，以周杰伦、蔡依林为代表的歌手改变了新生代歌迷的欣赏口味，与其被歌迷淡出视线，还不如自己收官，把遗憾留给听众远远比留给自己好。

（2010年）

陈琳之死

在陈琳的朋友眼里，她是这样的一个人：乐观、坚强、热爱音乐、追求纯粹的感情，不愿把不好的一面展示在朋友面前。在她最后的日子，她仍然试图用她坚强的性格同命运作最后一搏，但这并没有在逆境中帮助她，反而像一块被推倒的多米诺骨牌，引起了一连串连锁反应，坚强反而压垮了她。当最后一块牌倒下，她知道，她失败了。

歌手陈琳用一种极端的方式结束了自己三十九岁的生命。就在她离开这个世界之前的几个小时，她的好友张强（80年代女歌手，代表作《烛光里的妈妈》）还在给她做吃的，拿出吉他让她弹。陈琳说："我都好久没有碰这东西了。"趁张强熟睡之际，陈琳从楼上跳下去了。

陈琳是上世纪90年代中国唱片业兴起后第一代受益的歌手。1992年，陈琳遇到了王晓京，那时候她还在成都的歌厅里驻唱。王晓京最早是一个出租司机，当初崔健在录专辑的时候，经常包王晓京的出租车，慢慢王晓京发现，崔健需要一个助理，而且他也喜欢音乐，就这样，王晓京成了崔健的经纪人。他是中国最早一批涉足音乐商业领域的人，通过与崔健的合作，王晓京积累了一些经验，在 1992 年成立了星碟唱片公司。这期间他认识了陈琳、"指南针"乐队以及词作者洛兵，这些人有一个共同点——都来自四川。

当时王晓京还看中了一个歌手那英，准备与那英签约，但王晓京毕竟没有经验，还没有签约，便开始筹划那英的专辑。当一切准备就绪，王晓京才知道，黄小茂把那英挖到了台湾的福茂唱片公司。这件事让王晓京对本地歌手产生了不信任感，于是他想到了在四川歌厅驻唱的歌手陈琳，便迅速与陈琳签约，把为那英准备好的专辑歌曲，都给了陈琳。这就是后来的《你的柔情我永远不懂》，专辑在当年的销量突破了一百万。陈琳凭借这张专辑一跃成为新生代最红的歌手之一。

但是陈琳与王晓京的合作并没有在一片光明下乘胜追击，1995 年，陈琳与王晓京解约。具体原因是在当时唱片业规范不太明晰的环境下，歌手与唱片公司普遍存在相互不信任感，这也导致陈琳、"指南针"等歌手先后离开王晓京。

1994 年，陈琳出版了第二张专辑《请别再说爱我》，专辑并没有取得之前的成功，但陈琳很快与竹书文化公司签约，竹书文化公司的老板沈永革后来成为陈琳的第一任丈夫。在竹书文化期间，陈琳先后录制了六张专辑，《爱就爱了》《不想骗自己》给陈琳的演唱事业带来了第二高峰。

陈琳不是那种很有野心的歌手，她只要生活中有音乐、能唱歌就很满足。在竹书文化期间，陈琳不论是在感情还是演艺事业上都处于非常稳定的状态，这得益于沈永革的帮助。但是谁也没有想到，就在陈琳步入事业第二峰时，在一次录音中，她突然咳血。做了全面检查后，并没有发现其他疾病，当时的判断是，由于长年奔波于各地演出，比较疲劳又没有及时休息，劳累所致。随后，陈琳回到老家重庆休养了几个月，希望能通过休养恢复身体，继续她的演艺事业。

但陈琳从重庆回到北京后，她与沈永革的感情出了问题。

词作者梁芒是陈琳的生前好友，双方有过很多合作，也是陈琳的老乡。在谈到陈琳当年的健康状况时，梁芒说："那是她事业最好的时候，飞来飞去，采访演出，她在付出，一直在付出，录音时就吐血了。从吐血开始状况就不好，然后她就休养一段时间，休养那段时间我觉得她情绪很低落，这么多年越来越低，越来越低，直到走到最后这一步。我预感并不是她会自杀，我认为她会出家，会消失，但是我没觉得她会走到这一步。"梁芒是陈琳十多年的朋友，从陈琳在成都唱歌厅时就认识，他说："陈琳是典型的重庆女孩，比较开朗，义气。她骨子里有很多男孩的性格，跟我们一起喝酒，我们在一块玩完全当她是个男孩。这次我觉得她个性里好强的一面压住她了。她到最后其实应该倾吐的，该释怀的东西压在心里了，她始终想把最好的一面给我们。"

目前在华谊音乐担任副总的李绪明在1996年到2002年期间担任陈琳的经纪人，这期间的陈琳事业上正一步步往上走，李绪明回忆说："陈琳是一个很简单的人，那时候演出费很低，她从来不会因为这个有什么不开心，唱片出来后谁都想做最佳歌手，但她不是那种心态，我觉得挺好的，没有被事业逼的感觉。她性格很开朗，但也有硬的一面。"

洛兵在谈到陈琳的性格时说："其实我觉得她是一个特别要强的人。为什么我特别奇怪她自杀，她给我的感觉的是她特别能为自己争取利益，不会吃太大亏的那种人。当年她跟罗琦都在王晓京旗下的时候，罗琦比她火，有一次演出她们俩住一个房间，晚上罗琦看电视，陈琳睡不着，她上去啪一下就把电视关了，她根本不怵罗琦。还有一次是去兰州演出，当时有个西安歌手韩特，腕儿不够大，老被主办方挤兑，第二天走的时候，主办方也不送韩特，只送陈琳，陈琳就说你要不送韩特我就不走。从这些小事就能看出来，陈琳是一个挺有主意而且挺要强的女孩。"

陈琳的好强性格也体现在工作中。她在竹书公司的同事、好友刘震豪回忆在一起工作时说："她在工作上很积极，基本上她会有自己的想法。工作的时候她是很辛苦的，每天可能只睡几个小时。首先她睡眠就特别不好，所以她就只能把很多录音工作都压到晚上，她平时还有很多的演出活动和采访，基本上她每天休息的时间是很少的。但是每次见到她，不管是在工作的场合还是在朋友聚会的场合,她都是一个神采奕奕的人,状态非常好,你根本感觉不到她昨天晚上很晚才录完音,今天一大早起来了,你完全感受不到这些。2003年,那段时间她太累了,超乎想象的累,后来吐血,进了医院。在医院疗养过程中更多是焦虑。她性格很要强,在这种状态下她还是一个非常渴望工作的人。从医院出来基本没几天又投入新的工作了,她没有得到特别充分的调养,对她来说仅仅是病好了,而不是心理上完全调养过来。她心理的焦虑就是要赶紧投入工作里去,她开始工作的时候她的心理状态就挺好,这是让我们诧异的地方。"

梁芒认为,由于陈琳身体状况不好,所以她开始有些想法,开始对她与沈永革之间的感情产生猜疑。"从心态上,身体不好可能产生压力。我能看出来,最后她也扛着,她觉得这样下去是最后阶段了,她觉得她没办法再演出了,她肯定有很多担心。我觉得最大的担心是她身体不好以后,没办法拿出这么多体力去应付一个歌手该面对的事情。一旦出现这种情况她可能怀疑自己是不是有问题了,不行了,人在那个状态下,身体不行就意味着所有的不行,她一担心肯定会出现这个问题。"梁芒说。

陈琳很少跟朋友同事谈论她内心不好的一面,她喜欢关心别人,而不想当成被关心的角色。所以,她离婚、再婚、再婚后出唱片,她的很多朋友都是通过媒体报道才知道的。在她生命最后的几个月,她几乎和这些朋友失去了联系。

梁芒说:"说实话,这两年对我们来说,她是一个谜,她的生活已经跟我们隔绝了。她和张超峰在一起,好不好是两人之间的事,但不至于这两段婚姻的打击就能让她自杀,我觉得一定是综合的。我能得出的答案就是,首先是身体垮了,导致她抑郁症。几年前已经开始抑郁症了,吐血后,她给我打电话,老说要身体健康,她跟我说的时候我已经感觉她在渴望这个东西了。她给我打电话我感觉状况不好,但她是撑着的,'在哪里啊,挺想念你',我说'你怎么样啊',她说,'嗨,开始新生活了'。最后一次是中秋节给我们打电话,说想我们了,每次打都说想我们,这代表她那里是一个孤独的环境。每次都这样,我找她也找不到。她手机没有了,她说在家里,不用手机,那我说怎么找你啊,她说换了新手机再给我打,但有了新手机也没有给我打。我觉得语气不对,感觉特别特别远,像在美国打的那种感觉。"

刘震豪说:"以我对她的了解,真正她很在意的事情,她不太爱说。但她是有理由的,她担心讲出来以后会影响到其他人的情绪,影响到大家的状态氛围。"

事实上,直到陈琳去世之前,她都没有放弃从不好的状态中走出来的愿望,她尝试用各种方式改变自己,希望自己能变得健康,但这一切努力最终没有奏效。从陈琳周围的朋友分析不难判断,陈琳的第二次婚姻加速了她的生命终结。

袁浪以前是陈琳的造型师,后来成为好朋友,他在回忆与陈琳交往的过程时说:"我们像家人一样,今年去海拉尔,我还帮她拍照,做这张新唱片的造型。还好,我觉得她很积极,对生活对朋友都没得说。只要在做音乐她就高兴,就是幸福的,每天跟花儿一样。她还随时带一个速写本,随时写一些、画一些在上面。最近一两年,她喜欢旅行,旅行很轻松很快乐,她会写一些东西。"

袁浪和陈琳最后一次联系是 2009 年 10 月 28 日,也就是她去世前几天,袁浪与一个朋友通电话,这人也是陈琳的朋友,当时陈琳给这个朋友发过一条短信:"人心强命薄,让我们学会放下,共勉。"这个朋友把短信转发给袁浪:"我看到后就崩溃了,我想可能她情绪上有些波动。"袁浪的感觉是,最近半年见面很少,最近一两个月陈琳的情绪比较低落。

在陈琳最后的日子,陪伴她的是张强以及高明骏夫妇。高明骏的太太小妹说:"她常常说,没事,你放心,我知道,没问题的。"

高明骏说:"陈琳最大的变化是这半年,她感觉生活有问题。"

小妹回忆说:"她说这是她从贵州回来后开始的,半年前她去贵州,一路把她吓得魂都飞了。她说她现在常常是恍惚的,精神是游离的,魂都不在了。"事实上这时的陈琳抑郁症已经很严重了。即便这时,陈琳也没有把自己得抑郁症的事情告诉高明骏夫妇。高明骏说:"抑郁症就是潜在的,你不仔细观察,可能不清楚,原来我们也没想到,如果想到大家会更注意一些,在各方面会慢慢去帮助她。我们也是在她出事的前两天才知道的。"

小妹说:"她觉得后来的婚姻不像原来预期得那么美好、理想,现实出现这么多问题。不过她最近每天早上都起来练太极拳,大家也都在帮助她。说多了我觉得对她也有负担,她更不愿意跟我们说了。所以这两年相处反而比较少了,不怎么来往了。出事前两天的下午,我们在一起,她说得最多是她对自己的生活有点失控,我会觉得可以走出来,她说她没有力气,没有力气去反抗现在的情况,她说连工作状态也没办法进入,没办法演出,身体也糟透了。我记得有一次,应该是一个多月前,她来我家,我弄了很多吃的,我跟阿姨说煲汤给她补一补,让她身体好些。她说,我很久没有这种被照顾的感觉,很久没有生活上幸福的状态了。在饭桌上,她说好久没有这样温馨舒服地吃顿饭了。我当时听了心里很难过。"

10月29日,陈琳突然给小妹发短信,说她跟丈夫回湖北孝感,已经在西客站,但是说舍不得他们。小妹给陈琳发短信说:"任何时候有任何需要打电话给我们。"然后陈琳便打电话给小妹,说不想走。这样,小妹和张强一起开车将陈琳从西客站接回了张强的家。

第二天一早,陈琳去高明骏家吃早点,然后小妹陪陈琳到温榆河看野鸭。"在比较辽阔的地方让她心情舒缓一些,那天聊得比较多,主要那天她说自己这段时间确实过得很不好,生活,婚姻。她不是不想说,她有所保留,都是成年人,一般都不会追问这些事情。甚至她后来结婚这件事,都是从网上看到的,她没有告诉我们,挺突然的。我们在网上看到后,发个短信祝福她。"

在温榆河,陈琳跟小妹说过她有过轻生的念头,"当时我安慰她,我说没必要,你这么热爱生活,热爱朋友,热爱美食,你又那么容易感动。很多人也遇到这种事,人家什么都没有,你再怎么样你有音乐,你再怎么样你有资产，你有朋友，你有你热爱的工作，你很容易找回你重新开始的生活……现在想想，我太不敏感了"。

傍晚，张强将陈琳接回家，她一直陪着陈琳，给她听"苏打绿"的歌曲，弹吉他唱歌，一直陪到很晚，直到陈琳睡去。张强的家是复式结构，张强住楼上，陈琳住楼下。

"我们还庆幸，觉得帮了她，拉了她一把，结果夜里出事了。"小妹说。

10月31日，张强一大早就被小区的保安吵醒，问家里有没有小孩，张强没有理会。早上九点多张强起床给陈琳做饭，做完饭发现陈琳不在房间，便给小妹打电话，问她陈琳是不是去她家了，小妹说没有。张强打陈琳的手机，不通。后来张强发现陈琳住的房间窗户是开的，便走到阳台，等她从阳台往下看的时候，发现楼底下全是人，她知道，陈琳出事了。

"张强给我打电话，说陈琳出事了。"小妹说，"我也不知道出了什么事儿，我们两家之间很近，我们着急，便开车过去，车开到一半，路上全是人，便开不动了，然后只好下车跑过去"。

在小妹看来，头一天陪陈琳出去散心，已经把她开导得差不多了，当时陈琳也表示，自己已经看透了，明白了。"她还说了接下来的计划安排，甚至她不跟他走了，跟我们回来了，所以我不觉得她有这个极端的选择。"当时，陈琳的下一步计划是：租一个小一点的房子，好好地重新整理自己的生活，暂时跟张超峰分开。小妹说："可能白天缓解了，但在夜里她又不好了，她一直睡眠很差，可能抑郁症的人往往在那一刹那就过不去了。"

梁芒也认为："我知道最后她的反应和判断已经很模糊了，有时候她会花两三个小时想一个事情，很简单的事情她可能也判断不了。"

小妹觉得，陈琳可能就差那么一个坎儿没有越过去，在她选择自杀之前没有任何征兆，这一点让她一直感到遗憾和内疚：如果朋友们再留意一下，悲剧可能不会发生。

在陈琳的朋友眼里，她是这样的一个人：乐观、坚强、热爱音乐、追求纯粹的感情，不愿把不好的一面展示在朋友面前。在她最后的日子，她仍然试图用她坚强的性格同命运作最后一搏,她坚强的性格并没有在逆境中帮助她,反而像一块被推倒的多米诺骨牌,引起了一连串连锁反应,坚强反而压垮了她。当最后一块牌倒下,她知道,她失败了。

(2009年)

许巍：平凡生活

> 我觉得全是信念和意志力在让我坚持下去。我要进入一个良性的循环，我要带给这个世界、带给别人正面的东西，同时摆脱我自己负面的情绪，这几年我都是这么往前走的。
>
> ——许巍

如果把内地歌手按知名度和魅力做一个排名的话，许巍应该排在前五名。从 1997 年出版第一张专辑开始，他培养了不少摇滚歌迷，十多年来，他的歌迷从摇滚青年到小资白领，从大都市到边远小城，覆盖范围堪比手机信号。不管他是倾诉无尽的痛苦，还是歌唱阳光般的生活，都有一种亲和力。他的音乐带着无法清除的西安话韵律般的旋律，并且，这成了许巍音乐的一个显著特征。与其说许巍摇滚自成一派，倒不如说他在地方话和流行歌曲之间找到了一种完美的结合方式。

通过《在别处》和《那一年》，许巍释放了他人生某一阶段的痛苦，但是很少有人了解这个对生活和情感比较敏感的人痛苦的真正原因。同样，当《时光·漫步》《每一刻都是崭新的》中传达出阳光和平静的一面时，人们认为他放弃了摇滚精神而对他产生怀疑。虽然许巍一度拥有了不少歌迷，但从一开始他就是个边缘化的人物。可是命运总喜欢开玩笑，当许巍把自己的生活边缘化之后，他成了明星。

2003年，在国内某一个颁奖晚会上，评委毫不吝啬地给了他四个奖，《时光·漫步》把他从当年北京西郊老山的一个六平米的小屋里带到了公众视线中。而此时的许巍，已经经历了一段人生的波折，面对突如其来的名誉，他并没有在媒体和公众视线中有多余的曝光，而是从此开始了半隐居的生活。

许巍的故事至少要从1994年说起，那年秋天，他带着自己两首歌曲的小样，来到了红星音乐生产社——这家港商投资的唱片公司因为捧红郑钧而受到关注，同时签约的歌手还有田震。红星音乐生产社的老板叫陈健添，他是香港音乐圈的重要人物，最初捧红了王菲和Beyond。许巍带来的歌曲是《两天》和《青鸟》，听过这两首歌的人都觉得眼前一亮，没想到西安这个地方真是藏龙卧虎，还能出来这样的作品，但是在陈健添那里，许巍并没有获得积极的回应，而是让他回到西安等候消息。

不过许巍此行仍有一些收获：一堆同行的赞誉。田震看上了他写的《执着》，后来收录到她的专辑里，在90年代成了热门歌曲。这首很感人的歌曲在许巍看来只代表他过去的感受，他想唱的是像Nirvana那样的歌曲，《两天》和《青鸟》已经让人闻到了这股气息。

1995年春，许巍接到了红星音乐生产社的通知，来北京签约。这对许巍来说是一次机会——一个在摇滚贫瘠的西安坚持过来的人，一个因为乐队队友突然不辞而别而躲在角落哭泣的人，一个看到落日都容易感伤的人，带着一个酝酿了许久的梦想，几乎把自己的人生都赌在了这份唱片合同上。

许巍在西安组建过一支名叫"飞"的乐队，之所以起名"飞"，就是希望有朝一日飞出西安，变成一个摇滚明星，像崔健一样叱咤风云。这支乐队在西安小有名气，但许巍知道，如果继续偏居一隅，可能永无出头之日。

但是乐队成员并没有许巍那样高远的理想，他们无法忍受冬天在零下几度的屋子里排练的艰苦，不想过着每天排练完后只能到街上吃一碗汤面的生活。一天下午，当许巍和往常一样来到排练场地的时候，那些朝夕相处的队友没有出现。几天后，队友们纷纷给他打电话，说都去了东南沿海的歌厅驻场打工，一个月可以挣万儿八千……

许巍的理想破灭了，他把突如其来的打击变成了迷茫和绝望的《两天》和《青鸟》。

能与一家大公司签约是歌手走向下一步成功的基础，就在许巍与红星签约的时候，郑钧在跟公司闹解约。至少在许巍出现的时候，陈健添并没有意识到要给郑钧找到一个替代者。相反，他以一个商人的眼光对许巍说："首先你形象一般，你不像郑钧那么偶像。我是老板，做唱片这么多年，要把你捧红太难。另外，你的音乐太另类了。"

"来北京之前心气儿很大，踌躇满志。来了以后以为老板会像对郑钧一样那么重视我，事实不那么回事儿。他并不看重我，这对我打击非常大，《两天》一出来，他就觉得这个音乐不能像郑钧、田震那样做，我的音乐决定了我是小众的，除非我再写像《执着》那样的歌曲。但我回不去了，我就要做现在这样的音乐。我原来的理想状态是像崔健一样，像他那么棒，然后突然发现不是那么回事，自身有一些问题没有意识到，只是一个理想在向前走。当时自己有些一厢情愿，小众歌手也行吧。"

许巍是唱着"我想超越这平凡的生活"来到北京的，他没有想到等待他的是一个这样的结果。至少，在他的想象中，他的音乐比郑钧的更有力量。年轻的时候都希望自己打出去的拳头有力量，可以一下击倒对手，但是他想得过于简单了。陈健添当初在听到郑钧的小样后，迅速与郑钧签约，并且也加速了他在内地开设唱片公司的决定。作为一个商人，他对郑钧的判断没有错，对许巍的判断也没有错，所以他犹豫了至少半年的时间。当郑钧成功后，给他带来的一切都是预料到的。

艺术家和商人的判断其实就是隔着一层纸，但却是天壤之别。许巍第一次带着他的作品来北京,听到的都是赞誉之声,而这些声音全部来自热爱音乐的人之口,这给他造成了最大的错觉,以为自己一出来就会惊天动地。许巍回忆说:"我那时候老想着要不一样。我喜欢科特·库班,我也不完全是像他那样的性格,他是勇往直前的人,但我们当时喜欢摇滚乐的人就觉得他最帅最酷。年轻嘛,'这哥们儿太酷了太帅了,就要做他这样的音乐',受他的影响很大,但是他最后的结局是自杀了,这给我们这么多爱他的人打击很大。《那一年》受他影响很大,我天性里喜欢带有美感的旋律,所以《在别处》的旋律感还是很好的,同时我喜欢那种噪音墙的形式。《在别处》完成的时候是 1997 年,当时张亚东身边所有人都说这张专辑出来肯定没问题,结果出来之后也就那么回事儿,第一个期待就破灭了。原以为出了专辑就怎么样了,结果没有演出,也没怎么宣传。到了《那一年》快录音的时候,我得了抑郁症,那个时候看心理医生,乱七八糟一大堆事儿,吃着安眠药、百忧解录的专辑。歌词就在那种心态下写出来的,想到大理,生活的东西出来了。但依然是生活上有问题,最后只好回家了。"

许巍从 1995 年到 1999 年这五年间,经历了一个幻灭过程。他有一个六平方米的宿舍,没事就窝在宿舍里,在这里他写了两张专辑。他试图去寻找一个让自己坚持下去的答案,但是他没有找到,他像经历了一回炼狱一样,始终找不到他自己的位置。他说:"1999 年录《那一年》的时候,精神上是没有寄托的,基本上到了承受不住的程度。只要我一弹吉他,那些丰富的情感全部会调动出来,一旦有情绪波动,抑郁症就会更强烈。还有就是自己对做音乐已经失去信心了。可能是自己命不好,但还是觉得自己有点能力,可是我那种音乐真不能让我生存下去。从《在别处》到《那一年》,音乐态度还是那样,出来的东西也还是那样,我就想可能它不适合中国老百姓,所以无法生存下去。我当时也很痛苦,后来我回西安了,跟红星也基本上要解约了,中间也有公司想谈,但我对这件事已经没有兴趣了。当时我三十多岁,再做这行也面临很多问题,对父母、对家人都有责任了。我当时觉得一事无成,特别沮丧,如果我还一味要做这件事的话,接下来要面对的可能更无法承受了，那会儿我的精神已经快崩溃了，我不想干这个了。"

在许巍离开老山之前，那个曾经门庭若市的红星音乐生产社，只剩下了他和老板的助理，昔日朝夕相处的同事朋友，早就鸟兽散去。他每天下午都会想，今晚找谁吃饭，找谁聊天，后来连吃饭都成了问题。带着这种惆怅，他绝望地回西安了。回到西安后，他不敢见朋友，因为在朋友眼里，他仍旧是一个很著名的摇滚歌手，但他心里明白，他在红星这些年过的是没有尊严的生活。

"西安毕竟是成长的地方，感觉很熟悉。那是我的家乡，亲人也在那儿，稍微有点安定的感觉。我在北京每天弹吉他八小时，回到西安后，我不愿意再过那种生活，从2000年到2001年我没碰过吉他。我从十几岁就开始接触音乐，听崔健，组乐队，特有理想，那么多年一直有个动力在推你往前走，突然这个东西没了、坍塌了，心里空落落的。现在想起来，其实是件好事，那个东西没有了其实也没啥，不就是出两张专辑嘛，我当时更注重有养活自己的能力，至少我不会没有尊严地活着。后来我就发现我和大家一样，得生存，这是一个特别现实的问题，我不能再这样下去了。我想开个商店，我能做的是这个，这期间我接触了好多的朋友、发小、部队的战友，他们有的做生意特别成功。其中有一个我原来的上级，后来转业了，我跟他吃饭的时候说我不干了，他觉得特别可惜：'我是看着你在部队时每天练十个小时吉他'，为了这个他提供了很多方便，比如说很少让我出公差。我老跟他说崔健，他说'如果我看到你也这样就好了'。他看到我的情况，就说'你怎么这样？出第一张专辑，我特别为你高兴，不管怎么样你开始实现理想了'，现在突然不干这个，他理解不了。他说'我可以答应你，跟你一起做生意，你也能挣到钱，但我不赞同你现在走的这条路'。我很多朋友都像他这样，不赞成我这么做。我特迷茫，那我该干吗？既然朋友不赞成，我自己也不知道该干吗，后来我就想首先得把精神和身体状态调整好。每天跑步，但特别空虚，也不敢见人，一个人在马路边坐着，拿份报纸看，就这样度过一天。偶尔见一个朋友，都不好意思跟人打招呼，特别自卑。人家问'你在北京怎么样？'我说'挺好挺好'，就赶紧走了。"

2001年，原来在红星做企划的姜弘给许巍打电话，希望他能跟艺丰公司签约，那时候许巍已经心灰意冷，便说要考虑一下。姜弘说："你别考虑了，你现在在家待着干吗？"因为当时包括姜弘在内的一些原红星的工作人员都去了艺丰，就这样，许巍回到了北京。

"在西安的一年多时间里我一直在自省，是不是我的生活态度不对？"许巍说，"我坐在西安家的阳台上，看到我在大理的照片，觉得其实生活有很多东西都挺好的。我生活的西安、北京都是那样一个城市——每个人为了生活、为了理想奔忙。大理完全是另外一个世界，原来老百姓可以这样过日子，开小店的夫妇也活得很自在，没有什么大的追求，能过着安居乐业的生活，他们就很知足。我就想，为什么从小到大我没有这种心态，老觉得我要成个什么样的人，要成就什么……人不是都得这样过嘛，我想起去旅行的时候遇到的人，他们活得很坦然、很自在、很踏实，我想过那样的生活，哪怕在城市里。我当时签约没想那么多，只是想再做几年就不干这行了，因为我发自内心地喜欢音乐，却不喜欢这个环境，它曾经让我那么累。我会好好做两三张专辑，等我经济条件稳定之后，我就过这种特别简单的生活，一个月一两千块我也能过。我的心态已经调整好了，就像那些老百姓一样，跟老婆开一家小商店，在大理或者西安。现在这个阶段是我要经历的过程，我现在还在这个过程里。从回到北京开始就是，过得简单一些，也不想买多大的房子，多好的车，我都不要，就想踏踏实实把专辑做好，简简单单生活。到后来专辑也被认可，获得了不少奖，还办了演唱会，但我的心态基本上一直是这样的。我是随时都可以撤出这行的人，我再次进入这行的时候已经不像原来那么执着了，我也不求什么，反而心里就没有顾忌了"。

2002年出版的《时光·漫步》，改变了许巍的命运。这张专辑非常好听，充满了温暖的感觉，他的听众群体也因此翻番。与此同时，当年喜欢《在别处》

《那一年》的歌迷开始反戈，认为许巍背叛了摇滚，放弃了摇滚，认为许巍为了钱才去写那些流行歌曲。"2001年我写《时光·漫步》的时候，经常彻夜失眠。每天睡觉基本上是半梦半醒，但一直在健身。那时候我还是有抑郁症，只是我不愿意跟别人讲。其实我还可以去表达焦虑，但我写《时光·漫步》就不愿意去表达，因为你不能总是这样，你能不能超越自己，向一个健康的方向奔，跳出这种状态。通过做好一点儿的音乐，我让自己好一点儿。社会上焦虑的人太多了，我想我做音乐总得给大家带来快乐吧，别老是宣泄，宣泄不解决问题。到2004年6月，我还是失眠，或者半梦半醒。就跟《两天》里写的一样，白天你过一种生活，到了夜晚是另一种生活。你梦中的生活，无序的，乱七八糟的。突然有一天我起来之后，发现睡得很好，我居然没做梦。对于当时很多人骂我，我听着挺委屈的，但我不想去解释。"

谈到抑郁症，许巍说："所有得抑郁症的人都有个共同点，就是之前你对自己的期望太高。期望越高，和你的现实差距越大的时候就越严重；如果现实和你心理预期的落差不大的话，就不会那么严重。当然还有很多其他因素，但这是最重要的原因。"的确，自从许巍与红星签约之后，他的理想与现实的距离在逐步拉大，他钻进了理想的牛角尖里出不来，他从来都是被动地生活，被吹向哪个方向就飘到哪里，以致无法自拔，现在许巍的抑郁症问题基本上稳定一些了。"这个东西，小尾巴会有，会有波动，但我现在能面对，而且不是特别严重，像蹦极一样，刚开始波动很大，到最后趋于平静。"许巍说，"但是一到创作期，只要我进入兴奋状态，所有的神经、情感调动起来的时候，那种感觉就像是洗礼，太痛苦了。我的生活马上又进入一种特别压抑的状态，以往创作时期的情感都会出来。有时候我害怕这件事，但又必须面对它，这是我本职要做的工作，我要写歌，而且我喜欢音乐。专辑录制期间，我十二点睡觉了，躺床上又开始半梦半醒，两点钟突然醒来，觉得歌词应该是这样，就拿起吉他。一眨眼七点多，人家开始上班，我在阳台上看楼底下的人，下楼转一圈儿回来睡觉。中午起来又觉得歌词不对，总有事情推着你往前走，精神高度兴奋，但敏感一被调动起来，我又开始抑郁，每张专辑都是，一写歌我就开始抑郁，只要不写歌，我的生活就很正常"。

许巍靠不停地锻炼身体来抑制抑郁，他开始看一些心理学和佛法方面的书，试图从里面寻找到解决问题的办法。"那时候我印象最深的一个词是：随遇而安。很多人活得很踏实，波动不大，就是因为他们一开始对自己预期没那么高，很多老百姓就是这么过的。反而是艺术家，类似的这些行业的人容易出现这样的问题。我开始反省，我是不是太高看自己了？太把自己当回事儿？都在过日子，为什么我非要出类拔萃？非要做一个出色的人，非要怎么怎么着……如果我做音乐有一个平和的心态，可能不会造成今天这种问题。后来我接触到一些心态好的人，他们都没把自己当回事儿。有朋友跟我说：'你跟我从骨子里就不一样，我一开始就是个平凡的人，可你自命不凡，所以你比我要累。终于你现在踏实了，承认你的平凡了，所以你比过去要好。'我觉得全是信念和意志力在让我坚持下去，我要进入一个良性的循环，我要带给这个世界、带给别人正面的东西，同时摆脱我自己负面的情绪，这几年我都是这么往前走的。"

也许是抑郁症的影响，让许巍对佛法产生了兴趣，在2002年采访许巍的时候，他谈了很多这方面的事情。他说："我年轻的时候很反叛，三十岁以前跟我爸爸没有过交流。有一次他说：'你只是追求艺术，文化的东西你了解吗？'我一想也是，觉得挺惭愧的，我就从《论语》开始看，一看就进去了，觉得挺好，就反省自己，发现自己很多做人的态度不对。从儒家开始，慢慢地调整自己的心态，原来有些东西是靠自己生活积累的经验想象得来的，其实前人都有讲过。中国的文化传统是儒释道文化，我也会去了解道家文化，比如庄子、老子，然后开始接触佛法，我没有那么强的宗教感，只是我喜欢。佛法里对生命、对一些处世态度，很多东西讲得非常好，比如我相信因果，这个对我影响特别大，一个人无论从事什么行业，做什么事，都要为自己的行为负责。"

现在许巍已经成为公众喜欢的歌手了，在任何一个KTV里面都能找到他的歌曲，他仅有的几次演唱会也都爆满。当年他想象的那些名声、愿望和影响，如今都摆在他的面前。面对这些，许巍就像一个走出学校生活的人，突然收到了一个精美的书包一样，带给他的似乎是对往事的一个回忆。"其实我这几年还是过得挺苦的。我二十多岁的时候，想成为摇滚明星也好，渴望事业成功也好，都是一个年轻人的心态。可当这些来了之后，我反而没有一丝一毫的享受，没有成就感。我心里对这种东西有一种戒备，好像如果我享受这些就会走偏，心里总有这种感觉，所以我这些年本能地远离它。可能跟心理状态有关系，我在街上碰到很多人，没有人打扰我，很奇怪，你不愿意被这些东西影响的时候，反而大家就觉得你是老百姓。还有一个就是我自己有时都忘记自己的身份，我就是老百姓，要工作的时候突然发现，哦，我是一个歌手。我弹吉他还是特高兴，有时候我不愿意写歌，就是为了弹吉他玩儿，让自己开心。我参加颁奖活动还是不适应，没有什么理由，我坐那儿就是特拘束，心想着赶快结束了回家吧，过我的踏实日子。"

2005 年，许巍在工人体育馆举办了第一场大型个人演唱会，回忆起那场演唱会，许巍说："像梦一样，我梦了好多年了。但我现在想不起来具体的片段，只能是回忆那个场景。我不知道也想不起来该跟观众说什么，基本上就是唱。我不是人来疯型的歌手。"当一个人对一件事情期待时间太长，投入太深，这件事真的到来时，可能还没有真实感受过，它就过去了。

许巍用一种刻意回避的姿态来面对今天的生活，那是因为在他想超越平凡生活的时候吃过苦，他不想再回到那种生活中。即便今天他具备了超越自己的能力，他仍有些战战兢兢，心有余悸。"很多艺术家太拧巴了，拧巴一辈子了，我不想像他们那样。我们喜欢'披头士'，喜欢列侬，喜欢麦卡特尼，他们俩的区别就是，麦卡特尼一直认为自己是老百姓，他很热爱生活，很踏实，所以现在他还在唱歌。列侬比较激进一些，把自己当回事儿，所以我喜欢列侬的音乐，但我不想成为他那样的人。比如斯汀，他很专注地做音乐，不参与政治，热爱家庭，跟他的孩子在一起。包括博诺，像 U2 这么有影响力的乐队，博诺也是会接孩子放学，每天想怎么做好吃的。你看这些我喜欢的歌手,他们也是很踏实的生活状态。我现在就是,上台演出的时候,我肯定会做好,让大家都开心;下来之后我就过我的日子,远离这些东西。之前我还想成为大师呢,奔着那个念头去的。但随着越来越了解这个行业,了解了很多人和事之后,反而发现其实所有人都是普通人,有的人特把自己当回事儿,就演进去出不来了。我希望我回到生活里做普通人,过正常人的生活,我不想要那样的生活。"

许巍现在的生活——晚上十点多上床睡觉,早上七八点起床,先锻炼身体,然后听听音乐、看看书,天气好的时候去爬山、喝茶,还参加一支足球队,每周踢两场球,电视里面放什么电视剧就看什么。"我现在基本属于老百姓过日子的状态,你做的事情就跟所有人一样:这是一个工作。如果以这个心态来讲,我现在是找到一份好工作了。我一个星期进一趟城,有时候是工作,有时候见朋友,或者去三联书店买点书,在书店后边有个桂林米粉店,吃点东西然后回家。"

谈到将来如果不唱歌了会去做什么,许巍说:"最好能在一个慈善机构当义工。"

(2009 年)

汪峰：摇滚"叛徒"

> 当你遇到你完全过不去的坎儿，你的智慧和你所有已经获得的生活经验无法去解释和驾驭的时候，你只需把自己退回到最原始，用最持之以恒的一种韧劲儿，什么也别管，你就写，不断地写，只沉浸在这里面，不要离开它。
>
> ——汪峰

汪峰是一个摇滚歌手，即使他身边总是站着流行歌手，他心里对这个身份的定位也是不会变的。但在那些原教旨主义摇滚歌迷看来，汪峰是一个叛徒，一个摇滚叛徒，因为他写的歌听上去太流行了，因为他与流行歌手同台演出，并且因此获得很多商业回报。当然，他也同样被那些想跟他一样出名挣钱但还没有达到那个程度的摇滚同行鄙视，他们认为汪峰的摇滚不纯粹。汪峰对别人的非议一直保持沉默，以他的口才，出来辩解是不会占下风的，但也没有任何意义，他还是把精力放在音乐上，用实际行动回击了那些非议他的人。从1997年至今（2011），他出了八张专辑，并且能一直保持均衡水准。如果以原创为标准的话，现在能出五张专辑的内地歌手已经凤毛麟角了。尤其是,在音乐环境日趋恶劣的环境下,他2011年花了将近四百万元的制作费录制了一套双张专辑。

1994年是中国摇滚辉煌的一年,那一年,摇滚乐突然繁荣了。这是因为80年代那批摇滚歌手赶上了一个好的商业机会,作品也相对成熟,所以出现了摇滚乐的春天。也就是在这时候,汪峰组建了"鲍家街43号"乐队,就像当初很多崭露头角的乐队一样,没有人注意到他们的存在。当时人们关注的是崔健、"唐朝"、"黑豹"、窦唯、张楚、何勇,甚至刚刚出专辑的郑钧。今天,这些人基本处于半退休状态,而汪峰倒像一个幸存者,从废墟中走出来。

汪峰在回忆那段时间的经历时,道出了中国摇滚短暂辉煌的原因:"那时候很多人还没出专辑,但是我感觉他们很猛了。后来他们出专辑,我总体感觉是,精神层面的东西在支撑着他们。这个精神层面不是虚的,如果说现在你的作品精神层面言之有物,那我承认。如果是空谈的这个精神层面,就是空的,但是他们那个时候真不是。从我的角度理解,除了崔健和窦唯之外,他们如果没有精神层面的东西支撑的话,是根本做不到那样的。到了21世纪,那拨人作品品质的飞跃没有了,这就是他们总是把精神层面放在第一位,没有理论和理性基础的结果。我们和西方人相比缺乏的只有这一点。精神层面是任何一个年轻人对每一个命题在内心的那个原始出发点和想法,比如说对爱情、对批判社会、对自由的理解,这些和鲍勃·迪伦、约翰·列侬没有任何差别,他们也是这么想的,但是这些人缺的是怎么把这个告诉你的能力。我认为音乐、艺术最重要的是方法,没有精神我们就已经不用再探讨了,在这个基础之上我们不能每天坐下来再谈很理想化的、很精神的东西,那个东西说实话是属于每个人挺隐秘的人格世界。那些能传世的人,因为他们的天赋和所涉猎范围的广度,他们懂得了非常多的方法,最后形成自己的方法。"

汪峰毕业于中央音乐学院,音乐的底子让他在后来的摇滚道路上受益匪浅,因为创作拼到最后拼的都是功底,灵感、才华、天赋需要这个基础来支撑。汪峰说:"我认为学过音乐的人做音乐的生命力会长,但是绝对不能决定他们可以写出优秀的作品,事实上,他们写出的平庸作品比别人可以多很多。但是这个再加上精神层面的东西,这两点作为底,剩下的东西就可能真是你人格的力量,你对事物的判断能力。"

Q:过去很多人在批判你的摇滚商业了,甚至觉得你是个叛徒。

A:好像摇滚乐一商业了,所有人都觉得特别特别失望。可是如果一个国家这个领域里不商业,那才是真正绝对的悲哀。因为商业必须走到高级商业才能转化为艺术,很多人就在这个坎儿完蛋了。然后很多人认识到商业有必要之后,就开始出现那些庸俗的商业,比如选秀什么的,又打倒一批。那边挣钱无数,这边还是苦哈哈的。可是为什么美国有《美国偶像》,英国有《流行偶像》?人家运转得都特好。必须承认是我们落后的意识造成所有先进的事物到了中国都会变质,就是内容部分极其虚弱,其他部分极其壮大。我相信只有我一个人能做到这一点,我大概觉得我是对的,而且我慢慢觉得我越来越对,就是那个坎儿。只有我在不断地去参加那些被各种人狂骂的演出,《同一首歌》、《欢乐中国行》,我的专辑还是摇滚,我该做演唱会还会做。我不认为我是在做一个顺应时代的事情,我不认为我参加了这样的演出我的人格就变得特别肮脏。

Q:可能人们都没有什么信仰,然后会把希望寄托在一些靠不住的东西上,所以容易失望或迷失。

A:这就是我上一张专辑为什么叫《信仰在空中飘扬》的原因。坦白地讲,所有中国人在做音乐做艺术的时候,90%的层面必须来自于学习西方,这是明摆着的。但是学习完了怎么办?如果你没有信仰就立不住。到了那个层面,跟哪个国家、地区、民族都没有关系。但是比较可悲的是,现在大众把信仰理解成了很多别的。聪明的人,他是利用信仰,把它变为他的一种商业手腕儿。市面上经常看见一些大师,已经跟信仰没关系了。极富阶层，信仰对于他来讲要不就早已根深蒂固，或者说他已经不需要了，因为他有别的东西支撑着他，虽然他也空虚。但是信仰对于底层老百姓是最重要的，没有这个的话，当他接受一个事物的时候，就会曲解。西方人对很多东西的理解，都会不言而喻，自己并不是特别清楚，但是实际上驱使他对这个东西做出判断的，就是信仰。我们这儿直接把它给理解成，就是属于运气好了去烧烧香，这跟信仰有什么关系？真正有信仰的人如果不是做艺术，根本就不知道，那些人有可能就是活我自己的，但是真正发生什么事情时你才能看到他人性的伟大。

Q：在你成为摇滚歌手前后，你的生活态度有什么变化？

A：在1994年以前，我定型或者说受影响比较深的就是现代文学、音乐，那时候形成的想法，直到现在我都没有怎么变过，只是越来越成熟，不断地去修正。我十六七岁的时候很封闭，童年练小提琴，完全没有申辩和反抗的机会，长期下来积压了好多表达的欲望。我直到十五六岁才真正喜欢小提琴，那时候就开始思考好多事情，十八岁以后看了很多书，那时候能看懂多少？最多看懂10%，但是还是有用，会形成我一个相对模糊的世界观。但是因为年轻，我就特坚定，就这种世界观，我从来都没有改变过那些想法。

Q：什么想法？

A：为什么后来我决定做摇滚乐？在我十七八岁的时候，我在琴房弹着钢琴哼一些旋律，我觉得这件事太好了，比拉小提琴有意思。到了二十岁，我比过去要大胆多了。那时候我听到了罗大佑、李宗盛、崔健、鲍勃·迪伦、"披头士"、平克·弗洛伊德。当我听完崔健的《解决》，就对自己说，我将来一定要像他那样。那时候就这么简单的一个愿望，剩下的事情谁能想到，太难了。再过了一两年我就听到了鲍勃·迪伦，我请人翻译了他的歌词全集，完了，崔健就已经只是好的一类了。

Q：面对困难自己怎么走过来的？

A：我感谢的是我从小学音乐，它最终给我一个特别好的消解的办法，就是我觉得什么都特正常。我曾经有过半年的时间课上只拉柴可夫斯基的小提琴协奏曲第三乐章的四小节，那绝对是一种煎熬。老师只要不说话肯定就是你做得不对。长大后我明白那半年的意义了：当你遇到你完全过不去的坎儿，你的智慧和你所有已经获得的生活经验无法去解释和驾驭的时候，你只需把自己退回到最原始，用最持之以恒的一种韧劲，什么也别管，你就写，不断地写，只沉浸在这里面，不要离开它。我还在坚持出专辑、不断地写歌，我认为这事儿没错，那就没有问题。最难受的是《飞得更高》火了之后到《勇敢的心》中间这五年，我在商业上取得了一定成功，已经从半地下到了上面，甚至接近一线歌手了。然后摇滚乐这边不待见你，这一点是肯定的，因为你根本就不是摇滚；流行歌手那边觉得你是摇滚乐手，干吗老在我们的舞台上。流行歌手的生活和路数与我们完全不一样，一开始真是不理你，比如孙楠、那英。现在我们都是好朋友，因为我的态度是完全开放的，见到他们我主动打招呼，并不因为你们比我有钱我就说咱得认识认识。当初摇滚圈里好多哥们儿，天天骂这帮流行歌手："孙楠现在一场二十万……"在1996年二十万是什么概念？我跟他们说，你知不知道孙楠一场十五块钱他干过五年，你现在一天十五块钱去酒吧干五年，你行吗？

Q：你在受到非议的时候，心里想没想过去改变什么？

A：《飞得更高》或《怒放的生命》这两首歌我从来没想过为一个群体或国家去写，那样也写不出来，它就是给我自己写的。恰好时候赶得巧，官方都选用了这些歌。当我回头审视这些专辑，至少觉得，在以后的专辑里调整一下，让歌曲之间太过于鲜明的差距要融合得更好一些。我比较遗憾的是，凡是老百姓最喜欢的歌都是我这张专辑里认为很一般的，绝对是90分以下的作品。从这个层面上讲，是自己还没有做到最好。如果这首歌恰恰也是我自己肯定、在艺术效果上也比较好，老百姓选择那首歌也正常。后来《信仰在空中飘扬》中的《春天里》，我才觉得到了我心目中比较理想的水平线。

Q：1994年前后国内摇滚乐环境变化很大，你在其中感受到最明显的变化是什么？

A：1994年以前是纯粹的艰苦阶段，那时候哪个吉他手拿一把吉布森吉他，那确实牛，放到现在就完全不值一提了。那之后就开始分化了，有很多人开始下海，开始影响到所有行业，至少它说明了每个人的脑袋开始活泛了，追求财富已经从过去羞于谈论到觉得很正常。这种意识到了摇滚圈就不是一个简单问题了：你是不是真摇滚啊？你怎么就知道挣钱？天天就这个问题开始纠结。从1996年开始，这个行业开始优胜劣汰。那时候我的唱片公司是京文唱片，和我签约，没有词曲费没有版税，一张专辑制作费有十几万，我们全部用作录音。我前两张专辑录音结束之后剩两万多块钱，七个人分，这就是我们所有的收入。实际上对我们来讲生活没有任何改变，还是没钱，房租得借钱，我并没有觉得做这个行业能够改变生活甚至让自己觉得自豪。比我年龄再大一点的人，他们受到的冲击和变化对他们的影响更大，有些人甚至不接受新东西。那一段时间既混乱但又预示着新秩序的出现。

Q：说说你的新专辑《生无所求》吧，创作总是离不开感情、人生和社会，你是怎么去关注这些的？

A：我一直在思索一个问题，就是当你取得的成绩和你在这个行业上世俗的地位越来越高的时候，事实上你的个人生活和精神世界如果在你没有主动意识去开拓的情况下，会变得越来越渺小，你接触不到过去那些让你特有感觉的事儿了。比如晚上在小区买两瓶啤酒坐在路边喝，别人一定以为我在拍MV，要不就过来签名。如果我意识到这一点我就必须要明白一点，它会折射内心，你失去这种途径和机会的时候，你就是失去一些东西。其实你只要还是人，有一天发生天灾人祸，什么都没了，你跟别人一样。所以我现在不可能再写一首《我真的需要》，说没有钱，只有什么什么，那是不可能的。也不可能再写一首《春天里》，我绝对会认为我是虚伪的，但是这并不可怕。当初为什么还要写这个？有这么多可写的为什么只有贫穷才能反映一个人的伟大呢？不是。因为还有别人。我现在更多探讨的是导致这一切的背后的东西，这是有意义的。当我意识到我自己的生活层面和精神层面如果不注意就会渺小的时候，我就会想办法让自己的视野更开阔，这样至少能弥补我已经不可避免损失掉的那些东西。

Q：就是说，你可能比其他人更喜欢把一些观点、想法表达出来？

A：我至少觉得本能需要这个。这个前提下，我认为这个社会也需要有明确的意见或者观点，因为我们都已经太长时间生活在模棱两可的环境里，不是A就是B，这是最讨厌的。当你把一个极其明确的东西拿出来，你会发现产生的效果不是那样，会发现有非常多的人，从他们各自的生活和各自的理解里把自己装进去。实际上艺术最大的魅力是这个，是沟通，不是别的。不是你宣扬一种观点的摇篮，也不是什么改变世界，那些是之后产生的效果，它最最重要的功能是沟通。

Q：现在好多人专辑都不出了，几年录一首歌，出来混一阵子。但是你现在一下子拿出了双专辑。

A：我倒不是说有责任感，这个有点扯淡，我就觉得我能出，很简单，我有这能力，我为什么不出呢？做这张专辑之前的想法是，我想让它的音乐风格涉猎比较广，但最后它一定是在一个核心里边，就像它的名字：《生无所求》，这是现在中国人的一个状态，我想通过不同主题来表达这个意思。我做音乐的习惯是每一张都去做我之前做不到或者做得不太好的那一部分，这样很冒险，但是你一直做下去就会发现你会变得很强大，几乎没有弱点了，然后就开始解决更高层次的问题。

Q：专辑名字为什么会叫"生无所求"？

A：我想这句话有另外一层意思，它是反向的，就是"生何所求"。现在有钱的真有钱，没钱的想方设法也能捞到钱，最悲惨的社会最底层，没人理。你现在要对中国人说，你能不能有追求？他会问你，我怎么追求？

这个社会让我如何去追求？这是深刻的问题，而绝对不是我已经没啥追求了、挺好的了。对中国社会的巨富阶层和赤贫阶层来说，这两句话是一个意思，就是"生无所求"。最痛苦的实际上是这四个字所指的真正的方向，就是中间这个巨大部分，中产阶级，就是说死不了，但是绝对也不可能随便就能买一两套房子，然后每天就是各种纠结啊，看谁都不顺眼，对自己也不满意，社会也会变得不安定，然后发生各种让你觉得匪夷所思的事儿。这就是我怎么有追求，我怎么生存，这是个特别大的问题。实际上整体的脉络是上一张的延续，上一张讨论的是"信仰"这个问题对中国人的重要性，这张专辑是在这个"信仰"的背后，你有没有想过你如何去做？

Q：这个概念是你以前就想好的，还是创作过程中出来的？

A：专辑《信仰在空中飘扬》是在制作前一年我形成了明确的想法，《信仰在风中飘扬》这首歌我写了五年，写了二十多稿，只要这首歌我最终能写成，这张专辑就叫这个名字。每一次都觉得写得特牛，过一个星期就觉得是狗屎。因为这个名字太大了，内容只要是虚弱一点点都会觉得特傻。直到最后这一稿，写完之后连续审视了差不多三四个月，我觉得是没有问题了，最终我决定这张专辑就是以这个为核心了。之后我面临最大的问题就是，它达到了一个高度，我肯定希望这次比上一次更好。两年的时间天天想着超越，那就是扯淡了。最后我把这些就都抛开了，就是创作我喜欢的题材，我喜欢的表达，去研究这个歌词该怎么写。这个概念是我到这张专辑最后结束创作前的半年才有的，我知道我想表达的就是中国人的生存状态和我生存的状态。听上去有一点消极，或者有很多种的解释，但是它的魅力就在于它有千万种的解释。

（2011年）

朴树：一棵没长大的树

> 我过去感情磅礴的根源就是顾影自怜，但是我现在没有那种感情了。即使再出来，这个感情也会让我觉得很可笑，我在生活中能轻轻松松把这个问题处理了，我不会把那个感情用在歌里。
>
> ——朴树

朴树退学唱歌那一年，正值校园民谣流行，他没有赶上那一波校园民谣热。但是在1999年发行第一张专辑《我去2000年》时，他补上了校园民谣这一课。这张略带一丝忧郁的专辑让他赢得了不少歌迷。2003年的《生如夏花》确立了他"后校园民谣歌手"的地位。随后，朴树渐渐从人们的视线中消失了。直到去年（2012），朴树与张悬在上海举办"树与花"演唱会，才正式回归。

过去，朴树很少面对媒体，他不善言语，接受采访时甚至说不出一句完整的话。这次北京的"树与花"演唱会，朴树出人意料地开始面对媒体，虽说在表达上和那些八面玲珑的艺人相比还差得很远，但是能看得出他很想真诚地与人交流，想说出内心曾经的苦闷。对一个从上高中就患有抑郁症、甚至需要靠药物来治疗的人来说，能把自己放松下来去面对媒体，已经实属不易，这说明朴树开始勇于面对自我了。

朴树出生在一个知识分子家庭，父母都是北大教授。从小他就在一个四周都是围墙的环境里长大，这种"自然环境"成了朴树生活的保护屏障；同时，家庭的呵护又让朴树的生活中多了一道围墙，这让少年的朴树有一种安全感。但是这样的环境也让朴树从来没有意识到长大后要面对、接受一种没有围墙的生活环境以及随时失衡的生活，并且要自己处理诸多的问题和矛盾。随着他慢慢长大，逐步离开了那些保护他的"围墙"，他才意识到，一切和过去都不一样了。朴树说："我觉得可能我从小被保护得太好了，我在北大长大，四周都是围墙，流氓进不来。就连从大学退学了，我都没有意识到原来人还要自己出去挣钱，我不知道还有挣钱这一回事。每天在家里特别坦然，饿了就吃，困了就睡，想玩了就出去玩，没烟抽了就抽我哥或哥们的，我就没有那种意识。可能好多东西来得晚。"

过去的生活一切顺利，不用让朴树去想太多。当他辍学去唱歌，也没有遇到什么麻烦，他很顺利地拿到唱片合约，录制了专辑《我去2000年》。从这张专辑中就能听出来，他还停留在中学生为赋新词强说愁的青春期阶段。人都喜欢怀念失去的青春，因此，当人们听到这张专辑时，不会想到这是一张朴树正处于心理发育阶段的作品，更多的是从中寻找曾经的青春或者是被他浅显的忧郁和伤感打动。当人们在哼唱着"她们都老了吧，她们在哪里呀"的时候，朴树刚刚走出"蜜糖好甜"，走进"咖啡真苦"的人生路上。

朴树说："我觉得，那些年我就没有经历过残酷的事情，稀里糊涂就进公司了。虽然也没什么钱，稀里糊涂就过来了，然后出了第一张唱片，得到很多东西，没有被推到一个很残酷的地方，也没有人说你要是不挣钱你就完蛋了。我一直没有经历过残酷的事情。从分析人格的角度看，我在那种情况下得到很多东西，那人格就会有些变态，不是变态，就是缺失很多东西。这些缺失的东西会在今后的几年慢慢显现出来，我觉得是一件挺可怕的事情。"

心理学家普遍认为，人格是童年时期形成的。童年时期造成的人格缺失，长大后面对复杂的社会环境和情感时就会出现人格障碍。以前，朴树从来没有意识到自己在人格上的问题，他会觉得自己有些问题，但是不知道问题的根源。从他独立面对自己的生活开始，这些问题就慢慢显现出来了。"我可能一直有这种意识，可能在2003年之前或更早，我心里想冲破的东西根本没办法意识到它是什么。我觉得这些年，这些纠结的东西感觉越来越明显。到去年、今年，今年有一个特别大的改变，我觉得我必须要有一个完善的人格。我必须得面对我自己。"

朴树曾经找过医生进行过心理疏导，但是没什么效果，后来医生让他吃抗抑郁的药，仍然没有效果。当他成为一个签约歌手之后，却找不到创作状态。公司老板宋柯能做的就是鼓励朴树，刺激一下他，但是签约了十多年，他也仅仅出了两张专辑。

朴树所说的"想冲破的东西"就是他对自我的认知。自我认知的障碍导致他走出围墙后，面对周遭的一切都无从判断，遇到问题往往以逃避的方式来应对，这让他的生活充满紧张。他说他从小就不放松，甚至面对他喜欢的音乐，他都无法从中找到乐趣。"不放松，音乐就不是健康的，我创作时肯定是放松的，但是我去表达，哪怕我在录音的时候都是一个紧张的状态，包括演出也都是紧张——不自在，就是不愿意上台，更别说乐趣了，想着赶紧唱完赶紧收钱走人。这么多年，没有过音乐的乐趣。"

虽然朴树认为他一切障碍的根源都是因为恐惧，实际上这还是对自我缺乏认知带来的结果。有一次他参加一个活动，主讲人问："逃跑的反义词是什么？"人们的回答是："追赶。"朴树说："原地不动。"人们问他为什么，他说："追赶也是因为恐惧，都是一回事。我觉得任何负面情绪都是恐惧。"

人们常说"三十而立，四十不惑"，当很多人过了而立之年、慢慢坦然面对一切时，朴树还处在纠结如何认知自我、缺乏安全感的状态中。还有不到一个月，朴树将进入不惑之年，他感慨道："我觉得我超晚熟。"从心理年龄上讲,朴树刚刚到了而立之年。

朴树面临人生的第一次残酷现实,大概就是差0.5分没有考上北大附中,他回忆说:"我想我从小就不是正常孩子。我小学当了六年班长、中队长,但我偷偷摸摸逃学,谁都不知道。数学奥校两年,我都是逃过来的,谁都不知道。但表面上我是一个乖孩子。中学没考好,差0.5没有考上北大附,然后人一下子就崩溃了。"从此,抑郁症开始伴随着他。

也许是人慢慢到了中年,很多东西把朴树那颗未经风雨的内心折磨得坚硬了,他觉得自己可以坦然放松地面对一切了,接受采访时尽管还有些词不达意,但他不回避了。"我抑郁症是怎么好的呢?不是通过吃药好的,也不是通过心理医生治好的,其实是被痛苦治好的。时间长了,我知道怎么面对它,而且我知道我必须要改变它。我觉得人到了那个量,自然就会愈合了。"

朴树养了一只金毛犬,这种狗性情温顺,但是朴树的这只金毛特别爱跟别的狗打架,它和住在一个小区里的狗都打遍了,见到生人也会变得很凶。后来朴树咨询一个养狗的教练,教练告诉朴树:"这只狗之所以性情暴戾,是因为你从小带它的时候给它的鼓励太少了,所以它做什么都不自信,觉得紧张,紧张的时候才会去攻击别的狗。"朴树说:"后来我见到我爸妈也跟他们说,我们这一代人都是这样教育大的。后来我又养了一只狗,我对它特别好,它到现在一岁了,看上去无忧无虑的,从来不咬人。"

事实上,和很多人比,朴树算是生长在一个幸福的家庭里,他与父母之间的感情很好。朴树说:"他们有很多爱,对我特别好,但是他们不知道怎么表达出来。对我来说,孩子感觉不到那个爱。我觉得我父母从来没有抱过我,但是我媳妇到现在还跟她爸妈拥抱,这个对我触动特别特别大。我现在每天跟我的狗说话,每天抱着它们,跟它们说好多,无论它们做什么,都说真棒。"

朴树今年跟父母长谈了一次,解开了不少心结,他们也意识到过去对待朴树的方式给他造成的困惑。但是那个时代的人几乎还意识不到与子女之间形成的心理感应关系，很多时候都是靠父母本能的爱去完善孩子的人格，一旦这种本能的爱缺失，就有可能对孩子的成长带来负面影响。

朴树要冲出的那个东西，就是他要回到童年，重新面对一次自我，然后成长。

因为意识到自己的问题所在，朴树从2009年开始慢慢找回自己的状态，他开始觉得演出有乐趣了，所以才有了后来的演唱会。

朴树说："2009年以前都在瞎混，那时候整个人都空了，觉得对音乐无能为力，没有东西了，见到玩音乐的人都躲，特可怕。2009年开始，突然又愿意弹琴了，那感觉才回来。"

在朴树看来，做完第二张专辑后，他遇到的问题倒不是创作瓶颈，而是对自我认知的混乱让他一下不知该如何是好，很多他从来没有应对和思考的问题都一股脑地朝他袭来，然后他就不知所措了。他说："困扰我的是我突然觉得脚下没根了。原来我知道有标准，我觉得是舒服的，后来标准被抽空了，我人就不知道往哪去了。我曾经一度特别怀疑文艺的必要性，比如，如果因为有了生活当中不能做到的事情你才痛苦、你才产生创作音乐的冲动的话，那么你为什么不把精力花在解决你生活的问题上面？文艺这事有没有必要？它究竟是不是一个造作的东西？好多诸如此类的问题困扰我，我陷在这些东西里面好久。"

他举了一个很典型的例子，说明他在音乐创作中的纠结："我记得从1999年开始，大家在听电子音乐。到了前几年我才明白，电子乐是一种享乐的音乐。我从小到大就没有放松过，我不知道什么叫放松，我就觉得一肚子苦，躲在一个地方弹琴唱歌是种很压抑的状态。我不知道什么是放松，不能跟黑人似的什么都不想，晒着太阳喝啤酒。但是电子音乐就是那样享乐的音乐，包括之后的一切音乐都是享乐的、放松的。我就觉得这是一个非常大的困惑，特奇怪。突然到2009年的时候，我又把北京这边的音乐听了一遍，里面还是有打动我的东西。他们音乐里的那种土，心里面的那种拧巴，我都觉得挺打动我，但是只是一时，我还是觉得有更宽的东西。"

对别人来说，音乐究竟是表达痛苦还是表达享乐，都不会去怀疑音乐本身，但在朴树这里就成了一道过不去的坎儿。所以，他想创作，却创作不了。他小时候被呵护得很好，当有一天真的要独立面对世界时，可能很多简单的事情他都处理不好，因为过去是有人帮着他，独立后就没人告诉他了。跟唱片公司签约出唱片，按照一个商业的规则去完成所有的事情，是一件特别简单的事情，但在朴树这里就是一件特别费劲的事情。当别的歌手很自然地面对一切商业操作甚至可以自主地去解决创作与商业之间的问题时，朴树却一直理不清这其中的关系。他说："其实我也不拒绝商业，到现在已经想得很清楚了，但那个时候特别模糊，我只是不太愿意做我不大愿意做的事。可能一直以来没有被别人逼过。比如，我写歌我爱在家写，到录音棚录成成品这个过程我并不喜欢。再比如，我特别爱旋律，爱写旋律，你要我最后把歌词塞在里面，我特别厌倦，一直在抗拒这个事情。再包括去宣传要做很多不愿意做的事情，我觉得在半推半就地做着。"

今天朴树在回顾自己拧巴的艺术人生时说："反正我觉得我现在已经过了这个坎了。我说不清楚，就是觉得不管是做人还是做音乐，我都感觉放松了。我可以接受做不愿意做的事情，我觉得这是生活的一部分，我完全能接受，甚至是失败我都可以接受。比如，有一次有人问我'希望成功吗'？我说当然希望成功了，而且希望比过去更成功。但是我能确定的是，即使我失败了，我也能非常愉悦地过我的生活。而且，我觉得为了这个成功，我可以做一些我不愿意做的事情，这没有问题。但是，我就觉得还是有些标准在那儿，只是我没有过去那么模糊了。"

在逐步把自己调整到正道上的朴树，开始了新的创作，他终于不再纠结，轻描淡写地说："我到现在还没有跟公司谈，我现在就是开开心心把歌录出来再说，到时候什么事情都自然而然。"

在朴树最青春的时候，他度过了一段漫长灰暗的日子，他最该出成绩的时候，一切都被他的自我消耗给错过了。他说："我一直觉得我自我消耗太厉害了。直到有一天，我觉得我耗不起了，我意识到不能再这样了。从一进这个行业，尤其是 2003 年那段时间，我就被灌输了挣钱要赶紧的观念，但是，我又觉得我为什么不能到老一直在做这个？我觉得我刚开始，我刚刚知道音乐是什么。也许我能唱到老，也许我的味道刚刚出来呢。"

至少，朴树在音乐创作上找到了自我。谈到他过去的歌曲，他说："我过去感情磅礴的根源就是顾影自怜，但是我现在没有那种感情了。即使再出来，这个感情也会让我觉得很可笑，我在生活中能轻轻松松把这个问题处理了，我不会把那个感情用在歌里。"

的确，从未经历过坎坷的朴树，在他的歌词里会把自己打扮成一个饱经沧桑的人，现在他觉得那些为赋新词强说愁的歌词有些幼稚了，如果他创作中写出了这样的歌词，他会意识到，然后否定掉。"我不是强说愁，是隔山打牛。这是付翀说的，我觉得特别准确。当一个痛苦没有发生、我去幻想那个痛苦的时候，我会有好多招去说这个东西。但是当那个东西真的压到头上了，你连面对的勇气都没有，整个人都颓了，更别说写了。"

事实上，当朴树在生活中真的经历和面对那些他幻想的痛苦时，才知道，这远比他想象得更猛烈，让他招架不住。

朴树现在正在经历破壳而出的阶段。"我还觉得我没有完全出来，真的没有完全出来。我相信无论如何我能出来。哪怕我什么也不做，那个壳也会完蛋。"

现在朴树不怕演出，开始享受演出了。尽管去年他与戴佩妮的"树与花"演唱会仍让他倍感压力，但这是他第一次享受到演唱会给他带来的快乐，面对即将开始的北京演唱会，朴树已经没有压力了。

现在朴树开始在家里准备他的新专辑，也不抗拒进棚录音了。谈到他还没有一个时间表的新专辑，朴树说："这张专辑会简单很多。我录第一张专辑时自己什么都不懂，张亚东在那里弄出任何东西我都觉得是在仰望。等到我做第二张的时候，我自己的诉求很清楚了。但是那一段听 Lounge 听得太多了，可能太要那个舒服的劲儿，太舒服过头了。录的过程中，加法做得太多。最后做缩混，我和张亚东都没在场，减法没有做好。但是这一次，我想得更清楚，就是简单，节奏为首。"

　　但是一谈到歌词，朴树就头疼："我特别不愿意写歌词，真不想写原来那样的歌词。我没有必要非得把歌词写得有多好，我就想把我自己真正想说的东西放进去就好了。不过最让我烦的是，我还得把这些字挨个填进去。因为汉语太不适合唱歌了，太颗粒了，每个音都咬得那么死。不过，现在我做不到的事情不会再困扰我了。"

　　采访结束后，朴树把他新录制的歌曲放给我听，新歌能传达出一个信息：这回朴树的音乐是快乐的。

（2013年）

HAYA：我们是谁？从哪里来？到哪里去？

> 像我们这样的人，可能不会接触到一些主流的媒介和平台，但现在有了这么多的媒介，大家可能会慢慢去思考，自己究竟喜欢的是什么，内心需要的是什么，那种贫瘠的感觉就出现了。一旦他听到真正喜欢的音乐，内心的饥渴就会表现出来。
>
> ——黛青塔娜

中国当代流行音乐在西方引起关注的并不多，毕竟流行音乐是舶来品，并不能让西方人感到有什么新奇。相反，一些带有民族特色的中国音乐一直受到西方人的关注。朱哲琴是一个比较典型的成功案例，但是像朱哲琴这样的歌手实在是凤毛麟角。

最近几年，有两支带有浓郁蒙古音乐风格的团体悄然走向世界，一支叫作"杭盖"，一支叫作HAYA。"杭盖"目前已经是国外各大音乐节上的常客，每年有几十场演出，HAYA在国外音乐节上也是备受欢迎。但这两支团体在国内并没有什么名气。

HAYA已经在台湾民间音乐品牌风潮唱片公司发行了四张专辑，在唱片销量不景气的今天，他们的唱片能卖到三万张已经是匪夷所思了，一些流行歌手的唱片都很少能销售到这个数字。HAYA 的音乐也与众不同，他们把蒙古族的民族音乐与当代流行音乐结合在一起，试图在这种音乐的结合中找到一种让任何人听到后都能心动的感觉，避免了民族音乐在表演中的单调和局限。

HAYA 的四位成员全部是蒙古族，核心人物全胜目前是国内首屈一指的马头琴演奏家。在组建 HAYA 之前，全胜一直跟很多音乐家合作，包括和腾格尔一起组建"苍狼"乐队，和《忐忑》的作者罗伯特·佐里奇组建"高山流水"爵士乐队。这些经历让全胜开始思考一个问题："我是谁？我从哪里来？我要走什么样的方向才是我喜欢的一个方向，或者说是蒙古音乐的一个新出路？许多中国传统音乐都一样，民乐面临一个怎么去发展的问题。我就是带着这样的理念创建了 HAYA。"

中国有全世界最丰富的民族民间音乐，这些传统音乐一直以来与现代生活无法形成一个合理的连接关系，这一点和西方很多国家的传统音乐差别很大。西方国家并没有因为走向工业化而放弃传统文化，传统音乐一直与当代文化处于交融之中。而我们的传统音乐在开放之后与当代生活之间没有形成相互依存的关系，当代音乐都是在西方音乐影响下另起炉灶，这导致传统与现代之间处于断裂状态。因此，任何一个音乐家想让人们接受传统音乐文化，都必须要填补这之间的鸿沟，而很多音乐家在这条鸿沟面前望而却步。

全胜说："音乐本身是没有界限的，要把民族的变成世界的。第一，我认为要尊重我们传统音乐本来的面貌；第二，我认为必须要带入新的血液和生命。所以我认为世界音乐这个方向更适合我们蒙古音乐和中国民族音乐的发展。这方面大的概念首先是文化身份的定位，我们需要知道自己是谁，我们做什么样的音乐才能代表自己，而不是跟在别人的身后。世界音乐的形式确实在国外的演出和与世界各地观众的交流中得到了认可，音乐把国界和语言的障碍打破了。"

HAYA最初组建时，成员来来去去，一直不固定，毕竟这种音乐方向不可能一下看到未来。全胜说："在开始创建乐团的时候，我就知道这个很不容易。但我有一个非常肯定的想法是，现在中国整体处在经济发展的过程中，大家都在忙着追求'利'，忙着买车买房，满足物质上的需求。但温饱问题解决之后一定会上升到精神问题，那时候，真正发自内心的、真实的、朴实的、能够感动人的音乐一定可以打动别人的心。所以我也很庆幸经过这几年的发展，我们慢慢地有了一点点商业上的成绩，我们的付出也得到了名誉和利益上的一些回报。我一直认为，艺术和商业利益其实是两个概念，你追求艺术，追求心灵的内在的东西，一定是意识领域的，是个人的情感和艺术规律，跟商业没有太大的关系。我们要在现在的商品社会中通过艺术去生存，才必须让艺术跟经济发生一些联系。但其实它们是两个东西，我们也一直在寻找两者的平衡点。我们要生存，但有些东西你必须看到它的本质，比如，你买了一辆车，你要买更好的车也不过是牌子会更有名气一些，但它无非还是一辆车。比如，你再有钱，一晚上也只能睡一张床。认识到这些之后，我们还是应该回到精神领域。我们还是要坚持怎么把音乐做得更好。在这个过程中，我们也在探索，不断地肯定自己和否定自己，因为有时候太过于追求美好的艺术，而忽略了商业效果。"

HAYA最初也没有太多演出机会，由于没有经验，最初与一家唱片公司签约，唱片还没有发行，公司就倒闭了。在酒吧里有过两场演出，但也不成功。

主唱黛青塔娜从中央民族大学声乐专业毕业后，一度放弃了演唱，因为她在学校里学到的那些演唱方式和她内心渴望的演唱方式始终是不统一的。她加入HAYA，本来是给乐团做文案工作，有一次在录音棚里玩的时候，她即兴唱了几首歌，那种她想唱的歌声突然出现了，就这样，她成了乐团的主唱。"我是青海人，小时候就有现在我所喜欢的音乐在我耳边飘过。当时我们那里的资讯非常贫乏，我身边所有的人，包括我的父母亲，都认为这些东西离我太远了。我到大学之后发现也并不是想象中的那种自由，遇到的是最主流的声乐教育，所以在大学毕业后很长一段时间我都拒绝唱歌，那个时候我特别难过。当我遇到 HAYA 的时候我特别开心，我发现我喜欢了那么长时间那种音乐是有原因的，因为我终究有一天会遇到它。然后就慢慢开始恢复自己的能力，重新开始唱歌。"黛青塔娜说。

HAYA 的音乐不会像主流音乐那样受到大多数人关注，但是听过他们音乐的人都会很喜欢。黛青塔娜说："像我们这样的人，可能不会接触到一些主流的媒介和平台，但现在有了这么多的媒介，大家可能会慢慢去思考，自己究竟喜欢的是什么，内心需要的是什么，那种贫瘠的感觉就出现了。一旦他听到真正喜欢的音乐，内心的饥渴就会表现出来，这个我们的印象特别深刻。刚开始我们去欧洲演出，主办方心里也没有底，可是当我们把音乐展示到欧洲，我们所到过的每一个音乐厅，得到的都是主办方意想不到的回馈。我们不需要语言交流就可以跟观众进行很好的互动，我们感觉到在他们那个地方，音乐比较陈旧，所以当他们听到新的音乐时就特别高兴。他们也需要这种经过琢磨和沉淀的东西，但因为我们与他们之间以前有太多的界限，少了让我们彼此互相了解的机会。一旦内心那种本真的东西被唤醒之后，这种音乐会传播得很快。《寂静的天空》在台湾发行后，短短两年时间没有通过任何宣传就卖了三万多张。风潮唱片只是把它像以前的唱片一样摆在唱片店，被动地让大家买。有人听了之后觉得特别好听，就买了十张送给他的朋友，他的朋友听了之后也觉得很好听就再买那么多……很多朋友从香港、台湾回馈过来的信息都是这样。当我们到台湾以后，发现寺院在放我们的音乐，到商业街、小店里也有我们的音乐。有时候正当你感觉自己的追求到了最低谷的时候，可能恰恰就是要发生变化的时候。我们一直都没有放弃，所以乐团现在越来越好。"

作为一个演奏家、大学教师，全胜完全可以按部就班地去工作生活，就像很多音乐家一样，做好分内的事儿就可以了。但是全胜并没有把自己钉在匠人这个位置上，他总是觉得自己的身份可以把蒙古音乐变得更好。

"差不多在十年前，我就开始想这个问题：我是谁？我从哪里来的？"

全胜说,"我本人从小就是学习传统音乐,但我跟其他马头琴的演奏者不同的是,除了掌握传统的元素之外,我也喜欢一些很现代的东西,所以我一直尝试把这两方面结合在一起。在这个过程中,就会有很多机会出去看,去听别人的音乐,了解音乐的发展趋势,你会了解你是谁,你从哪里来,你要走什么样的方向"。

在全胜的印象中,70年代的音乐是为政治服务的,80年代以后,音乐为金钱服务。他说:"蒙古音乐发展得最好的地方或者说前沿阵地,就是旅游点的蒙古包。这种音乐的听众更多的是过客的心理。表演蒙古音乐的人会觉得'我可以陪你看看草原,虽然不会讲蒙古语,但我永远是蒙古的孩子',这个主流的东西一直影响着蒙古音乐的发展。但我认为真正的蒙古音乐应该是非常个人的情感表达和真诚的情感认识,不应该受到政治和经济的影响。所以做音乐的出发点一定不是这两个方面。2000年之后,我发现有越来越多的音乐人沉淀下来。像西方音乐也一样,经过18世纪的工业革命之后,他们发现在物质里还是找不到方向,还是得通过精神层面。"

全胜开始思考中国经济发展后,尤其是全球一体化趋势、文化在相互渗透过程中自己的身份问题,如何去保护自己本民族传统的东西,在尊重它规律的情况下去发展它。"所以,我对自己的定位是,以蒙古音乐为基础,在世界音乐的方向上增添新的血液,使它更加贴近现代人和不同的族群。就像吉他最早只是西班牙的民间乐器,小提琴是意大利的民间乐器,现在它们都已经是全世界熟悉的乐器。而马头琴是蒙古族的,它发展的历程还不够长,可能有一天它也会变成全世界其他国家、其他民族的人也会演奏的乐器。首先它是一个乐器,其次它属于一个民族。如果有一天,我们和其他发达国家的人站在同一个平台上,我们要展示的就是不同的地方在哪里。那时候经济不用讲了,我们要比的就是文化。虽然我是在做蒙古民族音乐,但是我本人是非常反对大民族主义的人。如果把民族主义往小了说,它只是一个很个人的情感。"

HAYA的音乐虽然以蒙古音乐为基础,但是他们更注重吸收其他音乐的表现方式。全胜介绍说："我们的音乐里用了印第安笛子，音色和感觉像蒙古音乐。马头琴我也改良了，现在是电马头琴，我给里面加两个拾音器，一个是震动的，一个是空间的，还会有吉他的效果器。在演出的时候，无论在多大的音乐舞台这几个声音都是平衡出来的。这些都会考虑到我们的音乐里面。还有我们的歌词有蒙古语的，呼麦、旋律、马头琴是属于蒙古的，但节奏部分可能就用非洲的、印度的，和声的部分就是吉他。虽然要保留传统，但我们不能抱着蒙古民族的大腿不放。我经常想，以前很多民族乐团演奏为什么很不好听，可能他们没有考虑到各个乐器的音量、音色都是不同的，而我们现在最好的民乐配器方法是学习西方交响乐的原理，其实这些民族乐器音色不统一，音准也是个问题。所以我不太主张特别多种类的乐器组合在一起，我们还得注意不同乐器的科学规律。"

黛青塔娜说："我们第一张专辑《狼图腾》出来之后，就要面对大家长期以来的听觉习惯，大家从来没有听过这样的蒙古音乐。他们就会问，你们的主唱到底是谁？而我们又无法向他们解释这个概念。我们做出来的东西是你以前没有听过的，跟从小听到的很多蒙古音乐非常不同，里面的东西虽然非常传统却又是以前没有听过的。当我们把这些音乐交给蒙古文化领域非常有威望的导演、文学家，他们都没有反馈，大家都摸不着头脑，无法理解。但我们就这样走了三四年之后，这些人才明白过来，说'原来是这样，你们太棒了'。同样的人经过一段时间之后，有了完全不同的感受。"

（2011年）

老狼：一种活法

老狼比很多歌手都幸运，幸运到即使他多年来悄无声息，淡出公众视线，只要他稍有风吹草动，就能撩拨起人们心中的怀旧涟漪，青春、浪漫、白衣飘飘……诸多心魔一股脑从身体里释放出来，反复把老狼臆想成一个与自己青春有关的完美形象，这也一直成就着老狼。

因为上了《我是歌手》选秀节目，老狼又红了。对重新走红已有心理准备的老狼，还是对这突如其来的变化感到有些新奇，他用他一贯的调皮口吻逢人便说："我都红成这X样了，你知道吗？"这可能是一种掩饰，一种释放或是冷静地面对演艺的新春，因为他当年就是突然走红的。走红成为明星，在街上被围观，老狼在二十年前就体验过，对他来说，没什么新鲜的。问题是，这个头上一直顶着"校园民谣"帽子的老狼为什么总是让人念念不忘？要是换一个人，用这种有一搭无一搭的态度去唱歌，早被人抛弃了。二十年过去，也许能得出一个结论：老狼从来没有耗尽喜欢他的那些人的热情，他的歌没有什么时代感，但却是每个人成长过程中经历青春期时的必修课，反正这世界上总有人永远年轻，总有人会泪流满面，也就总有人会喜欢老狼，老狼总不过时。在这一点上，老狼比很多歌手都幸运，幸运到即使他多年来悄无声息，淡出公众视线，只要他稍有风吹草动，就能撩拨起人们心中的怀旧涟漪，青春、浪漫、白衣飘飘……诸多心魔一股脑从身体里释放出来，反复把老狼臆想成一个与自己青春有关的完美形象，这也一直成就着老狼。

那时候天不总是很蓝，日子过得也不是很慢

老狼步入歌坛的故事很简单，上大学的时候他喜欢唱歌，当时大学校园谁会唱歌，尤其是能自己写自己唱的人属于稀缺之物，虽说北京高校多，分布广，但是这类人基本上都经常能串在一起。当时在北工大上学的金立算是高校歌手中的核心人物，而金立跟老狼的女朋友潘茜又是朋友，老狼有一次去金立的宿舍，听说有个叫张楚的歌手在那里唱歌。张楚当年也是在各个高校串来串去唱歌。金立跟高晓松很熟，所以那次听张楚唱歌，金立问老狼："高晓松他们的'青铜器'乐队缺个主唱，你有没有兴趣？你要没兴趣，他们就玩后摇滚了。"就这样，通过金立，老狼认识了高晓松，接下来的故事，大家都知道了——中国人从此多了一种青春怀旧的方式。

老狼工作后，第一个月发工资，他请高晓松吃饭，结果俩人都喝醉了，在公交车上，高晓松又哭又吐，把车里的人烦坏了，高晓松一把鼻涕一把泪对老狼说："我写了这么多歌，唱给谁听呀？"

高晓松的哭声感动了上苍。有一天，大地唱片公司的黄小茂找到高晓松，说是要做一盘校园歌曲专辑，想用他写的《同桌的你》。高晓松提出一个要求："这首歌只能让老狼唱，要是别人唱我不给。"因为那段时间老狼辞职了，没有工作，高晓松得想办法让老狼挣点钱。黄小茂也没想那么多，他看中的是这首歌，至于谁来唱无所谓，那批校园歌手演唱水平都差不多。

"我还不知道怎么回事呢，坐家里就红了。"老狼在回忆过去的时候说。那时候老狼辞职了，没什么事儿做。而高晓松已经开广告公司挣大钱了，没事还经常带着老狼吃吃喝喝。

老狼说："当时只有高晓松认为我能成为歌星，他说你准备好做歌手吧。我当时想都不敢想。"有一天，老狼接到高晓松的电话，让他去广电部录音棚录音。那次，老狼录了两首歌：《同桌的你》和《流浪歌手的情人》。由于《校园民谣1》这盘专辑录制时间拉得比较长，断断续续花了半年多的时间，老狼录完两首歌之后也没有认真想过自己将来去干什么，但当时他可能是受高晓松的影响，觉得自己该去广告公司做文案工作，为此他还买了几本广告方面的书，煞有介事地看了一阵子。他还问黄小茂，唱片公司要不要做文案的，黄小茂说："这有一份合同，你签了吧。"老狼一看，是签约歌手的合同。老狼对做歌手不是没想过，不过那应该是很小的时候，他觉得唱歌可以当明星，让好多人知道自己，最不济的周围也会围着很多女孩。但是怎么去当一个职业歌手，他当时并没有想那么多。随着《校园民谣1》的发行，老狼成了1994年最红的歌手之一。

"有什么好事儿，高晓松总是第一个想到我，"老狼说，"他从来没跟我说过，都是我后来从别人那里听说的。他拍电影《大武生》，主题歌也是找我唱的。"高晓松和老狼的情谊是有一次他们去海南的经历打下基础的。当时高晓松退学，老狼失恋，有人找到高晓松，说海南有家歌厅想找他们乐队去演出，两个人想去，乐队另外两个人不想去，最后他们俩没想那么多，去了海南，在歌厅干了半个月，后来俩人因为泡歌厅服务员被老板开掉了，老狼回学校继续上学，高晓松想去南方流浪，老狼把他厦门的一个朋友的电话给了高晓松，高晓松去了厦门，在厦门这半年，高晓松写了他的第一批歌，回来后开了广告公司。

老狼是个性格温和的人，高晓松有点狂，俩人到今天没有一拍两散，可能是性格上比较互补，因为音乐圈里的很多人，当年都是好哥们儿，后来由于种种原因都形同陌路。老狼说："我觉得这是男人之间的一种东西，可能有时候彼此也互相厌倦，但是实际上有一种情意还是在的，毕竟一起出来的。我跟高晓松就是这样，高晓松聪明绝顶，他不是一个只干这么一件事的人。"多年来,老狼一直在唱歌,高晓松的身份一直在变,但两个人的情谊并未疏远,即使俩人常常因为一些事情闹翻。老狼说:"我们俩常常因为中国摇滚的事儿吵起来,我不愿意跟他喝酒,他一喝酒就狂起来。我说'魔岩三杰'好,他说不好,都没他厉害,我俩吵得都快翻脸了。"有一次,光线传媒想做一个发掘歌坛新人的项目,找到高晓松,高晓松没时间,把这事儿推给老狼。老狼觉得这个事情很有意义,很认真地挑选了一些新人的歌,弄好了之后找高晓松,高晓松正在上海,老狼跑到上海跟他说这个事儿。当时宁财神和韩寒也在,他们一边喝酒一边聊天,开始高晓松说:"这些歌很棒,就这么定了。"等酒过三巡,高晓松的臭毛病又上来了:"这些人跟我比差远了,哥们儿的东西……"宁财神也在一旁帮腔,老狼急了,摔门而去。

即使翻脸,这对活宝依旧惺惺相惜,绝不会伤筋动骨。只要一见面,还是当年的样子。

老狼真的像高晓松预判的那样,红了。他的歌不停地在电台里播放,演出也多了。对于突然走红的感觉,老狼说:"现在有点想不起来了,我觉得还好,膨胀是肯定有的,我这么谨小慎微的人不至于像高晓松那样。那时候别人都不认识我,我那会儿会假装去地铁站,希望别人认识我,其实根本没人认识你,那是荷尔蒙的年代,总想多认识两个姑娘。"

1994 年出来的那批歌手,走红时间都挺长的,但老狼似乎在那拨人当中慢慢掉队了。1995 年,黄小茂的风行工作室给他出了《恋恋风尘》,没多久,黄小茂去凤凰卫视做音乐总监去了,高晓松去电影学院学电影了,没有人管老狼了。他的歌一直很受欢迎,但是人似乎被边缘化了。回想那个时期,老狼说:"那段时间我也稀里糊涂的,每次走穴能挣一两万块钱,衣食无忧。然后去三里屯的一家叫 Swing 的酒吧唱英文歌,因为不用像走穴那样对口型或者只唱那两首流行的歌,那段时间挺快乐的。后来我认识了黄觉,我们在望京租了返迁房。这时候北京的电子音乐兴起了,白天在家看一两部电影,晚上就去酒吧混。当时有个酒吧叫 88 号,上至社会名流,下至贩夫走卒，都在那里混。你一抬头，看见姜文、王朔过来了，一转身又看见李泽楷了……大家都在那里耗着，都不想走，都想看今天怎么收场，谁把哪个姑娘带走回家。那个年代特别好，我对那个年代特别有感触，特别有意思，不像后来那么无聊。那拨人也特别有爱，话不停。其实88号的年代特别短，只有三四年，但是特别带劲。"

那时候中国内地的流行音乐刚刚进入市场操作层面，很多业内人对怎么做都还停留在似懂非懂的程度上，尤其是对制造文化产品的意识，其实还停留在计划经济时代，不管是唱片公司还是经纪人，都不职业，老狼说："现在的职业经纪人很有步骤地去安排艺人两三年的演艺计划，那会儿都不懂，大家就觉得好玩。那会儿我们没见过大钱，再加上我随波逐流的性格，我觉得不努力也无所谓，我的成功来得很偶然，就一首歌。很多歌手在歌厅里打拼了小半辈子才红，即使现在也有些在沉沦的人。"当然也有一些唱片公司找过老狼，但他觉得路数不对，比如香港正东公司打算把他打造成亚洲顶级歌手，老狼一听说一天要上七八个通告，换七八身衣服就被吓住了，"我还是喜欢跟黄小茂这样的人合作。也可能是这一切来得太容易了，我不珍惜"。

老狼不是个创作者，那段时间的经历对他来说是一种不一样的体验："实际上是我感觉挺垮掉挺颓废的，但是在那时候真的还挺有激情的，不是创作的激情，是活着的激情，觉得每天都垮掉。那个年代挺戏剧化的，想象的全是像电影一样。每天都很兴奋，也处于一种紧张状态，那时候我有一种体会，感觉每天晚上都有大事要发生，但是每天晚上都很平静祥和，就跟人生一样特有趣。实际上可能你总觉得你的一生要经历很多，其实都差不多。"

没有人管，老狼也从来没有给自己制定过什么计划，完全是被人推着往前走的状态，反正每个月有两三回走穴，挣的钱足够他花了，至于自己是不是还很红，很受欢迎，他几乎不会去想，他也从来没有为此感到过焦虑："其实我觉得像咱们这一代，包括选专业上大学都是父母在做决定，我上学校都是因为将来毕业分配能分回到我爸的单位。所以这也不好，没有那种自立性，因为你自己选择，最后也要归顺于他们。可能受这个影响吧，到后来我真的是没什么这方面的规划，再加上来得太容易了，就没那么在乎，不太珍惜。"

小时候，老狼跟很多人一样，想象着要是能当歌星该多好，突然有一天自己真成了那样的人了，可以和那些明星平起平坐了。想想在学校里唱歌被人关注就已经很开心了，要是被全国人民关注该有多开心啊，突然这些真的就实现了，可是实现了也就是那么回事儿。"好多事我都停留在想象上，当时特别想拍电影，1997年还在电影学院上导演研修班，因为你是明星可能更容易些，有过这些憧憬。但是后来发现那都是电视台混文凭的，而且老师上课特别糊弄，我就没什么动力。瞬间这些憧憬就被一些特别实际的事冲掉了。"老狼说。

老狼长这么大，好不容易下定决心想干一件想干的事儿，结果还没干成。他说："比如龙隆（乐队的吉他手），他就是没事都会给自己找些事儿忙活起来的人，我身边这类人挺多的，他们是很积极地去生活。高晓松想到什么就去做什么，我也想了，但是在想象过程中就消耗掉了。我注意力不太集中，很容易分神。"

不过，老狼后来还真遇到一次拍电影的机会，一个电影界的大佬去了一家互联网影业公司，找到老狼，说现在要培养新一代的电影人，振兴电影。老狼一听自己要成新一代电影人，还有振兴电影的光荣使命，终于不用去唱《同桌的你》了，还挺高兴，就问："拍什么呀？"大佬给老狼推荐了一个剧本，叫《我在成都火车站捡了一个彝族美女》。"一听这名我就够了。后来我还真回家找这个小说来看，就是一个特别水的故事，各种烂情节都有，最烂的最俗套的东西。我说为什么要拍这个啊，我要做一个原创比这个牛多了。他说那不行，我说为什么啊？他说这个是经过网络检验的，就是它的点击率有多少多少，就是IP的雏形。我说我只能拍这个么？他说你只能拍这个，我说那我拍不了。这跟我有什么关系啊！"

老狼的第二张专辑磨蹭了七年才出来，这七年，他一人吃饱全家不饿，直到有一天，宋柯去了华纳唱片，把他签下来。即使有了像样的公司，老狼的专辑也没有想象的那么顺利，但是郁冬给老狼写了两首歌《百分之百女孩》和《虎口脱险》，让人觉得，如果不出一张专辑挺可惜，两首歌的录音就拖拉了几个月的时间。等录完之后，又停滞了。反正老狼也不操心，该吃吃，该玩玩。最后还是宋柯急了，给老狼凑齐了歌，总算出了《晴朗》。

如果一个歌手七八年不出唱片，东山再起会很难，可是老狼是幸运的，《晴朗》又让他红了一阵儿，老狼说："我觉得这就是作品的力量，这批作品给他们带来的感觉还是挺美好的，尤其是他们情窦初开，荷尔蒙旺盛的大学年代。它给我塑造了一个特别美好的偶像歌手的形象。"等《北京的冬天》再出来，又是五年之后了。现在，老狼快十年没出唱片了，他跟1994年刚出道的那个时候差不多，要不是最近出现在选秀节目中，好多人还不知道自己逝去的青春放哪儿了。虽然他开玩笑说现在红了，但他对自己红不红没什么明显感觉："是不是我文化层次不够啊，有好多人因为不红都得抑郁症了。我要是赶上意志比较消沉的时候，肯定去找那群玩户外的朋友去了。"

我崇拜那些江湖大侠

"我特别想说几句老狼。我们认识很久了，我出国后来往并不多。去年他提出做老歌的想法，他厚道到对自己是校园民谣的代表人物有愧疚，觉得大家谁都应该出来，不应只是他。这种君子之谦在骨子里，不是客套话，所以我特别感动。我觉得校园民谣之所以一直动人，就因为是老狼这样一个人把当时的才华、情感、文化具象了。这个我做不到。"这段话是当时那拨校园歌手之一的金立说的。当记者把这段话复述给老狼，老狼说："当年除了《同桌的你》，还有很多歌曲被埋没了，所以有了重新翻唱的想法。至于帮助其他新人，完全是出于对这些小江湖大侠们的崇敬之心，给他们找一些机会吧。"

当问及 90 年代成名后哪段时光让他比较怀念，老狼说，除了在 88 号醉生梦死，就是在 Swing 酒吧唱英文歌，然后是跟马条、万晓利这些新人一起玩，经常在小酒吧演出，"跟这些人混，挺放松的"。

老狼还记得跟"舌头"乐队一起玩的情景："我记得有一次我跟他们混得特来劲，'舌头'乐队在皮村租了一个房子，客厅挺大，没有沙发，中间有个地毯，晚上我们一群人就围坐在那儿，中间摆一堆瓜果梨桃，旁边摆放一圈儿各种新疆乐器。这帮人就连喝带聊，整整聊了一宿。高兴的时候就来一段，一个人停下来，另一个人就操起东西来玩了。那种夜晚就特别难忘。我特喜欢西北音乐人，我第一次和吴吞（'舌头'乐队主唱）混，还有万晓利，结果喝大了，在他的房间里就开始吐，在厕所里待了两个多小时，连拉带吐。出来之后我特别不好意思，我跟吴吞说：第一次见面就这样，他说没事儿，这样你就对了。他们不把你当腕儿一样对待。上次'野孩子'在上海演出，我在郭龙那儿也是，喝大了，又在厕所里折腾了两个多小时，出来就倒他床上睡着了。早上起来看见他铺一毯子睡在地上，我特别不好意思，赶早班飞机就回来了。这些人有幽默感，挺逗的，自然而然的，聊得来。"

在采访中，老狼的话题总是很自然地拐到其他歌手身上，一些很陌生、很不主流的歌手的名字常常被他提及，话里话外，流露出他对这些歌手的欣赏，不吝溢美之词，甚至，他会跑到一个小酒吧，挤在人群里看他们演出。

"我认识万晓利是他在酒吧驻唱的时候，"老狼说，后来万晓利给了他一盘磁带，"我有一天无聊，半夜的时候拿出来听了听，觉得他太厉害了，它最明显的特点是没有流行歌反复副歌的特点，歌词始终都不一样，所以我被震撼了，我就把他给介绍给十三月唱片公司的卢中强。卢中强想拉我过去一起做，我不能当他们的老板，只能当哥们儿，当老板去要求他们是一件很尴尬的事情，所以我跟他们能保持友情也是因为这个，不能涉及利益的关系，一旦涉及利益这些就都不在了，即使他是很穷困的人，你都没法做到用一个平等的态度去对待他。"

来自宁夏的苏阳也被老狼介绍到十三月。老狼是从一个朋友那里听说银川有个歌手叫苏阳，正好老狼跟旅游卫视去银川拍片子，有机会去酒吧听苏阳唱歌，"他唱那首《贤良》，那些酒吧里的人没人知道他是谁，但是那些酒吧里的人，完全被他的歌感染了。我当时觉得太牛了，因为当时在现场我听不清楚苏阳唱的是什么，他给我的感觉就完全是一个痞子，穿一身黑衣服，西北人虽然很憨厚，但是骨子里边还是有一种狡猾的气质。我真的完全被震撼了，就跟当年在北工大在金立宿舍第一次听张楚唱歌一样。"

除了帮助这些歌手找到机会，平时老狼也关心他们的生活，马条喜欢喝酒，他担心马条喝酒耽误事。万晓利对音乐投入太多，他害怕万晓利因此变成神经病……这些新生代让老狼操碎了心。老狼说："万晓利现在住在莫干山的一个村子里，但我反而不习惯了，我习惯他当年在酒吧里胡乱唱，每回酒局都喝大，出各种怪样。突然，他变成窦唯了，就特别不适应。其实他骨子里对我还特别在乎，所以他见到我还特别拘束，反而失去了他以前喝大的那种亲密感，因为喝大了之后大家就没大没小了，大家都特别好，他现在反而特客气，我觉得挺拘束的。但是你现在要让他再回去，已经不太可能了。"

老狼当初还想着把马条、苏阳和万晓利打包推到海外，然后再打国内市场，用这样的商业策略让听众接受他们。但后来这些人在老狼的帮助下，顺利地与唱片公司签了约。

提起现在很受欢迎的民谣新人宋冬野，老狼说："我觉得他也是被盛名所累，其实他骨子里头是一个挺淳朴的小孩，属于那种胖乎乎的，长得又没那么帅，磕不着果儿，自己在家闷头写东西闷骚型的人，特别可爱。他没火的时候，在方家胡同一个特小的酒吧里演出。那一年我媳妇正怀孕呢，十个月了，我说要去看宋冬野。一进去里头烟雾缭绕，赶紧让我媳妇到旁边一个饭馆等着，我去看宋冬野演出。里面根本挤不进去，特火，但是是那种豆瓣火，就是你什么歌死忠歌迷都能跟着唱，特别有意思。那个感觉反而给我一个特别强烈的刺激，你能赢得那些人真正注视的话实际上是特别难得的。你想想,在这个点击的时代,能得到这样的关注非常难得。到后来他变成了'天后宫',蔡依林、刘若英都去找他写歌,实际上给人的感觉挺不一样的。他成名之后我们有一次在外头演出,我说是不是好多人找你掏心窝子?他说确实是。因为这是我自己当年的感受,你唱的那些歌,比如《睡在我上铺的兄弟》,他就把你当成睡在上铺的兄弟,向你倾诉跟你八竿子打不着的事,但是你肯定不能甩袖而去,只能在那儿听,歌迷都是倾诉狂。宋冬野也是这样,后来他整天接待这种人,说天天就是这样,一到演完了,往边上一坐,一帮老爷们立刻围上来,开始跟你倾诉,你想戏果儿都戏不成,跟我完全一模一样的感受。大家都把他描绘的那个人变成了自己,向他倾诉。"

民谣是一种古老的魂魄

"校园民谣"这四个字是当年黄小茂在纸上写出来的,就像在这之前艾敬被贴上"城市民谣"的标签一样,都是一些商业概念,但是它最后还是被市场所认可。老狼说:"现在媒体老刨根说现在校园民谣怎么来的,其实这不是民谣。我觉得民谣是有一个古老的魂魄在里面,用血脉传递的。我觉得特典型是什么,我们那个时代的偶像是顾城,现在的人偶像是马云。所以在那个时代,你要是一个诗人,你在学校就特别厉害,能呼风唤雨。但是只在围墙范围之内,你出到社会上估计也不好使。但是现在是马云一统天下的时代。这个时代谁不跟你谈资本的事啊,谁不跟你谈我投了什么这种事啊。大家都在聊这个。那个时代我最崇拜的是谁?杨炼,朦胧派诗人,他就在我妈办公室隔壁上班,我读他的《诺日朗》。还有舒婷、梁小斌……那时候校园里面崇拜的都是这些人,我们在学校里都玩文学社,弹吉他,整天在家里写一些酸文。"

老狼在上中学的时候就认识了作家狗子,因为狗子喜欢老狼班上的一个女生,正好可以从老狼家里望见那个女生家的窗户,于是狗子便成了老狼家的常客。老狼说："狗子那样特别纯情。"后来狗子他们办的地下杂志传到了老狼的学校，老狼他妈发现这本杂志后还要举报，说里面写早恋，不健康。但是老狼受狗子的影响，也办起了文学杂志，"在学校最开心的事就是搞文学社，隔一段时间不是要出刊吗，要刻蜡纸，底下垫一个砂板，咔嚓咔嚓地刻。人家都上晚自习了，我还在那写诗呢。别人都说这个牛。实际上那是崇拜诗人的年代，是风花雪月一统天下的年代，到今天就一下子被颠覆了，变得一文不值。"

现在谁还写风花雪月，会被人笑话。人的抒情被各种观点立场、商业营销所吞没，但人们骨子里依然对风花雪月钟情，却又羞答答不愿意承认。老狼说："他们不是朋克，其实都还停留在自己成长的那个年代。"老狼这么说确实有道理，他一直受欢迎，说明他一直是每一代人们心中是否还风花雪月的试金石。现在看来，高晓松确实很幸运，他赶上了抒情的末班车。"所以我才觉得当年我唱的那些歌给大家带来的影响是巨大的，一个是歌曲本身代表了那个年代的风花雪月；还有，那是一个怀春的年代，大家的荷尔蒙比较旺盛，喜欢的其实都是这个类型的，都是少年维特的烦恼。朋克实际上是后来欧美反物质的那个年代的产物。"

一个不知道怎么摆谱的老狼

老狼的朋友很多，且杂，似乎什么样的人都可以跟他成为朋友，上至各路大腕儿，下至普通群众，他从不看人下菜碟，这跟他比较随和的性格有关。

老狼参加《我是歌手》比赛，发生过这么一件事，助理带着老狼出电梯，下意识去用胳膊挡着电梯口的人。老狼觉得奇怪，问她："我说你跟谁学的？"她说："我得拦着点啊。"老狼说："人家冲上来了吗？人家扑我了吗？你别学这些，别跟人家耍大牌。"这件事儿让老狼很警觉，他说："你知道人在那个舞台上，一站稳之后，不由自主地就往上飘，真的拦都拦不住。

其实我内心还是特别矛盾的,因为说实在的,你看我这么多年,都干什么了,什么都没干,你让我说出一二三四五,我都说不出来。这个助理也不是出于责任心,而是有点膨胀了,她实际上是跟着我一起膨胀。但是我特反感,我说你拿这劲儿干什么,你别跟我面前整这个,因为我不好这个。我能拿箱子我都从来不让她拿。"

老狼其实很明白,在社会上,你是个名人,越摆谱人家越把你当回事,但是他做不出来。有一次他去演出,有人问他:"你出门带多少个助理?"老狼说:"就一个。"那人说:"人家Jolin都带着二三十人的团队。""Jolin是谁呀?""蔡依林。"

有一次老狼去客串唐大年的电影时认识了陈明昊,他发现陈明昊老是拿着演艺圈里的那个范儿,后来俩人混熟了,老狼好奇地问他:"你挺好的一个人,干吗老是劲劲儿的?"陈明昊说:"在中国的这种片场里头混,你要不端着点架子,过一会儿灯光、摄影就来找你说戏了。"

老狼说:"在中国就这样,人就特势利。你要特平易近人,别人就把你当傻逼,没大没小的,甚至得寸进尺。比如你和一个人合影,挺亲切的,结果他一会儿陆陆续续带来十好几个人来合影,说话也没大没小的。我和你有这么熟吗?后来他就会觉得你不是明星了。这说明人们对明星还是有一种敬畏感的。"

不过,让老狼端起这个架子,还挺难。有一件小事让他一直铭记在心。2002年,他当时在阳朔认识了一个攀岩教练,一直跟他玩攀岩。后来这个朋友去了西藏当老师,老狼就和他一起去爬珠穆朗玛峰。老狼曾经和一个叫祥子的冰川摄影师去爬山,他说:"我觉得跟他爬山的好处是,虽然他们也照顾你,但在那种极限环境里,最重要的还是自保,得保证自己别出大问题。跟他们爬山的最大感受是,明星一出来都前呼后拥,经纪人形影不离,还有人挡道。到那儿吧,就没那些事了。"

有一次老狼爬珠峰,下来的时候,由于高原反应,人几乎崩溃了,在山上也没怎么吃东西,到了五千多米的珠峰大本营,才缓过来,食欲也上来了，吃完饭把碗往旁边一放，让协作会去刷。旁边的俩美国人看到之后特别不高兴，问老狼："你怎么不去刷碗？"老狼说："那是他们（协作）干的活儿。"美国人说："在这儿你能做的事儿就自己做。"老狼在回忆这件事的时候说："虽然我可能没有明星意识，但我觉得我是个客人，实际上是那帮藏族孩子在做饭、盛饭、刷碗。我开始还挺不服气，后来我明白，在那种环境，甚至在现在的社会里，你能自己干的事儿还是应该自己去处理。包括出去演出，我都不用经纪人帮着提箱子什么的，这都是正常人能做的。玩户外、登山还是和这帮人学到了怎么和当地人去交流，怎么为人处事。有个老登山家，叫仁青平措，一个藏族人，手指头都被冻掉了，特好的藏族老头，是西藏登协的官员，功勋式的登山家，但是对所有人都特别呵护。后来我们车往拉萨开的时候，有一段特别难走的路，看见有藏族人在那儿搭帐篷，老头也不认识那些人，就把车停下来，帮人家干活。我触动还挺深的，觉得他做得特别自然，这才是正常人的交往方式。"

也可能是老狼随遇而安的性格，让他没有得到更多，也没有让他失去什么，他说："可能之前都一直太顺了吧，有些东西没有努力奋斗就得来了。也可能我太颓废了，不知道火成什么样了。"当然，老狼从小成长的环境让他耳濡目染，对"明星大腕"的概念有种不一样的理解，他说："我小时候，我妈是广播交响乐团团长，住文工团里面，身边也都是明星，他们在电视上舞台上也都是明星。一到分房提干的时候，都到我们家来，经常各种哭天抹泪、下跪、写血书，反差也挺大的。在台上是艺术家，在生活里，各种尔虞我诈、拉帮结伙、打小报告。可能从那时候我对明星就有不一样的理解。多大的明星，都有他最世俗的一面，大家都是一般人。我觉得我没把自己当明星，但是能不能真的做到这一点，我也不知道，肯定偶尔会有一些嘚瑟。有时候我想，有些人挺可怜的，成了腕儿之后没法过正常人的生活了，哪儿有好吃的饭馆、苍蝇馆子也不能去了，交往的人也受到限制，变得很单一，被一帮经纪人围着。他们也不是朴树那样自闭的人，你看朴树的歌词就明显能感觉到他特别坠入在他自己的精神世界里，包括万晓利也是，不用去和别人交往、倾诉，一个人挺好。但所谓这种偶像明星，就特可怜，和实际生活已经没什么关系了。当年跟我一起走红的一个歌手和我聊天，说他出门就得住总统套房，让别人把饭端到屋里。他自己是很有这种意识的，要拿出架子来，认为这样别人才尊重他。我一直不喜欢把自己弄得特别事儿。"

什么是对明星的尊重？老狼的理解是："其实有时候和普通人交往的时候，别人发现你没有明星架子，和你成为朋友，我觉得那就是一种尊重，把你当明星看，但是又是他的朋友。我有个当年一起爬山认识的哥们叫齐兵，我觉得经历困难一起混过的朋友，和面儿上的这种交往就特别不一样，大家有点亲密感在里头。后来他生活特别坎坷，跑到山区支教，做一个慈善学校。他和我讲每天得背着米上山，给那帮孩子打水，坚持了好多年，我觉得他特了不起，反而比明星有用。我有一段时间特别不喜欢那些明星慈善，觉得就是去走个秀，之后就没了。事儿都得是像齐兵的这样的人成年累月地做。可能普通人给我的这种平凡的展现让我真受感动。"

动：行走天下，开阔眼界

老狼平生的一大爱好就是出去玩，说得书面一点叫旅行。因此很多探险旅游类节目常常会找老狼客串主持人。他去过世界上三十多个国家，但他不爱写东西，那些经历只是偶尔跟朋友聊天的时候才会拿出来一些片段分享。

对老狼来说，2003年穿越非洲是他印象最深的，当年凤凰卫视做了一个节目，摄制组兵分三路，到非洲拍摄纪录片，老狼是其中一队的客串主持人，这一路上，他置身各种危险之中，甚至与死亡擦肩而过。

他们先是从阿尔及利亚登陆，北非姑娘的身材特别好，让老狼流连忘返，但老狼还没欣赏够北非混血姑娘的风情，一场惊心动魄的灾难便出现在他眼前，他与死亡擦肩而过。"那是在阿尔及利亚，我们当时要去沙漠中心的一个地带,拍一个号称史前古壁画。考虑时间问题,我们计划从阿尔及尔飞到那个小镇。因为当时阿尔及利亚有游击队在机场活动,安检特别严,到飞机下面准备登机的时候还有一次搜身检查,机场就两个屋子那么大,就两架飞机停在那儿。有一个阿拉伯小孩看我在那儿吃饼干还管我要了一块,我把一包饼干都给了小孩,他爸还和我说了几句话,然后他们上了第一架飞机。我们安检的时候,那架飞机开始滑行,大概也就飞了二三十秒,刚飞到头顶的时候,砰的一下,左边的发动机冒出一团黑烟,就跟汽车憋火似的,看着那飞机再往上爬也爬不动了,摔在离我们一公里的地方。所有人都傻了,那刺激太强烈了。那些空乘都是同事,一下子都傻了,我们这班也取消了。我们这个飞机的机长和空乘冲出来,都目瞪口呆。还有游客、当地人,有人开始哭。那个时候新闻记者的神儿一下子就给提起来了,当时有个《北京晚报》的记者,包括我们的总导演,说当时要是拍下来,就得普利策奖了!我心里特别难受,我觉得新闻这种嗜血性质就盼着出事。《北京晚报》那个小孩当场就冲过去了。后来我也理解他了,他就是干这个的。但我觉得一个正常人,情感上是特别接受不了的。因为就两架飞机,如果我们上的是第一架飞机,可能我们当场就全军覆没了。有一个法国人没赶上飞机,一堆亲戚朋友来送他,看到了那个场景他就开始哭,真是百感交集啊,而且一个幸存者都没有。我们从机场出来的时候看到飞机都摔碎了,大概散布在两公里的区域,都是烧焦的味道。我也不知道是不是恐怖袭击,那时候正好是美国打伊拉克,整个伊斯兰世界特别愤怒。我们在那儿说英语,当地那帮孩子说'No English',跟我们比划各种挑衅的姿势。"

马里让老狼暂时脱离危险,这个国家给老狼留下印象最深的是音乐,为此老狼还写了一个策划,希望摄制组把马里的音乐拍下来,但是当时的总导演对这些没有兴趣,后来老狼才知道,到非洲拍纪录片,真正的目的不是感受非洲文化,而是一种政治需要。但马里这个国家给老狼留下的印象还是很深的,"我在马里住在撒哈拉沙漠边上一个特别有设计感的酒店,复原了马里民居那种感觉,像一个蛋壳扣在地上,上面有一个洞,周围有一堆很小的窗户,一个人一个这种房间。马里的地貌很奇特,号称世界地貌博物馆,都是天然地貌,有各种时期留下来的断层。当时觉得好不容易来非洲了,多买点世界音乐,后来发现,那儿哪有钱啊,根本没有CD卖。但真是走到哪里都是音乐,音乐成了他们生活的调剂品,都是现场表演。"

随后他们穿越布基纳法索、加纳、多哥。当他们进入尼日利亚的时候,危险再次降临。这个国家两大教派对立,随时会有恐怖和暴力事件发生。老狼说:"大概是上世纪七八十年代,尼日利亚发现石油之后,开始有钱了,因为政治原因,国家发生内乱,人们就互相砍杀。高速公路年久失修,经常有巨大的炮弹坑,还有废旧的大货车堵在路上,经常开车开着开着就得开到逆行道上去绕一下。我们的车中间还坏了一次,当地有一个使馆的文化参赞随行,还有一个当地的华人酋长,他自己做生意特别大之后又有了私人武装。他给我们派了一些警察(私人武装),拿枪保护我们。文化参赞和我挺好的,回到首都之后和我聊,当时两边都是芦苇丛,高的灌木丛,经常有土匪看到有车队停在那儿了,就直接上去了,二话不说,先把人突突了,然后就把东西抢了。当时他们特别害怕,后来那个参赞说,那帮警察也不能信,他们白天当警察,晚上脱了警服就出去抢劫。那个国家特乱,但是挺迷人的。因为有钱之后,他们就把那些文化保护下来。我们当时去一些文化人家,条件特好,都特有钱,他们可能贫富差距特大。穷的人就赤贫,家里就一个碗,那家也不是家,就半截墙。到尼日利亚就明显发现,因为它发达过,舞蹈中心、艺术中心还保留着,一看就是有钱有闲才办起来的。"

老狼本以为,离开动荡的尼日利亚,就会安全了,结果在从尼日利亚去喀麦隆的途中,海关要求车队每一辆车要交两千美元的过路费,实际上就是讹钱。导演说有总统特批的通行证,海关说他们是反对派,总统的批文没用。没办法,他们只好滞留在口岸。口岸很乱,漫山遍野都是黑人,几个中国人在他们眼里就像怪物一样。老狼说:"那儿根本没旅馆,就在车外面支一个帐篷,还得看着东西,怕晚上丢东西。但我觉得还挺刺激的,挺好玩的。当时跟着的随行说,边境经常有杀人越货的,根本不敢到处走,而且那个地儿也不大，已经非常恐怖了。就一个小桥，桥那边就是喀麦隆。最后摄制组跟海关砍了砍价，给了点钱，总算放过去了。非洲好多国家的边界是二战之后欧洲给画的，都是一条直线，但是中间有十多公里缓冲带，属于两国都不管的地方，经常有武装在这里打。到喀麦隆的时候，大使就讲为什么非洲这么乱，说这些武装都是被操纵的，有石油公司的，有欧洲政治集团的，各种利益在搏斗，经常是谁给钱就替谁打，经常乱打一团，三方混战，有时候都不知道为什么打。但是那个年代好在中国政治援建，留下好的印象，很多人见面会说'你好'。尤其是最穷的那些地方，都是中国对口援建的，相对来说对中国人还好点儿。但实际上那些援建的钱都被这些政府层层给盘剥了。这些地方特别神奇，经常能看到地平线，没有高楼大厦，偶尔能看到一个人民大会堂的微缩版，一看就是中国人援建的，感觉有点穿越。援非医疗队也没辙，他们喝着酒就哭起来了，因为那边很多艾滋病，手术的时候一不小心划个口，自己就感染了，回去也没法说啊。而且那边有很多劳务输出，经常看见有非洲妇女抱着一个混血孩子来到中国大使馆，说找爹来了。大使馆上哪儿给她找爹呀，就给点儿吃的。"

神奇总是在危险中体验的，当他们离开非洲西北部，穿越非洲腹地，最终三支队伍会合在坦桑尼亚的乞力马扎罗山下，惊心动魄的非洲之旅总算画上句号，对于一个喜欢户外爬山的老狼来说，征服非洲最高山峰是他非洲之行的最后一件事。老狼说，五千米以上的山峰他爬过三座，珠峰、厄尔普鲁士峰和乞力马扎罗山。

当时摄制组让朱哲琴去爬乞力马扎罗山，老狼决定自费去爬。当朱哲琴还差两百多米就登顶的时候，由于高原反应严重，而且天气骤变，下起大雪，只好返回大本营。但是老狼很幸运，第二天，天气晴朗，他终于爬上了乞力马扎罗山的最高点。老狼说："乞力马扎罗山一点儿都不险，但是确实很壮观，山顶有特大的冰川，据说有上千万年的历史，看到的时候我还是挺激动的，有点想哭，可能人在极限环境下都会有那种感觉。"

对于旅行，老狼说这是特别开阔眼界的事儿，他很佩服外国人的那种

老狼：一种活法

冒险精神,在撒哈拉沙漠的边缘,他看到一个日本人在那里玩,没有任何人来帮助他。他过去看到《国家地理》杂志介绍过电影《猜火车》的男主角伊万·麦克格雷格和一个人开着摩托车穿越非洲大陆,"我觉得欧洲人有无畏的冒险精神,很了不起。我去爬珠峰的时候,到5800米,有高反,其他人就把我扔那儿,接着往上爬。有几个夏尔巴人就在山上来回溜达,说是一个法国人登顶之后,单板雪橇从北坡滑下来了,把摄像机交给夏尔巴人让他拍。结果拍了不到一分钟,人就消失了,他们就到处找那个法国人。以前有人用双板雪橇滑下来,有人背着滑翔伞滑下来,他是要破一个纪录,用单板滑下来,他为了破纪录可以不顾生命。"

"如果让你像他们这样去冒险,你会去吗?"

"会。虽然我对死亡的恐惧没有那么强烈的感受,但面对危险是很刺激的一种感觉。"

当然,并不是所有旅行都是充满风险和刺激的,2009年,老狼客串主持了一个叫《勇闯南北极》的节目,在挪威最北部的斯瓦尔巴群岛,摄制组和选手睡在简易的床上,极昼的季节,天不黑,每天过得都稀里糊涂的,拍完东西大家也不睡觉。老狼望着眼前黑白两色的世界,思维也变得清晰起来,不会去想在国内遇到的各种烦心事儿,一下变得清静多了。"那边风景也特美,冬天都结成冰川,世界成黑白的了,我特别喜欢挪威。斯瓦尔巴群岛是全世界北极熊最多的地方,受气候影响,北极熊越来越难找到食物了。因为它游泳只能游一段距离,不可能一直游,必须沿着浮冰去捕猎,抓那些海豹吃,后来浮冰融化得太厉害,没法跑到更远的地方。那些海豹也知道北极熊经常在哪儿活动,都跑到远海去了。北极熊急了就只能到城里和人类抢吃的。后来我还看过纪录片,专门讲这个,好像北极熊有记忆,以前受过人类欺负,狂躁起来就报复人类。我们住的营地,要有人站岗,防止北极熊袭击。每两个小时换一次岗,外面有北极熊就报告。最后一天,轮到我值班,我就在外面溜达,那里景色特别漂亮,峡湾有几只鸟飞来飞去。我特别想碰见北极熊,最后也没碰见。"

静：阅读经典，感受人生

如果说喜欢户外是老狼动的一面，那么阅读就是老狼静的一面。放眼演艺圈，像老狼这样爱看书的人并不多。老狼不是那种学者专家型的人，他看书纯粹是一种兴趣。上中学他喜欢看狄更斯的小说，上大学后，他跟作家石康是同学，受石康的影响，在大学的时候就看完了马尔克斯的《霍乱时期的爱情》、普鲁斯特的《追忆似水年华》、毛姆的《月亮和六便士》等不少文学名著，用他的话说，当时也没看明白。不过，老狼在看《霍乱时期的爱情》时，正好和他后来的妻子闹分手，他说："最后男主人公说了一句'我为你保持了童贞'，让我对诚实、情感这种东西，有了一个转变。"

爱伦坡的《人·岁月·生活》在别人眼里可能是一部史诗，但是在老狼眼里可能是一些八卦，名流的爱恨情仇。过去，老狼喜欢看小说，现在他喜欢看一些关于名人八卦琐事的书，比如陈巨来的《安持人物琐忆》。最初，老狼在《万象》上看到一部分连载，比如陆小曼有很多仰慕者，嫁过很多人，章太炎喜欢吃臭豆腐，徐志摩是那个时代的白衣飘飘，一看他为了追求女孩竟也做出一些不堪的事，感觉他完全落地了。后来《安持人物琐忆》出了书，老狼又买来看。

有一次，老狼看凯鲁亚克的《在路上》，觉得他一口气在12米的打字机纸上写完这部小说很了不起，后来他看《垮掉的行路者》，讲述当初跟凯鲁亚克整天在一起混的那帮人，像一部口述史，讲的很多事情都是矛盾的，从多角度叙述一件事，就像一个罗生门。"后来我把这本书送给了万晓利，最近又想重新看看，还去旧书网上买了一本。"

老狼之所以把兴趣点放在那些颠覆他对这些名人美好印象的内容上，是因为过去他觉得这些人都很牛，了不起，"以前觉得凯鲁亚克特牛，后来发现他在圈子里是小弟的角色，整天跟着这帮人混。这也映射了我们自己，无意间成为明星，就有机会和这个圈子里的人混，又说到88号酒吧了，这帮人在百姓眼中是明星、商业巨子、腰缠万贯，但是你看他们在那种环境下的反差，特别有趣。我无意中也成了一个疯狂年代的目击者。别人说这个事的时候，你可能是另一种感觉。"老狼说。

老狼回想起大学时代看书的情景时说："大学那会儿看《月亮和六便士》给我印象特别深，从下午一直看到夜里两点多，然后去找石康聊人生。还有一本是欧文·斯通写梵高的《渴望生活》，一个画家一辈子就卖了一幅画，好像还是他弟弟买的。那个时代是最向往文艺的时候。后来那日森给我那本《在路上》，我就特崇拜60年代，那个年代的音乐、诗歌，还有垮掉的一代的生活，也特别让人兴奋。"

老狼能从垮掉的一代里面找到和自己生活的连接点，他觉得当年和高晓松坐着硬座火车去海南演出就很像《在路上》。当然，更像《在路上》的经历是2000年元旦，他跟石康还有两个朋友从厦门开车回北京，"我们开着一辆破捷达，从厦门开回了北京，出发的时候还光着膀子，到了北方已经大雪纷飞。在福建福鼎，有一天早上起来我们无意中开上了一座小山，那里和世外桃源一样，沿着山的公路有一条小河，有一棵大树，旁边还有一个农舍，特别平静，天色雾蒙蒙的，一切都安静极了，"老狼回忆说，"一路上我们也特疯狂，穿过很多城镇，随便找个地方就住下来。到了浙江丽水，吃了一顿鸭子，一人一个小砂锅，炖着小公鸭，特嫩，鲜美。其实我有时候挺喜欢这种生活，这种陌生的生活，等你进入他们的生活的时候，就发现和你自己的生活完全不一样。听他们聊天，说他们的事，像看电影一样。后来我看王家卫在阿根廷酒吧听别人聊天，像能进入别人的状态似的。如果你没有这种经历，可能一辈子也没有机会去体验。我们在福州，省府院的电影院，里头的大榕树全垂着须子，当年电线杆子上的瓷瓶儿完全被木头包起来了。阳光灿烂，电影院里就我们四个，一边看一边哈哈大笑，使劲折腾，没人管，特自由，觉得我们就是中国的垮掉的一代。在上海，我们一个朋友的闺蜜她爸是大款，我们去他们家玩，她爸拿出一个瓷瓶皇家礼炮威士忌。上海人挺讲面子，那瓶酒怎么也得有六七万块钱，我们就使劲折腾，喝得特别多，我看那大款特心疼，最后喝得烂醉。"

正如老狼到处旅行却不愿写成文字跟别人分享一样，他看书有什么心得，都是只言片语讲给别人听。他说，他周围能写的人太多了，自己想写首歌，一想到高晓松，就放弃了。想写篇文章，一想到周围都是作家，也不敢动笔了。加上老狼不是那种非要要求自己做出点什么事的人，所以，旅行、阅读也都是随性而为。他说："法国作家塞利纳写过一本《茫茫黑夜漫游》，实际上是一种无目的漫游，是我特别崇拜的一种方式，包括生活、读书也是这样，没有目的性地去看，没有什么需求，完全享乐式的，就特别有趣。我旅游也是，听别人说哪个地方有趣就奔那儿去了。以前走穴无聊的时候，我老是在各个城市瞎转悠。有一次走着走着看到了老妈蹄花，心想这是什么东西，就进去吃了一碗，觉得太好吃了。后来我带朴树去吃，给他点了一堆，结果他皱着眉头说：'我不吃肥肉。'丫这人真没什么生活乐趣。"

（2016 年）

辑三

中年崔永元的梦想与情怀

> 当我面临一个选择的时候,我会很快做出正确的判断。一边是你坚持一个原则,但会有很大损失;一边是你放弃这个原则,你就捞一笔钱,这个时候我会毫无疑问地选择坚持原则,而且不会为自己的选择而后悔。这都是电影带给我的,一生都会受用。
>
> ——崔永元

在长春市南湖公园的大桥下面,有一条"大铁船",一天,船上聚集了十几个人,从桥上路过的人一眼就能看出,这是有剧组在拍电影。人们驻足观望,是谁在拍电影?男女主角是谁?不久,桥上就围过来几十个人。雨后的南湖,显得格外平静,划船游玩的人也好奇地把船围拢过来。这时,一个戴眼镜的中年男子抬起头,人们才认出来,是崔永元。崔永元是"大铁船"上唯一能被认出的人。

对崔永元来说,两年来他就是在这种氛围下度过的,他一直在拍《电影传奇》,他要在四年内拍出二百零八部《电影传奇》。

人都习惯叫崔永元小崔,因为《实话实说》,公众认识了他。他轻松、调侃、幽默的主持方式，不仅一改中国电视节目主持人长期以来诗朗诵或背课文式的主持风格，而且在很短的时间内赢得了观众的喜爱，观众把崔永元主持节目的亲和力形容为"像邻居大妈家的孩子"。但就在《实话实说》走过第六个年头时，崔永元离开了主持人的位置。

前段时间，这位"邻居大妈家的孩子"显得有点不乖，频频与媒体交恶。崔永元怎么了？人们喜欢猜测，猜测这位名嘴是否哪里出现了问题。

那么，崔永元是如何退出《实话实说》，钻进老电影的世界的？一个过了不惑之年的中年男人，到底是"邻居大妈家的孩子"还是言语恶毒的另类？一个很了解崔永元的朋友告诉我："你要是跟他能谈到一块的话，他是很能说的。你要跟他谈不到一块，他两句话就能把你打发了。"

电影是这样成为传奇的

崔永元是个老电影迷，他对电影的痴迷已经到了魔障的程度，因为痴迷，就会生出种种冲动和梦想。"我有一个梦想"这句话不仅仅属于马丁·路德·金，也属于所有人，但亲手把这个梦想实现的人却不多，崔永元算是一个。当崔永元打开自己的精神世界，发现这个世界几乎与今天格格不入。他有一种情结，那种带有深深的60年代烙印的情结，这个情结一直支撑着他的理想，促使他把一个梦想变成现实。

Q：当时为什么会想去做《电影传奇》？

A：我最早觉得这件事特简单，很容易就做成。我看过一个叫《卓别林的秘密》的电影，卓别林拍电影，有时候每个镜头要拍十五遍左右，把最好的一遍用到影片里。这些素材无意中被发现，专业人士就把它拿出来做成一个《卓别林的秘密》，告诉你卓别林的电影是怎么拍的。我很喜欢卓别林，很认真地看了这个片子。我在电影上是外行，看了之后觉得没什么太大区别，但我挺感动的，在卓别林那个时代，就这么敬业。

老电影，我从小就喜欢看，我知道，那些人也是用这种态度对待电影，我想是不是也有这么一个机会来做件事情。后来演员于洋告诉我，各个厂都有这方面的资料，都在仓库里。我想让大家看看，原来这部电影拍了多少遍，甚至有什么改变，比如人物命运变了，结尾改了。它为什么改？它可能满足喜欢老电影的人。更主要的是我《实话实说》做伤了之后，想干一件力所能及的事。

当初就是这么想的，结果跟各厂一联系，都没了，有的都是80年代以后90年代的。因为胶片含银，有人发明了胶片提银技术，都拿去提银了，资料没了就做不了了。我越跟他们聊天越觉得可惜，因为有了想做这件事的念头，要实现梦想的欲望给勾出来了，勾出来就收不回去了，现在做的跟当初的想法已经差得非常远了。

Q：当初是什么想法？

A：如果有这些片子，我想去采访一下这些人，我甚至想象用半年的时间，把这些老电影都做完了。现在得从零开始，它就成了一个工程，一个很庞大的工程。做起来之后我才发现，这个工程的难度超乎我的想象，比《实话实说》还要累。

Q：后来跟当初的想象有什么差别呢？

A：我是老电影迷，号称活字典。在《东方时空》的时候，好多编辑也是老电影迷，没事找我打擂，随便起个开头，不管是台词还是音乐，我都胜他们，而且是完胜。在我收集资料的时候才发现，我所掌握的关于老电影的资料，还不到真正资料的十分之一。知道得越多，压力就越大，责任感就越强。如果是一个老电影迷，知道这些背后的故事，肯定会特别兴奋，我却一点都兴奋不起来，心里特别难受，特别沉重。因为我在看这些陈年档案的时候，好像又重新看到那个时代的故事，看到在那个时代作为一个艺术家的艰难，他们要保持自己的良心是多么困难的一件事。

那时候的电影，几乎就是一个工具，是传达命令的一种工具，所以每一个口径都要严丝合缝。但是艺术家不愿意做这样的事情，没有一个艺术家愿意把一个政策或行政命令图解成一部电影，但那个时代又逼着他们非做不可。在图解政策的同时，还要表现出他们艺术的天分，或者说对艺术的理解，这特别难，甚至是没有可能的，但他们都完成了。我看到的一些电影资料，比如《兵临城下》《早春二月》和样板戏的资料，每个资料加起来有一尺多厚，这一尺多厚不是什么创作心得，都是如何弥补、修订、修正，包括写的检查，比如哪个地方做得不好受到批评写的检查，再检查，再检查，不停地检查。

Q：这么多的资料，你的取舍标准是什么？

A：我只有一个顾虑——很多当事人还在世，这个是他们的伤口、伤痕、伤疤，我不愿再揭，这是件很残酷的事，很痛苦的事。但是我又觉得我有义务把这些事情告诉公众，让大家知道中国有过这么一段历史。所以我们在选材和叙述时，解说词的每一句话都绞尽脑汁，怎么把这意思表露出来，又不伤害当事人，脑筋都动到这个程度。我觉得更多的还是意识形态方面，有没有人对一件事有个说法，比如说《武训传》，到底是一部什么电影？到目前为止，我看过的相关文件都含糊其词。依我看，这部电影没什么问题，有也是艺术方面的问题，没有政治方面的问题。《关连长》什么问题都没有。当年这部电影被禁，到现在也没解禁，如果它是一个事件的话，总该有一个结论。另外它牵扯很多当事人，当事人还有后代，还有他的创作伙伴，应该有一个部门给他们一个负责任的结论。

Q：类似这样的问题，你在《电影传奇》中怎么处理？

A：是这样，不确定也没问题，比如关于一部电影有五种说法，我们把五种说法都告诉受众，这也算是负责任的，起码告诉你有过这么一部电影。我觉得无声无息是不负责任的，尤其是对艺术家们倾尽心血创作出的作品。

现在应该有人给个说法，我也不知道找谁去。做到这个程度，给我带来了极大精神压力，那种娱乐、游戏、好玩、实现梦想啊，都荡然无存。

电影铸造了我的精神世界

倒退二三十年，中国几乎没有文化娱乐，电影在那时几乎是人们的主要娱乐方式，但是当时的国力还不可能每天拍出一部新电影，一部电影总是翻来覆去地放映。所以，对那一代人来说，电影的画面、情节、对白和人物形象都深入人心，也因此产生了很多电影文化现象。这种反复烙印式的文化记忆在后来中国改革开放之后，仍或多或少地影响着人们的话语、思维方式。崔永元就是当年无数喜欢看电影的观众中的一员，那些电影成了他当时精神世界的唯一支柱，并且一直支撑到今天。

Q：你从什么时候开始喜欢电影，并开始琢磨这些老电影的？

A：我是从小就喜欢。七八岁开始看电影，我从那时候就开始琢磨，《大众电影》《人民电影》《电影文学》《电影创作》《电影艺术》《电影技术》《电影简介》《电影故事》全都订，这样我还看不够，我把报纸上所有关于电影的资料都剪下来，贴在《红旗》杂志上，再做一本电影杂志。我说不出原因，可能是那时候文化生活比较单调吧。但到我四十一岁的时候反思这件事情，我觉得电影铸造了我的精神世界，所以我觉得王成是英雄，毫无疑问是英雄，到现在也没有改变。我觉得雷锋很可爱，至今也没有改变。我觉得江姐不容易，上个月我还去了一趟渣滓洞。馆长告诉我，渣滓洞的女共产党员一个都没有叛变，男的有，我还是佩服江姐……这些对我帮助真大。我现在不会上街糊标语了，也不见得给我孩子讲这些故事了，但这些对我的精神世界是起了很大作用的，是震慑作用，它震慑到什么程度？当我面临一个选择的时候，我会很快做出正确的判断，一边是你坚持一个原则，但会有很大损失；一边是你放弃这个原则，你就捞一笔钱，这个时候我会毫无疑问地选择坚持原则，而且不会为自己的选择而后悔。这都是电影带给我的，一生都会受用。

Q：你对老电影的了解到了什么程度？

A：我当时比同龄人知道得多一点，比如看朝鲜电影，我会问，这是哪个厂出的？他们会说：朝鲜电影制片厂。我说，你们没弄明白，根本没有这个厂，人家叫"二八艺术电影制片厂"。这次到长影，遇到一个搞译制片的人，我问，为什么我看朝鲜电影，不管男的女的老说"是吗"？他说，"没有，因为韩语里的修饰音节比较多，嘴型的变化要用汉字往上补，你补'啊'、'呀'都对不上，所以就用'是吗'"。不知道是谁发明的，凡是朝鲜电影里都有这个，里面出现都不下五十个，我会关注到这样的细节。再比如这卷拷贝放完了，下一卷开始，结尾为什么有些信号，我这时候总是回头看放映员怎么接的。后来我才发现，银幕上有记号，它有三个波斑要闪，第三个波斑闪的时候下一卷开始，正好接上。所以好的放映员会接得天衣无缝。我注意细节会注意到这个程度，这些细节可能跟精神世界没什么关系，完全是个人兴趣。他们当时都不跟我比，都公认我是第一。

我喜欢到什么程度？当时练书法，别人都照着字帖练，我是写电影名。当时我们班有个同学家是八一厂的，他知道我喜欢电影，所以经常刺激我，比如说下午去打篮球，他说可能打不完就得走，我说干吗去？他说和斯琴高娃吃饭。我说他怎么那么幸福啊，跟斯琴高娃吃饭，也不知道是真的假的，到现在也没有搞清楚是真是假。上大学时，有个同学家是北影的，在学校里穿着拖鞋，我觉得他这样的不能管，因为他们家是艺术家。电影和从事电影工作的人在我心里一直有种被神化的倾向。

Q：既然从小对电影就这么着迷，为什么后来没有去做跟电影有关的工作？

A：我没想过做导演或者做演员，从来没想过，连做梦都没梦过这个事儿。我觉得我能做的就是两件事儿：一个是放映员，放映员随时可以看最新的电影，而且想看多少遍就看多少遍；一个是画电影海报，有一次我放学路过丰台影剧院，看见画电影海报的人手里拎着刷子就进了电影院，收票的人还跟他打个招呼，我就在那里站着看，觉得这职业也不错，看电影不花钱，可以随便看。所以我还拼命地学了一段画画，在家里画了好多电影海报。

我还收集电影版的连环画，收集了有将近三千本，据我了解，全中国可能就我收集得最多。我专门定做了玻璃罩，把连环画放在里面，防蛀防潮。我有这样的感觉，我翻这些连环画的时候，看着画面，演员说台词的声音就在我耳边，音乐就在我脑海里走，我翻一遍就等于看一遍电影，可以说我对电影已到了神经兮兮的地步了。这些东西对我帮助最大的是，我白天在电视台里有很多烦恼无法排遣，这些收藏就是我排遣烦恼最有效的方式。晚上到了两三点钟还睡不着觉，我就把小人书拿出来，都摆在桌子上，挨个看，把我收集的海报拿出来，一张一张看，心情很快就平静下来了。

Q：你小时候喜欢电影，是因为文化娱乐生活比较单调，后来文化娱乐丰富了，对你没有改变吗？

A：我也想不清楚，反正我从来没有对其他事情着迷过。比如我也集邮，集着集着就放下了。我也学过摄影，后来连相机都送人了。对别的事情迷恋的时间都很短，只有这件事延续的时间长。比如我不愿在电视上看电影，觉得那是两回事。电影就是大银幕，电影院就要黑，电影就要一大堆人一起看，一个人看一个大银幕的电影都不叫看电影。现在我拼命想把这个灌输给我女儿，我带着她到电影院看电影，为了能稳住她，我给她买爆米花和可乐，她一边吃一边喝一边看，她吃完了喝完了，可还是宁愿在家里看动画片。但我一定要把她培养出来，让她对大银幕有感觉。这种做法可能是挺可笑的，可谁让她是我的女儿呢，最好让她知道电影是有魅力的东西，电影是一门独立的艺术，电影艺术家是值得尊敬的。我想让她知道这些，可能会对她有好处。我现在对大银幕还有一些迷恋，比如坐在火车上、汽车上，如果窗外闪过一大堵白墙，我的第一个反应就是银幕。

现在的电影人常常给自己找借口

黑夜给了崔永元一个大银幕，他就用这个银幕来寻找他的精神家园。崔永元的精神世界，就是银幕上的一个个镜头，一个个故事。当他成为一名著名主持人、被无数人关注时，他仍然没有走出这个精神世界。当他面对物质世界的时候，他发现这个世界里充满了许多他看不懂的蒙太奇，甚至他理解的商业和现在的商业也是格格不入。面对中国电影业的不景气，这个老电影迷心里有种说不出的难受，他认为，在这个圈子里，同样盛行着商业上的潜规则，这个潜规则，会让中国电影必死无疑。

Q：你拍《电影传奇》，强调一个概念，就是"老电影"，在你看来，老电影和新电影的界线是什么？

A：我采访过一个第六代电影人，请他上《实话实说》。我当时有个恶作剧心理，我知道他们烦什么，我在现场反复问他一个问题：你拍的电影有什么意义？他特别反感这个问题，但因为录节目，他又不愿公开把他的反感表达出来，他一直躲躲藏藏，用他第六代语言去描述他的电影。对我来说，电影就是这么简单的事情，就是有什么意思、有什么意义、说的什么、用什么方式说，你看看今天的好莱坞电影、韩国电影、中国电影，还是这么回事。

评价现在的新电影好不好，我觉得非常简单。第一这故事怎么样，如果牛头不对马嘴，那肯定不怎么样。第二人怎么样，编剧塑造的人物是不是站得住脚，会不会有牵强附会的感觉，演员是不是把形象树立了起来。这两个都达到了，还有一些锦上添花的事，比如外景选择得好，剪接剪得漂亮，特技做得好，灯光非常舒服，歌曲优美动听，片头片尾字幕出得和别人不一样……但是现在的新电影，我说的前两条通常都达不到，大部分电影导演都不会讲故事,大部分演员都不会演电影里的人物,演的都是自己。

过去老电影演员用的都是特别笨的方式,就是体验生活。也有一些大师、天才,比如卓别林,一百年只出来这么一个,中国有石挥,他们也观察生活,但他们演什么像什么。电影行业大部分都不是天才,都靠勤来补拙。但是我在新电影里看不到这些,看到的都是他们卖弄小聪明。别说专业人士,就我这个老电影迷,看到他们花那么多钱拍出来的都是一场接一场的电影制作的悲剧。很多数字也能说明问题,比如长春,80年代的时候还有五千万的票房,现在一年连一千万都不到。中国2003年票房总收入有十亿人民币,而香港地区的票房是十亿元,去年(2004)韩国最卖座的电影《太极旗飘扬》票房九千万美元,这就是差距。现在中国观众去看电影的人次是平均每五年进一次电影院。

Q:你想用这些数字说明一个什么问题?

A:说明现在的新电影非常差,已经差到快崩溃的程度了,这是我们最不愿看到的,因为电影对我的生活和成长太重要了。

Q:今天的电影,有人给你投资,必须用什么样的演员才能有票房,这在很多方面实际上已经违背了电影艺术的规律,已经是个商品了。

A:你说的是个问题,但是根本没有这么严重,绝对不是说只有这一条路,你说的这个通常是现在电影人的借口。最典型的就是香港电影,现在靠港台明星来拯救内地电影,这绝对是死路一条。我当时说了一句开玩笑的话:"港台电影全是港台明星,照样让电影死亡。"为什么?我觉得他们违背了电影创作的艺术规律。电影是商品,但它是个艺术商品,它和鞋、袜子、香烟还是两回事。你不能按照制造这种商品的规律来创作电影。如果在短时间内可以获得利益最大化,那么我们就不遗余力,不惜代价,不择手段,这绝对是必死无疑。

Q：现在电影票房不高，有时候只有几个人在看，那么拍电影的人就会想如何把观众蒙进电影院，只有这样他才觉得踏实。

A：如果你是个电影人，一定要知道艺术创作不是短期行为，不是说你做电影导演，一生中你把电影弄完就完。如果你觉得电影是个玩意儿，是个精神产品，它是一片乐土，一定要让它有可持续发展的路可走。我们现在用的就是猝死的方法，最简单的就是喝茶不过瘾就要抽烟，抽烟不过瘾要吸毒，吸毒不行要注射，最后是死。我觉得现在我们的电影走的就是这条路，看看还有什么手段能刺激它，还有什么手段能调动观众。总而言之，它的做法是迎合观众。这绝对是不对的，没有几个观众会比做电影的人内行多少，所以我觉得不论做电影还是做电视，首先还要引导受众，要有这个能力。你要让他们有这个鉴赏能力，告诉他们什么是好的。最简单的就是足球，为什么大家半夜两点多爬起来看欧洲杯，而中超差不多都不要钱了也没人愿意看？欧洲杯水平高，所以人愿意看，就这么简单。

Q：可是现在市场这种规则不允许也不给你时间让你去引导消费者。比如张艺谋，他拍《英雄》一定要借助好莱坞的模式，电影拍出来可能什么都不是，但他抓住观众了，他成功了。

A：这东西我觉得要沉得住气，如果张艺谋一生当中只想拍五部电影，并且能卖动，那我觉得他这个人对整个中国电影是没有什么责任的。我觉得他应该想的是等他老了、拍不动电影时，电影还在辉煌，他的孩子和孩子的孩子都还有中国电影可看，他要想这件事才行。你看现在新闻频道的"每周质量报告"，我每次看的时候最大感觉就是不理解，不知道为什么。你看曝光的，哪个不是大名鼎鼎？都是百年积累的名声，一窝蜂地搞短期行为。我知道，短期行为可以有暴利，我感觉我们电影的路子就是这样的选择，是一下就赚够了，还是细水长流？不光自己挣，还让自己的后代也有钱挣。我不否认张艺谋、陈凯歌、冯小刚他们这几年拍过一些比较好的电影，但是电影的未来是什么？我觉得如果这样下去，它的未来绝对不会是出现越来越多更好的电影,而是连这样的导演都没了。

Q:从你的价值观和艺术观来看,好电影是什么?

A:这东西很复杂,一两句说不清楚。我是一个电影迷,你听听一个电影迷的说法:我觉得电影是讲故事,肯定不是MV,所以你要想办法把这个故事编好、讲好。做电影的人都知道现在最薄弱的环节是编故事,他们当然不会编了,你知道他们怎么编吗?他们到度假村里去编,那能编出来吗?长春有一个饭馆,叫向阳屯,饭馆里墙上画的画特别好玩,每次我去吃饭,都想见那两位作者,但一直没见到,每次都告诉我他们又去乡下体验生活了。你看他画的跟我们平时看到的就不一样,非常生动,能抓住生活的细节。包括赵本山,最初我们看那么好,现在看也就那么回事,他自己也觉得底气不足了。一样的,你看那时候他吃什么住什么,现在吃什么住什么。

Q:可是现在没有时间和成本让你体验生活,编剧完全是凭着自己的经验和想象写剧本。

A:现在大家误认为在这个圈子里盛行的潜规则是真正的商业规律,这个是特可怕的事情,这样的结果就是最终我们干不成一件事。好莱坞我去过,他们不是这样干的,它分工明细,它是工业化生产相当完美和成熟的一个机制。如果我们把这个圈子里盛行的潜规则当成商业规律来看的话,最后我们看到的就是这样的结果。如果我们放弃这个潜规则,抵制潜规则,它可能带来的是暂时的黑暗,就是连目前的这样的票房都保证不了。

Q:从投资方到操作方到最后的受众都习惯这种潜规则,放弃潜规则谁都接受不了,不然就会出现暂时的恶性循环,最后谁也扛不住了。那么还是按潜规则办事吧。现在所有流行文化产品都面临这样的问题。

A:是的,俩月一拨,对当事人来说没什么损害,基本上都捞足了,如果胃口不算大的话,给他两三个月就捞足了。如果放在流行音乐和电影上,大家不是特别理解，放在火腿和扒鸡上，大家就能理解这个道理，而在这个圈子里，大家还不理解。

Q：食品涉及人的生命和健康，文化产品再烂，大不了我不去理它，就算电影都垮掉了，跟我有什么关系呢？消费者没有对制造产品这一方的压力。

A：我知道的一个数字是，好像中国从事电影方面事情的人有四十万人，我不知道是否准确。你想想这四十万人是什么概念？我不知道这些人是没有想清楚还是不愿意这么想，反正我观察了一下，很多人不愿意这么想，就是一把捞足了完事。

Q：那你看到这样的惨状，你能做什么？

A：我什么都做不了，只有着急的份儿，我真是着急，因为我太喜欢这个行业了，不希望它这么快就没了。我觉得潜规则通常是人的借口，都说不这样做不行，实际上不这样做是行的。

Q：你现在坐在电影院里看电影和当初露天看有什么不同？

A：差远了。当年我穿着棉大衣，下着雪，眉毛都冻上了，一晚上看三遍《英雄儿女》，那个感觉撕心裂肺，直指心灵。现在坐在那里就是个局外人。还有现在的人，身体状况大不如前，那时候在操场上坐个小马扎，一坐四个小时，顶多觉得脚有点麻，但不觉得累。现在坐在沙发上，看一个半小时就觉得非常疲劳。看完之后通常觉得不值得，还不如在家看一个老电影呢。说得玄一点，电影是心灵的震撼，它不是愉悦你的感官。现在电影有一种趋势，我觉得是愉悦感官：我带你去一个没去过的地方，我制造出你做梦都想象不出的影像。

其实看电影还有另一种判断标准，就是和现实很像，这种审美标准其实也是很了不得的。我印象最深的就是看《秋菊打官司》，看完之后我走出剧场，就觉得阳光灿烂。他拍得太真实了，演员演得也太真实了，没有任何表演的痕迹，然后我就特别佩服张艺谋。但是我看《英雄》的时候就一点没有那样的感觉。我觉得在九寨沟那里上下翻飞，不如《阿甘正传》里的一根羽毛打动人。我看陈凯歌的《霸王别姬》，我觉得中国人了不起，但是我带着我女儿看《和你在一起》，她看不下去，我也看不下去。我特别想知道《秋菊打官司》《霸王别姬》在商业上成不成功？我的判断没有错的话，商业上是成功的。

Q：但是他们还要获得更大的成功。

A：就是这个害了他们。实际上《秋菊打官司》赚那十块钱是很好的，不用拍《英雄》赚十五块钱。

Q：但是作为导演，尤其一个著名导演，他和观众想得不一样，他们需要不停地突破自己。

A：可以理解，特别能理解，这个就算一家之言，反正小崔是个电影迷，他怎么看就怎么看，也影响不到谁。我是隐隐约约觉得有危险，这么干下去就是没有四千万美元，就拍不了电影，没有五千万美元，就拍不出好电影。你想想，五千万美元的回收可比五百万人民币的回收要难多了。

Q：现在人们拍电影，喜欢使用特技来完成无法完成的事情。

A：你最好别跟他们提特技，因为一提特技，每一个中国电影人都装穷，因为特技三千万美元是不够的，那得一两亿美元，这才叫商业。二十五亿美元是什么概念？中国有电影以来加一起还没挣过这么多钱呢。现在要说不负责任的话，我也不是做电影的，你爱怎么着怎么着，我喜欢老电影，新电影爱怎么样怎么样，我就是个观众，不想看我不看就完了。我守着我家里一千多张老影碟，我能看到死。我现在担心的是，我的女儿，张艺谋的女儿，她们长大了没有电影看。或者说她们长大了，只能看美国电影，那算不算悲剧？

做《电影传奇》，把有意思变成了有意义

  2002年崔永元从《实话实说》退下来之后，开始用四年的时间来实现他近四十年的梦想。他成立了一个剧组，有采访组、资料组、编辑组、再现组，兵分几路，全国各地跑来跑去。他用工厂化的制作方式，齐头并进，所以他现在都很难说清楚到底做完了多少部片子。二百零八部《电影传奇》，要采访一千五百人，已经完成了八百多人的采访，涉及的影片有一百五十多部，现在收集的电影资料有一百多部了；再现部分已经拍了一百多集……崔永元已经离他实现梦想的距离不远了。

  Q：前段时间你出版了一张1992年录的唱片《宁死不屈》，你当初怎么会想到录一张唱片呢？

  A：那是件特玩闹的事儿，不是件正事，就是觉得挺好玩。我那么多同学、同事，没有一个人出磁带，但我能，就因为我能拉来这个钱，所以就把这件事干成了，当时就这么简单。但是今天要做这件事的话，就会很难了，要严肃得多了。就像我做《电影传奇》，很累，有时候都无法承受，醒来都问自己，还干不干了？比如在做人物采访的时候，我对人物采访组的人说，你们在和时间赛跑，因为我们要采访的人，最年轻的也有六十多了，基本上都是七十、八十、九十岁的人了，他们的日子都是一天一天来算。我们的采访组特别棒，不到一年的时间，采访了八百多人。

  Q：在《电影传奇》里面，都会有一些再现情节，而且你在里面还要扮演一个角色，这么做的意图是什么？

  A：当时我想得不是很多，我就是觉得，它是个电视栏目，不是电视剧，也不是电影，所以就得有个主持人，我就用这种方式去主持。我觉得如果讲电影，收集了那么多的资料，相当传奇，不妨设计一个新的方式来表现它。

Q：你想过没有，以前看这些老电影，一些情节和画面出现的时候，你要是里面的一个角色会是怎么样？

A：从来没想过，我最多最多就是想过，他们某一次拍电影让我赶上了，我能围观一下，看看电影是怎么拍出来的。结果特别巧，我们在采访严寄洲的时候，他说他小时候在常熟，家里那边风光特别好，经常有人拍电影，他常去看，看着看着就看出门道了，他就是这样开的窍。后来他拍《二泉映月》，有很多观众在围观，工作人员就赶，他说别赶，然后他让一个孩子过来看，他说这孩子这么小就对电影感兴趣，长大了说不定也是个电影导演。

Q：现在拍摄一集《电影传奇》的成本有多大？

A：大概二十万左右。可能以后会越来越多，因为前期制作的时候人物比较集中，现在很多人都采访过了，再采访人物都比较分散，去一个地方有时候只能采访到一个人。比如去广州采访，想把所有人一次采访完，可是刚回来就又冒出来两个，再去采访，回来后又冒出来两个。我越做越觉得这事值得，从有意思变成了有意义。我在做《实话实说》的时候还很关注观众的反应，功利心还很强，做《电影传奇》就没这个，一点也没有。我觉得《电影传奇》是件构筑功德的事情，现在没有人会注意这件事。

Q：《电影传奇》的投资情况怎么样？

A：是北京的一家投资公司。当时特别偶然，台里觉得这不是新闻节目，开始不是特别有热情。投资公司的这个朋友喜欢看电影，我们经常在一起谈论老电影，他知道我没有资金，决定给我投入。我也跟他说了，风险很大。我当时想，做一年看看，如果不行的话，大不了我把车卖了，把房子卖了。现在看起来还不错，但赚头不大，如果真想挣钱的话，还不如再出一盘带子呢，肯定比这个挣得多。

Q：从你刚才谈这么多，感觉电影是你从小就热爱、着迷的，你是从什么时候开始把电影当成个事去做的？

A：可能在我出名以后就有可能见到一些老艺术家，他们见到我特别高兴，说："《实话实说》主持人小崔，老在电视上看到你，现在在生活中看到你了。"而我憋在肚子里特别想跟他们每个人说的一句话是："我从小在电影上看到你，没想到在生活中见到你了。"后来我发现，他们中的大部分人，生活得非常俭朴，俭朴到差不多是我们五年前或十年前的生活水平，而且他们默默无闻，也不被媒体关注，我觉得特别不公道。现在可能我还有一点号召力，还有一点工作空间，甚至还有一点话语权，我愿意用自己这点权力帮他们做些事。

Q：当你决定想做这件事时，你多年来的一个情结要变成现实了，你的心情怎么样呢？

A：其实应该特别高兴，但做起来通常没有这种体验，我一做起来就发现它们真难。我们现在什么条件都有了，却做不好，有人批评我们再现拍得不好，不如原片，我百分之百同意，就是不如原片。但这根本不是我们偷工减料，我们也找了一些高手，就是拍不过他们。我想来想去觉得就是我们太聪明了，我们都控制不住自己投机取巧，聪明反被聪明误。

从摄影角度，我讲两件事：一个是《小兵张嘎》的摄影聂晶，影片里拍了很多漂亮的镜头，小时候根本看不懂，就知道张嘎子好玩。后来对电影了解多了才发现，这镜头这么牛啊，这镜头是怎么拍的？比如有一场戏，张嘎从底下走，上了房，下来，又上一个房，下来，进了武工队的屋子。现在怎么拍这组镜头？每个人都知道，最简单，斯坦尼康绑在身上跟着他走，或者摇臂跟着他走。那时都没有这些，怎么拍的，谁也不知道。后来我们找到黄建中，他当时是这个片子的场记，他给我们讲了当时这个镜头是怎么拍的。后来我们又到电影资料馆翻资料，看到了聂晶的日记，才知道他是用一种很土的办法拍出来的。所以在《电影传奇》里我们毫不犹豫称之为"伟大的长镜头"。还有就是《地道战》里老钟叔在鬼子进村后跑的镜头，现在拍很简单，用斯坦尼康，摄影师倒着跑。当时唯一的办法就是用轨道车，可是移动远了，轨道就会出现在镜头里。聂晶想了一个办法，在轨道车上用两个大麻袋装上土，车上坐两个人，两个人一边后退一边埋轨道。现在你知道了，再去看就会发现有两道埋土的痕迹。现在有了斯坦尼康和摇臂，我们的创作力和想象力反而受到极大的影响。你说现在人聪明还是过去的人聪明？毫无疑问，是现在的人聪明，我们现在的问题就是经常做聪明反被聪明误的事儿。

我是看老电影长大的，我不会轻易放弃原则

电影里的英雄形象对崔永元的影响太大了，每当他面对诱惑，他的脑海里闪现出来的可能是《钢铁战士》里的张志坚、《英雄儿女》里的王成。在今天，谁的脑子里还在盘旋着这些英雄形象呢？大概也只有崔永元了。崔永元不是英雄，可他却常常以英雄的方式去面对棘手的问题，并且，他活在21世纪。

Q：你的理想是做一些跟电影有关的事情，并且一直能坚持下去。那么，在你熟悉的"人到中年"的这些人里，是不是带有一种很普遍性的理想和情怀？

A：多数人比电影人还要危险，他们的理想都在丧失，他们也没有坚持理想的愿望，随波逐流。我身边很多人都这样了，这些人比找周杰伦签字的年轻人还要可怕，签名还是有理想的。而我听到周围的人都在说"怎么办呢？"，这是他们最爱说的一句话。我觉得这是卸掉责任的方式，因为随波逐流是最容易的。你刚才问我做《电影传奇》挣了多少钱，我不愿意告诉你，我也可以告诉你它没挣多少钱。但我可以告诉你我另一个发财的主意，一个是著名的休闲品牌，一个是著名的药厂，都是让我做形象代言人，每家开价五百万，如果我答应的话，十五天内我就可以挣到一千万。中央台不许主持人做广告，那么我辞掉中央台的工作，因为在中央台我干到退休也挣不到一千万。我辞掉了，挣完一千万，完事了。我想过，但我是看老电影长大的，我不会轻易放弃原则。因为放弃太容易了，我跟许钟民说《宁死不屈》的事，放弃就是一秒钟的事，坚持就是一辈子的选择，到目前为止我还是选择坚持。晚上睡不着觉我起来经常想，算了，干吧。但是我觉得现在做的事情是很有意义的，它有意义到让我不能轻易放弃。

Q：这件事在你看来是很有意义的，在观众看来却不一定能理解。

A：我做《实话实说》的时候在意他们每一期的反应，我做《电影传奇》一点都不在意，就是那些老艺术家看了之后觉得还行，谁也没忘记我们。我现在敢拍着胸脯说：这是有史以来中国电影收集资料最全的，从来没有过。我现在把它做出来了，我觉得很了不起，这就够了。我不需要那么多人的喝彩，我跟媒体讲了，爱看不看。

Q：听说《电影传奇》在最初并没有被重视。

A：中央台最开始没说要，我跟很多电视台谈，但他们提出两种条件是我不能接受的。第一，价钱好谈，首先要谈回扣。我说我的好东西卖给你，你电视台靠它挣钱就完了，要回扣我有可能进监狱了。第二，让我根据他们的口味去调整节目内容，比如我主持的情节都拿掉，加上一些时尚的东西，不要请主持人和演员，要请歌星来演，这都是我不能接受的。我当时想，卖房子也不答应你们的条件。到最后，五六家电视台争这个节目，出的价钱越来越高，都想要首播权。最后中央台还是要了。

Q：你从来没有做出过让步和妥协？

A：天天这么坚持挺难受的。但我想象的另一种方式更难受，比如我做一些附和的事情，哪个媒体找我，让我说什么我就说什么，这样我见报道频率就高，他们对我的评价也好，公众会觉得我好，但我心里更难受，比现在还难受。这是我的推断，因为我根本不敢尝试这样做，一旦我这么做了，我就收不住了。我老说我抽烟一根接一根，你要让我吸上毒那还了得？那些物质和商业的诱惑对我来说想都不敢想，只要我沾上，那就完蛋。比如当时我做主持人的时候，好多人来找我走穴，太挣钱了，他们给我开出场费，听着真吓人，从几万块钱开到几十万，做一次演讲就几十万。但我做《实话实说》期间，没参加过一次商业活动，我不是说我这个人有多高尚、多清白，我是觉得我把持不住，只要我参加一次，肯定有第二次，只要有第二次，肯定开闸放水。回头我就会天天打听，哪里有穴可走。我觉得我不会在物质诱惑面前有多大抵制力，干脆一刀两断，不动这个念头，这样我才能守住，守住我才能干点事。在《实话实说》最火、收视率最高的时候，有人拎着一箱子钱来找我，那箱子一打开都吓人啊，我都没见过那么多现款。他说，只要让我们老总做嘉宾，这钱都是你的。我看了很眼红啊，看完之后我说："你滚蛋！你侮辱我的人格，只要我当一天《实话实说》的主持人，你们老总就做不了嘉宾。"

我没有失落，是媒体有些失落

与何东的一次对话，使崔永元在走下《实话实说》后再一次成为媒体关注的对象。这个崔永元，为什么突然间变得如此狭隘和刻薄？是因为《实话实说》下来后变得失意，还是电影《手机》让观众想入非非地对号入座惹怒了他？谈到这件事，崔永元说："告诉他们，当我从一个很火的主持人变回普通人，我没什么失落，是媒体失落特别大。你看看现在媒体的娱乐版面，说人好的太少了。这肯定不是一个正常的社会，正常的社会就是有好有坏。我觉得在这件事上我没什么问题，我一直保持我《实话实说》的风格，你问我什么，我可以说的我就告诉你，不可以说的我就告诉你不可以说。"

Q：再过半年，你当初的梦想就告一段落了，以后你有什么计划？

A：前段时间常香玉去世了，她是一个德艺双馨的艺术家，可是现在都没有一个完整记录她的片子，我可能会去拍那些老艺术家的片子。

Q：你在《电影传奇》后做了很多事情，可实际上你在大家眼里还是一个主持人，你做《电影传奇》，是因为你喜欢电影，之后你又要去做别的，那么大家就会认为，作为一个主持人，不踏踏实实主持节目，干吗老去做别的事情？

A：中央电视台现在就有四百多个主持人，不缺我这一个。电视行业更缺的是策划人，我慢慢地往这个方向上转，实际上我最早就是做这个的。我做主持人其实是挺奇怪的，当初他们找不着人，拉着我说你先做几期，人来了你就走，我稀里糊涂就上去了。我也没有长久打算，我做节目的衣服都是和别人借的。只不过当时没见过这样主持的，后来全国有一百五十多个谈话节目，你都看不过来。现在的谈话节目，就是被公认的低成本，电视台开了新频道没东西填空，就拿谈话节目填空，不是什么时髦的东西了。我当时做《实话实说》，每次录像，我提前一天就睡不着觉，吃不下饭。后来慢慢"脱敏"了，现在八十个镜头对着我我也不害怕了，但是我做主持人体会不出这个行当给我带来什么快感。一开始是紧张，后来是熟练，再后来是压力。压力就是既不能满足观众的要求，更不能满足自己的要求。做的节目的品质和自己的理想越来越远，无法弥合。

Q：你从一个全国很有影响和受欢迎的主持人的位置上下来，要不要去调整自己的心态？

A：我根本不用调整，我在这方面是个高手。我在签售的时候跟公司的人说，有五个人围在我身边和五百个人围在我身边没什么区别。有一次，在重庆签售，当地的媒体非要让我跟四十个美女对话，我不愿意去。我不去他们就不说我在哪里签售，不说就没人知道，最后稀稀拉拉才来了三十四个人。后来去了几个记者在挑衅，问我，你觉得这个场面感觉怎样？我说很好啊，有四十个人来呢，还有吗？没了。好，那我们吃饭去。我没有任何失落，我不知道那些歌星遇到这样的事会不会有失落，如果有一万人，他就特高兴，有两个人他就不想给他们唱了。过去那些老艺术家不会这样，他们在朝鲜战场的坑道里给一个人唱，照样是个艺术家。所以我的心态特别好，下来没有任何失落感。

Q：你是怎么练就这种坦然自若的心态呢？

A：《实话实说》做了四五期，我就有点小名气了。我妈跟我说你爬多高，就会摔多狠，你应该有这个思想准备。我说妈你放心，咱穷苦人家的孩子，早就有这个准备，过过普通人的日子，不会有很高的奢望的。所以在我出名以后，我的生活没有太大改变。

Q：不了解你的人，觉得你和众多的艺人明星没什么区别，了解你，会觉得你有一种很朴素的60年代生人的情结，这个东西给你的成长留下的印记太深了。

A：摆谱，别人累，自己也累。我发现很多明星，就是在摆谱，弄四个保镖，我经常见到他们，他们在街上走没人理，还说有人身安全问题。我不是大明星，我不知道多大号的明星不能在街上走。

Q：你在街上被人认出来后他们都什么反应？

A："小崔，《实话实说》干得挺好怎么不干了？""累了。""你累还有我累啊。"不就这样么，还能怎么样呢。要签个字，就签呗，要照个相，就照呗。

Q：跟你聊天，感觉你说话很直，会得罪好多人。你想过没有，为什么媒体会跟你过不去呢？

A：我不顺着他们说，我不愿意接受他们的采访。我的话都放出去了，我无所谓，我说半年、一年没有我的消息，报纸上没有我的名字我一点都不心慌。我不像一些明星一样，三天在网上找不到自己的名字就手脚冰凉，我没那感觉。我三十三岁时报纸上才有我的名字，我前面三十三年是那种安静的生活，我的生活质量很高，所以我根本不在乎这个。

你看冯小刚那件事，后来冯小刚说了几句话，我同事告诉我说，冯小刚说话了，媒体又该找你了，我说：我说完了，该他说了，都说完了，这事就算完了，哪能天天生活在这件事里啊。结果有一个杭州的小女孩给我打电话，说冯小刚今天骂你了，你怎么看？我说他没骂我，这不叫骂，是他表明他的观点。她说那你怎么看？她非逼着我骂冯小刚。然后我就说，你们太无聊了，就算你们是娱乐记者，这个圈子也有很多事值得你们关注，没有这个你们报纸就活不了了？于是她就炮制一篇《崔永元怒火泼记者》。这篇文章出来之后，我的生活马上就变得平静了。

（2004 年）

王朔，那时候他看上去很美

> 王朔创造了一个时代，在一个正确的时间引领了一个时代，在一个错误的环境离开了这个时代。他不回来，看上去有点尴尬，他回来，也许会有新的尴尬。

1988年，被称作"王朔电影年"，这一年，他的四部小说先后被改编成电影，最后一部电影《大喘气》上映的时候，王朔去找叶京，就是后来拍《梦开始的地方》《贻笑大方》《与青春有关的日子》的导演。那天外面下着大雪，叶京开着车，拉着王朔从西直门去和平里影协电影院。王朔兴奋异常，一路上眉飞色舞地狂侃："中国电影哥们儿现在平蹚。"那时叶京还在做生意，跟影视圈没什么交集，但是有这么一个能把中国电影平蹚的发小，他也感到自豪。用叶京的话讲，他俩打穿开裆裤就在一起玩，彼此知根知底。十几年后，当叶京回忆起这段情景时说："他当时幼稚得就像一个孩子，放了很多狂话。当然，他现在也会这么狂，但不会说这样的话了。"

从"王朔电影年"回溯到之前四年的1984年，王朔还在为他的处女作《空中小姐》煞费苦心。这部三万字左右的中篇小说，最初有十三万字之多，他先后改了九稿,加起来的字数约一百万字。随后《一半是火焰,一半是海水》《浮出海面》陆续发表,他的纯情小说开始感动无数少男少女。但这种轻飘飘的催泪弹并不足以确定王朔的文学地位,他意识到,在文学都很严肃的时候,他必须用这种打破严肃的方式才能获得读者认可。在打下一点基础后,他笔锋一转,开始了他的调侃。这有点让人措手不及,挺纯情的一个作家,怎么一下变流氓了?关于王朔的争论也甚嚣尘上。叶京说:"王朔的高明就高明在他被大众群起而攻之的时候,恰恰就是对他认可的时候,他摸到了中国人的命脉,中国有句成语叫'叶公好龙'。"

王朔是较早看清大众文化威力的人,与他同时崛起的作家苏童、莫言、刘震云、刘恒都在为严肃文学创作的时候,王朔已经开始揣摩大众心理了——小说既要写得通俗,又不能落于俗套;既要老少咸宜,又不能过于肤浅。于是王朔开始在他的小说里塑造一个又一个痞子、颓废青年,这种玩世不恭的形象,仇者痛、亲者快的风格很快成了一个现象。这一点王朔是很清楚的,如果那次去影协看片的"路"再长一点,他也许会对叶京说:"中国文学哥们儿现在平蹚。"

浮出海面

上个世纪90年代是文化的分水岭。之前,文学的地位很高,90年代后,文学让位给影视。王朔恰恰是这两种文化转换过程中的桥梁,就像他在小说《顽主》里的那句话:"用弗洛伊德过渡。"他用一种不严肃的姿态,轻易地就把文学的严肃与纯粹给消解了。如果他再晚出来两年,也许就只能赶末班车了。马未都曾经是《青年文学》杂志的编辑,用他的话讲,王朔什么名都没有的时候,他们就很熟悉了。"他那时候穿一条大裤衩子去编辑部找我,我跟他很熟,也比较谈得来,我们都是军队大院长大的。王朔是个绝顶聪明的人,我一直觉得在我们那一代人里,他的文字表达能力是第一。当时他的文字表述方法我很喜欢,但领导不喜欢,所以有段时间王朔没有在我们那里发表作品。他第一次在我们那里发表作品,也是文学界比较认可的是《橡皮人》。"

王朔的文字里面几乎没有太多抒情的描写,大都是语言对白,而且相当精彩,这就为他的文学转向影视作品提供了方便。他的小说几乎就是一个剧本坯子,稍加改动就成了剧本。马未都在谈到王朔的语言优势时说:"王朔的语言中,老北京的语言特别少,如果写纯老北京的东西反而写不好。他的语言反映的都是大院里的文化,天南海北都有。他有北京人的劲儿,没有老北京的话。我们平时说话就那个劲儿。我们的文学在80年代以前,受到的训练就是开头都是'太阳从东方冉冉升起'这样的感觉,每个人说的都不是人话。所以,不论写什么作品,表述方式都是一样的。到了王朔这里,改了。在这种情况下,他这种很生活的语言显露出来了。其实他小说里很多话都是我们平常说的,一模一样,谁的话谁说的,我们都知道。"

原《啄木鸟》杂志的编辑魏人也认为王朔的语言魅力无人出其右:"如果说王朔有什么最大的贡献,就是对话语的贡献。王朔的语言是随着中国步入资本社会过渡时期出现的一种混杂结果,他更多使用口语会给人带来一种冲击力,这种冲击力会让人觉得生活充满了多样性。外来语、土语、消失死亡的语言、重新复活的语言,组成了新的语言,这个时代应该不超过十年,王朔恰恰把这些都搁进他的作品里了。这种语言在他的作品里出现,会形成一种新鲜,一种时尚,一种娱乐行为。这种语言就会迅速在老百姓中传播,成为话语娱乐。"

王朔赶上的另一个好时机是90年代影视界开始发生变化。第五代导演崛起,文本向视觉转变,娱乐文化开始繁荣。王朔的文字某种意义上讲是严肃文化大堤上的一只白蚁,现实给他提供了这个机会,所以出现了前所未有的一个作家四部小说先后改编成电影的盛况。马未都说:"当时文艺上不是百花齐放,放出来能撒欢的就他一个,剩下的人都比较正统。后来有很多人在模仿他,但是还有个难度,王朔的受众群体比较大,有文化没文化的都喜欢他。他找的点很好。还有一路子人写得很窄,比如刘索拉,就那么点人喜欢。所以，在这一点上，王朔算一个奇才。"

叶京更了解王朔写小说之前的状态："其实王朔早年是特小资的一个人，他的爱情观和对待女人的行为方式都特小资，是一个挺性幻想的人，是一个特追求精神的人，是个浪漫主义者。但是那个年代刚改革开放，不足为怪，我们都经历过那样一个年代。那时候的小资，不像现在这么酸，现在这种小资感觉掺了很多假，你看着都肉麻，觉得酸，那个年代的小资挺朴实的。"

当年王朔和叶京瞎胡闹的时候，北京是个真空状态，他们的父母军管的军管，外调的外调，剩下这帮孩子留在北京，可以胡折腾了。"我们为什么是发小？是因为那个时候我们院儿拆了，拆完了，这帮孩子天天串在一块。实际上学坏也是从那个时候开始的。我觉得我们从小到大胡打乱闹这么多年，没有看出他身上有什么，王朔把时尚叫恶俗，我们其实都追求过恶俗，现在叫恶俗，那时候觉得就是一个崇高的时尚。所以我说他小资也有这个原因，看古典文学，虽然是看，但是看懂了吗？其实是有一半是在追求时髦。大家都在追看这些外国古典文学名著，挂在嘴边津津乐道，也有自己的圈子和沙龙，这个沙龙实际上就是一帮人吃饱了没事干整天狂侃，我们那个时候的侃已经超出了胡同里的东西，其实这是一种无形的资产和积淀。"

王朔进入文学圈之后，和当时的很多作家一样，也都围着一些文学杂志转，那时候跟他来往比较密切的除了马未都，还有魏人等人。《一半是火焰，一半是海水》和《单立人探案集》都是发表在《啄木鸟》上的。以当时人们对文学的理解，王朔小说里的很多话都是犯忌讳的，马未都为了能让王朔的《橡皮人》发表，专门请主编喝了回酒，主编一高兴，就同意发表了。但是《橡皮人》开篇第一句话就是："一切都是从我第一次遗精开始的。"结果主编不喜欢，把这句话删掉了。马未都对删掉这句话耿耿于怀，正好那期是他去印刷厂签字付印，于是他又偷偷地把这句话加上了，然后马上把大样寄给了《小说选刊》，心想如果《小说选刊》能转载，主编也就不会再怪罪这件事了。果然，《小说选刊》采用了《橡皮人》。马未都说："他的这句话在早期作品中象征意义特别重,象征他成人。"同样,王朔的小说在《啄木鸟》那边也遇到了类似问题,魏人回忆说:"我那时候编稿子,有个作者写接吻,舌头缠舌头写了四千多字,我们认为是黄色。王朔写接吻就写了一句,男孩女孩接触,女孩哭了。审查机构认为不行,说这给人冲击力太强。后来我解释,这是文学的冲击力、艺术冲击力,不是色情描写。当时为了给王朔一个奖,我们挖空心思,一等奖空缺,给王朔一个二等奖。我们部长当时觉得王朔就是一个流氓,后来我们想方设法让他们见了一面,他一看,就是个大男孩,印象马上就变了。"

那时候的作家和编辑都常混在一起,马未都说:"大家在一起就是瞎吹,说迷恋女色的事儿,都把自己说得特别神勇,把芝麻大的事儿都说成西瓜。"不过大家虽然在一起胡说八道,但是都像防贼一样防着对方,魏人说:"这些文人在一起都怕偷,谁也不谈创作。你说出来,手慢一点就被别人用去了。大家天天在一起,大吃小喝的。那时候我自己都没有家里的钥匙,谁都可以来。经常有人买东西放冰箱里。有一天我跟王朔回家,发现家里有四个人在打麻将,我说你们是谁?他们说我们是给主人看家的。我说我就是主人,怎么不认识你们。那时候的关系就像王朔小说里描述的一样。我们也没多少钱,你有困难,大家都来帮助,大家在一起谈吐都很幽默。我们打麻将,旁边的几个女作家问我们,你们说什么呢,我说我们在说流氓黑话呢。"

千万别把我当人

马未都说:"其实王朔很痛苦。由于他对这个世界过于敏感,他就特别痛苦,所以他有很多恶习,比如酗酒、过量地吸烟。他是一个心地很善良、假狠的人。他写得狠,但内心不是这样。我觉得无论王朔作品中的人物对生活是什么样的态度,他内心都是很软弱的人,一旦他面临困境的时候,他一定是退缩的,他不坚强。相反,你看冯小刚,动不动就哭,但他内心特别坚强。"

王朔最擅长调侃，那种剑出偏锋、话里有话、含沙射影的风格让人津津乐道。叶京说："其实这就是一个伪装自己的外壳，在他内心深处，还是有很多痛苦的东西。他和现在的人痛苦不一样，现在人的痛苦是物质层面的，那个年代是内心的痛苦，就是挣扎，说得光明一点就是追求，然后用那种外壳去包装自己。所以为什么说用机智来形容他呢，其实过去王朔一直在装，最后装得跟真的一样了。很多人认为王朔就这样，其实王朔不这样。王朔骨子里的这一面谁知道？我知道。王朔面对社会以及他所有的作品，都是装出来的。谎言重复一千次就成了真理，他就是把假的东西最后全弄成真的了。他的反讽、机智，全都是用一种反向思维体现的，出现了想不到的奇效，王朔对媒体说的话都成了语录。中国能称其为有语录的人，建国以来除了毛泽东就是王朔。但我跟你说他的这些东西全是假的，所谓真的就是他心中有无限的荒凉和黑暗。"

　　王朔的聪明之处在于，他虽然没有认真学过传媒学，但是他非常清楚公众人物与媒体之间的关系。在那个年代，还没有"炒作"这个词，但是王朔已经学会了，在"诱奸"媒体和树立公共形象上，至今没有人能超越他。当然，前提是你得是一个有公众魅力的人。叶京说："任何人面对公众的时候，都想自圆其说、包装自己，想拿出一副所谓圣人的面孔，就是一句顶一万句，这都是包装，这都是假的。包括我今天说的，都是拣对我叶京有利的话说，包括我说我就是一傻逼，就是一流氓，其实都是想夸自己，这就是王朔惯用的伎俩。当年人们把王朔当成攻击对象的时候，王朔说'我是流氓我怕谁呀'，这话太典型了，其实你王朔不是流氓。原来他说这句话的时候我以为他是假流氓，我是真流氓，现在反过来了，他真成一流氓了，我倒成了假流氓了。他的话就是既把你给讽刺了，又让你觉得挺舒服，不是在直接骂我，我还能接受。让大众一听到，这话成语录了，真经典。包括前段时间他评论张艺谋的《满城尽带黄金甲》，大家骂得那么厉害，王朔很调侃地说了一句'张艺谋是搞装修的'。王朔给大众的感觉就是张嘴就来，思维极其敏捷，其实他回家恨不得想十天半个月。他跟我聊过，语不惊人死不休啊。他很随便地调侃张艺谋搞装修，估计'装修'这个词至少他在家想半年了。一个人的成功不是靠他的投机，他也用功。这个用功是他回家做功课去了，不是靠他的聪明在这里跟你胡侃出来的，是他思考出来的，这个思考来自对生活的悟性，第二才是来自他的修养、积淀，是后天努力的结果。哪像现在80后的孩子，不用思考就语出惊人了？根本不是那么回事。"

魏人也说："王朔是一个理智的人，他不像你想象的那样信口胡说，都是他事先想好的。他那时候天天背成语词典，怎么增长你的文化水平啊，就是背成语词典。这些年我从王朔的文章中能看出来，他读了不少书。"

在叶京开车拉着王朔去感受那个"王朔电影年"之前，他没觉得这个朝夕相处的哥们儿在文学上能有什么成就。那时候叶京开饭馆，王朔天天去他那里蹭吃蹭喝，没事回家就写小说，到点就到他这里蹭口饭，然后侃侃大山就走了。"我那个时候一直忽略了他，因为我们太熟了，彼此了解。现在我们不得不承认，他就是一个文学大家，在中国当代文学史上等同于法国新浪潮电影时期的特吕弗跟戈达尔。"

玩的就是心跳

电影的影响力让王朔看到了它远远比文学更能给他带来实惠，所以叶京说："他真正大红大紫，还是通过影视，他的小说跟影视是相辅相成的。如果没有后来90年代的王朔作品、王朔电影年，我觉得王朔未必有现在这么大的影响力。影视让他看到了这个好处，他是最早认识到这一点的，于是用影视把自己一下子给包装了。其实王朔是中国这一批作者、文学写手里面最早悟出这个的，是最早知道要去做这个所谓的消费文化、最早能抓住这个东西的人。咱们那时虽然没有像现在有这么多钱，但他最早知道用这个去挣钱。我说的他聪明聪明在哪儿呢？他没有躲在家里写字，如果那样，充其量也就是一个苏童、莫言，充其量也就是那么一个位置。说老实话，从他的处女作开始,我曾经说就是中学生作文。不是贬义,就是说它特干净,是我们那个年代所谓小资一点的小说。包括后来的《空中小姐》,他完全建立在写个人感受的基础上。而且我觉得王朔没有与天下为敌、舍我其谁、忧国忧民那种劲儿,他没有带着那种心态去写作。他早年也不是什么愤青,他是适应能力很强的一个人,他不像我,我必须得有一个时间去适应,所以我的面很窄,他的面很宽,他可以跟任何一个人往来,这也是他成功的重要因素。"

电视剧让王朔如鱼得水,发挥的空间比小说更大。80年代末,北京电视艺术中心打算拍一部长篇电视连续剧《渴望》,写一个身上汇聚中国人所有美德和倒霉事的刘慧芳,王朔参与了这部电视剧的策划。这是中国第一部长篇电视剧,播出时,万人空巷。王朔看得清清楚楚,电视的力量就是这么大。**魏人说**:"电视剧是从这开始,慢慢作家都进入到这个行业。一开始也盈利,不过钱很少,但有名啊,传播度大了,电视平台展示的机会多了。"《渴望》中王朔还仅仅是策划,随后的《编辑部的故事》确定了王朔的影视风格。

虽然在此之前,王朔的小说先后被改编成电影,但是没有一部成功的。马未都说:"没有一部电影超过小说的魅力,唯一一个接近小说魅力的就是《顽主》。《顽主》用王朔的原话说就是因为米家山没什么本事,他也没什么想法,就照着小说拍,所以拍得比较像。凡是有想法的,都改得特恶心,因为他们没有王朔那种驾驭语言的能力。王朔小说中最美妙的就是他的语言,是原始状态,你不能动。"

介入电视剧的创作,不仅能让王朔多挣很多钱,而且那种扬名立万是深入民心的。王朔第一个主笔写的电视剧是《编辑部的故事》,当时负责写剧本的人有苏雷、葛小刚、魏人、王朔和马未都。但是剧本写完后,两次审查都没通过,这些人也就没心气了。毕竟他们这些人中,除了王朔都有自己的工作,不愁这点钱,但是王朔要靠这个活着。后来,剧本的审查终于通过了,正在大家准备拍的时候,却发现剧本莫名其妙地丢了,这等于把王朔给闪了一下。当时在剧组里打杂的冯小刚找到王朔,希望能跟王朔继续把这个剧本写完。鉴于其他人已经再没心气重新写剧本，王朔便和冯小刚合作，基本上这部电视剧是以他们二人为主完成的。等电视剧播出了，火了，这个不翼而飞的剧本又回来了。

也就是从《编辑部的故事》开始，王朔跟冯小刚有了一段漫长的合作。王朔夺回了他在影视作品中的话语权，他可以按照自己的想法去设计剧中的形象和人物性格。马未都说："他第一次把生活化的对话搬到影视作品中比较成功的就是《编辑部的故事》。其实《编辑部的故事》里面的李冬宝、戈玲、余德利三个人说话方式是一样的、顺拐的，但是为什么大家觉得三个人都那么有意思呢？因为在以前没有人那么说话，都是装孙子。他只是占了这么一个便宜。恰恰是王朔使用了这个方法，所以他第一次弄得就很成功。其实《空中小姐》《一半是火焰，一半是海水》里面的对白都是真实发生的事情，当时感动了很多少男少女，对话方式、处事方式、思维方式都是一样的。在王朔之前的作品都是隔着一层的，王朔之前都是京剧，到王朔这里改成话剧了。我想，当初他能引起巨大反响是跟这个有关，今天再来这套没用了。"

电影《顽主》让王朔发现了葛优和梁天比较符合他设计的人物形象。《编辑部的故事》让李冬宝这个形象深入人心，在那个时期，很多男的说话都在刻意模仿李冬宝，就像当年《上海滩》热播的时候很多男孩都模仿许文强戴个白围脖一样。

实际上，当时他们"海马创作室"除了为葛优写了《编辑部的故事》，还准备为梁天、谢园写剧本。魏人回忆说："葛优、梁天、谢园他们三个当时跟我们都特好，我们打算给他们三个人每人写一部戏，《编辑部的故事》是第一部，后来'海马创作室'一解散，就结束了。"随着冯小刚在影视圈地位的确立，葛优逐渐成了他的御用演员。

之后就是《爱你没商量》，王朔参与了编剧。再后来几部比较有影响的电视剧王朔都以策划的身份参与，比如《海马歌舞厅》《过把瘾》《北京人在纽约》。马未都说："我当年在这帮孙子的怂恿下开了一个海马歌舞厅，歌厅赔钱,我天天手搭凉棚一看,满桌都是认识的。那时候北京人以不给钱为荣,如果这桌有人要付钱了,还要按着不让付钱,没有任何经济观念。有时候王朔也去玩,我记得特别清楚,在歌厅门口的树底下,我说赔好多钱,我得想办法赚回来,后来就想能不能以歌厅为背景,发生很多故事,像《编辑部的故事》那样。别看我们开歌厅,但我们对歌厅并不是很熟悉,所以《海马歌舞厅》拍得比较矫情,但在当时的情况下它是好看的。比如每集都有明星出现,商业模式上它是成功的,里面还有一些耳熟能详的歌曲片段。"

而这个阶段,正是大众文化全面崛起的时期,叶京说:"大众的消费文化扑面而来的时候,大家打开电视天天看到的都是王朔的名字,不管是编剧也好原著也好策划也好,都有他,他已经成了一个大众文化的娱乐英雄了。那些曾经在家里苦哈哈写作的作家应该感谢王朔,起码王朔让他们都走向了富裕的道路,当时有一批作家都沾了他的光了,比如海岩、王海鸰。现在的作家已经不是在为文学而写小说了,多半作家下手的时候,脑子里都想着能不能拍成电影、电视剧,这都是王朔开的先河。当然不是他有意识开的,他潜移默化把这些人引到这条路上来,他造就了这个市场的氛围,给了这些作家机会。他要是不造就这么一个市场,那些作家就是想把自己的小说往电视剧上改也没人要啊。"

一半是火焰,一半是海水

当王朔确立了自己在影视圈的地位后,开始进入实体操作,他先后跟叶大鹰、冯小刚等人开过公司。凭借王朔的知名度和智慧,应该有很多机会,那时候王朔如日中天,商业化娱乐日趋深入人心,对于一个开创了娱乐时代的领军人物,正是海阔凭鱼跃、天高任鸟飞的时候,但也就是从这时开始,命运似乎开始捉弄起王朔。如果从一个阶段来看,自从姜文拍完《阳光灿烂的日子》,这部电影就成了王朔命运的分水岭。对此,马未都认为:"我说他是一个有极强商业敏感的人,但是又是个极笨的没有商业能力的人。他是非常矛盾的,他是有想法没执行力的人,他的想法是好的,但是都做不成。他做过很多公司,都一塌糊涂。80年代末我们成立'海马创作室',当时三十多个作家,我是董事长,王朔是干事长,干事长就是个甩手掌柜,所有事情都是我在做。问题是我本人对商业没什么兴趣,如果我有兴趣的话就是个影视大鳄了。当时离开主要也是人之间有矛盾,三十多个精英在一起不是那么好玩的,内耗很大,因为都没有经过严酷的资本主义训练,对经济摸不着门,总觉得自己吃亏别人占便宜,所以最后分崩离析。"

王朔大概就属于自己知道怎么挣钱而不知道怎么通过群体挣钱的人,离开创作,他的弱点就暴露出来了。

不过叶京认为:"他是被中国行政上过多的干预给毁了。他干过很多公司,他有人气和凝聚力,他也很会干,也会知人善用。其实他在这方面比我强多了,打交道和策划是他的强项。他曾经跟叶大鹰做过一个公司,他当时要搞一个中国文学大成,全部改成影视作品。后来他搞网络公司,都是被有关方面干预得做不成了,并不是王朔自己能力有限不想做了。包括他跟冯小刚后来弄的好梦公司,雄心勃勃,也是因为行政上的原因让人给灭了。说白了就是人家觉得你王朔太叫嚣了,太张扬了。王朔的东西当年就是绵里藏针,有点触动他们的敏感神经了,大众对此又津津乐道,而且把主流文化践踏得一塌糊涂,主流文化当时受到很大的冲击。要不是王蒙站出来说那么一句话,说王朔的作品是'微言小义,入木三厘',王朔可能还被主流文化狂轰滥炸呢。后来,《我是你爸爸》也没通过审查。当时来讲是个坏事儿,但现在来讲我觉得恰恰是一个特别好的事儿,就是他当时已经有点找不到北了。"

与此同时,一些突发事件也让王朔感到绝望,一个是他哥哥去世,一个是梁左去世。叶京说:"他哥哥比我大一岁,是我同班同学,很年轻就发现得了膀胱癌,后来一直在治。有一天他觉得不舒服就去找大夫看,聊着聊着突然出溜到桌子底下死了。他哥哥前脚走,后脚梁左就走了,而且他在跟梁天收拾梁左遗物的时候,发现梁左有一张高利贷欠条,是想象不到的一个数目,而且梁左傻到就让放高利贷的人滚雪球,越来越大,梁左根本还不起。当时王朔眼睛红着,哭着跟我说这件事,说这个人比黄世仁还黄世仁,太王八蛋了,给他放这么一高利贷,梁左那个时候就背上了这个沉重的包袱。清理他遗物的时候就特惨,没有什么东西,梁左很大程度是被压力压得郁闷死的。现在几百万梁左也还不了啊。当初梁左靠给姜昆写俩相声,写了那么一个情景喜剧,他能挣到钱吗?梁左的心愿就是让王朔帮他弄那本书,帮他作序,但他所有的那些素材都在英达搬走的电脑里。王朔去找英达,跟英达说梁左这个书的事儿,英达说这个不行,这个版权给你,钱的事情得说清楚啊,我不能糊里糊涂地就把盘给你啊。王朔当时特生气,说怎么是这种小人,人都走了,而且还是你亲戚。"

　　王朔的脆弱并没有在文学圈里体现出来,但是进到影视圈之后,他一呼百应的影响也使他常常被当成利用的对象。叶京说:"那个时候那些人肯定是像苍蝇一样愿意每天跟着他。所谓'苍蝇跟着屁哼哼',王朔放个屁,一帮人就围上来了。还有,我觉得没有这些苍蝇跟着他,他这屁也放不出去这味儿,这个是相辅相成的。我们聊天的时候,私下说,尽管他现在不承认,坑他坑得挺狠的实际上是张艺谋,这我都知道。我听王朔讲,张艺谋想拍《顽主》,王朔当时很牛,说我凭什么给你啊。那个时候张艺谋也有点牛了,王朔其实就是你越牛我越看不上你的一个人,他就把《顽主》给了一个不知名的导演米家山了。后来张艺谋又想拍《我是你爸爸》,定金也付了,剧本也让王朔改了,结果张艺谋把那戏给扔了,按王朔的话讲就是张艺谋给我挖了一坑,这坑把我给搁里头了,就差没把我给活埋了。张艺谋要从做人来讲,说老实话,他的那种伪装的厚道,是最容易麻痹人的。我倒觉得他那种手段还不如冯小刚来得高明,冯小刚光明磊落,干脆就是我是一不要脸的。"

　　当然,还有一种说法是,冯小刚把王朔使得太狠,把王朔伤到了。叶京说:"我觉得《我是你爸爸》是让冯小刚给做坏的,因为王朔不懂导演,完全是冯小刚拉着他,那段时间是冯小刚利用他最狠的时候。冯小刚非常会投机，王朔让我演那个流氓大哥，我就把那戏给他串了一下。所以那个拍摄过程有部分我是了解的。我记得特清楚，当时在南城拍一场戏，王朔就坐在车里面，监视器都懒得看，我跟王朔坐在车里面聊天，过一会儿冯小刚跑过来，窗户一摇，'朔爷，你看这怎么怎么弄'，把这事儿一说，王朔说'行行行，你说行就行'，就这状态。"

过把瘾就死？

王朔从美国回来后，渐渐和冯小刚疏远，1999 年，王朔发表了《看上去很美》之后，逐渐淡出公众视线，甚至也很少发表文章或接受媒体采访了。马未都说："他之所以不写了，我记得他写过一篇文章，说他有一天走在大街上，突然觉得精神大厦轰然坍塌，他意识到了，他的长处在丢失，他的生活没了。他本身不是一个刻意写小说的人，就是因为他不刻意，如果他刻意写一定一塌糊涂。他在 80 年代后期写的都是 80 年代初期的生活，他后来没招了。他是个软弱的人，只会逃避。另外他经营也不善，对他有各种目的的人也在害他，王朔又是意志很薄弱的人，所以就不写了。"

魏人觉得，王朔写影视剧本把手写偏了，所以写不好小说了。对于《看上去很美》，马未都说："《看上去很美》写得非常差。他强索儿时的记忆，大部分是模糊的。我们对儿时的记忆，三岁以前是不知道的，六岁以前只能记住个别细节，谁都这样，科学告诉我们的。他没得写了，只能写小时候。他出名以后就失去了生活，他小说中出现的事情，都是生活中发生的，没有杜撰的。我保证他写不出来，什么都写不出来，他远离生活是不行的，他非常清楚自己的长处。"

不过，叶京分析说："我相信王朔也在反思自己，他对自己的作品满意的不多。他前段时间不说话，恰恰是他要说更重要的话，他不说话就是一种无声的反抗。前段时间他突然为一个八竿子打不着的女演员站出来说话，这是一个托词，他真正想说的话在后面呢。他绝对不会为了一个女演员站出来打抱不平，说是什么我老王家的人，那我觉得丫太不靠谱了。他可能偷偷想做电影，我估计他顶多在电影上有那么一两个突破，如果他只想做中低成本的电影，比如像《梦想照进现实》，他只是给自己做了一个小小的试验，说白了就是投石问路，想看看这样的方式行不行。但如果他这么做，我客观地认为，他不会有什么突破，在中国他走不通。他必须彻底跳出自己的东西，去做一个电影，但我想象不出来，在他前面已经有很多座山了。"

谈到王朔压在箱子底的新小说，叶京猜测："王朔迟迟没有把自己的作品拿出来，说白了，他觉得你们中国人可能都看不懂，他可能是想给世界人看的，我估计我能猜中了。如果他还能掀起一个高潮的话，也就是这个。我还告诉你，没准中国人还就看不懂，会觉得这是一什么东西？如果他还是按传统写法去写，接着《看上去很美》往下写，还真跳不出来。因为那点破事我们都是共同经历过的，谁都知道。他肯定会写一个超现实的东西出来。他后来在网上聊天，声东击西放烟幕弹，说写现代题材，写80后。就算他写了，也没跳出过去的路数。他想石破天惊，只能写中国人都看不懂的。"

种种迹象表明，王朔要回来了。其实公众对王朔回归也是心存期盼，至少，他的存在对整个文化界来说是一道风景，他总能制造新闻和话题，哪怕他以后一篇小说都不写，只要他说话就行。如今的王朔，娱乐性远远比他的文学成就大得多，他免不了被恶俗化。而王朔身处其中，有时候也很尴尬。

王朔创造了一个时代，在一个正确的时间引领了一个时代，在一个错误的环境离开了这个时代。他不回来，看上去有点尴尬，他回来，也许会有新的尴尬。马未都说："我认为大众文学这部分，王朔是一个巅峰，没人能超越。我说的巅峰有两个指标，一个是普及度，一个是文学成就。后来的都达不到他的文学成就，普及度再大也没有用。在王朔以前是老舍，老舍的东西隐含了一种艺术成就，再往前就是曹雪芹了。《红楼梦》是个大众文化，跟现在的电视连续剧没什么区别，今天依然可以原封不动地变成大众文化。王朔在不经意中带出很多极富哲理的东西，开玩笑说的话，但说得非常深刻，他含沙射影的能力特别强。王朔在我们那代人里，没人能超过他。"

叶京说："王朔不会再起来了，我很冷静客观地说，他的高潮已经过去了，现实社会就是这么残忍。他不会换一副嘴脸出来的，他一定会保持一贯的样子。他再出来，不过是维持他的现状而已，原来没有从王朔身上感受到魅力的人，或者80后的人，或者当年对王朔不太感冒的人，这些人可能会在王朔复出后掀起一个高潮，对王朔津津乐道，就像我们当年一样。但是，咱们这代人或者当年很追捧王朔的人，可能会很冷静地对待王朔，不会再掀起狂热，他会失掉这么一批人。"

魏人说："严格意义上讲，王朔是这个时代的奇葩，他没上过什么学，完全凭借自己。我认为他该踏踏实实，花十年、二十年，写出一部《红楼梦》来。我觉得他还是心态问题，就是不甘心退出历史舞台。有一得必有一失，你愿意过什么生活你自己选择。你选择一种大众生活，就是双方选择，它选不选择你？你要过一种平静生活，不需要大众，你就自己过就是了。你现在出来，想再亮个相，想回眸一笑，那很难受啊，灯火阑珊处那人还在么？除非你又写出一个好东西。"

（2007年）

王朔后传

事实上，在王朔今年（2007）复出之前，公众对他的了解大都停留在他文学作品的层面上。对于王朔这个人，从过去的媒体访谈或描述中看，差不多也就是个说话无所顾忌、嬉笑怒骂的人。而有关他性格特征的分析，又恰恰建立在他那些不着调的言论上，至于王朔的内心世界，人们总爱把他跟他小说、影视作品中的人物和语言联系在一起，以文如其人的思维方式去判断他。由此拼贴出的王朔性格形象，恰恰中了王朔的圈套。因为不管是他的言论还是他作品中虚构的形象，都是虚晃一枪，真正的王朔，在他用强势的语言把人带到沟里后,自己却躲在一边看热闹去了。人们多年来狂欢的、评论的、津津乐道的、无法忍受的那个王朔,不过是他的一个影子而已。而人们由此产生的激赏、误会和不解,却有点像堂吉诃德战风车。

1995年以后,王朔渐渐淡出媒体和公众视线,2000年《看上去很美》的出版也没有让王朔在媒体间形成轰动效应,他以隐居者的姿态度过了六年的时间。就在人们习惯了没有王朔的世界时,他高调地复出了,没有任何人协助,他单凭着一张嘴,就把整个社会说得鸡飞狗跳、人仰马翻。在此之前,没有任何一个明星、名人能引起如此剧烈的媒体震荡——哪怕是在事先预谋好的宣传、策划和不择手段的炒作。这就是王朔,还有谁能像他这样这么多年一直被人惦记呢?人们想念他,是因为他过去的作品和人格的魅力。而当他如此大方、坦诚、零距离地与媒体接触,放肆地高谈阔论时,从前那个人们熟悉、喜爱的王朔反而突然变得陌生和疏远了,这还是我们从前认识的王朔吗?"痞子""流氓"这些当年用在他身上最贴切的词汇突然也罩不住这个人了,他是谁?这个家伙回来了,人们兴奋了;这个家伙说话了,人们疑惑了;这个家伙说起来没完没了了,人们懵了。于是人们断定,王朔脑子出毛病了,他说不定疯掉了。

从前的那个影子王朔跟今天活灵活现的王朔,到底哪个是真王朔?或者哪个更接近真实的王朔?真正的王朔又是什么样子?而当他的新书《我的千岁寒》出版后,人们从这本书里再看不到当年那个王朔的风格,他在这本书里谈论的是佛、宗教、能量守恒、宇宙……这类终极话题。一个作家,怎么突然对这些东西发生了兴趣?这又给公众的眼睛蒙上一层新的迷雾,这些年王朔到底在干什么?

事情还要从上个世纪90年代初期说起。当王朔的小说接二连三被改编成电影时,王朔也发现了一个新空间——影视剧创作。随后,他和冯小刚合作的电影《我是你爸爸》以及跟冯小刚合作开的公司也都因种种原因无疾而终,他与叶大鹰先后开的公司和网站也都因种种原因倒闭。一个可以呼风唤雨的人,突然有些玩不转了,这对王朔来说是很苦闷的。曾经跟王朔合作过的编剧魏人说，大量的影视创作快速耗尽了王朔的写作才华。而当他想通过开公司等方式寻求突破时又屡遭不顺，他的创作进入了一段停滞期。

1996年，王朔等一些作家去四川拍摄一个电视片。这期间，一个上海女作家告诉王朔用了某种毒品之后的感受，告诉他在现实生活中不会有的感觉全部都有了，就是灵感。王朔当时苦于找不到灵感，她当时这么一说，王朔非常容易就沾上了，这对王朔的命运来说是一个重大改变。此时的王朔，希望借助药物的力量寻找到新的突破，所以就有了《看上去很美》。

出版商金丽红女士在90年代初期就跟王朔接触，并且给王朔出版过文集，这在当时引起很大争议，因为王朔是个"问题作家"。出版《看上去很美》之前，金丽红曾与王朔有过一个出版计划，她说："他原来做了一个很长时间写作的准备，准备写很长的东西。我们当时书上的那行字叫作'从现在开始回忆'，从小时候写起。他准备写四本，五年写一本，把整个经历记述下来。但是书出版之后，虽然卖掉了四十万，但是反响并不好，他马上就收了。一般人会稍微调整下再继续做下去，他不做。他其实挺软弱的，因为我们好多人说你这个其实写得不错，你接着往下写，到后面跟读者现实情况接得比较近的时候就好看了，他不写。所以我觉得王朔在这些事儿上没什么太大主见，但有些事儿上他真是很较劲。这里面反映出他很大的自卑，他从来不是一个很自信的人。原来我们在大院里，在孩子中间，王朔属于别人不带他玩、他经常跟着别人屁股后面屁颠儿屁颠儿跑的人。所以他从小就有点自卑，这种自卑表现在后面就是他那么大腕儿了，也没有觉得他特自信。别人的评价是他没有预想到的，更多的女性读者很喜欢这部作品，大量的男性读者喜欢他调侃的东西。那时候他就一直在积累，觉得自己找不到方向。"

其实对王朔打击最大的倒不是人们对《看上去很美》的负面评价，而是在2001年左右亲人和朋友的先后离去。他在接受孙甘露的采访时说，梁左的去世、哥哥的去世、爸爸的去世，就像"迎面给了我三大耳刮子"，基本把他给抽颓了，让他陷入对生死的思考。"进城走机场高速，特别冬天傍晚，就觉得那一片灰树林子后面藏着另一个世界,就觉得看到了自己这一生的尽头。"《看上去很美》让王朔思考的还仅仅是文学层面上的事情,亲人的离去则触动了王朔的内心,他开始思考人最终极要面对的问题——生死。王朔的朋友,歌手苏小明说:"小的时候不懂,大了之后,亲人走了,朋友走了,这时候思考问题跟从前不一样了,他可能是想了解自己是谁,对生活有个反思,他希望对世界有个看法,很多宗教的书他都看了。"

这时,滥用药物成了王朔生存下去的支柱。在对媒体谈到吸毒问题时他说:"我心理崩溃、价值观崩溃时,谁来关心过我?我就靠吸K粉、冰毒过着呢!"药物给他崩溃的精神世界暂时带来了一个平衡,当他再次思考死生问题时,药物的作用让他的意识层次提高了,而生死问题的答案最容易在宗教中找到。所以王朔很自然地走进宗教世界,寻找、突破、醒悟,宗教缓解了他的痛苦。这时的王朔,开始在自我、药物与宗教之间构筑一个新的世界。他深居简出,媒体不再关注他,甚至当《看上去很美》拍成电影时,王朔也没有露过面。他潜心研究宗教,以及一些人类思考的终极问题,与此同时,他在创作上与过去的王朔决裂。

如果没有药物的作用,可能王朔一样会去思考生死问题,只是药物的辅助作用让王朔"更高、更快、更强"地从宗教中悟出真理。事实上,药物的致幻作用跟佛教修行达到的境界十分相似。美国60年代有一个致幻药物的鼓吹者理查德·阿尔珀特,他在印度遇到一位高僧,为了考验这个高僧,阿尔珀特偷偷给他服用了高出常用剂量几十倍的LSD,结果这位高僧居然一点特殊的感觉都没有。阿尔珀特认为这位高僧一直处在"高"的状态,药物对他来说根本不起作用。这个例子说明了一点,某种能引起人们兴奋的物品(酒精、麻醉品、致幻剂甚至音乐)都能不同程度地让人达到一种"高"的状态,而可能精神类致幻剂达到的效果较接近佛教里修行达到的境界。王朔用药物轻而易举打通了人与佛之间的屏障,他可以自由穿行于两个世界之间。

所以,当王朔拿出他的新作时,有很多人感到非常困惑,甚至连出版这本书的书商路金波在接受记者采访的时候也说"看不懂"。"看书稿相当于炒股，不关心细节。我看不懂他的状态和他写的是什么事儿。他特兴奋，写得不连续，所以很不好读。但是他最大的商业价值就是：第一他是王朔，第二是看不懂。有调查说《狼图腾》有97%的人看不懂，但是卖掉了一百万，所以我们给文化虚荣分子看。"谈到王朔的生活状态，路金波说："我们去年4月份开始接触，以后每一两个月见一次面，平时很正常，主要跟他谈出版文集和新书。他说，你想出文集就出，但是他这次突然复出是我没想到的。"

金丽红说："我主观判断，一个是他确实是憋得时间太长了，太寂寞了。还有一个特重要的原因，经过这么一段时间后，他觉得自己修行成了，觉得自己全看到了，生前事全看明白了。你们看不明白，我跟你们说也白说，但白说我也得跟你们讲我现在看成什么样了。觉得自己各方面已经差不多了，他自己不认为是拿药顶上去的。认识他的人都会说他现在疯了，我觉得不是，因为整个过程他一直在寻找一个出路，无论是用药还是用别的方式，其实是为了一个目的：怎么走出来。他认为他自己终于走出来了，虽然很多人认为不是那么回事儿。我觉得'枯竭'的说法在他身上不存在，像他如果按照《看上去很美》这么走下去的话，非常不错，因为他脑子里面积累的东西挺多的。"

路金波说："他真觉得世间的事情他都弄明白了，他真觉得用佛和药物把世界打通了。但他有时候很自信，有时候又很不自信。他总是介于狂喜和沮丧之间，这个比例就像51%与49%之间的差别。"

《我的千岁寒》里面收录的《能断金刚般若波罗蜜经（北京话版）》和小说《我的千岁寒》，非常明显地能看出王朔灵魂出窍的过程。作家刘索拉在看完《能断金刚般若波罗蜜经》后说："'飞'的状态一种可以靠修行得到，一种是靠药物，可以靠任何东西，其实是让你的细胞打开，这都是把自己的神经放松，让它接受更多信号，因为有很多信号在我们周围，肉眼看不到的。王朔是一个非常真诚的人，他不是去假修行，假懂，他真的到了用生命感觉的时候，用身体去撞另外一个世界的信号，不管用什么方法。我看他的书，我知道，他用身体去接受到这个信号，才意识到从自己的角度去理解《金刚经》。而且他对《金刚经》的理解是非常透彻的，这是一个非常好的作品，用嬉笑怒骂、最痞的北京话给说清楚了。我看了之后，捧腹大笑，笑了之后都不知道是笑他还是笑《金刚经》怎么会是这样。这是很了不起的创作，而且我觉得这个作品是他脑子飞了之后、再清楚之后写的，不是在飞的时候写的。他飞完以后、明白这事以后，又坐下来冷静地把这个过程总结出来，变成文字。而且你能看出他的文字功夫有多深，文字特点有多强。这个作品跟过去相比是一次非常大的飞跃，将来是个传世作品，不是笑话。它不是直接翻译，它就是文学作品。他胆子很大，他拿经文去创作，真的理解宗教必须用身体去理解。第一个宗教大师都是拿身体和另一个世界联系的，然后才能写出真正有价值的、对另外一个世界的理解和对秘密真理的理解。第一代共产党是拿身体拼出来的，如果只是读《共产党宣言》就参加革命，并得到各种好的职务、房子、待遇，那不叫真正信仰共产主义。所以，第一代人不都是拿身体去拼吗？不是王朔一个人在做，有很多艺术家、作家在这个世界上做这样的事情。那么王朔在中国这个状态中做这样的事情，我觉得这是一件非常好的事情，中国作家非常无畏地将这件事展示出来，而不是虚伪地说这东西就是为了卖钱。"

谈及对《我的千岁寒》的看法，刘索拉说她没有很完整看完。"《我的千岁寒》我能看出来他是在一边飞一边写，他并不在意语言是在飞的时候写的还是正常状态写的，他想把这种感觉记录下来，把介乎两个世界之间的状态记录下来，那可能不太容易让人读懂。他在写的时候进去出来，朦胧中他也在说一些真理，不是没有意义的疯话。他每句话都有所指，在说什么事儿，是他这么多年感悟的一些事儿，很多时候他说话嬉笑怒骂。想攻击他的人特别容易，其实很多话是我们现在很多人不敢面对的现实，尤其是知识界不敢面对的现实，特别是真理问题，有些话说出来会伤害很多人根底下一些东西的，非常伤害他们灵魂的东西。"

对于多数人可能会看不懂王朔的新书，刘索拉认为："大家都希望一个作家保持在最初他流行时被人接受的那个状态上，但是作为一个作家不可能，他要往上走，再往上走就容易失去很多东西。作家要继续往前，要反省他一生的人生过程，那自然状态就跟塞林格一样，他后来的东西也没法让人看，其实这是他的人生过程，没什么可责怪的。王朔作为一个有才华的作家，他这么做非常正常。没有才华的作家只能重复前面的那点风格，那也没有意思。王朔没有这种虚伪，他胆大，他往前走了。作家成功给他带来的人生经历肯定跟读者是不一样的，他之所以写出成功的作品，是因为他有一种敏锐，如果这种敏锐继续保持下去，肯定会伤害自己。所以，一个好的作家首先肯定要受到自己的伤害，敏锐的伤害。如果他能战胜因自己敏锐带来的伤害，他就能再往前走一大步。读者跟不上是因为没有他那样的经历。有时候不是社会在伤害你，而是由于自己的敏感受到伤害。很多艺术家都很容易受伤害；他们的作品之所以那么好，就是因为人特别容易受伤害，很多作品你觉得跟石头一样整齐，创作者就不容易受伤害，但能把那东西做得四平八稳的，往往也没什么光彩。他们如果还想保持自己的诚实，就会走到用身体去体验一个东西的阶段，其实是在体验自己的灵魂。凡是在年轻时特别成功的人，特别容易被媒体伤害，媒体的捧也是一种伤害。"

诗人尹丽川在看了王朔的小说后说："他现在不这么写才不正常呢。他的文字虽然还带着他的腔调，但是已经完全自由了。每个人的生活都是分阶段的，他现在有足够的能力去思考生死问题了。"

在整个采访过程中，人们谈论王朔最多的就是"他是个善良的人"。王朔给公众留下的印象是一个逮谁咬谁的人，他用极其不正经的语言调侃、谩骂他看不惯的事儿。刘索拉说："他像个孩子，这样的人会有漏洞的，他有很多毛病，这是他可爱之处，甚至他的毛病比很多人都多，他要没毛病挺没劲的。一个人的经历、缺点、毛病、聪明组成了这么一个有意思的人，再给我们写一些有意思的作品，让我们去看，我们应该感到很幸运有这么一个作家、有这么真实的东西。他有诚实的语言和童心，他也有特别痞的一面。但是由于他极端的敏感，伤害到自己，有些话他藏着不说，然后他说些别的。因为他太敏感了，他有又简单又复杂的人格，他又特别聪明，这个社会发生点什么事，他先感觉到了，他先受伤害。"

苏小明说："王朔是一个非常善良的人，他对孩子非常好，他是个讲亲情友情的人，他在街上看到要饭的也会停下来给钱，觉得他们活得挺不容易的，他是个很乐于帮助人的人。"

金丽红也说："你别看他骂这骂那，但这个人特善良忠厚，现在依然是这样。我跟他说你一上来就要人家三四百万的稿费，他说你信吗，我不会拿这么多，他只要卖不动我就不要这么多钱。他历来是这么个人，一个很率真、自己怎么想就怎么样的人，一点都没有世故油滑。他做人方面没有任何恶意，他真恨的那些人也就是骂骂。"

金丽红还讲了一个很细节的事情："有一次我去他家，物业的人给他修东西，他特客气，因为我们也接触过很多所谓的腕儿，都不知道自己是老几，王朔在这点上都很清楚的，但是他看不上的人他随时都骂。王蒙曾经说过一句话，说王朔坏，最多就是拿粉笔头拽一下老师，伤害人的事儿他做不出来，他是心就很善良的人。"

但是公众很难了解到他的这一面，人们更喜欢放大王朔"恶"的一面，并从这个"恶"中去分析王朔的性格与人格。而王朔倒也很愿意配合，你不是愿意看到我"恶"的一面吗，那我就撒着欢儿地给你看。这么多年下来，王朔已经把这个"恶"变成了保护他脆弱心灵的挡箭牌。不幸的是，公众与媒体在对王朔"性本恶"进行狂欢的同时，也彻底忘记了那个真实的王朔该是什么样的人，把对王朔的所有判断都建立在这个"恶"上面。当王朔骂人的时候，人们说他疯了；当王朔自曝其短的时候，人们说他疯了；当王朔道歉的时候，人们说他疯了。没有人去想过他诚实的一面。

到底谁疯了？

（2007 年）

兰晓龙：我有一种变态的自尊心

> 很多人都太容易投降了，自尊心不够。我相信很多人都不喜欢这些规则，甚至你知道你这些烦恼的根源都是来源于这个，最后你还要向它屈从。所以，变态的自尊心有时候是个好事情，我就不投降，我就按我的方式活。我到现在为止没服过，军队没有改变我，一点都没有改变，反而让我比以前更加夸张了。
>
> ——兰晓龙

见过兰晓龙的人，无论如何也无法把他的形象跟《士兵突击》联系在一起。他身材瘦小，看上去有点病态。但是他瘦弱的身躯里蕴含了巨大的能量。

四年前，第一次见到兰晓龙，他在一群人当中，不显山露水，瘦小的身体几乎都能被周围人的声音淹没，但他很有气场，话语中带着些许江湖痞劲儿。如果有人说他是编剧，你会怀疑是开玩笑。当真的跟兰晓龙坐下来聊起人生经历，会发现他跟《士兵突击》或者军人的距离更加遥远。这些外在的东西会让人产生一种错觉，但这个错觉被兰晓龙的一句话给消解了:"我非常精明。"

聪明得有点过头的兰晓龙,能写出《士兵突击》并不稀奇。甚至,他不愿意再去谈论这部热播的电视剧,脸上也丝毫看不出他有什么自豪感和成就感。

兰晓龙是中央戏剧学院自费戏文班毕业的。1997年,他被战友话剧团相中,老师告诉兰晓龙战友话剧团要人,问他愿不愿意去,兰晓龙一听,忍不住乐了,老师也乐,在他们看来这像是一出荒诞剧。因为平常兰晓龙的书包里只揣着两样东西:杀猪刀和《莎士比亚戏剧集》。

兰晓龙进部队却速度极快。"突然有一天老师把我叫去,跟我说有个地方想要人,那个地方是军队。当时我们那届混得很差,老师很内疚,他总想让我们尽量好一点,有点活路。我是他推荐到军队去的第四个人,前两个因为生存能力特别差,都被军队打回来了,第三个军队看了挺满意,这人自己又不愿意,我是第四个。老师把我放在第四是因为知道我有出路。我是自费生,连公费生都分不出去,自费生是完全不管的,我自己联系到了广告公司,也还混得不错。老师补充说是话剧团要人,我立刻严肃起来——这完全是个奢望。我老师自己就是个戏疯子,他要我们每学期精读二百个剧本,专业课每周三万字的写作量。在这样的环境中生活,不可能不热爱这个行业,所以我决定去试试看。当时心里还是挺抵触军队,我在学校那样自由的环境里都是最散漫的一个。我把手头现成的剧本给团长看,也没抱太大希望。有一天突然接到话剧团的电话,说能不能来一趟柳州,十二天收拾出一个剧本,就这样进部队了。"

"我挺烦军队的,因为我是一个混混,逆反心理极强,完全是个反社会的叛逆者。为了一种莫名其妙的愚蠢情结上了中戏,在中戏就学会了一件事——大家都活在灵感里面,所以自己要老老实实的,千万别听别人的。我的不信任感是在中戏造就的,我对中戏没有什么好感,完全生活在灵感里面,对周围没有责任,这种敏感听起来是个褒义词实际上是个贬义词,这个世界完全就是我一个人的。"

部队的环境恰恰让兰晓龙从那种不安全感中走了出来。他仍然自由散漫,甚至至今没有受过军队的军事化训练。他开会的时候坐在桌子上,穿拖鞋,跟人没大没小。他去下面的坦克团,会把坦克上的机枪卸下来扛在肩上,在军营里到处逛,或者把坦克驾驶员赶下去,自己开着坦克到处走——这是兰晓龙对军队生活的兴趣点。部队的等级观念比较强,兰晓龙在军营里属于领导级别的,所以可以任他肆意妄为。

"我不管写什么戏,写聪明人还是傻子,都是一个命题,就是我们可以活得更自由,一个人是怎么让自己活得更自由的。"兰晓龙说,"有两个戏到今天我看了还是会哭,《肖申克的救赎》和《楚门的世界》,都是讲人在困境中挣扎,争取自由。而且我特别喜欢加缪,生活本身就是困境,所以也没有什么困境,自己想开了就是那么回事"。

军队开始就是兰晓龙的困境,回忆刚到军队的时候,兰晓龙说:"我姐夫曾经对我说:'自由就是从此以后再也没有人管你了,要对自己负责任。'这是他说过的对我最有用的话。我刚把军装穿上时觉得自己快疯了,读书的时候我可以不把中戏当回事,但现在生活在军队里,所有对我的评价都由穿军装的人做出,我到今天仍然不能完全接受军队。在军队几年里,也写一些戏,也做枪手,做得很愉快。不用跟人打交道,仗着自己还能写,出来一个戏就拿一半钱,那样写一点责任感都没有,对自己没责任到把钱铺在褥子底下,铺满一层,懒得去银行存。那时每天晚上六点打车到三里屯酒吧,把所有的啤酒喝一遍,喝到天亮再回家。"

单位的领导看着兰晓龙这样不着调,做事无组织无纪律,决定让他去部队里军训,但是兰晓龙坚决不去。领导下了死命令,他仍然不听。"我是个不怕走的人,所以他们拿我真的没辙。"最后,经过妥协,把军训变成代职。就这样,兰晓龙花了十个月的时间去体验生活。

他去的部队正好有一个集团军的大演习。"那个基地大到我待了两个多月愣是没有看到一棵树。我到那里,把一个二级士官的衣服给扒下来穿在自己身上。团长不知道我哪来的,营长不知道我是哪来的,连里不知道我是哪来的。然后我就背着登山包，冒充被38军军部裁下来的打字员。因为我是深度近视，不可能不戴眼镜，只能冒充打字员，冒充不了别的。"后来总政艺术局的领导下去询问兰晓龙的情况，他的身份才暴露，又没人敢管他了。于是他换上便装，到处游逛。整个演习基地，只有他一个人穿便装，有人跟他打招呼："你是哪儿的？"兰晓龙回答："部队的。"对方说："搞文艺的吧？"这就是兰晓龙的"军训"经历，实际上更像一次旅游。

兰晓龙当时没有目标，很茫然，这种状态早晚会出状况的。团里希望兰晓龙干点什么，但是看他整天吊儿郎当的，痛定思痛，决定让他提前转业。"正团、副团、政委、办公室主任四个领导表情严肃地来找我，我知道这种场面，文艺团体让老人离开非常尴尬，文艺单位在野战部队的条令之中又在条令之外，平常有上下级关系又没有，所以非常难处理，要清退的这个人可能已经在你的身边待了几十年了，很多话是说不出来的。我能明白他们这次来是让我转业，我反而以一种挑衅的姿态让他们有什么话就直说，说出这种过激的话又有点后悔，这么长时间都没有为团里做什么，就跟他们说我想做些什么，他们就让我去做，最后终于踏踏实实写了一个话剧《红星照耀中国》，因为我非常迷恋莎士比亚和贝克特，领导看完都快疯了。"

兰晓龙平生最怕人夸他，在他看来，夸他就是对他的挑衅。他内心很敏感，是一个事先可以把对他的赞美过滤掉的人。平时他喜欢打打闹闹，如果有人夸他两句，他会把桌子上的一盘菜扣到人家脸上，嘴里嚷嚷着"看我怎么收拾你"。所以，在《士兵突击》里的人物塑造上，多多少少体现出了兰晓龙的这个性格。

《红星照耀中国》让团长很高兴，立刻召开全团大会，老中青同事都来了。团长说："我看到地平线上升起了一道曙光。"会后，兰晓龙跑到团长办公室里，把团长骂了一通："你还让不让我做人了？"1997年兰晓龙进团，团里一直把他骂到2000年，突然受到表扬，兰晓龙觉得自己被当成了一个代言人。"你做这种代言人。就离走不远了。"

但是《红星照耀中国》让兰晓龙找到了自由,一种被认可后的自由。"我可能一生都会去这样写戏,我所有的戏可能都会去写一样东西,就是:人可以获得更多自由。首先是我觉得我挣脱出来了,在军队那种环境下,说真的,我活得很自由。现在他们终于知道兰晓龙不能写小品,不应该让兰晓龙写小品。这是你一步步争取来的,我觉得我比现在活在地方上毫无约束的人要自由得多,比我的同行要自由得多,我的思维不再受局限了。而且这种自由看你怎么去理解,它使心灵能更加开阔,跟周围的环境几乎没有关系。"

《士兵突击》热了两轮,这在以往是很少见的。对于来自各方的评论,兰晓龙并不在意。"我不会把一件事情刻意去做得和别人不一样,我也不会刻意把一件事情去做得和别人一样。我不会去刻意地说兰晓龙是一个专门写积极向上、励志的东西的人。狗屁,我才不相信呢。但我是悲观的吗?我肯定不悲观。我写的戏,也可以说是励志的,但是这个励志励得有点怪。我是光明的吗?不是,这个世界一片光明我觉得太无聊了。那这个世界是阴暗的吗?我是专门写阴暗东西的吗?杀了我也不是。所以我觉得我非常自由。我不是光写男人戏,我会写女人戏,我不过是跟自己挑衅而已。我现在还剩下的就是这个羁绊,这个羁绊我确实不敢扔,就是我得跟自己挑衅。我觉得跟别人比较没太大意思,人家从人家的思路来做,你从你的思路来做,没有什么可比性。你最后挑衅的东西,就是你自己而已了,而且这种挑衅是让你自己好玩一点,这种羁绊可能造就你一种有点变态的自尊心。这是有人跟我说的,'兰晓龙,你有一种变态的自尊心'。我觉得做人最大的乐趣就是捅破窗户纸,这是最有意思的。"

对于编剧这个职业来说,要么你相信自己有很多东西,但是却没法让别人相信;要么让别人相信自己的东西,但是自己心里却没有。兰晓龙属于心里有东西也能让别人相信的那种编剧。

谈到创作技巧问题,兰晓龙认为自己编剧上根本没什么技巧。"我曾经遇到这样的导演,给他一个本子,他认为自己一定能导好,那种信心膨胀到不好意思说出的地步。等拍出来一看果然很炫,但看上去似曾相识。不是说他抄袭,而是他从看过的很多片子中学到很多技巧,把这些技巧用在这部戏上,让我感觉风马牛不相及。这些东西不是学来的,是自己感悟出来的,自己的作品完全属于自己的世界,前人的技巧对我没有什么用处。"

兰晓龙说他最痛苦的经历就是一天写七集二十五分钟的电视短剧。他说任何人要这么干下去,一年后就完蛋了,因为这样的电视剧就是写"水词儿"。"我跟电视剧做了好多年斗争,千万不能服从这种东西。如果我喜欢这行,我会尽量让干这行的生命延续下去,我知道不可能长生不老,但会尽量活久一点,唯一的办法就是我喜欢。"兰晓龙甚至不承认《士兵突击》是一个故事,他说他创作之前不会去策划这个故事。"我要求我的每一句话都要吸引观众,所以我是写台词,不是写故事。为什么会这样?四个字:'本该如此'。你既然写戏,又是写这种戏,你注定要用这样一种方式,这是我理解的戏剧。也许别人理解的戏剧和我是不一样的。就是一个现在时,把你现在这句台词写好了再说下一句。不要现在就来跟我扯,我多少集以后有一个反转,那是扯淡的事情。我写一个东西,第一重要的肯定不是情节,甚至都不是人物,是每句词。我写剧本需要的不是一个故事,有故事我不写。我不做改编,我从来不做小说改编或者剧本改编,我通常更乐于做的事情就是一句话。比如说你有一句话的创意,这句话打动我了,够了,你不用往下说了。"

因为兰晓龙当枪手写"水词儿"受过刺激,所以对别人事先预谋好的东西有种本能的反感,甚至他都不愿意参加几个人坐在一起的剧本策划会,要做就自己做。"我不愿意和几个编剧一起去谈一个戏,让别人从几个剧本、编剧中间选一个来拍戏,像几条狗抢一块骨头一样,我觉得这个是伤自尊的,这就是变态的自尊心啊。我不愿意做一个被别人选择的对象。"

一直都在谈论自由的兰晓龙,其实跟很多人不一样,他自己也承认:"也许我没有用一个当兵的法则来生存吧,也许我意识不到那种沉重。"但同时他也谈到了人的另一面,那就是尊严,一个人有了尊严才会有自由。许三多可能是他对自由的另一种表达,当许三多的尊严一步步树立起来的时候,他也就更加自由了。兰晓龙说:"很多人都太容易投降了,自尊心不够。我相信很多人都不喜欢这些规则,甚至你知道你这些烦恼的根源都是来源于这个,最后你还要向它屈从。所以,变态的自尊心有时候是个好事情,我就不投降,我就按我的方式活。我到现在为止没服过。军队没有改变我,一点都没有改变,反而让我比以前更加夸张了。"不过兰晓龙说,"许三多没有变态的自尊心,他比我可怜得多,他仅仅只是在自保。他只是有一种最基本的保护心态,他只能装作我听不见看不见,或者你们看不见我。他还有一个方式就是,我微笑,我拼命对你们笑,哪怕你们觉得我是在傻笑。很多观众很厌恶这种傻笑,包括我自己。但是我知道那是一个人保护他自己,此外他没有任何手段保护他自己的"。

兰晓龙反复强调,聪明和傻之间根本没有界限。

一件事让兰晓龙知道了什么叫责任。几年前,团领导突然跟兰晓龙说,一个月之内弄出个舞台剧,兰晓龙说看资料的时间都不够。但是由于当时军队的文艺团体有可能要解散,成败就在这个剧上,所以他只好从《士兵》里拿出一个片段,排成了舞台剧。没想到演出后军界反响很大,然后就进了国家精品工程。国务院和总政给了两百多万元,让团里复排。"我们单位当时都傻了,从来没有见过,太夸张了。我真的很想把这个团救下来,只要进了精品,这个团就救下来了。两百多万排一个戏,这个戏可以很华丽,我们又不知道该怎么华丽,因为我们穷惯了。结果差 0.1 分就成了精品。第一年没进去,第二年又没进去。甚至外面的人来谈合作商演,都没法挽救这个团,最后是看着这个团散掉了。到今天我觉得散掉是好事,我们没有存在的价值。"

"我已经有了更大的自由,因为我找到一种更大的责任,这个东西永远是成正比的。"兰晓龙说。

许三多这个形象现在已经成了一个励志的标杆,但是兰晓龙不想他塑造的许三多被误读成一个坚忍、奴性的形象。"我不愿意给自己找一套生存哲学，然后按照这个哲学活着。"但事实上许三多确实又把人们拉回到原来最基本的做人法则上了，人性最本质的一面是什么。"我不相信会拉回，但是我想他在受挫的时候会想起来一点，得意的时候想不起来。可能老板希望员工想起来，但是我想不太有可能有哪个员工看了这个戏以后觉得我要为老板做点什么，这个可能性很小；而是老板看了以后觉得我应该用这个东西教化一下我的员工，我知道很多公司把这个戏作为公司必看的戏目，而且看完之后还要写观后感。或者说，在员工受挫、被炒鱿鱼、丢了工作的时候，他会用这个东西自励一下。但是我想，在他很顺的时候，他能想到的是拿这个东西来给别人看，而不是给自己看。"

话题从"自由"开始，又到"自由"结束，不喜欢按照一种哲学生存的兰晓龙，实际上也是按照"维护变态的自尊心"的生存哲学获得了他希望的自由。

（2007年）

马未都：收藏有诈

> 所有跟我一起玩古董的全被历史淘汰了，北京一个没剩，全国也是，不是下大狱就是吸毒、家破人亡、娶五房太太……什么事都有，没有像我这样的。我没卖，卖的人全是死，卖的人不赚钱，赚也是赚一阵子，我不卖不是因为我不喜欢钱，是我源于文人的面子，我觉得卖东西是一个奇耻大辱，我的不卖把我彻底救了。
>
> ——马未都

马未都说他很幸运能成为一个收藏家，并且赶上了好时候。因为在他开始收藏的时候，文物都不值钱，一个碗三块钱，他写一篇小说能挣好几十块钱，够买好多碗了。搁到现在，就是写一本书也未必能买回一只碗。"我的年龄段卡得可丁可卯，我二十一岁'文革'结束，1980年我二十五岁，二十五岁到三十五岁是我狂收暴敛的十年。这十年，古董价格长时间是谷底，没有什么起伏，持续的时间特别长。比我大的人，'文革'前都是章乃器这些人；比我小十岁的人，等他们有能力的时候，这些东西都贵了。"在物求人的年代，马未都收藏了不少好东西；在人求物的年代，他已经不怎么收藏了。马未都见证了人与物之间的转化，也玩味出收藏这个行当里的人生哲学。

马未都真正开始收藏是回到城里当工人的时候，后来调入中国青年出版社，便加快了他的收藏速度。他当时住在北京西郊空军总医院，在东城上班，每天骑车大约需要四十分钟，中间路过钓鱼台国宾馆，那附近有个摆地摊卖古董的跳蚤市场。这个市场是非法的，每天六点多钟摆摊，七八点的时候散摊，马未都就提前半个小时出门，绕到这里转转，每个月都能买上一两件心仪的古董。时间一长，就跟这帮人混熟了，他的很多古董知识和交易行规都是从这里学到的。

"因为他们每天上来的东西都不一样，就跟老师每天给你布置一道题似的，很多东西都没见过。"马未都说。混熟了，马未都发现这些人大都服过刑，刑满释放后没工作，做古董生意就是将本求利，"他们卖的是什么不知道，但知道三块钱买进的，五块钱就卖，两块肯定不卖"。

在马未都四处收藏古董的时候，周围的人对古董都没什么兴趣，每次他买到一个好东西想跟朋友一起交流欣赏都找不到人。"买完东西不给别人看不过瘾，必须给别人看。"马未都说。有一天，他抱着一个新买的大罐子去找一个朋友，敲门门不开，但他在外面听见屋子里有人，所以就一直又喊又敲。门总算开了，一进门发现屋子里四五个人神色慌张，他也不管那一套，把大青花罐子拿出来，往电视上一搁，这时才发现，电视机是热的，再看那些人慌张的表情，他恍然大悟：原来这些人锁在屋子里看毛片呢。"我说毛片什么时候都能看，你们看我这个吧，特棒。我就发现每个人都特别茫然，他们都觉得我特扫他们的兴。"

这个大青花罐子就是马未都从那个地摊上买回来的。在跟这些练摊儿的人熟悉了之后，他们就带马未都往住户家里领。由于有些东西太贵，练摊的人买不起，怕有风险，便充当中间人的角色，交易成了就给他们一点佣金。"旧社会有一个特别好的规矩现在没人执行了，过去有一个术语叫'成三破二'，中间人拿5%，'成'是卖方买卖做成了，'破'是买方破费。我们现在的中间人一张口就是10%,这还是最轻的,有的上来就要两成的提成,过去的中间人都特规矩。"

有些捎客为了促成一桩买卖,不惜用一些无赖的手段,当年马未都就遇到一次。"当时早期那种无赖的手段你都不能想象",马未都说。有一次,一个年轻人带他买东西,他进屋后,那个年轻人等在门外。"这堆东西有瓶子、钟、碗等十来件,一共要三百六十块,我看完觉得还可以,我说我要了,卖主又突然反悔不卖了。出门后年轻人问我买了吗,我说我想买人家不卖。你说我一文化人也不能跟他掰扯,只能走了。他问我里面那些东西哪件不值钱,我说里面有一破碗一分钱都不值。他说行,你跟我进来吧。"于是马未都跟着那年轻人又进了门,年轻人说:"哪儿能不卖呀?"卖主说就是不想卖了。"他趁那家人不注意,当着我拿起那只碗'啪'就摔了,吓我一跳。我看见是成心摔的,那家人没看见。年轻人说,'哎哟,不小心给你摔碎一个,这怎么办呀,赔是肯定不可能了,还是按原价三百六都买下来吧。'他摔碎一个最不值钱的,说要赔就拿三百六带走这一堆,弄得家里人特难过,弄得我也特不好意思。我怎么也是在出版社的,就觉得这事特别不光彩。这种人非常有经验,经常串户,专门收这种旧货。最后这家人嘀咕半天决定三百六十块卖我了。出门以后我问他要是这家人非不卖呢,他说那就再摔一件看他们卖不卖。这些赖招只有社会最底层的地痞才会使,咱们想都想不到。"

"这种人叫'喝街的'。"马未都说,就是专门走街串巷,非常有经验。在出版社期间,总有喝街的找到马未都,让他跟着他们一起去通县喝街。马未都那时候觉得自己是个文化人,脸皮儿薄,不好意思跟人上街收破烂,但他知道通县的古董特别多,因为过去通县是北京货运的终点,很多黄花梨家具都在苏州做好,通过运河运到通州,这里就成了家具集散地,卖不掉的库底子就自己留着用了。"那时候通县的老货里竟有家具,这是很多人不知道的。"马未都说。

不过喝街也有喝出宝贝的。有一次,有几个农民喝出一个永乐年间的罐子，喝出来的是几十块钱，转手就是四万。一个古董贩子大半夜给马未都打电话，马未都不想去，但又很动心，反正从东四十二条到灯市口也不远，便骑着自行车去了。沿途马未都发现满街都是警察。等见到那个罐子，他发现的确是真的。那几个农民说，要买当晚结账。"四万块当然是便宜的，我倒是有钱，但是是港币，农民一听港币不要。都下半夜一点多了，那也不能等天亮，我给换汇的打电话，叫他半夜来，他说点要高点，我说成，高点就高点。我记得特清楚，当时在路灯下换成人民币，都两三点了，一帮农民数钱。路上不全都是警察嘛，回来的时候我就不敢拿那罐子，骑一自行车后面背一大青花罐子，警察肯定得让我靠边，把我当倒卖文物给扣了怎么办。到家都三四点了，我其实特想要这东西。上午我一睁眼睛脑袋嗡一下，坏了，这贩子备不住拿去卖了。果然，他不睡觉，三点多我一走他就又联系别的买家，早上八点多就给我卖了，卖了十二万。早上他拿着四万块来还我，说'我这回真赚了不少钱，但我还欠人家好多债，我以后赚了大钱再分您'，说完转身走了。我等于是白忙活一晚上，把港币变成人民币，什么事都没我的。"

让马未都更后悔的是，秋天这个永乐罐子就在香港苏富比出现了，当时卖了两百多万港币。这罐子再度出现大概是 2005 年，卖了三千多万港币。"当天要不是那满街的警察，我就抱回家了，跟他就是钱的事了，你帮我一忙，我给你一两万块到头了。农民喝街三十五块钱喝街喝出来的，我跟它失之交臂。"马未都今天说起这事还带着遗憾。

马未都说："现在北京这种走街串巷的没了，他们有一定的知识，对你卖的东西有一个价值判断，有一整套对付你的办法，声东击西，把你说晕，用各种办法让你卖不出价去。但他们知道这东西在哪儿能卖出价，利用的是信息不对等。最早做古董的这些人，不需要文物知识，只需要对人的了解。那个时候不可能从户里买出假的来，关键是怎么能让他卖。一般喝街的人嘴都特甜，大爷大妈地叫着，你买冬储大白菜，他肯定一头大汗地帮你搬。这事我都干过，在国务院宿舍看人家里有文物，一到买白菜和蜂窝煤的时候就帮人家卸，卸完以后每次都到人家里洗干净手抱着瓶子看，看久了老头就说喜欢就拿走吧，根本也没花钱，因为那时候全社会没意识。"

当然，这样的便宜马未都占的不多，多数时候他还是要出点血。有一次，一个贩子卖给他一对梨花圈椅子，贩子一千块钱买的，四千块钱出手，马未都判断这椅子的行价大约是八千到一万，便成交。马未都说："该他赚的钱你得让他赚到。我的理论是，多给钱的坏处是这一单亏了，好处是生意的长久。你的通道是通畅的，总有他出漏的时候给你提供有价值的信息。比如这杯子他十块买的，你给他二十块，他认为翻了一跟头，你老给他十二块怎么行。古董贩子拿到古董的时候都是想到谁能出大价钱，实现价值最大化，所以一开始装傻多给点钱没坏处。我之所以收了很多很多好东西，就是一开始我不在乎那点小钱。他们觉得你不错，有事先通报给你。我觉得早期收藏，所有东西的价值都不抵信息的价值，东西贵一点便宜一点都不重要，重要的是信息，你能知道谁那里有东西。"

有时候，马未都知道哪里有好东西，但由于各种原因失之交臂。比如80年代，他在安徽的文物商店看到一个宣德年间的盘子，当时标价四百元。现在这个盘子最少四百万人民币。但是当时要外汇，马未都只好放弃。半年后他带着外汇去，他们还不卖，要护照，因为只卖给外国人，到最后马未都也没有买到。

还有一次，他在上海友谊商店看见乾隆年间的一只碗，特别罕见。1986年要三万外汇人民币，马未都买不起，到1988年再去就没了，隔了一年苏富比卖了七百九十二万港币。"当然我不知道后来的事，我要是知道，我砸锅卖铁也要把它买回来。当年一个日本人七百九十二万港币买走的时候，所有这个行业的人都认为这个碗终生不会再涨价了，那时候一百万美金跟今天一亿美金差不多。这个日本人放了二十一年，2000年的时候亚洲经济危机，他拿出来卖了，没怎么赚钱卖了两千一百万，翻了三倍，就是当年我看的那只碗。这种事我遇到的特多，从收藏角度讲，别看我有这么多东西，其实买不起的是大多数。现在回过头来说那东西那么便宜你不买，我当时也得有钱呀。"

当然,这是买不起,而买得起却不买是最让人遗憾的。"我的经验是你要是想收藏,一定要有一部分现金,严防好东西出现你没钱了。那时基本处于捉襟见肘的状态,买了甲就不能买乙,经常借钱。最怕的是身上有钱,那堆东西可以买,但你放弃了。1985年,琉璃厂虹光阁内柜给开封博物馆准备藏品,是明清两代瓷器,有上百件,两玻璃柜子,两万两千块钱。这笔钱开封博物馆批了两年都没批下来,我老跟他们说他们要不买,我就要这东西了。后来终于有一天他们通知我说开封博物馆钱批不下来,我要买就拿钱来。我犯了个终身大错误,我当时有这笔钱,可一下子花出这么多钱心里有点承受不住。今天的人看怎么那么短浅呢,就是短浅。一共就那点钱,也不知道后来是这样一个局面,也不知道没有机会再买了,人不能长后眼嘛。我把它放弃了,要是没放弃,价格至少翻一千倍。"

在上世纪80年代,古董的价值是体现不出来的,当时没有人能想到古董会升值,人们对一件古董的价值判断也仅仅停留在心理感受层面。所以马未都感慨地说:"整个十年,我对古董价格的感受都非常不准确,而且资金非常有限,想不到后来的事。"让马未都第一次感受到古董很值钱还是在1988年,当时一个台湾人来北京,看到他有只碗,问能不能卖给他。这只当时花两百块钱买的碗,台湾人开价一万美金,这件事让马未都有了"价值观",但是马未都还是没有卖。"所有跟我一起玩古董的全被历史淘汰了,北京一个没剩,全国也是,不是下大狱就是吸毒、家破人亡、娶五房太太……什么事都有,没有像我这样的。我没卖,卖的人全是死。卖的人不赚钱,赚也是赚一阵子,我不卖不是因为我不喜欢钱,是我源于文人的面子,我觉得卖东西是一个奇耻大辱,我的不卖把我彻底救了。"

很多人都不清楚马未都哪里来那么多钱卖古董,其实马未都在出版社做编辑的时候就开始做药材生意,卖中药材是个暴利行业,一个月能挣七八万块钱,他是靠卖药挣来的钱玩古董。因为当时在出版社,不敢跟人讲自己做买卖,但给人的印象就是马未都有钱,但不知道从哪里来的。

马未都很怀念80年代四处卖古董的岁月。比如去河北、山西一带，有人带路，到处都是宝贝，哈腰就能拣到。现在没有了，到处都是雷，"就是等于你去的时候是个处女地，森林里都是大蘑菇，随便采，现在都是毒蘑菇"，马未都说。而且，马未都是第一个从国外用集装箱往回买文物的人。

1995年，中国有拍卖行了，马未都被请去当顾问。当时拍卖，古董的真假都是马未都一个人说了算。"我绝对是对着良心说话。"马未都说，有一次拍卖，拍卖行说有件东西起拍价太贵，要退回去。马未都问为什么，他们说是康熙仿成化的瓷器，不值四万。箱子打开一看，马未都就愣了，实际上就是明代的。马未都告诉他们这是真的，他们不信，找人鉴定，最后确认的确是明代的瓷器。最后这件瓷器二百二十万拍卖出手。马未都说："我但凡有点私心，特简单，我一关盖说退，然后问清楚是谁的，跟底下人说，打个电话，说现在上不了拍，有人托底你卖不卖，他们都卖。四万块你汇过去，这东西就是你的了。但是我受雇于人的时候，我绝对不会干这样的事情的。"

马未都认为，市场是很锻炼人的，从最初跟摆地摊的打交道开始，他就练就了很强的心理素质。当时，文物鉴定的技术力量很薄弱，博物馆的专家对市场的判断几乎是零。马未都多年来在野路子里趟过来的经验，让他能对很多复杂的事情做出快速判断。"一个奥运会射击冠军碰上个土匪是没有用的。你三点对一线，准心对缺口，先吸一口气定住神才能对准对方，人家土匪早把你天灵盖儿给掀了。市场很残酷，它训练人，我看过很多博物馆的人到市场跟前就虚了，就不敢说话了。地摊上买东西有一规矩，比如你卖我买，你卖这件东西，我往那一蹲，多少钱啊？你说两百，我说八十吧，你说不行；说一百五，我说一百吧……咱俩这么磨蹭之间，任何人看这个东西不能伸手，不能有个人说，那我给一百拿走，那不行。这时候你要对这个东西做出最后的决定，没有任何后援，没有人可以商量，没有时间让你回家翻翻书研究这东西是怎么回事。你所有的事情都是在这会儿，蹲在这儿，几分钟之内搞定。而且我经常碰见，过去地摊上买东西，盯着这东西的时候，旁边都是大腿，这大腿就表明都看上了，尤其后来我在这行越来越有名了，只要我蹲在那儿，就没有机会再起来了，那我的决定都是这一会儿。我说的就是，土匪掏枪、上膛都是那一瞬间完成的，赶紧把你给崩了。博物馆的人不行，一大堆人来了，在那折腾，翻资料，好几天，这没有用。我们一直都是在那种非常严酷的条件下训练出来的，反应极快，决心特快。有个人喜欢收藏，老来跟我聊。故宫举办青花班，讲永乐青花，就学这一个，五天课，一课八百块，很贵。他去学，学完回来他跟我说：'马先生，别的我不敢说，永乐青花我彻底明白了。到了故宫，所有东西都调出来看，中国的五大巨头都给讲了课，做了笔记，都弄得明明白白了。'跟我说完这话不到一个礼拜，就在昆仑饭店咖啡厅，正赶上拍卖，一个人送一块永乐年间的盘子，我给他看。我说：'您看这个，现在三十万块钱，你要买，你现在十分钟之内给个价，这东西就是你的，钱我给你去弄。盘子要对了，值五百万，错了三十万就扔了。你现在孤立无援，十分钟之内你要做出决定。'他拿着盘子看，看了半天，突然回过头来跟我说了一句话，把我给说乐了，他说：'我这会儿技术归零了。'你以为你明白了，那是故宫的人给你端出来让你看你明白了，人家故宫里搁了多少年了，让你看，这是永乐的盘子，又跟着老师讲的对，对得上，你心里干干净净，又没有压力，没有钱。一实战，彻底歇菜。"

　　古董鉴定是门心理学，不管是自己购买的时候鉴定还是为别人鉴定，这里面都有很多心理因素决定成败。比如最常见的，不管看上一样什么东西，都要压价，如果上来就痛快答应，卖主肯定认为亏了，"对不起，我弄错了，不是这件，是那件"。所以，把价压死了再成交，两边心里都能接受。

　　马未都说："只要你懂得东西的真伪，什么都可以迎刃而解。早期古董鉴定，很简单，大部分人都不懂，即便是跟他们砍价他们也听不进去。"好多人就说，我有本管着呢。意思是你的钱得高出我的本金。后来我明白一个特简单的道理，他不是要卖多少钱，他是缺多少钱。很多人卖东西他也给自己限定，比如，我想买个冰箱、彩电、录像机，这三件东西加起来多少钱，他那堆东西他就想卖多少钱。但是我也有走麦城的时候。在上海，我碰到过一个乾隆四十七年的百宝嵌,说那家老爷子死了以后想卖,结果对方要一百一十二万,我给一百零八万。'一百零八对一百一十二'理论上讲,这钱差不多,做生意的人一定卖给你了,对吧?他就不卖。我没买就出来了,我想他会追出来给我,结果出来就找不着那个地方了,人家也不追出来。我特难过,特想要这个东西,隔了几天去追,已经被一个台湾人买走了。他为什么不卖给我呢?特别简单,一百一十二万是他算完的,这笔钱给儿子辈分多少、孙子辈分多少,他都分得清清楚楚。一百零八万就不是整数了。后来我总结经验,就是小钱别计较,他们跟商人不一样,他绝对不会追出来。"

鉴定古董除了要具备超强的心理素质、对对方家庭情况有必要的了解之外,还要有一些刑事侦查学常识。有一次马未都去一个人家看东西,一进门就觉得不对劲儿,因为他感觉这不是他们自己家,房子是租的。租的房子都是给自己留后路的,卖完你就找不到他了。"租的房子跟自己的家不一样。一个人的家庭信息,你临时凑是凑不出来的。租来的房子,你摆上家具,一看都是新弄的东西。"那次马未都看的是一个缸,他一看就发现是个真的。"我上手一摸,说刚修过,那人就愣了。我为什么一摸就摸出来了呢?冬天,屋子里暖气不足,比较凉,修理过去的东西都是用树脂,它有温差,我是刚从外面进来,一摸就摸出来了。但只能摸一次,摸第二次就找不到那感觉了。最后他承认修过了。其实如果它是在一个很像家里的地方,我就很容易忽视这个细节。"

有一次马未都差点被人蒙过去,一个行家通知他,说天津有个医生收了一些古董,让他去看。马未都判断过去的医生都喜欢收藏,这个前提成立,便去了天津。那确实是医生的家,不是租的。"我看了一下他们家的东西,都是真的,不用我到跟前看都是真的,但都有毛病,不值钱。聊了一会儿,我就说,你们家是不是还有点好的啊?然后这个男的就看了他老婆一眼,这明摆着他家有样东西,得他老婆同意。他老婆站在门框那儿态度特暧昧。我就说,你看我都这么老远来了,弄点好东西给我看看。这两人就羞羞答答、半推半就地把那壁柜打开了,壁柜里塞得满满的,都是被子、褥子、衣服,就往外掏,一会儿就堆得跟小山一样。最后拿出一个盒子,一打开,我想,让我逮着了,这么一好东西,一看就是一个真的,而且这东西当时特值钱——是摇铃尊,釉里红,康熙的,当时国际市场上卖一百多万港币。那是九几年,一百多万是很大的钱。我就没敢看,给关上了,我说那这个您能让吗?男的说,这个可贵。女的就说不能让,男的说反正就是贵。他俩的戏演得甭提多好了,没给我一点不真实的感觉。我问多少钱,他们说,那得多点,十六万。我一听大喜啊,按捺不住心中的激动,试探着还了一个价,我说,能不能八万块。然后那人就说了致命的、有破绽的一句话:'那您带钱了吗?'我一下就知道我死了。因为我那么多库里的经验,没有一个人这么跟你说话,我这拦腰给一刀,他上来就问我带钱了吗,我一下就觉得不对了。我说没带钱,下礼拜就过来。我还不死心,一个礼拜后带着八万块钱又回去了,在他们家,我拿到阳台上去看,看半天,那是我见过最好的仿品。"

马未都说:"我一直对证据特别有兴趣。鉴定本身就是一种技术活,但鉴定本身不科学。你甭听那些专家成天说这也算一科学,它其实不是真正意义的科学,它不是用仪器说话,它是眼学、目鉴、经验学、社会学。所以,第一步,是你要对它的细节熟知,剩下的全是背景。比如说为什么有人进来你就知道他是一骗子,他有信息告诉你,他有时候多说一句都是致命的问题。"马未都提到当年王朔写过《单立人探案集》,他说王朔写得不好,如果他写肯定比王朔好,因为他经历过这样一件事:

我见过一个女的,把我给害够呛。我帮人做一个收藏,一个颜色釉,比如红的、绿的、蓝的,就这种收藏,基本上都收藏齐了,就差一个胭脂红的瓷器,特少,找不着。1996年,来一女的,我不认识,她说有两件瓷器,孩子要出国,想卖了,我说带来了吗?她说带来了。一打开,两个胭脂红的小碗,雍正的,我就在找这个东西呢,怎么就来了,我心里就给拟了一个价钱。因为你买东西,心里必须先有个价钱,这东西最多十二万。那天还特别巧,有一个电视台给我拍节目,这个事儿就被拍到镜头里了,但拍的时候,她就特紧张,一开始我是认为她不好意思。完了之后我问多少钱,她说十二万,我想,怎么跟我想的一样。因为我还是想买便宜的,我说,也就值个八万块。她说,"您这么大收藏家还砍价,我觉得您就能出十二万",我觉得这话就怪怪的。我说,"行,咱俩再商量。"因为那天拍节目,我让她留个电话再联系。她说,"我没电话,也没BP机。"我说,"你周围能找着你的人,有电话也行。"她说,"没有人能找着我。"这话对我来说是断后的事儿,什么事儿一断后我第一反应就是这里面有诈。她怎么要断后呢?这东西是真的,我要放她走了,万一这东西永远都找不回来呢,那我就永远找不着这东西了。我不能让她走,我必须得跟她能联系上,我就让她给我写个电话。那天正好有个外国人送给我一本画册,我给她一张纸,她就把那纸给铺到那画册上给我写了一个电话。然后电视台就开始给我拍节目,这一岔,那女的就走了。等拍完节目出来,我就找那张纸,没了。他们说那女的回来了又把那纸拿走了。我太想要那东西了,忽然想起来画册了,我拿画册在灯光底下一照,电话号码特清楚。但是我一下就觉得那电话号码熟,我想来想去,想起来了,是我认识的一个人的电话。这个人跟我挺熟的,我就打这个电话,一打是那个人的老婆接的,她说他出差了,电话就挂了。我百思不得其解,这怎么回事,我就没想到这是骗我。我所有的信息,我的需求,我的心理状态,我想要什么,我价格的承受力这人全知道,他们做了这么一个局。这种假东西他们一下烧了五个,他可能挑了两个最好的,把那三个搁家了。这话他可能没跟这女的交代。她一个外行,认为五个跟两个的区别不大,所以说家里还有三个。但是从内行的角度来看,五个跟两个的差别可大了。两个都非常难得,你们家怎么会有五个呢,不可能。后来,我这个朋友家死了亲人,他开了一大名单,让我另外一个朋友给他写挽幛。那挽幛写的时候我一看,那女的名字在上面,原来那个女的是他舅舅的孩子,所以跟他不是一个姓。那东西仿得非常像,你知道，越小的东西越难辨，越大越好认，越大信息量越大，有一处出毛病就能看出来。那东西小，单色的，又不画，非常难判断。所有这些库里的或人送来的东西，都不敢长时间地看，都是拿来看一眼，大概感觉到了就不再看了，真到付钱的时候再看。为什么呢，如果你长时间地在那儿看，你看瓷器他看你的脸，他看你有多喜欢，它那价钱可是不一样的。在没有敲定价钱之前都不认真看，这是规矩。你看的时间越长，他开的价就越高。

马未都分析，如果这个女的一开始不画蛇添足地说还有三个，并且把退路想好，留一个电话号码，大概他就不会起疑心了。"一旦你要说瞎话，那代价就是你必须用两句话遮一句话的瞎话，用四句话遮那两句瞎话，再用八句遮你那四句瞎话，说着说着就穿帮。"

对文物的鉴定，马未都认为把假的看成真的并不丢人，几乎所有的大收藏家、大鉴定家都犯过这样的错，因为作伪程度在不断提高，曾经一次看错不要紧，以后再也不会看错。

随着文物收藏热的兴起，造假做局越来越普遍，有些局做得非常逼真，就是好莱坞的导演也要甘拜下风。马未都经常被请去做鉴定，见过很多新时期的做局手段，比如"造墓"就是很普遍的一种。

马未都说："我认识的一个西北的商人，他送我一批古董。我说你这都是新的，我不要。他说：'马先生你放心，这都是我亲自下去拿出来的。我们开着越野车，开了好几天，风餐露宿的，到那儿都没有人迹啊，好容易找到那墓道，现挖，那怎么可能假呢？'我说：'那怎么就那么准，就你们到那儿，下去就给挖出来了？你怎么知道那儿有？'其实全是假的，全是他们埋的，埋的都不是一个朝代的。但他被诓过去以后还坚信不疑。然后他还跟我说：'你没有去过现场，你不懂。'他认为你不懂，坚信不疑，这种人挺多的。"

还有一种更复杂的局，像一个故事片，让你不知不觉进入角色。"我碰上一个人,买了一个东西被骗了。河南某地出了一个东西,这东西拿到北京卖给他,他绝对不要,他一定喜欢那种下了飞机坐火车,下了火车坐汽车,下了汽车骑毛驴,他喜欢这种感觉。到了以后,人家说不巧,一个小时以前被卖了。其实他什么时候去都不巧,因为他们压根儿就没这个东西。他经过这么艰苦的跋涉,就特沮丧。那些人就说,'别沮丧,那边有一个墓正挖呢,咱们去'。就是我说的,他们知道他最喜欢的是甲,却给他忽悠去看的是乙。他正沮丧呢,到那儿以后,就挖出一个甲来。这甲他们都没和他说过,一挖出来就抱着说,这东西不能卖,专门给别人准备的,死活都不卖给他,连看都不让他看。他肯定不干,长途跋涉到这儿来,钱也没花。最后又有人从中间撮合,乱七八糟的,很多人给他搞回来,还是个假的!这么一折腾,他根本连看都不看,真假这个事,已经不想了。拿回来让我看,我说你这个是新的。一开始他不信,说这事复杂,说不清楚。我心说,那复杂都是设的局。"

除了演员特别多的做局,还有单出头的专门布局的人。有年夏天,非常热,马未都被人带到一个四合院,说有一个华侨手里有一批古董让他看看。马未都一进屋,屋里没有空调,一个七十多岁、仪表堂堂的人接待他,这人穿着西服打着领带,马未都就觉得挺奇怪。然后那人就往外搬东西,说这东西是1971年几月几号在墨尔本什么大街花多少钱买的。"我一看就是个假的。心说你跟我说这个没用,他哪儿知道啊,一会儿又拿一个,又这么说。他每一个都说得很具体,还夹着英文,说得特怪。看了十几件,我就特烦。现在很多人雇这些人行骗,他相貌上要占便宜,有的人一看就是个骗子,他就拿个真的也忽悠不出去。我看那个四合院,觉得是他租来的房子,布置好了忽悠人。最后他拿出一件东西,我就说,您稍等一下,这个东西如果在你们家超过八个月,我就算今天白看了。那人一下就愣了,他接不上我的话,前面说的什么大街什么号都没用了。还有专门在店面忽悠人的。有个老头开了一家店,有一次我带着手下去店里,进去之前,我还跟他们说,你们千万别叫我,别叫他认出我来。我一进去,那老头儿说,

'呦，马先生'，这个那个跟我一通说。我说：'你怎么卖这个东西？'他说：'我这是高薪聘来的。'那店里一件真东西没有，但是老头儿上来先告诉你哪个是假的，他告诉你大概有多少件都是假的，其他的他可没说，但其他的也全是假的。如果你问他是什么年份的呢，经典的话就叫：'这东西不够明'。'不够明'，按照常规是清朝的，对不对？但今天的也不够明朝，这话没有问题。有人买完了以后他说：'我跟你说了啊，这东西不到明啊。'确实不到明，太坏。"

从这些故事中，马未都总结出一条规律，就是你一旦进行古董交易，就会有人专门拆你的心理防线，用各种各样的方式，让你防不胜防。但凡买古董的人，都贪便宜，只要一贪便宜自己就把防线拆了。"所有被骗的人都会说，哎呀，我当时脑子就不转了，什么喷上迷魂烟了，其实什么都没有。不是脑子不转了，当时脑子转得快，想怎么赚钱。所有的骗子都在一个地方下功夫，就是怎么能让你贪上。而且这个贪，做给你看，是成功的。比如他们说从墓里挖出一百多个金佛，拿一个到银行去卖，银行当着你的面，把钱一点。那边还有一百多个呢，你肯定要犯贪。你戒不了贪，就不能玩文物。我认为上大当、亏大钱的都是因为贪。而且他那时候不考虑真伪是因为有人演给他看。当然，我现在碰不着这种人了，因为他们知道到我这儿不管用，他们特别愿意找刚入门半懂不懂的人。还有一部分人是心态不良，比如我鉴定一件东西收三百块钱，有人花九十块钱买的两件东西，一个四十、一个五十，跑这儿鉴定来了，那东西谁看都是假的。他为什么要来鉴定呢？他是想侥幸，万一我说是一真的，他不就发大财了吗？过去说，搞古董这事儿，就是半个心理医生，你得揣摩人的心理。今天的社会不健康也很正常，只不过在古董这儿特明显。你去买股票，不也是心理不健康吗？有多少人是健康心理去买股票的？都是不健康，都是想捞一把就走。"

如何成为一个文物鉴定专家，马未都认为，首先必须有丰富的社会学知识，其次，还要有一个哲学的头脑。科学判断是不掺杂感情因素的，但科学还不能完全解决文物鉴定的问题，全世界目前的文物鉴定基本上还是靠眼来看。"我赶上最好的时候,就是文物最不值钱、没有人造假的时候,造假的过程我看得清清楚楚。我举个例子说,我邻居的女孩,我看着她从小女孩长成大姑娘,变成中年妇女变成老太婆,她怎么变我都知道,一眼就知道是她。但问题是这女孩如果搬走了,十年不见,我一见不知道是她了。这个信息不能断,今天的鉴定工作就是你一旦丢失信息,你肯定鉴定不了。很多老专家跌跟头都跌在这儿。我们有的鉴定不是看出来的,主要是听出来的。比如说,有一个非常少的东西,突然一出现,我有时候用个简单的方法就鉴定了。这个东西我用肉眼看非常困难,看不出真伪,那好,我开始打电话,第一问作伪者,比如这种东西肯定是景德镇烧的,那我把景德镇的人问一圈,有没有谁做?因为这个是保不住密的,他对你保密,在当地他不保密。那要是说谁谁谁前阵子一直在攻关呢,那你就基本上知道了。第二,你还打电话问其他的地方,比如有一回有一个非常少见的文物出现,我一打电话,当时日本、中国香港、中国台湾、新加坡、欧洲、美国,同时出现了,那肯定有问题。平时都找不着,怎么这会儿同时都出现了呢?因为现在很多人作伪,是为了获得暴利,卖掉一个东西有时候不赚钱,现在为了快,他就布局,把这个东西分好了同时发出去,让你们来不及反应。过去是真反应不了,没手机。现在我一打电话,那边也有,那肯定是假的。作伪的人有一大难题,他不断在攀高,不论他攀到哪儿,我如果知道他整个攀高的过程,就跟我知道那小女孩变成老太太的过程一样,我永远认识她。他一次被我发现,他就白攀了。所以作伪也挺困难的。"

对于一个普通收藏者如何鉴定古董的真伪,马未都觉得研究这些东西的意义并不大。只要建立一个很正常的文化消费观念,别老想着投资,就不会上当。"比如你从某家古玩店买回的东西都是真的。为什么?这家信誉好,他不可能卖你假的。你从路易·威登的专卖店里买回的包,犯不着再回家鉴定一回是真包还是秀水的,它的信誉是这么保证的,你要老百姓提高鉴别能力是不可以的。电视上一天到晚地教人怎么在生活中鉴别真假,只要不是这个领域的人,那东西根本就学不会。我们的心态不好,都是想去挖宝，都是这种态度。你要想从技术上知道，你从心里明明白白地知道它的真伪，那确实需要学习。但是我觉得对于老百姓，这不应该是他追求的，他追求的应该是一个社会的保障，比如瀚海、嘉德这样的拍卖公司。你得有这么个态度，比如我有闲钱了，比如我现在收入比较高，我又碰见我喜欢的东西，在我充分考察以后，在我相信社会的这套系统以后，我买一个，不行，我再听听别人的意见。理论上讲，瀚海、嘉德这种大公司的商业体系本身就是一个信誉保障体系，它来替你做了第一道筛选。"

（2008年）

陆川：我想拍一个战争本性的电影

> 我拍到一半时突然意识到已经不是在拍"南京大屠杀"这个具体的事了，可能在拍关于人如何认识战争本性的一个东西，有可能超越中国人和日本人，触摸到一个一般规律性的东西——就是人和战争的关系问题。
>
> ——陆川

随着《南京！南京！》进入首映倒计时，陆川再也不会像当年《寻枪》《可可西里》上映时那样轻松了，他不担心这部电影的口碑，相比人们对他这部电影的溢美之词，他更希望看到一个让他满意的票房数据。他开始和很多大片导演一样为票房焦虑了，这可能是很多导演必经的心理磨炼过程。小众的口碑已不再是陆川对成功的理解，他需要一个大众层面上的认可。因此，在一夜之间，陆川的脸上就起了许多粉刺。即便这部电影从立项到开拍一直都曲曲折折，但陆川从没有这么上火过。三个星期之后，票房数字将决定他的容颜以及他在未来中国导演中的新位置。一部耗资一个亿的电影，对任何导演来说，都是一个挑战。

Q：《南京！南京！》在立项审查的时候遇到了很多麻烦，这种题材的电影和别的电影审查上有什么不一样？

A：我不知道别的电影是什么样的，但这个电影除了电影局之外，中宣部和外交部都要看，所以要等其他几个部门领导的意见都下来后才能决定。

现在回忆起来真是一个特别长的故事。等到我们真的去送剧本的时候才知道，那一年关于南京大屠杀题材的电影大概有四到五部，如果都批了，年底会有四五部"南京大屠杀"要上，这可能在外交上就会出事儿了。而且当时日本大使馆听说这事儿也有过反应，后来这些项目就都搁着。筹备到 2006 年底，剧组常备人口已经五六十人，两支选景队伍在中国转着，各种各样的枪械和服装设计图都在做，可是传来的消息好像说这事儿要黄。内部给我们的消息是"最好停掉，因为你们不是最早的，论先来后到也不是你们，凭资历的话也不是你们"。我听到要拍这戏的导演就有唐季礼、严浩，德国人和美国人也都要拍，横竖都轮不到我。记得那段时间我跟投资人覃宏出去喝闷酒，他说的最悲壮的一句话是，"我家里所有的钱一共有一百多万，陆川我支持你到把这钱花光，然后咱们就散了"。年底，电影局给了我们一个消息，说剧本已经给到了外交部，得到明确的消息是外交部已经否掉了，只有《南京浩劫》通过了。但是跟组里的人怎么交代？那都是一帮小伙子，二十多岁，每天无忧无虑，去了就是干活、唱歌，晚上打完球出一身汗，然后坐在仓库外面聊天，说电影拍下来会是什么样，特向往。我突然觉得这是一个梦，只有我和覃宏知道这梦做不下去了。

Q：后来怎么峰回路转的？

A：后来我们俩觉得不能这么着，于是决定死磕，我们俩把自己认识的各种人开始码。他认识好多人，我们就去和各种各样的领导见面。最传奇的就是 12 月份，记得是晚上十一点，我们俩站在中南海的门口，被一辆车接进去，见了一个"老大"。这是我第一次进中南海，还是半夜进去的。

那领导就问我为什么想拍这戏，我说："外交跟文化是两码事，我觉得不管外交需要什么，民间得有声音。如果等外交特别需要民间有声音的时候，我们没准备好，那这声音从哪儿来啊？我们现在是不需要声音，可是当我们需要声音的时候，那声音不是立刻就有的。如果说《南京！南京！》这部电影是来自民间的声音，我不是想拍一个指着自己脸上的伤疤或者头上的包说你打过我的戏，我想去梳理一些别的东西出来，因为我看到一些不一样的历史。"我不能说那次见面是关键的，但它一定是最后推倒多米诺骨牌中的一个，因为第一张牌是特别巨大特别沉重的，那个领导肯定是帮了忙的。

后来又见了三四个这样的领导，还见了外交部的一些司长。有一个司长见我们，他第一句话就问我："你为什么要拍这戏？"我大概也是类似这样的话。"其实不是想给国家找麻烦，但是我确实不认为咱拍这一个戏就真找麻烦了。另外我觉得，我们是唯一能拍好的。"我说，"其他本子我也看过，都是在哭诉，恰恰是我们这本子没有在哭诉，我们是在讲中国人是怎么回事，因为这个历史里面没有中国人。您翻翻我们所有的教科书，里面都没有中国人的事儿，中国人就是被杀，这不叫事儿。中国人到底怎么回事？没有！而且其实也没有日本人的事儿。这么一个核心的事儿上，进入公众记忆的就只有德国人，就德国人救了中国人。最后被我们孩子记起来的就只有一个德国人救了二十万中国人，就这么一个好人好事儿。这对我们有用吗？下次再出事儿还得再找一个救世主？"反正那天说得很激动，什么都说了，显然我们是爱国者，只是想法跟别人不一样而已。那司长非常好，他说愿意帮忙。

2007年3月初，我得知外交部亚洲司日本处通过了。我拿起电话就给电影局打，说外交部通过了。当时电影局的领导觉得在外交口上拿掉的东西居然还会有缓儿，挺吃惊的。3月22日，拍摄许可证拿到了。我记得外交部那个司长曾经到我们筹备的现场来看过。所以经过这个事儿，我觉得这些官员其实挺可爱的，他们真到现场来看你们，想看看这帮人为什么这么激动非要干这事儿。

还有一个挺特殊的人来过，贺龙的女儿贺大姐，她给了我们特别大的鼓励。她说了句话我印象特别深："在中国不是你想为国家办事，你就会理所当然地很顺利，很得志，或者得到很多支持，有时候往往是相反的。只有你们坚持了，很多愿意帮你们的人才会站出来。因为很多人都想这么做事，但他们不会去做这样的事。你们只要坚持，慢慢地你们这支队伍周围就会有人愿意去伸手了。"当时我们特别难的时候就打算死扛着，等着有没有哪只手伸出来。确实在路上一直就有各种人伸手，把我们推到了终点。

Q：拍摄完之后在审查上有什么改动吗？

A：现在这个版本比那时候少了二十五分钟，我觉得这二十五分钟都是必须剪掉的，不是谁逼着我剪，而是我认为这二十五分钟让这片子显得特别漫长。那是我喜爱的，不一定是观众喜爱的，也不一定是这个电影本身需要的。

2008年9月，我给韩总（韩三平）看了个粗剪，他看完之后挺兴奋，跟我说咱们得好好想想怎么保这个片子过去。一周之后开始进入审查，一直到今年（2009）1月8日通过。审核过程中间我也在不断修改，不是局里的意见，而是我自己觉得片子不够好，不够凝练。到意见下来的时候，反而让我特出乎意料——就两页纸，十几条意见，而且没有重大修改，都是点状的，没有面状地说摘掉一个什么。

有些领导看完之后觉得特激动，发短信告诉我，认为这是出乎他们意料的一部电影。意见快出来那几天，我确实也着急，挺怕的。有几场戏我特别不想拿掉，比如祭祀，真的怕。第一次审的时候，有一个意见说日本人的戏太重，说把日本人的戏拿掉。这些意见到最后成文的时候都没了，只是说长度缩一下。我能感觉到，很多人在保护这个片子，没有这一双双手挡在这个片子上面，它一定是千疮百孔。这部电影是这么过来的，它虽然漫长，但我能在里面感受到的其实是帮助。

有很多演员的戏被我剪掉了，那些戏只对演员有帮助，不是对这部电影有帮助。当时我剪的时候其实有些私心,因为这些演员都跟了我一年,酬金都拿得很少,而且他们都是腕儿,我在想能帮他们就帮他们。我在开始剪戏的时候就没有像《可可西里》那么狠。剪《可可西里》的时候,演员都不认识,本身它也没有什么大演员,我完全就根据对素材的需要来剪。而《南京!南京!》的演员跟我相处了一年,剪的时候真的是下不了手,手都特别疼。因为我知道媒体在公映的时候会数的,谁有多少场戏,怎么回事,我突然觉得这么一个残酷规则中间我剪掉一些人的戏,我有点心软。现在这个版本,我是在跟王朔看完之后剪定的。因为有时候在跟不同人看的时候,你的这个门槛就高了。

Q:王朔给你提过什么意见?

A:我记得有一天有几个朋友来看,那个是两小时十五分钟的版本,没想到王朔来了,我就比较紧张,因为他比较锐利。他看的时候不说话,我就突然发现有很多东西是不应该属于这部电影的,因为他是最挑剔的人,他也看过《可可西里》,看完后他就跟我说:"我以为这是一好人好事儿呢,你给拍成这样了。"这次他又说:"我发现回回我觉得肯定拍砸的事儿,都让你给鼓捣回来了,你怎么老走险招啊?"看完《南京!南京!》他先跟我说:"我特别喜欢后半部分,我特别热爱这结尾,像我喜欢的欧洲片,情怀、观点,还有你的拍法都松弛下来了,特别好。前半部分呢,说实话,虽然拍得不错,但是我有点看不下去,因为这是中国人的公众记忆,你没有找到新的视角。但是你也没辙,你要完全站在日本兵的角度去拍这事儿,那您就算了,就是一汉奸。但是日本人这条线太好了,我没想到会有这条线。这条线是决定这部戏艺术价值的地方,而且你把它撑起来了。"第二天我把剪辑师叫来,大概用了四个小时,重新捋了一遍。我问他剪了多少,他说十二分钟。其实我给王朔看的那版基本已经定版了,那时候动一剪刀的话,所有工序都会重头来一遍。王朔没有告诉我哪场戏他觉得不舒服,只是那种感觉——你是在跟文艺圈里面比较挑剔的一个人在一起,他是很难被打动的,世俗情感对他已没多大意义了。那天晚上我给朋友发了一个短信，说我回到了《可可西里》，我突然变得六亲不认了。爱谁谁，谁都不认识了。所有的戏，能跟这电影勾上的就留下了，没勾上就剪掉了。

Q：当时这个剧本是怎么写的？可能两个镜头需要你看半本书那种信息量。在你查阅这些资料的时候，哪些东西触动你、让你觉得必须把它们表现出来？

A：太多了，一下说不清。首先我得感谢我在学校学的专业，我们看书都是反着看。什么叫情报，从公开渠道去搜集就叫情报。怎么从公开搜集的情报中找出真实的信息呢？比对。同样一件事你得听四个人描述，比对完了你就能肯定哪些是真的。南京的资料是一样的，我当时先看中国人写的，完全没感觉，全都是哭诉，我觉得那就是弱者。七十年了，我们还以一个弱者的姿态聊这事儿太傻了。等我开始看日本人的日记，找到一些特震撼的事儿，我突然发现，中国人挺牛逼的啊。我记得有个日记里写了一件事儿：一个日本兵所在的小队进了南京之后，发现一个德式坦克停在大街上，本来要炸，后来说这挺好的就是履带坏了，留着给后面补上吧。因为日本人特崇拜德国，觉得德国玩意儿都好，他们的薄皮坦克跟德国坦克没法比，就没炸。但这小队一过去，从坦克里面居然伸出一架机关枪"哒哒哒哒"就把这小队全干掉了，后面的小队赶紧围在地上对着坦克射击。后来大部队过来把坦克包围了，让他们投降。最后坦克里的几个人打到没弹药了，日本人还是不敢上，最后是浇上汽油把他们活活烧死在坦克里了。我突然觉得，这太牛了。而且日本人是怀着崇敬的心情在说这事儿。写日记的人是说他没赶上这个事，看见前面倒了一批战友的尸体，一问才知道是怎么回事。还有一个在日记里看到的是叫"街头巷尾的冷枪"，窗台那边叭的一枪打死一个日本兵，等把打冷枪的人拖过来一看，竟是一个完全没发育好的小男孩，然后一刀就给砍了，这个打冷枪的小男孩也是穿着国民党士兵的衣服。这种事看多了之后，就会想我们的历史学家都干什么吃去了，为什么把这些抵抗都给抹杀了。我开始看他们以前的逻辑,他们的逻辑是"因为我们没有抵抗,所以你不该杀我"。我觉这是一狗屁逻辑。我抵抗是天经地义的事儿,我抵抗了被俘虏了,你不能因为我抵抗了而杀我。

然后就是难民营举手的事儿,我以前都有点想放弃了,大概是2006年中间的一段时间,我觉得这戏没什么意思,但是等到看完日本人的东西之后,我突然发现了大批的新鲜的东西。比如妓女这事儿,拉贝和魏特琳的日记里都有记载,我们一个女教授的日记里也有记载。拉贝的日记里写的就是"我们让他们带走了"。魏特琳的日记里写说"有些妓女自己站出来,我就让她们走了"。你要想象一下她们走时是什么状况,那是满城都在说日本人怎么强奸、轮奸、奸杀妇女的时候。拉贝轻描淡写了一句话,我在看的时候突然明白人是有立场的,再帮助我们,他也是德国人,他不会站在这是我们同胞兄弟姐妹的立场说让她们走。如果都是中国人,可能他的叙述就不是这样。我在想这事儿的时候就挺激动的,是她们自己主动站出来的。然后我在另外一个日本人的日记里看到:"今天我去慰安所特别扫兴,从难民营过来的这帮女人中间突然有一个人疯了,拔出刺刀要杀我们一个士兵,结果我们把她抓住了弄死了。在她被抓住前,其他慰安妇拼命抢一把刺刀,不是杀我们的人,而是拼命抢这刺刀自杀。"

这些感触让我觉得这个戏在中国人这一方面开始有做头了。我在想,中国人走到今天,一定是有一些东西在支撑着这个民族生存下去的,就像这个电影的副标题——"生和死的城市",在这么一个极端环境下,人是怎么面对生死的,这个事是可聊的。因为我看到了这些事,我不想编事,我想到《南京!南京!》其实有很强大的一面,而且是支撑这个民族一直走到今天的一面的东西,是被人刻意忽略的。如果我们在这件事上只记得德国人救了二十万人,这对死去的人是不公平的。所以在中国人这条线上开始清晰了,让我觉得这事儿开始变得有意义。

Q:剧本的初稿是大概什么时候写完的?后来是怎么修改的?

A：初稿是 2006 年的三四月份就写完了，但是那个跟现在是天壤之别。之前那个剧本挺商业的，里面有姜老师（高圆圆饰）和陆剑雄（刘烨饰）的爱情，有刘烨的脱逃，还有那种想当然的期望。但是事实上，我觉得拍摄过程就是对这个剧本的一次颠覆的过程。因为我们要求绝对真实，所以拍摄现场成了批判和颠覆剧本的最好的舞台。我是一个没经历过生死的人，我在家里写剧本，虽然看了很多资料，但很多东西都是想当然的。可是现场，每天现场都是六七百人，多的话一千两百人，所有人都穿着那身衣服在那儿演练，你就知道很多在剧本上写的事是不允许发生的。比如刘烨，刘烨一到现场我就知道让这么一个兄弟活着出去太难了，到最后下决心给他半道干掉的时候，确实内心是很挣扎。一个一米八六的帅小伙儿要能活出南京城几乎不可能，那是属于拉网式的对青壮男子的屠杀，而且反复地筛，就是差不多看见适龄的都杀掉了，所以他不太可能活着出去。像这样颠覆性的写作，基本上都是在现场完成的。

Q：你说这部片子的核心是关于中国人的自救，在结构上发生了哪些变化？

A：其实我一直是想拍中国人和日本人两条线。以前在接受采访时我不敢说日本人怎么着，但是我从没放弃过这条线。因为我觉得这是一张纸的两面，缺了任何一面这都不是一个完整的事件。最大的变化是，我拍到一半时，突然意识到已经不是在拍"南京大屠杀"这个具体的事了，我觉得我们可能在拍关于人如何认识战争本性的一个东西，而且我们有可能做到的一件事是超越中国人和日本人，触摸到一个一般规律性的东西——就是人和战争的关系问题。

我不是那种一上来就给它一个特别高立意的人，我可能因为一个戏特别冲动地想去拍。《南京！南京！》有那么两三场戏是我在拍戏之前眼睛里就看到的，比如那场祭祀舞蹈，可以说我有一个特别巨大的欲望想把这舞蹈拍出来，但为什么想拍这个舞蹈，我很难给你一个明确的解释。我觉得这事有特别大的意义在里面,这个意义会让我睡不着觉。拍这场戏的那天,两个鼓手下飞机了,那是日本最棒的两个鼓手,我请我的日本辅导员把他们请过来。当时那个鼓也从河南运过来了,为了让这个鼓敲出我们想要的声音,我们拿12K的灯一直晒鼓面,让鼓皮紧起来。我让他敲一遍,他们"哇"一声就开始敲,敲了四分钟。我在外面看着,心里面充满了那种……我们必须把这段鼓和这段祭祀带到所有中国人面前,因为这种威胁,这种被征服的威胁从来就没有消失过,而且人家一直在那儿继承着呢。现在让我们中国人拿出一段震慑人心、代代相承的文化的东西,我觉得已经没了,我们就剩秧歌了,我们真正的东西在哪儿呢?战争的本质说到底是精神的折磨,它是一种文化在你的废墟上舞蹈。

Q:这个片子是由两个国家的人去合作,做一件曾经在历史上有过仇恨的事,你在这个过程中是一种什么心理状态?

A:从职业角度讲,一个职业的工作要求就是让我在拍中国这段戏的时候就是一个百分之百的中国人。在拍屠杀的时候我会对他们恨之入骨,他们在那儿喊"中国不能亡"的时候,我在监视器前流泪;但我在拍日本人的戏的时候,我会要求自己是日本人,因为我觉得中国电影中从来没有把日本人当人去想过。前两天在北大有一个记者问我,听说你把日本人拍成人,为什么啊?我说,他们不是人吗,人家本来就是人啊。这电影我可以把他们拍成贴着仁丹胡子的跳梁小丑,可这是我们对自己的一个侮辱。七十年前你是败在这些人手里,你败在小丑手里?不是。我们看资料也知道,七十年前他们是多么强盛,他们一个步兵单兵,一年可以有一千八百发子弹的实弹射击训练,我们能有十发就不错了。在他们回忆录里,在1943年以前我们拼刺刀拼不过日本人。后来我们专项进行强化训练,可能才可以一对一,以前必须是二对一。日本人在日记本上对自己参加的每一场战役都画战略图,很多人兜里还揣着小相机。他们的受教育程度是什么样的?我们的军队文盲占99%。所以当你去污蔑他们、不能去正视历史的时候,这些事就有可能再发生。所以我想让中国观众知道，在七十年前我们输给了一个什么样的对手。所以情感是有的，但是不能让情感夺取自己的理智，那就变成自娱自乐的事儿了。

所以关于仇恨的问题，我一直在告诫自己，不要因为仇恨失去理智。一个朋友告诉我，你去研究一下二战期间苏联红军对德国的轰炸，然后再去想想屠杀跟战争的关系。后来我发现，确实是这样。当时苏联红军对完全不设防的德国城市进行毁灭式的轰炸，最后从空中看完全跟月球表面似的，一个一个环形坑，一夜之间十几万人全部死亡。所以丘吉尔有一句话说得很对："即使是正义的战争，多走一步也是邪恶。"

我以前是真的觉得南京大屠杀是一个个案，因为我是在这个环境下呼吸这个空气长大的，我认为日本人特别仇恨中国人，南京大屠杀是一次仇恨的释放。但是在我了解了更多、在我将中国土地上发生的屠杀和世界上发生的屠杀事件做了一个比对之后才发现，战争中的基层执行者，他们心理和肢体权力的高度获得，当生杀予夺的权力获得、成为战场上的神之后，暴行扩大，屠杀成为必然。因为那些人在你眼中不再是人，而是需要解决的物化的东西，人与人之间正常的交流全部被粉碎，甚至所有恶劣的行径被高度默许，因为你所做的事情不再受到惩罚，所以屠杀成为必然。当将这个事与整个屠杀史联系起来之后，我不认为它的意义变小了，我认为它的意义反而变大了。我们应当重新看待这些发生的事情，从这段历史当中，我们得到的结论不应该仅仅是日本人有多么残忍多么愚蠢，这就太简单了，我们应当悟到的东西是对当下有作用的东西，这才是解决问题的态度。

还有很多想法是在拍摄过程当中感受到了，比如拍杀人，我看到日本人用绳索圈人，一百人往外走，枪决之后再一百人往外走，在拍这段戏的时候我突然发现，这才是他们屠杀的本质。原先我们一直以为会是一个家庭被拖出去残忍地杀掉，会认为日本人是盲目地见人就杀，但是其实不是这样，他们的杀人计划80%都是按步骤、按计划、很有效率地成批处理，到城里见人就杀只是之后蔓延的一部分，而那种批量的屠杀才是核心。他们就像是机器一样在绞杀,把那些俘虏成批地灭绝,这才是真正的屠杀的主题。而这样的故事由于他们的灭绝,很少有人知道和了解,而我也是从日本人的日记里才了解。一百人被拖出去杀掉,余下的还活着的人就在不到三十多米的地方等着,然后眼睁睁地看着再被带走,这特别符合日本人做事的方式,这才是屠杀。

Q:跟日本演员合作,他们是什么样的反应和状态?

A:这是一个特别复杂的事情,我特别理解他们的情感吗?我不理解。我请的这些日本演员,他们陪了我九个月,但同样的事情让我陆川去做,比如叫我去东京拍一个这样的戏,我绝对做不出来,给我一千万我也不去,我觉得我受不了,但他们就在这儿。这次有很多场戏是大家商量着拍的,因为日本演员有一点就是他不理解的就不拍,他会说他干不出这种事。但是我要说服他,告诉他们必须要这么做,因为当时你们的人就是这么干的。所以逼着我们找了大量的照片,到后来就不是说服的问题了。有一场戏是一个叫水上的年轻孩子,他的结局是在城里被人勒死了,这也是有真事的。但是后来这个戏就没用,我记得拍完这场戏的时候有工作人员告诉我说他躲在一边哭,觉得很崩溃,要回家。

还有一些是很微妙的东西,比如拍打鼓那场戏的时候差点变成一场群架。事情当时是这样:鼓一抬起来的时候,底下有的群众演员还在说笑,然后敲鼓的日本演员就不高兴了,觉得拍这么严肃的戏怎么能够说笑呢,下来"梆"的一声给了这个群众演员一拳。这帮群众演员都是武校的,然后立马就围起来打那个日本演员,我们的工作人员赶紧过去帮忙拉架,保护那个日本演员。当时我不在现场,但是我想说一个很敏感的话题,日本演员在现场对这部戏的尊重程度要比我们的演员高,他们会特别认真地、毕恭毕敬地站在一边,如果看到别人说笑打闹,他们会很愤怒地瞪着那些人,但是我们的演员有时候会很愤怒,大喊着"打倒日本鬼子",等等。但是这事的核心是日本演员看不下去我们的不敬业,虽然他们的方法很粗暴,但是仔细想想，在日本，他们经常就是大嘴巴上去解决问题，这就是他们的方式。

其实我心里很复杂，我看到日本演员演戏，真的是特别地投入。我常常告诫我们的演员，我们曾经在战场上输给了日本人，现在在演戏上我们不能再输给他们了，我们要拿出我们中国演员最好的状态。但是日本演员的状态是有目共睹的，这也拓宽了我对这部戏认识的跨度，从某种角度来说，他们撑起了这部戏。演角川的中泉英雄，他爷爷曾是日本兵，他是参加过南京大屠杀后来回日本自杀的，那么他比一般的日本演员更多了一种家族的感受。

在拍戏的过程当中，他们其实是很不容易的，好几次都差点被中国演员打，但他们态度很好。记得拍一场强奸戏的时候，他们都不敢把手放到女孩子身体上，然后我跟他们讲，如果你不去真演的话，这些女孩子就得一直这么裸着，然后我就告诉他们该放到什么位置，等到演完一喊"停"的时候，他们立马就结束、把衣服给她们合上，然后对着女孩子鞠躬，这是我亲眼看到的。反而我们有些工作人员是嘻嘻哈哈的，为了这件事情我还给他们开过会，这些女孩子们都是自愿来的，她们特别伟大，我们应当认真对待。

Q：你为什么要拍这个题材？

A：从《可可西里》开始，我有一种感觉，拍电影成为我的一种生活方式了，它会记录我很多很多的感受。《南京！南京！》记录了我这四年的一些感受，而且这部片子第一次把我对爱情的看法拍出来了。对于我来说它不仅仅是南京大屠杀，它是一个关于人的片子，是我对自己的一次挖掘，里面蕴藏我对人生的很多很多看法，我很满意我最终找到了它们并且表达出来了。

Q：角川最后自杀是你对战争的反思？

A：角川最后那场戏是我最后想出来的。我认为到最后的时候，对一场战争的反思应该不用再分什么日本人中国人了，角川这个时候应该是代表我们所有人去反思，而不是仅仅代表他自己。

张纯如吞枪自杀这个事情，我曾经找过很多前前后后的文献记载，包括验尸报告。那个给她验尸的美国验尸官说过这样一段话："女人自杀的我见过很多，但是大多都是割腕、煤气、上吊，跳楼就是极致了，但是很少会选择吞枪自杀的，因为起码会对自己的容颜有一个保留，但是张纯如用一个大口径手枪把自己打死了，她内心经历过怎么样的黑暗？"她的长相是非常罕见的令人折服的美，但是她却选择了这样一种方式，把车开到了一边然后自杀。我在想很多人自杀到底是为什么，包括魏特琳，她在回纽约的船上跳海自杀被救起来了，但是在回去之后还是自杀了，这都是南京大屠杀结束之后几年的事情了。

像魏特琳这样做了大量的工作，最后受不了内心的煎熬自杀，但是又有多少人知道她是谁？像张纯如，她显然是为了这件事死的，要不她为什么会选择在这样的一个年华，在她名声到了那样的一个阶段选择结束自己的生命，显然是因为这件事情就像阴影一样侵蚀到她的身体，她摆脱不了。

我拍到那会儿的时候，虽然没想过自杀寻短见，但是我确实感到特别崩溃。但是我也想表现一种释然，最后释放小豆子就是对生活的一种释然，一种解释。拍角川死的那场戏，我没有去写分镜头，就是讲完戏之后就拍，包括小豆子吹蒲公英那场戏，当时拍这场戏的时候，我找到了一气呵成的感觉。那会儿戏已经快拍完了，但我好像找到了我会拍电影的感觉了，我觉得我自由了，不同于一开始我跟自己很较劲的状态。

Q：结局虽然是美好的，但是影片整个过程很压抑，你觉得观众能不能接受这部电影？

A：我在上海的时候投资方汇集在一起，他们对于我的这部片子很有信心，但是我特别害怕。在同代导演当中我算是特别幸运的，因为有投资方能给我这么多钱让我做这么一梦,大家拿钱砸我希望能砸出一动静来。我们在上海做了两场试映,口碑不用说了,但是我一个朋友跟说我:"你们怎么能给观众一个理由让观众进来看?你们只要能让观众进来,余下的事情就交给电影解决了,但是就怕观众不进来,那么'陆川'这两个字还不够。"这三年半我已经尽了我最大的力气和责任,如果这片子票房不好的话,我觉得我也无所谓,会有很多人通过人通过不同的方式看到它,而且这个片子会长腿走到比我们想象更远的地方。

(2009 年)

贾宏声：最后一个理想主义者的青春终结

> 我会觉得他纵身一跃，是我们那个时代作为一个愤青、作为一个曾经对某些东西——无论是对艺术、还是对中国文化精神领域的东西抱有一种理想主义的青春时代的终结。
>
> ——李骏

贾宏声走了。他的一个小学同学在接受采访时说："要么他想明白了这个世界到底是什么样，这是我们没想明白的，他明白了这个世界就这样。要么是他根本什么都没想明白。因为他不是一个特别聪明的人，他不是一个能看清楚很复杂事情的人，这是我和他从小在一起的印象。"

贾宏声当年走向演艺之路在别人看来是一帆风顺的。他上高二时就考上了中央戏剧学院，当时他所在的表演系的那个班，女生后来出名的有很多，比如巩俐、伍宇娟、史可等，相反，男生出来的不多，贾宏声是班里第一个接戏也是第一个还没毕业就走红的人。毕业后，他演了很多戏，很多导演，尤其是"第六代"导演，几乎都跟贾宏声合作过。如果他能继续按照这条道路走下去，会成为当时最红的男演员。但是，就在人们想看到贾宏声一步步走向更辉煌的顶峰时,他的人生之路拐了一个弯,他突然喜欢上摇滚乐,开始接触大麻,变得越来越偏执,最后他不得不进入精神病院治疗。出院后,他干脆把自己封闭起来,几乎与世隔绝。在很长时间里,他最熟悉的朋友都不知道他的情况,直到他最后出事。

关于贾宏声,过去媒体少有的一些关注也仅仅停留在他吸大麻这件事上,关于他过去的演艺经历,似乎是很久远的事情,已经不足以让人们产生兴趣,倒是每每演艺圈出现吸毒事件,总是把贾宏声扯出来。人们只是习惯去选择自己感兴趣的内容,而不会对一个人的全部产生兴趣。贾宏声的死,也许让我们有机会更详细地去了解他的一生。

京哈线将四平市一分为二,东部是工业区,西部是行政文化区。贾宏声出生在艺术世家,父母都是四平话剧团的演员,父母遗传给了他一副英俊的面容。上小学时,他的身高优势就凸显出来,在班里担任体育委员。他周围的朋友,不是能打架的就是被打的,贾宏声从来不打架,学习成绩也不突出,随着年龄的增长,他的帅气也渐渐表现出来。同学回忆,他走在街上,总能引起人们注意。

在当年,贾宏声拥有一个让人羡慕的幸福快乐的家庭,他的性格也不内向孤僻,平时有说有笑。至少,他在中戏念书时接触过的朋友回忆他时,都会用一个词来形容他:阳光男孩。北京电影学院导演系 85 班的李骏这样形容贾宏声:"作为一个演员,他身上有种危险感。全世界的男星加起来都有共同特点,身上有侵犯性,像个危险人物,不知道什么时候失控,这本身也像一个炸弹,总让人感觉有危险。他脱颖而出,最大原因就是这种特质。很多年后我第一次看到孙红雷,第一个印象就是他身上的危险感、侵犯感很像贾宏声。"

至少,在贾宏声的人生走向拐点之前,他给人的印象是充满朝气、单纯,甚至很纯粹,偶尔会有一些偏执,但人们会理解成那是一个演员身上正常体现出来的艺术气质,而绝对不会想到他会一步步走向极端。

贾宏声有一个妹妹,喜欢唱歌,他把妹妹接到北京,帮妹妹发展,然后想让父母退休就过来陪他，全家一起好好过日子。

贾宏声毕业后拍的几部电影多是跟后来的"第六代"导演合作的，比如娄烨、王小帅。也正是这几部电影让贾宏声声名鹊起。如果从时间上看，会发现，他的电影生涯基本上在1995年到了一个停滞点。之后只是在1998年拍了一部《苏州河》，2000年拍了一部《昨天》。实际上《昨天》已经不是在贾宏声最佳状态下拍摄的电影。

与很多演员不同，贾宏声追求体验式表演，对于有时候表演"戏过"，导演也拿他没辙。所以，与他合作的导演都是他在上大学期间熟悉的那些人，他对当时经常在一起玩的那拨人比较信任，这些导演虽然对贾宏声的表演风格也不能完全接受，但能理解他。与他不熟悉的导演合作，就会让他感到不快，这很大程度上是他在风生水起时错过很多机会的原因。有一部让贾宏声很郁闷的电视剧叫《新梁祝》，制片人吴涛去上海探班，发现贾宏声拍得很不舒服。吴涛说："他和导演关系也不好，整个戏他差不多是晕过来的，没事就找一个角落开始抽烟。"

对于他的体验式表演，吴涛说："他是一个很敏感的人，艺术家的敏感。一旦入了戏，非常难出来。比如让他演一个什么人，从接剧本到演完这段时间，他都会和剧中角色一模一样。他入戏比较深，大夏天拍穿皮夹克的戏，40度的天气他可以一直穿皮夹克出门，也不是为了扮酷，他觉得我应该这样。包括他自己演自己都这样。生活中他扇过他爸一个大嘴巴，拍《昨天》时，他真扇，手上还戴着戒指，扇过去血道子一下子就出来了，他妈在一边哭，想起以前的事了。我赶紧去安慰说现在是假的不是真的了。"

每一个演员的表演天性都要被激发出来才能把戏演好。但是在别人看来，贾宏声不但被激发了，而且激过了，对他就会产生副作用。可贾宏声似乎从天性的激发中找到了他想要的东西——纯粹。

"我会觉得他纵身一跃，是我们那个时代作为一个愤青、作为一个曾经对某些东西——无论是对艺术、还是对中国文化精神领域的东西抱有一种理想主义的青春时代的终结。"李骏在接受采访时说。上学期间，李骏因为和娄烨拍电影作业认识了贾宏声,并且和贾宏声成为朋友,虽然他们并没有在影视作品中有过合作,但是他们彼此之间的了解很深。

李骏说:"他的形象很特别很酷很反叛,他的'格'够形成这样。那个时代对我们来说正是反叛的时代,我们经历过阵痛。我们这些上学学艺术的孩子,都是小时候因为对文学、绘画、音乐都抱有所谓精神上的崇敬感,当你进这个学校时一定觉得骄傲和崇高。我们上学的时候,价值观正在发生非常大的裂变。之前北京电影学院导演系七年没有招过本科生,学生们都觉得自己很有才华,电影学院本身也总是给你呈现安东尼奥尼这些大师,纯精神的东西。物质是当你每次要拍一个作业的时候,都会发现,你所面对的都是钱钱钱,这时就会产生一些愤懑。所谓的反叛,对我们那个时代的人来说很有意思,我们的反叛既不敢抢劫也不敢干别的。宏声那时是很阳光的孩子,从四平来到北京,带着父母的期望,很快演上戏,很多女孩子喜欢他,一片美好。我们认识了,一起玩,他对我们电影学院学习的东西很感兴趣,很兴奋,对他来说这是另外一个世界。那时候戏剧学院和电影学院还不太一样,戏剧学院更传统一点。他开始不愿意和戏剧学院的同学一起,认为给不了他新的东西,而愿意和电影学院这一拨儿人一起玩。天性里我认为他好奇心很强,有任何年轻人都有的虚荣心,他有这样的条件。他非常积极,我们能够感受到他,他在努力寻找共同的语言,能够跟上谈论东西的节奏,有一点累,但是很兴奋,很开心,当然有时候他也会和我们产生一些争论。几年后,大家该奋斗都奋斗完了,各自都在考虑这有什么意义。包括我们出来以后,不像第五代已经成功,第五代正在享受胜利果实,绝对不愿意又一拨儿出来,所以我们那拨状态很糟,大家很少有机会真的拍戏,于是各自在为自己的生存状态重新做出选择,这就会有失落感。我想宏声也是这样,刚刚经过几年觉得大家已经互相理解了,突然大家后撤了,他会有一些失落感。"

北京,这个文化多样性的城市,对于偏僻地方来的人,有完全的侵略性,能完全控制你。你要是内心没有特别坚定的东西,不知道就被什么击中,暗合了情绪中什么东西，就被带走了。

这时的贾宏声，正在走向他演艺道路的一个新阶段。几部电影拍下来，让他逐渐感受到艺术表演的纯粹性，他喜欢这种纯粹，这让他在对表演艺术的追求过程中感到更快乐。他的探索之门打开了，但同时也打开了潘多拉盒子。当他发现，那些常常跟自己泡在一起的朋友们纷纷转身离去，各自干起过去他们鄙视的事情或者慢慢被这个行业边缘化时，贾宏声是无法接受的。在那个整个社会价值观出现裂变的阶段，多数人开始务实，以不同的方式向现实妥协。纯粹的艺术也就是在这个时期开始慢慢被商业消解，在后来的二十年间，艺术逐步变成商品的标签或包装。那个他们起初构建出的纯粹的艺术世界破碎了，但恰恰贾宏声钻进了这个世界，这让他很痛苦。每当有外力想把他拉回到现实世界中，他都会用相同的力量去抵抗这种侵蚀，唯一能排斥这种力量的自身动力就是他让自己表现得越来越偏执。

李骏说："艺术领域几乎从不在体制中，它允许自己有机会狂放到不接受任何体制的现实。我一直觉得有趣的是，对我们这代人来说，最大的不一样可能是，这个国家价值观裂变的同时，不可否认地带来了物质丰富。物质诱惑对我们前一代人和后一代人的影响不一样，这种物质勾引感，让我们有饥渴。我们小时候的供给制对谁都是一样的，但是一瞬间到我们进入社会要展示自己的能力时，这个东西破了，然后瞬间贫富分化，国门打开了，诱惑和我们曾经希望追求的东西产生了巨大强烈的冲突。我也愤懑，源头是我没有物质上的东西来保障我的权利和话语权。跟今天不一样的是，今天的人们不会羞耻，不会因为对物质的向往有原罪感，我们的世界观是又要做婊子又要立牌坊。这个对贾宏声来说更强烈，他本身是演员，是需要更光鲜的，他可能有趣的是比我们稍微晚了一个节拍找到艺术本质，然后倒过头来追求艺术，造成今天我们很多人不理解。也许他真的是想通了。这点上我会特别崇敬他，今天我已经很久不会思考纯洁的艺术是什么，曾追求过的是什么。今天我觉得我从事一种特殊的商品行业，你学习过的对艺术的理解、对人文的理解只不过是对商品的包装，这是我的认知。有没有痛苦？还会有，有隐隐放在角落的价值观和今天的对比。但这个痛不是锐的，是钝的，作为四十多岁的人，这是自己的事情，和你的社会行为没什么关系。贾宏声不这么认为，他认为有关系，他也很清楚自己是不可能改变的，就让自己安静地待在角落里。"

所有跟贾宏声接触过的人都会认为他是个很单纯的人，单纯得像个婴儿。在他的世界里，只有艺术，他与外部世界的沟通也被他限定在艺术视角的范围内，并且，他在不断地去追求艺术的纯粹。就是他在排演话剧《蜘蛛女之吻》期间，他接触到了大麻。

贾宏声一生没有接触过处大麻之外的任何硬毒品，大麻是他唯一接触过的毒品。但正是这种看似没什么伤害性的植物，让他的人生发生了改变。

贾宏声是一个身体极其敏感的人，对很多人来说，大麻的作用可能相当于香烟，但对贾宏声来说，大麻就相当于海洛因。甚至，贾宏声不能喝咖啡和可乐，沾上一点，他就会兴奋。而且，每每兴奋起来，他都会让这种兴奋持续下去，身体的敏感会让他这种兴奋感持续不衰减。也许是在他接触大麻时有人暗示过他，这东西可以开启他的直觉之门，让他能更加纯粹地体验艺术真谛。每当 High 的时候，他都会有意识去体验。这也是人们不解大麻为什么可以把他摧残成这样的原因。吴涛说："他很擅长模仿人。比如吸毒，刚开始他可能没有感觉，他看别人有感觉，他会想办法进入别人的感觉，把自己架在那儿，如果没感觉就不对，就不是在吸毒。有可能他本身就敏感，要把自己带到一个高度，证明自己在吸毒这件事上是成功的，我有感觉，我有幻觉，就把自己越带越深了。"

李骏回忆说："我在广州做生意时，知道他开始抽大麻了。对他来说是另一个兴奋，他在往前追求的时候的一个路径，一个阶梯，是用来读解他与他一直很困惑的艺术作品之间的桥梁，是让你成为一个艺术家的桥梁……宏声欣然接受，也相信。有段时间他就在摇滚乐、大麻里变得非常兴奋。那段时期我来到北京，他在我的酒店住了一段时间，我们因为这个产生分歧。我屡屡希望他能清楚大麻只是一种植物，不可能带来太多东西，不要神化，不要变得形而上，这个形而上有天会害了你，有天你一脚踏空会觉得什么都没有。他觉得哥们儿你已经铜臭了，你根本看不懂，你以前也没看懂，因为只有你抽了以后，才能发现原来你看的片子其实讲的是另一个意思。我说宏声你想飞我理解，你一直都想飞，但这个东西不能飞。这样的分歧之后他很坚定，我觉得每个人都有权利选择生活方式，只是我看着你已经不能引起我更多兴趣的时候，我最多就是走开避开。我觉得朋友，如果你确实需要我，我又能给你的时候，是有意义的。如果你需要的是那个，我已经不能给你的时候，就没有意义。"

也就是在这个时期，贾宏声又接触到摇滚乐，他发现，摇滚乐的原始和纯粹让他很着迷，正是他探寻纯粹艺术过程所要体验的东西。他对摇滚乐的痴迷让他有段时间对演戏失去了兴趣，有什么演戏的机会他都放弃了，全身心投入到摇滚乐当中，甚至他还与人一起玩起了摇滚，每天把自己关进屋子里练摇滚。但他终究没有这方面的天赋，摇滚乐非但没有让他找到另一个自己，反而这种痴迷让他产生了幻视幻听——约翰·列侬是自己的父亲。但现实无时无刻不在提醒他你来自哪儿，事实上是他不想要的。他是敏感的人，强烈追求体验的，这个矛盾对他来讲，对他的撕扯是巨大的，这些东西不断把他拽回现在的世界。大麻对他来说并非身体上的快感，而是在精神上借助大麻作为桥梁，让他相信他不是出生在四平，而是出生在英国的一个具有反叛精神、充满艺术气息的家庭里。但他的痛苦在于，一转眼当他醒过来时，他就发现他不是。

摇滚乐既没有让他找到什么，也没有让他在追求纯粹艺术的道路上推进一步，相反，他很痛苦。吴涛说："后来我觉得我跟他交流也困难了，他关在屋里，一片漆黑。有个沙发，一张床，很暗的台灯，坐在那抽烟，听歌，不说话。"后来，贾宏声的父母常常提醒他的朋友，千万别让他听"披头士"。有一次，有个朋友带贾宏声回家，让他听"披头士"，结果，他坐在那里听了一天。

贾宏声因为幻视幻听进了精神病院。从此他戒掉了大麻，一直到他离开这个世界，再没有碰过大麻。并且，他很勇敢地将他这段经历拍成电影《昨天》。之后，贾宏声的生活变得简单很多，他平时就是待在家里，几乎不再与外界接触。他没有电话，也没有电脑。平时就是陪着父母遛遛弯，这样的生活一直到他在 2007 年接演了话剧《失明的城市》。

从他复出出演话剧，人们看到另外一个贾宏声。他开始不善言语，但是做事很认真，每天最早一个来排练，最后一个走。口袋里只有从家到剧场往返的公交车费，但他的表演仍无可挑剔。共事的同事都觉得他非常温和善良。一个同事说："一个到了中年的男人，会让人感觉他可以把成长去掉，保持单纯的本性，永远保持鲜活状态。他不能带着紫色去体验白色，自己必须是透明的。自从戒毒之后，他觉得自己干净了，要永远干净着。他觉得抵抗的办法就是自己待着，不和人待着，也不伤害任何人。剧院发的工资已经够他消费了，他根本花不了，他在家里就穿一件浴袍，看一个片子能看一个月、两个月甚至一年。可以一直吃方便面，他零消费。"

《失明的城市》又让贾宏声看到了重新回到舞台的希望。过去，他认为电影比戏剧真实，后来他认为戏剧比电影更真实。所以，他经常跟国家话剧院的人联系，希望有一天能复排《失明的城市》。与此同时，贾宏声也开始减肥，他有段时间体重到了一百八十斤，后来减到了一百六十斤。对贾宏声而言，这么多年的独处，让他对这个社会和世界的理解停留在十年前，他唯一能与这个世界产生交流的方式就是他站在舞台上。

今年（2010）6 月，贾宏声开始与他过去合作过的朋友、同事联系，表达了复出的愿望。只要能有工作，无所谓主角配角，他都可以接受。6 月中旬，他在父母陪同下与一些朋友见面吃饭，希望能有机会表演。但时隔不久，他便坠楼自杀。

对于贾宏声之死，人们有很多这样那样的猜测。最后与贾宏声一起吃饭的同事朋友在分析贾宏声的死因时认为：他这些年开始感觉到，父母都老了。那次吃饭给人印象最深的是，贾宏声的父亲已经变得非常苍老，言行都是迟滞木讷的，甚至无法完整去表达一句话的意思，从中能看出来这些年父母经受的煎熬。李骏说:"对父母来讲,人生的幸福无非是儿子在社会意义上挺有成就,可以赚钱养家,可以娶妻生子,父母的良好愿望无非这样,这些愿望曾经很强烈而且眼看着就看到了,但突然没有了,而且是彻底没有了。宏声所要追求的东西,无论父母多么想要理解,但却是无法真正理解的。"

那次聚会吃饭,贾宏声虽然没有直接说出来,但是大家都看得出来他在给人们传达这样的信息:你们现在都老了,该我来工作养活你们了。那也是贾宏声给人感觉状态最好的时候。

但是,贾宏声可能始终没有在他的艺术与生活之间找到一个适合他的接口。做出这一步的抉择是痛苦的,他变得不知所措,他已经无法回到现实世界,去面对父母、家庭。在这种煎熬中,他想到了最好的结果,也是让所有人都解脱的方式——独自离开这个世界。

(2010年)

北岛：诗歌是我们生存的依据

> 自五四以来，新诗与传统之间出现了巨大的断裂，关键是无法把中国古诗中那特有的韵味用新语言表现出来，口语就像白开水一样，并没有转化为真正的白话文。
>
> ——北岛

北岛是上世纪80年代朦胧派诗歌代表人物之一，从1978年创办诗歌刊物《今天》到今天，他在香港依旧延续着《今天》的诗歌香火。几十年来，他始终没有远离诗歌，尤其是在香港这个几乎没有人写诗读诗的地方，他仍然克服种种困难，举办了多次不同主题的诗歌交流活动，让诗歌生根发芽。今年（2011），在北岛的策划下，举办了第二届"香港国际诗歌之夜"，来自巴西、俄罗斯、墨西哥、土耳其、印度、斯洛文尼亚、德国、爱尔兰、美国，中国香港、台湾、澳门等地的诗人，共聚香港。

当下的中国，不再像80年代那样，诗歌早已淡出人们的生活和阅读，甚至精神世界，但诗人仍然用语言来记录这个世界。诗歌也并没有因为互联网出现后语言被肢解成碎片而消失，它只是被边缘化。而在北岛看来，诗歌被赋予了新的使命，那就是对抗来自行话和网络语言的冲击。

Q：香港并没有比内地更好的诗歌环境，为什么会在香港举办这样的国际诗歌节？

A：在香港办诗歌节的念头，和我这些年在海外漂泊有关。自1985年起我就参加全世界各种诗歌节，大大小小至少有几十个吧。我觉得诗歌节这事儿挺好玩的，能把全世界的诗人凑到一块。目睹成功与失败的经验，一来二去，觉得要是有机会也不妨亲自试试。2004年秋天，我在美国做过一次。我在伯洛伊特学院（Beloit College）教书，那是在美国威斯康星州的一个小镇，总共只有一千一百个学生，我和我的美国同事（英语系教授、诗人）一起策划了这次国际诗歌节。由于经费有限，我们只请了五位外国诗人，包括我在《时间的玫瑰》里写过的诗人艾基（Gennady Aygi），他是楚瓦什（原苏联加盟共和国之一）诗人，从50年代末开始用俄语写作。我认为他是当代最伟大的诗人之一。遗憾的是，他于2006年去世了。五位国际诗人，再加上我，那大概是世界上最小的诗歌节，但我认为却是世界上最成功的诗歌节，包括那几位应邀的诗人也这样看。小型诗歌节的好处是诗人之间可深入交流，而很多大型诗歌节除了组织杂乱，诗人之间连打招呼的机会都没有。伯洛伊特国际诗歌节的高潮居然有三百个学生来参加，相当于在校学生的三分之一左右。

当然也有失败的经验。我曾参与发起了"香港第一届国际诗歌节"。那是1997年初，香港回归前不久。诗歌节主题是"过渡中的过渡"（Transit in Transition）。那个诗歌节其实请来不少世界级的大诗人，但当时香港人心惶惶，再加上宣传和准备工作不足，开幕式和闭幕式也就三四十人，还包括诗人自己，就跟诗人自己开Party差不多。

这正反面的两次经验很重要。2007年夏天我搬到香港，在中文大学教书，终于有了比较稳定的环境，于是蠢蠢欲动。2008年底，我们举办了纪念《今天》创刊三十周年的诗歌音乐晚会，从国内请来二十多位诗人和朋友。2008年秋天，我们主办了巴勒斯坦诗人穆罕默德·达维希（Mahmoud Darwish）的纪念活动。在柏林文学节的号召下，世界各地在同一天举办了各种形式的纪念活动，大中华地区只有香港和台北参加了。

我打算做进一步的尝试，就是在香港办一个真正的诗歌节——"香港国际诗歌之夜"。第一届"香港国际诗歌之夜"于 2009 年 11 月举办，获得圆满成功。我们请来的诗人包括像加里·斯奈德（Gary Snyder）这样的重量级人物，他是美国"垮掉一代"的精神之父，当代最重要的美国诗人之一。第一届规模不大，加上我十三个，出乎意料的是，开幕式和闭幕式都有三四百人参加。

Q：这次"国际诗歌之夜"和上一次相比有什么变化？

A：首先是资金。对于那些基金会来说，只要拿出像样的证据，诸如出版物、视频光盘、媒体报道，就能说明你有这个能力继续办好这个诗歌节。我们得到了两个私人基金会的支持，外加三个大学的合作，不仅资金没什么问题，人力资源也丰厚多了。除此之外，我们找到领事馆、航空公司、餐厅、私人会馆等方面的赞助。心里有了底，我首先想到的就是诗歌节的出版物。在香港，诗歌出版少得可怜，诗歌翻译出版几乎是零。正是由于这种缺失，除了和上一届那样出版一本多语种选集外，我们还要为每位应邀诗人出版一本双语或三语的袖珍本诗选。现在回头看，这几乎是个疯狂的念头，我敢说，这是全世界所有的国际诗歌节没人敢做的，但我们终于做成了，也就是说除了大书，我们还出版了二十本小书，总共二十一本，而且都是设计精美的正规出版物。

除了"香港国际诗歌之夜"，从去年秋天起，我们又开始了另一个项目"国际诗人在香港"，这两个计划平行交错，相辅相成。"香港国际诗歌之夜"每两年一次，"国际诗人在香港"一年两次，每次请一位世界级的诗人。他在香港住十天到两周，举办一系列的诗歌活动。在他到访前先由牛津大学出版社出一本精美的双语对照诗选，而且请的译者都是一流的。比如首位来访者是谷川俊太郎，译者是田原；第二个是美国诗人迈克·帕尔玛（Michael Palmer），译者是黄运特；第三位是俄国诗人德拉戈莫申科（Arkadii

Dragomoshchenko），译者是刘文飞；下一个是美国诗人加里·斯奈德，译者是西川。我相信，这套双语对照的丛书，无论从诗歌到翻译，都会有一种经典意义。

香港是个高度商业化的城市，存在着各种各样的社会问题，但也自有它的种种优势。比如香港的自由度，也就是我们常说的言论、出版和集会自由。首先办诗歌节不需要政府批准，无人进行干涉；再有就是钱相对来说比较干净。这里钱与势是可以分开的，显然与基金会制度有关。有了基金会，有钱人对钱的去向和作用没有控制权，我们只对基金会负责。而就我所知的大陆的类似活动，背后往往总有一只无形的权力或金钱的手在操控。就这一点而言，香港有可能发展成为一个大中华地区真正的国际文化交流的平台，有可能成为汉语文化与文学的新"绿洲"。

Q：从目前这两次"国际诗歌之夜"在香港的反应来看，它有什么效果？

A：对香港来说，当然还是非常有限的。据我观察，听众主要是大学生、文学爱好者、驻港的外国人，还有一些文化边缘人。虽然媒体有不少报道，比如《明报》副刊的"世纪版"接连刊登了五次关于诗歌节的报道和诗选，但影响毕竟有限。我们必须意识到这是一条漫长的路。这两届"国际诗歌之夜"的重要性在于，诗歌终于在香港这座城市扎根落户了，而且创造了诗歌出版与翻译的奇迹，我希望这些袖珍本的诗选会逐渐出现在年轻人的口袋里。我有一个很固执的看法，即诗歌及其他经典与纸是不可分割的，在这个意义上，书永远不会消失。在组委会内部，我们最初有过争论，有人说何必出版呢，把这些诗放在网上，让学生通过 iPad 阅读吧。我坚决反对。在我看来，从网上只能获得信息，但是诗歌则是与信息无关的，甚至是反信息的。我想借助这次诗歌节做个实验，那就是让诗歌与纸重建古老的联盟。

Q：您参加过很多诗歌节，这些诗歌节都是什么形态？

A：对诗歌的反应在全世界每个地方都不同。比如在南美的反应简直算得上狂热。我去过哥伦比亚的麦德林参加诗歌节，不管再有心理准备，诗歌节开幕式还是让我大吃一惊，有上万个听众参加，跟参加摇滚乐音乐会似的。除了开幕式，几乎每场朗诵全都爆满。但那里人很穷，没什么人买诗集。诗歌在拉丁美洲的文化中扮演了非常重要的角色，这就是为什么南美会派诗人，比如聂鲁达、帕斯等担任大使。还有俄国。我这次跟刘文飞谈俄国文学，俄国诗集的销量总是高于小说的，这在别的国家很难想象。普希金在俄国的地位就跟神差不多，到处都是他的雕像，超过了所有国王的雕像。关于诗歌边缘化的说法，简直成了陈词滥调。对于资本控制的大众流行文化来说，诗歌的确是边缘化的，但对于一个古老文明的内在价值来说，它就是中心。而诗歌要正视大众流行文化的现实，并在对抗中保持自己的纯洁性。

Q：中国这些年的社会变化，让您最直接的感受是什么？

A：中国诗歌得放在一个更大的背景来看，和中国现代化的转型，和革命有着密切的关系。特别是1949年到"文革"结束，汉语出现了前所未有的危机，那就是长达三十年之久的语言控制——中国人曾面临巨大的"失语"状态，空洞的文体基本上控制着人们的表述方式、思维方式，甚至恋爱方式。从1978年起，以《今天》为代表的先锋派诗歌，彻底挑战并最终颠覆了官方话语的统治地位。我们经历过黑暗时期，深知那种恐惧的滋味。而我认为商业化的时代更可怕，它是一个无所不在的怪物，首先掏空人的心灵，用物质生活的满足感取而代之。我想大部分年轻人失去了反抗能力，因为他们不知道反抗的是什么。教育也扮演了某种同谋的角色，让人从生下来就不再有怀疑精神。我曾打过比方，那就像流水线传送带，从生到死，一切几乎已被决定了。

Q：刚才您说哥伦比亚，有那么多人去听诗歌朗诵，其他国家对诗歌的态度更接近中国还是哥伦比亚？

A：我刚才说的只是个别现象，比如俄国、拉美。诗歌的处境绝不仅在中国才有，而是一个全球化的现象。诗歌在古代扮演过这么重要的角色，或者说诗歌曾是中国文化的中心，到了今天已经被边缘化。中国诗歌出现过两大高峰。第一次高峰是在中国诗歌的源头，从《诗经》到《楚辞》。第二次是唐宋诗词的高峰，这个高峰离现在也有一千年了。中国诗歌日渐式微，尤其到了晚清。说来原因很多，比如始于隋唐的科举制度，在打破门阀选拔人才的同时，也把诗歌带进宫廷。到了明清，对于诗歌来说，文化环境变得越来越恶劣，由于宋明理学确定儒家的正统地位，思想、学术自由受到限制。再有，严格的格律导致了形式僵化，以及书面语与口语的脱节，等等。晚清的衰亡首先是文化的衰亡。"五四文学"其实是受到进步主义的影响，用西方的线性时间观取代中国固有的循环时间观。自"五四"以来，新诗与传统之间出现了巨大的断裂，关键是无法把中国古诗中那特有的韵味用新语言表现出来，口语就像白开水一样，并没有转化为真正的白话文。

回顾中国新诗史，总会有很多遗憾，就是我们总是从零开始。"五四"可以说是从零开始的。然后是左翼运动。奇怪的是，其实西方的左翼运动，比如法国，产生了很多好诗，而中国的左翼运动留下的好诗就很少。我认为从"五四"运动以来第一次诗歌高潮，是以《诗创造》和《中国新诗》为中心的一批优秀诗人（主要是西南联大的学生），即后来所谓的"九叶派"，那是中国现代主义诗歌的高峰。遗憾的是，作为文学刊物和团体，他们存活的时间太短了，因为新的历史转折而被迫中断。1949年以后，这些人大多数改行搞翻译，这就又是一次断裂。可悲的是，在60年代末70年代初我们开始写作时，几乎不知道他们的存在。

再有，与古典诗歌不同，现代诗歌的复杂性造成了与读者的脱节。这和所谓现代性有关——充满了人类的自我质疑，势必造成阅读障碍，常常有人抱怨"看不懂"。80年代初对"朦胧诗"的大规模批判,就是"懂不懂"的问题,这类责难至今还在。

Q:过去是对诗歌的懂不懂,现在可能是知道不知道。

A:全球化是问题的关键。在此之前,我们完全不懂全球化是什么,直到它彻底改变了我们的一切。在全球化的背后是资本与权力的逻辑,它在操纵着我们的文化、阅读以及娱乐方式。西方资本主义化经历了一个漫长的历程,而在这一历程中,诗歌往往扮演了对资本主义的批判角色,法国诗人波德莱尔就是个典型的例子。但在中国,从开放到今天的三十年,中国经历了从未有过的翻天覆地的变化。在全盘商业化的过程中,无论知识分子和作家,几乎都没有足够的批判与抵抗意识。按理说,语言本来是全球化的最大障碍之一,但我们发现,全世界面临着相似的语言危机。我在本届诗歌节的诗合集《词与世界》的序言中写道:"如今,我们正在退入人类文明的最后防线——这是一个毫无精神向度的时代,一个丧失文化价值与理想的时代,一个充斥语言垃圾的时代。一方面,我们生活在不同的行话中:学者的行话、商人的行话、政客的行话,等等;另一方面,最为通行的是娱乐语言、网络语言和新媒体语言,在所谓全球化的网络时代,这种雅和俗的结合构成最大公约数,简化人类语言的表现力。"

或许就在这样的时刻,诗歌反而站出来,担当重要的反抗角色。在这个意义上,诗歌非但没有边缘化,而且是处在这个时代的中心,挑战并颠覆了这两种语言给人类带来的新的困境。

Q:诗歌用特有的语言传达一种特殊的情怀,全球化的动力之一是网络化,互联网对语言的破坏也是全球性的。

A:行话是一种陈词滥调,网络语言也是一种陈词滥调,乍看起来完全不同,但实际上是互补的。就像顾城所说的:"语言就像钞票一样,在流通过程中已被使用得又脏又旧。"诗歌就是要用新鲜的语言,对抗这些陈词滥调。行话与分工有关，与我们的教育体制有关。艾伦·金斯堡说过，大学就是分类。他用的"分类"是动词。这的确是人类一个新的噩梦：让人成为分类的奴隶。这是个悖论，即在全球化横扫一切的时候，我们反而很难找到共同的东西，而是根据行业区分，根据行话互相辨别的。这种新的巴别塔，与西方的"工具理性"有着密不可分的关系，已经成为或正在成为我们教育的基础。在这个意义上，诗歌恰恰是对抗"工具理性"最有效的武器。再就是我们刚才谈到的网络语言，即所谓的新媒体语言。新媒体语言的问题在于粗鄙化、泡沫化，它表面上与行话正好相反，几乎打破了所有的界限，没有焦点，没有稳定的观念，只是在无数话题之间滑动，无法进行深入的讨论。行话和新媒体语言主宰着我们的时代，甚至可以说，我们处在商业化时代的失语状态。从这个意义上，诗歌可谓生逢其时，应该重新找到自己的位置，就像它在极权主义时代，对当时语言的僵化提出挑战。

Q：这种挑战迹象是否已经出现？

A：我写过一篇短文《致2049年的读者》，在这篇短文里，我提出中国文化复兴之梦。起因是四五年前在纽约，我和李陀、刘禾、西川等朋友，就当时正在上演的话剧《乌托邦彼岸》引起了一番讨论。那是一个英国剧作家写的，时间跨度从1825年到1868年，主角是一批俄国的青年知识分子，大概也就十来个人，包括赫尔岑、屠格涅夫、巴枯宁等，他们经常聚在一起讨论问题。他们的生活很动荡，流亡、办杂志，正是他们互相砥砺激发，最终改变了俄国文化的景观。后来的"白银时代"就是这一延续。我们在纽约的讨论中提出这样一个话题：中国有没有可能通过少数人的努力与合作，推动一场民族文化的复兴运动？这个念头让我们都很兴奋。

我们这几年以《今天》杂志为平台，做过一些尝试。我们意识到，在与西方作家或学者对话时，难免会落入西方的语言的陷阱中。为了走出西方话语的阴影，必须找到别的参照系。两年多前，我们开始了中印作家的对话，第一轮在印度，第二轮在中国，下个月我们再去印度，进行第三轮对话。我们的对话在不断深入。在第一轮对话时，著名的印度学者南地说，"这是自佛教传入中国以来，印中之间第一次深入的文化交流"。我们下一步打算继续远征，开启比如中国和土耳其作家、中国和埃及作家、中国和俄国作家之间的对话。这种远征不仅开拓视野，又包含着某种自我反思，比如我们现在的文化中失去了什么。

另外正在进行中的两个翻译项目，即把中国当代诗歌译成英文和法文，叫作"今天丛书"，每套十本，双语对照。英文丛书已出了三本，包括于坚、翟永明和欧阳江河的诗集。我们特别强调选本的重要和翻译质量的可靠。另外，《七十年代》也是我们整个计划的一部分，李陀和我正在编第二卷。再有，我们打算在《今天》明年（2012）春季号，推出一批中国优秀作家与诗人的重要作品，我相信这将是中国文学的一个重大事件。作家和诗人关键还是要靠作品说话，我希望通过集体亮相，改变目前中国文学写作的沉闷状态。再回过头来说，香港国际诗歌节也是这整体构想的一部分，让诗歌在居住地扎根。

Q：苏联和中国都经历了经济体制上的变革，但诗歌今天在俄国还很受尊重，为什么它没有像中国这样受到冲击？

A：这个可能跟俄国知识分子的宗教情结有关。俄国的知识分子，特别是那些思想家，比如索洛维耶夫，正是用东正教的思想对抗西方的工具理性，特别是德国的哲学体系。除了知识分子传统，我认为和这个民族的青春与血性有关。跟中国相比，俄国是一个相当年轻的国家，俄语存在还不到一千年。我常常感叹，我们这个民族太老了，这就是为什么自晚清以来，有人提倡"少年中国"。我们缺少的正是这种少年精神。

Q：实际上现在的文学创作失去门槛也是诗歌失去她神圣地位的原因之一。

A：自21世纪以来，我们进入一个文学民主化的时代，后果是挺可怕的。特别是新媒体的出现，每个人都成了作家，这几乎是一种灾难。现在用不着把手稿锁在抽屉里，一锁几十年。我这三四年一直在做网站，虽然我自己不开博客不开微博，但我非常关注网站上人们的写作经验。在我看来，文学是一种"语言的冒险"，需要焦躁、克制和等待。而网络写手得到的往往是即刻的满足，但这种满足同时也是一种伤害，因为这种满足太小了，立即释放了，就跟抽一支烟差不多。至于微博的出现，以及与微博伴随的粉丝现象，对语言的冲击更大。媒体写作还有一个潜在危险，就是把人心的恶发泄出来，这和匿名有关。你常常会碰到一个人，在生活中他是一个样儿，在网络中又是另一个样儿，完全对不上号。

  诗歌何为？这个古老的命题或许有了新的意义。在与行话和网络语言的对抗中，诗歌不仅是武器，也是我们生存的依据。

（2011年）

宁浩：检讨自己

> 我个人是有问题的，我走了六年的弯路。我这六年从创作上说，唯结果论可能大于了我的创作初衷。很多项目的出发点都是针对市场，很多出发点源于某些分析，或者对电影产业的思考而得来的一些动力和结果。从这种出发点来创作电影，往往就会出现一些问题。
>
> ——宁浩

宁浩拍了六部电影，《疯狂的石头》仿佛是砸进中国电影这潭死水里的一块石头，掀起了一阵波澜。之后，有不少电影投资人到处寻找《疯狂的石头》这样的剧本，希望能重演一次石破天惊，但是投资方的愿望落空了，倒是另一部磨磨唧唧的《失恋33天》票房飘红。市场就是这么残酷，小聪明总是会被捉弄的。当然，可以预测，一年后电影院里上映的可能是类似《失恋33天》那样无聊的电影。

《黄金大劫案》是宁浩拍的最新的一部电影，还是他擅长的描写小人物命运的故事，只是这次他把小人物的命运线拉长了。就在他为这个叫小东北的小人物做后期制作期间，有一天，他睁开眼睛，突然觉得有什么地方不对。当他顺着小东北的命运线走出来，走进自己的命运线，才忽然发现，原来过去自己把电影拍错了。

当宁浩接受采访的时候，本以为他会做出一番导演阐述，没想到他就像一个犯了大错的孩子，不断地检讨自己这几年犯的错误。

Q：如果《黄金大劫案》的故事以小东北他爹的死作为结尾，效果可能会更好，后面感觉是给电影局拍的。

A：其实不是。我今天早上才反思明白，有些地方错了，做得不对，是剧作上的问题。我一直在寻找剧作和工作方式的问题错在哪儿。我发现从《疯狂的石头》往后就没一个拍对的。《疯狂的石头》的创作是我在所谓出名前的一个创作。《疯狂的石头》《绿草地》《香火》其实是一脉相承的三个东西，这三个东西是用一种方式干出来的。今天我再来回顾我拍的所有六部电影，如果说做作品性的分析，我觉得《香火》最好，第二是《疯狂的石头》，第三是《绿草地》，到后面三部一塌糊涂。我个人觉得其实是有问题的。

Q：问题在哪儿？

A：我个人是有问题的，我走了六年的弯路。我这六年从创作上说，唯结果论可能大于了我的创作初衷。很多项目的出发点都是针对市场，很多出发点源于某些分析或者对电影产业的思考而得来的一些动力和结果。从这种出发点来创作电影，往往就会出现一些问题。

Q：这说明你已经意识到电影市场的一些游戏规则了？

A：不是。我不是意识到它的游戏规则，我们的规则一直都是乱七八糟，很混乱，中国的不能叫作游戏规则。这是一个流氓群殴的时代。

Q：但是你至少意识到了市场是什么概念了。

A：从今天看应该是这样的。如果你昨天问我，我还不会承认。就在今天早上我突然想明白了这件事，我觉得应该是受到这种影响了，如果没有受到这种鼓励，不会走上这种方式的创作方向。首先是我自己的问题，我说的是根源问题，至于你说的那个结局的问题，那还是个创作方式的问题。如果它是哪里错了，我也找得到它的病因。如果今天重新写这个剧本，不会再是这个样子。这个剧本应该提前合并，不是不应该有那个高潮戏，而是应该让那部分往前去，让它在前面发生，这个结构写拧巴了。就是说，目前展现的这个结构不大标准。

Q：如果不讲黄金的最终下落和结果，那么小东北和他爸爸的形象和性格就特别鲜活，把中国人的劣根性写得很到位。

A：我今天想，完全有可能把它写得更好，这是一个节奏和铺排的问题。可能因为我执迷于想说太多东西，这里面纠结着多种情感因素。我一直在寻求一种突破的方式，希望能够转变。从《疯狂的石头》之后我就开始不满足了，不满足于《疯狂的赛车》《无人区》。我认为应该转变，有那么一个动力要去改变。但是对于求变的方式，我当时认为变换一种电影的节奏模式就可以，改变以往那种沉迷于情节剧的模式，应该以人物等等作为出发点，所以我就过分强调了人物剧的元素。因为强调了人物剧的成长元素，所以这部电影的后半截是一个快速的人物成长，从父亲死到结束，其实这本身可以独立支撑一部电影，一部复仇片之类的电影。强调这种方式是来源于我主观的意图——求变。而前半部分呈现的那种欢乐场面和状态又是基于对市场的考虑，是我惯用的那种伎俩——就是想着"逗一乐子，逗一贫呗"，其实是从我以前的电影里拿东西。所以这部电影就表现出一种分裂的样貌。但我今天讲的这个"分裂"还不是分裂，其实这两种东西是可以高度统一在一部作品中的，只不过某些技巧没有达到。还有就是对剧作结构和剧作方法的不了解，显得作品整体的均衡感出了问题。

Q：在创作剧本的时候是不是先想到这样的结局？

A：说白了还是剧作能力问题，不是不知道自己想说什么，但是没说好。现在总是要跟好莱坞看齐，但是现在咱们的剧作能力别说跟好莱坞比，连30年代都比不上。我们对于剧作的了解和对故事的学习把握，也就是从一百年前才开始，中间还瞎折腾了，没有干这事，然后这两年才刚提起来。人家西方人已经研究了三千多年了，从埃斯库罗斯、索福克勒斯、欧里庇得斯这"三斯"开始，从经典的剧场、悲喜剧开始研究，到现在有三千多年的积淀。这事我们不服输是不行的，到现在我们的戏剧能力还停留在章回体小说上。

我们对于单本戏剧的把握能力一直处在一个亚文化的状态。比如《西厢记》，它只是一个戏曲，被放在边缘位置而不被当作正经的文学巨著来研究，我们不把它扶正，而是把诗歌扶正。我们会说伟大的诗人李白，而不会说伟大的剧作《西厢记》。我们是这样的国家，我们的文化基础是这样的。到现在我们已经走入现代社会这么多年，电影从一个舶来文化开始被我们强化，显得我们创作者集体疲软。

我认为电影产生的真正意义不是说这门艺术怎么样，而是它建立了一种新的语言——影像语言系统，而这个影像系统在未来可以取代文字成为主流。但是我们今天是被文字掌控了，我们的文化和艺术上千年来都是搞文字的人控制，他们会拼命强化，艺术也被文字绑架。文字艺术是诗歌、书法……所以到现在书法还是代表着官样文化，它与仕途、文人当官都有很大的关系，这是权力与艺术结合产生的结果。所以文字的价值被大大抬高，故事被忽略了。而故事跟文字没有关系，故事与哲学、科学甚至跟认识论关系很近，它往往就是翻译哲学、宗教，它并不是抒情的。我认为我们在这个方面的能力差了，输给了我们的祖先。春秋时期的作品都是小故事，《庄子》、《论语》都是用一些小故事来说明一些道理，但是到后来过分强调"独尊儒术"、理学当道、八股取士，导致了"唯文字"僵化的这种现象，导致了我们现在艺术的凋敝。

Q：你是什么时候意识到这个问题的？

A：三十岁之后才开始思考这些问题。

Q：对你拍电影有什么影响？

A：影响就是我对拍电影这件事更加敬畏。我觉得那个真理对我来说是那么遥远，不仅是离我遥远，离我们整个民族都很遥远，它离我们的文化土壤有一定的距离。在这种情况下，你要能够把你的这种技能学习到和表达出来，其实是任重道远，非常困难，所以你只能努力地做好小事吧。你心存敬畏，所以你不敢随便做大的事情。

Q：当初是怎么创作《疯狂的石头》的？

A：那是一个很本真的过程，它不是一个"唯结果论"出发的东西。我没有任何的目的性，也没有任何的希望——上映还是不上映。所以它很纯粹，创作性更强，目的性很弱。从人物的塑造上来说，那都是比较本真的塑造，那些人物都是我最了解的，因为对周围一直存在的人物很熟悉，也没有借鉴什么特殊的方式。但从表现形式、剧作结构上，还是向国外电影和艺术作品学习。可能从绘画开始我就比较喜欢荒诞派，比如达达主义的作品。我早年学绘画的时候就喜欢这样的东西；音乐我喜欢摇滚乐、朋克；戏剧我喜欢莫里哀的作品；文学我喜欢马克·吐温、巴尔扎克的作品；电影喜欢昆汀·塔伦蒂诺、盖伊·里奇、萨布的。我认为这些其实都是一种精神，都是颠覆式的，都具备荒诞视角、荒诞色彩，是批判现实主义的。因为喜欢这一类东西，所以借鉴起来比较顺手，也就是理解那种表现形式更简单。

Q：你怎么理解荒诞和你电影之间的关系？

A：中国现在处在深刻变革的时期，矛盾都很复杂，多种文化碰撞就会产生荒诞性，比如农耕文化和城市文化碰撞自然就会产生荒诞性。《疯狂的石头》里就借鉴了这些，那个香港人就代表了城市，城市人就要讲诚信、守规矩，但是到了乡土的、实用主义的地方，他遇到这种文化之后，这种冲撞就很有趣，就像给蒙娜丽莎脸上画上胡子一样，把没有关系的两样东西搁一块就变得很有意思。荒诞主义的趣味性基本上建立在解构和破坏上，荒诞主义的意义就是荒诞本身。所有荒诞主义的东西都没有建设性，它其实没有建立一种美学，而是破坏掉几种美学。

到后来我的想法转变为希望找到一些具有正向意义的东西，提出一些建设性的意义，不要停留在批判和提出问题上。如果那样对于我来说也觉得无趣，因为我的前四部电影全是批判。我倒更愿意从《无人区》之后学着从建设性方向来想问题，这项工作首先要做的就是改造自我，你得变化，不能停留在调侃层面上。

Q：你是想在你的作品中寻找到一种核心价值观？

A：我希望是这样，但我知道挺难的，最难在个人的能力。大片是工业文明的体现，而不是说"我们有钱了"的体现。他们常说让我拍大片，我说不行。我不行，中国的工业水准也不行，土壤也不行，这是一个整体的不行，并不是有钱就能做好这件事。我们现在的电影水准是整个中国的电影水准，并不是给个政策就解放了。文化这种东西就像植物一样有它的生长周期，需要慢慢成长。我一直说，在一个二流的时代能做一个二流的导演，而且二流也得努力，搞不好就是个三流。我觉得这种畸形的情况是宏观上我们民族从一种文明向另一种更高级的文明转变过程出现的，这个转变期可能不是我们想象的几十年那么简单，可能需要甚至上百年。因为我们这种跨越是一种很大的跨越，我们把西方很漫长的几步跨越浓缩在很短的时间内去追上，我们经历的这种阵痛和剧变也会比西方更大。比方说，西方从农耕向城镇文明的转变早就完成了，他们现在只面临一个问题，那就是从工业时代进步到信息时代，它只有这一种转变。而我们要面对多种转型，从农耕文明向城镇文明的转型、从工业时代到信息时代的转型，还包括从古老国家向现代国家转型、从古代文化向现代文化转变，等等，我们都要放在这一百年中解决，这就导致了整个局面的复杂化和混乱。所以只有一种东西确实抓得到、看得到了，那就是物质。人类只能退守到最简单的认识论上，变成了对物质的重视。你把你对安全感和自我认知的诉求全都寄托在物质上，这种时候情感因素、审美因素、信仰因素和文化诉求都被压到最低点了。

Q：你身处在这样的时代，会不会感到沮丧？

A：任何一个时代都是一种必然，它都是一个阶段，所以身处其中也没有什么好沮丧的。你站在个体微观的角度去看，会觉得这是一个很坏的时代，如果站在一个宏观的角度，你会想"难道中国一直要保持过去那种样子吗"？也许这是一个伟大时代的开启，这是一个转折的机会，可能经历过现在的阵痛和混乱就会迎来伟大的振兴。这时代并没有什么不对，而是因为你正好赶上了。而且它并不全是问题，在其中你也是个受益者。如果说中国真的跟美国一样，那宁浩你怎么可能在二十七岁就去拍了一个全中国人都瞩目的电影？不太可能。即使你在那个时候拍出了《疯狂的石头》，可能大家也不会注意到你。从这个角度来说，我还是个受益者。

Q：目前中国的制片人首先想到的是投入了要产出，在艺术和商业的协调性上做得很差。

A：所以说还没有到那个历史阶段，我们现在就处在一个"抢钱"的历史阶段。全社会各行各业都在抢钱，大家都把它资本化了，我们都是资本的奴隶，都在为资本打工。但是作为一个导演你不能不认识到这个问题，不能不认识到你自己所从事的职业的问题和自身的问题，你是不是有能力去把它转变。

Q：你觉得自己能把握得住吗？

A：把握不住。如果能把握住，就不会有《疯狂的赛车》这样的作品出现了，如果我把握得住，也不会有你所说的对这部作品的那种观影感受的出现了，也不会有《无人区》这样的作品。虽然大家还没有看到《无人区》，但我觉得还是有大问题的。对我来说，创作方面的这个问题一直没有得到解决。可以说，我的创作从《疯狂的石头》往后就出问题了。以前我不愿意承认，或者说我以为我并没有受那些东西的影响。

Q：如果再拍电影，你会如何面对这个问题？

A：不知道。我面对最大的问题是修理我自己，我自己出问题了。也许会有一段时间不拍电影，也许会停一下去想想自己出了什么问题，然后再来看这些问题。我对拍电影没那么热爱，没有到那种程度——说这是我生命的一部分，从来没有。我对它很敬畏，我知道它很难，我很尊重，但它就是它，我的生命就是我的生命，还是不一样的。所以，一般我看待电影的创作都是相对比较理性的，不会因为这个东西是我生产的我就对它爱得不行。对于别人的伟大作品我也会由衷地欣赏和赞叹，对于自己的垃圾作品该批判就得批判。

Q：从《疯狂的石头》和《疯狂的赛车》里，观众还是能看到你拍的娱乐片有一种跟过去中国电影不一样的东西。

A：是这样的，我知道自己的长处，也很清楚我的短处。我的长处在于我这个人不装，我是从工人家庭成长出来的，我写的所有人物几乎都是蓝领阶层的，叫作"城市无产者"或是"城市流氓无产者"。好处在于它是一个城镇化的视角，但我的视角又不是一个浪漫化的视角，而是现实主义视角，我的出发点都是这样的人物——街上的小痞子、小流氓，那些失意失败的人。因为这些人我很了解，而这些人跟观众的连接感很强，大家生活中总认识这样的几个人。短处就是，技术还不全面，我还不能够游刃有余地去讲自己熟悉的故事。说白了，我一直卖的就是这个东西，但还没有完全掌握到，有时候有点盲目相信自己，所以就会变成这样的结局。所以你看我最近这两套片子，总还能看到一点长处，短处也很清楚。

包括大家对《疯狂的石头》的肯定，并不是说宁浩的能力有多强，是市场需求把我的能力放大了，可能我刚刚做到了及格，但是就这一点观众就已经很开心了，因为市场上没有这样的东西。市场完全空缺的时候会把某些东西放大，就像当年的《还珠格格》有多牛？赵薇的小燕子演得有多好？很一般，但是当时两三年没有古装戏了，全是苦大仇深的现实主义、家长里短的剧，突然来了这么一个浪漫主义的戏填充了市场的饥渴，放大了它的市场价值。其实往往很多人是被这么造出来的，你踩对了那个点，你在那个时候出现了。《疯狂的石头》是在一个合适的时间出现了一个相对合适的作品，如果搁今天拍出来，也是个死。

Q：具体到《黄金大劫案》，总还是有一些心得吧？

A：《黄金大劫案》的完成帮我看清了我这几年的状况——应景式创作，这有点问题。不是投资方和制片方的问题，这是我自己的问题。可能自己还没有想明白，但觉得总得给人家赶快拍。它是一种善良的人情压力，为了要对别人好，要对自己好，但是这种"为了"就有一种刻意的成分，不是那种艺术家的状态，真正的艺术家是"有话就说，无话就玩去了"。你得干很多不靠谱的事情，才能留下那么几个像样的作品。一旦进入到某种程序化的范畴，担当制约导演的角色，你的电影就会成为职业化的电影，是标准生产件。我不认为谁会按照这种程序制造出旷世伟大的作品，或者说比较难；或者说，得是整体的伟大，你得从一个伟大的作家身上拿到东西，从一个伟大的演员身上拿到东西等等，你才有可能做到。所以说，好莱坞的一些导演可以一直保持他的状态，还在于它整个良性的工业环境。他可以源源不断地从新鲜的、具有创造力的人身上拿到东西，来生产伟大的作品。那不是斯皮尔伯格一个人伟大，而是他周围有一圈伟大的人在支持这个工业，一起显现出这个作品的伟大。一个人一生能伟大几次？一生能做好一两件事情已经很了不起了。

Q：一般导演拍完电影后都憋坏了，想要做一番作品阐述，没想到你一直在检讨自己。

A：我也在阐述，但我还挺羞愧的，因为我觉得一个作品还需要阐述的时候，它一定是失败了，一个作品其实是不需要阐述的。

Q：是什么东西触动了你，让你如此反省自己？

A：我觉得是独生子女的关系吧，没有太多的人在你对面做镜子的功能。我从小就是这样，就是做一些事情之后要不断地照镜子，去看这些东西到底对不对，有没有问题。在不停地照镜子的过程中，不断地发现它有问题。问题永远有，不是这样就是那样，到后来就变得举步维艰。70后都是现实主义者，70后的问题也在这儿。他们都是干活的一把好手，创业的一把好手，70后在中国今天的建设中可以承担大部分的责任，他们是没有问题的。我觉得他们思考问题的全面性、能力的综合性、责任心等等都很强，但是就差浪漫情怀。看身边的朋友就能发现，60后吸毒的多，80后吸毒的多，70后吸毒的最少，他们很知道好坏，趋利避害的能力特别强。他们的问题也正好在这里，他们太知道，太鸡贼了，他们太明白哪个好哪个坏，做所有的东西都有一种功利的色彩。我觉得浪漫情怀不够，功利色彩太强。但我觉得这种情况随着年龄的增长会发生改变，当情感诉求慢慢大于功利诉求时，人会发生转变。

（2012年）

廖一梅：从心里拧巴出一头犀牛

> 我想剥离开人身上的所有的伪装。人长大的过程就是一个伪装的过程，就是一个趋利避害的过程，这样包装到最后，人就成了一个被其他人赋予无数标签的过程。我太想把这些标签一个一个撕下来，看看人究竟是什么东西了。
>
> ——廖一梅

孟京辉导演的话剧《恋爱的犀牛》创造了中国话剧史上一个小奇迹，上演一千场。在此之前，话剧上演次数最多的是《茶馆》。如今，《恋爱的犀牛》已经成为不同年龄段文艺青年们成长过程中的必修课，他们试图从这部话剧中去寻找自己青春期后遗症形成的纠结人生的记忆。

事实上，《犀牛》的编剧廖一梅最初在创作这部话剧的时候并没有想到它将来可以上演，会受欢迎，甚至可以演出一千场。要说催生出这部话剧还要感谢中国电影审查制度。1997年和1998年这两年，第六代导演的电影被枪毙了大约有十几部，其中就有廖一梅给田壮壮写的一个剧本。毕业后一直从事电影、电视剧创作的廖一梅，从心里是不愿意写电视剧的，写电视剧剧本只是个谋生手段，而电影剧本又因为审查被枪毙了。无聊之余，她想写点自己想写的东西。"我想独自去写点东西，没去想能不能演，想怎么写就怎么写。所以说，《恋爱的犀牛》完全是出于任性写出来的一个剧本，是完全私人化的，没有想过它最后能上演，可以和那么多人交流。"廖一梅说。

《犀牛》看上去并不像一个话剧剧本，更像是一种情绪的宣泄，结果这种情绪打中了一大片人，因为这种情绪可能在每个人身上都出现过。廖一梅说："这个剧本基本上就是我对这个世界的态度。当时我已经快三十岁了，觉得年轻时的火焰、高浓度的荷尔蒙这些东西一定会过去会消失的，我想把这些人的力量的源泉保留下来，所以就把它们都放到了剧本里。我当时所拥有的那种力量、困惑、纠结，和世界的不能融合，和他人的不能融合，梦想的无法实现，我把所有的这些都一股脑地放到了剧本里。这个剧本里没有什么特别完整的故事，或者像其他剧本所必备的起承转合。人年轻的时候都有一种充沛的、没有被损坏的原初的能量。那种力量是撞了南墙也不会回头的，是想把这个世界撞碎的，是你和这个世界接触的时候最初的劲头。只要你相信这种力量，它是能创造奇迹的。当时基本上就是这样一个状态。这不仅仅关乎爱情，人年轻的时候都有一种想献身的冲动，想要找到一种东西付出一切。这种献身有可能是想献身于一个梦想，想做的一件事，也可能是一种爱情，但这些力量是同一的。我就是想把这些东西表达出来，之前我没有在任何　部作品中看到过这种表达。这种表达当时就像井喷一样喷了出来，然后我任它喷发。"

最初，廖一梅想写一个像话剧那样的剧本，有起承转合，故事情节复杂。但是写完后她觉得不对，又重新写了一稿。"我想说的东西并不需要这么一个复杂的故事来承载，或者说剧情阻碍了我的表达，所以后来就变成了一种想怎么说就怎么说的直接的表达方式。更重要的是，这种表达只可能在戏剧中完成，电视剧、电影是不允许的。而我想表达的东西不是一个具体的爱情故事，不是柴米油盐，如何能摆脱这些东西，或许就是一种抽象的表达方式，舞台恰恰提供了这样一种可能性。但是，当时我并不知道是不是有人能够接受这样的表达方式。这个剧本开头就是大片的独白,场次很杂,其实我也没有这样写过,只能说,真的只是任性地写。"

到底廖一梅内心纠结的那种能量是什么,她到底想探究什么,每一个观众会在观看时找到和自己定位相同的那一部分,廖一梅从纠结的根源出发,一步一步去放大。她说:"其实,人一辈子都想确定一件事。那天,我在给新出的作品集审稿的时候才发现一句话,是马路的一句台词:'我怎么才能确定我还是我,我怎么才能确定我是存在的,我还活着'。事实上,不仅仅是年轻人,所有人终其一生想要证明的就是'我还活着,我还是我'这件事。但是这种确定尤其对于年轻人来说是一个巨大的问题,究竟该用什么东西来确定?也许就是献身、爱、牺牲,或者说自己意志力的体现,或者是与他人、与世界的对抗,这就是最初开始想确定的一个过程。我直到现在还在进行这种确定,但突然意识到这是一件可笑的事,需要这种存在感本身就是一件可笑的事。许多人一辈子一直到死都在寻找这种自我的存在感。这部戏中,两个主角都本着一种同样的信念,都是在强调自我的存在,所以他们不可能交织,因为他们是一样的两个人。"

廖一梅说:"我不是一个写作狂,没想过通过写作建立某种声望,其实我所有写作的企图源于一种追问的恶习,我不知道它是怎么来到我身体里的。"很多人一纠结,就变成对人生判断选择的犹豫,进而忧郁。但是廖一梅却对能引起她纠结的东西产生好奇,"对于大家都泰然处之的一些东西,我无法做到泰然处之。我对真相有一种奇怪的欲望,我想知道人的真相或者说自我的真相,世界的真相,宇宙的真相,或者说某种真理。我最无法忍受的就是谎言,无论真相有多么残酷,我都想知道"。所以,在《犀牛》里,廖一梅使劲地解读着人类的初级也是终极问题。

"最初让你特别敏感的是两性关系。"廖一梅说,"是男人和女人的关系。或者说,是你的渴望和渴望得到的反馈。两性关系可能是最初进入敏感神经的一些东西,而这些对我来说是非常敏感的神经,而且是一辈子都特别敏感的神经。如果说每个人都有很多窗户,这扇窗户对于我来说是一直敞开的。所以我喜欢探讨男女之间的关系,我觉得男女关系以某种方式体现了这个世界,体现了每个人和这个世界的关系。所以这些年我从《恋爱的犀牛》到《琥珀》,最后到《柔软》,这其实是有一个线索的。我认为所有的问题追问到最后都是同一个问题,无论你从哪个角度谈论这个世界,最根本的都是人的状态的问题,或者是'人是什么'的问题"。

人在成长过程中总会有那么一个怀疑人生的阶段,但廖一梅开始怀疑人生的时候,却没有放过让她起疑的终极问题,在怀疑中她把这些变成了小说和剧本。她说:"我在上大学二年级的时候,突然有一天我就被一个问题打垮了,没有任何的现实原因。这个问题就是'以后我要以何种理由存在?以谁的意旨存在,我要遵循一个什么样的方式存在?'这个问题一定没有人帮我解决,没有任何地方可以得到这个信息。所以当时我差点被这个问题压垮了。那段时间,我没办法正常地生活,没办法正常地吃饭睡觉,和其他人打招呼,因为有一个人生活在这个世界上的根本的问题是有疑问的。就像是,你不知道你遵循着一个什么样的剧本到这个世界上来,是谁给了你这个剧本,又是为了什么要按照这个剧本去演。其实,人不经过判断和跟别人的比较,或者说和社会的碰撞,你不知道自己是谁,不知道自己是男是女,也不知道自己是好看还是难看,聪明还是笨拙,所有的这些都是不存在的,这些概念都是外部世界是其他人给你的,是在比较中产生的一个你,然后我们就认定了这个你,认定了这个你之后还要想办法维护这个你,要爱这个你,要为了满足这个你付出一切……我觉得所有的这些都是值得怀疑的。"

事实上,廖一梅思考的是一个无解的且没有答案的不是问题的问题,但这却成为她去认识自我的一种方式,或者说这一般是人在青春期时产生的困惑。但廖一梅说:"我青春期的时候有其他的困惑。比如,对身体的困惑,要表达的困惑,被压抑的困惑,那是十三四岁的困惑。我大二时是一个要把自己放在哪里的困惑,生命如何继续的困惑,当时真的觉得要被这个问题压垮了,更重要的是,没有人可以和你交流,因为大部分人觉得这不是一个问题。我觉得我本质上可能是一个孤独的人,所有的这些困惑都是由我自己解决的,没有人指引你或者说可以找到和你有共同困惑的人一起来解决这个问题。在解决困惑这个方面,我一直是独自完成的。年轻是充满力量的,它要向外发泄这些力量。我只能说,在这样的状态下依然要生活,要满足自己的欲望,和这个世界发生关系,要实现自己的梦想,于是就投入到另一个状态中了。年轻是非常容易投入和献身的,献身会让年轻人找到自我。恋爱和革命某种程度上是一回事儿。"

廖一梅承认自己有点分裂,在感性和理性之间分裂,以特别审视的态度看待感性的东西,然后试图给这种感性以逻辑。"不仅仅是这个戏,我写的其他戏包括小说,我每每写东西的时候都会有另外一个我出现,从另外一个角度探讨。"廖一梅说,"我觉得有一些女作家容易沉迷在建立的这种幻觉中,我算是一个很克制的人,我很害怕陷入那种自我陶醉式的表达。我的戏有时候大家会想当然地觉得应该纠结着处理,这些我会特别抵触,有时候越是那样,我越是希望他们可以换一个方法演。有时候我会特意在特别悲剧的时刻放一些笑料,这些都是因为我恐惧会完全陷入自我的情绪中。但是对观众而言,这些完全是两码事,观众只能以观众的角度来看待,和我自己的想法是完全不同的"。

生活中,廖一梅不太关注周遭发生的事情,在她看来,能把自我这个最大的谜团搞清楚就非常不得了了。平时她也很少出门,她畏惧交往,不知道该如何与陌生人、与这个世界打交道。她说:"如果说,你是一个好人,但你这辈子是不是真的帮助过谁,对谁的生命产生影响?我和其他人发生联系其实都是以戏的方式。2008年《恋爱的犀牛》重演的时候,因为来的很多都是以前的观众,所以想做一场演后谈。有个小伙子站起来说:'我一直记着《恋爱的犀牛》里的台词,"上天会厚待那些勇敢的、坚强的、多情的人",我就是这样的人,奇迹在我身上出现了。'我当时真的很感动,因为我和人一直有距离感,一个人因为从你的戏里收获到一些东西,在他生命的某个时刻让他有信心,让他相信有奇迹,我真的很欣慰。特别是这部戏,真的不是为任何人写的,只不过是一个对自我的坦白。"

同样,参与的演员某些时候也会突然被某一句台词打动,廖一梅说:"很多以前演过《恋爱的犀牛》的演员,比如吴越一直跟我说,当初演《犀牛》的时候并不是完全懂这个剧本,但后来回过头再看会发现这个剧本写得真好,但当时真的不明白在说什么。所以这个剧本是,你在某一刻真的感受到了某种东西的时候才有所领悟。郝蕾说,她每一次看或者演的时候,都有某句话说到她心里了,但每次都不一样。我想观众也是一样的感受。那些希望得到力量的人就会听到上天会厚待他;感受到痛苦的人就会听到有人和他一样痛苦。"

廖一梅的创作一直围绕人的状态展开。在她看来,女作家很少关心宏大叙事的主题,而是关注自我,因为人是更大的主题,所以,最先要面对的是自己和自己所有那些细枝末节的微小欲望和企图。所以,这么多年她对其他的主题都不感兴趣,唯一感兴趣的就是人——人的状态和人内心被压抑的渴望。她说:"我想剥离开人身上的所有的伪装。人长大的过程就是一个伪装的过程,就是一个趋利避害的过程,这样包装到最后,人就成了一个被其他人赋予无数标签的过程。我太想把这些标签一个一个撕下来,看看人究竟是什么东西了。年龄、社会阶层、男女……其实所有的这些都是标签,在《柔软》里,我谈的就是男女的标签,我要告诉你阴茎和阴道无论在物理上还是化学上是怎样的差距,阴茎如何能变成阴道,然后你会发现甚至男人、女人都不是人的本质,我想找到的是人受困于这个世界的根源。这个想法可能在《恋爱的犀牛》里就存在了,但我没办法了解它,我去寻找其他的方式探寻它。"

从创作角度来讲,《犀牛》和现在的很多影视、戏剧作品不一样,它是廖一梅在一种自然和漫无目的的状态下写出来的,这是它能一直打动观众的动力之一。廖一梅说:"凡是策划的,都不会有好效果。因为有策划就会想结果,想到结果就会有恐惧,有恐惧事情就做得不纯粹。我所有被要求写的剧本,没有能够演长久的。被要求写的那些电影,都消失掉了,只有你打心眼里想写的东西才会真的留下来。"

事实上，能演出一千场的《犀牛》，上演前经历了不知多少次曲折的过程，几乎每一次波折都有可能让它胎死腹中，廖一梅说："快把我和孟京辉两个人累死了。"

当孟京辉读完剧本后，决定排演这个戏。找人投资，联系剧场、演员、排练场地，没有一件事是顺利的。说好的投资，说没就没，定好的场地，说不让你用就不让你用。最后，这部戏是在三联书店的地下室排练完成的。

廖一梅在回顾这段难忘的经历时说："投资方面，开始通过各种关系找到一个喜欢艺术的朋友投资，已经建组了，演员也到位了，排练一个星期了，突然接到一个电话，投资人说没办法投资了。我记得当时演员正在排练，我和孟京辉站在戏剧家协会的走廊里，研究这件事该怎么办。当时真的没办法开口说现在不排了，所以只能借钱排，然后想我们认识什么有钱的人。那时候大家都很穷，我们不认识什么有钱的人。后来孟京辉想到有一个大学同学，代理了一个意大利的中央空调，是最早做生意的人，觉得他好像是有钱的，于是就站在楼道里给他打电话。孟京辉说得特别直接，说我正在排戏呢，没有投资，我们需要钱。那哥们真的特别仗义，就答应了。我们最低的预算，包括付演员和场租的钱，一共是二十一万出头。当时我们就说借钱，一定会还。但这钱怎么还呢？我们俩商量，如果这戏亏了，我就写电视剧去，电视剧写一年是可以赚到这么多钱的。"

当《犀牛》第一次上演的时候，廖一梅看着自己的作品，除了松一口气，没有任何享受的感觉。

《犀牛》上演后，也没有钱做广告，北京的媒体也仅仅是发了一些小豆腐块文章。第一轮上演两个星期后，观众开始多了起来，廖一梅甚至在剧场门口看到了自己的中学同学，她的同学也不知道是她写的戏，完全是听同事介绍过来看的。《犀牛》最初几乎是通过口口相传保证的上座率。廖一梅说："这部戏很多人特别喜欢我也很惊讶，当时很多人留下来和我聊天，我突然发现，原来和我类似的人挺多的。本来我一直以为是我自己一股子理想主义的受压抑的劲头,但很多人都有同样的感受。从这部戏里我发现自己写的很多东西别人能够理解,我写的东西并不是像我自己想象的那样是喃喃自语。"

廖一梅见过很多优秀的、聪明的和特别有魅力的人,但是她没有见过一个幸福的人。越是优秀的人,越是敏感的人,只会更加痛苦,充满了冲突和纠结。只是因为廖一梅从事写作又无法无视这个根源问题,才有了《恋爱的犀牛》和其他类似的作品。事实上,不管是一部什么样的作品都无法解决人生的疑问,它带给人的是一种平衡和宽慰而已。而能从中得到这些的人的多少决定了作品的经典性。

(2012年)

当贾樟柯把镜头对准暴力

> 我拍《天注定》就是想从中跳出来告诉大家我们正在经历的时代到底是怎样的,只有把我们正在经历什么搞清楚,可能接下来才能知道将来要怎么办。
>
> ——贾樟柯

现在可以说,贾樟柯的《天注定》是中国最暴力的电影,它的暴力并不在于具体出现过几次血腥、残暴的镜头,而是自始至终让观者内心体验到暴力感,让人不得不去思考这样一个问题:社会、暴力和旁观者之间的关系。所以,在贾樟柯这部根据四个社会事件改编的电影中,有意在四个独立的故事中设置了关联——你可能是一个暴力实施者,也可能是受害者。

人们对贾樟柯的电影从平和过渡到暴力而感到有些猝不及防。在贾樟柯过去的电影里,他总是试图通过电影来记录这个时代的变革,从《站台》到《二十四城记》再到《三峡好人》,一直贯穿这个主题。此次贾樟柯突然转向暴力,到底是为什么?

Q：《天注定》里面的四个故事完全是根据社会新闻改编的。你平时看新闻时是否会有意识从社会事件寻找创作灵感，或者说它们可能符合自己要拍摄的某种题材？

A：我不是这样的模式。因为我很少从真实事件里面主动去找电影的题材或故事。我自己上网看新闻是一种生活习惯，中国男性都比较关心新闻，我自己也是这样。以前是看报纸，现在上网看新闻，看完才开始工作。它作为我的一种生活方式，让我保持着对社会的兴趣，但它并不是为了我的职业。

我的大部分电影都是自我的酝酿，你自己的生活和你接触到的生活无形之中会令你产生创作的冲动。比如说《小武》，它跟我个人生活有关。有这么一个变革期间的人，虽然他的职业是一个小偷，但是他在传统道德上是扭不过弯的一个人，他不适应社会的变革，这样一个人的形象出现，他不是哪条新闻或哪个具体事件的对应。拍《天注定》，里面的四个故事可以说是大浪淘沙。这些年接触的这一类事件太多了，第一个故事（胡文海事件）已经过去十几年了，但是我一直忘不了。因为我很仔细地看过当时的庭审记录，里面有一些细节我就沿用了。他（胡文海）在杀会计的时候，会计的态度是很软的，会计招供的话他听了也有恻隐之心，但是突然外面一辆警车响了，其实这只是一辆路过的警车，但是会计的态度一下子就硬起来了，说你打啊。这一笔给我留下了特别深的记忆，会计听到警车响、态度突然转变这个细节不知道触动了我哪一根神经，我觉得它很中国。在那个绝境里面，会计一听到警车声，马上觉得能在气势上压倒对方，这个事件我一直没忘。像赵涛的部分（邓玉娇事件）和王宝强的部分（周克华事件），它们都让我很难忘，但没有想到要去拍成电影，我只是把它们作为一个生活经验，记住了这些事情。

Q：是什么促成你把它拍出来的？

A：我一直在筹备武侠片，我在研究很多武侠片的同时也会去看我们小时候读的《水浒传》《三国演义》。我觉得其中评书式的、演绎式的、章回小说式的叙述方法是我们最早看"侠"的那种魅力，就是很通俗，环环相扣，里面的人物都有血有肉，有一点脸谱化，但同时其中的人物故事比如武松、林冲还都是很经典的叙述感觉。在这个过程中我突然就意识到，我过去接触的那些难忘案例就是当代的《水浒传》啊，他们所遭遇的极端处境是一样的。突然我很激动，找到了古代和现代相通的中国人的命运感。之后我就开始琢磨《天注定》中的这四个事件，但是触发我的还是周克华事件，因为当时我在重庆监制一部电影，在拍摄过程中发生了周克华事件，全城戒备，这种凶悍之匪让我想拍匪徒，想拍这个故事。所以说并不是有意在新闻里面找题材。

Q：如果再过几十年后看《天注定》，会发现这也是在记录中国的变革，但这个变革是体现在社会矛盾上的。

A：一开始是无意识的。在电影学院的那几年，我自己储备了很多的剧本，武侠片我写过好几个，写得最多的是黑帮电影，时间集中在70年代末。那时我正好八九岁，"文革"刚结束，在我们山西汾阳那个地方有很多弟兄集团，今天看来就是帮派。我们每一个小孩子都属于一个帮派，前面他们在打架，我们就在后面运石头。年龄层特别有意思，从七八岁到二十五六岁，都在街上混，我对那个生活是非常难忘的。我写了很多偏类型的剧本，它们都跟我的直接生命经验和美学口味对口，我喜欢暴力、动作、帮派、武侠这些东西。但是到了快毕业的时候，就是人也会成长嘛，老家汾阳的变化是一个契机，使我意识到"变革"这个主题。你想拍电影，你要知道你生活在一个什么样的时代里面，你的生活里发生的最重要的事情是什么，这是我在二十六七岁时得到的顿悟，拍变革是未来要伴随我很长时间的一个生活主题，当然这也与我对历史感兴趣有关。

"暴力革命"可能是我们上两三代人生活里的生活内容，从义和团运动开始。我在二十六七岁之后觉得"变革"是我们时代的生活内容，物质层面首先发生改变，然后精神层面和人的思想观念发生改变，甚至包括我能接触到的这种文化层面的改变，这会让我很清晰地感受到生活在改变，社会发生的主要事情就是变革。变革给每个人的影响我是能感觉到、能触碰到的，包括给我的亲戚朋友、家庭带来的改变。所以在这种情况下，我很快被变革吸引，被现实生活吸引。实际上在我大学毕业开始拍电影时，是背叛了自己那四年的储备，背叛了自己大学四年对电影的理想了，因为社会生活让我很不平静，我开始真正接触到社会，对社会非常感兴趣。从那个时候一直拍到现在，我的电影讲述的时代背景始终是现实性的，始终是当下的。

Q：也就是说"暴力"很早以前就在你心里酝酿了，今天拍《天注定》，也是想把当下中国社会的变革呈现出来，而这个阶段的焦点就是暴力？

A：我觉得最主要是社会的问题。比如说70年代末，我们小时候目睹的那种暴力大部分是非利益化的，其中往往没有直接的利害关系，有很多是青春期的那种幼稚。比如说我们县城外面有一个长途汽车站，就是县里人聚会的地方。当时很多暴力是很即兴的，可能一个过路的外地人戴了一顶帽子比较显眼，然后大家就打他一顿，也不是图他钱财，也没有任何仇恨，就是因为他正好出现在这些寂寞而又无事可做的孩子们面前，他就变成了一个受害者。我看到的大部分暴力是这样的。这几年，我问我自己为什么突然就转到这样的一个暴力题材上面，不拍我过去那种隐忍、含蓄的人呢？是因为现在的暴力背后最主要的原因是无望。刚拍的时候我还觉得暴力背后的关键词是尊严问题，因为尊严直接被剥夺。一直到我剪辑的时候，我觉得其中可能有比尊严更主要的原因，那就是暴力是一个弱者发出自己声音的方法。可能他只有把事情弄暴力了，他的处境才能被人知道，或者说这是他内心对不公平的释放和宣言。我觉得现在中国社会发生的暴力事件最主要的原因除了我们说的贫富分化、不公正之外，还有一个原因就是言路不畅。解决事情的途径不畅，司法的途径无法获得公平，社会公共的平台发不出这些声音，最后暴力的瞬间，施暴人其实有很大的宣言性质——老子就干了，告诉你们还有这么一个人。《天注定》从戛纳回来后我的压力特别大，这个压力来自于社会上仍然有密集的突发暴力事件，厦门纵火案、上海宝山枪击案、北京摔婴案、首都机场自残案……这些每天都在发生。作品里的故事的延续性让我很震惊。一方面我觉得这个作品适逢其时，一方面我觉得里面的东西又在延续，作为一个导演来说我觉得很有压力。我发现这四个故事里面带有某种宣言性。

Q：从电影角度讲，你展现暴力的方式跟外国暴力题材电影有什么不一样？

A：我没有刻意地去研究这些电影。实际上我是一个影迷，一直看很多电影，在我的经验背景里有很多这方面的例证，但实际上这么多的影片里面，有两部是我在拍这部电影时想过的。第一部是80年代一位英国导演拍的一部50分钟短片，就叫《大象》，那个片子拍得很简陋，但是那种莫名的、没有理由的暴力处理得很好。后来加斯·范·桑特（Gus Van Sant）拍的《大象》其实是翻拍的他的。第二部是奥地利导演哈内克在90年代初拍的《荧光血影》。这两部电影调动过我的记忆。不一样的地方在于，我觉得国外暴力电影里的暴力因素跟人的现代性有关，多为精神状态的孤独症状，自我方面的原因更多一些，但是我接触到的中国的暴力事件案例大多还是缘于基本的生存、尊严和利益，特别是基本的利益。

Q：中国人性格中有一个特点就是：忍，当他去实施暴力的话，往往是忍无可忍了。

A：所以我觉得最主要的就是委屈。后来我发现每一个暴力事件都是一个生存的宣言，就是我这么活着，没人知道，我经历了这些，没人听我诉说。

Q：前段时间人们都在讨论余华的《第七天》，人们普遍对记录当下现实的文学失去了兴趣，由于社会新闻的惊悚和离奇让人的承受心理和麻木心理都已经变得越来越强了，感觉文学艺术现在快落后于生活了。你认为电影会不会遇到文学这样的困惑？

A：我觉得我是完全没有这样的困惑。因为我觉得现实世界发生的事情再精彩，它仍是以一种事实的形式传递给我们，是我们接受信息的一个过程，它与电影和小说是完全不应该互相干扰的。无论你阅读一本小说还是观看一部电影，都是一个审美过程，它们是对生活的重新描述。实际上我觉得这些年人们对于我电影的一个最大误读在于，因为这些电影本身是关于现实生活的，所以就认为电影的创作是必须依据真实事件才能完成。不是这样的。当你从一个真实事件中产生一个灵感后，最主要的工作是重新讲述，是一个作者站在美学角度的重新虚构。这个虚构的过程里，重新去结构人物关系，重新找到讲述的角度，这个讲述的过程是一个审美的过程，与接触信息的过程完全是两样。一个是信息的路径，一个是美学的路径。

并不是说今天中国的现实变得更像电视剧，可能人类历史的现实一直都是这样，可能莎士比亚的时代也是这样的。新闻叙述和虚构小说家或导演的叙述，虽然都是叙述性的，但是叙事的方法、目的是相互独立的。在生活中，我们并不会对真实事件本身展开描述，对于真实事件我们只记得情节和事件点。比如山西男童挖眼案中，我们只知道一个孩子父亲是做什么的，母亲是做什么的，有一天孩子的眼睛被人挖了，后来警方说是孩子的伯母干的。我们被震惊的就是这点信息。但是事件背后的叙述是空缺的，艺术正好就是在填补这个空缺。同样，比如说邓玉娇事件中，有这么一个女孩子，曾经在武汉打过工，回到野三关后在一个桑拿房里面工作，来了两个客人，非要强迫她发生关系，她不肯，在争执之中她刺死了人。没有更多的描述。新闻呈现给我们的是很抽象地发生了什么、一些关键的情节点，更多的是事件引起的我们的讨论。当然也有一些深度写作报道，但是文学是带着一个人对另一个人命运的理解以及理解之上的想象，然后把我们作为命运共同体的共同感受呈现出来的。

我从来不会困扰于现实生活和我所从事的现实主义创作之间在赛跑的这样一种焦虑，我从来没有这种焦虑。

Q：你有意识地在电影里加入了《林冲夜奔》《玉堂春》《铡判官》几场唱戏的部分，加入这些你是想告诉观众一千年以来中国的社会现实其实没有什么变化吗？

A：也包括这种人的极端处境的相似性。我在做《天注定》过程中，是有一点理解戏曲的生命力的，它的传唱为什么会如此之久呢？虽然它日渐式微。今天我们的娱乐方式大部分是非叙事性的，都是平面的。比如说《中国好声音》，它没有叙事，它就是开心，就是唱歌。为什么人类一直保留了一种叙事的努力，为什么人类一直要传颂、传唱？我觉得是因为这些经过时间考验的戏剧、文学作品之中有一些基本的人性问题和社会处境问题一直没有变。今天我们看明代，看宋代，我们找到自己的投影非常容易。一个民族会形成一个基本的叙述记忆，在这个层面上我觉得《天注定》是回归到了这种叙事里面。我过去的电影兴趣点不大在经典叙事上，很长时间里我的兴趣点在人的状态。但是到《天注定》，我想把它再带回到传统叙事上，清楚地交代人们经历了什么，什么原因导致了个人的绝境。从这个角度上来说，我开始理解了叙事艺术，因为之前你就是在做叙事艺术，你反而容易对它的历史传统没有太多感受。我写过一篇很短的文章，题目叫作《我是一个说书者》，可能电影工作者今天做的事情跟《格萨尔王》《荷马史诗》那个时代的口述艺术家还有后来的戏剧工作者一样，都是通过叙事的方法把我们曾经的经历通俗地流传下来。在戛纳的时候我就开玩笑，我说《天注定》这个电影可能三十年后会被翻拍，因为它是一个模式的电影，它不是拍一个人在那儿不说话然后一阵风吹来这种东西，它是一个可以被传唱的叙事模型。

Q：插入戏曲表演，除了在叙事间有呼应，还有别的吗？

A：我有两个部分，还有一部分就是我选的都是晋剧。我在想整个电影的风格时，突然就想到了自己过去长久以来的一个感受，就是在冬天，寒冷、有风，在露天的旷野上吼晋剧，就是这么一个氛围，很质感。这个气氛我很难忘，在拍电影之前想到这个气氛，我突然就明白了晋剧唱腔古音里含有的人的悲苦与抗争。晋剧不像京剧和昆曲那样精致，大部分是露天演出，而且大部分是在农闲时候，冬季会比较多。它是跟土地的颜色与气候结合得非常好的一个声音，甚至那个美感不一定在于坐在那里听，而在于隔了很远，那个声音被风吹过来。被风加工过的晋剧，是电影中我想找到的美学气氛。

Q：为什么给这部片子的名字叫《天注定》？

A：我对这个词在汉语里面的理解是两面的。一方面它很宿命，就是命运天安排，人很被动。这四个故事里命运的偶然性带给他们悲剧性的灾难，有很无力、无奈的感觉。另一方面，当人们有行动能力有反抗的时候，不管这种反抗是对是错，是不是值得商讨，这种反抗里有一种替天行道的意味。是天让我这样去做的，天注定了我要去反叛。当时想到这个名字的时候我就觉得它很暧昧，可以是无力的哀叹，也可以是愤怒的对抗。从五月份《天注定》在戛纳电影节放映开始，我们走了很多影展，这个过程中，有大量华人观众来看这部影片。他们普遍向我反映的一个问题就是：导演，我看完了特别激动，特别痛苦，那在你拍这个电影后，你是否能告诉我们中国的未来会怎样？我一开始真的回答不了这个问题，我只能搪塞，我说一个电影解决不了未来的问题，谁又能知道未来会怎样呢。但后来，我觉得电影有一个很重要的作用就是可以同步拍摄当代现实，表现出我们究竟正在经历什么。我们正在经历的时候，往往是不自知的，因为我们身处其中，很难从中抽离。我拍《天注定》就是想从中跳出来告诉大家我们正在经历的时代到底是怎样的，只有把我们正在经历什么搞清楚，可能接下来才能知道将来要怎么办。

Q：《天注定》里面的四个故事看上去是四个独立的故事，但你有意把这四个故事联系在一起，这个故事里的人物会出现在下一个故事里。

A：在《天注定》里面，我也是有两个想法。一个是为什么要有四个故事，用四个故事我最想说的是，它们并不是孤独的案例，它们是密集发生在生活里面的。另外一个，要让这四个故事有一种细若游丝的联系性。人与人之间是很奇怪的一种关联，不要以为那个山西人和那个重庆人没任何关联，可能我们就是擦身而过的。我有意识在里面安排一种关联性，也是想说大家就是一条船上的、一辆车里面的。所以我最近在采访的时候总在纠正一个东西，其实是一个心态上的问题。人们经常会说，贾樟柯你为什么一直拍底层民众？我觉得这样说也对，但是对我而言没有一个底层民众的概念，我认为大家都是底层民众。当有人说我拍的那些人是底层民众的时候，好像说这个话的人跟他们是两个共同体。可事实上我们都是一个命运共同体。你在火车上突然被人推倒和一个老板突然被枪毙了是一回事。在现在的转型时期，我不认为我拍的是底层民众，我拍的就是"我们"。

Q：你接下来打算拍一部商业片《在清朝》，为什么到现在才想去拍商业片？

A：可以说，我大学四年的创作储备都是商业片的储备。从导演的思路上来说，在不知道下一步要拍什么的时候，我不会去考虑到底是去拍商业片还是非商业片，不是这么一个思路。

拍《在清朝》的这个思路在于我对晚清历史的着迷，特别是晚清的野史，因为我阅读了大量晚清的野史。我的家乡山西汾阳，是一个有相对完整的县志写作的县城，这个县志的写作到80年代仍然在延续。我父亲以前是语文老师，他比较喜欢文史哲，家里面经常买每月一期的县志通讯，我都会去阅读。这种县志的阅读，就是依托于一个县城的经验里面，让我逐渐对晚清那个时代特别着迷。

我以前跟人一谈到中国的变革历史，都是从70年代开始谈的。我1970年出生，1979年改革开放是我目睹的，所以我成长的局限是觉得这种变革是自己生长经验的一部分。但是，这个变革是中国大变革中的一个过程，所谓的大变革其实是从晚清开始的。中国从晚清开始一直想变化成一个现代化的国家，我们一直在物质层面、硬件层面上更新。但是人的软件，包括了解自我的过程，是缺失的，因为我们的教育里是缺这个东西的。比如，一种哲学上的通史，怎么理解自我，存在主义、弗洛伊德的心理学，可能对于一个西方的年轻人来说，这是他人格塑造的基础，但在我们这里，可能这些东西还在争论。所以你很难说这个社会变革到了一个现代社会，因为人没有现代化。这就是为什么林冲还会变成今天的胡文海，因为社会没有变，人也没有变，只不过有了高铁、飞机，只是这个变化而已。

Q：到底晚清的哪些历史让你有了拍的冲动？

A：是发生在晋中一带晚清科举废除引发的举子抗议特别震撼我。它给我带来了两个很熟悉的东西，一个是变革把人废掉了，我拍《二十四城记》时就是拍工人，当时整个工厂转制，把几百万、几千万的工人完全放弃了。这个变革的出发点可能是对的，因为经济体制是有问题的，但是这些活生生的人被变革抛弃掉了，这部分人很吸引我。晚清废科举，把那些读书人给抛弃掉了。他们本来饱读圣贤之书，可以科举上升，但突然就变成了一个无用的人，突然就不知道该干什么了。然后，有人出国留洋，但更多人的生活是贫困潦倒，有的造反，有的成了侠，有的成了匪。在晋中那一带，有举子造反，就是示威游行，这是最早的知识分子抗争，读书人的抗争，我一下子对那个时代特别感兴趣。

我想拍那个时代，就找到一个我自己擅长的东西，我觉得我可以把它类型化，因为拍那个时代不便宜，你要重现那个时代的一草一木。

另一个是，我想拍古代，因为我对古代的时空特别感兴趣。我小时候有某种古代生活的感觉。为什么呢？首先县里那些建筑都是明清建筑，我们看到的空间基本上跟明清没有大区别，只是立了一根电线杆而已。最主要的是时间感，时间感跟空间有关系，因为你移动不了。人都是不移动的，是固定的，去一个远方是很难的一件事情。我特别留恋那个时间感，还有那种不能移动的禁锢感。我们县城是这样的，一边是山，一边是城池，所以我们站在院子里都能看见山。冬天的时候，风从山那边吹过来，就感觉那边好遥远，世界非常的空旷和孤寂，特别神秘。今天我们移动是特别方便，但是古人就不是这样。我特别着迷这种时空感，包括没有通讯工具，人和人之间的联系并不像现在这么方便。我记得那时我的两个姨妈都住在山里面，她们进城来看我，是不能预约的。生命中有很多惊喜，突然我二姨来了，背了一口袋核桃，就住家里了。临走的时候，她可能会跟我妈说，七月十二或者八月十五再下来。这种约定，这种惊喜，这种生活方法，我希望能够在电影里呈现出来。武侠片是最容易展现这些东西的，因为侠就是一种幻象，侠的这种游动性能带给不能游动的人们一种想象。这种流动性和封闭性形成对比，让我特别着迷。

我一直要求自己拍摄要按照自己的内心节奏来，不为外面所动。拍电影跟古人写诗画画一样，是一个修炼的过程，也是一个自我塑造的过程，你在什么阶段就拍什么阶段的电影。

Q：你理解的商业片是什么样子？

A：我觉得实际上电影素质很重要。一个导演他有自身的素质，只要拥有一个基本的、够水平的电影素质，导演是能够驾驭多种题材的，剩下的就是你愿不愿意的问题。比如蔡明亮，我相信如果他愿意，他可以拍非常好的商业电影，因为他的电影素质非常高，在对电影媒介和视听的理解上，他是出类拔萃的。对我来说，我当然相信我自身的电影素质。过去，类型电影是我最喜欢的一部分。同时，最主要的就是，我想做这件事，不是人家说贾樟柯你必须拍一个，没人拿枪顶着我要干这件事，我的生存也不需要被动地做这种事情。我真的很喜欢我想拍的这个武侠片。我一直说，拍商业片是最安全的，因为商业元素是很清晰的。比如说演员的组合，如果你要做商业电影，你肯定要按照这个规律来，要找有市场能力的演员，这些演员就已经帮你在做这件事情了。

其实，最主要的改变是电影语言和叙事方法上的通俗性，这是导演要调整的，这个调整是建立在有一个基本的电影素质的基础上，这不是一个太难的事情。比如说叙事的跟踪性，商业电影最讲究叙事的动力、跟踪性。一个九十分钟的电影，观众为什么愿意从头看到尾？最简单的例子就是猫捉老鼠，这里面，观众的跟踪在。我没拍电影时就懂电影要有跟踪性，比如说戏剧的冲突、戏剧感，但是在我自己处理的时候，作为一个作者，恰恰对叙事的思考有时候会变成反叙事的。比如说《站台》，《站台》十年的历史，我想表达的最大的一个主题，除了80年代的变革之外，就是老去。无论你有多大的青春冲动，无论你怎样地对抗体制，最后你会回到另一个体制——家庭。这两个人是文工团的，最后他们自己搞个演出队走穴去了，属于离开这个体制了。但是，最后他们又回到另一个体制，结婚生孩子了，要像所有人那样过日子。自我在哪儿？这是我青春期最迷茫的事情。我想拍这个电影，时间性对我是最重要的。所以我会用《站台》来呈现大量无谓的时间，就是什么都没有发生的、没有痕迹的生命浪费，一直到最后，你被生活体制化，你老去，你要接受家庭。这个叙事本身的创意就在于反传统，我要表达的主题使它不可能拍成一个猫捉老鼠的游戏。回到类型电影、商业电影的拍摄，就是要尊重观众通俗化的要求，你尊重去做就可以了。

（2013年）

朱德庸：小世界与大世界

> 我创作过程有两个最大动力：一个是荒谬，一个是愤怒。当我感觉到这个荒谬之后，竟然发现这种荒谬是一直持续的，甚至是被多数人认可、或是习以为常的，这时候我就会愤怒，愤怒就会用幽默的方式画出来。我的幽默就是从小就不停地经历这些事情。
>
> ——朱德庸

朱德庸很认真地算着他在《三联生活周刊》上开漫画专栏的时间，"已经十二年了，这是我在大陆开的最长的一个专栏"。这十二年间，他培养了数不清的读者，很多人习惯了翻开杂志，先从他的漫画开始看起。朱德庸画过多少漫画，用掉多少纸笔，他已经说不清楚。他四岁开始画画，二十六岁已经红遍了台湾，他走红的时间比不红的时间都要长，但朱德庸却一直对他的红没有什么感觉。

看过朱德庸漫画的人，会发现他这个人很有趣，幽默诙谐，将人生百态描绘得非常准确。然而，朱德庸的世界并非人们想象得那样好玩，甚至对他来说是痛苦、孤独的，因为他是在被人歧视和孤立的环境中长大的。

"天呐,我没有看到过这么丑的小孩!"这是朱德庸来到这个世界上人们对他做出的第一句评价。在朱德庸刚刚满月的时候,母亲抱着他到巷子口,隔壁邻居看到襁褓中的他说出这么一句话。从此,朱德庸的人生就变成了一段不断遭受打击的旅程。一个看上去很丑、孤僻、学习成绩不好的孩子,实际上已经被人们隔绝到另一个世界了。

朱德庸从小就有自闭症,无法正常与人交流,这个痛苦是常人无法想象的。但上天不公的同时,却给了朱德庸另一个法宝:画画。从小他就表现出超常的绘画天赋,当人们把他从这个世界抛弃出去的时候,朱德庸找到了属于自己的世界——那个只属于他自己的小世界。并且,他不断让这个世界变大,丰富,直到有一天这个小世界能和外面的大世界相融合,让他找回了那份公平。

但出人意料的是,朱德庸在采访中第一次流露出他不想再画四格漫画的想法,他想退回自己的世界。

Q:每个人在很小的时候就形成自己的小世界,有时候因为怕受到伤害,会把这个小世界的外壳变得特别敏感和坚硬,用来保护自己,但别人并不明白你,反而把你的世界搞得一团糟,你的小世界是不是这样的?

A:我的世界一直是遭受破坏的,从小就如此,但小时候并不知道,只采取一种反抗方式。我没有办法接受外面的世界,那不是我要的,它给我很大压力,我存在于那种压力中很重要的原因就是我认为的不合理,这种不合理也让我无法接受,即使这种不合理再微小,都是跟我整个生命有关。比如说家里送我去上幼儿园,我没法接受。送到幼儿园之后我唯一抗拒的方法就是我在教室里永远坐在靠窗边。每个星期都要换座位,只有我从来不换,老师也没办法,只要老师帮我换了座位我就大闹,我就永远坐在那个位置,也永远看着窗外。

再稍微大一点,上初中要理三分头,就是你们说的那种寸头,很短,几乎接近光头,这对我来说也是一个非常非常大的伤害。我就想我为什么没有办法决定自己的样子，每次要去剪头发对我来说就像世界末日，因为很小，我也只能这样感受这种压力。但高中更严格，不但要理那种小平头，而且要穿那种米黄色的校服。那时候大了，反抗也就更激烈，然后我就在学校和家里被批来批去，我爸爸都不知道怎么办，奇怪为什么会生出来这样的小孩来。我从小到大，包括服役时都一样，对我来说我不容许我内心的世界被破坏。等我服完兵役后开始从事漫画工作，基本上一切都还算顺利，但是在我事业开始这个阶段我一直在抗拒很多事情，包括有些事情做了之后你会觉得你不该那样做，比如有些商业操作，在我内心觉得不应该这样做。我从事漫画工作到现在已经二十几年，这种抗拒心理大概从十年前就开始，越来越强烈，当然我还是必须要做一些妥协，但现在我已经没办法再忍受，我要保有一个自己的世界。这十年来我的内心世界一直是被破坏的，我每次只要踏出我的世界，退回来一定是伤痕累累，我就必须要花很多时间在自己内心世界的慢慢修补上。

Q：当初这个小世界是怎么形成的呢？

A：我觉得是……因为我今天谈的很多内容都是第一次谈到，所以我可能要想一下。我的世界还是不可避免地要和外界有所联结，但是我的世界是先存在的。为什么这么说呢？一直到我大了之后才知道我有轻微的自闭，所以我小时候就没办法跟别人交流。我不晓得因果关系是什么，但我一直是在那个世界里。有时候也会试着踏出去，但踏出去别人并不接纳，也许你采取的方式跟别人不一样，或者说外面世界有自己的游戏规则，你可能没办法照他们的做。大了之后，自己的世界越来越坚固，因为我必须把自己的世界巩固好，但是力量非常弱。我每天早晨起床穿好衣服去上学，这就是我的世界崩溃的开始，然后我在学校从早待到晚，直到回到家坐在书桌边，拿出纸来开始画画，才重新回到我的世界，在这个世界里用漫画去抚平自己白天在外面世界受到的所有伤害。也许那些伤害回想起来也不算什么，但当时对我来说就很严重，同学对你的排挤、老师对你的轻视，还有你对整个大环境的不满,全部只有回到家退到我的漫画世界,我才能够重新修复。这个时间非常长,长到最后漫画对我来说越来越重要,因为别的世界我没办法去,我只能够待在我的漫画世界里面。我常常想为什么我后来会画漫画?我觉得很重要的一个因素就是:我一直在建构我自己的世界,而这个世界所有的元素,都是因为我在外面世界受到了伤害,回来修补,修补时一定要弄清楚到底怎么一回事。在这个过程中,我慢慢对于人、对于这个社会、对于这个时代开始有自己的想法,也许不一定正确。在我的漫画里面,绝对没有歌功颂德这种事情,不管画任何一个题材,我永远都是从一个角度画出这个世界的另外一面,所有都是别人没有看到或刻意忽略的一面。唯一比较占便宜的一点是我用幽默方式去画,所以和一般的批评家不一样,别人看了之后不管理解与否,至少可以笑一笑。

所以我的内在世界最早是这样形成的,一直等我到大了之后,我还是一直尽量保护我的世界。当我已经开始做事、有了自主权时,我还是保护它,保护的方式还是让自己不要接触外面的世界。每一个人都应该有自己的小世界,当你跟一个人接触时,其实你是接触他的小世界。但是很奇怪我身边每一个人都不在乎自己的小世界,他们的小世界都残缺不全,所以会让你很难受,因为他不会去尊重你,他会用自己的方式去压迫你,他也不管人与人之间的尊重和距离,用隐性或显性的方式让你在与他交流时有压力。然后我就慢慢发觉,原来每一个人的小世界都是破败不全的,因为他们从来不在他们的小世界里花时间,每个人都是丢弃他的小世界跑到一个大世界,这个大世界就是每个人都必须要混饭吃、要生存,不管怎样,是他们建构的大世界。在那个大世界,用他们熟知的方式交换、存活。但是那个大世界就不是我能够存活的,所以每次一踏出我的小世界就让我窒息。别人也许不知道,我每一次做宣传,回去至少瘫两三个月,就是因为在宣传时可能是我最大量、最密集接触外面的世界,那个大世界给我的压力非常大,但是也没有人会在乎这些。

我有一天在台北一家旧书店里看到一个手稿,是一个叫殷海光的学者,他手稿上写着"像我这样的书生还能够在这样的时代存活下来真是奇迹"。我看到的那一刻，就感觉似乎有一股电流冲到我身上，我的处境跟他很接近。我虽然是一个自由创作者，享有很多上班族没有的自由，但是其实也是孤单的，很容易受到伤害，因为你没有帮手和机构，什么都没有。当然这是我选择的，选择的结果就是这样，我并不后悔，但是我必须要承受这种生活带给我的很多困境。在别人看来我很成功，但在整个食物链里其实我是最底层的，是被剥削的，必须要承受整个食物链给我的压力，这就是为什么从现在开始我要走我人生的另外一步。我从小就不停地在抗拒，到今年五十岁了，我必须要对自己的生命重新做一个交代；另外就是我可能已经畏惧这个世界了，在我这么辛苦的几十年里面我想完全回到我的世界里去，我不想再接触这个世界了。

Q：如果说你现在把自己和这个世界断开，得与失都是什么呢？

A：我想最现实来说，可能会失去财富吧。我会想办法用别的方式谋生。至于其他，我认为没有什么可以失去，因为我从来没有得到过。我会失去我的朋友吗？我交朋友是很随性的，我也不太参与很多活动，这几十年下来，到目前为止我只能说死的朋友比活的朋友多。就朋友而言，每个人都需要舞台来继续结交朋友或跟朋友之间保持联系，对我来说，我原来就不拥有这些，如果我换一种方式的话，那些我也不会失去，本来就没有得到太多。至于名，我二十六岁就在台湾成名，但我并没有利用我的名去做更多的事情，也没有去享受名。我大部分时间窝在台湾，也不常来大陆，即使很多人告诉我，现在我在大陆有多么红，我从来也没有想过要来，跟我最长时间相处的就是我太太。严格讲，和真正有名气的人比起来，我是没有享受到名，因为当你有了名之后，如果你不跨出那一步去把你自己曝光，其实你是享受不到那个名的。你必须跟人接触，跟读者接触，跟所有喜欢你的人接触，才可以享受到名。你只待在家里名是没有用的，我也没什么好损失的。如果我决定换另一种方式的话，也没有太大差别。

至于得到什么，我想是自己吧，一个很纯粹的自己。在这段时间里，还是有很多事情非做不可，我已经尽我最大的努力，包括尽量少做事情。我的本业就是出版，对于一个畅销和常销作者来说，我现在出书节奏已经很慢了，有时候两年甚至两年多出一本书。我也不会刻意利用任何一个机会，比如三年前《绝对小孩》卖得非常好，销量没多久就超过一百万本，聪明人应该半年就会再出第二本，结果我的第二本两年后才出。我已经尽可能维持自己的步调，但是我觉得还不够，可能想维持一个更纯粹的自己吧。人的价值并不在于对外，而应该是对内，我到底是个什么样的人？我对生活方式有什么样的选择权利或者能力？我现在已经走到这一步，也不想再成功了，如果还要成功就是拿我的生命去换，拿我的时间去换，这一点是我可能没办法骗自己的地方。

Q：那将来还画画吗？

A：我觉得一定会减少。我在台湾，每天真正花在画画上的时间大概两个小时到两个半小时，之后就变得无法忍受，没心思画下去，这种状态已经持续很长一段时间了。能推的都尽量推，接下来如果还要再减少，那我肯定是不画了，出版可能也会停，或者我可能把时间拉得更长。当然在这之前我先要把一本书的债还掉，之后就会这样。但是我不会停止画画，因为画画一直是我生命的一部分，我的生命如果没有画画，我可能都活不到现在，它是我生命中最原始的一根柱子。在我小时候那根柱子就在那儿撑着，支撑我天空的柱子也是后来才寻求到的，我太太是一个，音乐也是一个，但是最早其实只有漫画这一根支柱。我以后还是会花时间画画，但是出发点不会再以商业性为主，而是满足我自己，我想我必须借着画画把我内心的很多感觉表达出来，那种表达的方式和现在大家看到出版的四格是完全不一样的，这是为我自己而画。

Q：过去画画有过让你不快乐的时候吗？

A：画画本身一直都是带给我快乐的，否则我撑不下去，因为这世界上已经有太多不快乐的事情了，画画如果再让我不快乐，我是没办法再画下去的。我大概十年前碰到过一次这样的状况，有段时间，我还是在画，但是我不快乐，我享受不到画画的那种单纯的快乐。书还是照样卖，大家还喜欢，每个人也都觉得很棒，可是这个过程我一点都不快乐。后来我就强迫自己停下来，差不多1999年之后我才慢慢再开始画。如果我再换一种方式的话，画画我还是一样会画下去。画四格还是能带给我很大满足感，这是我对外的沟通方式，这种沟通方式只有漫画能够做，我本人都无法做到。一方面我和外界沟通的方式不顺畅，另一方面我也不能以讲笑话的方式和外界沟通，我只能用我的漫画去跟外界沟通。漫画就像海豚、鲸鱼的声波，发出去后能接收到的就接收到了，不能接收到的就接收不到。

Q：我想象你在过去期待的理想状态是这样的：有一堵很高的墙，你在墙里，只有一个非常非常薄的缝隙，通过它可以把画塞出去，他们把画拿走发表，你不希望这些人走进墙里面。

A：是的，我不希望别人进入我的世界，事实上我认为任何人都不应该让别人进入他的世界。自己的世界隐私已经很少了，还让别人随意进出，那你还有什么？很多人恐怕是被迫要交流吧，以前还有选择，现在好像都不能选择，都被迫通过商业方式交流。这是破坏人的隐私的，每个人都被压得透不过气，为了拓展人际关系也好，为了虚伪的那一面也好，他必须跟所有认识或不认识或初见的人都保持畅通管道，我没办法接受那样。对我来说，我不会排斥很多东西，但是它必须是自然的，要符合我的方式，一旦和我的方式不一样，我唯一能做的就是忍耐，之后就是暴怒。虽然暴怒我是不会显露给别人的，但是我内心是暴怒的，我会想：我不要这样。当我决定我不要这样时，我用的就是另外一种抵抗的方式，也许有人察觉出来有人不能察觉，为了保护这块我会尽我一切力量。十几年前，我曾经为了保护我的这一块而让我在台湾的整个事业都断过一次，我在考虑现在我要保护这一块是不是让我大陆的事业也断一次？就像有个记者问我"出书量那么缓慢是否担心被淘汰"？我觉得没么可惜，人不可能一生出来就是个明白人，一定要经历一个莫名其妙搞不清楚的过程，但人总该到一个明白的时候，我现在明白了。甚至比我更聪明更敏感的人，可能他四十岁就到了，但他宁可还是选择不明白，也许那是符合他的意义的，符合台面上的意义也好，众人的期望也好，但我不想这样选择。

Q：你成为公众人物之前，可能想得非常简单：我在报纸上发表作品，收到稿酬，靠这个良性循环生存下去。但是你没有想到的是，成为公众人物就像是被线提着的木偶，有时无法左右自己，而是被人牵着走，当被牵了一段时间，才发现这感觉不是你要的。

A：我成名的时候大概二十六岁，那时还很年轻，刚毕业就服兵役，然后立刻就红了。那时不会想那么多，只是好奇，为什么家里的电话响个不停，为什么拿起电话就有人说"我们是什么报，我们想访问你"。我的成名作是《双响炮》，《双响炮》红的时候我还在当兵，那个信息是断的，等我退伍回到台湾，家里电话三天后才开始响，当时还不知是怎么回事。一个星期之后，《中国时报》主编打电话约我出来吃饭，吃饭时他问我，你知不知道你红了？我说不知道，他说你也不用想那么多，我就告诉你你红了，而且你要接着画。他还说，当初拿到我的稿子一看就知道这个东西一定会红。

我当时感觉比较错乱，我常常跟人家开玩笑，说二战时新加坡有个兵叫李光辉，被日本人拉夫到马来西亚打仗，他到了马来西亚就逃走了，在丛林中一直躲了二十年，二十年后他还以为外面在打仗，当他被人带出丛林才发现战争早就结束了。这跟我很相似，我在当兵前是一个默默无闻的人，没有人知道我，虽然偶尔也在报纸杂志上画一些，但对别人来说那只是一个零星的名字，没有聚焦过。当我在马祖待了十个月，回来之后就是另外一片天地了，对我来说是错乱的。我那时的心态就是：我从来没想过竟然可以靠画画赚钱，那是一种满足。那种满足是一种从来没有被重视过的感觉,别人视为无用的伎俩——画画,如今竟然变得这么有用。当初跟我说"你画这个干吗",现在都说"画得很好要继续画"。对我来说,就是同样一个东西却看到另一面,而且对我来说是陌生的,我一直触摸这另一面到底是怎么一回事,但是触摸没多久后我就开始怀疑我是否要画,画画是我要一直坚持的吗?从那时就开始挣扎,想去做广告,甚至还想要去开飞机。一直到二十九岁时,有一天我跟太太讲,说我不想画了想去开飞机。她说能开飞机的人多得是,但是台湾能画漫画的就是你一个。她讲完我就想是不是这样子,我不确定我是否是唯一可以画漫画的人,但是在那个过程我开始知道一件事情,就是漫画一直是我的最爱,没有漫画我不知道生命会怎样,那一刻我转变之后,就再也没有想过做别的事情,要么做漫画,要么就什么都不做。

Q:当时知道自己走红了是什么感受?

A:我对走红一直是一种比较模糊的感觉。红的概念对我来说也就只在采访这个过程,想到"有人要访问,那我可能还不错吧"。我可以跟你讲一些事实来说明在我心里没有名的概念。我跟我太太在台北逛街,到店里挑衣服,我太太问我衣服怎么样,我就会直接说"丑死了,这什么店,怎么进一些这么糟的东西"。出门时服务员都说"朱先生谢谢您,欢迎您再次光临"。我就知道她认得我,但是我并没有察觉到别人可能认得我。以前我和我太太走在街上,常常一言不合两个人就要吵架,有一次她朋友说"我有个朋友说,有次在街上看到你和朱德庸,你们俩好像有点不愉快"。如果有人觉得自己是名人,他会在街上这样处理事情吗?在那一刹那,我就知道名对我来说是什么,我不是虚伪,但我觉得自己真的没有享受过名。

电视剧《粉红女郎》在大陆播放是2003年,有朋友跟我说,你一定要到上海来,你不晓得《粉红女郎》现在有多火。那时刚好遇到非典,很多人不能出门,在家看电视,反而提高了收视率。我没有去,如果我是一个觉得名利很重要的人,我就应该立刻飞奔而去。几年后,有次我陪太太的爸爸到上海，大家在吃饭，有人跟餐厅老板说：你知道那是谁吗？《粉红女郎》的作者！"老板出来说："不要钱！都不要钱！"

名对我来说一直没有那么重要，当然我也有虚荣的一面，就是签售会或者发表会如果来的人很多，我会开心，但那种开心不会控制我。我有一个理论："名人三秒钟寿命"。今天早上有人看到我说："啊！那是朱德庸！"然后你就享受那三秒钟：哦，我有名！等他走过去之后，他很可能马上就向旁边人说"我们中午要吃什么"，立刻把你忘掉了。那我需要为了那三秒钟生命耗尽我一辈子吗？有必要去争取每一个三秒钟吗？我不要！另外，人的生命很短，对个人来说是很有价值的，对别人是没有价值的。大部分人的名只能流传三代：你儿子会记得——啊，我爸爸；你的孙子稍微记一下——哦，我爷爷；等到再下一代——谁啊？给他看下照片，放到旁边马上就忘了。这就是一个人的名。钱对我来说也是一样，够用就好，多出来的就是多余的，多出来的只是安全感，再多出来的就是贪婪。

Q：你对名感觉比较模糊，但它对你有什么干扰呢？

A：我觉得对我最大的干扰，就是可能会勾起别人对我的贪婪，会有更多人希望从我身上得到他们想要的。

Q：现在你想去对抗外面的这个商业世界。

A：我知道这是商业世界运作的模式，在滚动的轮子里我必须一起滚动，我能做的就是在滚动过程中，想办法减缓滚动速度，用脚踩一下地，让你和地之间滚动的摩擦增大，或者在滚动过程中稍微调一下姿势。就像我以前在马祖当兵坐船一样，是那种平底船，海上浪很大，船会跟着波浪摇动，坐在船上整个人会有一个幅度，当船往前时我就往后仰，当船往后时，我就往前俯，所以身体能够保持中间平衡，但是很累。我的出版过程就有点像那样，你刚刚形容得很好，我不过就是想把东西从一个缝里塞出去而已，结果他们打个洞进来了。我以前对创作的梦想就是这样的，基本形态就是你给我一个舒服的小房间,有两个缝,一个是我把画好的画放出去,另一个是你把菜放进来,我就在里面慢慢吃,吃完就慢慢画。现在的情形是他们已经开窗开门了,我现在想做的就是把这些门窗都封起来,同样是两个缝,但是我已经不需要固定时间把画稿从缝里塞出去了。

Q:你不善交流,但非常善于观察,而且用幽默的方式,我很想知道你是怎么掌握别人都很难掌握到的这个本事的。

A:这还是有一点天性。人家问:"你怎么漫画画得这么好啊,你是怎么学的?"我开玩笑说:"没什么,就跟妓女一样,靠天赋而已。"

我小时候……没有办法跟活人交往,我跟人相处是一种恐惧。我只要跟别人接触,就手心冒汗,说话会结巴。结果我发现跟昆虫相处没有问题。以前我们家住的是有院子的房子,我整天就在院子里玩昆虫。这个院子里有各种的昆虫:有蜜蜂、蚂蚁、蚯蚓、蟑螂,还有天牛、蜘蛛……我就在里面慢慢一个个找来玩,让蜘蛛跟蜘蛛打。我发觉跟昆虫在一起很自在,慢慢对昆虫的习性越来越清楚,越来越明白。

我会在我自己的世界里玩。我会把我们家所有的蜘蛛都抓起来,然后让它们两只两只地一起打。我就在一旁观察它们怎么打,最后产生一个冠军王,其他蜘蛛全死了。我就对冠军王说:"你赢了!"就放它走。蚂蚁也是,我们家的院子很大,我就用糖把这边的蚂蚁窝和那边的蚂蚁窝连在一起,两边的蚂蚁出来,都沿着糖浆一直往前走,双方一碰到之后,马上就会往回跑。我就一直看,看它们跑回去多久之后兵蚁会出来,兵蚁就沿着那个糖浆打,就像世界大战一样,我可以活生生地看到这一切。虽然是昆虫,但是可以从昆虫里面看到一个世界是怎么样的。我自己还会一直做实验,看到底要多少只蚂蚁才能制服一只蟑螂。当蟑螂六条腿都在的时候,没有蚂蚁能够制服住它,我就试着拔掉蟑螂一条腿,再看,发现还是没办法,于是隔一阵就拔一条腿,看它到底怎么样。最后我就发现,蟑螂剩两条腿的时候,蚂蚁是可以制服它的。

我那时自闭，但自闭并不表示我对外面的世界没有兴趣。我对外面的世界还是充满了好奇，只是没有办法通过一般人的方式进行接触。一方面我的能力不够，另一方面可能我接触了，也不善于使用他们的方式，我会一直被打回票的。我在观察昆虫的时候没有这个困难。昆虫对我来说也是自己世界之外的另一个世界，虽然不是人的世界。

几年后，院子里的昆虫都已经被我玩得差不多了，我觉得昆虫的变化性太少了，它永远只能顺从它的天性，你慢慢会发觉昆虫都是这样的。譬如两只蜘蛛在相互打架的时候，就像武侠片里的两位高手一样，它们两个对着不动，完全不动。当它们自己感觉到天时地利人和的那一刹，两个蜘蛛会弹起来，一弹起来有一只蜘蛛就会在另外一只蜘蛛上面，下面的蜘蛛不挣扎的，动一下，它就知道它败了。上面的蜘蛛就会用钳子钳进去，毒液进去了，下面的蜘蛛就慢慢昏迷，昏迷之后上面的蜘蛛就把它的肚子吃掉，只剩下头和脚。

昆虫给我的是一个很有趣的世界，是我完全不了解的，但是过于单纯。当我看完之后，觉得自己对外面世界摸索得还是不够，就开始观察人，而不是通过交流。刚开始我是想象，想象他们可能会是什么样，后来我就把人当昆虫一样做实验，看我的想象是否正确。譬如我去按邻居的门铃，按完我就跑。按之前我全部都想好了，按第一次那个人出来，他是什么表情，再按第二次，他又出来，又是什么表情。我一步一步开始想，想完之后再去试。我就发觉，没错！每一步都和我想的完全一样。

我就开始这样去观察自己身边的人。观察之后就发觉，这些人并不是你想的这个样子，他们都有另外一面，甚至有好几面。我念小学的时候，老师一天到晚骂我是猪，说你这种笨蛋，这辈子就完了，你还有什么出息。第二天我爸爸牵着我的手在路上碰到那个老师，我爸爸说我小孩子在学校怎么样？老师说，你小孩子好聪明啊！没有问题的啦！他只是贪玩，好好读书，一定会很好的……诸如此类。看着他我就在想，你到底在讲谁？我后来就发觉，人永远说一套做一套，人永远只会呈现他想给你看的那一面，另外一面你得自己去发掘。

我在学校成绩不好，又自闭，老实说，学校里所有的人在我面前都不会保留的，也不会讨好我，因为他们不需要讨好我。他们在我面前完全不需要有伪善的一面，我对他们是没有价值的，他们在我面前会完全显露出他想显露的。但是他们在别人面前呢，当那个人对他有价值的时候，他是给那个人另外一面看的。

我从小就是这样看的，一直看，看到大，都是这样子。包括我去当兵的时候，都是一样的。我的长官当着所有的士兵训话的时候说，你们要怎么样，要负责，要担当军人的天职。但是当上级长官来视察的时候，他简直就像一只小狗一样。整个过程让我觉得，没有一个人在坚持，都是好多人，好多面，所以我就开始在我的漫画里面这样画。对我来说……我永远在漫画里把另外一面画给你看，我认为，这才是一个真实的世界。

Q：自闭让你学会了一种观察方式，一般人觉得多面性才正常，你反而从人的多面性当中发现人性，找到创作的方式。

A：我觉得像我这种人，其实是很容易遭受敌视的。大部分人可能都不喜欢我这种人，也许他自己并不清楚，但人都是动物，在潜意识里面他会感受到的。可能有人和我交往时，他的动物性会让他不舒服，他会觉得在你面前是赤裸裸的，装也没办法装；和你相处时，他的压力很大。尤其是之后我又成名了，我又把这些透过漫画画出来了，他们就会更敏感。

我第一次感受到我作为一个无身份的人的那种自在，是在当兵的时候。我出来办公务要穿军服，我走在街上没有人知道我是谁，也不在乎我是谁，在他们眼里我就只是一个符号，那个符号就是"军人"。如果我放假回家换上便服，就算是在巷口走，我都还有身份——你是一个人，不是一个符号。我曾经和我太太讲过，我在那段时间是最自在的，就好像我这个人不存在一样。我就在街上晃啊，吃东西啊，就好像一个游魂一样，在街上飘来飘去的。只有我看到别人，没有人看到我。

Q：你的每一本书的内容都会有侧重，比如《醋溜族》、《双响炮》。在画的时候，会不会专门有意识地去观察某一类人群，去想他们这种人心理上的一些变化？

A：我不会，我脑袋像一个二十四小时打开的接收器，那个信号是自然的，就跟我们手机信号一样。你走到哪里，信号自己都会接收，只是看你要不要用而已，我就是那样。我如果要去观察我所画的每一个人，那很累，大部分是用心去感受的。有时候我没有真正感觉到什么，但是每隔一阵子之后，这些信息会汇整出来。要画的时候，它会整理出你要画的东西，它真实的状况可能会是什么样的，它处在一个很自然的状态。我从来不做笔记，从来不会想到要把什么记下来，或者说观察到什么把它记下来，我不做这个事情。我除了自闭之外，还有阅读障碍，还有识字困难，这个是我不擅长的方式，我不会用我不擅长的方式去记录的。我的接收方式是图像，我必须要看到，才能去感受。

我就是这样一直不停地在接收，老实说，我曾经和我太太聊过，有时候压力好大，那种压力就是为什么别人不需要去感觉或是感觉不到的东西，我会感觉到；别人不需要去想的事情，我会去想，而且不是强迫的，就是没办法，很自然。有时候都觉得有些吃不消，好像没办法放过自己，让自己有一天脑袋是空的、什么都不想，像一个平常人一样。那种感觉有点像电影《见鬼》，有一个人本来是失明的，后来换了个别人的眼角膜，她张开眼睛就能看到鬼了。这种大量接收的信息所产生的感受，让我有点喘不过气来，会觉得很累，会看清楚很多事情是你没有办法承担的。

Q：是不是小时候正常的交流方式被切断了，感知这个世界的其他能力就强化了？

A：我小时候说话结巴，老师就对我喊："你慢慢讲！"越慢越不行。以前有人研究过，讲话结巴的人是因为脑部过于发达，太快，快到自己来不及表达。我觉得我脑部就是接受东西太快，所以我接下来可能会把外面的世界关掉。我以后画画可能就只画我自己的世界了。我为什么刚开始想画大画？因为我觉得那些大画它会来找我的，它在我的脑海中，在我的世界里面。但这些东西是没有机会被画出来的，因为我要做出版，我还要生活，这些东西就一直被关在我自己的世界里，没有机会去画它，而我一直在画外面的世界。我现在真的是不想再这样了。

Q：你漫画中透露出的幽默感是很难得的，这个幽默感是怎样形成的？

A：这跟我小时候的经历有关。在我小时候，可能所有的倒霉事都在我身上发生了。除了觉得很倒霉，甚至很不好受，同时我还看到了另外一面，就是这倒霉的本质其实是荒谬的。就好像我老师一直骂我是笨蛋，结果碰到我爸爸的时候把我说成另外一种人。他在损我的时候对我是一种伤害，但是当他夸奖我的时候，我同时看到了另外一面：荒谬。我创作过程有两个最大动力：一个是荒谬，一个是愤怒。当我感觉到这个荒谬之后，竟然发现这种荒谬是一直持续的，甚至是被多数人认可、或是习以为常的，这时候我就会愤怒。愤怒就会用幽默的方式画出来。我的幽默就是从小就不停地经历这些事情。我在满月的时候就遭受第一次打击；在我成长的过程中，我成绩不好，不断地被打击；我不是一个聪明伶俐的小孩，受到打击；我也不是一个长相可爱的小孩，受到打击。人总是要有一个出口吧，打击、打击，打击到最后我可能就会觉得，可能是这个样的，我慢慢会自嘲，这个经历可能是一个原因。为什么没有人画得出来像我这样的漫画，说明他从小是谁都喜欢的小孩，他也许成绩不好，但长得很可爱，他们在成长过程中没有我这种经验，他画画的时候也许想表达幽默，但他的幽默中没有尖锐的东西存在，或是没有观点。因为在他的人生里，他只尝到了幽默这件事情，而没有尝到幽默之外的其他去丰富幽默的元素。

Q：小时候内心甚至人格受到伤害，有没有给你带来太多阴影？

A：我还是有阴影的。每个人在成长的过程中都是被伤害的吧，只是伤害的程度不同。我后来跟人之间的关系都有可能受到影响，因为我在整个成长过程中是没有被鼓舞过的。我会画漫画最幸运的一点是我爸爸没有阻止我，但是他也没有鼓励过我。他唯一做的是在我画的过程中，帮我把纸订成一个册子，让我可以画连环画。当我画完之后，我和他说，爸爸我没有纸了，他过几天会再帮我弄一本新的本子。我觉得这是基于他对小孩的爱，并不是鼓励我去画。我能够从小一直画画、没有断掉的原因就是这样。我妈妈是根本没有意见，她根本不在乎我画还是不画。我爸爸如果当初阻止我画的话，我的这条路就断了，那我现在的阴影可能就会很大，因为我没有一个抒发的渠道，再也没有了。而且这个抒发的渠道是如此之大，我竟然能够透过画画发表作品。

绘画是能够纾解人的一种方式。对我而言，我并不太在乎我和别人之间的关系，也不在乎是不是有很多的朋友。我可能不再信任很多的事情，也不再信任很多的人。因为在我小时候，所有别人对我说是很好的人都让人失望了。譬如老师，老师在我小时候地位很崇高，很正直，结果我从他们身上受到的伤害是最大的。军人也是一样，军人以前在台湾是被宣扬成一个很忠心、很正义的形象。结果我看到他们无比腐败，无比阳奉阴违。在我的亲戚中，没有一个亲戚是瞧得起我的，他们认为你功课那么烂，讲话又结巴，样子又不好看，烦死了。我到舅妈家，想喝水，舅妈说你去那边自己倒一杯水喝，我就去厨房拿一个玻璃杯去倒水。舅妈跑过来说，"不要喝！这杯子那么薄，很容易打破的！"，就从我手上把杯子拿走，换一个很厚很粗的杯子给我。

当我高中要考大学、最需要朋友鼓励的时候，我最好的朋友到我家里来看我，他来了之后看了半天，表面上是来看我，东摸摸西摸摸的，好像在旁边陪着你，结果他临走的时候跟我讲了一句话："你考不上的。"这些经历造成的影响，使我现在没有办法真正地去相信别人。

（2011年）

辑四

校园民谣十年

> 在过去的十年间,校园民谣留给人们印象最深刻的是高晓松、老狼和一首《同桌的你》,其余的都被人丢在风里。

从黄小茂第一次在他的企划文案里写下"校园民谣"这四个字开始,到现在已经过去了整整十年,这十年间,除了1994年校园民谣火得让人无处躲闪之外,其余的时间,没有人再愿意提起这四个字。它可以成为人们心底的一个记忆,音乐也可以成为人们对某一个时代的怀旧,但是它的的确确在市场上消失了。你看到的是老狼的每一张唱片在热卖,高晓松的作品集被人珍藏,朴树成了一代人的偶像,以及后来"水木年华"的唱片的出版但没有获得校园民谣般的欢迎。

从大地唱片公司出版《校园民谣1》开始,市场上的各种跟校园歌曲有关的磁带不下十几种,它是继80年代"西北风"、"囚歌"之后第三个音乐跟风现象,并且,类似这样的现象在后来的流行音乐领域里再没有出现过。但是除了少数作品外,大部分校园歌曲甚至都没有在人们的心中留下一点痕迹便消失了。

回顾校园民谣这十年，能让我们有机会走进围墙消失之前的校园，去了解一下前校园民谣时代到今天校园文化的变迁。

宋柯说："当时就是没有唱片公司，如果有的话我们早就火了。"

一切要从1984年说起。

北京大学图书馆东边有一块草坪，有一天，有个男生抱着一把吉他坐在这里唱歌。这个人叫朴勋，一个朝鲜族学生，他唱的都是朝鲜族歌曲和日本歌曲，这在当时的北大是一个新现象，于是很多人围观听他唱歌。之后便有越来越多的人聚集在这块草坪上，像朴勋一样弹着吉他唱歌，池永强便是其中的一个。这个后来人们都喊他大池的东北人，当时在学校是一个活跃分子，早在1987年，就有杂志介绍过他组建的CNMB250乐队，池永强在80年代校园音乐中是一个骨干人物，也是他把第一批校园音乐推向了社会。

1987年左右，中国电影出版社的负责人找到池永强这批北大校园歌曲创作者，并且跟随了他们近两年的时间，终于出版了一盘在当时比较有影响力的专辑《陕北1988》。当时正是西北风流行，这批歌曲大都是由当时比较走红的歌星演唱的，而且在磁带的封套里面也没有注明歌曲的作者，所以，直到现在很多人都不知道《陕北1988》《梦乡》《摇摇滚滚的路》出自北大学生之手。池永强告诉记者："中国电影出版社从始至终一直在跟着我们，他们很下功夫，找到了当时很多知名的乐手来一起制作《陕北1988》专辑，还有就是旅游音像出版社，两盘磁带当时用了我们十二三首歌。"

当年在北大校园里流行的一首歌叫《星期天》，这首歌的作者是徐小平，他在北大艺术教研室任教，后来去了新东方学校当了副校长，这首歌用诙谐的笔法把大学生周末无聊的生活描绘得栩栩如生。"今天又是星期天，星期天，冷冷清清是校园，是校园。北京同学都回家去团圆，呼儿嘿呦，留下俺这外地人受孤单。不见老师也不见辅导员，不想上课也不想做实验。

泡上一袋方便面，越吃越饿，呼儿嘿呦，点上一支大重九，我越抽越烦。"池永强回忆这首歌在校园演唱时的情景时说："《星期天》永远是我们的主打歌曲，每次演唱都一定会引起全场观众会心的笑声和热烈的掌声。"后来，《星期天》也被音像出版社收录到专辑中，第一个演唱这首歌的是景岗山。之后，《星期天》又出现在1989年中央电视台"五四青年节晚会"上，这是大学生创作的歌曲第一次出现在中央电视台的节目中。1994年，北大学生再次把校园歌曲集结成专辑《没有围墙的校园》，许秋汉又翻唱了这首歌，可见这首歌在校园的影响力。

校园歌曲的另一个活跃据点是与北大相邻的清华大学，大概也是从1987年开始，清华大学的校园歌曲开始活跃了。现在华纳唱片公司的音乐总监宋柯是清华大学早期校园歌曲的创作者之一，谈到当初怎么想起去创作歌曲，宋柯说："当时在校园内流行一本吉他教材，蓝色封面，我们都叫它'小蓝本'，里面全是中文和英文老歌。在清华最早开始写歌的是我和胡杨，当时我记得我们学校的校刊贴得到处都是，我在楼道弹琴，看到墙上校刊上有一首歌颂清华校园的诗，我看着歌词边弹边哼哼，还觉得挺好听，后来就写出来了，这是当时最原始的一首校园歌曲了。在演出时我唱了这首歌，还博得了各种领导和同学的好评。我觉得这种形式挺好，在我的带动下，胡杨写了一首《我把心儿融进琴声里》，是一首风花雪月的歌曲，但是在当时那个年代，这种特直白的爱情宣言的歌曲挺受欢迎的。"

后来宋柯又写出了不少歌曲，1987年，当时在中录音像出版社任编辑的吴海岗找到宋柯，用了宋柯写的一首《一走了之》，由孙国庆演唱。后来张楚的专辑《将将将》又收录一首宋柯的歌《风雨尽头》。再后来，作曲家谷建芬也盯上了大学校园。"她觉得我们这些人肯定很有意思，1989年，她想在北京攒一个校园歌曲演唱会，后来因为6月的风波，这场演出黄了，要不校园民谣可能早出来了，那时候的作品一点都不比高晓松他们这拨人差。"宋柯说，"清华比较有代表性作品也就我这两首歌，当时我记得在北大演出,唱这两首歌的时候下边都炸了,还有就是胡杨的《我把心儿融进琴声里》,北大还有一首歌叫《从北京到延安》,也非常火。当时就是没有唱片公司,如果有的话我们早就火了。我这两首歌清华的学生全会唱,部分北大的学生也会唱。清华的毕业歌就是《一走了之》,在火车站送人时唱这首歌,大家都哭得一塌糊涂"。同时宋柯也不无遗憾地说,"那时缺一个像大地或红星这样的唱片公司,我们实际上是给高晓松他们打了一个基础"。

80年代中后期,中国流行音乐也处在刚刚起步的阶段,那时候没有唱片公司,只有音像出版社,编辑就相当于现在的制作人的角色,制作专辑也没有明确的市场概念,基本上都是音乐编辑说了算,虽然很不正规,但是很容易让作品出来。比如吴海岗,在他任编辑期间就曾让不少新人新作出来。当时校园歌曲没有被当成一个整体概念推出来,都是零散地被用在一些拼盘专辑里面,所以,虽然当时被使用的校园歌曲很多,但是都被埋没了。正如宋柯所说,那时候创作的校园歌曲的确不比后来的校园民谣差,但很多作品仅仅局限在校园范围内流行,随着人去楼空,这些作品也就失传了。而这些血性的歌手离开校园后,也都停止了创作,做起了与音乐无关的工作。有谁能知道在中科院做科学家的陈涌海当年曾写过《天安门城楼》《时代广场》《月亮美人》等一批非常优秀的校园歌曲呢?像陈涌海这样的人有很多,甚至像宋柯、池永强这样在校内校外都有知名度的校园歌手在当时也都没有太多的机会。"我觉得挺可惜的,那时候那拨人对音乐的理解挺深厚的,音乐更人文一些。"宋柯说。

洛兵说:"在草坪上谁能把女同学争取来的多,谁就最牛。"

草坪歌声本来就是自发的,是学生自娱自乐,但是随着它的影响力不断扩大,草坪就变成了信息传播和作品交流的场所,所有校园歌手都把北大的草坪当成自己的舞台。池永强在回忆草坪上那段生活时说:"那时候搞演唱会是主渠道,辅渠道是草坪歌声。当时在北大的草坪上,不知云集了多少北京的音乐高手，那里不仅仅是学生的舞台，在我印象中还来了无数的音乐人。很多学生热爱校园音乐，实际上他们不是从大讲堂那个地方来的，而是从草坪这儿来的。在草坪上唱歌一直坚持到1991年左右，后来草坪文化就没有了，现在草坪变成一个怀旧概念了。"

音乐人、作家洛兵回忆他在北大的经历时说："东草坪在夏天热闹的时候有十几拨人，那时谁能把女同学争取来的多，谁就最牛，所以两个人要是对上眼了，就真'碴'，我见过有两个人整整碴了一晚上，唱了一百多首歌，看谁最后唱不出来。其实去东草坪主要就是为了斗气，斗出一个谁最强，打架斗殴、争风吃醋是经常的事。"

在清华大学，有一个东操场，也是校园歌手聚会的地方。高晓松谈到他在东操场唱歌时的情景说："鼎盛的时期是1989和1990年，那时候盛况空前，每个星期五清华东大操场有数十个来自北京各个学校的学生。通常是前半段大家唱新作，中间一段是点唱每个人的经典，最后一段是翻唱别人的歌曲。其实这是一种中国传统文人的聚会方式。还经常即兴命题写歌，比如当时以"阳伞"为题，每个人写一首歌，每个人写的角度还不一样。当时郁冬写出来的是大家最赞叹的，歌词写的是小时候看电影，每当他们要接吻的时候，就有一把阳伞挡着了，镜头就拍阳伞了，然后就猜他们在阳伞后面干什么，长大后也想用阳伞挡住外面的东西……"

不过，随着时间的推移，不管是北大的草坪还是清华的东操场，都成为校园音乐的记忆。高晓松在谈起这种特殊校园文化的没落时感慨道："每一代年轻人，男生的价值观念都是从女生那里来的，女生的价值取向是踢球、打架、弹琴，于是男生就是这三样。没打过架的也会吹牛自己打过架。今天女生说喜欢张朝阳，于是大家都去创业、吸引风险投资，商业精英今天是最大的腕儿。以前我们在草坪上弹一个小时就会聚上三圈人，现在没有人再看人弹琴唱歌了。有一次我跟郑钧、老狼在草地上弹吉他，弹了两个多小时没有一个人来。"

黄小茂说:"我总觉得该拿些东西来纪念青春。"

再来说说黄小茂,在 80 年代,黄小茂是一个非常有名的词人,很多流行甚广的歌曲都是他填的词。1993 年,黄小茂正好三十岁,当时在大地唱片公司任企划部主任。大地公司是内地第一家正式的唱片公司,它的出现改变了内地过去以音像出版社为单位的操作方式,相对过去更正规一些。

黄小茂有个想法,想在大学校园里收集一批作品。他回忆道:"当时大地签了很多歌手,但是原创歌曲的力量不是很强,最初的想法是想从校园入手,找一些好的作品,因为校园的作品人文色彩比较浓厚,当时在北京及全国大学找作品,就有大量的小样从全国寄来。小样做得特别粗糙,吉他弦都没调准,但是其中不乏好歌。当时还没有想过做校园民谣,那时正赶上我过三十岁生日,过完生日,就开始听这些歌,无意中听到沈庆写的一首歌《青春》,现在回头看这首歌不过是青少年时期的那种东西,第一次过三十岁生日,心里感觉怪怪的,听这首歌让我挺感动的。这首歌就像是留给过去的纪念,因为每个人都会过三十岁,我总觉得该拿些东西来纪念青春。于是我想,我们收录了这么多好的校园歌曲,我们应该把它集合成一个系列,从当时收集到的作品的数量上来看,我们的想法是至少应该出三张。"

看来,做校园民谣并非是一个预谋。那么最后又怎么变成校园民谣的呢?黄小茂说:"做艾敬的时候,唱片做完,当时给她定位成'城市民谣',我觉得应该有一个概念,能被别人记得住,实际上完全从商业企划的角度来考虑的。'校园民谣'也是这样的,虽然有一个好的内容,但一定要给它个名字,让人能够非常形象化地记住,当时都叫校园歌曲,我当时又做城市民谣,所以我就起了一个名字:'校园民谣'。"

黄小茂又是如何听到《青春》这首让他感动的歌曲并最终决定做校园民谣的呢?这要提一提另一个校园歌手沈庆了。用高晓松的话讲:"沈庆在校园民谣的推广上起到了最大的作用。"其实早在大地唱片公司做校园民谣之前，就曾有不少人打这帮大学生的主意。当时在校园歌手中有个叫沈庆的人，他一直想把草坪上的歌手拉进录音棚，他认识不少"圈里人"，作曲家李黎夫找到他们，希望能给他们做两张专辑，于是沈庆牵头，找到了当时的一些校园歌手，这其中就包括高晓松。高晓松在回忆他与"圈里人"第一次接触时说："当时说来了一帮圈里的人，我们都特崇敬他们，他们把我们聚在一起排练，要出一两张专辑，但是他们极不尊重我们。1992年那时候我已经开'皇冠'了，录音完之后给五百块钱，让我在合同上签字，其他人都签字了，我的两首歌被晚会歌手唱得乱七八糟，我说不能让晚会歌手唱，要唱得让我自己的歌手唱。由于我没有签字，这张专辑就没出，当时我还遭到沈庆的抱怨。"

之后，沈庆又把这些作品介绍到第二家唱片公司正大公司，因为当时校园歌手中被认为唱得最好的歌手金立和正大公司签约，金立去了之后，想把这些歌曲推荐到正大。"当时正大的音乐总监是写《月亮代表我的心》的孙仪，他听到《同桌的你》之后认为歌不能这么写，怎么'半块橡皮'都上来了，应该像《月亮代表我的心》那样的东西才对，所以正大的这次努力又失败了。"高晓松说，"后来沈庆又坚持不懈地把小样送到大地唱片公司，黄小茂听到后马上就来找我。我当时在亚运村汇园公寓住着五室四厅，电话号码就四个，在当时已经算是恶少级别的人了。黄小茂见到我后很吃惊，之前以为我是学生呢，其实那时我的同学都还没有毕业。当时拿钱已经打动不了我了，于是黄小茂使出让我特别感动的手段，跟我喝酒、弹琴。黄小茂很少当人面弹吉他，我看在眼里，其实心里很感动。他们真是想做这张唱片，要我们把东西拿出来，但不是以居高临下的姿态，因为黄小茂也是大学里出来的，他们身上还带着那种学生气，不是圈里那些老乐手的江湖气，所以我觉得这回找到知音了"。高晓松像一个纨绔子弟一样回忆着他与"圈里人"的第二次亲密接触，"我当时只提出一个条件，我的歌必须由老狼来唱，因为老狼当时失业了。老狼之前在一家合资公司当机柜安装员，天天到外地给人安装机柜，觉得这个活特烦人就不干了。这个条件黄小茂都同意了，他觉得做的是我们的音乐，所以肯定是我们来唱"。

高晓松认为，在他们这拨人中，金立唱得最好，其次是他和北大的杨单涛，但就在大地准备录音的时候，金立去了美国，杨单涛为了爱情去了成都，只剩下高晓松了。"《校园民谣1》基本上代表了当时大学风花雪月流派，那时愤世嫉俗的东西说心里话都不够成熟，除了崔健就没有什么特成熟的，黄小茂这么考虑也是对的。"

黄小茂在十年后回忆制作这张专辑时说："当时很多人参与到这件事当中，每天晚上都开会，那时候大家的情绪、状态都特别好。公司里来来往往的都是校园歌手，下班之后不回家，抱把吉他在办公室里面唱，当时感觉这个东西一定会受欢迎，就算市场上没有，但是我相信它能成为主流，能影响市场。我到现在还有点遗憾，就是《校园民谣1》里好东西太多，从最后的效果上来看，我觉得有点浪费。"

《校园民谣1》上市不久，便开始热卖，因为在此之前从来没有过这样温情的歌曲，所以很快便打动了学生乃至学生之外的听众。高晓松不仅让《同桌的你》唱遍大江南北，也让一颗歌坛新星老狼冉冉升起。在此之后，各种各样的校园民谣拼盘随处可见，大学生一时间成了最受欢迎的人。北工大的贾南、北京广播学院的赵节成了校园民谣潮流中涌现出来的新歌手，在那期间，大约有一百个校园歌手参与到校园歌曲的录音之中，但是真正好的作品凤毛麟角。而就在校园民谣被炒得热热闹闹的时候，敢为天下先的北京大学——这个校园歌曲的诞生地却一直没有拿出他们的作品。

当年校园歌手的骨干之一许秋汉告诉记者："北大人希望能拿出最好的作品，在北大人眼里，只有做到最好才愿意拿出来，所以越想做到最好就发现自己要学的东西越多。清华人只会那么几个和弦，就敢拿出来？在清华人看来，他们作品是简单，但是对于想表达的东西足够了，这件事情做出来，就很高兴。清华人是很实在的，北大人好像眼高手低，总想做出最好的。现在我比较钦佩清华人的务实，这件事是一件实实在在的事，你把这件事做成了就是成功。"

其实，早在黄小茂他们紧锣密鼓录制《校园民谣1》的时候，一个北大的老校友，某饮料公司的老板希望能弘扬一下北大的传统，为北大的校园歌手录制一张唱片。"当初他们要给我做专辑，我说我不喜欢自己的作品，我自己都不喜欢，还怎么拿出来给听众呢。"许秋汉说。于是这位老校友准备做一张北大校园歌曲合集，在他们开始收集作品的时候，大地公司的《校园民谣1》已经收集完了。

几经波折，这张《没有围墙的校园》终于出版了，由于在此之前，北大刚刚推倒了学校的围墙，给这个专辑起这么一个名字，是一个标志，更是一种怀念。事实上，这个拼盘出版的时候，校园民谣热已快到了后期，那时候人们对校园歌曲的印象就是怀旧和小情小调的"高氏情歌"，《没有围墙的校园》虽然收录进去不少很有代表性的、反映校园生活状态的歌曲，但是并没有产生多大反响，因为在1995年的时候，人们已经不太关注大学生的声音了。

高晓松自豪地说："我开创了一个文人来做音乐的时代。"

因此，在一个很小的范围内，关于校园民谣的争议也就出现了——到底什么是校园民谣？比如，有位叫罗默的作者在《何为"校园"、何为"民谣"？》一文中对高晓松这类校园民谣提出质疑，他认为："校园民谣应以其音乐中所蕴涵的理想主义精神为主要特征。而几年前那场由若干唱片公司炒作而流行的所谓'校园民谣'，因其伪校园性和伪民谣性而难让明察者认同。尤其是由老狼演唱的那首《同桌的你》，实际上只是一个走入社会后的人对学生时代狭小生活空间的场景追忆和对现实无聊生活的慨叹（其旋律也来自于对一首德国民歌的编改），它只是一首感伤主义的怀旧情歌罢了……当然，伪校园民谣在90年代初、中期的流行，反映了那个时代中国国民精神的疲软、理想主义在大学校园中的缺席和感伤主义在青年中的泛滥。"

那么，究竟什么民谣可以真正代表校园文化？不同时代的人都有自己的看法。许秋汉说："我们理解的民谣是应该有一种校园气息，是一种知识分子的视野，对学生来说，可能是最缺乏社会经验的，但是受社会的束缚最少，他们可以更自由地去思考。从80年代开始，校园就有一种社会和民族的使命感，90年代后，这种使命感越来越弱了。当时我们有一部分人总想把这种使命感维系下去，我们会把平时自己真实的思考和关注的内容、社会问题和生存状态，写进歌曲中。有些批判现实的色彩，但不一定做得很成功。"

宋柯说："我不知道'民谣'怎么个定义法，至少跟小茂他们定义的校园民谣的商业概念是不太一样的。80年代的学生和90年代的还不一样，80年代的学生社会责任感比较强，尤其是北大、清华这样的学校，都觉得自己写出的东西得有点社会责任感，写的东西都比较沧桑一点，我估计是受崔健的影响，包括齐秦，他早期的作品影响还是挺大的。音乐形式肯定还是民谣，可能有人想玩摇滚但玩不了。"其实宋柯的身上还残存着当年理想主义的东西，他毕业后出国，回国后成立麦田音乐公司，他的目的还是想振兴校园音乐，所以他当时签约的朴树、叶蓓、尹吾都是那种比较有人文色彩的歌手，只是他后来发现，这个时代变了。

池永强认为："北大是在封闭情况下比较开放的环境，出来的作品和清华的又不一样。北大的东西比较直露，什么话题都敢说，没有那么多掩饰，另外北大的思想比较杂，清华是理工科学校，它产生的东西相对比较纯粹，为什么风花雪月产生在清华而不是北大，也有这个原因。后来像黄群、黄众写《江湖行》，雪村写的东西也比较关注社会。我当时写《摇摇滚滚的路》，最显著的原因就是强说愁，第二就是青春中有些愤怒的东西。这些愤怒和不满是从哪里来的？是从上学以后逐渐接触社会后来的，实际上它并不代表社会，不代表多少人的利益和思想，它要表达的是那个群体的思想。如果校园歌曲只有风花雪月这么一个内容，那么你把那一代大学生看得太扁了。那个时候他们关注的不是这个东西，或者说这个东西只是占一小部分。

我们在学校的时候基本上没有风花雪月的东西,那个年代的文化以愤青文化为主,小资的东西未必吃得开,后来的大学生心态不一样了。"不过池永强也承认,"高晓松是个颠覆者"。

黄小茂说:"高晓松是个例外,他是那样的一个人,他有这方面的欲望,他是一个想出来的人。"宋柯说:"高晓松时期的那批歌,影响力比我们大,如果你有社会责任感写不到崔健的那个水平,那你就没有影响力。崔健在这方面做得很好,我们当时还有点强说愁的意思,我们的社会责任感还有点空,我写的歌词感觉挺虚的。这些东西除非有一个特好的契机,否则只能在学校里面。你能说我们没有机会吗?也有,杂七杂八的也出了不少,可能是我们的东西还没有打到大众的层面上,那时候媒体也不发达,所以我感觉也就到这一步就完了。谁能出来?高晓松能出来。他占着两个阵地,一个是唱片公司这套玩意儿,一个是怀旧,怀旧这东西永远不会死的,这是我们当时欠缺的。"

那么,颠覆者高晓松又怎么看待他的颠覆作用呢?"80年代大学的主流是愤世嫉俗,但是风花雪月不管什么年代人们心里都有,再愤世嫉俗,在十八九岁的时候心里都有一种柔情。从宏观上看,校园民谣补充了一个重要的门类。在校园民谣出来之前,中国的音乐都是意识形态的,只不过是御用和反御用的。当时的摇滚,除了崔健之外基本上写得都特空洞,关心人的生活和情感的东西比较少,中国那时候需要的是人性的东西,但是大家都没看到。当时最活跃的东西都是社会性的,社会性的题材被认为是挽救国家、拨乱反正的重要突破口,所以都在高屋建瓴。而音乐最本真的就是人的需要,它是艺术门类里最直接的,每个人的内心深处对音乐最本能的需求还是有很多的,可是那时候提供给我们的音乐很少有很本能的音乐。一方面政府有需求,要提供他们需要的音乐;一方面音乐家认为社会需要一些社会性的音乐,所以提供的音乐都是社会性的,都是意识形态。所以,这中间是一段空白,在任何国家,关心社会、关心政治都是极少数的精英,大部分人都只关心自己的生活,包括摇滚乐当时在中国是精英文化,不是大众文化。我们只不过做到把音乐给大众化了而已。我们当时在大众中间获得最大的认同,是本能的认同,不是什么流派,绝不是'校园民谣'这四个字。"

高晓松是很幸运的人,他适时地在那个时代出现了,并且"拨乱反正"。他赶上了一个商业时代,商业的先入为主和推波助澜,使校园民谣这种音乐深入人心。他自豪地说:"我开创了一个文人来做音乐的时代。在音乐圈里从前都是对手艺人有认同,比如对弹吉他和打鼓的非常崇敬,今天音乐圈的手艺人已经没有地位了,因为这些人对音乐不重要,我们可以用美国的鼓手,英国的吉他手,没问题,但是最重要的是你说什么。我们做到了一个力量的转换,认同手艺人实际上证明这是一个很低级的圈子,在我们来了之后一切以文化人为中心,今天又转到以商业经营为中心,我认为这是这个行业的大踏步前进。谁导致了我们的行业在社会上有更大的影响,是文化人,不是敲鼓、弹贝斯的。"

宋柯说:"我觉得现在出现的这个断层很可怕,这十年就没别的东西出来。"

十年过去了,如果我们不翻老账,校园民谣留给我们的就是高晓松、老狼和一首《同桌的你》,其余的都被人丢在风里。那么,这十年间,为什么还只有老狼、高晓松?为什么没有新的校园歌手出现?

许秋汉说:"校园歌曲活跃,跟北大的传统有关,主观地想延续80年代知识分子的使命感,其实这些东西都挡不住时代浪潮的冲击。如果我现在还上大学,我肯定愿意坐在宿舍里玩电子游戏,弹吉他唱歌的爱好就会被冲淡许多。还有一点就是,当初歌手在人们心目中有英雄般的地位,比如崔健、罗大佑,当我接触到崔健和罗大佑的时候,我内心的理想就是希望自己能写出像他们那样的作品。现在没有一个具有英雄气概的歌手了,现在的歌手就是一个歌手,不会成为人们心目中向往的形象。"

黄小茂对此也深有感触:"我从香港回来之后,参加了一些校园歌手选拔赛,全国各地当评委。说实话,去了之后我挺失望的,大部分参加比赛的歌手都抱着一种当明星的目的,唱的都是卡拉OK那些歌曲,比起当年的那些歌手他们唱得挺好,但是心态完全不一样了。我印象比较深的是,那时候校园歌手比较穷,歌手比较纯粹,现在的校园歌手受大的环境影响,学校搞的一些事情都是帮助学生完成明星梦。现在你从这些歌手参加比赛时穿的衣服就能看出来。当然不是说好的歌手和作品没有,大多数都变了。做明星梦的人在什么时代都有,只不过现在的土壤更适合他们来生长。另外,校园民谣存在于一个时代的变迁中,它是很自然出来的。但是它要是延续下去不太可能,包括现在的主流音乐也不能做到这一点。"

高晓松说:"那时候大学是有种荣誉感的,那时候管大学生叫天之骄子,大学生直接被划进了精英,今天没有人再把大学生划进精英里面了。90年代之前的大学生有衣食不缺的士大夫阶层的感觉,90年代以后大学生就是平民。现在没有校园音乐和社会音乐之分了,过去大部分音乐都是社会上的人在做,大学只做了一个小流派,但今天大部分都是由大学生和大学毕业的人在做,社会的反倒成了一个小角落,社会的东西变成了另类。今天的大学就是代表社会,不像当年大学代表大学,社会代表社会。"

宋柯也有这样的看法:"大学这个门槛没那么高了,八九十年代大学生活的神秘感和优越感挺让人感兴趣的,像老狼、高晓松、朴树、郑钧这批人,他们心里都有精英的心理优势,都有高人一等的感觉。现在大学生已经不是一个特定的文化群体了。当时在大学,一些刊物还挺有影响的,甚至引领一些文化、艺术的方向,包括诗歌和音乐,现在还有吗?现在谁还听你大学生怎么着?还不如周杰伦管用呢。现在不会有人认为你是大学校园里走出来的就怎么着,校园文化的优势没了。"

不过宋柯还说:"其实也赖黄小茂和高晓松这拨人,大家对校园民谣的理解窄了。我曾经对高校的一些学生说,你们要是写风花雪月,谁也写不过高晓松,如果学校里再想出来什么东西,必须在形式和方向上有大的改变,也许会出现一个像周杰伦这样的人。现在的孩子,独生子女,他们所处的教育、成长的环境,出来的东西和我们那时候不一样。风花雪月是小时候生活比较苦,特别容易出风花雪月,小时候生活越苦的孩子,稍微有点诱惑就奔风花雪月去了。现在校园民谣就被定位成风花雪月,风花雪月第一容易写,第二容易被人接受,但有高晓松在那里立着,你想超越他,我觉得挺难的。"

(2003年)

网乐即将轰鸣？

几年前在中关村做着发财梦的风险投资商们苦苦追寻的模式，在今天变得明晰起来，网络与音乐的关系不再是停留在版权争端问题上，而是结合得更紧密，成为各方受益的新的商业模式。

郝雨，一个看上去胖墩墩、说起话来还带点书卷气的男孩，现在正在北京闹市区附近的一间屋子里复习考研究生，他报考的专业是说唱艺术。一年前（2004），他还在哈尔滨工程大学学习控制工程与控制理论。短短的一年时间是什么让他的人生发生如此大的变化？都是因为他写的一首歌《大学生自习室》。这首歌最初只是在同学中流传，后来一个同学把它贴到了网上，于是这首歌便在网上流行了。相声演员姜昆的女儿姜姗听到了这首歌，推荐给了她爸爸，正在为春晚节目发愁的姜昆听了之后非常感兴趣，费尽周折，找到郝雨，希望他能上春节联欢晚会，并且希望他能在说唱艺术方面有所成就。郝雨在经过一番抉择之后，摆脱了"控制"，走向一个人生的新起点。"没有这首歌，我不可能接触中国艺术研究院，就不会选择这条路。"郝雨说。

这样的故事看上去有点传奇，也有点俗套，但这就是事实。网络可以改变张朝阳的命运，也可以改变郝雨的命运，可以改变千千万万人的命运。

2004年，虽然现实中的流行音乐没有突飞猛进，但是网络上的音乐却异常热闹，从1999年中国有了第一家专业音乐网站以来，到2004年，音乐终于在网络上找到了它该扮演的角色。当年在中关村大街上晃悠的风险投资商，在投资音乐网站的时候，拿出了美国的五种模式，但不到一年的时间，这些所谓的模式都因中国国情的不同而宣告破灭。如今，自由歌手、词曲作者、网站、唱片公司、发行公司甚至盗版商都终于看出了一点端倪——网络可以成为他们的试金石。现在，这些业内人士已经迫不及待地宣布，2005年是中国网络音乐年。

现在，一些音乐网站已经不仅仅只盯着彩铃下载这项业务，网站已成为一个展示自创作品的平台，比如"16388"、"51555"、Tom网站的"玩乐吧"、"翰音工作室"等。很多网民的自创作品都会集中在这些网站，然后再从这里传播开来，当它成为网上流行歌曲之后，其他方面的增值也就随之而来。

就这样让自己走红

郝雨早就知道网络的厉害了。"我在做《大学生自习室》之前，做过一张专辑，里面有一首歌《我的大学》，这首歌相对来说愤青一些，里面提到了学校的名字，提到了学生浑浑噩噩的状态，传到学校的BBS上面，结果被校方盯上了。当时我还是学生会的干部，学校开会让我去找是谁唱的，最后我只好自首。"郝雨讲述着网络的影响给他带来尴尬的那一幕。

陈旭，几年前还是一支跳舞组合TNT的成员，后来因一次交通事故离开组合。住院期间，他写出了一首《东北特产不是黑社会》，放在网上之后，立刻流行开了，他因此每月能收到几千块钱的彩铃下载的版权费用，更幸运的是他得到了一份唱片公司的合同。陈旭说："这真是有心栽花和无心插柳。我花了很长时间给自己做了一张专辑，一直找不到公司发行，我在病床上只花了一个多小时写出的一首歌，就火了。"因为这首歌，陈旭的未来清晰了很多。

从雪村、郝雨到陈旭，我们能看出，他们的走红往往是无意间发生的事情，自己都意识不到，都是无意中借助"中介"的力量才让歌曲走红，而他们本人其实对网络的传播力量和速度还缺乏明确的认识，当他们有一天上网，发现自己已经成了网络明星之后，自己都会觉得发懵。

但是，一个叫梁栋的人却看到了网络的力量，他只动用了一点点小聪明便达到了自己的目的。梁栋对留学生涯有很多感触，当他看到很多人在写关于留学经历的文章后，发现里面有很多不真实的东西，于是他写出了一首《留学垃圾》，这首带着粗口并对留学生活进行冷嘲热讽的 Hip-Hop 歌曲，很快便在网上传播开来。"我把作品放在网上之后的第二天，全新西兰的中国留学生差不多都听过了，一周后，远在加拿大、爱尔兰甚至冰岛的留学生都告诉我，他们听到了这首歌。"梁栋说。

回到大连后，梁栋想开一个酒吧，但是市中心的酒吧区每年租金要100万左右，他根本掏不出这些钱，只能开到偏僻的地方，但是这样就很少有人光顾。于是梁栋又想出一个主意，他写了一首揭露现实阴暗面的《大连站》，主题和内容都跟大连有关。和他预想的一样，这首歌很快在大连地区引起反响，媒体开始采访他。"当大连人都注意我的时候，也就注意我的酒吧了。年轻人都好奇，他们不会因为酒吧偏远而不去捧我的场。"现在，很多大连人都知道梁栋开酒吧这件事了。

这还没完，梁栋的目的不仅仅是开酒吧，他还要进入娱乐圈，于是他写了一首《愚乐圈》，嘲讽娱乐圈的明星。"我写《愚乐圈》就是想让娱乐圈的人知道，让他们注意我，我写歌都有目的性。我写的作品从来不推荐给别人，你喜欢，你就来找我。"梁栋说，"我的新专辑也很快出版了。"

梁栋的做法看上去有点歪门邪道，但是很有效果。"搞笑、粗口的歌在网上更容易被接受，没有人付我费用，盗版传播反倒帮助了我。"他说。

十五块钱的麦克风就能让你唱红

即便是在五年前，一个普通人想成为歌手，或者想混到音乐圈，他唯一能做的事情就是带着自己的歌曲敲开音乐制作公司的门，制作公司的负责人每天为应付这些"上访者"而焦头烂额，这种方式的"中招"几率和买彩票的几率差不多。而与此同时，音乐公司为找不到一首好歌而天天愁眉不展。现在，一些大牌一点的歌手，出一张专辑可能要百里挑一。由于机制上的缺憾，音乐制作公司和业余歌手、创作者之间一直没能形成真正的沟通。

现在，网络平台的成熟，使那些做歌星梦的人可以先通过网络起步。首先，做网络歌手的起点非常低，只要你有一台奔腾3的电脑，一个一百块钱的声卡和一个十五块钱的麦克风就可以实现。通过网络DIY，虽然不会都迅速成为明星，但总比被音乐制作公司拒之门外的感觉好受一些。郝雨说："网络可以提供一个让年轻人展示自我的平台。"陈旭说："网络让怀才不遇的人有个公平的平台，让一些志同道合的人拉近了距离。"

如果没有网络，正在走红的歌手香香可能只是一家公司的职员，但是网络让她实现了梦想。"我胆子小，不敢去歌厅唱歌。"喜欢唱歌的香香2002年9月在网上看到了一个教人如何用电脑录歌的帖子，她按照这个帖子，一步步地做了下来。她发现在家录一首歌非常简单，所以，在短短的两年间，她录制了上百首歌曲。她把录好的歌曲传到网上，让网友听、评论。一开始，她只是觉得好玩，到后来，她想不唱都不行了。直到有一天，一家音乐公司听到了香香翻唱的《江南》，觉得很有意思，上网一看，发现这个女孩的人气很高，然后就顺理成章地把她签了下来。"网络对我的回报只有知名度，没有钱，我也没想过成为职业歌手，推广、散播我的歌曲的都是别人。"成名的成本原来也可以这么低，比起那些每天只能靠绯闻维持人气的职业歌手，这些网络歌手真有点不劳而获。

在网上，人们就是为了找个乐

在去年（2004），一些在网上人气颇高的歌手：唐磊、杨臣刚、香香、陈旭、"东来东往"都与音乐制作公司签约，并且都出版了专辑。但是，人气很高的郝雨却谢绝了任何一家公司邀请。"我从来没有想过通过这个让自己发迹，我就是像玩一样。《大学生自习室》的被人接受也比较偶然，我没有必要利用这个机会去做什么事情。当时就是觉得有机会出张唱片，对自己有个交代，但是并不喜欢进入这个娱乐圈。我喜欢做学问，不喜欢做艺人。就算是做了艺人，也希望像刘欢、黄磊那样的，而不是周杰伦那样的。我希望能做一个推动中国文艺复兴的人，不想做娱乐大众的人。"郝雨现在已经录制了三张专辑，但是他仍然习惯把这些唱片送给他的朋友而不是唱片公司。

郝雨至今不承认自己是个网络歌手，甚至他对自己歌曲的流行感到有些无奈："《大学生自习室》大家在网上觉得这是一个乐，这种感觉我是挺无奈的，它之所以流行往往不在于它唱得多好听，而是让某些人产生了共鸣。这是一个比较浮躁的时代，大学生是一个小得不能再小的知识分子群体，知识分子都有批判性，有自我嘲讽和怀疑精神，大学生最应该学会剥自己的皮。尤其是现在社会上对大学生指手画脚的时候，你应该告诉大家大学生确实有很多问题。我的很多歌都是在写大学生的生活状态，多半都是一种自我讽刺的态度。"

郝雨无法抗拒的是，在网上，人们就是为了找个乐。《大学生自习室》是因为它符合网上"乐"的标准，而不是自嘲精神才在网上流行的，没有大学生会因为听到这首歌曲反思自身问题，也不会去思考教育问题。同样，《东北特产不是黑社会》和《留学垃圾》中触及的社会问题也因它们"乐"的成分而被冲淡。

网络给音乐创作更大自由空间

但从另外一点来看,网络给音乐提供了很大自由度,如果没有网络,梁栋现在写出的五首批判性很强的歌曲不可能会流行,梁栋说:"放在网上的歌曲,内容不会有什么限制,爱情歌曲甚至可以写得更露骨一些。"陈旭说:"电视台播放的歌曲受到很多限制,不是谁都能上电视,网络比较自由、公平。"

如果说网络会影响到音乐风格的变化,那么最有可能流行的是Hip-Hop,首先它是年轻人喜欢的音乐,其次它达到了网络要求的"乐"的标准,还有就是这类音乐在制作上标准不是很高,即便一个不懂音乐的人,也一样可以做出一首像样的Hip-Hop歌曲。"51555"就是一个非常专业的Hip-Hop音乐网站,有很多网民自创的歌曲。

网络音乐热究竟带来什么?

2004年被音乐界称作网络音乐起步年,他们现在已迫不及待地宣布,2005年是网络音乐年,这一年的流行音乐将会涂上更重的网络油彩。广州飞乐唱片公司总经理钟雄兵告诉记者,他们在南京的市场上发现了一张盗版唱片非常好卖,但是不知道这个歌手是哪一家公司的,一打听才知道是个网络歌手。"从这件事我们得出一个结论:音像市场上好卖的都是网上流行而不是电台播出的。现在网络点击率排行榜和市场销售榜惊人地相似,而电台排行榜和销售榜完全是两回事。"也正是基于这个判断,飞乐公司在2004年一下签下了杨臣刚、香香和陈旭三位网络歌手。

目前,两个基本上没有怎么做宣传的网络歌手杨臣刚和香香的专辑分别卖掉了四十万张和二十万张。钟雄兵说:"网上口水歌偏多,还有各地网民翻唱、歪唱的歌曲,特别贴近生活,港台歌曲跟网络歌曲比都显得离生活太远了。"网络指标是发行公司的试金石,有了网络效应,发行公司会增大保险系数。"我们给歌手出版的专辑中的很多歌曲是从网上收集上来的,在网上可以发现很多人才,为我们后继提供了保障。"钟雄兵说。

而吉量信息科技公司总经理窦刚的设想可能更远一些,针对很多唱片公司使用网络作品不尊重著作权的做法,窦刚想先从网络作品代理权入手,与著作权协会合作,提供网络作品备案,对于好的作品,既可以自己录制唱片,又可以通过代理收取费用。同时,他们拿下了中国移动和联通的收费系统,在无线领域做音乐作品的增值业务。"我们这么做是为了打造品牌,最后的目标是成立一个网络唱片公司。"窦刚说。

网络音乐的前途一片光明,在未来的日子里,它的轰鸣声甚至可能盖过传统的唱片公司。唱片公司由于事事都考虑眼前利益,所以,在利用网络这一点上步子一直都很缓慢,他们都想研究出一套鱼与熊掌兼得的方案,但就在他们犹豫的期间,一些看似不太正规的网络与现实间的焊接已经形成了。

那么,更现实一点的问题是,网络歌手真的都有那么多机会吗?记者采访的几个网络受益者的回答都是否定的。梁栋说:"网络会帮助一些人,但只是极少的一部分,Tom 网站的'玩乐吧'每天能收到无数网民发来的歌曲,但是一个星期也只能更新不到十首歌曲,这些歌曲也基本上都被听众否定了。2003 年流行的只是《大学生自习室》和《留学垃圾》,2004 年流行的是《老鼠爱大米》《丁香花》和《大连站》。网络比电视要严格一百倍,真的从网络出来的歌曲一定是不错的歌曲。"而香香也说:"不一定走向这条路的人都能出来。"郝雨说:"我倒并不是十分赞赏年轻人把网络当成发迹的平台,我觉得还是应当强调音乐而不是网络。"

而目前网络音乐面临的更大问题是制作上太粗糙。梁栋说,他在做《留学垃圾》时干脆用的是别人的音乐,也一样那么流行。但是随着人们对网络音乐欣赏口味的提高,制作问题就凸显出来了。要解决这个问题,创作者只能提高制作水平,但是对于大部分并不专业的网民来说,这的确是个问题。

但是有一点,几年前在中关村做着发财梦的风险投资商们苦苦追寻的模式,在今天变得明晰起来,网络与音乐的关系不再是停留在版权争端问题上,而是结合得更紧密,成为各方受益的新的商业模式。

(2005年)

谁持彩铃当空舞？

> 圈里人都说我做的那些东西特俗，都瞧不上。但我觉得，流行音乐就是商品，一定要让它商品属性最大化，我就喜欢做大众喜欢的歌曲。所以，我们的工作室叫作"粮食音乐"。
>
> ——周亚平

彩铃算不上真正的音乐，因为它不是用来欣赏的，只是用来解闷的。它和传统意义上的音乐最大的区别在于，非音乐类的内容一样可以制作成彩铃。目前，语言类的彩铃已经占据了相当大的比例——音乐类彩铃的比例占70%，语言类的占30%。语言类彩铃造就了一个新兴的职业——彩铃编写者。由于彩铃的普遍使用，以及在版税结算方面的相对正规，彩铃变成了很多人致富的手段，编写几个彩铃就可以坐地收钱已成了公众对这个行业的普遍认识。同样，原来不被看好的唱片行业，也因彩铃的出现而脱贫致富，似乎只要你把一首歌卖出去做成彩铃就能挣大钱。

的确，这样的例子不少。刀郎在2004年非常火，刀郎的公司仅彩铃一项便收入一千二百万元，比他们在传统唱片行业内挣到的钱还多。而且，这笔钱还是刀郎的公司从太合麦田拿到的保底数目。李松强告诉记者："当初我们跟太合麦田合作，可以把这个圈子做得更大。宋柯有这方面的基础，做得也比较专业，他需要一个像刀郎这样的人。今年我们在彩铃方面的预算是两千四百万元。"同样，成立不久的网络秀公司，主要收入也是来自彩铃，去年彩铃一项收入有三百万元，对于一个刚刚起步的公司来说，这个业绩已经算不错的了，如果在传统唱片行业，公司没有个大热的歌手，不可能挣到这么多钱。

那么，有关彩铃的神话到底是怎么样呢？

肖乐：我进入这个行业完全是被逼的

肖乐毕业于北京广播学院播音系，他最大的梦想就是做一个出色的主持人，毕业后，他被分到了北京音乐台工作，没有想到台里的一个节目策划会改变了他的人生。

当时肖乐主持的是一个汽车节目，由于和北京交通台的节目有冲突，台里决定取消这个节目，新增一些节目。由于音乐台的节目主要以欣赏为主，严肃有余，娱乐不足，所以台里希望能增设一档娱乐性强一些的节目。于是有人提议，能不能做一个跟彩铃有关的节目。此时是2003年的年底，距离韩国人发明彩铃的时间刚刚过去一年多，大部分中国人还不知彩铃为何物，音乐台设立这个节目多少有点超前，而这个任务就落到了肖乐的身上。

现在已经成为我要秀公司总经理的肖乐对记者说："我进入这个行业完全是被逼的。当时我对彩铃一窍不通，摆在面前的很大难题就是这个日播节目素材从哪儿来？而且网上的彩铃又不符合广播播出标准，所以逼着我成立了一个小工作室'乐乐星工厂'，自己做彩铃。台里不给我经费，我必须让它良性运转起来。"

肖乐说："以前我的理想就是做一个成功的主持人，没想过去做商人。当时起步十分艰难，和几个做音乐的朋友，接一些散活来养活大家。如果这个工作室存活不下去，我的节目就做不下去。我当时拼了命地去做，有时候一天做二十多个彩铃，但后来我发现这样做不行，出不来精品，广播播出的都应该是精品，于是我找到很多人合作，当时工作室的人都没有工作，我就跟小老板一样找钱。"

但不管怎么说，"彩铃闹翻天"开播了，听众反响不错，虽然刚开始人们只是把它当成一个娱乐节目来看，还不知道它的功用和真正的价值。做了一段时间，有些服务商开始开始找到肖乐，肖乐发现，原来他们也在找内容。"就是这个节目逼着我去了解，我发现彩铃是有商机的，也很快找到了商业模式。因为当时我有一个媒体平台，所以对我的推广来说，这是一个很便利的条件。我很快就把这个节目推广到了全国，在全国有八十多家电台播放我们的节目，一方面给移动做了广告，一方面把我们这种个性化搞笑的东西传播了出去。"

节目越做越火，但是对肖乐的工作室来说，每个月投入几万块钱，已经算个大数字了，因为做彩铃不盈利，入不敷出。听众也反映，很多好玩的彩铃都没地方下载，于是肖乐又去找销售渠道，一方面解决听众下载问题，一方面解决工作室的生存问题。"这样，我才进入到这个行业。才知道这个行业有这么多门道和机关。当时找了一些小服务商，我跟他们分账。"

肖乐回忆说，就在那个时候，他认识了一个人，叫谢军，原来在新浪，后来去了清华同方，跟他谈了一次，眼前豁然开朗，知道了这个行业的前景有多大。"他说，无线互联网行业是一个非常大的行业，而且现在是起步阶段，在未来，商业模式一定五花八门，但是内容谁去做？这个领域是一片荒漠，如果占住这个领域，一定大有前途。他说我们的小工作室一定能发展成为一家大公司的。当时我有点心潮澎湃，我做的事居然有这么大的前景，然后就更加拼命了。"经过了半个多月的抉择之后，肖乐做出了决定，离开音乐台，去做彩铃。"我的理想已经实现了，我已经是成功的主持人了。做彩铃、经商是我事业的选择。"

但是肖乐通过彩铃得到第一笔钱已经是八九个月以后的事情了，这个行业拖欠账款的现象太厉害了。"第一笔钱有两千多块钱,我感到很失望,理论上讲彩铃是能赚到钱的,后来了解才发现这里面有很多壁垒会阻止你去挣钱。第一,你是否能上传上去,有些内容你授权给了服务商,但他不给你上传,我原来每个月都给他们一堆彩铃,但是他们都不上传,后来才了解,它是用来申报的。第二,彩铃下载的过程是比较烦琐的,往往下载的第一页下载量是比较大的,而我的东西往往不会放在第一页,海量的内容和海量的用户之间有一个壁垒,用户接触不到,这也影响到我的收入。第三,服务商的不诚信和不结账,这个商业链是有问题的。另外,中国移动对地方移动无法控制,有些数据很难统计。"

现在,我要秀公司已经成了中国最大的彩铃制作公司,目前已经有五千首左右的彩铃,占彩铃总量的一半左右。比较著名的"手机小强"系列就是肖乐他们创作出来的,用童声、虚拟和无厘头方式赢得了手机用户的喜爱,"手机小强"如今已经注册成商标。公司现在已经有二十多人,有人说,我要秀是中国最大的CP。去年5月,公司终于从海外得到第一笔融资。

彩铃是一种速食文化,服务商每个月都需要大量优质的彩铃,尤其是幽默、搞笑的彩铃,而消费者用上一段时间便觉得厌烦,希望时常更新。作为一个专业的彩铃制作公司,每周都需要制作大量的彩铃提供给服务商。"彩铃这种创意性的东西你雇几个人逼着他写是很难写出来的,我们的模式打破了制作的瓶颈,我只负责制作和技术,我从民间吸收内容,依靠民间智慧来突破彩铃创作的瓶颈。彩铃有一种使用功能,它的技术含量不大,更多在于创意。在这个过程当中衍生出来了像我们这样的个性化彩铃,衍生出来一些文化的东西,彩铃形成了它自己的文化。"所以,目前公司除了专门制作彩铃的人之外,还签约、代理了不少彩铃制作团队。不过肖乐说:"我现在做这个就是将来向音乐方面转型。以后不可能靠彩铃来打市场,最终的目标还是要做音乐。"

谈到彩铃致富的问题,肖乐说:"这个行业并不是像人们想象的那样,理论上，每个彩铃都能有几十万的进账，几条彩铃就能收入到百万，但事实上能被大多数人接受的彩铃是集中在极少数的几个上。"

吾酷：我们不敢想将来如何，但是总看见曙光，心里总偷着乐

吾酷是现在网上知名度比较高的彩铃制作团队之一，他们的成功主要是靠几条彩铃的流行，就像一个歌手有了流行的主打歌一样，比如《老狼请吃鸡》《精神病系列》《大话西游系列》彩铃。由于他们知名度很高，甚至现在有很多人盗用他们名义制作彩铃来骗取消费者下载。

吾酷实际上有三个人，夜千、小宝和小四。夜千原来是NO乐队的乐手，小宝是个爵士乐手，小四原来是"周先生"乐队的吉他手，他们平时都很熟悉。一次，他们因为接了一个制作歌曲的活，互相"推诿"，后来发现，他们如果成立一个工作室，可以发挥各自的优势，于是便成立了吾酷音乐工作室，主要接一些影视剧配乐、插曲或电视片的配乐工作，收入虽然不多，但是过得倒也坦然。这几个人平时都爱开玩笑，嘻嘻哈哈的日子过得也不错。

他们闯进了彩铃这个行业也跟北京音乐台的"彩铃闹翻天"有关。那时候，肖乐刚刚主持这个节目，由于没有"货源"，他便向周围的朋友求救，希望做音乐的朋友抽空给他做几条彩铃，于是任务就布置到夜千的头上。夜千开始也没当回事儿。一天他们花了好长时间终于做完了一首曲子，已经半夜了。为了庆祝完工，按照以往的惯例该到酒吧里放松一下。这时候夜千想起来，肖乐布置给他们的作业还没做，便跟另外两位说，要不别去酒吧了，朋友交代的事该做了。

他们当时也对彩铃没什么概念。夜千说："反正就跟集团电话的铃声一样，打电话的时候总机让你等一会儿，然后让你听一段《致爱丽丝》。我跟他们交代，一分钟内，精彩纷呈，包袱不断，幽默搞笑就行。"于是他们当天晚上就开始做。开始，他们觉得四十秒的东西很容易，十几分钟就可以搞定，结果，没想到他们做的第一首彩铃居然花了一个晚上。这首彩铃就是《老狼请吃鸡》。小宝说："当时我是瞎哼哼，就想到《老狼请客》里老狼唱的那几句旋律了，觉得不错，就做下去了。彩铃不就是人家打电话你没接的时候他听的音乐嘛，所以做得比较简单，用东北大秧歌的方式做了出来。没想到那个到电台里一播，两个月都下不来，大家天天点播，后来主持人在节目里说，这只鸡吃了两个多月了，最后再播一次，以后再也不播了。"

"后来，我们又给肖乐做了一批彩铃，用了一个星期做了十条。我们做了很多系列，比如《精神病系列》《大话西游系列》。两年来我们做了一百多条。当时就是做着玩，也没想做多大量，服务商也没逼着我们非要做出多少。"夜千说。反正误打误撞，他们就加入到彩铃的队伍里面了。而且，由于他们在彩铃创作方面的成功，一提到吾酷，人们都认为他们是专业的彩铃创作团队。他们却说："我们不是专业的彩铃创作者，但是我们用专业的水准创作彩铃。彩铃还不是我们真正的艺术创作，我们把它当成一起玩的工作。"

夜千说："创作彩铃，首先要把自己乐翻了。不管素材出自哪里，只要把它组合好，能真的让你乐出来，基本上过关了我们就开始录。可是，有些彩铃我们虽然笑翻了，但是反响却不好，看来有时候大家的幽默不在一个波段上。"

彩铃给吾酷带来了比较高的收入，他们说，如果一条彩铃受欢迎的话，那么它的收入会是平时做一首歌收入的十倍。他们创作的彩铃在推荐期间也曾给服务商创造过三百万元的收入。如果五五分成，他们至少可以分到一半。

彩铃的流行，给吾酷带来不少演出的机会，很多人好奇，这几个在幕后制作彩铃的人，现场表演彩铃歌曲会是什么样子，所以他们经常到各地电视台表演彩铃歌曲。同时，幽默风趣的个性也使他们有机会到电台当DJ，这些，是他们创作彩铃之前没有想到的。

这几个搞音乐的人，都有一个理想，就是出版一张自己想做的专辑，但是多年来并没有实现这个愿望。但是，他们即将出版一张彩铃歌曲专辑，夜千说："有很多人问我们，为什么不出版一张彩铃歌曲专辑呢？"于是，他们先把理想放一放，先做一张轻松、幽默、搞笑的唱片。"这张专辑和彩铃效果差不多，其中能摘出很多段落做成彩铃。"夜千说。至于发自内心的专辑，以后再说。

现在，夜千正在琢磨视频彩铃："你打电话的时候，屏幕显示一个动画，对方接电话它就停下来，不接你就可以欣赏一段动画片，我们现在正在做脚本。"小宝说："我们正好赶上了，我们不敢想将来如何，但是总看见曙光，心里总偷着乐。"

周亚平：真正赚钱的彩铃不超过二十首

周亚平是谁？音乐圈内的人都知道他，音乐圈外的人不熟悉，但是，如果说崔健1984年的第一张专辑《梦中的倾诉》，如果说1988年中国大江南北流行的"囚歌"，如果说《天不下雨天不刮风天上有太阳》那首歌，还有现在到处飞的《两只蝴蝶》……你肯定都知道，这些都是周亚平弄出来的。总之，周亚平是个彻头彻尾的商人，只要能挣钱，他什么音乐都能做出来。"可是我从来不听这些东西，我的车里放的永远是柴可夫斯基。"周亚平说。

周亚平在音乐圈里也算是个传奇人物了，最早他在北京交响乐团当乐手时，和崔健是同事。80年代初期，他就在外面包活做磁带，当时给崔健录了一张专辑《梦中的倾诉》。这个人对古典音乐很有鉴赏力，却偏偏干着一些跟他兴趣无关的事情。"圈里人都说我做的那些东西特俗，都瞧不上。但我觉得，流行音乐就是商品，一定要让它商品属性最大化，我就喜欢做大众喜欢的歌曲。所以，我们的工作室叫作'粮食音乐'。意思就是音乐应该像粮食一样，每个人都该需要它。"周亚平说。所以，他能在1988年做出一堆"囚歌"卡带，让他赚了六百万。

话虽这么说，当中国流行音乐进入90年代，一向有商业头脑的周亚平，面对盗版和发行问题，也有点不知所措。1995年，他成立了鸟人唱片公司，当时感觉唱片业真正的春天到来了，他一下子签下了十多个歌手，但是没多久盗版也接踵而至，即便他再聪明再有市场嗅觉，面对铺天盖地的盗版也无能为力。"公司经营最不好的时候，举步维艰，那时候公司只剩下两个人，入不敷出，只能靠我去弄点小钱存活，偶尔签个歌手。1998年我签下了'彝人制造'，弄了一年的钱才给他们做了专辑。""彝人制造"让周亚平打了一个小翻身仗，终于可以喘口气了，公司基本上摆脱了苦苦挣扎的状况。

后来，周亚平签下了歌手庞龙，以唱片业的眼光，大多数公司看不上庞龙这样的歌手，但是周亚平就是看出来庞龙能挣钱。虽然庞龙的第一张专辑很失败，但周亚平并没有对他失去信心，当他听到《两只蝴蝶》的时候，直觉告诉他，这回该轮到庞龙了。

最开始，庞龙不太愿意录这首歌，觉得太俗。而恰好当时《两只蝴蝶》的作者牛朝阳写了个剧本《281封信》拍成了电视剧，《两只蝴蝶》就用在这部电视剧里面，结果电视剧因为很烂失去影响，这首歌也没有出来。周亚平不死心，硬是把这首歌塞进了庞龙的新专辑里面。于是就有了之后的彩铃神话。

"2004年以后，彩铃迅速传播起来，也就是在这时候，《两只蝴蝶》火了，也是机遇吧，正好搭上了这班车。可以说，《两只蝴蝶》一点没糟践，全发挥在彩铃上了。《老鼠爱大米》也比较火，但是它早了半年，只赶上一半，它要是全赶上的话，也不得了。"周亚平分析说，"手机的传播功能也很强大，全国有三亿左右手机的用户，如果有一百人用这个彩铃，每天打十个电话，就有一千个人听你这首歌，要是有一百万人用你的彩铃，就有一千万人听到你的歌曲，这是多大的信息传播量？"

最开始，唱片出版的时候公司推广的歌曲是《家在东北》。"在推广过程中发现形势变了，《两只蝴蝶》火了，所以我们赶紧调整策略，加大宣传力度，唱片就卖掉了五十五万张。一开始我们还没有觉得彩铃能给我们带来什么，但是我们按照唱片销售分账方式和他们结算，说白了，这个市场和唱片市场一样，但是它不用加工、包装、印刷，我把歌给你，我回家睡觉去了，你这边呼呼地给我挣着钱，它的发行渠道和传统唱片业不一样，你可以把内容给任何一家服务商，传统唱片就不行。"

这就是时来运转，庞龙自己有时候也不相信这是真的，他经常在夜里掐自己，这不是做梦吧？周亚平最近一年来嘴常常乐得合不拢。一个一直被同行嘲笑的人，成了彩铃时代的英雄。

谈到彩铃带来的机遇，周亚平说："真正赚钱的歌曲不超过二十首，这么大的市场，就是这二十首歌创造出来的，其他歌曲可以忽略不计。"其实任何一个行业都是这样，获利者永远是少数，其他人都是分母，这就是所谓的"20/80 定律"，20% 的人创造 80% 的财富。但是在彩铃这个新兴行业，可能更残酷，大概是千分之一的东西在创造彩铃财富。彩铃绝对可以让人一夜之间暴富，但是它不会让每个人享受到这一切。

采访结束，我离开周亚平的办公室正好路过录音棚，周亚平说："庞龙在录新歌，你听听。"这次是录音师正在做后期缩混，见到周亚平进来，便从头放了一遍歌曲。周亚平笑眯眯地对我说："这首歌特水。"从周亚平的笑容上大概能解读出来，他所说的"水"，意味着只有口水歌才能在市场上有一个非常好的反响。不知道庞龙新专辑里的这首《宝贝》是否还能创造彩铃奇迹。

（2006 年）

从乌托邦到享受生活：中国音乐节十年

> 现在每个人都特别孤独，特别有自己的想法，自己特把自己当回事儿，每个人都是独立的宇宙，每个人都很刻意。我觉得音乐节必须有核，告诉观众是怎么回事，让观众变成内容。
>
> ——沈黎晖

今年（2010），在全国各地举办的大大小小的音乐节有近四十个，音乐节已经成为现在城市年轻人户外活动的主要内容之一。今年，也是中国举办户外音乐节十周年，十年来，它从无到有，并且逐步完善，已经变成非常重要的文化创意产业内容之一，尤其是，随着音乐行业的萎缩，音乐节已经是唯一一个给这个行业带来希望的形式，也变成年轻人欣赏音乐和生活方式越来越重要的一部分。同时，观众也逐步认识到音乐节作为一种聚会方式，是让人们在几天的时间里尽情去享受音乐、互相交流。与此同时，政府管理部门因为看到了音乐节的影响力和品牌价值，也从最初对音乐节的怀疑、担心变成了理解与支持，才让音乐节在短短十年间有了扩张式的发展。

1995 年，我采访崔健，谈到音乐节这个话题时，崔健很兴奋地说："我希望有一天搞一个音乐节，有上百万人参加，大家聚在一起享受音乐，非常自由。"崔健甚至认为，音乐节就是一个乌托邦。那是十五年前，当时中国人对音乐节的了解就是伍德斯托克音乐节，这场有五十万人的聚会被赋予了很多神话，也成为追求乌托邦梦想的摇滚乐手们向往的乐园。那时，崔健被列入限制演出的名单中，只能在他简陋的办公室里做着乌托邦的梦。

一度，北京连续举办过几年爵士音乐节，但观众对爵士乐的了解还很少，影响力很小，几年后，爵士音乐节就办不下去了。

直到 2000 年，北京迷笛音乐学校在校园举办了第一场音乐节，才正式拉开了中国音乐节的序幕。

当时迷笛音乐学校位于北京上地信息产业开发区，实际上就是农村，交通并不方便。五一期间，当地农民忽然看到有很多留长发、穿奇装异服的年轻人涌来，打破了这里的宁静。就这样，当时以文艺青年、摇滚铁托、城市愤青、闲散游民、理想主义者、乌托邦分子以及农民为主的摇滚音乐节诞生了。从规模上讲，第一届迷笛音乐节参与的人并不多，两天大约有两千人参加。从形式上看，它更像一个学校的汇报演出，参与的乐队都是迷笛音乐学校的学生，包括后来有些名气的乐队"舌头""痛苦的信仰""木马""废墟"等三十支乐队。

第二年五一黄金周期间，迷笛学校举办了第二届音乐节，观众增加到每天三千人，参加的乐队有四十支。"摇滚乐并不重要，重要的是你自己。"这是当时"舌头"乐队的吴吞说的一句话，这句话也逐步验证了音乐节主角是观众的变化过程。

从 2002 年第三届迷笛音乐节开始，它真正走向户外，在香山脚下，每天有将近四千人参加，参加演出的乐队增加到五十个。音乐节从此变成了年轻人在长假期间休闲放松的一个乐园。也是在 2002 年，在云南丽江举办了第一届雪山音乐节。现如今，热波音乐节、西湖音乐节、雪山音乐节、张北音乐节、草莓音乐节……遍地开花。

但从当年的效果来看，无论是主办者还是观众，都没有真正进入到音乐节的角色中，毕竟在此之前中国没有户外音乐节，观众的参与感还停留在到体育场馆听音乐会的状态上，音乐节作为产业平台的模式直到最近几年才被主办者真正开发利用起来。

迷笛音乐学校校长张帆说："我到现在总觉得，中国的摇滚音乐节，可能就真是有点上天安排的，注定了只能迷笛音乐学校搞。如果任何一个公司搞的话，首先它没有那么多乐队、那么多观众。迷笛学校做第一届到第四届，尤其是前两届，乐队就是迷笛的在校生，观众就是迷笛的学生，学生的朋友拉过来，在校园里折腾。还有一点，最重要的是演出公司没有场地，在任何地方公安局都不会让你在能装一两千人的地方乌托邦一般地折腾。但是迷笛有场地，因为有校园，这就是2008年没停办的原因。2008年被通知停办的时候，我们还是回校园，那时候做第九届音乐节。我们能让音乐节一直苟延残喘，一直没断，最核心的就是我们有自己的大本营。"

最初，张帆没有想过在校外或者户外办音乐节。一直以来，公安部门对于户外群体聚会的审批仅限于体育比赛，组织上千甚至上万人的音乐节，在当时是不可想象的事情。过去，自发性的群众"聚会"也仅限于游园。但2004年北京密云发生的元宵节游园踩踏事件，让公安部门更加确信开放性场合的聚会潜在的危险。所以，张帆在当时没有去公安部门申请办户外音乐节的想法。"我们做音乐节，从开始就没指望在户外。在2000年，谁能想象会在中国各地有大型音乐节呢。但这十年确实发展太快了，我翻出2000年的照片看，人还是那样儿呢，没法想象。到2003年，即使校园里已经满了的时候，我也一点没有奢望到外面去。2004年五一因为密云踩踏事件也没搞，到10月，海淀公园主动找到我，说你们盛不下了，来海淀公园吧，我说行啊，但是没批。后来石景山区雕塑公园知道了，找我们，我们就过去了，所以是他们给我们拽出去的。我们本来想就这么一直玩下去，没有任何商业企图，真的纯粹是一种特别舒服的群体的狂欢吧。"

事实上，音乐节走向户外并且像国外的音乐节那样玩并不是件容易的事情。2004 年在雕塑公园举办迷笛音乐节，到最后公安局也没有批，等于是默认。2005 年在海淀公园的迷笛音乐节，海淀公安局在演出的头一天才批下来，但没有把批文给主办方。从这两次审批能看出，公安部门对户外音乐节的安全很担忧，同时又不想承担责任，不出事皆大欢喜，出了事要问责。

张帆在回顾当时与公安部门打交道的经历时说："我们跟公安的沟通最后完全是针尖对麦芒，他们说不让卖酒，我说户外音乐节喝啤酒可以让人软性高兴。他们说喝酒会打架，我说不会，亚洲人喝不到打架就软了，我说我们卖的酒倒到纸杯里，和国外一样。他们说你们的观众必须坐着，因为在迷笛音乐节之前全中国所有的演出都是坐着看的。我说你摆着椅子万一有紧急事件发生对疏散不利，海淀公园很宽阔，大家走着看，不是很好吗？我们给他们看国外的音乐节的录像、照片，我说音乐节是个节日，不是音乐会，大家要互动。因为这种事跟他们沟通很难，他们没有概念，不知道音乐节是什么。他们又说，摇滚音乐节有毒品怎么办，有的话给治安造成很大压力，我说摇滚音乐节不可能有吸毒，不可能有摇头丸，不可能有海洛因，为什么？很简单，摇头丸你吃进去后要音乐不停地动，至少半小时，这样才能 High，但我们的摇滚乐，每四五分钟就停一下，停了会让吃摇头丸的人难受死不可。他们又说要是有抽大麻的怎么办，我就直接说了，如果我发现现场有吸大麻的，我们的工作人员会把他尽快带离现场，你们警察不要上，容易造成矛盾激化。我说摇滚乐是一种让年轻人去发泄的形式，你们警察不要管，以往的迷笛音乐节都很安全。这种会我们可能开了七八次。最后他们说你说的也有道理，但我们公安也为难，死活不给我演出执照。最后我说你不给也得给，舞台都搭好了，观众来自全国，2005 年 10 月 1 日当天，海淀公园门口可能聚集七八千人，你是放还是不放？最后提前一天，他们说你们搞吧。我们当时就觉得，成功了。"

迷笛音乐节是第一个由政府文化局批准的民间机构办的叫"节"的节日，之前不允许民间机构办节日。北京 90 年代有个"北京国际爵士集萃"，底下人们都称作爵士节,但政府一直没批。张帆说:"我们很自豪,我们是第一个批下来的民间节日,现在民间节日越来越多了,我觉得真是件挺好的事情,老百姓有权利自己给自己过节了。"

张帆认为他们可以跟公安部门把话摊在桌面上谈,还是出于双方信任这个前提。以往在学校搞音乐节,不存在大型活动审批问题,但是迷笛音乐学校还会请当地公安部门过来,这期间从未出现过违法乱纪事件,这也逐步让公安部门认识到音乐节是安全的,并不像想象的那样麻烦。所以,几次户外音乐节搞下来,北京海淀区政府已经把迷笛音乐节当成扶持创意产业的内容。但是,2008年这一届户外迷笛音乐节由于种种复杂原因没有搞成。

张帆说:"2008年本来五一要搞,文委非常支持,我们提前六个月就拿到批文,海淀公安局说3月份我们就能拿到批文。当时海淀区政府给了我们五十万的创意产业扶持资金,他们已经认为迷笛音乐节是健康的创意产业。但是从3月开始,各种突发事件扎堆。4月20号公安给我打电话,说这事真的不能搞了,还给我举了几个例子。他给我分析了七八种可能性,我当时没话反驳,这不像你不能喝酒不能坐着还可以跟他们讲讲道理。演出前六天他们又通知我们,海淀公园的门已经锁死了,你想运设备都运不进去,舞台搭不起来,5月1日观众来了也没法看,如果这次你帮我们,以后我们再帮你。话已经说到这份上,我就说那行吧,我想办法通知他们吧。我出了海淀公安局,坐在路边,当时觉得心里特空,不是失望,也不是难过,也不着急,就是如释重负的感觉,我争取、我投入、我努力了,但是没有成功,我也没怨公安。开始我们努了全劲,想拿迷笛给奥运会做暖场,给全世界看看,中国也能做这么大型的国际音乐节。我之所以如释重负,是因为我非常相信我们的观众,只要组委会或者我写个东西,大家会非常理解。事实上,公安非常紧张,说五一那天你要带着工作人员到海淀公园,去疏散那些有怨气的观众。我说你放心,观众不会闹事,因为我们该说的都说到了。他们说那你也得来。到海淀公园后非常平静,就有些外地观众来了以后会在草地上非常平静地坐一会儿，算是一种纪念也好，憧憬也好，回忆也好，迷笛音乐节今年没有，我们还坐一会儿，聊聊天，可能有一二百人，我就跟大家聊聊天，当时定了三十支乐队，我们临时通知乐队取消演出，有的已经来不及了，我们临时做了四天的校园音乐会，很多人就到校园去了，非常好，很安静，海淀公园没有任何事情。所以公安也很感动。"

曾经策划过贺兰山摇滚音乐节的黄燎原说："中国是个没有广场文化的国家，你去西方任何地方，都有一大堆一大堆的广场，广场是个民意的地方，大家集会发言，后来成为青年文化的地方。如果你给大家一个宣泄的地方和机会，大家反而不出事，因为在这儿已经宣泄掉了。现在咱们老说小时候邻里关系好，确实是这样。我到现在不认识我家对门，人与人之间沟通的渠道越来越少。音乐节火起来是在网络普及之前，大家还是渴望交流，渴望到一起。我做贺兰山音乐节的时候，北京歌迷包了个飞机去，大家认识了，我们现在还聚会。后来聊起来发现，一大半歌迷没听过摇滚乐，就是听说有这个地儿，会聚集很多人，有些乐队演出，从这个音乐节开始他们才喜欢摇滚乐。不是所有人都冲着音乐去的，好多冲着交流去的。"

公安部门对户外群体聚会的了解和经验也是与音乐节主办方一起成长的，张帆说："他们总是对观众不坐着看演出、在现场到处走感到担心。"但是几年音乐节做下来，至少北京地区的公安部门掌握了管理音乐节的经验。

摩登天空唱片公司从2007年开始做音乐节，他们在西安做音乐节的时候，围栏是按照欧洲标准做的，推土机都推不动，如何安排人流、分散人流也都布置得很科学。但是当地公安部门没有见过这些，尤其是没见过观众站着看演出。公安部门说："西安的观众可能会把它推倒，必须做成水泥围栏。"摩登天空总经理沈黎晖说："我觉得有道理，但是因为各地情况不了解，他们比较坚持，我们就用这个方案。在通州运河公园用这个就没问题，可能观众有的太热情，有的看热闹，什么情况都有。去年在通州的草莓音乐节，'脑浊'乐队在上面演，有人去推护栏，发现护栏有些松动，公安就觉得这个特别危险,很多乐迷蹦啊,Pogo 啊,公安就想上台制止。我们现场总指挥就抱住公安,说你绝对不能上台,如果上了台,会起到适得其反的作用。慢慢公安就知道,大家也玩得很开心,没什么危险。北京音乐节多了,公安就慢慢变成服务角色了。但北京之外,我觉得可能还需要一个过程,但是很多地方现在也开始政府支持、相信有经验的公司。我们有个安全预案要跟公安讲,他们提问我们解答,对他们来说可能就是全新的挑战。我们曾经到英国取经,有人专门讲过音乐节的安全问题。我们做草莓音乐节,通州运河公园的坡度有问题,如果人都往前推,力全挤在前面,就会有危险,所以现场我们就没有安排特别重的乐队。今年 8 月做长城音乐节,我们就有经验了,他们按照我们的要求,把一个山谷的坡度平成了五度,这样人在上面才安全。同时舞台区、护栏、艺人离场路线都要设计得非常合理。音乐节确实是现场演出中最复杂的演出形态,国内各家办音乐节的机构也慢慢从实战中总结经验,看起来现场很随意,其实背后都是很理性科学的设计。"

随着安全问题的逐步解决,音乐节的内容和氛围就成了核心。中国观众也是慢慢通过体验明白了音乐节对自己意味着什么。它是一种在有音乐背景下的参与和交流,让自己享受一种无拘无束的状态,成为现场的主角。沈黎晖说:"音乐会和音乐节的区别好像是互联网的 1.0 和 2.0 的区别。演唱会是单向,所有人在看台上,一个座位一张票,固定在座位上,所有人之间没有交流,观众以舞台为核心。音乐节每个人自己是明星,变成了线下的社区,音乐的社区,每个人都可以穿得很不一样,去音乐节秀。演唱会往往两三个小时,音乐节时间更长,这个体验很难忘,很不一样。"

音乐节应该展示一些什么内容呢?作为一种聚会,它体现的是一种生活态度。沈黎晖说:"什么样的人办什么样的音乐节,气质会很像这个人。英国格拉斯顿伯里音乐节所有板子都是手写的,比如厕所很脏,刻意去营造嬉皮味道。我们摩登天空成立十年的时候办第一次音乐节,十年来我们做了很多事情,音乐、出版、设计……我们是挺跨界的公司,影响了很多人的生活方式，包括玩什么看什么听什么。这个品牌就是这样的气质，做音乐节也一样，所以我们的口号一上来就是"MUSIC +"，加号的意思是加很多东西，每年都可以不一样，有无限可能，音乐才有这样的力量把这么多人连接起来。欧洲、美国的音乐节背景从嬉皮年代来的，骨子里都是音乐要去释放，反城市化。中国的音乐节不是，没有那段历史，我们自己做也觉得，中国音乐节有点像享乐一代的产物，而不是嬉皮一代的产物。我觉得很好，我愿意看到他们在音乐节享乐。现在我们的观众和欧洲的年轻一代已经很像了，但传承的东西不一样。我觉得没有必要非提伍德斯托克，它永远不可能被超越，我们应该创造让年轻一代感到真实的东西，而不是我们去臆想一个乌托邦。现在每个人都特别孤独，特别有自己的想法，自己特把自己当回事儿，每个人都是独立的宇宙，每个人都很刻意。我觉得音乐节必须有核，告诉观众是怎么回事，让观众变成内容。音乐节就是把生活方式告诉大家，不来就落伍了，来就上套了，下一届就呼朋唤友，都是这么起来的，所以可能这是唯一的渠道。音乐节真的是一个媒介，能把人们连接在一起，把好的东西传播出去，是特别恰当的媒体。"

过去，在中国开放性群体聚会是有限制的。在西方，之所以音乐会能演变成音乐节，就是它有聚会的传统，从单纯地欣赏音乐到体验短暂的群体式欢愉，这个变化很自然。但中国不同，之所以很多人对伍德斯托克音乐节有情结，因为它的理想主义色彩，它带有非暴力的对抗色彩。而当音乐节在中国落地生根，它是以享乐方式出现的，观众在这样的氛围中慢慢找到另一个自己。

沈黎晖说："我觉得中国现在的观众、年轻人知道怎么自己和自己玩儿，而且每个人都用幽默的方式对待。80年代一定是有对抗色彩的，今天没有对立面，包括我们自己，没有完全的对立面，所以你会调侃，现在年轻人用这种方式释放，什么时代有什么时代的音乐节。我们很主流，自嘲，年轻人都是这样，你让他怎么着他觉得都能在里面找乐，苦中作乐也好，乐中找乐也好，他知道怎么找平衡。有些乐迷看起来在反抗，但我不认为他们要反抗什么,他们到底要怎么着,他们未必知道自己要怎么着,那是荷尔蒙里的东西,而不是头脑里的东西,我觉得是永恒的青春的东西,低年龄的乐迷会更身体一些。"

张帆说:"我觉得人真是瞬间的东西,你知道自己马上完蛋,在完蛋之前你应该燃烧起来,醉一下,彼此温暖一下,我觉得这是核心的东西,人这辈子活得才不冤。我总是说我们年轻时做迷笛音乐节,这么热闹这么折腾,以后老了回想起来不会后悔。但我们的东西,地方政府官员不理解,他们觉得狂欢是搓麻。他们不关心老百姓,跟他们太有差距了。"张帆还认为,判断节日的标准就是有没有警察和武警,"2004、2005年迷笛音乐节就看不到警察,我跟警察叔叔说,你们在指挥中心里坐着,我们有两百个保安,我们让他们都穿上迷笛的T恤,我们让观众在现场感受不到这种国家机器的压力。现在很多音乐节周边全是武警、警察,这是音乐节吗?这是《同一首歌》。老百姓都在拘着,这不是节,不是心目中狂欢。狂欢是什么?人在世上,光着来光着去,哪怕你这个区域外面怎么着,但我需要一个特区,我需要我的尊严,我的人格,即使不要了也是我自己舍弃,不是你强加给我的尊严和人格。迷笛音乐节到任何城市,我都要跟当地警察沟通。去年镇江迷笛音乐节我们做得特别好,开始两方争执特别激烈,文化局一定要搞,公安局一定不能搞,公安局直到最后一天才批文,那时候舞台都搭好了。第一天结束后,公安部门就彻底放松了,说这帮年轻人真好。开始他们特紧张,跟如临大敌一样,第二天全放松了,看着我就笑了,这是一种理解。那种感觉,就是你让年轻人有了尊严,年轻人也会尊重你。这是一种沟通。所以我觉得以后我们到了全国各地再做音乐节,告诉他们音乐节怎么玩,你别怕。迷笛音乐节我搞了十一届了,从没有打架现象,如果两个人要打架,可能有二十个人来劝。如果全国音乐节多一些,中国就有人味儿了"。

黄燎原说:"看到那么多去音乐节的人,我觉得还是挺兴奋的,这种兴奋还是有乌托邦的感觉。睡帐篷,自由自在,你在现场可能还会看到一些明星,以前觉得遥不可及,现在可能会跟他一起上厕所。我觉得这跟乌托邦有关，觉得有一个人人平等的、哪怕假象也好。原来说给老百姓圆一个梦，圆什么梦，这其实就是一个。有些人天天都盼着有音乐节，就想去音乐节放松，好多白领真的是工作压力太大，他们看不了三天，就看周末的，有的更疯狂，请个周一假也要看完。音乐节在一定数量的人群中已经成了他们的生活方式。"

张帆说："我去年在荷兰参加'欧洲音速'论坛，这个音乐节，它的平台就是全世界音乐产业方面的人士都过去，现场有很多演出，很多论坛。我去一个论坛，一个英国摇滚音乐协会的人公布一个问卷调查结果，问卷问年轻人到音乐节的目的是什么，占60%的人说音乐节是个社交平台，而不是奔大牌去的，这很说明问题，音乐节就是一个节日，是个聚会的平台。"

音乐节的繁荣，慢慢拉动了与音乐节相关的周边产业的发展，这一点在北京尤为明显。北京是一个产业链相对比较完善的城市，音乐节所提供的平台不仅可以满足人们享乐的需要，还集成了创意文化、餐饮、艺术等多个领域。当然，最主要的是，它让音乐行业自身得到了拯救。以前做摇滚乐的都很穷，现在通过音乐节让他们的经济状况慢慢得到了改善。张帆说："这两年音乐节井喷了，我觉得特别好，乐队有饭吃了，谢天笑今年估计得演四五十场。崔健的演出就一直连着，很多迷笛的老乐队，都是巡演专业户了。乐队的收入每年都在翻倍，摇滚音乐人我就说应该是中产阶级的收入，无产阶级的思想。"沈黎晖说："这一两年时间会有好多乐队一年挣一百万以上，账特别好算，比如有五十个音乐节，三十个请你，一场三五万，一年下来就过百万了。这时候才是真正的摇滚明星，以前不是，是摇滚从业者。明星有钱，而且是市场给我的，这样他们就可以演出很多年而不至于解散。"

张帆说："'痛苦的信仰'去年是国内巡演最多的乐队，有六十多场演出，他们今年马上又有一个高密度的巡演，一天一个城市，连续二十天。像'脑浊'、'扭曲的机器'等很多乐队都巡演，而且特别好的一点，全国巡演的路已经通了。虽然有些酒吧设备还不好，但起码到当地有人接待，有地方演出，可以卖票，可以卖你的纪念品、唱片、T恤，有的可以持平甚至可以有收入。这样的乐队一旦走起来的话，比窝在树村、东北旺，忍着穷着要好得多，精神状态也不一样，所以我觉得真的挺好。现在各地政府都开始有大型音乐节了，觉得是政绩了。"

另一方面，摇滚音乐节的发展让观众慢慢感受到了现场演出的魅力，逐步适应商业演出买票的习惯。中国的演出市场过去都比较畸形，很多演出往往是政府或企业买单，赔赚无所谓，门票多是赠送出去，比如《同一首歌》这样的演出。但音乐节主要的成本和利润回收靠门票，目前在外地虽然还是半市场、半企业、半政府行为，但至少在往正规的市场行为上走。音乐节的出现，可以让很多名气很大的歌星现原形，他们可能很有名，可以经常混个脸熟，但是演出不一定有上座率。而且，摇滚音乐节在间接地把假唱逐出舞台。

（2010年）

明星多有病

> 当今社会有一个不争的事实,成功人士是焦虑、忧郁发作及心脑血管疾病等身心疾病的高发人群,在生活中和在心理咨询室我见到过太多的成功人士过得并不快乐。似乎身心理健康的成功者越来越少了,他们被工作、社会角色或某种创伤、使命感完全驾驭,承载着比常人更多的心理压力。
>
> ——林松

有越来越多的条件可以让普通人变成明星,除了传统的艺术院校培养,如今可以有更迅捷的方式——选秀、娱乐公司包装,甚至一条吸引眼球的新闻乃至网络上一个热门的帖子,都可以让一个普普通通的人快速变成知名人物,进而变成明星。作为受众,如今也习惯活在明星闪耀的环境中,并把明星当成一种心理消费。面对各种方式的传播媒介,人们最先看到的就是明星。

明星拥有广泛的知名度,无可替代的社会地位,拥有比常人更多的金钱。明星这门"职业"因其充满各种诱惑无疑变成普通人羡慕、追逐和渴望实现的目标。社会上提供的造星机制和条件越来越多,让迈入明星行列的门槛变得越来越低。娱乐消费市场的逐步完善与扩大,让媒体、明星、受众三者之间的依存关系变得越来越紧密,商业利益无疑是这三者之间的黏合剂。明星这种榜样的力量自然让更多人加入到明星后备军队伍中。当这些"预备役"幻想着一次次走上红地毯或者在一遍又一遍预习各种获奖感言的时候,也许他们都忽视了一个从未体验过的困境——因成为明星而有的烦恼和压力。明星生活确实看上去比较有趣和丰富多彩,而与之相伴的多是心理健康问题。一直以来,这个问题因为明星的耀眼光环而被忽略了,当他们真的出现心理问题时,人们更喜欢幸灾乐祸或者当成八卦去解读,甚至,明星的隐私成为受众感兴趣的话题,明星必须以牺牲比常人更多的隐私空间来换取知名度和商业利益。凡此种种,都慢慢变成了受众认可的一种价值取向。虽然心理健康问题在任何群体中都有体现,病情特征也大同小异,但是明星这个群体相对而言密度更大一些。尤其是在商业竞争愈加剧烈的环境中,一些被量化的商业指标往往会更加刺激明星的脆弱心理。

明星的心理健康问题更特殊一些

广州恒缘心理咨询公司心理咨询师武志红在谈到明星这个群体时说:"照我的理论,我们主要在跟人建立关系,这里面比较有意思的事情是我想和你建立比较好的关系,是因为我喜欢你,和你在一起满足我的想法,还是因为你很棒,你对我很重要,我想对你有了解、去迎合你去建立关系?或者说得比较简单,是我从自己出发去建立关系,还是我仅仅去迎合你?这是比较核心的东西。公众人物,他们可能有这样的情形,到底是被培养起来的明星一直很喜欢名声,所以走的这一步;还是仅仅因为在某一方面很出众自然而然成了明星?这有很大差异。我们都讲钱权名利,明星在名声方面有很大优势。名声本身就是非常有意思的,也许我们对名声的追求比对其他的追求都要强一些。再讲深一些,就是我们活着都想影响别人:

我手里有钱，可以多做一些事来影响别人；我手里有权可以直接让别人听我的。但钱权都有附加的东西，我为你做了事你才被我影响；名声不同，有了名声，好像别人心甘情愿被你影响，这时候自己的虚荣心、自恋就得到极大满足，所以做明星会有很大的诱惑。"

　　林松是北京今雨来心理健康研究中心的心理咨询师，他长期以来一直给社会上的公众人物做心理咨询和治疗，在这方面有着很丰富的经验。他在接受采访时说："在21世纪的新时代，人类进入到心灵的世纪，我们会关爱自己的心灵。对成功的定义应是：心灵健康、自我实现与外在成就的完美结合。当今社会有一个不争的事实，成功人士是焦虑、忧郁发作及心脑血管疾病等身心疾病的高发人群，在生活中和在心理咨询室我见到过太多的成功人士过得并不快乐。似乎身心理健康的成功者越来越少了，他们被工作、社会角色或某种创伤、使命感完全驾驭，承载着比常人更多的心理压力。更有不少成功人士，他们的成功动力来自于心理创伤，我管这些由此带来的问题叫'创伤后成就动机负效应'，因为这种动力比一般的成就动机要强，反而使得他们比别人成功的概率大。"关于"创伤后成就动机"，林松解释说："人类有着普遍的自卑情结，我们会本能地超越自卑，实现自我价值。如果一个人选择表演行业，能当明星就可以满足人的多重需要，包括生理物质的需要以及被接纳、认可的，被尊重和自我实现的需要，这可以极大地弥补创伤和自卑，实现超越。有的人会因为自己的表演欲，甚至成为有表演型人格的人。一个心灵健康的人，是可以驾驭完整的自我以及面具和角色之间的区别的，但一部分人进去了出不来。比如他演一个悲剧人物，他就慢慢把自己的自我和戏中的角色融合，把自己的人生也刻画成了悲剧人生，这就是不健康的。不光是演员会有这样的困惑，普通人、成功人士中也存在这种情况。这是自我完整的人格发展和某个角色面具之间的关系。相对来说，每个人都想实现自我价值，但有太多的人实现不了自我价值。当不能实现自我价值的时候，生活中遇到困难时，就是挫败感的叠加。表演欲很强的人是特别需要被别人接纳和认可的，还有一个就是他觉得自己特别好，这两种心态足以让一个人承受过大的压力。他过高地评价自己了，或者过低地评价自己了，持续的挫败感就会出现抑郁的状态，演艺圈患抑郁症的人会相对多一些。"

有关数据显示，目前中国患抑郁症的群体有大约三千万人，而且多集中在都市。随着中国经济的快速发展，社会结构发生的巨大变化，原来的人际交往环境也随之变化，导致抑郁症的发病率在逐年增高。林松说："现在我们面对复杂的人际关系，要处理的层面越来越多，选择越来越少，包括外界和自我的压力、自我的挫败感。相对来说，信仰是可以缓解抑郁症的，是一个目标和方向。为什么中国人得抑郁症的多？中国人是有信仰危机的，改革开放以后，包括太多价值观进来了，一些理念、一些社会现象也出现了——比如离婚率增高，贫富差距增大，这些都会造成一些内在的思想冲突、自我价值挫败感，都会有，所以这是跟社会发展是有关的。"

同济大学教授、精神科医生赵旭东在谈到明星的心理健康问题时说："对我们从事临床工作的医务人员来讲，这一类人群虽然有其特殊性，但在我们面前没有真正的VIP。在我们面前，他们的问题其实跟其他人的问题没有太多本质的区别，因为精神方面出现偏差、异常的情况，其实是有生物学基础的，有反映普遍人性的心理学方面原因，也有社会文化方面的原因。只不过他们具体的生活方式、生活内容，特别是别人看待他们的方式和他们受到的关注可能跟普通人不一样。但实际上，他们的问题不是太特殊的问题，跟一般人碰到的问题、发生的概率基本相同，发生、发展的机制都差不多。他们发生这些问题后容易被别人注意到，容易成为话题，所以他们是以特殊性反映了普遍性。他们的特殊性确实会反映在他们心理波动、不稳定、变异、病态等方面，诱发的原因、发作的背景、出现问题后产生的社会影响也确实有特殊性。我们这些年看到很多这样的案例，引起大家比较强烈的关注，他们的心理问题确实有特殊性，但更多的是'内容性'的，而不是'基本形式'上的特殊性。是不是这个领域就更容易比别人出状况？其实不然。是有一些特殊地方，但是在我们看来也很平常。"

关于这个特殊群体的心理问题的诱因，林松通过临床经验总结道："包括一些不公平，一些阴暗面，比如一些潜规则会给他们造成挺大冲击。有人很单纯，抱着表演梦的童话进入复杂的演艺圈，他们承受不了了。选择我是保持以前的梦想还是接受现实，我要洁身自好还是同流合污，有的人即使履行了这个规则也得不到什么。很重要的一点是自我价值的实现，演员都想成为明星，但机会那么少，有些人心理不健康，认为只有达到那个高度我才能是我、达不到我就是失败的，这就是一种错误的认知。如果把演艺当成快乐，当下就是成功的就比较快乐。我认为梁家辉的心态就不错，他已经到了那个高度了。还有一个人艺的老演员，老演配角，他是晚年才红，这样的人心态比较健康。只要有口饭吃，我爱这个，这是健康的。有的人太强调成就动机了，我要一定成为什么来弥补我的缺失，我要成为什么才是我，这两种心态都是会有心理问题的。"

因敏感而易感

赵旭东从一个职业选择的角度分析了明星为什么会变成易感人群——是职业需要让具备一类特征的人聚集在一起，而不是做了明星都容易出现心理问题。"文化娱乐圈的人，从心理学特征上来讲，情感丰富，体验深刻，非常有独特性，不随大流，但是又非常看重别人评价，逻辑思维可能跟理工科的人不大一样，形象思维比较发达。性格方面比较热情、奔放、合群、善于交往，寻求情感刺激方面比较明显。从负面一点讲，抑郁症、癔症（即歇斯底里）这方面的特征会比理工科的人更多。比如自我中心、情感逻辑较重而不是太讲理性逻辑，比较自恋，把自己看得比较重。有的人说不定就有点神经质了，特点是情感非常易变，不稳定。甚至很多有创造性的人会有循环性的人格特点，抑郁和情感高涨交替出现，这样的人格特点就像物理学上振幅很大的波峰波谷。平常多数人也都会有情绪起伏，但这些人可能振幅就会大很多，波峰很高，波谷很低，严重者就变成双向情感交流障碍。这不是我要用病理性术语描述、贬低他们,而是觉得演艺界里这样性格特点的人会比搞理工科的人要多些。这是从事职业前一个选择性的事实——这个行当会吸引一部分有特定性格基础,有特定能力、兴趣倾向的人,而这里面可能会隐藏出现心理偏差的相关因素。"

武志红通过一些明星的言行分析了一些明星的心理状态,"比如王菲,媒体、公众对她的影响是非常小的,说难听就是她很自我,说好听就是她知道她自己是谁,所以她不会迷失,虽然公众和媒体给她带来很大好处,但不会形成压力。刘德华就容易受到别人影响,他在接受媒体采访的时候说,如果要做我的老婆就要小心,凡是有中国人的地方都要小心。他的意思是我影响这么大,所以我们要维护好形象,不要给别人带来不好的印象,这就是好大的压力。但王菲就不太在乎别人怎么看自己。宫崎骏就说得很直接,他对《纽约客》的记者说,我从来不考虑观众,我是拍给自己的。这很有意思,这些人不仅有很大名气,而且是非常有才华的人,他们对别人不屑一顾,不容易受人影响,对这种人来说名声很难成为双刃剑。但是像刘德华、贝克汉姆,他们是靠非常小心和很多策略赢得名声的人,一开始就很在乎别人怎么看他,对这些人来说名声就是很大压力。再比如陈琳在北大做过一次演出,我正好在北大上学,陈琳在演唱前先跟大家聊天,问北大四川老乡举举手,她来回讲四川人,四川人毕竟是少数,所以大家就嘘她,陈琳就受不了了,她一被嘘就泪流满面,她说我到底哪儿做错了你们这样对我,她就很受伤。所以对陈琳这样的人来说,名气真的是双刃剑,甚至割伤的可能性更大"。

宗教信仰可以缓解心理问题,但不能彻底解决问题

从心理分析角度来看,人都有"真我"和"假我","真我"有多面,"假我"也有多面。明星特别容易制造"假我",因为被公众关注与评价,使他们很容易失去真我。当"假我"出现后,直接影响到他们对自己的真实判断。

林松说:"内在整合、超越的健康人,必然会经历认识自我、超越小我、融入大我、回归真我的心路历程。为这些人做心理咨询,除了处理心灵创伤外,心理咨询师会陪伴他们找回真我,即找到你真正想要的。有很多人追求的不是这个,可能是刚开始的感觉,他演绎的角色可能和内心是矛盾的。因为人有很多角色、很多自我,不光是一个自我,当一个自我实现伤害其他自我实现的时候,就会出现心理问题。为什么演艺圈里的人喜欢找信仰,因为信仰可以帮助人缓解心理压力。所以我的观点是,我们不管帮助明星还是普通人探索真我之路,就是要把与假我之间的冲突化掉,不要让你的灵魂只在一个面具上。很多人一旦受挫了,面具碎了、灵魂也碎了,患心理疾病、自杀都有可能。我们让它回归,不为面具生存,为心灵生存。"

赵旭东认为宗教信仰未必能解决所有新问题。"信仰对心理健康的作用,很多人都在研究。宗教是在心灵层面提供一种伦理道德的取向,像方向盘一样,如果有一个人皈依了它,就会觉得他的生活有意义了。他找到一种意义的参照系,拿这个东西去衡量他当下的生活,衡量他已经过去的生活,衡量他将来要去过的一种生活。他有了一种意义的系统,这可以给他一种主心骨的作用,或者有时候是救命稻草,不一定是很靠得住的船,宗教就是起这个作用。不在于那个内容是不是准确,是不是真理,是不是科学,给人的感觉就是"我找到它了"。参与一定的信仰活动,很大程度上是在社会行为的层面上,提供一种新的氛围和社交网络,而这会改变一个人的生活方式,所以不同层面上确实可以对人产生影响。有一些信仰可能可以解决现在的问题,但也可能会引起另外一些新的问题,说不定一段时间之后又会产生新的冲突。总的来讲,肯定是对人有影响的,但这种影响要具体情况具体分析。它能解决什么,这种解决会持续多长时间,要把它引到什么方向去,从我们的角度看还是提倡接受比较系统的指导。还有,如果达到了医学上可以下诊断的程度,一般的精神引导可能是不够的,甚至心理治疗都不够,可能需要吃药,要干预机体方面的功能。所以发明的一些药对于缓解一些明显的症状是立竿见影的,因此不能排除医学方面的治疗。有时候光是纯粹地寻求医学之外的帮助,对有一些问题可能不一定有用。"

在假我中迷失真我

武志红认为一个人容易迷失自我跟童年早期的经历有关。"假如从小就被父母说你的感受有问题、不能这样想,你从小就要听父母的——'我们吃的盐比你吃的饭都多','听我的'——因此孩子从小就开始失去自己。他要通过父母怎么看他来认识自己,所以他从小就失去自己,面对公众的时候这种感受一下子被放大了很多倍。相反,有另外一种孩子,小时候父母对他们没有过多干涉,你怎么想就是怎么回事,他们自己也许学会了不管别人干涉不干涉我不在乎。"

赵旭东用野牛来形容这种迷失:"这是一头很危险的野牛,我们在需要的时候我们爬上去了,我们也想牛一把,但是这头牛后来失控了,我们在上面拿捏不住。有时候看美国人驯牛比赛,这个牛可能跳三下你下不来,跳六下你就得下来,很惨,可能还要被踩一下。这个是很有趣的,怎么样把握自己在媒体旋涡里面自己的位置,自己有没有方向,这也就是要提醒那些喜欢出名、喜欢炒作、喜欢被追捧的人,确实是这样。"

从整个社会的大环境看,发生很多问题多是跟做事没有底线有关。为了追逐利益最大化,个体、群体不择手段,没轻没重,没有一个清晰的价值观标准。很多时候人们做出超乎常规的事情是因为缺乏判断,认为整个社会都这样,自己这么去做也属于正常。对演艺行业而言,为了吸引媒体和公众关注,有时不惜以牺牲人格为代价来达到所追求的目的,甚至被人所鼓励、仿效。赵旭东认为:"说到这个底线的问题,我想有一个重新来梳理的过程,可能有些底线需要去理一理:到底我们跟自己的天性要吻合到什么样的程度是比较合适的?我们这些年有一个很时髦的说法说叫'超越自我',我是很不赞成这样的话,很多人就是要超越自我,但把自我给异化掉了。我们要说找底线的话，就是要来找我们自己到底认不认识我们的天性，不要去和我们的天性作对，和它很好地相处，不要太扭曲它，在这个基础上推己及人，不去做伤害别人的事，不去做火上浇油的事，把这个社会的不良趋势像滚雪球一样越玩越大。现在'没有底线'在我的理解就是——我们以为在做最大化利益的事情的时候，其实我们跟我们的天性作对了，我们和自己干仗干过头了。如果说要找底线的话，其实是在我们自身，如果我们每个人都知道自己的本分在什么地方，可能在对待别人的时候，还有在面对由众多的'别人'构成的'自己'的环境的时候，真正会有一种比较明确的原则——基本的价值、规范就出现了。以往重大的社会变迁之后重新来调整伦理、法律、道德，可能都要经历一个过程。我们不断在创新、突破，在突破后迷失自我，找不到北了，就要重新来找北了。现在很多人就是因为自己狂热，狂热以后真我假我搞不清楚。这确实是一个基本的心理学命题，也是一个伦理学命题。"

可能演艺行业的一个特征就是容易让人迷失自我，这个行业的运作方式就是包装与塑造，一个典型的矛盾就是一旦你服从了商业模式，必定要放弃一部分自我，放大一部分假我。不管成功还是失败，都会感到不舒服。武志红说："这就涉及比较基本的东西：活着为了什么？卡尔·罗杰斯和亚伯拉罕·马斯洛说'做自己'，我想这样做就做了这叫'做自己'；和'做自己'相对的就是'做别人'，别人让我这样做我做了，成功了，这不是我的成功。这就是布兰妮·斯皮尔斯疯掉的原因，是她妈妈想让她成为明星，而她自己不想。"

心理素质的成长赶不上外界挑战的增长速度快

成功、成名、没完没了的演出、表演、商业合同带来的压力把很多人变成了工作狂，林松说："工作狂往往把身体拖垮了，这也是和心理有关的，不能很好地安排工作和生活了，比如感性的那一面完全被工作驾驭了。工作狂类型在成功的演艺圈里都是存在的,比如笑星,笑星的心理压力在我看来比其他演员还大,他每天给别人展现的都是好,都是快乐,他本身的不快乐怎么化解?有一个现象,笑星出心理问题、猝死的可能性比其他演员要大。老演坏蛋的人可能活得长,因为他把自己阴暗的一面演出来了,宣泄了,有没有人认同先不说,宣泄了自己阴暗的一面本身就是治疗,所以演员是可以通过演戏治疗自己的,但是没调整好的话就会伤到自己。这时我们做心理辅导可以教给他们一些方法。打个比方,比如他适合演什么样的角色对他做心理调节是有好处的,他演哪些角色要注意不要把自己的创伤扩大、去认同那个东西。这些可以帮他们减压,配合演戏其实是一个心灵的成长,是心灵告别哀伤的过程。不管你的戏角色是大是小,你是跟大导演拍电影,还是在小剧场演出,都是可以治疗的,这是角色治疗。"

赵旭东认为:"社会文化变迁,确实会增加社会中每一个人心理应对的压力。我们要对付的应激性因素,我们的压力、刺激、紧张状态确实是增多了。看我们每天要处理多少事,看我们每天能睡多少小时,看我们每天要和多少人打交道,每天要有多少情绪的反应,脑袋里面要蹦多少个概念、写多少字,这些在一定程度是可以算的,每个人的心理负荷大大增加。从这个角度讲,也许我们心理素质的成长还赶不上外界对我们提出挑战的增长速度快,我们的能力、素质跟不上环境提出的高要求。其实每个人自己的生活,自己的社交圈子,自己的内心世界,都还是有一块比较脆弱、比较尴尬、比较难堪的地方,每个人都希望有充足的时间、很好的条件来修补自己的缺憾、不足和创伤。名人很容易被大家羡慕、嫉妒,但是因为太忙,可能他们自我疗伤、康复的机会,使用的办法,能够利用的条件还不如普通人。或者他们有相应的条件,比如钱、比如社交网络,但是他们无法很好地利用社会支持的资源,甚至有很多优越条件反而成了心灵康复的障碍。"

明星因为怕暴露隐私而不敢面对自己的心理问题

"明星面对心理咨询师，很难打开自己。"林松说，"真的觉得自己不行了才会找心理医生，甚至都不找。演艺圈里面真的找心理医生的不多，他们都自己处理。这是隐私，内心的痛苦挣扎为什么要找你。找你的话会有风险，别人会看到他面具后面的东西，这是他不愿意做的。明星的防范意识很高，信任不是第一面建立的，需要一个过程，只要建立信任关系了，认为你是可靠的，就可以告诉你。这跟我们的传统文化、价值观是有关的，我们有个刻板印象——找心理医生的就是精神病，以前我们骂人说'你神经病'，包括有的年轻人，都觉得找心理医生是有病，其实找心理医生是让你过得更好，化解你的痛苦，让你更有力量。"

赵旭东也说："明星确实很害怕暴露自己的隐私，在这个问题上比一般人更敏感、更保密。但是我的感觉这个还是在变化，很多人还是挺坦率，特别是一些比较有名的人他们一般会通过一些关系来找我们，觉得保密可能已经没问题了。因为我们这个职业的职业感和正规性，他们还是比较放心的。这个也跟一些明星有没有自知之明有关，这个很关键。很多有艺术细胞的人恰恰是比较自我为中心，甚至是自恋的人，他们可能不一定有能力看到自己的短处和缺陷。有一些人非常聪明，他非常知道自己和别人有一些不一样的地方，甚至他知道这种不一样已经有点儿不对头了，不太正常甚至有点儿变态了，但是他们确实会觉得这才是我的独特性所在，是我的根源、我创作的源泉，他们不一定让你把它矫正掉。他们可能会要求你解决一些比较肤浅、表面的东西，但是要告诉他，你不能只把这个细枝末叶的事情解决了，大树不修整。他提的要求很具体，但是你和他讲，你要改变这个可能需要改变那个的时候，他可能就不干了。其实他们对自己的问题不一定有真正诚恳的态度和全面客观的认识。特别是有一些人，即使有一些全面客观的认知，他习惯了，他不愿意改变，这种人可塑性不高，也是有可能的。这个跟他们的职业，不一定有关系，要具体分析，现在这个问题和他原来的人格特点、信念系统,他遇到问题之后用什么办法去应对、去化解,是很有关系的。所以有的人会非常坦率,非常合作,非常主动,非常有可塑性;也有的人很顽固、很怀疑,不可一世,没把你的建议当回事,不愿意改变,他愿意像原来那样生活下去,他可能会衡量自己的心理代价和社会代价,就不和你玩儿了。"

明星变成笼子里被窥视的动物

传媒的发达,娱乐行业的逐步完善,确实容易让一个人成为明星,并且这种成名还会带来更多相应的附加值:因金钱和社会地位的变化而带来的其他好处。但与此同时,相应的负面"附加值"也比过去增多,这是很多人成为明星之前想不到的,即便这类人以最大能力去适应明星生活,也无法避免对心理造成干扰。

林松说:"最大的问题是隐私没有了,人没有自我的空间了,人是需要自我的空间的。不是什么人都有心理疾病,现代人相对来说患心理疾病的可能性大了,如果一个人在相对健康的心理环境中成长,认知是健康的,包括人际互动是良性的,那他患心理疾病的可能性就相对会小一些,因为有健康的价值,这种心态会影响他。有创伤、父母离异、家庭暴力这样的人患心理疾病的可能性大,这样的人到了比较复杂的环境,到了演艺圈里,有心理问题的可能性就更大。他们不能够把负面东西表达出来,他们会处在精神高度紧张的状态,有一种被窥视感。人不是动物,明星性爱录像都会被曝出来,很多人没做过心理辅导,本能是不能够完全化解的,这个时候就会在冲突里面产生心理压力,可能衍生出来各种症状。"

明星的私生活、八卦从最初的媒体小菜变成了大餐,变成刺激公众胃口的最有效手段,公众人物像被关进了笼子的动物一样,失去了自己的空间。赵旭东说:"每个人的隐私空间被长镜头给拉得没有了。这些人在所谓的正式场所、体面场所、公开场所表现出来的,非常符合社会规范的、符合大众对他们正面期待的行为，现在好像被一些离开这些场景之后比较随意的、自然的、比较符合人性天性的那一部分表现冲击了。其实这两部分不矛盾。前一种情况是他们都在演戏，演戏的时候都是把好的展现出来，不好的掩饰掉。我们文化传统里面有一套关于什么好什么不好的规则，广义的演戏我们人人都在演，有一定戏路，所以那时候我们没有乌七八糟的东西。现在等于是那些在风光舞台上表演符合规范、符合期待的人，在卸妆以后、放松睡觉、做梦、做一个非常普通的正常人的时候，都被看到了。媒体以前有审美情趣，现在有审丑情趣，想挖掘人性丑陋面驱使的东西，审丑的动机太强了。把原来表演的、好好的东西都撕裂开了，好像我们观察到了更多麻烦的事情、不好的事情。如果要打一个板子，还要打在公众的态度，打在公众对他们的期待、要求上。我们的社会崇拜明星、崇拜偶像，反映了很多问题，体现出很多人缺乏真正的自我。他们拿明星来作为自己心理寄托的对象，寄托了太多的自己。我就觉得名利真是捧人、支持人、树立人，也是顷刻间可以把人打倒，彻底毁掉。所以我觉得做名人、做偶像不容易的地方，就是现在的舆论，或者说是媒体反映出来的大众的期待、苛求，有时候对他们的心理健康非常有害。在资讯高度发达的年代，我们一方面看到理性，看到宽容，看到正义，看到伦理道德的希望，但是另外一方面也看到了对人的苛求、不负责任、不宽容。肆意攻击、诽谤，这样的事情太多了，司空见惯。这样，如果有公众人物不能正确评判、感受、处理这些社会上对他的反应——我们可称之为心理投射、投注，或者叫移情，跟普通人相比，他们就会有更多的麻烦，会迷失自我，会比普通人还多出问题。大家用放大镜、显微镜看人，这类职业当然就属于高曝光度、高风险行当，心理障碍容易被发现，出现问题容易被发现，容易传播张扬开。"

商业游戏规则扼杀真实的天性

　　武志红在分析明星与粉丝之间的关系时说："我们通常会认为你要让

粉丝买账，但根本不是这么回事。怎么让粉丝有忠诚度？很简单，能不能打动粉丝的心，能不能让作品和粉丝有连接感，这样你怎么做粉丝都能接受。粉丝又有很多种，为什么刘德华有这么多粉丝，在华人圈确实排第一名，为什么会出现杨丽娟事件，因为刘德华非常小心，很害怕伤到粉丝，所以粉丝就有感觉，我可以要挟你刘德华。所以梁朝伟不会有这样的粉丝，梁朝伟很真实。'梁朝伟你这个窝囊废你居然跟刘嘉玲谈恋爱我不会喜欢你的。'但如果你真的喜欢演技，喜欢镜头下的流露，你可能会喜欢梁朝伟。对梁朝伟，粉丝可能不会放肆提要求，就算提了，梁朝伟不反应粉丝也不会特别受伤。刘德华这样的，杨丽娟说你不见我我就怎么样，刘德华的特质吸引这样的粉丝，如果刘德华向粉丝传递这样的信号：我是我自己的，你爱欣赏我就欣赏我，不爱就拉倒，会是什么情况呢？比如王菲，王菲粉丝不比刘德华少，粉丝质量甚至更好一些，王菲从没说过我爱你们、我要让你们满意，她只是唱歌，喜欢不喜欢是你的事，这样一来她就不会受影响。但刘德华就受影响很大，杨丽娟父亲跳海以后，有几千个人说刘德华你要见我，不见我就去死，结果他非常难受。刘德华不知道自己是谁，他的自我概念很模糊，他的私生活你不知道。你如果很喜欢幻想完美角色，你就会喜欢刘德华，但如果你喜欢真实的感觉和传递，就不会喜欢他。"

人们都是认可今天的商业化指标进入到娱乐行业，这些指标是衡量一个人是否知名、成功的标准，可是人的才华和商业操作的实力是有限的，但公众的要求越来越高，这是明星们无法抗拒的事实。所以，主动去讨好受众群体必然是娱乐行业乃至人们最初必须要做的事情，这样慢慢便形成了游戏规则。这个游戏规则实际上就是一个商业规则，双方为遵守一种商业里达成的规则，有时候，是要以牺牲明星的自我为代价的。而从利益角度来讲，你用隐私空间换回利益是合情合理的，但这却不符合正常人的心理。

赵旭东认为："当代中国人的精神世界，在原有的文化底蕴上增加了市场因素。以前一直说儒释道法，传统文化支撑着我们的精神世界。市场经济，增加了追逐利益、追逐科学理性、要有成果、要有可测量的指标，等等这样一些貌似科学的东西。所以商业、科技加上我们的社会责任,我有个不太确切的说法,可能我们现在确实有点阴阳失衡了。这是我们精神卫生界从事心理治疗的同事特别有感触的地方:我们可能需要科学理性的东西,但是也可能更多地需要一些解毒的东西,可能要让我们再复习一下老庄哲学里面顺应自然、不要违反自然的天性这样一些原则。有的人已经不像以前纯粹追求精神成就感,追求创造性活动带来的智力上的优越感、满足感、愉悦感。在比较纯粹的精神享受之外,确实负荷了太多利益在里面。有很多人从个体来讲,要教他们解脱还是很容易的,他把某个事情想通了,把某个损失合理化了,个体层面做得到。但在他身上还拴着很多很多人,很多很多机构,要靠他生存,这样一来精神上的痛苦内容非常复杂,不是一个轻松解脱得掉的东西,有非常实在的利益的捆绑。所以我们也有感慨,要让有一些人开阔心胸放下包袱,说起来很容易,他们可能比我们专家懂得还多,但他们做不到,或者说难以做到。这个命题就比较大了,涉及我们是不是每一个人都要重新审视自己对自己的要求,要审视自己对别人的要求——我们对别人的要求里面是不是比较纯粹地反映我们的审美情趣,我们的精神追求,我们的价值观,还是说其实也反映了我们自己非常自私的需要,非常现实的需要。"

武志红讲了一个故事,也许对所有公众人物有所启示:"有个心理学家写了本书叫《不要控制我》,她有一次喝咖啡,有人对她说'笑一笑'。她继续喝咖啡。那人说'你笑一笑',她对那个人说'你说什么?'那个人说'你笑一笑',她说'你说什么?'那个人就落荒而逃。每个人都喜欢影响别人,如果他能够影响你,就会一而再、再而三地影响你,如果影响不了你,也就无法建立这种影响关系了。"

(2010年)

粉丝的三十种可能

"粉丝"一词源于英语 fans 的音译，一般意义上指的是在商业社会某一类群体对某些人物、作品的喜爱形成的心理和物质消费时产生的崇拜现象，表现为痴迷、狂热、非理性……它必须建立在一种消费前提下，这种消费包含三个层面：精神、心理、物质。当粉丝与崇拜对象形成这种关系后，便形成了新的文化现象。而这里面出现的无序与不同程度、不同层次的表现特征，又让人很难说清粉丝的对与错。

传统商业社会下，粉与被粉被牢牢地限定在商业规则下。但是网络时代突破了过去的商业规则，将粉与被粉演变成程序下的社会关系。过去粉丝行为是剃头师傅的挑子——一头热，现在粉与被粉是互相取暖。虽然这种双向仍建立在一种假想的默认的熟人社会关系下，但比起过去完全的空想粉丝主义，它让这种互动关系变得更为复杂和不纯粹。这种"粉"的特征会让商业关系的距离缩短，社会关系显得暧昧不清。

从名词"粉丝"到动词"粉"，是中国最近二十年发生的事情。二十年前正好香港四大天王出现，他们通过商业行为撩拨起人们的狂热，巧的是，他们都不是单纯的歌手，已经不能用简单的"歌迷"来形容四大天王的消费者。当时还没有一个很确切的词汇来形容这些明星的崇拜者。直到后来，一个外来词"fan"解决了所有问题。这个词放之四海而皆准，在过度的使用中它逐渐变得廉价和模糊。它既带有传统意义上的崇拜与狂热，但又逐渐还原成传统社会的人际关系，具有关注、追随、围观这样相对比较松散的特征。这种轻度的粉丝行为无法像过去那样创造一种深度甚至专业的粉丝文化，反而让中国式的社会关系展现出来，这种网络关注现象，与其说是新媒体时代的进步特征，倒不如说是一种新型的人际关系，在陌生的关系中重复着自古以来形成的社会形态。如果说，在过去，粉丝至少可以推动某种形态的商业进步，在今天，网络的群体喧嚣仍处于草履虫阶段。看上去，就像一群中国人突然同时得到了一个从未见过的玩具，玩起来是那么如醉如痴。于是出现了形形色色的粉们。这些，其实你都见过。

1

一个叫钟子期的樵夫从俞伯牙的琴声中听出了"巍巍乎志在高山，洋洋乎志在流水"，于是伯牙有了知音。大概伯牙此生只有这么一个粉丝，愈发显得珍贵，所以钟子期死后，伯牙摔琴绝弦。这可能是有史料记载的最决绝的互粉故事。纯粹的粉丝需要付出代价，如果今天网上出现钟子期与俞伯牙互粉的故事，多数属于精神不正常。

2

刘备粉诸葛亮，是因为他有大志，需要这么个人来帮助自己。事实上，诸葛亮也早就悄悄粉他了，但要扭捏一下，以显出自己的分量。所以，一旦刘备得手，诸葛亮的粉丝心态便暴露无遗，鞠躬尽瘁，死而后已。诸葛亮真正粉的是权力。

3

宋江有一百零七个粉丝。不管他走到哪儿,都能有人知道他,统统纳首便拜,足见宋江的魅力。宋江与粉丝之间的关系是江湖义气,为了共同利益和立场走到一起来的。李逵是典型的傻粉丝,只要是哥哥说的都是对的。虽砍了替天行道的大旗,惹了不少祸,但宋江总能找出理由留他一命,谁不喜欢这种死心塌地为你效命的粉丝呢。现在的网络精英骨子里都希望能有个把李逵粉在身边。

4

粉丝习惯站在一个信息不对等的层面上思考对等的事情——假设他想象的一切都符合事实。实际上最终想象出来的结果无非是把自己内心的想法安在他所粉的对象身上。粉丝的想象和精神病妄想症有些类似,区别在于:粉丝是在一种想象的逻辑下把自己推理进去;妄想症是在发病状态下把别人幻想出来。

5

粉丝与粉们的区别在于,粉丝一般纵容他们偶像的言行,不管你干了什么样的坏事,都矢志不渝地喜爱你。这是因为他还没有找到放弃的理由,就像在炒股,被套牢,不忍放弃,还想赌一把。粉们由于没有投入过多的感情成分,更像一个打酱油的,所以表现起来比较舒展,会站在道德制高点上指指点点,更像是一个班主任修理一个犯错的学生。他们时常像雷达扫描一样,找出他关注的人身上的瑕疵,像捉虱子一样既解了痒,又有成就感。

6

粉丝往往是投入很多情感成本的，在单向时代，粉丝更专注于他喜欢的人或作品，把自己变成行家。在双向时代，粉丝更多是想从关注的对象身上获得一种心理满足，慢慢会觉得这些人亏欠于他，进而去要求偶像尽可能按照自己的想象设计言行举止，一旦达不到目的，便单向反目，来去不留痕。

7

粉丝们在要求别人的时候都选一个安全可靠的道德制高点，但在维护自身利益的时候，会尽量放低自己的底线，这样回旋余地更大一些。至少在他撒泼打滚一哭二闹三上吊的时候显得更平民化一些。

8

骂人是粉丝们惯用的常规武器，更是大规模杀伤性武器，就是准星差了点。骂人是人在掌握语言过程中学会的一种发泄和自我保护的表达方式，由于它在语言交流过程中屡试不爽和千姿百态的变化，可以使用在任何场合的交流中，一旦掌握终生不忘。脏话可以使语言表达变得丰富，更具情感。但骂人，尤其是以粉丝名义的骂人让语言表达变得乏味和单调。骂人作为一共犯特征，理论上是最安全的网络行为。

9

有一种粉丝叫原教旨主义粉丝，由于偶像具备的某种他认可的东西，便成为他的粉丝，但他不需要也不希望偶像有什么改变。一旦他喜欢的人背离了他的崇拜初衷，便认为是背叛。接着一定上演一出秦香莲遇上陈世美的故事。非常幽怨地做一番离别告白：我再也不关注你了，你太让我失望了。此时，粉丝的眼前恍然升起了一座牌坊，就算退也要退得那么贞洁。

10

粉丝是孤独的，所以喜欢参与，喜欢被认可。不管发生什么事情，都要插上一嘴。插的人多了便成了群体起哄，进而转化成无意识状态，人多胆子大。也许自己为某件事贡献了一份力量，心甘情愿更心安理得。可再仔细想想，还是个打酱油的。在这种酱油人生中，觉得自己的人生还能尝出点咸淡来。

11

网络的零距离互动让人与人之间出现一种自来熟的幻觉：好像你早就是我邻家妹子了，平时低头不见抬头见。这种早熟关系恰恰都忽略了认知、了解、信任这些人与人交往中必备的前提，让人在网络交流中缺乏最基本的基础。把自来熟方式引进到网络上，才发现在交流中障碍比比皆是。于是粉丝们就不干了：你怎么可以这样呢？

12

粉丝们很容易轻信任何信息，一方面他们对海量信息顾此失彼，一方面缺乏对信息的分析能力。还有一种常见的问题是他们始终搞不清观点和真相之间的区别。常把鞋里当鞋面，常把鸭子当成鹅。这很容易让他们在探究事实的路上失去理智。这一点他们跟传统社会中对来路不明的信息判断容易失误无任何差异。网上由于信息过于密集，他们喜欢相信所谓精英和意见领袖的观点，并转化成自己对真相的判断。

13

在互联网时代，人们才意识到自己是有话语权的，这是一种新发现。为什么人们在网络上行使这种权利总是显得那么愚蠢？主要还是跟能力有关。多数人并不具备完整的表达能力，便被推上一个平台对话，你才发现傻子怎么这么多。这类有表达权利的人应该称为"具有限制性话语表达能力"的人。但急于表达的欲望让他们不得不在自行车上架上一门大炮，匆忙推车上了前线。

14

平等是一种可望而不可即的东西，中国人更不知道什么叫平等和尊重。在网络交流中，人们潜意识里都希望别人对自己平等，而意识不到自己对别人平等。这就像传销一样，你总听到有人通过传销挣钱发财了，到底谁为这个连环交易买单呢？这是个常识问题。

15

粉丝在网上还是有判断的，他们习惯相信自己的眼睛，喜欢把看到的局部放大成全部来看一个人，然后遮蔽其余部分，这叫所见即所得。然后再像 GPS 定位一样去给人下定义。一千个人眼里有一千个哈姆雷特，但是在一千个粉丝的眼里，都是只有哈姆没有雷特。

16

粉丝们总是希望在网络上发生一点点传奇故事,他们会用一种逗猫的心态跟他粉的人交流,以引起他们的注意。被关注的人面对众多粉丝,大概只能一视同仁。但是对有占有欲的粉丝来说就显得十分不公平,他必须用一些极端的方式来引起他们的注意,哪怕在人群中你能白他一眼,他都会兴奋地叫起来:你终于看我了。网络经济分眼球经济和白眼球经济。

17

网络上除了互动关系之外,还有一种与传统粉丝行为类似的单向粉丝,他们最主要的特征是不挑食,不管这个人是否与自己的喜好、审美、观点有关,都会因有人关注而把脖子伸过去,于是会把一些网络上的极品妖魔鬼怪哄推出来。今天的互联网可能是继《山海经》之后第二个记录世间最多妖魔鬼怪的载体。

18

今天的粉与过去的粉丝不同之处在于他仅仅是关注,这种关注来得比较轻率,很轻率就喜欢,很轻率就厌倦,也很轻率就抛弃。这证明了认知与了解是需要成本和时间的,网络只是晃点了他一下立刻让他回到现实原形。

19

不管互联网设计得如何人性化,不管今天的网络交流变得如何真实化,它都无法达到人与人之间交流的最基本要求:表情、眼神、语气、动作必须同在。书信、电话的出现已经让交流打了折扣，互联网的交流在此基础上又打了一次粉碎性骨折，它形成了新的互动方式——语言交流障碍。但都按照自己的逻辑（甚至没有逻辑）往下推进。你说前门楼子，他说胯骨轴子。粉丝不管跟谁交流，都像是两个听力极差的人在声嘶力竭。

20

粉丝一般不把他喜欢的人当外人，所以会关心家长里短的事情，就像隔壁家的大妈，总希望你好，恨不得衣食住行都要过问。中国有一个自古以来形成的优良糟粕，喜欢替别人操心，喜欢劝人向善，总能在别人身上寻找到一丝能活下去的希望。一旦他关注的人在言行上超出他智力所能企及的伦理道德范围时，他们热爱传统的一面就体现出来了。他们真的很善良，和颜悦色，话语温暖，如涓涓细流，沁人心田。能改变一个人一向是中国人传统价值观念里不可忽略的成就感。但他们为什么不用这样的方式去完善自己呢？

21

在粉丝的眼里，关注，更多不是平视，而是仰望。即使这个人不是你喜欢的，因为他的知名度也让你下意识里把视线抬高去看他。在不经意间的摩擦中，粉丝们喜欢蓄意走火，总算找到一个机会教训你了：我一直觉得你没什么了不起的，终于找到机会告诉你了。恍惚间粉丝的地位提高不少。

22

由于这年头可粉的人太多了，所以，想粉谁，除了出于本能之外，还要选择一个口碑好、形象佳的人，但这与粉丝自身素质无关。比如郭敬明与韩寒，几乎是当今明星作家的两个截然不同的范本，但这不意味他们的粉丝也截然不同。在无知、没有思考能力方面，他们可以合并同类项。狐假虎威在任何时候都有用。

23

当网络出现骂战，你会发现有一类粉丝很像看家狗，为自己的偶像充当炮灰，来维护偶像的声誉。他们认为，因为偶像在他眼里是完美的，因此他们的红卫兵行为就显得正义很多。这类人像是蜂群，倾巢而出，誓为知己者骂。有时候偶像还没表态，粉丝们就先行一步。如果再受到一些暗示或指示，那事态就会被闹得很大。不管最终是胜利还是失败，都是光荣的。网络社会不仅有喜欢被当枪使的人，还有很多上来就认为自己就是枪的人。

24

粉丝有各种各样的人格障碍，讨好型人格障碍体现在通过四处讨好来获得一种安全感；边缘型人格障碍体现在无论走到哪里都容易暴怒，喜欢跟人起冲突；表演型人格障碍总喜欢现炒现卖到处复制粘贴他刚刚知道的新知识、新语言或新观点；偏执型人格障碍不管看到什么都怀疑是阴谋或炒作。最普遍的是依赖型人格障碍，不上网说点什么会出人命。

25

有些粉丝由于分析判断能力较差，语言组织整理能力又不强，但又热衷于参与到是非争议之中，所以他们在百炼中找到一件独门暗器：下结论。在他们的词典里没有"因为"，只有"所以"，不管这类结论性表达是褒是贬。"你就是一个民族败类"和"你就是民族脊梁"听上去都像骂人，都能让人顿时语塞。这种结论型粉丝很像一些领导的总结性发言或者拍卖场上拍卖员的最后一锤定音，用似乎退化的大脑简洁无力地编撰着《现代悍语词典》。

26

如果粉丝们仅仅出于个人愿望希望他关注的人能做出什么，倒还算正常，但以道德名义要挟被关注的人与绑架无异。动用道德这种放之四海而通吃的手艺，不仅可以衬托自己的洁白无瑕，还能唤醒其他沉睡的人，让自己在行使幻觉权力的时候显得不再孤单。而偏偏就会有人惧怕道德的吐沫星子，因此以道德名义出手的人还从来没失手过。如果说粉丝们尚有一丝优越感的话，那就是一直挥舞着道德的荧光棒。

27

粉丝都具备一种力量，这种力量叫征服。他们希望自己的观点被认可，不管是在与人交流还是骂战中。都希望自己是那个发号施令的秦始皇，其他人都鸦雀无声才好。但正是因为每个人都想这样，结果反而会愈加嘈杂，最后都变成歇斯底里。

28

粉丝喜欢站队，这和中国的现实传统有直接关系。这一点他们也在网络上发扬光大。他们有时候因为党同伐异或者因为观点看法不小心一致、出现"共鸣"的心态而站到一起，这还是跟他们怕孤独有关。当这支队伍初具规模，后来的人多是不知道或没能力站到该属于自己的位置上，下意识排在了后面。这种没有判断力的做法相对安全，有时候还能感到丝丝温暖。

于是出现了楚河汉界，接着是操吴戈兮披犀甲，严阵以待，随时等着一个导火索的点燃，然后车错毂兮短兵接。

29

粉丝与被粉者之间一旦形成一种关系，就注定是一种草根与精英之间的关系。粉丝们很自动地将自己调整到弱者位置，但他们并不是用示弱的方式衬托精英之强大，而是证明精英的瑕疵。

30

粉丝最统一的特征是缺乏常识，所以他们有一个最万能的武器——用展示自己智商的方式拉低别人智商，进而完胜。

（2011年）

宋柯：给中国唱片业寻找死因

为什么流行音乐这个行业在进入商业化时代后始终没有成为健康的商业体系呢？这主要是中国人对音乐不重视。公众对于这个国家有没有音乐其实是无所谓的，所以也就谈不上尊重音乐，也就无从去谈版权保护。

宋柯是最近十年中国流行音乐界的重要人物，他因为推出朴树、老狼、叶蓓等歌手而为人熟知；也因为一度成为华纳唱片公司中国区副总经理而成名；更因为在新媒体时代成为太合麦田总经理，并通过签约刀郎和李宇春的数字版权让他在音乐环境极其恶劣的情况下能坚持通过版权买卖让太合麦田成为盈利的公司。他的名字是和中国唱片业走得最近的一个。过去，宋柯在接受采访时，都会在他宽敞的办公室。办公室的环境和布置提醒每一个人，这是一家唱片公司。但是，当他这次接受采访时，却坐在他刚刚开张的一家烤鸭店里。

宋柯颇有些无奈地自嘲道："这鸭子我做好了真有人来吃，付完钱人家谢我，说做得真好吃；做音乐做好了真没用，没人付你钱，还骂你。"

音乐在今天已经变成最不值钱的一门艺术。假如宋柯当初知道现在音乐还不如一只烤鸭，可能他也不会离开珠宝行业，投身到从来就没有搞明白的流行音乐行业。

十多年前，宋柯还在美国留学时，看到了一本书，叫《音乐商业》。这本书通篇讲的是怎么把一首歌变成一个可以赚钱的版权产品，以及后续可能与版权发生任何关系的商业行为，它最详尽介绍的是版权在变成唱片之后的商业流通体系是怎样形成的。上大学时曾经是一个校园歌手的宋柯，像爱丽丝见到了小白兔，被带入了一个新世界。喜欢音乐，又有商业头脑，干吗不按这本书里说的那样试试呢。最终，这本适合美国人阅读的书成了宋柯进入中国唱片业的《圣经》，他不卖烤鸭才怪呢。

1996年，宋柯开张营业，成立了自己的唱片公司：麦田音乐，签下了朴树、叶蓓和尹吾三位歌手。

实际上，流行音乐从音像出版社编辑制进入所谓的唱片公司包装制，恰好发生在1992年到1996年这段时间。1992年，大地唱片公司在北京挂牌，到1994年达到一个小巅峰，出现一批包装时代的歌手，但大多数公司由于资金链的断裂而在1996年"中国流行音乐十年"的时候倒闭。而资金链断裂的最主要原因是做唱片挣不到钱，至于为什么挣不到钱，向来不会算账的音乐人把原因归结在盗版身上。

此时宋柯进入唱片业，对他而言，未来是什么样，他似乎并没有看明白。因为计划经济时代的音乐制造方式和市场经济时代的制造方式对他都没有太多可参考性，在他试图通过版权买卖去盈利时，他对中国的版权保护环境估计得太乐观了。在宋柯看来，即使有盗版，只要制作、批发、零售体系的利益分配合理，他一样可以挣钱。

十六年后，当宋柯坐在烤鸭店里，应接不暇地接着来自各路的订餐电话时，他才明白——音乐制作方（内容提供方）如果不能从商业流通体系里面挣到40%的利润，就一定玩不下去。

宋柯说："进入这行，我觉得最大的问题是正版一直没建立起一个合理的体系。我要聊一个新词叫'40%',40%是什么意思呢?就是说如果内容商,包括电影、电视,从商业体系中得到的收益比例达不到40%的话,这个行业一定是不健康的。90年代唱片体系能达到8%到12%,就是卖一盒十块钱的卡带,唱片公司能拿走八毛到一块。这如果要跟现在比的话,已经高得不得了了。今天大概只能拿到不到2%,就是版权方、内容商从整个的收益里边拿的不到2%。这样的比例,注定这个行业要完蛋。举一个很直接的例子,就是这次一个张伟平就能要求院线再提升两个百分点,从43%再提升到45%,这就是一明证。NBA也是一个明证。NBA每年都闹,打篮球的运动员其实就是艺人、表演者,他们要求分到50%以上。中国的唱片行业,最高的时候也没有到过15%。"

但就是这个不到15%的商业利润回报的行业,竟然也撑了二十年。做流行音乐的人发现正版不挣钱,都逐渐转变成经纪人,靠歌手演出挣钱,实际上也主动放弃了对版权利益的要求。另外一点,即使盗版再怎么冲击,中国人口基数大,怎么卖还都能卖出去一部分。但随着这点市场逐步被蚕食,本来完全可以成为流行文化商业体系盈利点的流行音乐,被摧毁了。

电影行业的人在叫苦,说一部片子上映,会有10%到20%的票房被偷走。对此宋柯算了一笔账:"八十块钱门票,给你改成四十块钱,这样院线就拿走六十块钱,你被盗了的情况还拿25%呢,八十块拿走二十,我们音乐顶到头就没拿过25%,所以40%这个标准我认为非常重要。电视、网游都是这样。网游远远大于40%,网游从渠道分配的比例能到70%以上。所以网游是商业动力最强劲的一个词。内容上的变换、升级、营销方式、人才都是最先进的。所以中国的唱片业一开始就以一种不健康的商业模式生存的话,它就一直是艰辛地走到最后,到今天已经降到不到2%、3%的情况下,那这个工业体系就肯定是死了。"

为什么流行音乐这个行业在进入商业化时代后始终没有成为健康的商业体系呢?这主要是中国人对音乐不重视。公众对于这个国家有没有音乐其实是无所谓的,所以也就谈不上尊重音乐,也就无从去谈版权保护。其次，音乐不像电影、电视或者网游一样可以包含很多内容，会涉及意识形态，官方认为音乐不具备喉舌和媒体的力量，所以政府部门对扶植音乐产业没有任何兴趣，自然也不会为音乐产业提供一些健康的商业空间，流行音乐一直处于姥姥不疼、舅舅不爱的尴尬境地。这一点和电影的待遇完全不同，虽然审查制度很扭曲，但是至少还在为电影市场营造相对良好的环境。在这种情况下，音乐行业只能自谋生路，自生自灭。

"这还有另一个 40% 的问题。"宋柯说，"制作商、内容商在唱片领域，实际是最分散的，比电影、电视剧、游戏行业分散得多。在这个领域最大的企业，把'四大'算上，在华语音乐都占不到 20%。最大的一家可能也就占 17%、18%。"这意味着，音乐行业缺乏主导话语权，无法设定有利于自己的游戏规则，只能任人宰割。尤其是到了互联网时代，这一点更为突出。

宋柯说："当时为什么能生存？当年我们公司虽然很小，发行商也没那么大。声像不行我找音像，音像不行我找中唱，中唱不行我找美卡，那些企业也没有一个垄断的。但是一到互联网时代唱片业就加速死亡的原因是，你找中国移动，它拿 80%；找百度，它拿 80%；你找腾讯，也是 80%。那些下游企业突然变成了庞然大物，你发现你失去了议价能力，没有任何 40% 的单体或者联合体的一个行业，就会被人压榨到从唱片时代的 10% 直接降到今天的 2%。这个 2% 说不好听点就是赏口饭吃。"而音乐是一种有很强创意性的艺术，前期制作成本很高，进入到商业流通领域，被压榨到 2% 的时候，基本上没法干了，于是这个行业的人都纷纷离开。当人们习惯去抱怨没有好歌听的时候，根本不会去想为什么这个行业一直在赔本赚吆喝。

宋柯比较欣赏苹果公司史蒂夫·乔布斯对待数字音乐的做法："当乔布斯想把音乐行业从传统往数字引的时候，他提出一个诱人条件是'七三开'。内容方拿 70%，苹果拿 30%，后来延伸到所有 APP Store 的软件里。第一是我把这个开放，第二大头让你拿，这是一个革命性的步骤。这和新旧销售平台没关系，这是一个人对创意行业的认知。有一些破游戏，比如《愤怒的小鸟》，它的开发成本可能和一些大游戏没法比，但是它同样能拿到大头。乔布斯刻意绕开当年的那些分成者,他认为数字时代最好的办法是抛弃很多中间商,这是健康的,这是真正意义上促进创意行业发展的。但你看中国的卡拉 OK 版税分成,这是最最传统的没有中间商的分配方式,我们版权方加上词曲作者,加起来都不到 46%。"

关于这个分配比例的问题,宋柯在各种会议上呼吁了有七八年了,但没有任何效果。当彩铃出现的时候,宋柯发现,这个利益分配方式比较符合他理想中的模式,所以他最早最快转入到彩铃领域,而且也确实从中获得了商业利益。

彩铃的利益分配方式是"1585",运营商中国移动拿 15%,SP 代表内容方拿 85%,然后 SP 和内容方再五五分成,这样最后到内容商手里的利润还能到 42.5%。如果真的按照这个游戏规则玩下去,中国的音乐行业从传统转向数字还是有一定生存空间的。

但是,没有一家 SP 是诚实的企业,就像传统的音像发行商不诚实一样,甚至 SP 他们比传统发行商更不诚实,他们用各种理由隐瞒数字,最后,内容商又被挤回到不到 10% 的空间去了,于是彩铃又不行了。宋柯说:"刀郎的彩铃版权如果按 42.5% 分成的话,我从他的歌中应该能得到一亿,但是由于被挤到了 10%,我只得到了两千万。这就是一个商业体系在国内的唱片工业领域里非常重要的原因。所以,你看电影业,无论出多少烂片,只要有这个比例在,就能挣钱,就能保证有好片出来。"

在宋柯看来,不是因为人们写不出好歌,也不是因为消费者不付钱,也不完全是因为盗版,而是暗中拉着这个行业倒退的分成比例从根上让音乐行业坏死掉了。宋柯说:"我无数次在同行会议上说,我们只干一件事,把这个比例提高。把这个比例提高了,再聊咱们自己打架的事。咱们的蛋糕被人切得就剩 2% 了,二十多家公司一年就分这五亿人民币,还你争我夺的,这个偷偷跑去献媚,那个偷偷去妥协,有意思吗?但是就这也没人听。"

音乐行业比例分配问题早在计划经济时代就出现了,只是当年由于没有盗版和数字传播,加上受众市场很大,即使是薄利,由于多销,也能挣钱,所以这个分配比例不公平的问题一直被忽略了。可是一旦遇到外部因素的破坏，这个问题立刻凸显出来了。那就是，上游的制作方和下游的零售方所占的利益分配比例比较低，中间的批发方占了大部分利润。

"盗版是典型地把自己的利润压低，把利润留给零售方。一张盗版碟，做盗版的只挣一毛钱，所以零售商愿意卖盗版；街上抱着孩子卖盗版的大嫂可以从五块钱里拿到两块钱的毛利，40%的利润，能没有动力吗？但是唱片店卖掉一张十块钱的唱片，只能挣一块五，怎么跟人拼呢？如果比例合适，没有盗版，音乐行业比卖服装、开餐馆挣钱。"宋柯说。

宋柯认为，音乐行业的衰落，除了分配比例问题之外，跟这个领域的技术更新问题也有关。游戏从单机到网游，电视从普通到高清甚至到3D，电影从普通到IMAX，从音响到视觉，它不停地用技术获得产品的更新，让盗版跟不上。而音乐却在倒退，从CD回到了MP3，MP3变成了甚至唱片公司都能接受的格式。"MP3是什么？我认为就是VCD。音乐从DVD回到了VCD，完全是不应该的一件事。为什么大家都接受VCD格式的电影？国外没有VCD，大家都觉得VCD太烂了。中国是发展中国家，亚洲经济不怎么靠谱，偏穷困的地方都有VCD，中国、越南、俄罗斯、东欧，再往西边去，就没了。包括日本、韩国，稍微先进点的地方，都没有VCD。现在音乐在我看来就是回到了VCD时代，还越做越高兴。但是很可笑的是VCD当年挣钱啊，卖VCD机的人、卖VCD盗版的人都挣钱。但MP3不挣钱的事人们怎么还那么乐于接受呢？从消费者到行业内部，都乐于接受，觉得iTunes很伟大。iTunes伟大个屁，它的音质不行，它实质上是在贩卖退步的产品，只是为了获得销售硬件的更大市场。所以我们的行业有问题，MP3完全是一个很差的产品。这也带来消费者对你的轻视：你都给我这个东西听了，我可不是能不付钱就不付钱了。我连歌词都看不到了，封面也没了。"

互联网时代对传统音乐行业的冲击，对中国音乐行业和其他国家音乐行业来说一样是始料未及的，但在商业体系比较完善的国家地区，至少还可以按照新的商业规则补充完善，这一点日本做得比较好，传统唱片销售和数字音乐销售都是成功的。但中国在这方面就比较被动，一方面没有成熟的商业体系和法律保障，另一方面新媒体企业完全是在扮演一种强盗角色，没有法律意识和道德意识。更糟糕的是，音乐行业在与新媒体行业打交道的时候，始终不知道自己该扮演什么角色。

"我要说点得罪同行的话。"宋柯说，"我认为很多同行是想当经纪公司的老板，而不是唱片公司老板。百度一出来的时候大家说，'喔，这宣传力度太大了，我得赶快让我的歌手上百度去'。就跟他们当年上电台一样，电台到现在都没有给我们一分钱，大家觉得理所应当；电视台也没给我们一分钱，大家觉得电视台替我们宣传。人们从来没在意电视台所有能挣钱的、获得广告的节目里面都有音乐，而那个音乐不是我们给他去做宣传的，你想让他做宣传的东西只占很小的一部分，大量是他在拿我们的音乐赚钱，没有人意识到这一点。到互联网时代更令人发指，电视台至少不直接卖音乐，传统商业体系就是媒体永远游离在商业体系之外。这有一个链条，制作方、发行方、零售方，媒体游离在这个链条之外，媒体几乎很少介入销售体系，只是帮助你让中游知道上游，让下游知道中游，或者让下游直接知道上游，这就是媒体的直接功用。传统媒体不付钱我觉得还说得过去，但是互联网时代不一样，都是兼具的。比如说腾讯，腾讯的音乐就是商品，直接把音乐作为道具卖了。但是往外说的时候，它说它是媒体，为了实现播放功能，帮你传播。如果我们行业没有意识到其中的问题的话，那我们怎么能不死呢。我们不死倒是奇怪了，真是天上掉馅饼、傻子撞大运了。肯定是要死的，因为所有这些根源上的问题，我们都没解决"。

传统唱片业为了控制可怕的商业复制和传播，采取过很多办法，比如推迟生产双卡录音机，生产空白录音带的厂家每生产一盘磁带都要向唱片行业支付一笔版税，用来弥补因为复制传播可能带来的经济损失。但是到了CD时代，最初一直没有推广可刻录CD设备，毕竟飞利浦和索尼这样的公司既是上游企业也是内容企业。互联网时代的到来，让这些厂家明白大势已去，无法再从可刻录 CD 生产环节收取版税了。

宋柯说："我一直没想明白的事情是，以乔布斯的能力和对音乐的爱好，这些唱片公司大佬竟然没说服乔布斯一起制定一个全球的统一标准。比如说就把 iPod 作为飞利浦推 CD 或者索尼推 MD 时制定的那个标准延续下来，大家都执行就完了，比如制式必须是这个标准，你换了制式，无法下载音乐，就解决这个问题了嘛。全世界要求互联网必须这么做，那中国不做就真是有问题了。所以我觉得娱乐产品硬件的发展跟行业很有关系，但一定是之前内容企业和渠道企业形成了相当的默契，制定出了一个相对来说双方都能接受的标准。但我要说的是，美国数字音乐现在反弹还是很快，去年已经到 74 亿美金，这个额度已经到唱片辉煌时期的 1/3，而且是从前年的五十多亿涨上来的，上升幅度很大。我觉得数字音乐不用回到鼎盛时期的两百多亿，什么时候能够回到一百多亿，我认为这个行业就又回来了。"

宋柯在一步步反思他这些年从事音乐行业遇到的问题，有客观问题，凭一己之力无法撼动，同时他也认为自己在判断上有一些失误，但他至少还想到了这一步，对更多从事这个行业的人来说，可能根本没有意识到这些。宋柯说："我曾经幻想过互联网时代音乐行业的标准应该在中国产生。彩铃当时给我们带来一些幻觉，因为中国是最大的互联网市场，也是最大的手机市场，我想如果制定一个新标准，哪怕只在中国实施也会很好。我的错误在于，想得过于天真，而且走的方向并不是从根上解决问题。从根上解决问题应该是先解决掉'份额 40%'的问题，先有了 40% 的企业，有了话语权，再去为行业争取另外的 40% 的分成，这个就比较客观。我们走的都是弯路，遇到问题赶快回头补救，这样就犯了以前的老错误。我当时的幻想错误在于，当初音乐产业中间收得多，两头赚得少，因为彩铃的出现，让我看到终于看到了这一天，中国移动只要 15%，SP 要 85%。后来通过我的努力把 SP 踢出这个行业，变成五五开，解决了分成的问题，但我又发现，还是不行。比例对了，但到底哪块收入拿来按这个比例分，这个界定标准不由我们定，而是由移动定的。移动去年无线音乐的收入二百七十九亿,其中哪些是算版权的,不由我们定。唱片业最终得到的五亿,一定是按五五分成来的,包括8%的词曲费和92%的录音版权,移动做得非常正规。但是规则是移动定的,解释权归移动。"

事实上,中国移动与内容商在收入分成上,只有少部分属于可以"五五开"的。以去年二百七十九亿的无线音乐收入为例,其中有一百八十亿是功能费,中国移动不承认这属于无线音乐收入,但没有音乐它也不会创造这个收入。还有一部分无线音乐会员费,一年有大约六十亿的收入,也没有列入分成里面。还有,中国移动推出的音铃包,它搞一个包月,包月费内容商一分钱没有,只有一点版权费。通过各种名义版权异化之后,内容商差不多又回到2%了。在2007年移动的九寨沟无线音乐会议上,宋柯提出了分无线音乐会员费的要求,但是根本没有获得SP和其他内容商的支持。如果那一步走出来了,至少可以从三十亿会员费中获得一大笔收入,这对每天靠杯水车薪活着的音乐行业来说,是能看到一丝希望。遗憾的是,这个行业从来就没有团结过。

宋柯对做艺人经纪人的角色没什么兴趣,虽然也能挣到不少钱,但他更想把唱片公司的本质价值体现出来,那就是使版权价值得到充分体现,但这只能说是一种很高端的想象而已,中国并不具备这样的环境。宋柯说:"经纪公司模式特别简单,一是希望艺人多挣钱,自己就可以多分钱;二是可以整天跟艺人在一起,这样他们就认为这是个不一样的行业。因为这种心理,他们自己都不尊重版权,不知道自己手里拿的版权是一个应该值多少钱的资产。现在所有人还在跟我聊他的艺人一年赚多少钱,他年收入多少。这种事情我都干过,签个朴树我一年还收一千多万,佣金还提一两百万。但我一点都不认为这件事对我有什么意义。这么多年我跟很多艺人都认识了,甚至很多艺人都是我管理的,这又怎么了?我觉得这事太一般了,不太高端。我的意思是,我做了好东西,它应该值钱,而不是说艺人给你挣多少钱。我认为有才华的艺人能赚多少钱是他的本事,不是我的本事。我的本事是这东西值多少钱,并且搁在这里可以一直赚钱。"

现在回想起刚刚进入环境早已恶劣的音乐行业的1996年，宋柯觉得那时候的环境跟现在比好太多了。虽然那时候也没有话语权，但至少出一张唱片还能挣钱。后来宋柯发现传统销售里面存在比例分配问题，在慢慢有了些知名度和影响力之后，也跟音像发行公司谈过成本与定价的比例问题，但是没能坚持下去。

一个带着商业理想走进唱片行业的人，如今以餐饮行业管理者的身份坐在餐馆里谈论音乐行业的兴衰，这本身就是对音乐行业的一大讽刺。音乐真的已经沦落到连一只烤鸭都不如的境地。宋柯说："现在太合麦田的业务没有任何风险，我们把新艺人的制作这部分割裂，成本就下来了，只接移动的业务和传统版权管理就行，太合麦田的规模每年也能有几百万的纯版权收入。从这个角度讲，太合麦田现在活得挺好，业务平稳，所以我就没有必要在平稳的业务之下还天天冲在前面，太无聊了。整个行业的能力已经急剧退化，不仅是造血能力退化，营销能力也在退化。现在唱片公司的那几招实在太落后了：到电台打榜；到百度刷个排名；到微博搞个营销。我认为这都是小打小闹，不能解决实质问题。现在有好作品，但也没有当年的状态。当年媒体的推动作用和媒体的审美都很好，现在已经不同了。但我也从来不抱怨媒体，唯一能抱怨的就是我们自己，活到现在这个地步，就两个字：活该！"

一个行业总是这样，一荣俱荣，一衰俱衰。太合麦田在过去的这些年，由于行业不景气，离退辞开的员工有一百多人。前段时间，太合麦田搞过一个聚会，那些离退辞开的都回来了，这些人到别的行业干得都挺好，有在大公司做的，有自己创业的，都做得风生水起。看着这些人才，宋柯不禁感叹：音乐行业真是留不住人才，连自己都开烤鸭店了。

（2012年）

歌星带着合同在天上飞翔

《中国好声音》选手的爆红和商业演出出场费的飙升，最能直接说明一个问题，目前中国一线歌手的群体太小，什么演出都找他们，出场费自然会涨上去。在狼多肉少的情况下，肉的价值一定会提高。

短短三个月的时间，《中国好声音》节目最终走到决赛的选手商业演出的出场费已经升到每场三十万元左右。即使这个价格，仍然有不少演出商挥舞着钞票，《好声音》经纪公司不得不推掉一部分演出，将每个歌手的每月演出控制在二十场左右。而作为四个导师之一的那英，出道十五年也没有达到这么高的出场费。

所谓商业演出，是计划经济时代的"走穴"在市场经济时代的体面说法，即歌手参加一些由政府、企业、演出公司等出资举办的拼盘性质的演唱会。按照行规，歌手在一次演出中最多演唱三首歌曲。

音乐行业在近十年来腹背受敌，盗版、网络免费下载，彩铃收入缩水，几乎所有靠音乐生财的路都先后被堵死，最后逼得歌手们不得不上路，靠演出来挣钱。事实上，音乐行业创造的产值与十年前相比有增无减，而增值部分主要在体现在演出这一块。如果拿影视行业和音乐行业顶级艺人的收入做一个对比的话，孙红雷和文章肯定不如"凤凰传奇"、汪峰这样的一线歌手年收入高。

两年前，歌手的出场费普遍提高，主要原因是应接不暇的商业演出让他们不得不用提高出场费的方式淘汰掉一些演出，即便如此，一线歌手还是要控制住月演出数量，不然他们可能连睡觉的时间都没有。

政府搭台，企业买单，歌手数钱

如果粗略算一下，中国歌手每年在商业演出市场上创造的产值大约在十亿元左右，而这个数字的背后还有将近一半的商业演出是亏本的，究竟是谁这么慷慨地不计成本，把钱投入进来的呢？

在采访中，所有被采访者的回答几乎一致：政府行为、企业行为和纯商业行为。

有句话叫"政府搭台，企业唱戏"，但企业唱戏没内容，所以就会有"企业搭台，文化唱戏"，只有这样才能产生一定的社会效应。在这种思路下，全国各地各种名目的"节"便应运而生，至于这类节究竟能给当地带来多大经济和文化的提升，其实已经变得不重要了。没有哪个地方的政府公开过支出与收入的账单，更多是流于形式，甚至转变成一种面子工程、政绩工程。

地方政府在举办各类节的时候，一个不能缺少的内容就是要搞一场大型演唱会，这既符合中国人喜欢办五花八门的晚会的癖好，同时演唱会最能聚拢人气和关注度，对"××节"知名度的提升非常有帮助。而这场耗资往往在四百万元左右的演唱会，必定要请来两三名一线歌手，四五名二线歌手，六七名三线歌手——这几乎是中国所有节演唱会的固定模式。试想在中国几乎每天都有四五个节开幕，即便是内地加上港台甚至再加上日韩的一线歌手同时上阵，也忙不过来。政府往往会把各个节的演出部分转给当地的一家企业，这家企业再让一家有演出资质的演出商承接。至于这场演出能不能靠门票收回成本或者盈利，那是次要的。一旦出现亏空，当地政府会用别的手段将这个窟窿填上。

"凤凰传奇"的经纪人徐明朝说："我们每年参加这类节的演出大概占四分之一，我也不太清楚主办方是谁，但是有一个显著的特点就是有一个什么节，像桃花节、西瓜节、牡丹节，大一点的像青岛啤酒节、广西民歌节，像这种应该都是政府性的。现在在每一个城市都有这样的节，形式不外乎就是晚会，让全城市的老百姓来看。除了这样还有什么办法呢，让郭德纲说一场相声？达不到那样的效果。但是作为政府来讲，最希望得到的效果并不是演出当天来多少人，明星多大牌，最重要的是之后在地方台能播出，可以覆盖到全省。还有一个就是每一年这样的演出，领导班子都希望比上一届办得更好。就像一个企业如果今年做得没有去年好，就可能是今年的财政出了点问题。我们会见到这样的城市，如果你看到今年做得更好了，那这个城市应该就是财政收入比去年高一些。中国人常规的晚会就是这样，就是一个明星拼盘的演出。"

天娱传媒副总经理、艺人经纪部经理杨柳说："像李宇春这样的歌手对这种拼盘演出是有要求的，比如她不会去做类似于企业开业一类的商演，主要参加的应该还是一些节、电视台参与的商业演出。"

还有一类是企业行为的演出。比如企业年会年庆、企业发布新产品等，一些实力雄厚的企业，搞一场大型拼盘演唱会，能达到纯商业广告达不到的效果。

徐明朝说："就我所知，拼盘商演赚的少赔的多。但是他花了五百万，回收了三百万，表面上赔了两百万，但是主办方其实是乐意的，因为置换了很多资源，拿到了很多资源，可以把这个两百万抵上去。"北京元典星焜文化传播公司总裁原始认为，一些地方企业冠名商业演出有时候会比纯广告效果好。"因为只有演唱会能在短时间内积聚最多的人气，在演出那一天集中爆发。假设你在当地有一个大企业，想要做宣传，你会觉得做演唱会是最好的选择。比如有一个房地产公司在当地并不是最好的，楼盘地点也不是最好的，但是老板花几百万冠名了一个'超一线'水平的演唱会，那么会给大家一个印象，认为他的房地产公司像演唱会一样是最好的，这样他的获利可能比这几百万冠名费要大得多。"

徐明朝说："企业的周年或年会，很多企业的年会也不是在年底，有些是答谢晚会，或者是把销售代表集中到一个城市开会，一起吃饭，晚上就有一个晚会演出，底下都是公司里的人，这是大公司才有的。这类演出占我们每年演出数量的四分之一。"

还有，全国各地都有演出公司，这些演出公司除了承接一些商业演出之外，自己也会搞一些商业演出。而这类商业演出由于投资大风险高，真正能盈利的基本上还是在文化市场比较活跃的一线城市。

总体来说，中国的演出市场基本上还没有摆脱堂会性质，它只是由个人行为变成了公开性商业行为而已，而且这是中国独有的。发达国家的演唱会已经完善到牙齿，而我们还停留在靠人多势众的团体操层面上。而在大城市拼盘式的演出已经没有什么市场了；二三线城市由于文化内容匮乏，明星效应在这类城市还是有效果的，不过也已经显现出对拼盘演出的兴趣越来越小。但拼盘商演在不计成本的政府和企业行为的羽翼下，依旧是主流。这些质量不高的演出方式养活了中国所有的歌手。

出场费飙升的秘诀

倒退二十年，流行歌手的身边还没有经纪人或助理这样的角色，演出的出场费也是从几十元到几千元不等，对于怎么确定自己的商业价值，如何提高自己的商业价值，他们是没有概念的。随着市场经济的出现，音乐行业的不断进步，人们越来越习惯按照商业规则来办事，歌手的商业价值才慢慢体现出来。人们对一个歌手一首歌唱十年、唱遍大江南北有了微词，其实是一种市场需求的结果。因为中国太大、市场太大，一个歌手把一首歌唱遍犄角旮旯并让观众感到恶心的事情在中国是不会发生的——哪怕自己都唱恶心了，也得继续唱下去，因为商业演出合同一直会像雪片一样飞来。这其中最典型的就是孙楠，他上一次唱红的歌曲还是1999年的《不见不散》，但他一直是一线歌手，出场费一直排在最前列。既然市场需求大于观众对歌曲本身的需求，那何乐而不为呢。

歌手出场费的高低是一个金字塔形，最上端的内地歌手并不多：刘欢、李宇春、宋祖英、孙楠、韩红、那英、凤凰传奇、李玉刚、汪峰、韩庚、张杰、张靓颖……他们的商演价格都在五十万以上，个别歌手的出场费已经到了一百万。

十五万到五十万之间的大约有二十几个，算是二线歌手，但真正能达到四五十万的歌手并不多，一般都在十五到二十万之间徘徊。十五万以下的，基本上可以归到三线歌手，一般出场费在六到十万之间。还有出场费低于三线歌手的那批歌手，他们可能是在多年前红过，或者一直就没红过，他们游走于二三线城市甚至更偏远的地区，出场费从几千块钱到一两万不等，没有人知道他们在哪里唱歌，唱什么歌，这样的歌手成千上万。

歌手如何制定商演价格是有讲究的，天娱公司的杨柳说："对于选秀歌手来说，无论是超女快男还是中国好声音，面对的第一个问题都是歌手的价格制定。因为突然的蹿红，你不知道给这样的歌手制定一个什么样的价格是市场能够接受的。这类歌手不像传统的歌手，他们有一个渠道和过程来定位和把握行业的大体标准，一个选秀歌手应该给他制定怎样的价位，是我们面临的一个很大的问题。选秀歌手的价位主要依据的是歌手在参赛过程中的受欢迎程度。这个受欢迎程度是可以根据歌迷反映和媒体报道量看出来的，我们依据这些给歌手定价。接下来会通过一个季度的时间来判断这样的定价是不是合理，如果不合理就会马上调整，这是我们的歌手和传统歌手不一样的地方。应该说近两年，我们的思路越来越清晰了。大家都知道这个行业是有很多灰色地带的，比如有很多的中介公司和演出公司，可能演出商没有办法直接找到经纪公司，他会试图通过中间多个环节来找歌手演出,这中间的多个环节都涉及收入问题,比较难控制。对天娱来说,我们四年前就已经做到了艺人价格透明化,不会因为演出商联系的中介公司不同、中间经手人不同而对艺人的演出价格有影响。另外一个不同是,我们公司的艺人特别多,一共有六十多个,如何在演出定价上避免自己人打自己人,也是我们需要考虑的一个问题。所以在艺人定价上我们还是有一个区域划分的,比如哪些艺人是中高端市场的,哪些艺人属于三线城市市场,哪些艺人专攻酒吧,哪些专攻政府类演出……我们是有非常详细的市场划分的,有一定的规律。"

歌手每隔一段时间会提高商演价格,一般参照最多的是商演邀请的频率,如果在一个价位上演出商的邀请多到忙不过来,会适当提高价位。还有,歌手近一段时间成为新闻事件的焦点,关注度比以前提高,也会顺便提高商演价格。还有就是歌手近期举办过个人演唱会,人气度提升,接下来的商演价格也会升高。徐明朝总结说:"歌火了,成为新闻热点,演唱会,大通告,发专辑,大型代言,炒绯闻,都是出场费升高的因素。"

凤凰传奇可以称得上是当今的"商演之王",他们的商演出场费是每场六十五万元,他们每个月有十到二十场之间的商演,一年有一百到一百二十场之间的商演,这还是反复控制下的数量。今年8月,凤凰传奇就把到年底之前的商演日期排满了。去年,凤凰传奇的商演价格还在三十万。徐明朝说:"我们有十八人的团队专门为凤凰传奇服务,价位低的话就没法儿演了,但凡是演出商都来抢。我们这次提价之前,中介经纪人直接一场赚二十五万,他给主办方报五十五万,那我不提就疯了。那个时候经纪人是最愿意做我们的商演,所有经纪人都跟主办方推荐凤凰传奇,报四十万、五十万,主办方都接,然后经纪人给我们三十万,赚走一大笔,我们养活了一大堆中介经纪人。有一次,孙楠跟魏玲花(凤凰传奇主唱)开玩笑说,你赶紧涨价啊,你再不涨价把我们生意都抢走了。同级别的歌手,人家六十万,你四十万,在现场受欢迎程度差不多,主办方肯定愿意请便宜的。中间经纪人试探着抬价码,发现也有接单的,那我们干吗不涨价呢。

但是涨价也只是压缩了经纪人的利润空间,他们还是有的赚。"

徐明朝根据自己对这个行业的了解总结出了一些经验,他说:"我自己归纳出一些商演价格走势,不一定完全正确。大部分新人出来都是三万,这是个坎儿,三万走不走得动,就是看你第一步迈得好不好。三万过后就是六万或者八万,但是十万这个价钱很少有人要。三万跳到八万,八万跳到十五万,这是两个坎儿。十五万是最难的,十五万过了之后就是一点一点涨了,你可能十五万跳到二十一万,或者跳到二十五万,都是有可能的。再就是过三十万,这就更难,过三十万的本来人就不多,就看你怎么做了。我觉得内地艺人出场费能过三十万的基本上就顺风顺水了,就能按照他的想法来做事了,三十万以下的就很难,我觉得这是个界线。"

比如《中国好声音》的四个评委,由于他们在今年(2012)夏天这场最受关注的娱乐节目中曝光度和关注度大大提升,这三个月的时间里商演的出场费提高了二十万。

张杰是天娱公司除了李宇春之外商演出场费最高的歌手,由于他人气一直很旺,所以,公司会根据他的情况调整商演价格。杨柳说:"比如张杰的演出价位在三十万的时候,演出的量太大,这个强度是艺人自己不能承受的,这时候就必须要给艺人提价。虽然演出是我们的主要收入,但艺人不可能一天到晚只顾着商演,他还有很多其他工作要做,所以这个时候我们就会提价。我们调整价格的主要依据就是艺人的演出量。当然,我们也会参考行业内其他艺人的标准。一个艺人需要提价,但这个价格需要提多少,是一个需要和市场不断磨合的过程。如果一个艺人提价之后,虽然收入增加了,但商演的量下滑得很快,一个季度后我们也会对这样的现象进行反省和评估。所以说,我们对市场的敏感度是特别高的。我们的设想是希望张杰的演出最多不要超过一周两场,一个月不超过八场,以免影响其他的工作。当然现在的实际演出量是要大大超过这个控制的。"

从《中国好声音》里走出来的歌手也是这样,最初,在他们还在参加电视节目录制的时候,就已经有不少演出商开出十万元的商演出场费。现在,李代沫、吴莫愁、金志文、张伟这些歌手的商演价格到了每场30万。虽然他们没有自己的代表作,但是电视的传播效果让观众对你唱什么完全忽略了,只要是这个人唱歌,他们就喜欢。从今年10月到之后的11月,这些歌手几乎每天都有演出,人气高的歌手,最多一个月能有二十几场的演出。即便是当初的超女,也没有《中国好声音》的选手提价快。

《中国好声音》选手的爆红和商业演出出场费的飙升,最直接能说明一个问题,目前中国一线歌手的群体太小,什么演出都找他们,出场费自然会涨上去。在狼多肉少的情况下,肉的价值一定会提高。所以,像从《好声音》里走出来的学员,甚至连一首属于自己的歌都还没有的情况下,已经直奔二线阵容了,可见现在歌坛太缺少新生力量了。

二三线城市是商业演出利润增长点

从商业演出的角度来讲,一般省会城市被当作一线演出市场。这些城市支持演出的硬件相对齐全,人口密集,媒体发达,演出操作相对规范。但是中国经济发展不均衡,西北、西南等经济相对落后地区的省会城市未必会被歌手看作一线城市。而深圳及东南沿海的二级城市由于商业发达,好大喜功的企业比较多,反而可以进入一线行列。

对于像北上广这样的一线城市,真正的商演已经不多了。这几座城市的观众口味已经变得越来越刁,只能接受个人演唱会。但是能让演出商接住的歌手其实没有多少,只有有号召力的歌手才能在这三座城市开个人演唱会。加上新生代有票房号召力的歌手不多,这些年在真正一线城市开个人演唱会的总是那么几个老面孔。

所以,大部分歌手把目光投向了准一线和二三线城市。如果以成都为点,将中国从南到北画一条线的话,歌手奔波的二三线城市主要在这条线以东的地区,能承接大型商业演出的城市有几百个。以孙楠为例,如果邀请他参加的演出他都到场的话,他一个月能演一百场。

为什么二三线城市对演唱会的需求量这么大？因为他们越来越有条件举办这样的演出了。虽说欣赏口味还停留在上世纪80年代北京、上海观众的层次上，但这并不妨碍他们以此来丰富业余生活。长期以来，由于中国经济和文化发展的不平衡，造成了大城市文化资源过度饱和、中小城市文化资源极度匮乏的现状。随着经济水平的提高，一些经济发展很快但文化发展相对落后的地区开始有了更高的文化诉求。目前，二三线城市的商业演出相对较多地主要集中在长江流域、东南沿海地区。比如张学友做过一百三十场个人演唱会，遍布一二三线城市。

原始说："现在三线城市的演出市场很火，因为对三线城市的观众来说，这很新鲜，比如像周华健这样的腕儿以前只能在电视上看见，而现在可以来到观众的身边。当地一些有钱人哪怕花一万块钱请你吃饭，也要弄到演出票，还有些没钱的人，哪怕溜进去，趴墙头上，也要看。所以在中国可以从一线城市逛到二线城市，逛完还能到三线城市，一圈之后再做一套新的节目又可以回到一线城市演出。"

但是二三线的商业演出真正能做到像一线城市那样的高水平还有一段距离，这类城市的演出还停留在企业赞助或政府行为上，完全靠市场行为盈利的几乎很少。北京巨龙文化公司总经理刘忠奎说："中国的市场非常大。比如我们前阵子去到六盘水这个地方，交通上看是非常偏的地方，但是因为有矿，这个地方非常有钱。一些企业老板想通过做演出来宣传，来源首先可能是自己身边的人，比如她女儿最近喜欢什么歌手，他就愿意去做谁的演出。我听到很多老板都是这样做演出的。还有就是通过调研，确实发现某个艺人有一帮小粉丝，就会蜂拥去做。"

由于二三线城市在演出操作方面存在很多问题，经常导致一些商业演出"演砸"，比如今年成都的大爱音乐节，张信哲和梁静茹在洛阳的演唱会，都因主办方操作不当，超出自己的能力范围，欺骗观众，引起现场骚乱。

但不管怎么说，目前二三线城市是演出市场的新的利润增长点，而同时也是亟待解决专业化和规范化问题的城市。

个人演唱会成功与否才能证明你是不是一个成功的歌手

歌手奔波于各个舞台，无非是一种吸金行为。对很多歌手来说，举办一场个人演唱会，才是他们现场演出的最终梦想。即使他们个人演唱会的收入远远低于一场商业演出只唱三首歌的收入，他们仍希望能有一个像模像样的个唱，因为这是自身价值和能力的体现，同时也可以在随后提高自己商业演出的身价。就目前而言，内地歌手能举办个人演唱会并且还能让演出商盈利的并不多。

有些歌手虽然商业演出应接不暇，但是未必能在一个体育馆举办一场演唱会。很多时候歌手在公众当中形成的个人魅力和商业上的影响力决定了他的价值，这个价值最完美的体现就是在个人演唱会上让观众坐满。抛开那些政府行为和企业行为的演出，实际上观众已经越来越趋向于看个人演唱会。以北京为例，去年（2011）北京只举办过四场拼盘演出："纵贯线"、"滚石三十年"、"摇滚怒放"和"非常完美"。"非常完美"是企业冠名的演出，实际上并没有持续下去。"摇滚怒放"在做完北京和上海的演出之后，成都演出由于成本太高而流产。只有"纵贯线"的巡回演出盈利了。这说明观众对晚会式演唱会开始有所警觉，他们希望能在现场看到真正与众不同的演出，而不是台上如走马灯一样变换面孔却无法把观众情绪推向高潮的那些拼盘杂烩。

刘忠奎做了二十多年的演出公司，不管是做话剧还是音乐会，他都很成功，他很清楚现在的演出市场是个什么状况。他并不看好现在的拼盘演出，他说："现在项目虽然多了，但是好项目并不多。比如，周杰伦、王力宏都在走下坡路；张学友不演了，一年只演一次，即使是歌神也慢慢不行了，最后也赔钱了；刘德华也不演了，四年出来演一次。演出公司也得出来找可以引起关注的点。现在媒体报道的面非常宽，网络也极其透明，出来一个热点第二天全世界都知道了。就像《中国好声音》要做演出，有三十家公司同时找上门，有些是演出公司，有些是有闲钱的人，还有些是企业，这样就把他们的价格炒起来了，本来是两百万一场，现在可以要到八百万一场。但是我不做，因为我感觉到了其中的风险。风险在于：第一成本高了，比最初的要价高了很多倍；第二我觉得他们的分量还不够，这些艺人只有一两组歌，舞台经验和歌唱水平都不够，跟过去齐秦、童安格这样的艺人没法比；第三这是一个拼盘演出，拼盘这种形式可能会糊弄过去一场，但是很难保证每场都成功。拼盘这种形式在七八年前都不应该再做了，观众早就了解到拼盘的劣质，每个艺人来唱几首歌，唱完就走，这样也没什么意思。"

原始说："一个艺人为一场演唱会做准备的时间可能长达四五个月，从定曲目开始，为了让演出有新意还会重新编曲，需要音乐总监、导演等等一起配合，搭配舞群等等这些都要花钱。"这肯定会影响到歌手的商演，但是一场个人演唱会的举办，不仅可以引起媒体关注，在个人经历上也可以大书特书，而且更是一种商业策略。原始说："有的演员做拼盘的时候可能分到五十万，做个唱的收入可能比拼盘更少，但个唱之后商演价格会上升，个唱为拼盘服务。一个艺人在某个地区做了个唱，那么接下来在这个地区或者周边就会有两三个拼盘演出，因为通过个唱已经做过宣传了。"

一个汪峰可敌中国所有摇滚歌手

所有摇滚歌手一年在演出中创造的商业价值可能还不如一个一线流行歌手一年创造的价值多。即使像崔健这样有影响力的摇滚歌手，他每年的商业演出和个人演唱会也不超过三十场左右，收入不到一千万。直到汪峰剪去长发之后。

作为摇滚听众眼里的叛徒，汪峰每年的收入真的比中国所有摇滚歌手年收入总和还要多，他现在的商业演出的出场费是每场五十万。用徐明朝的话讲就是"汪峰差不多是我们在演出中最常见的人，基本上去哪儿都能见到他"。

汪峰是摇滚歌手里少有的懂得经营自己的人，如果论在公众中受欢迎的程度，汪峰可能不如许巍，但是他明白如何在摇滚和流行两个演出市场通吃，他是第一个让演出商模糊了摇滚与流行概念的歌手。

在各种各样的演出中，有一类演出市场是为摇滚乐准备的，这在过去是没有的，那就是音乐节。毕竟那种缺乏个性和氛围的流行歌手的商业演出观众看着是不过瘾的，他们也需要一种充满个性和特点的音乐来满足自己。最近几年，全国各地的摇滚音乐节多了起来，最多的时候一年能有五十多场，这为不少挣扎在贫困线上的摇滚歌手提供了改善生活的机会。

目前，知名度较高的一线摇滚歌手，比如崔健、张楚、许巍、郑钧等，他们的出场费已经不低了。张楚每年至少可以参加十个音乐节。即使是何勇，音乐节和商演的机会也很多，他完全有能力换掉那张吱吱嘎嘎响的床了。由于音乐节的增多，原来只能在 Live House 演出的二线摇滚乐队，也有越来越多的机会参加商业演出，摩登天空总经理沈黎辉说："即使像'二手玫瑰''后海大鲨鱼''痛苦的信仰'这些还没进入主流的摇滚乐队，他们参加音乐节的出场费也能到十万元。"

丰华秋实公司总经理李辉说："这两年的大环境比较宽松，这在各地举办越来越多音乐节就可以体现出来。现在全国每年有大概几十场音乐节，很多曾经只能在 Live House 演出的地下乐队，如今有了一些像音乐节这样的更大的舞台。虽然整体来说，整个市场是在往好的方向发展，但是并不是现在这个市场真的有多好，摇滚歌手和乐队在收益上和流行歌手还是有很大差距的。"

商业演出没有门槛，连票贩子都搞演出去了

中国人总能成为自己的绊脚石。过去，由于演出市场不规范，常常会出现靠一场演唱会赚大钱的故事。这类故事总是被传说得神乎其神，导致

很多人试图冒险复制这样的发财神话。即使文化部出台了不少规范演出市场的政策法规，但一直无法真正解决目前演出市场出现的各类问题。演出成本的无限升高和票价的攀升，让观众不得不望而却步，演出市场慢慢变得很扭曲。一些规范的演出公司老总每次谈到演出市场问题都有一肚子苦水。本来演出行业是一个常规性质的商业行为，现如今已慢慢变成高风险行业，一单跑路可能直接导致公司破产。

从一个简单的算术题就能看出，一线的演出公司远远要比一线有票房号召力的歌手多，这就形成了僧多粥少的局面。为了能抢到一个项目，演出公司最常用的手段就是提高价码，吓退竞争对手。

流行音乐的演出市场究竟有什么规律，它与人们的文化娱乐消费之间的关系究竟怎样，过去没有人总结过，很多演出立项，演出公司仅仅通过模模糊糊的直觉来判断。这一点跟中国电影一样——绝大多数都赔钱。但这种赌博心理总是会让一些不怕死的演出公司铤而走险，最直接的结果是扰乱了演出市场。

谈到演出市场的种种弊端，刘忠奎很无奈地说："文化部产业发展司的领导找我谈，我不愿意说，我觉得没意义，跟他们说也没有用。中国的文化产业链就不行，这是根源问题。你看看百老汇做的《猫》，演了十五年，九千多场，咱们哪个戏能这样。台湾有很多小项目，低成本、高质量、宣传得好、销售模式好，就可以一直演，仍然保持赚钱。《暗恋桃花源》只有二十五到三十个人的团队，演了六年，还在演出。我们大陆没有人去学习这种方式，净学溜须拍马，怎么搞到政府的钱。因为我们没有销售模式，所以没法发展，也不能走向世界。仅仅是谁有本事，谁赚笔钱就完了，根本没有人考虑演出市场的发展。政府对市场的影响太多，尤其是各种节庆演出，北京去年是两万一千多场演出，前年是一万九千多场演出，几乎70%的演出都是政府规划的。除了个别的港台艺人演出，其他很多都是各种歌舞季、音乐季、话剧季、戏剧季，这些演出没有任何神秘感。但我们做刘德华、张学友这样级别的演唱会，门票可以卖到一千万，每天都能卖出七八十万的票。因为他们这样的歌手具有神秘感,他们从不参加其他任何形式的演出。"

造成这种恶性竞争的最主要原因还是整个华语地区音乐资源不足,港台音乐一直在走下坡路,后继无人,新一代歌手撑不住舞台。网络时代明星红得快,但是受众的黏度却变得很差,这自然会造成集中哄抢有商业价值的歌手的现象。

刘忠奎说:"张学友的经纪人曾经跟我说,艺人演出费用高的原因是你们自己搞出来的,张学友在香港做演唱会本来只要十万美金,但是到了内地就把价格翻了五倍到十倍,因为很多家公司会争抢竞价。我们国家的演出市场有商业进入之后就出现很多恶性竞争。"

一些深谙内地演出市场水的深度的台湾经纪团队,他们的报价几乎都是顶到天花板上,因为总有接单的人。演出门票的价格不断破纪录。王菲在内地演唱会的票价最高到了四千,但是在香港的演出从来没有超过五百港币。而现在演出场馆发现演出热了,都在抬升长租价格,北展剧场原来只有几万元的场租,现在涨到了二十万。演出相关的硬件器材设施费用也跟着水涨船高……但是文化部门始终没有意识到或者意识到了但不重视演出成本无限增加带来的各种问题。

在北京,有一些票贩子觉得演出利润更大,干脆凑钱开始做演出;在上海,九个年轻人各出五十万就请来一个歌星做了一台演出;还有一些为了洗钱进入演出市场的房地产商……这种完全不按演出市场规则操作的演出把演出市场搞得非常混乱。

刘忠奎说:"我觉得政府应该出台一些规范,很简单,可以从三个方面去规范:第一,恢复一类、二类演出的规定,现在谁都能做演出,他不会做,肯定会出问题,包括演出证和演出资质必须齐全;第二,任何项目的利润不能超过30%,报预算,不行你就别搞;第三,设立安全责任制,对出事的单位进行处罚并要求承担法律责任。这些一定会起作用,曾经有一段时间政府管得不错,但是没坚持下去。"

所以，现在挣钱的演出跟不挣钱的演出比例大约是 35∶65。如果演出市场是在这样的盈亏比例下存在，那它和电影行业的票房盈亏差不多。如果整个行业无法创造商业利益，所谓的文化产业不过是歌星个人资产数字的变化而已。

（2012 年）

音乐去哪儿了？

选秀直接导致了今天的听众对音乐失去美学判断。在电视观众的耳朵里，音乐美学的判断只剩下"唱功"两个字，他们更多是被所谓的人生励志、八卦绯闻、插科打诨所干扰，这些选手们在瞬间被放大得很立体，但是他们的音乐却变得无比干瘪。

十年前，中国电视上出现选秀节目。不管是出于对电视节目形态的关注还是对参赛选手的命运和八卦的关注，大众的参与把电视选秀节目变成了一种文化现象，这让选秀类型的电视节目一直能保持较高的收视率。从湖南卫视的《超级女声》开始，一直到现在的《中国好声音》，选秀节目成了拯救中国电视节目形态和收视率的法宝，让更多的年轻观众又重新坐在电视机前，在乏味的电视节目中寻找令他们兴奋的点。

然而，没有人甚至包括音乐行业的人会注意到，正是选秀节目断了内地流行音乐的最后一口气。如今，唱片公司这类企业已经不复存在，发行公司还剩下几家在苦苦支撑。可笑的是，歌手却像细胞裂变一样越来越多。

很多时候，我们把唱片业之死归罪于数字时代的来临，或者归罪于盗版，忽略了选秀节目对唱片业的破坏，它几乎是用釜底抽薪的方式扼杀了唱片业。

当年盗版的猖狂和后来数字化分享的疯狂，都没有从根上破坏唱片业这个模式，只要唱片公司通过签约歌手、制作销售唱片和售卖版权的方式还能获得利益，唱片业就会存在。只是在数字化时代，唱片业要经过一个转型过程，一旦数字时代的商业模式确立，唱片业复苏是必然的。不幸的是，就在唱片行业努力寻找新的模式时，选秀出现了。

如果我们简单回顾一下中国唱片业不太长的历史，会发现，没有盗版的年代，属于计划经济，音乐没什么制作方式和市场观念，更谈不上艺术水准；当进入市场经济时代，制作水准提高、市场观念强化之后，盗版随之而来；当唱片业在盗版的夹缝中求得一线生机时，数字化时代来临；当数字化时代的商业模式初露端倪时，选秀给了唱片业最后一刀。这几十年，中国的唱片行业命运多舛，从来就没有赶上过好时候，始终处于混乱不堪的状态。说得宏观一点，中国在开放之后，文化产业都是在没有任何经验和基础的前提下被动接受了西方市场经济的商业模式。表面上看，我们因省下了几十年甚至上百年的时间而沾沾自喜，实际上，文化产业是需要经验积累的，文化发展是需要次序和逻辑的，它需要积淀。文化不是纯技术产品，可以在掌握核心技术之后迅速飞跃，所以，当我们违背规律后，必然会遭到规律的报应，流行音乐领域是最典型的。

即使数字化传播从某种层面上看比盗版的危害性还大，但数字化销售还是给唱片业带来一些利润，而且这个利润在逐年提高，只是一些行业垄断导致唱片行业在分配利益时失去了话语权。换句话讲，只要唱片业还存在，还在生产唱片，不管是数字发行还是传统发行，它还是可以通过唱片和版权销售获得利润的。

数字时代到来之后，美国的唱片业一度受到很大的冲击，尤其是那些唱片巨头。过去十年间，大唱片公司经历了多次并购重组，都是在应付数字化时代的危机。但对中小型唱片公司来说，受到的影响并不像大唱片公司那样严重,数字化的出现只是一个适者生存的筛选过程。当唱片业慢慢走出传统模式进入数字化时代,它依然可以重现生机。

中国唱片业由于缺乏根基,任何一种外力的蚕食,都会使它岌岌可危。但是,过去二十多年,唱片业在极其恶劣的环境下还是熬过来了。它之所以能熬过来,还是因为这种模式能带来商业利益。然而当选秀出现,一切都改变了。

为什么在今天人们都认为唱片业是一种落后的商业模式时还要强调唱片业的重要性?传统唱片业模式在数字时代最为人诟病的是它从源头到最终消费者之间环节过多,造成成本过高。但是当这个问题在数字化时代慢慢解决后,唱片业依然在发挥着它的重要作用——它绝对不会错过一个天才,尽最大可能向消费者提供各种不同类型的音乐产品,这些产品力求在市场和审美之间寻求平衡——营造一种文化氛围,形成文化潮流。

即使中国内地的唱片业再差,它仍然有一个行业和审美标准摆在那里,歌手该怎么选,歌该怎么唱,音乐该怎么制作,它与消费者之间的关系是怎么回事,这些最基本的原则唱片公司还是能把控的。

选秀恰恰破坏掉了这些。当年因为超女而出现的天娱公司,具有一些唱片公司的职能,但是从来没有发挥过唱片公司的作用。十年来他们制作出过一张好唱片吗?完全没有。在这类公司看来,给歌手制作唱片只是用来区别他们与其他职业者的一个标记,至于唱片该怎么制作,他们并不懂,即使过去了十年,也没有见到他们有多大进步,这就是肥水不流外人田的结果。当初公司把选秀歌手的资源垄断,并非是想把他们打造成真正的歌手,而仅仅是把他们当成电视台的一个附属资源,并利用他们的知名度组织歌手走穴挣钱。这个商业模式显然是成功的。至于这些歌手的唱片出过几张,卖掉多少,有哪些歌曲流行走红,音乐制作水准跟过去比有什么突破和进步,都已经变得无足轻重。

湖南卫视和天娱联手制造和巩固了一种新的消费模式:粉丝消费。这种消费关系就是向盲目和毫无鉴别能力的消费者提供最低级的产品,这也让他们在专业上不思进取。当这种低级消费变得愈加坚固之后，它理所当然被看成是一种成功的商业模式，进而，这种模式也传染到电影产业。然后它制造出一种大众消费能力很强的假象，实际上是文化产业的制造者在不断拉低自己的底线以迎合没有鉴别和欣赏能力的消费群体。

湖南卫视和天娱公司制造的"前店后厂"模式获得商业成功之后，浙江卫视和梦响强音公司几年后通过《中国好声音》复制了这种模式。梦响强音和天娱相比更是有过之而无不及，他们希望趁着那些从选秀舞台上下来的选手还热乎的时候就能在市场上大捞一笔。当生产水电设备的浙江富春江水电设备公司收购梦响强音40%的股权时，隐约可以看到，这些好声音选手们的市场价值有多大——可是他们创造过音乐价值吗？

从天娱到梦想强音，间隔这几年恰恰是中国唱片业走向瓦解的过程。对于很多想唱歌的歌手来说，他们唯一的选择就是参加电视节目选秀，一来成名快，二来机会多，三来死得快。

当电视娱乐节目"肩负"起本该是音乐行业该做的事情后，恶果开始慢慢显现出来。通过这几年走红的选秀歌手就能看出来，这两家公司根本不懂音乐，也没把音乐当回事，他们只顾寻求利益的最大化而已。而那些"流落"到其他公司的歌手，也没有看到他们在音乐道路上有任何起色。

这些通过选秀成名的歌手在社会上有颇高的人气，有些人幸运地成为一些品牌代言人，经常出现在公众视线之内，他们走穴的出场费比摸爬滚打十几年的歌手还要高，但是他们身上普遍缺少一些东西，他们充分阐释了明星（Star）和名人（Celebrity）之间的区别。现在出名跟出门一样简单，这些用催化剂催出来的选秀明星根本没有专业成就，自然也缺少名人气质，仅仅是社交媒体口水下的明星。一旦他们从公众话题中消失，就变得一钱不值。唯一可以证明他们素质和气质的就是音乐，遗憾的是，电视台和经纪公司不具备给予他们音乐的能力，只会把他们培训成类似帕丽斯·希尔顿之流的话题明星式人物。李宇春几乎就是靠这个话题延续至今，她的那些音乐，大概也只能糊弄一下她的粉丝。至于还不如她的那些歌手，说得难听一点，也就是靠选秀出名后混口饭吃——当初他们站在那个选秀舞台上各种感人的音乐梦想更像是一种科幻脱口秀。

如果提起某一届选秀歌手的名字，人们可能模模糊糊还能有些印象，至于这个歌手做了多少跟音乐有关的事情，几乎没有人能说清楚，他们甚至还不如一些独立地下摇滚乐队的影响大。从 2005 年开始到现在，选秀型歌手出来有几百人了，除了个别歌手之外，其他人都去哪儿了？

客观地讲，这些选秀歌手中有不少人条件很好，如果好好拾掇一下，相信能有不少人会成为新生代的中坚力量。可事实是，由于唱片公司这个角色的消失，导致音乐在技术和审美上失去了判断标准；而电视选秀节目的高收视率和选手人气的瞬间直升，会让经纪公司侥幸地认为他们已然成功了，从而忽略了音乐的重要性。当这些选秀歌手被一拨拨地扔向市场后，都鲜有作为。他们成名之前要么默默无闻，要么是电视台综艺节目的常客。成名后，本来可以脱胎换骨，更进一步，可是他们签约的公司——不管是所谓的唱片公司还是经纪公司，都从没在音乐上花过心思。有一些选秀歌手后来陆续出过一些唱片，但音乐上毫无新意，在公众中的反应甚至不如一首《小苹果》。最终，他们要么又变得默默无闻，要么继续混迹于各种电视综艺节目。选秀就像乱砍滥伐，把很多树砍了，堆在那里，没有进一步加工，既造成生态的破坏，又造成人才的浪费。演艺这个行业，青春期是非常短的，几乎都是一锤子买卖。每年选秀节目出来一批新人，意味一年一次新老更迭，迫使流行音乐的更新换代加速，歌手变成"一年生草本植物"。所以，当那些导师们语重心长地鼓励选手说出类似"这只是开始，你会有更大的舞台""你的梦想一定能实现"的话时，怎么听怎么像是要给这些选手刨个坑埋了一样。也许，再过些年，电视台该办一个真人秀节目——《学员去哪儿了？》。

选手们在参加选秀节目时大都是在翻唱老歌，尤其是那些知名度较高的经典歌曲，这会迅速拉近选手与观众之间的距离。熟悉的歌曲会给人造成听觉误差——即记忆带来的亲近感。经典歌曲都是创作者用心创作出来的，是一个团队精心制作出来的，是经过时间淘汰保留下来的。当选手们演唱所谓属于自己的歌曲时，就完全不是那么回事了，因为他们身后已经没有一支专业有素的精良团队，更不会有人花心思为新人创作、制作。他们自身的特点也仅仅是在选秀节目上灵光一现，到了唱自己的歌时基本上都处于放任自流的状态，一张嘴就都现了原形。这就是他们"实现梦想"之后唱歌没有特点、非常难听的原因，自然也难成大器。

电视选秀本属于娱乐节目，他们只关注收视率和广告收入，并不关心音乐本身，但是为了让节目变得好看，他们肯定会在音乐上下一些工夫，包括评判歌手的综合音乐标准。这会给人造成一种假象，好像那几个拍桌子的人就代表了一切音乐美学的评判标准。事实上他们无论做什么，都是按照事先准备的脚本进行，而不是真正选拔音乐人才。他们的判断标准非常单一，就是通过几分钟的时间从音乐上下一个判断，并且还要让节目好看。至于几个月的专业培训就能让歌手发生质变，那更是荒唐，十年树木，百天能树人吗？只是这场秀必须进行下去而已。

而唱片公司在选择一个歌手时，会考虑得更多，除了音乐上的专业素质之外，歌手本身的性格、修养、对艺术的见解、天赋、形象……以及唱片公司针对市场受众需要或是对整个文化潮流、社会动态的洞察预见、对音乐本身的艺术价值评估，等等，各种综合因素都要考虑，最终决定是否会签约。所以，唱片公司会推出不同类型、风格、针对不同受众的音乐，这样才会让整个音乐工业变得丰富。但是选秀选出来的人不具备这些标准，几乎完全是通过临场发挥好坏或是某一个专业人士的喜好来决定他的命运。这种选择方式本身就是违背艺术和市场规律的，这些人当道的结果就是你现在看到的样子——音乐变成电视励志脱口秀。

诚然，唱片公司和选秀艺人经纪公司都要追求商业利益，但追求利益的方式和市场上呈现出的文化生态有着天壤之别。唱片公司对利益的追求体现在制作销售唱片、版权、演艺等方面。所以，唱片公司会千方百计为歌手选择符合他风格的歌曲，有些歌手，靠自己一首代表作可以唱十年，就是因为歌手与作品本身融为一体。由于现在唱片和版权已无法获得更多利益,唱片业基本歇业。理论上,电视选秀只是为唱片业提供一些备选人才,但由于中国唱片行业的垮掉,致使经纪公司越俎代庖。经纪公司只能靠歌手演出或产品代言来获取利益,至于这些选秀歌手有没有属于自己的歌曲已经变得不再重要,虽然在比赛时他们总是信誓旦旦地强调未来要唱属于自己的歌曲。对于有幸录制了属于自己的原创作品的人,由于流行音乐创作水准集体下降,制作上毫无想法,没有正规的营销方式……他们完全达不到前辈们在音乐艺术方面的高度。这一切都让那些属于他们的歌曲变得轻如鸿毛。对经纪公司来说,只要他们翻唱一下别人的歌曲,即可到处走穴。

  电视选秀节目一出现,音乐生态便开始遭到破坏,这十年间我们看到了什么?那些淡出歌坛的老同志纷纷复出,不得不用延长艺术生命的方式来维系流行音乐的生态。他们还能唱十年吗?不可能了。当关张赵黄魏姜们真正退出的那一天,你可能连廖化都找不到。只要选秀节目还有收视率,它就会一直存在,只要它存在,流行音乐的生态环境就会变得更加恶劣。电视台和经纪公司只会考虑属于自己的那一部分利益,破坏这个环境又不想承担责任。说到根上,还是因为开放之后,大众文化在发展过程中从来没有按照规律去做事,才导致今天的恶果。

  同样,选秀让本来单调的流行音乐变得更加乏味,和二十年前音乐界对音乐制作技巧和美学探索的精神相比,甚至都是在倒退和萎缩。它直接导致了今天的听众对音乐失去美学判断。在电视观众的耳朵里,音乐美学的判断只剩下"唱功"两个字,他们更多是被所谓的人生励志、八卦绯闻、插科打诨所干扰,这些选手们在瞬间被放大得很立体,但是他们的音乐却变得无比干瘪。对歌手而言,他们逐渐失去了以专辑为单元的音乐美学尝试,因为他们可能没机会或者根本不需要去演绎复杂多元风格的作品来验证自己对音乐的理解,他们只需开大嗓门,照葫芦画瓢唱些别人的歌便可以混上一阵子。

  娱乐就是用来致死的,尤其是在中国这样一个大众文化缺乏基础和传承，在商业和艺术之间始终找不到平衡，文化发展缺乏层次和细分，到处都布满各式各样的投机分子的环境下，娱乐化对大众文化的破坏力几乎是毁灭性的。

这种对音乐生态的破坏至今没有引起人们的注意，它的危机被当前的一片商业繁荣所掩盖，浙富控股的介入就说明了这一点。这种竭泽而渔的选材模式和大众审美疲劳终究会到一个极限，或者当音乐产业可以通过数字化销售盈利时，大概就是选秀的寿终正寝之日。

有句广告语说："没有声音，再好的戏也出不来。"同理，没有一个良性的文化发展环境，再好的好声音也出不来。

（2014年）

辑
五

明天听谁说评书

> 我最早所在的鞍山市曲艺团,出了不少学员,大部分是艺人子弟,都干了本行。一代一代都是这么下来的。现在改革了,学这个将来上哪儿就业去?谁开工资?学评书的人越来越少。
>
> ——单田芳

常听收音机的人,都会在某个时段听到评书节目,作为有着上千年历史的曲艺形式,评书一直深受中国人的喜爱。吃的是盐和米,讲的是情和埋。多少年来,评书就是在这情理之中延续、发展。

评书在1949年以前一直是被看成江湖卖艺的,说书人也是闯荡江湖,走到哪儿说到哪儿,登不得大雅之堂。1949年以后,评书终于名正言顺地成了一门艺术,在北京、天津、河北、东北,有数不清的说书艺人。"文革"期间,评书被当成"四旧"、"牛鬼蛇神",成了"革命"的对象。但这种深深扎根在群众心中的艺术,并没有因为"文革"而消失。

1979年,评书终于又回到了老百姓的生活中。当鞍山人民广播电台把新录制的评书《岳飞传》通过电波传到千家万户,评书又恢复了它的生机和活力。据当年播讲《岳飞传》的刘兰芳的丈夫王印权回忆,《岳飞传》在鞍山首播的时候,受到了听众的热烈欢迎,几乎到了家家必听的地步。他说:"'文革'期间文艺形式比较单调,就是样板戏和革命歌曲。《岳飞传》一出来,人们感到非常新鲜;《岳飞传》播出的时候刚刚粉碎'四人帮'不久,'文革'期间很多群众受到压抑,老干部受到迫害。《岳飞传》说的恰恰是一个爱国英雄受到秦桧的陷害、精忠报国的故事,一下就和很多老干部受迫害的命运联系在了一起,历史出奇地相似。"所以,《岳飞传》在当时与邓丽君的流行歌曲一样,成了大江南北的流行现象之一,刘兰芳也成了当时文艺界知名度最高的人之一。

随后,单田芳的《隋唐演义》、田连元的《杨家将》、袁阔成的《三国演义》先后在全国播出,"四大评书"在相当长一段时间内成了全国听众茶余饭后最常见的消遣娱乐形式。

二十多年过去,评书仍像当年一样,是收听率最高的广播节目之一。当年刘兰芳讲《岳飞传》,最多的时候在一百多家电台播出,而今天单田芳的评书已经覆盖了全国五百多家电台。可是,当你历数一下今天的说书人:单田芳、刘兰芳、袁阔成、田连元、田战义、连丽如、张少佐、孙一……能说评书的人不超过十个。十年"文革"没有摧毁评书,但是在传媒时代评书繁荣的背后,评书却面临后继无人的窘境。评书演员孙一说:"三十年后可能就没有人说评书了。"这话绝对不是危言耸听。作为评书界最年轻的表演者,孙一今年已经四十岁,他说:"我回头一看,怎么没人了?"

单田芳:每天睁开眼睛就是评书

单田芳先生是当今评书界德高望重的艺术家之一,他说了五十年的评书,有录音记录的评书他说了一百零九部,加在一起有一万两千多回,如果他的评书每天播一回的话,可以播到2036年。如果把他讲过的评书列在一起,你会发现,从商周时期的《封神榜》到眼下的改革题材,完全可以构筑成一部中国历史评书演义。据有关部门调查显示，目前，每七个中国人中，就有一个人在听他的评书，他的听众多达两亿人。有人说单田芳的评书跟毒品一样，千万别沾，沾上就上瘾。这话一点都不夸张。

单先生今年虽然已七十高龄，但身体很好，每天都要录上两三段，他的生命中，除了评书就没有别的。他讲评书的方式是，先确定一个题材，然后收集资料。传统评书比较好办，因为本子是流传下来的，只要稍加整理即可，而新评书则要花些时间。比如，他在录制《乱世枭雄张作霖》时，就花费了很多精力。"张作霖这书我准备了十多年的时间，收集大量资料，访问了许多了解他的人，早就想说，但不太敢。东北父老提起张作霖，津津乐道，这说明他不是简单的坏人。如果他没有头脑，怎么可能管理东北十三年？怎么团结一批人在自己的周围？好人也不是生下来就好到底，直到他壮烈牺牲，坏人也不是胎里坏一包脓，我要把他真实的一面说出来。"

单田芳创作一部评书时，会先把故事看一遍，把故事的脉络理清楚。看第二遍时，琢磨哪里该加故事，哪里该省略。第三遍基本上是记人名、地名、年代、时间。他每天四点多钟起床，点上一支烟，沏上一杯茶，然后开始备课：今天要从哪儿讲到哪儿，头怎么开，尾怎么收。大概每天十点钟之前，三段书就录完了。下午，开始准备明天的书。周而复始，一万多集的评书就是这么说出来的。而所有这一切，都是由他一个人完成的，别人根本帮不了他。单田芳说："我早就想出去旅游了，就是没时间。"

单田芳年轻时没想过说书："我并不喜欢评书，虽然我出生曲艺世家，亲戚都做这个，有说书的，有唱大鼓的，还有打快板的，早婚娶的媳妇儿也是说书的，但我喜欢学工科和医学。"但是他最终还是选择了说书。单田芳慨叹："人的一生可能都是冥冥中安排好的。"当年家里人出钱供他上大学，可他在考试之前偏偏病了，外语跟不上，于是家里人劝他不要继续上学了，让他整理评书资料，说书的工作比做医生、学工并不次，而且收入也相当可观，一来二去他的心就被说活了。

虽然单田芳不喜欢评书，也没学过评书，但家庭环境的影响，慢慢也听明白了。"我父母都没有文化，听到有什么好故事就让我记下来，把'梁子'（梗概）写下来，用脑子记、用笔记，一般的书就都记下来了。"一开始，他还想着是个过渡，将来有机会还是要去求学。没想到一下子红了。"我一高兴，就定了下来。"这一定就是五十年。

单先生知道，说评书必须具备丰富的历史知识才行，所以，他到东北大学函授学习历史。"我的先辈都是文盲，说书靠口传心授。到了我这一代，口传心授怎么行？你说到一个词句典故，要知道它的出处才行，必须讲出所以然，这就需要去历史里钻研。我一开始说的都是传统书，不管是《朱元璋》还是《隋唐演义》，我都必须查查历史上是怎么回事情，看我们都把这些历史加工到一个什么程度，弄明白哪些是虚构加工，哪些是史实。"

有录音记录的评书单先生说过一百零九部，没有记载的就更多了，尤其是评书进入广播之前，都是在茶馆里说。1954年到1964年期间，单先生在茶馆里说传统评书，后来有指示，帝王将相才子佳人不能统治舞台，工农兵要占领舞台，单田芳就改说新书。《烈火金刚》《铁道游击队》《野火春风斗古城》都说过，这些说完了，又改说苏联小说，《一颗铜纽扣》《红色保险箱》，甚至连《福尔摩斯探案集》都说过。

从广播到电视，从电视到广播

单田芳评书的影响，不仅仅是为几代人留下了一种声音的记忆，更主要的是，因为他，评书在一度衰落的时候又再度繁荣，在电视媒体称霸的时代，评书仍通过广播媒体传到千家万户，让这门艺术扎根在大众心中。

上个世纪80年代末期，单田芳先生曾经为陕西电视台录制过一套电视评书，这是评书艺术第一次走向电视，从此，评书开始大规模进军电视。在很多评书演员看来，电视是介乎茶馆和广播之间的一个平台，虽然没有现场观众，但是表演依然可以声情并茂，对演员进入角色有很好的帮助。在90年代早期，很多电视台都有评书节目。在这期间，单田芳仅仅录制了一部广播评书《林则徐》，其余都是电视评书。

1995年，单田芳给北京电视台录制评书，一个朋友跟他说："您家住鞍山，北京、江西、内蒙古各地跑，还不如在北京待下呢。"那时候单田芳录评书，都是电视台点名，所以他就得在全国跑来跑去的。如果能成立一个公司，专门给他录评书节目，一方面不需要全国各地"往返跑"，一方面还能带来更多收益。于是，在几个朋友的撺掇下，单田芳艺术传播有限公司成立了。这个公司的经营内容很简单：给单田芳录制电视评书。

公司总经理肖建陆先生在接受采访时说："那时候也不懂市场，当时全国播评书的电视台就十几家，我们录一集评书的成本是三千五百元到五千元，一集评书二十分钟，每分钟卖八块钱，一集一百六十块钱，就算卖给十家电视台才一千六百块钱，根本收不回成本。当时想只是让单老师把他的评书系统地录下来。电视评书录了大概一千多集，连本都收不回来。后来又想，电视剧热，把评书改编成电视剧吧。但拍了两部电视剧，也不成。投资方有权改编剧本，花钱的场景都去掉了，拍出来的东西就没意思了，肯定没收视率。"同样，电视台在经过一段时间后也发现电视评书形同鸡肋，收视率不高，再加上成本偏高，所以后来纷纷取消了电视评书。仅以中央电视台为例，当他们取消了电视评书之后，每年的广告收入增加了两亿。

但是公司得生存，讨论来讨论去，觉得最适合评书生存的土壤就是广播——制作成本低，市场大，全国有几百个城市的电台都在播评书。可当时能掏钱买得起评书节目的只有四五十家电台，其他都买不起，最便宜十五块钱一讲也买不起。最后，公司采取贴片广告的方式。"我们这里免费给电台提供评书节目，但是我们要带广告时间。最初起步的时候也很难，前三年没什么广告，但咬着牙也得干，没有量就没有客户，现在已经打开这个市场了。"肖经理说。

在肖经理办公室的墙上，挂着一张中国地图，上面布满了五角星，从乌鲁木齐到拉萨，从东北到海南。肖经理介绍说，这些五角星代表着当地电台都在播放单老师的评书。"现在全国有三百多家电台，五百多个频率在播单老师的评书。"他说,"有人认为评书只有中老年听众,其实什么人都有,小学生也有,大学生也有,白领、蓝领都有。除了福建、广西、广东部分地区,其他地方都在播评书。现在广播书场被我们做得越来越火,全国有三四十个城市都有长书频道。比如廊坊的长书频道,每天有十八个小时。每天播单老师七集书,每天重播一次,就是七个小时,差不多占了一半的时间"。肖经理还介绍说,评书不仅在北方受欢迎,在南方同样受欢迎,南方市场差不多都是从 2001 年打开的。在四川,最早是德阳和自贡台播评书,这地区的人好多是从东北去的,电台里很多人都是北方人,所以就会刻意安排评书节目,这样就带动了当地听众收听评书,后来就扩展到成都台。在广西也是这样,都是从小城市开始,慢慢辐射到周边的大城市。

评书传承,失去了土壤

如果单从受众的广度来说,评书无疑是受众最广泛的艺术形式之一,但就是这样有广泛基础的群众艺术,现在正面临着前所未有的危机。除了单田芳之外,还有不到十个能说评书的人,能说长书的就更少了,而这些人每年的产量也不高,能说上三四百回的人不多。很多人说了多年的评书,也不过三四十部左右,而现在的广播节目对评书的需求量前所未有的大。肖经理说:"今年单老师事务性工作比较多,只录了四五百集,根本不够发的,公司应该一年发一千多集比较好。"试想,如果单田芳先生不说评书了,很多电台可能就不会设立长书频道了。评书的繁荣,实际上是广播媒体一头热式的繁荣,在评书界,它的危机早就出现了。这很大一部分原因是它像很多门类的曲艺形式一样,失去了生存的土壤,在多元文化的今天,评书以一种不符合它发展规律的"规律"发展,再过三十年,也许我们除了去听那些原来的录音,再也听不到新的评书段子了。

单先生在介绍他自己的经历时说:"说书之前没人管,沈阳好就去沈阳,营口好就去营口。1949 年到 1955 年,政府也不严格管理,有特业科,到哪里去演出要开介绍信,有这个介绍信好办事。1955年以后不能随便流动了,我当时正在鞍山,艺人登记,写履历,文化局存档,成立曲艺团,派干部来管理,有组织了。"这段话其实恰恰说明了评书这门艺术的生存规律,用单先生的话讲就是"浪迹天涯"。但是现在没有什么地方能允许谁随便支起一个摊说书卖艺了,在市场经济下,原来的各种文工团、曲艺团落后的运作方式逐渐被更适应市场的文化团体所取代,很多民间艺术因此而凋零,评书也不例外。单田芳说:"我最早所在的鞍山市曲艺团,出了不少学员,大部分是艺人子弟,都干了本行。一代一代都是这么下来的。现在改革了,学这个将来上哪儿就业去?谁开工资?学评书的人越来越少。"

评书之所以在今天还有市场,还有人在说,主要还是因为老百姓喜欢,而评书演员和其他演员不同的是,评书演员越老越值钱。今天还活跃的评书演员基本上都在六十岁上下,而这些人的艺术青春已经不长了,四五十岁的评书演员如凤毛麟角,太年轻的人一时还承担不了说书的重任。单田芳说:"比较而言,评书虽然是讲故事,但讲的是一些人生哲理,年纪大的人人生经历比较多,融入到评书里面的东西就会更多一些,可信程度要大一些。年轻人毕竟还嫩,走的路还没人家过的桥多,你听不出他的那个内涵。评书不讲浮华只讲故事,你的感受多,讲得深刻,人也爱听。"

还有,评书这门艺术的传承和其他艺术有所不同,它不是简单的口传心授。从前,带徒弟都是要管徒弟吃喝,徒弟跟师父形影不离,观察师父的言谈举止、表情动作,从中领悟。特别是,师父在茶馆说书,徒弟在下面看,可以仔细琢磨今天师父哪些说得好,哪些说得不好。在台上台下的交流中,能获取很多经验。现在都是对麦克风说,没那个条件了。单田芳说:"带徒弟也是个负担,要管他吃喝,后继无人的情况也就出现了。"肖建陆经理说:"评书跟京剧不一样,梅派怎么唱,你就怎么唱。可是单老师说一部《隋唐演义》,你就不能说了。在以前可以,没有现代传媒,他在沈阳说,你可以在营口说。如果想自己创作一部评书,功底又不够。"

孙一说:"这个艺术很古老,断代的原因是它失去了本身的土壤,茶馆没了，演员就少了。"孙一小时候常去茶馆里听评书，听着听着就喜欢上了评书，后来辍学，十五岁就登台说评书。他说，"小茶馆里，三教九流，什么人都有，见什么人说什么话，演员自然就慢慢出来了。现在没那个场合，很多东西都要断代。评书是一个人经验、阅历积累出来的，人出来了，这书也就出来了。老师在茶馆里说书，徒弟在下面听，一部书能说出好几个样，他高兴的时候一个样，不高兴的时候一个样，徒弟可以把这些总结在一起，到他用的时候随时可以调出来。现在没有这些环境了，你说怎么培养徒弟？"

单田芳也说："还是茶社里比较好，茶社从明代就有，几百年来的经验证明，评书不适合大场合，大剧场观众看演员都看不清，不便于交流。但现在茶社没了，只能走向电视广播，在录制电视评书的时候，就一摄像机，连交流都没有。原来对着观众说书，一抖包袱大家都乐了，有情感的交流；电视评书就是你瞪着眼干说，一开始别扭透了，后来逐渐适应了。"

孙一认为，现在老年听众比较多，年轻人都是嘴上说"我爱听"，可真正抱着收音机在听的都是老年人。"两天能培养出一个电视演员，一个月能培养出一个电影演员，三个月能培养出一个话剧演员，选秀节目几天就让你成为歌星，可是十年培养不出一个评书演员，这个行业不好干。"

单田芳说："在当年，河北省流落民间说书的艺人有五千多，东北也许更多。"肖建陆曾用"空前绝后"一词来形容单田芳现在的影响，以现在的状况，评书可能很快就要"绝后"了。

现在，即便是有了茶馆，也无法振兴评书，主要是成本高了，还有人有闲心天天到茶馆里追着听评书吗？廊坊电台有意搞一个茶馆，想把北京的评书演员请过去说书，可是他们支付给演员的费用还不够汽油钱和过桥费。

改革评书，仍不能解决根本问题

孙一一直是主张改革评书的人，他的脑子很活，用他自己的话讲就是"要翻着花样往前走"。在东北，为了振兴评书，他搞过好几次评书大奖赛，他还拍过评书电视剧、做过评书广播剧，现在他又开始琢磨对口评书、三人评书……总之他的目的只有一个，希望这门古老的艺术能让越来越多的年轻人喜欢。单田芳说："有像他这样的人，评书不会绝种。"

最近，孙一注册了一个品牌"评书快餐"。他认为，现在没那么多的人有闲心去听一部上百回的评书。"现在生活节奏这么快，一百多回，别人半天没听明白是啥玩意儿。所以我现在十回左右就一部，已经录了二十部了，比如《十大军阀演义》《二战十大经典战役》。"他不仅让评书变得短小精悍，同时在内容和手法上也吸收了一些新鲜的东西以适应年轻人的口味。比如他在《和珅传》中就有这样的描述："嘉庆打开了和珅的仓库，当时就傻了，'我靠，老和啊，你也太酷了'。"在形容和珅的富有时，他说："这位和珅在当时就是世界首富，就是那时候的比尔·盖茨。"甚至，他还在说的同时加入了演唱。孙一试图把相声、小品中的幽默搞笑手法移植到评书之中，同时也在评书的结构上做了一些改革，比如开场白不念诗，而是讲一个故事等等。

孙一的评书快餐，特点就是快，几讲就把这事了解完了。他说："我讲的都是历史，历史不能胡说，否则误人子弟，但能不能把历史讲得诙谐一些呢？"这是他一直在探索的。

由于之前有过评书改编成电视剧失败的教训，所以，单田芳在改革评书方面比较慎重，但他支持评书改革。今年（2004），单田芳艺术传播公司制作了一套"动漫评书"，实际上，就是把单田芳播讲的评书配上动画，让人看得更直观一些，以吸引中小学生观众。这样的动漫评书，每集的成本大约在一万元左右，当然，在电视台播出的回报也比较高。如果这一尝试成功的话，会吸引更多年轻的评书爱好者。单田芳说："也许孩子们会爱看我们的评书。但哪条路对、能成功，现在还不好说。"

评书不管怎么改革，最终还是要能让更多说书的人出来，只有这样，明天才会继续有人说评书。

（2004年）

马季：最后一位相声大师

> 我太爱这门艺术了，我太讨厌这支队伍了。
>
> ——马季

马季先生辞世，是中国相声界的一大损失。他是新中国培养出来的一位知名度最高的相声演员，他一生发表了三百多个相声作品，这在相声界是罕见的。而且，从相声的发展史来看，马季有承前启后的作用，他不仅继承了相声的传统，也为传统相声赋予了新内容，他是最后一位相声大师。他对相声创作饱含热情，在去世前一天晚上，他还在修改相声作品。他曾经说过一句话："我太热爱这门艺术了。"

马季家境贫寒，家里为了能让他活下去，在他很小的时候就把他送到上海当学徒，少年时期的马季属于性格比较开朗、淘气的人。上小学时，他班里有个同学是常宝华的亲戚，常家当时在北京开了一个"启明茶社"，专门说相声，马季因为认识常家的亲戚，就可以去茶社蹭听相声。马季的儿子马东在回忆父亲走上相声之路的时候说："可能父亲有这方面的天赋吧，他的幽默感可能遗传自我奶奶。我奶奶幽默感就特别强，她有一个小枕头，特别特别小的枕头,她给枕头起个名叫'瞄准儿'——因为太小,躺下的时候不看准就枕不到枕头上。生活中她也特别开朗,我小时候奶奶还带过我,我知道我奶奶的性格,开朗、爱开玩笑。这一点在我父亲、姑姑和堂姐堂弟身上都有体现。"虽然那时候家境不好,但是马季母亲的乐观性格还是给马家的生活带来不少乐趣。"父亲在语言方面特别敏感,在'启明茶社'听相声,听着听着就会留在他脑子里。"马东说。

后来,马季参加工作,在新华书店做售货员。由于他慢慢展现出相声表演的天赋,新华书店领导也知道他不会在书店系统待很长时间,其实,不管马季从事什么工作,命中注定他都会去说相声。1956年是马季人生的转折点,他第一次参加全国业余相声调演就被侯宝林先生看中。

曲艺杂家崔琦说:"侯宝林当时说这个孩子要调到说唱团,他是一个好坯子,我保证他能出来。既然侯宝林都说话了,马季就从海淀新华书店调到广播说唱团,由四位相声大师不同程度培养他一个,那时候广播说唱团是最高的艺术殿堂。"其实,当时文艺调演之后,马季想去煤矿文工团,因为那里都是年轻人,当时他人都到了煤矿文工团,可后来领导找他谈话,又把他转到广播说唱团。当时广播说唱团是中国曲艺的精英聚集地,相声界的"五虎上将"都在那里,大家都看好马季。他有四个老师,侯宝林是责任老师,这个条件是得天独厚的。"我父亲觉得一头扎进了从旧社会走出来的老艺人堆里,必须有点志气。因为他不是相声世家,完全是业余说出来的,时间长了就学到了很多东西。"

马季如鱼得水,天天搞创作,一写就写得很晚。后来,单位有人对他有意见,向领导反映,说他每天都是中午起床。团长说:"他是不起床,你知道他是几点睡的吗?"

"当他发现写相声是通往表演的捷径,并且写相声成为他的一种乐趣后,他的勤奋劲头是谁都无法想象的。他写相声非常快,看到报纸上有篇新闻,他看完之后就能写出一个相声。我父亲得益于两方面:他的老师传统的功底太深厚了,这些传统的技巧,全都在他脑子里,他的每个相声作品里面都有传统的影子；我父亲念的书不多，在新华书店工作的时候，他开始关心时事，他把这些东西和传统技巧糅合在一起的时候，东西出来得就快。"马东说。

常宝华在回忆与马季的交往时说："马季勤奋好学，我是在50年代末认识他的，我跟他说，你原来新华书店工作，有很多书我买不到，你能帮我买《可爱的中国》《方志敏在狱中》《红岩》和一套《十万个为什么》吗？他说：你甭管了。然后第二天亲自给书题上名字：'马季赠'，把书给我送到家。这套书我一直珍藏，《十万个为什么》不知道翻了多少遍。"

谈到马季，常老先生长叹一声："他把很多财富都带走了。"马季在50年代后期便开始走红，这一方面得益于他的老师，另一方面，广播说唱团有着得天独厚的条件，电台经常把说唱团相声演员创作的作品录成节目播出，马季的产量比较高，所以他的作品能经常出现在广播里，同时期的其他演员就没有他这么幸运了。当时广播虽然不是很普及，但也是一个很重要的媒体，所以，马季的知名度越来越高。崔琦说："马季当年最红的时候，一上台就是满堂掌声，'最近老没和朋友们见面了……'哗——下面就是掌声。他说什么观众都笑。马季说得也好，有朝气，基本功说学逗唱都很好，包括倒口，就是使用方言，所以很快被大伙知道。其实当时跟他年龄差不多的还有郝爱民，原来是搞话剧的，但后来知名度就没有马季这么高。"

就在马季尽情遨游在相声的海洋里时，"文革"开始了，他被打成了现行反革命，相声成了"四旧"，不能再说了。"文革"开始的第二年，马季认识了后来的夫人于波。于波是哈尔滨人，她和马季相识是因为一个叫焦乃积的人。焦乃积当时在铁道兵文工团，有一次去哈尔滨招演员，看中了于波，"一开始我姥姥不愿意我妈妈离开她身边，焦乃积就跟我姥姥说：'她的婚事就包在我身上了，我要给她找个好男人。'就是因为这个，他把我爸介绍给我妈。'文革'开始，大字报满天飞，我爸心里也没底，所以他想，先把自己不好的一面都摆在我妈面前。他跟我妈第一次约会，就带我妈到广播说唱团那个粉楼，里面全是关于我爸的大字报。我妈在认识我爸之前老觉得我爸是个老头,在广播里听到我爸的名字永远跟侯宝林、郭启儒、刘宝瑞的名字在一块,所以焦乃积跟我妈说给她介绍个人叫马季的时候,我妈说:'是老头啊?'我妈认识我爸后,觉得他是个很实在的人。"马东说,"我父亲1967年底跟我妈妈结的婚,结婚后五个月,被打成现行反革命。我妈当时是军人,军人的社会地位非常高,我妈说,怎么我也会跟着你。1969年,我父亲被下放到嫩江干校,一去就是三年。我妈去火车站送他,那个年代,你不知道这人一走,还能不能活着回来,有军代表在旁边,你还不许哭。父亲去干校还不是最惨的时候,在北京才最惨,当时造反派的头头儿,现在也就相逢一笑了。那个年代荒诞得让人不能理解。"

在那个年代,很多事情现在回想起来都难以让人理解。关于马季,人们争议最大的可能就是他在'文革'期间打了师父侯宝林。马季在公开采访时唯一一次谈到这个问题时对此也不置可否。崔琦说:"我经历过'文革',因为那个时候没有人际关系,儿子爸爸都可以反目成仇,夫妻都可以当敌人,所以应该历史地看这个问题,而马季他自己也承担了一些责任。马季六十九岁的时候,他的徒弟在北京饭店给他过生日,送上一个大红袍,众星捧月,马季肯定是功成名就了,但是马季说了这么几句话,他说,我马季从小学艺,热爱相声,到现在大家对我很抬爱,其实我在很多地方表现得很无知,也许在过去大家跟我的交往中,同事间朋友间,我不经意地、没有意识地说的话、办的事情给哪位造成了伤害,我应该对这些朋友表示抱歉。原话就这意思,我觉得一个人过生日的时候,他能够说出这样反思的话来,是很难得的。"

但是后来师徒关系到底是否缓和,也是个谜,常宝华说:"我记得1974年我回到部队的时候,马季要请我吃饭,同时侯宝林先生也要请我吃饭,当时是'文革'的后期,他们的师徒关系有很多传说,有这样那样的矛盾,我就不管有什么矛盾,为了缓和他们之间的关系,我就说我们合二为一。我觉得不在于这顿饭,在于在一起能缓和这种关系。当时我们三个人就谈相声,一聊就没个完。"

崔琦说："我没跟马季谈过这个事情，反正师徒两个人后来一起到香港演出了。原来有过你不去我去这种情况，'文革'之后也有过这个情况，有一次外地来约角，分别约的这两个人，好像后来侯先生没去，因为听说有马季。后来为了相声大局，两个人摒弃前嫌，携手到香港去了，但是生活中基本上再没有什么交往。"崔琦说，"这账应该算在'文革'的身上"。

"文革"让很多相声演员心灰意冷。在嫩江下放的那段经历，马季的主要工作是给连队的人做饭，这期间他学会了双手和面。后来，"一号命令"下来之后，马季又被调到河南周口一带。很多相声演员在一起，都觉得以后相声这碗饭没了，像郭全宝，希望以后能骑着三轮车卖菜就行了，大家都在为自己设计未来。但是马季坚信，一定还会说相声的。后来大家陆续回北京了，但没有机会说相声。马东说："父亲那时候还是忍不住写相声，他当时看中国援建坦桑尼亚铁路的新闻，就写了《友谊颂》，这个作品被改了无数次，但是他们都没觉得这个相声能演出来。直到有一天通知他们参加'五一游园会'，在中山公园演出，结果被当时拍新闻的给录了下来，然后就用在纪录片里了。这个片子是姚文元审查，当时大家都觉得没有通过的可能性，姚文元可能也没仔细看，一点头就过了。这个纪录片一放，中央人民广播电台非常敏感，纪录片里居然有相声，那这个相声就可以在电台里面播放，于是就把我父亲叫到电台录了这段相声，这也成了'文革'期间第一段相声，这时是1973年。很多年轻人以为相声就是这时候开始的。我父亲曾在获得相声终生成就奖的感言里面说：'我在没有笑声的年代里，还能给大家带来笑声。'后来发现，还是可以说相声的，就有点松动了。我妈说，我爸真正忙起来就是从干校回来，虽然开始没有演出，但是可以在节假日游园的时候演出，所以他原来的创作和表演热情又一次彻底被激发出来。"

在马东眼里，马季不是一般的父亲。"我现在能回忆起来的最早对父亲有印象的事情，就是他送我去幼儿园。他很少骑车送我去幼儿园，我坐在前面，他不时提醒我不要把手放在手闸活动处，以免碾到手。走在路上，认识他的人会跟他打招呼，这是我最初的印象。"等马东开始记事，父亲给他留下的印象并不清晰:"那时候他经常要体验生活,我印象是我爸一年有十个月在外面,回来的时候家里永远都是人。小时候家里的客人从来都不是论个儿,而是论拨儿,都是一拨儿一拨儿地来,每天能来十几拨儿。我就是在这个环境中长大的。很奇怪的是这些对我没有任何影响,因为第一他不许我去他的单位,第二不许我去他演出的现场,第三他在家来人比较热闹的时候就会把我轰开。我的印象里他就是特别特别忙的人,从上小学开始,我的老师就知道,我爸长年不在家,请家长都不请他。他在家的时候,我就记得他彻夜地在写作。1976年,刚刚粉碎'四人帮',他那个兴奋劲儿就别提了。粉碎'四人帮'第三天,他去清华大学演出,为了这个演出,三天写了一个相声《舞台风雷》。我老觉得相声是一个政治变动的产物,它的几个高潮都是在政治变动之后,政治变动为相声提供了讽刺对象。父亲特别勤奋,应该说他是被压抑了好多年之后终于找到了一个释放窗口。他从来不会顾及家,也不会顾及我,他是那种全情投入到工作中的人。我印象很深的是上小学第一年,我放学回家,我爸问我:'留什么作业啊?'我告诉他留了什么作业。从那往后,我爸再也没有过问我学习上的事儿,他甚至偶尔会蹦出来一句话问我:'你上小学几年级了?'我妈有很多委屈,但我妈非常支持他,她觉得一个男人就该有他的事业。"

没人管对少年时期的马东来说是件好事,因为这样更自由。但是马季的一句话还是影响了马东。"我小学毕业的时候,我爸问我:'你上中学能学日语么?'因为他小时候学过日语,他还教过我怎么拿日语骂日本人。就是这句'你上中学能学日语么',我中学就学了日语。在人生教育方面,怎么讲呢?他是艺术家,更多时候关注自己的事情,他不是一般的父亲。"说到这里,马东长长地叹了口气:

"我对父亲真正有印象是从国外回来。十八岁之前对他的形象认识是朦朦胧胧的,在国外八年,我远远地看他,如果他是别人的父亲,那么他是个什么样的人呢?当我再次回到他身边,再去听他那些作品,我发现,当他以他的眼光发现一些问题时,他不说出来会很难受。我父亲是个很随和的人,有时候我会觉得他作品里的那种尖锐根本不是他的性格。他在生活中,对待任何人都很宽容,别人说错做错什么,他都不放在心上,但是在作品里就非常坚持。如果说一个作品能扎到底而他不扎到底,他会很难受。我七八岁的时候就知道一个词叫'枪毙',就是他写了一个作品,审查没通过,回来继续修改,每次回来都很无奈,他的伙伴在家里等他,回来的时候看脸色就知道了:'又枪毙了?'当你能说到狠处,但是又不让你说到这个程度,那种难受的感觉你是知道的。"

马季对创作的着迷是众人皆知的,崔琦说:"他三句话不离本行。每次去他家,寒暄之后话题就转到相声上面。他写过一副对联:'毕生都付相声艺,闲来独喜学涂鸦。'马季搞的是真正的相声,继承传统是真正的老段子,新段子也是正式的新相声,符合相声规律。所以和其他同时代的演员相比起来,马季接触的老段子多,积累得丰富。能够和马季旗鼓相当的,下这么大功夫,掌握这么多技巧,又会写出这么多新段子,在群众中有这么大影响的人,一时还找不出第二个。"马季对相声的热爱到了什么程度?崔琦讲了很多这方面的故事:"马季写过一个段子《画像》,歌颂劳模张富贵,为了能把张富贵写好,他走到哪里马季就跟到哪里。现在有的相声作者或演员,体验生活就是到一个地方转个圈,东瞧瞧西看看,回来就想写段相声,肯定写不好,写出来也很难有生命力。"

另一个故事在今天听来似乎都有点传奇,崔琦说:"1963年,马季跟老曲艺家沈彭年一起去山东文登县宋庄公社体验生活,那时候没有宾馆招待所,都住在村子里。"大跃进"刚过去不久,穷的地方没有电灯。夏天,比较热,他敞着门,光着膀子,背对着门,趴在那里写相声。沈彭年睡不着,想找马季聊天,一看他光着膀子在写相声,想跟他开个玩笑,就突然拍了马季后背一下,'嗡'的一声飞起来很多蚊子,沈彭年再看自己的手,上面全是血,再看马季后背,是五个清晰的血指印。"

进入90年代后,讽刺型的相声越来越少,如今已成了稀有品种。为什么过去讽刺型相声可以存在,而现在不行了呢?当时人们对社会矛盾的理解，主要是人民内部矛盾和敌我矛盾，那时候的社会风气就是凡是社会丑恶现象，拿出来批判，是大快人心的，所以相声在那个时期充分发挥了讽刺的特长，更不用说敌我矛盾了。但是后来，人们对社会矛盾的理解发生了变化，它变成有权者与无权者之间的矛盾，讽刺变得投鼠忌器。尤其是相声上了电视之后，影响越来越大，演员在讽刺的时候都张不开口。电视台导演也心存余悸。梁左生前曾感慨地说："连拿街坊说事都不成了。"

崔琦也颇有感触："以前马季写过《北京之最》，说过一次就不让说了，不让反映落后的东西，但它是客观存在的。比如现在反腐败，腐败的人物该不该抨击讽刺？所以台湾的相声演员很佩服大陆的相声演员，你们很了不起，这不让说那不让说还写了这么多段子。台湾相声随便说，陈水扁拿过来就说。现在相声的空间窄了，五六十年代，你讽刺肯尼迪、艾森豪威尔、杜鲁门都行，现在，朝核六方会谈，你编一个六人相声，肯定不行。充其量能出现个萨达姆的人名，就到头了。"

马季作为相声界承前启后的人物，难能可贵的是，他一直坚持写讽刺型相声，即便很多演员都放弃说讽刺内容的相声的时候，他仍然在坚持。毫不夸张地说，他是现今最后一个批判现实主义的相声艺术家。崔琦说："批判现实主义相对而言在马季身上体现得比较明显。如果没有讽刺，相声就会变得苍白无力。"

"我父亲是个热心、宽容、随和的人。"马东说。"马季够得上是一个大家，也能够做到平易近人。"崔琦说，"我们常说某某大腕平易近人，就这么一说，都是相对而言的。这人要有了名，不可避免地就会有架子了。但是能做到马季这样很不容易，也没有耍大牌的意思。比如有人请他讲课，他不让人接，他说，'你接我，你麻烦我也麻烦，也甭管我吃饭，你觉得山珍海味好吃，我不喜欢吃'，他吃得特别简单。2004年10月，他在北京大学讲课，就是在那次课上，他提出来相声的'说学逗唱'应该改成'说学演唱'，'逗'在其中。讲完课，走到北大西门，门是敞开的，但是门口有指示牌'机动车请走南门'，保安指示走南门，也没看见里面坐的是马季，这时候马季要是摇下玻璃，冲保安打个招呼，保安认出来马季，肯定会说'马先生，您走。'咱们国家不就是这样吗，另外这也不是严重地违反交规，肯定放行。马季没这样，很平和地跟司机说：'咱们走南门。'说明他的心态很正常"。

马季的基本功相当扎实，崔琦讲了一个小故事，他说 2006 年 9 月他们去南京领奖，然后坐车到苏州举办书法展，路上有三个多钟头，于是开始跟马季聊相声。"我 10 月 4 号在东城文化馆相声俱乐部举办我的个人专场，我要说一个传统相声叫《金刚腿》，这是一个老段子，当年刘宝瑞、马季、郭全宝说过，我过去没说过这个段子，现在要重新照着他们的录音背下来说，我跟马季说帮我对对词。他这个段子在 1966 年录的，这有四十年了，他说那两人的词，我说一个人的词，马季跟我对得非常好，严丝合缝，他一点没忘。可见当年他确实很下功夫。"

经常能听到马季批评如今相声现状的声音，但是，相声的现状并没有因为马季的批评而改变，这是让马季遗憾的。他很早以前说过一句话："我太爱这门艺术了，我太讨厌这支队伍了。"马东说："从他最早不愿意进广播说唱团、想去煤矿文工团就看出来了。因为相声是旧社会的老艺人传下来的，有很多江湖规矩、黑话、艺人之间的砸挂。我父亲是最不会说黑话的人，一说就是错的，他也不屑于这些，包括谁是谁的师父、谁是谁的徒弟他也不太在乎。当时侯宝林和刘宝瑞都对他好，两个并驾齐驱的大师，让他夹在中间很为难。如果我父亲从小就是学相声的人，他就没有这方面的困扰了。就是因为他是业余说出来的，他是带着新青年的心情和思维方式进入到老艺人当中，他受到的教育是人人平等，所以在说唱团，不是说让他沏茶倒水他接受不了，而是思想上接受不了。"

崔琦说："马季说过：'我原来是拿出三分之一的时间来搞相声，拿出三分之二的时间来处理人际关系，后来我就完全搞相声，不去管人际关系。因为有些也不是以人的意志为转移。'所以他也很苦恼。"

马季在最近十年露面的次数不多，马东说："父亲后来很少露面，主要有两方面的原因：一个是作品，他觉得分量不够，即便不能讽刺社会现实问题，但是从人性的角度去讽刺分量也不够；另一个原因是他觉得自己老了，上电视不好看了。父亲很敏锐，他可能看到了这个世界的本质，但是他不说，他会把问题的实质写到作品里。他不是没有创作，他一直创作到最后，创作对他来说就是乐趣。美国商会的会长很喜欢说相声，父亲就给他写相声，出事的头天晚上他还在改这个相声。后来他写的作品，都是当玩儿，没想过拿出去演。比如他平时看报纸，看到一件什么事儿，脑子里就刷刷刷地变成了相声，这样的粗坯子特别多。"

崔琦说："最初可能马季就是喜欢相声，从兴趣出发，还谈不到高度。随着他艺术实践的积累和文化素质、知名度的提高，他感觉到他该认真地思考相声问题了，我想马季也应该有这样一个过程，尤其是当马三立、侯宝林这些前辈大师都没有的时候，你再说你不懂就不行了。以前可以问他们去，现在不行了，就你了，所以他有一种本能的自觉性，但这个是建立在他酷爱相声的基础上。他就要研究这个问题，他就要提出这样的理论。大家都知道相声讲究说学逗唱，马季就提出来了，说学逗唱这其中的'逗'字不好实现，你说一个，学一个，唱一个，都没问题。可是逗一个怎么逗呢？是拿个大顶？你一张嘴，你还是说，还是唱，你单逗没法逗，所以四门功夫中，这个'逗'是应该融在三个技能之中的，你说也是在逗，学也是在逗，唱也是在逗。所以他提出一个理论叫'说学演唱，逗在其中'。这个理论没有得到普遍的认同，但是这个也很了不起。"

马东说："我跟我父亲交流对相声的看法，只能把该说的说出来，再往前就不能说了，再说俩人就冲突了。我父亲认为相声可能不会有那么多的社会作用，但是他觉得，第一，相声应该说实话；第二，相声是语言的艺术，你语言精彩，往里面加什么都行，语言不精彩，拿别的东西去撑，这不是相声。"

（2006年）

这一夜，80后说相声

> 我们在做一件把相声变成时尚的事情，我们这些相声演员变成了时尚的从业者，而不是传统行业的从业者了。年轻人如果你没有听过"嘻哈"的相声，那么你可能就不是时尚的年轻人。年轻人再抱着"相声是一种传统艺术"的想法，那么相声终会走向没落的。
>
> ——高晓攀

在北京鼓楼西大街有一个叫广茗阁的茶楼，每周这里都会有几场相声演出，并且场场爆满。类似这样的相声演出场所在北京有好几处，不同的是，这里说相声的人都是清一水的80后，台下的观众绝大多数也都是80、90后。在演出之前，场内播放的是比较时髦的嘻哈歌曲，如果不是演员穿着长袍出场，这样的场景更像是一些流行歌手的演唱会现场。观众们喝着带甜味儿的饮料，吃着零食，当那些只有80后们才能明白的类似暗号包袱从演员嘴里抖出来的时候，全场笑声一片。这是一个叫"嘻哈包袱铺"的相声团体的主场，这个团体强调的是：他们是80后的相声演员，并且以此为自豪。

"嘻哈包袱铺"去年（2008）5月成立，不到一年的时间里，他们已经在北京小有名气，演出一票难求，人最多的时候，连舞台上坐的都是观众，演员甚至连做动作的空间都没有，最后消防部门要求必须按座售票，才控制了这种火爆的场面。这个现象，至少说明传统艺术是有年轻观众的，关键看你如何让更年轻的观众接受这些传统艺术。"嘻哈包袱铺"做到了很多传统艺术家没有做到的事情，他们只是将这个受众群细分了一下，换句话说，年轻人有年轻人的玩法。

高晓攀是"嘻哈包袱铺"的牵头人，他被称为相声界长得最帅的演员，80后观众称他为"偶像派相声演员"。作为80后的一员，高晓攀在"嘻哈包袱铺"这群人当中很快树立起自己的威望。其他人在谈到高晓攀的时候都带着一种崇拜与敬畏的语气，说话的思路和观点都如出一辙，因为高晓攀让这群喜欢说相声的人有了一个固定的舞台。

高晓攀出生在河北保定，一个墨守成规的城市。这座城市的人喜欢做的事情就是维持原状，子承父业在保定很流行，父亲原来做什么，孩子将来也会按照这个轨迹继续走下去。高晓攀的父母都是工人，但是他没有循规蹈矩地像父亲那样去做工人，而是选择了说相声。这在保定是不多见的。

"我八岁就开始学相声，我小时候对周星驰的电影特别感兴趣，但是那时候根本不知道什么是表演，反而对相声越学越喜欢，越学越深，最后一步步走到现在。从小时候上的艺校，到后来上的中国戏曲学校大专班，直到今天。"高晓攀说。事实上，对于一个双职工家庭来说，花钱供孩子念一个艺术院校是很有压力的，但是父母很支持高晓攀说相声。当时中国戏曲学院只招收两届学生，而且最后一届的时候高晓攀报名还报晚了。"我妈大闹天津市文化局，最后让我补考才考上的。"高晓攀说。

相声的舞台并不大，从地域上讲，就集中在京津地区。对于一个相声科班毕业的人来说，想找个立足之地也不容易。首先是相声这个行业被体制化，同时又带着一些师徒口传心授的传统色彩，想第一步踩到点上很难。

毕业后，高晓攀才发现，一切并非他想象得那样容易。"茫然。一下子就懵了，真的不像想象中那样一毕业就能进专业文工团体，一毕业就能说相声，参加大赛然后再慢慢地混出来。谁都不认识，而且也根本没有办法融入那些大腕的圈子里，拎包也不知道什么时候才是个头。"高晓攀开始了一段居无定所的生活，他不想放弃，回到保定当工人他根本没想过。"我在一个朋友家里借住了很久。那时候没什么正式演出，后来有朋友介绍我到郭德纲的德云社说相声。那时候郭德纲还没火，我一个月能挣六十块钱。白天我在西单当导购，看到朋友、同学在这里买衣服，他们都有正式的单位，当时心里的感觉很复杂；后来又做过油漆工，在798帮人家刷漆。但是好在我还是把相声坚持下来了。"

这种状况大约持续了两年的时间，后来高晓攀去了北京相声青年剧团，一个由六十来岁的人组建的团体。但是没多久，他被挤走了，一个人跑到后海哭，那时候他十九岁，他的同学刚刚上大学，而他却已经开始面对艰苦的生存问题。

2008年，高晓攀在海淀区的小剧场演出，由于要办奥运会，小剧场演出取消了，他又没有地方去了。这时候，广茗阁的老板找到高晓攀，说周五有个空档敢不敢接下来演出。这对高晓攀来说是个好消息，只要有地方就行。但是周五是一个陷阱，人们不习惯在周末看相声演出。广茗阁平时主要是以旅游演出为主，类似老天桥的那些内容，魔术杂技吞宝剑，但是一到周五就没什么观众。

高晓攀找到了平时说相声认识的一帮朋友，谋划着成立一个团体，傍在一起说。最初的几个人尤宪超、连旭、赵臣现在已经是"嘻哈包袱铺"的元老了。

"我们都是很小就跟着师父学相声了。"连旭原来在国家机关工作，朝九晚五，说相声只是一种爱好，没什么钱，有时候能挣一点车费，被高晓攀拉进来之后，他不得不辞职，他是"嘻哈包袱铺"里面唯一一个结婚的人。最初，他在家里常常被老婆数落，不敢还口。因为辞掉了一个有固定收入的工作，去说相声，一个月只能拿到几百块钱，对一个家庭来说确实有压力。采访中，财务拿着一个信封过来，递给连旭一叠钱。"不怕你笑话，这是我一个月的工资，一千来块钱。"不过这已经不错了。"头一个月，拿着钱后我们都乐了，这是我们自己的社团第一次开的工资，只有二十七块钱，但毕竟这是自己的二十七块钱。"连旭说。现在他们火了，连旭在老婆面前也挺直腰杆了，老婆也慢慢理解他了。

赵臣原来在一家国内五百强的企业工作，已经做到部门经理的位置了，月薪一万多。后来因为老说相声，耽误工作，就开始减薪，从一万多减到八千，然后再减到四千。后来，他干脆也辞职过来专门说相声了，现在月薪是一千零六十元。

第一场演出的上座率有80%，让他们比较满意。高晓攀是个有想法的人，他觉得，如果只是说那些传统段子，不会吸引太多年轻观众，于是他想到做相声剧，这种方式在相声界很少有人做。去年，他们连续推出三部相声剧，"嘻哈包袱铺"也因此成名。连旭说："相声界做相声剧挺少的，很多的相声剧都是以京剧或者评剧形式来表演，真正以话剧形式来表演的相声剧，以前姜昆弄过一个。我们的相声剧更关注新闻热点和年轻人更关注的东西。"

除了相声剧，他们还搞专场。"六一的时候我们搞了一个六一儿童节专场，每个人都穿着白衬衣、白球鞋、蓝裤子、红领巾，我给自己画了个三道杠，很多回忆的东西。那天也来了很多人，他们不单单是乐，更多是感动在里面。随着这些事情的积累，我会不断地去挖掘观众想看什么。"高晓攀说。从一开始就把"嘻哈包袱铺"定位在年轻观众群上，他们都是在网上发帖子，通知演出时间，这样，来的人大都是年轻人。

"我们在做一件把相声变成时尚的事情，我们这些相声演员变成了时尚的从业者，而不是传统行业的从业者了。如果你没有听过'嘻哈'的相声，那么你可能就不是时尚的年轻人。如果年轻人再抱着'相声是一种传统艺术'的想法，那么相声终会走向没落的。必须把年轻的观众带到茶馆、剧场来听相声，感受时尚。"连旭说，"比如说德云社的相声，很多人去德云社是为了看郭德纲。去德云社的很多都是中年人，而在我们这儿绝大部分都是

80后，我们会把80后所关注的东西放到相声当中。《重拾儿时梦》全是我们小时候经历过的东西，否则底下观众不会有这么多的共鸣。60、70年代人跟80年代人玩儿的东西绝对不同。比如把英语放进相声里，这就是社会流行的东西，而且现在很多80后在各个公司已经成为中坚力量了，所以他们能和我们形成一种共鸣，这种共鸣就是我们和德云社最大的不同"。

甚至，他们在圣诞节的时候推出相声专场，开始他们担心人们去夜店、去酒吧，结果来的人太多了，加座都没有了。

赵臣认为："80后分两种，一种前80，一种后80。前80都是很厌世的，后80整天无忧无虑。在第一次上演相声剧《新白娘子传奇》的时候，我们每个人在后台很忐忑，不知道火不火，如临大敌似的，表情很僵，但必须要演。当我们演到第一个大包袱的时候，全场观众已经乐疯了，鼓掌尖叫，后台演员的表情就有变化了，每个人之间会互相一看。前面掌声接二连三地响，整个后台就跟着疯了，这种感觉是我们80后的特点。我们写过一个《我开始努力了》，跟80后有关，为了纪念我们的童年。我们是第一批独生子女，独生子女跟妈妈分不开，干点儿什么事会天马行空地去想，但到头来还是要征求家长的意见，因为我们离不开父母的庇护，前面说得天花乱坠，最后还是落到'我跟我妈商量一下吧'，这也是80后很典型的特点。他们现在可能没有家庭观，或者说没有一种社会的责任感，这种东西比较淡漠，他们想做事情，但被一些无形的东西束缚了自己，两种劲儿，都是80后很鲜明的特点。"

高晓攀说："我们这代人是很特殊的一代人，没有被太多地洗脑，那么我们就有很多的想法，太多的情怀，而且我们能很快地接触到网络，于是就接触到了很多全世界新鲜的东西。既然这样，就要学会审时度势，分析相声的市场：过去常宝华最火，后来就是侯宝林，侯宝林后期就是马季先生最火了。进入市场化最火的是梁左和姜昆。随着市场的不断发展，出现了冯巩，不管是拉洋车还是不拉洋车，观众乐了就对了。再往后说，人们都有钱了，追求一种快速消费，于是就有个郭德纲，郭老师说得很明白，来这儿就是听乐的。再往后，我觉得我们的时代来临了，为什么？相声要寓教于乐。一个包袱能让人笑，但是，一种情怀是能让人真正记在心里的。我很崇拜赖声川，他的东西可以很搞笑，但是看完之后一琢磨，会发现一种情怀被记在心里。"

谈到与郭德纲相声的不同，高晓攀认为郭德纲的相声里面表现的大都是小人物渴望大生活，比如《我要幸福》《我要上春晚》《我是黑社会》。"但是到了我们这个时代就不一样了，每一个人都觉得自己是大明星，都觉得自己很牛。但是也有很多病态的东西，比如神经质，怎么神经质？想挣很多钱，然后去哪哪哪玩，又想追求一种宁静，很多时候又做不到。所以我们的创作很'精神质'，反映的是一些人的精神状态。"高晓攀说，"我们这代人是第一批独生子女，生长在改革开放下，有了自己的情怀情操。都说我们这代人很自私，其实我们不是自私，我们需要的是与人分享。为什么'嘻哈包袱铺'能火？其实很简单，来到这里大家能相互认识，通过我们的网络，他们能成为朋友，我们都喜欢约局，因为我们太缺乏朋友了，太缺乏和别人分享了"。

民间团体一直无法摆脱的管理模式就是家族式管理，不管是本山传媒还是德云社，总要有一个旗子戳住才行。当高晓攀把这面旗子竖了起来的时候，聚集了三十多个人，这些人该如何管理？尤其是随着"嘻哈包袱铺"越来越受关注，他们将来的合作该如何进一步拓展？

赵臣说："这就像一个企业，所有的老板都会给员工画一个饼图：我的企业将来会上市，你们将会得到什么东西……我们这群演员里对商业最了解的应该就是我了，我在很多大公司待过，作为公司的中层，我比较了解这些企业家的想法。晓攀实际上就是运用这种企业的手法。我先给你画个饼——'你想说相声吗？'"

连旭说："说难听点，他是用我们心中的理想去控制我们的思想，这个思想并不是说他的魅力有多大，而是相声的魅力太大了。说大一点，我们是为了说相声聚在一块儿。说小点儿，我们是为了一份感情。"

在高晓攀看来，他不想用过去那种家族式管理来经营"嘻哈包袱铺"。"很多相声团体都是家族式的师父带徒弟，但是'嘻哈包袱铺'不会做成这样。我们要跳出艺术圈看商界，刚开始是亲情管理，将来会成为企业管理。是我们这里的演员就会签合同，我们也会给他们上三险，表演也会给钱，如果拍电视剧会优先考虑。还有一个是成立创作团队，相声界有很多好作品，演员拿着作品到处挣钱，作者却只有微薄的收入，但是我们的团队就不这样，写一个作品就给多少钱，就算一个作品我们的演员不适合演，我也会拿出去推荐给别人演，这样一个作品就不至于浪费。我们一定要跳出民间团体的那种运营模式，这是所有的剧院都不敢做的事情。我们会收八十块钱的会费，反过来我们也会回馈会员，我们对会员都是免票的，但是他们的八十块钱能让我们做很多事情，利滚利，赵本山有他的方式，我们会有我们的方式。"

但这一切对高晓攀来说还有一段距离，他很清楚，"嘻哈包袱铺"的未来跟他本人能火到什么程度是息息相关的，只有这个阶段过去，才能真正进入企业化经营。高晓攀说："如果我高晓攀不火，'嘻哈包袱铺'还能再火吗？这几乎是画上等号的。所以在我签下电视剧合同的时候，我很痛苦地问合作伙伴，'你说这个合同能不签，我肯定不签'。他说：'晓攀，你理智地想一想，如果你高晓攀火了的话，它就还能火上十年。'我当时就觉得我是个商品。"

很显然，这个80后的领头人对快速成名后如何调整心态还没有做好准备，不管他把他们的未来描述得多么具体和诱人，但路还要一步步走。"我现在白天去排戏，这是我们'嘻哈包袱铺'第一个电视剧，不能砸到自己手里，然后还要去做节目直播，晚上去广茗阁说相声。每天我只睡两三个小时，我真的很累，但是我不能跟任何人说，因为这都是我自己选择的，我没有资格去埋怨任何人。但是我很痛苦，我必须要做很多的事情，因为我太希望'嘻哈包袱铺'能走得再好一点。如果我不让'嘻哈包袱铺'出名，这些人还能跟着你踏踏实实地干吗？这是一个很现实的问题。无奈、选择、判断、环境……其中委屈，只能自己默认。"

　　当时高晓攀组建这个团体的时候就是希望它能火，越火越好，只有这样他们才能都吃上饭，过上好日子。至少到目前为止，他还很冷静。有一次，他跟几个成员上《鲁豫有约》节目，出来后就跟这哥几个急了："记住了，我们四个人坐在那里，没有一个人够资格谈艺术人生的，我们刚多大，不够这个格。"

（2009年）

当话剧被演成段子

> 话剧的特点是它有一些不一定为观众熟知或不一定为观众认可的观念和情感,要通过我一段专门的情感对你的思想有所改变。话剧是要改变你的,但是小品、相声或者二人转,它只迎合,迎合和改变的区别就在于,改变得让你额外停一下想一下,这是话剧。
>
> ——史航

中国小剧场话剧最早始于1982年,当时林兆华排了一部《绝对信号》。小剧场话剧被赋予的更大意义在于它的实验色彩,实验话剧的观众相对较少,适合在小剧场演出。但是,小剧场话剧后来并没有蓬勃发展起来,人们对小剧场话剧的理解也定位在实验、先锋、探索上。直到孟京辉的《恋爱的犀牛》把小剧场话剧变成一种可盈利行为时,人们才注意到小剧场座位上的算术题,通过简单的算术题可以算出小剧场话剧的投资与盈利的关系。在上世纪90年代末期,小剧场话剧开始慢慢繁荣。

2001年,田有良导演了一部话剧《翠花,上酸菜》,开创了小剧场喜剧话剧的先河。这部话剧结合了当代最常见的喜剧搞笑成分,轻松幽默,上演后受到观众的欢迎，随即移到大剧场演出。《翠花，上酸菜》的颠覆性在于，它改变了人们过去对话剧的印象，将喜剧、闹剧、恶搞的成分融入话剧中，这对当时不景气的话剧市场起到了刺激作用。由于《翠花,上酸菜》引起著作权纠纷，2003年，田有良与另外几个朋友继续沿着这种样式开创了"麻花系列"喜剧话剧，并从小剧场演到了大剧场。

人们看到了喜剧话剧这种表演形式的市场潜力，随后便有更多人加入进来。"戏逍堂"、"雷子乐笑工厂"等步其后尘，在北京话剧舞台形成了三足鼎立的局面。

这类喜剧话剧基本上以网络、民间流行的段子为主，用一个比较简单的故事情节串联起来，制作成本低，市场见效快，相对于更严肃一点的小剧场话剧，这类喜剧话剧的投入与产出风险更低一些。当他们很轻易地找到一个成功的商业模式后，这类话剧的模式便固定下来——低成本、制作粗糙、没有内涵、满足观众表层欢笑，表演手法以流行的段子为主、甚至有些低级粗俗，观众的心态大都是进来的时候笑、出去的时候骂。这种话剧已经慢慢失去了话剧的本来面貌，更像是一堆小品片断的串烧。

很多进入话剧领域的人，最初都想严肃地制作出几台话剧，但是都没有找到盈利方式，毕竟话剧这种形式在今天想获得观众的认可必须依靠好的剧本和演员。于是他们想象着观众会喜欢什么样式的话剧，加上《翠花，上酸菜》的成功案例，他们选择了实际上是最难创作的喜剧形式，却用最粗劣的方式表现出来。

戏逍堂：把话剧变成流水线

戏逍堂的负责人关皓月，在看了一场话剧之后，觉得做一个小剧场话剧是可以挣钱的，然后跟朋友做了一场话剧，觉得做话剧不过如此，便成立了戏逍堂。最初推出的话剧《到现在还没想好》，并不是后来的喜剧话剧形式。但是演出效果告诉他们，让更多人进剧场看话剧，讨论严肃话题效果并不好。"最初我们做的时候要考虑以观众为主,让观众坐到剧场来放松,让更多的人进来看我们的戏,这样的话我们肯定要把当前时尚的一些包袱、笑料等元素加入到里面,所以就形成了目前在别人看来略有喜剧的风格吧。"戏逍堂宣传总监袁子航说。

戏逍堂有一句广告宣传语:"开辟一条戏剧工业化的路。"他们是如何把戏剧工业化的呢?袁子航解释说:"从戏逍堂成立的那一天开始,就没把自己当作一个完整的创作团队去运作,戏逍堂是一个生产话剧的机器和平台、流水线,上面是我们和剧场,所谓的终端渠道,包括与票务公司搞好关系;下面我们和中戏或者北电,或者社会上一些毕业生的戏剧创作团队进行整合凝聚,拿过来他们的东西在我们的戏剧平台上生产、出售。我们最终的目标是将我们这个工业化的模式——生产艺术这种行为放大,就是全国的市场,让更多有才华的人在我们这里展示自己。这是我们工业化的概念:采集、加工、出售。我们把一个艺术品的价值降低,让它大众化。"

一部话剧从创作到演出,至少需要几个月的时间,但是戏逍堂的话剧从最初创意到最后演出结束也就是两个多月时间,这种快餐式的做法可以降低很多成本。袁子航说:"这就是我们作为工业化生产平台的理念,如果我们每天都自己在琢磨剧本,我们会累死的。我们恰恰是通过这样的理念来广纳人才,他们有创意有想法有才华,在我们这里施展就 OK 了,我们只是按照我们的市场观念,告诉他们现在市场上需要怎样类型的戏,这样的戏好卖,让他们在原有基础上往市场需要靠拢一下而已,但是艺术标准不会降低。"

戏逍堂的话剧平均每部成本大约在三十万元左右,他们把投入产出的账算得很明白。"我们一场戏首轮下来,决定把首轮的成本摊在五千个观众身上。所以我们在两百人的小剧场大概要演在二十六到二十八场之间。按照这样摊成本的话,如果把宣传做到位,把销售做好,可能我们的盈利状态是最佳的,多演观众可能疲了,少演成本收不回来,我们计算出中间的这个数字是最准确的。第一轮导演编剧费都付完了,第二轮成本会降低,同样通过这样的成本把整个的成本在场次上均摊。"

　　这种做法比较符合小剧场话剧的商业规律，小剧场话剧作为一种灵活的表现方式，不仅仅体现了话剧艺术的灵活性，也体现了一种商业上的灵活性。但从目前来看，小剧场话剧的上座率与去年同期相比下降了很多，除了金融危机等大因素之外，更主要的是，小剧场话剧舞台好作品不多。戏逍堂自己也承认，观众眼光越来越挑剔，现在喜剧的生存空间也没有太大，因为形式太雷同化，这种喜剧话剧很可能会走进死胡同。

雷子乐：成为谈资比作品质量更重要

　　雷子乐笑工厂的负责人之一的雷子乐最初做影视，但是影视投资大，风险高，不容易挣钱。后来发现做话剧投资小，资金周转比较快，便开始做话剧。第一部话剧叫《双面胶》，是个悲剧，反响不好，但是做的喜剧反响却很好。"作为制作人也好演员也好，演员收获的是掌声和笑声，我作为制作人在旁边就能感到观众的喜悦的释放。这几种戏相比，票房差距很大，喜剧的票房是很厉害的。2007年我和原来的那家公司想法不一样就分开了，分开以后我们就成立'笑工厂'，我们没有把它定义为工作室，为什么叫工厂？就是因为最初我就没想只做戏剧，而是所有和笑有关系的东西我们都做，可能目前是以戏剧为主。"制作人雷子乐说。

　　和戏逍堂的操作方式差不多，"笑工厂"一出戏的演出周期是一个月，大约演二十四场，每出戏可以演三四轮。"我们每个月必须换新戏。我觉得现在是一种快餐文化，怎么样去吸引你的观众呢？你这个戏不好也没关系，观众会期待你下一部戏，如果你下一部戏还不好，没关系，他还会期待，因为你老有新的东西给他。"雷子乐并不在乎观众的反应，因为在他们看来，总会有观众进剧场来看他们的戏，他们的话剧可以给观众提供一种谈资，因为人们需要谈资。雷子乐说："张艺谋、冯小刚的电影或者赵本山的小品出来后观众可能会讨论一年，但是我觉得现在已经不够了，应该每个月给人们一个话题,他可能会有些失望,或觉得还不错。当'雷子笑工厂'这个品牌作为一种谈资的时候,作品相对来说不那么重要。比如说冯小刚的电影,拍得再烂,它的票房也是好的,为什么?你不去看你连骂的东西都没有。当然我们还没有达到这个水平,但是我们是向着这个目标去做。"像雷子乐笑工厂这样热衷于给社会提供话题和谈资而去排话剧的还很少见,但是这样可能永远达不到冯小刚或赵本山的水平。

雷子乐笑工厂也是到处收剧本,然后拿过来修改成他们自己想要的样子。"我们的演员是固定的,每个人都有自己的舞台特点,剧本里所有人物都要对号入座,一旦演员对号入座的话,他自主发挥的余地就大了。"雷子乐说。

"笑工厂"的排练比"戏逍堂"更恐怖一些,雷子乐介绍说:"我们一般排练一个月,但不好说,有的时候一个戏排三四天。因为我们的工作安排是很乱的,明天可能去外地演出去了。我们这个队伍特别有战斗力,到底排练多长时间,以前我们认为是一个月,现在我们认为无所谓了,第二天要上一个新戏的话我们演员也敢上。一般最短的可能也有七天八天吧。"

这类话剧主要靠笑料来吸引观众,那么观众需要什么样的笑料呢?比如舞台上的模仿、恶搞、段子,但这些只是一种戏剧表达方式,一旦把它变成一种表达结果,就不能称其为喜剧了。雷子乐举了几个例子,他们认为这样的台词能达到爆笑效果:"比如男的追女孩,女孩说你为什么对我这么好,男孩说我喜欢你啊,女孩说你喜欢我哪儿我改还不行吗?这种语言的包袱也是随处都有的。恶搞也有,比如说把《电锯惊魂》恶搞了,把《雷雨》恶搞了。但是有一些是高级一些的包袱,到现在为止我最喜欢的一个包袱就是《天生我怂我忍了》里头一开场一个包袱,就是一个日本人,一刀把周扒皮杀了,说了一堆我们是要建立大东亚共荣圈的话,然后就跟一个小孩说,'小朋友,吃糖吗?'然后画外音一个女孩说:'去你妈的。'这种包袱就特别高级,场场必爆。"

但就是这样"高级"的包袱也都是演过六七场之后才产生的效果。雷子乐说:"一般来说,一个新戏的前几场十有七八还是失败的,因为我们自己认为的包袱,甚至连我也认为很有意思的包袱,真正演的时候观众不乐,必须得改。在不停地演的过程中,才会有爆笑的感觉。但是刚开始的时候应该是很痛苦的,观众也很痛苦。"

有一出戏,他们演出后不到五十分钟就草草结束了,因为观众无法忍受。"每次演完了我都会到门口去听,观众各种谩骂,还有想退票的。但是没办法,你肯定要经历这个,你也只能得罪观众了,因为你不见观众,你就不知道这个喜剧好不好。"雷子乐说,"后来我们干脆在前两场免费带观众彩排"。

雷子乐还有一段发自内心的独白:"我是一个普通观众,你要让我看一个传统话剧我会非常痛苦。我自从2005年进入这个圈子之后,就强迫自己看话剧,看先锋、正剧的时候我坐不住,观众也坐不住,因为正剧都在讲道理。现在不是一个讲道理的年代,其实大家谁都不比谁傻,话剧观众绝不是受过很底层教育的观众,他们一定是有一定层次的,所以传统话剧说教的方式一定是不能被接受的。第二点,一些传统剧目《茶馆》《雷雨》什么的,反正我不知道为什么会有人看,当然票房也不怎么样,我看的目的是想知道我能不能坐得住,事实上我坐不住,因为它所有的段子我们都知道,那我还看它干什么呢?为什么后来做喜剧呢?喜剧它可以传播。我们刚在上海演完,上海的一些评论文章就出来了,说如果要去看笑工厂的戏,你一定保护好你的腮帮子,否则会让你笑掉的,一个多小时绝对让你不虚此行,但如果你想找个艺术性或人生的智慧的话,你可能就不要去那里了。这个评价说我们没有艺术性和智慧的话,我个人可能并不赞同,因为我们的戏都是有很多我所谓的世界观在里面,甚至很多戏的名字都是我的世界观。比如说《天生我怂我忍了》,这就是我的世界观。我本来也没想过去影响话剧市场。可能会有很多人骂我,他们认为我在颠覆一种话剧理念,把很多观众带入一种完全不是高雅的状态中去。可是如果将来有这么一天的话,我觉得市场是考验一切的标准。反正我又不是学话剧的,颠不颠覆对于我没有意义。"

雷子乐笑工厂看起来倒更像一出喜剧。

张晨：不创新，两部戏就把品牌毁掉

"开心麻花"系列贺岁剧已经成了一个品牌。和"戏逍堂"、"雷子乐笑工厂"相比，他们是第一个走出小剧场进入大剧场演出的。他们每年都会在年底推出一部"开心麻花"系列贺岁剧，每部戏的投资相当于"戏逍堂"、"雷子乐笑工厂"的十倍。

田有良因为《翠花，上酸菜》官司败诉后，决定去做电视剧。中央戏剧学院毕业的他，对做话剧似乎兴趣不大，于是他拉来了两个做生意的朋友张晨和喻凯，打算在2003年投资做一部电视剧，但是非典的影响让他们把做电视剧的计划搁浅了。快到年底了，不能一年什么都不做，就想到了做贺岁话剧。2003年推出了第一部贺岁话剧《想吃麻花现给你拧》，没想到还挺受欢迎。毕竟田有良是学戏剧出身，有一定经验。

第二年，田有良还惦记做电视剧，便离开了公司，但是张晨和喻凯却喜欢上了话剧，"开心麻花系列"便这样一年一年做了下来。

"开心麻花"制作人张晨在接受采访时说："我们的风格定位是比较清楚的，就是要做年底的贺岁喜剧的形式。因为当时电影里有贺岁片，舞台上没有，我们就要创造这个门类。从一开始就是要做这种比较爆笑的、节奏比较快的、符合现在年轻人需求的戏剧形式。"

"开心麻花系列"每年在形式上都差不多，把一年当中发生的各类事件尽可能装到一部戏里，手法也无非是恶搞、模仿，加上一些社会上、网络上流行的段子。张晨说："其实从创作上手段上看，变化没有那么大，这和赵本山面临的困境是类似的，他年年上春晚，大家喜闻乐见的接受的是一种搞笑形式。我们有我们的形式，比较无厘头一些，戏剧包袱比较密，这样的形式观众是接受了，从市场的角度考虑我们很难放弃，也难免有重复，但是从盘点这个角度说，大家对'麻花'年底盘点谁还是有期待的，我觉得这是市场的需求。市场上也有看周立波的，也有看小沈阳的，你就不知道他为什么笑，但他是真心地笑。喜剧还是有更大众的需求的，我们从市场角度在找一个观众最大化的区间，商业戏剧我们当然希望笑料包袱能被更多的人接受。"

虽然张晨和喻凯不是学话剧出身，但还有些责任感，他们也想推出一部叫好又叫座的话剧，至少还没有放弃艺术理想，但是从生意角度，他们还是喜欢做一些有意思没意义的喜剧。张晨说："我们觉得大家都挺累的，需要一点纯娱乐。赵本山也一直强调自己纯娱乐这件事，他也很难把意义融进去，你能把人逗乐了你就很牛了。从艺术创新、追求精品的角度，客观上说我们有这想法，但是就目前应该说我还没到那个高度。你有一部精品，然后你能够像《威尼斯商人》那样演一百年，这当然是做戏剧的理想，我们跟这个还有距离。我们现在在演一部戏叫《江湖学院》，这个导演有追求精品的理想，尽量想回避那种片段式的喜剧表达，而把喜剧融入一个完整的故事里面。至少从我们出品方的角度，我们非常注意控制质量，我们对导演和演员的要求还会越来越高。"

田有良开创了无厘头喜剧话剧的先河，"开心麻花"把这个形式发扬光大，随后更多的人介入进来，以小剧场为依托。一时间，北京话剧演出舞台的主旋律，都是这种看似门槛不高的喜剧，而且都还有一定上座率。到底是什么原因导致这一现象？张晨认为："从市场上讲就是需求，因为市场上这种需求在放大，大家对娱乐的需求越来越大了，做的人就多。做话剧的分成两类，一类是坚持舞台艺术；还有一类把文化行业当个营生，哪挣钱就去哪儿。话剧这两年呈现出一种貌似繁荣的状态，但真正靠良性的票房生存下来的不多，其实这个市场没那么大。所以市场接下来就会选择，它会自动做筛选，那就是品质口碑。我是个市场派，第一我相信喜剧本身是很有力量的东西，第二我坚信市场是更有力量的东西，它会逼着创作者做调整，胜出的肯定是那些有自己东西的人。目前的市场状况还能接受你这种泛滥的状态，那就说明目前的市场现状是这样。我在这个行业中先意识到这个问题，我阻止不了别人进入，我只能迫使我创新，一边我们维持做已经有市场的产品，一边做有创新的产品。这是必须的，这是公司的生存法则。"

由于目前的喜剧话剧出现比较严重的雷同化，甚至已经算不上喜剧了，观众在别无选择的情况下也会审美疲劳。张晨也意识到这一点，他说："我觉得观众都很聪明，他其实看过一个，再看俩，看到第三个一样的话剧就开始挑剔了。作为我们编导、演员来说，创新的速度跟不上观众接受的速度，一定会是这样的。你立一个品牌挺长时间的，你要毁吧，一部戏两部戏，很快。"

史航：话剧不能让观众笑得跟仰卧起坐似的

谈到小剧场的变迁，编剧史航认为，它主要经历了三个阶段："第一个阶段叫没市场没毛病。没市场没毛病就是相对它比较诚心，没有市场，没有盈利的这个态度，没有媚俗的基本动力，想怎么来就怎么来。第二个阶段是有市场没毛病。知道赚钱了，知道下次这么演还能有人看，这就开始隐秘地接受订货，心理上进入为了对方口味塑造的阶段。现在是第三个阶段，就是有毛病有市场，已经不是因为市场性，而是说你毛病到这个程度，你还能在一堆作品中把他们的都毙掉，我市场比较强。有一句比较恶毒的话来形容现在的话剧，和西部淘金是一样的：'当第一批金子淘出来的时候，妓女已经出发了，而劫匪也快要上路了。'"

对于现在喜剧话剧中的段子集成，史航认为这是"便宜占多了自己就不爱出力"的结果，而且这种用段子来推进情节或者吸引观众的做法有着很强的诱惑力，因为它能立竿见影产生剧场喜剧效果。"创作者自己不种地光赶集了，因为这样，他自己的焦虑感越来越强，焦虑感越强你就越不容易自己创造幽默，越要从别人那里找幽默，这样就变成背段子的人而不是有故事的人。网络是不太有价值但是特别便于重复的东西，话剧变成个段子机器，每隔几分钟每隔几分钟一个段子，成为一个段子串烧的状态，没有戏剧情境喜剧人物，没有验证出自己以往的生活困境，或者在以后的生活中能想起来。"

信息传播的发达和人们都通过贡献自己的智慧来创造更大范围的共享，恰恰给艺术创作提供了偷懒和投机取巧的机会，史航说："这叫只勤奋不努力。小偷最勤奋，起得比你早，睡得比你晚，这叫勤奋。努力不一样，努力就是不能老一样，我今天是小偷，明天抢劫，后天杀人，总得有个进化过程吧。现在好多创作者就是只勤奋不努力，有些话剧中间有八百五十次笑声，这个吉尼斯状态太可怕了，这会变成话剧的新卫星时代，好多话剧就变成纯喷数字了，这个特别可怕。搞文艺的一旦跟数字挂钩就特露怯了，谁开始这么说话谁后面就完了，现在好多戏都靠这个。最后让你觉得，不管多好的戏，最后让你这样都很可怕。没有一个笑是笑完了的，跟仰卧起坐似的。"

这种喜剧话剧，严格意义上讲已经不是话剧了，只能算演出，它正朝着相声化、小品化和二人转化的方向前进，轻松幽默搞笑不是背离话剧的理由。史航说："话剧的特点是它有一些不一定为观众熟知或不一定为观众认可的观念和情感，要通过我一段专门的情感对你的思想有所改变。话剧是要改变你的，但是小品、相声或者二人转，它只迎合，迎合和改变的区别就在于，改变得让你额外停一下想一下，这是话剧。没有人听了小品或二人转以后觉得我的想法有了改变。所以话剧如果更小品化的话，话剧可能会丧失一个很重要的功能，就是对改变的努力。马尔科姆·考利在《流放者的归来》里说了一段话：'任何艺术的创新在没有走完所有的死胡同之前，不会自行夭折，任何艺术的创新在不完全走到自己反面之前，不会完全夭折。'把所有的错误都犯了，把所有的脸都丢了，把所有的市场都拱翻了，自然会有新生。恶是历史前进的动力，大家真的不耐烦了，说我把话剧戒了，看电视剧去，那时候话剧才能改变。"

李东：以无知为荣就非常可怕

相对史航的温和，国家话剧院制作人李东在谈到目前小剧场话剧粗制滥造的现象时，言辞变得有些激烈。他说："三年前，我就在报纸上骂过戏逍堂，认为他们是卖假药的。我从商业模式上是认同戏逍堂的，但是戏逍堂的成本和成分是什么？为什么能够做起来？为什么有竞争力？是因为他们的创作是不投入的，他们只投入剧场费和演出费，所有参加创作和演出的人都是学生，没钱来玩，大家凑段子，基本来源是网上的段子加上某部电影的桥段，几个人一演，一部作品就出现了。没成本，他才能保持盈利，所以他可以继续滚动。话剧是有配方的，话剧是以语言为主的一门艺术，当你的语言丧失时，它就不成立了。我觉得人无知不可怕，以无知为荣就非常可怕。当雷子乐出现以后，我觉得戏逍堂是很高级的戏了。雷子乐他们的戏在没有任何语境地使用脏的语言，这是有问题的。现在小剧场已经开始在观众消费概念里变质了，变成了低级、低端、搞笑、乱七八糟的人看的一种东西了。我觉得他们还不如洗浴中心呢。二人转的那些东西，你之前知道是属于它的，你知道它有这个成分，但话剧从来就没有过这个成分。我只能公平地讲，娱乐还有高低之分，现在过于低级了。从戏剧链条本身讲，是因为国有院团、拥有资源的院团，不去做为人民服务的戏。我知道很多看小剧场话剧的观众很年轻，从来没看过戏，我很多朋友第一次看戏剧是看人艺的《茶馆》，爱上戏剧了。今天看的是雷子乐的戏，我不知道这对后面会有什么影响，这已经不是可悲了，我觉得是堕落。堕落的根源是因为可以做得更好的人不去做，劣币逐良币。"

在采访中，人们大都认为目前喜剧话剧泛滥是市场需求的结果，毕竟人们喜欢一些轻松愉快的娱乐消费，出现这种现象属于正常。但是李东不这么认为，他说："大量的艺术院校的扩招，导致全国的有艺术细胞没艺术细胞的人都拥挤在北京，毕业之后滞留在北京。好多刚毕业的学生上不了影视剧，要做跟自己所学合适的、能迅速上手的就是小剧场话剧。现在小剧场话剧的形态很像他们在学校里做的小品作业，投入不大，操作简单，这就是大量小剧场话剧呈现出来的原因。舞台剧大家一起玩，有票房大家分，没票房我们什么钱都不拿，那就没成本。现在跟80年代的小剧场话剧不可同日而语，这次完全是以商业形态出现，跟艺术一丁点关系都没有。就是这帮小孩由于要生存，大量堆积在北京，要在一个资金和技术要求比较低的情况下进入。严格来讲，话剧看的是表演，现在这帮小孩什么都没有，素质比较差，好的已经去拍影视剧了。本来就不太能演，干的又不是创作是拼贴工作，出来的东西都不叫话剧。"

  对于现在很多从事这类话剧投资的经营者认为是"观众需要"才去迎合观众推出一系列产品的说法，李东认为这本身就是一个伪命题："你从来没有试过别的，而且你也没有能力试别的，你怎么知道观众不看？你没试过而且没能力试，所以告诉我说观众不看，我不信这个。他们这帮人是真不灵。"同时李东也认为，现在他们做的根本不是喜剧，只是因为观众对喜剧的理解还处在扫盲阶段，才让这些剧变成了喜剧，他说："他们是很正常、很真诚地笑。看'麻花'有人笑翻了，我无动于衷。后来我反省自己，为什么不笑呢？'麻花'因为有点低端，所有的铺陈我都知道，演员表现力不够。真正的喜剧是天才的表现。我是反看的，我看一个段子观众乐了，我要研究观众爱看什么，他们爱看模仿，选演员就要找模仿特强的；观众对演员的特长、技艺有兴趣，那选演员选会杂耍的。有这些元素，观众就会乐。特别简单，简单得一塌糊涂。过程就是互相的，看和被看，出现问题这是共谋。"

（2009 年）

东北文化的繁荣与危机

> 我觉得有一种泡沫感,但这个泡沫很实在,就是泡沫,大伙看得到,也许不会碎,只要董事长不倒泡沫还会有的,只要泡沫还有我们就在泡沫里待着,泡沫碎了他们回归到地上,才知道原来是这样的,他们才能再重新开始。
>
> ——张猛

天生喜剧

东北能出来像赵本山这样一批喜剧小品演员,绝对不是偶然,这和东北地区的自然环境有很大关系,当年闯关东的那批东北人,不仅要直面自然环境的恶劣,而且由于地广人稀,他们有一种从来没有的孤独感。东北的冬季特别漫长,生活环境残酷。为了排解这种孤独感,人们习惯了聚在一起凑热闹,通过唠嗑的方式打发无尽的时间。严酷的自然环境慢慢地把东北人乐观的性格培养出来,语言上的喜剧感、幽默感日渐加强。凑热闹、爱扎堆、爱表现是闯关东的后代在黑土地上形成的一种性格,唯有苦中作乐,才能与这样的自然环境共处。

东北人多是山东人的后裔,山东人性格中豪爽热情的一面被继承了下来。有人曾总结东北人的性格,说东北人是中国人当中性格优点缺点最明显的一群人:一方面有坚韧的性格,另一方面又很懒惰,因为东北土地肥沃,随便撒点种子都能有收获;东北人具备豪侠之气,却缺少一种智慧;东北人比较乐观,但总体上小富即安,积极向上的心理不强。

导演张猛说:"东北不像南方。在安徽,家家靠得都那么近,都有防火墙,你家着火别把我家烧了。东北不会,两家中间有大片田地,所以他们因寂寞会走到一起去,由于寂寞所以大家会讲述自己的故事……一交流哪个最好呢?搞笑最好,不然这个冬天怎么过去呢?可能这种交融之后形成了这种二人转的方式。"

吉林省民间文艺家协会主席曹保明说:"我觉得这个问题实际上还是,在东北,人生存要充分展示自己所有的本领,向对方表述或者说接纳别人,会促成幽默细胞的产生和裂变。中原人来到这儿,两眼漆黑,我找谁去呀?我要使劲儿表现,让你们接纳我,要互相接纳,所以促成人表述的生动性,已经在性格和骨血里形成了这个。"

东北人这种爱扎堆爱凑热闹的性格,间接地培养出了他们爱表现的一面,这也是东北人为什么都喜欢朝演艺领域发展的原因。长春电影制片厂、沈阳音乐学院,给中国的娱乐行业提供了不少人才,如果加上民间状态自然成长起来的艺人,可以说是数不胜数。

曹保明认为东北一人的"说口"在过去谋生中是非常重要的一部分。"他在打场子之前要说'父老乡亲们……'都是说口,完了再开唱。所以'说口'是生存的手段,它促使这部分文化极其发达。所以后来的小品是在'说口'上发展的,现在唱法衰落了,都用通俗的歌曲来代替二人转的传统段子。从前每个人肚子里至少要有七十个段子,还不算'说口',后来'说口'变成生存手段,被发扬光大,恰恰是通俗文化发展的根据,所以在这块土地上,五花八门,各方都得罩它才站得住。东北人说话一串一串儿的就是这个原因。"

原铁岭市民间艺术团导演、副团长乔杰在谈到东北人的性格时说："东北人好热闹，不甘寂寞。我下乡的体会是，农民在地里干活的时候也互相调侃，开玩笑，好像这是东北人的天性。主要目的就是取乐，取乐可以缓解他们的劳动压力、辛苦。东北人习惯一旦有事，无论个人有事还是村里有事，都是喜欢热热闹闹，大摆筵席，扭大秧歌唱大戏，在农村大部分是二人转的戏，我想主要是适应农民生活习性。"

在喜剧幽默中，有两个内容是最受欢迎的，一个是政治，一个是性。在东北民间曲艺中，含有性内容的作品占了大部分，这也是二人转从张作霖到今天一直遭到打压的原因，至今仍被人诟病。事实上，在各地民间文艺作品中，性内容从来都是存在的，它一直为人们津津乐道。吉林省二人转艺术家协会副主席宫庆山说："你听东北民歌和西北民歌，西北民歌那种苍凉、悲怆，那种苦，东北民歌没有，都是什么瞧情郎送情郎看秧歌送戒指，都非常喜庆。还有些荤的，荤段子实际上就是一帮光棍汉子蹲在山里伐木挖煤窑，他的一种性意识需要抒发，就通过这种歌唱出来。"曹保明说："实际上荤口是民间最丰富的文化，它不脏，是今天我们有些人把它弄脏了，包括一些演员低级的动作。当年老百姓接触不到性，只能通过说把它表达出来。因为从前二人转艺人把性说得非常好，这是东北文化广泛流行最重要的原因，也是二人转说口最重要的题材，今天我们把它表述歪了。东北文化存在这样的'说口文化'，是因为东北原先没有女人，东北这块土地荒凉荒蛮寒冷，女人无法生存，男人只能通过'说'来表述性爱，因此这个东北的'说'备受人们关注。大家愿意听，不吃饭也要听，恰恰说明东北缺少性、真实的性，没有婚姻，没有幸福，人们是在疲于生存的危难中生存，使性内容发展到极致。大量的说口文化当中，包括我们今天说的'脏口'已经变成了固定的形式。"

西北民歌中，性、色情的内容仅仅体现在抒发和表达层面，而东北曲艺则把它变成了一种幽默和喜剧笑话，成为二人转当中必不可少的内容。所以，当赵本山倡导绿色二人转的时候，他也不无矛盾地感慨："不黄那能叫二人转吗。"早在吉林省整顿二人转低俗内容之前，长春市和平大戏院就在内部实施了演员脏口惩罚条例。现在，剧场中的二人转表演很难再听到脏口，但是与性、色情有关的内容仍然是最主要的笑料，只是它不再那么赤裸裸，而是更加含蓄。这也许是二人转从乡村走进都市必然经历的一种变化。当然，在广大乡村，那些走村串户的二人转草台班子，仍然依靠大量脏口维持生计。

东北人当年闯进关东，后来又离开关东，东北文化向外面传播多少跟他们闯的性格有很大关系。这种闯跟他们整体上的归属感不强有关。宫庆山说："在南方，比如说广州和珠海，我做文化的时候也去采访过，一个村子有一个宗祠就知道这个村子的人姓什么，一个村子不会多过两个姓氏，基本上一个村子就一个姓氏一个家族。东北不一样，它是杂居，赵家屯不是老赵自己家，张王李赵什么都有，都是杂姓居多，没有几代人在这个村子繁衍，都是外来、杂居。东北过去还有一种'猫冬'的习惯，因为他在这地方没有长远的打算，闯关东的人来到东北的时候，也盼着赶紧挣钱回家。直到现在你到山里面还能看到很明显的迹象，它不像山东、河北那个院墙，都整得规规矩矩，它不，整几个木头一夹，它是一种生活习惯，但这种生活习惯实际上是意识，就是我没打算在这儿长住，我挣钱回家。为啥猫冬，我春种秋收粮食足了，够一年吃住就得了，我明年再说明年。闯关东的人都是穷人，这帮流民实际上是最没有文化最不成器最啥也不是的，东北是这么一批人组成的。东北的地也好养活人，开荒就能打出粮食来。因为历史原因也造就了这批人，他们无所谓，家的意识、根的意识都很淡。因为闯关东当时就是为了活路来的，这代艺人也有这种观点，就是哪儿有活路哪儿能挣钱我就可以到哪儿去，我就可以走出去。"

张猛说："我觉得能去唱二人转的人必然是想离开土地的人，实际上是不喜欢劳作的人，或者说有闲暇时间的人，才能聚集到一起，凡是给别人带来快乐的人也能聚集到一起，它是一种效应，它必然是有甜头的，才会离开，你和我才会搭在一起给别人唱。可能随着他们第一步走出来，市场逐渐地就有了。因为总有人离开土地，开始可能是城乡接合部，然后是镇里，然后是市里。就是这样一个过程。"

二人转从唱到舞到说的演变

二人转是如何演变成今天的形式呢？80年代初期，二人转并不景气，尤其是辽宁省。当时吉林省每年都搞东北地区二人转会演，用东北人的话讲，吉林省是二人转的窝子，省市县都有专业的民间艺术团体，这一点比辽宁和黑龙江都完善。但是谁也没有想到，铁岭这个地方改变了二人转。

乔杰回忆说："原来铁岭有话剧团、曲艺团还有京剧团，我在话剧团当导演。因为一次偶然的机会，东北三省举行二人转会演，曲艺团去参加比赛，文化局比较重视，曲艺团自己的力量又不太足，当时就把我借调帮着曲艺团排节目，等于文化局成立了专门班子，帮助他们搞节目，参加会演。我们的几个节目都获了大奖，后来局里就考虑干脆要打铁岭自己的特色，我们也建议，要想打特色，最好把话剧团和曲艺团合并，这样就把两个团合并了，叫铁岭民间艺术团。"

辽宁省之所以重视东北三省的二人转会演，是因为在这之前，辽宁省什么奖都没拿到。当时的辽宁省在歌舞方面比较红火，这也是为什么在当时辽宁地区出来很多流行歌手的原因。但是省里比较重视东三省的二人转会演。1984年，辽宁省在全国各类文艺比赛中都没有拿到奖，11月份，东北举办东三省首届民间艺术节，铁岭曲艺团代表辽宁省参加，他们排了两个二人转和三个拉场戏，全都拿了一等奖，其中的《1+1等于几？》还获得了特别贡献奖。

赵本山进入铁岭民间艺术团，也是一个偶然的契机。当时《1+1等于几？》这出戏是由李海和李静主演，后来获奖后，乔杰总觉得李海的表演有点弱，于是就有人向乔杰推荐一个叫赵本山的演员。赵本山当时正好在铁岭参加农村业余小戏调研,得了一等奖,于是把他调来试演,结果很成功,乔杰便把赵本山调到铁岭市民间艺术团,同时调来的还有潘长江。

而在此之前,铁岭地区的曲艺团在城里表演二人转几乎没有什么观众,只能在县城和农村表演,曲艺团游走于乡村县城,二人转也不过是整台节目中的一小部分。"铁岭的转折就取决于那次会演。那时铁岭还没改市,有话剧团、京剧团、曲艺团,其中有一两副二人转架子,有两个演员不错,观众也知道他们,他们也得过奖,总的来讲是不景气的。我们曲艺团第一次参加会演就得奖了,尝到了甜头,文化局很重视。它不是自身改革,而是政府需要荣誉。"乔杰说。

但是对铁岭民间艺术团的骨干人员来说,他们早就发现,二人转在辽宁地区,尤其是大城市并不像在吉林省那样受欢迎,所以必须改革二人转,才能让更多观众喜爱。第一步就是让二人转舞动起来。乔杰说:"我最早是搞舞蹈的,后来做导演,一开始我不喜欢二人转,觉得太俗,没多大意思。后来逐渐进去以后,研究它,可以说是越来越喜欢,从中吸取了很多营养。当时二人转流行'南靠浪北靠唱',就是辽宁以舞为主,吉林以唱见长,主要较劲的就是辽宁和吉林。当时吉林有点儿故步自封,他们也吵吵改革,他们有二人转专家级的演员,有自己的作品,有自己的书。我们都是小字辈,我们强调载歌载舞,因为二人转本身的特色就是两个人载歌载舞。吉林的简单舞几下就不动了,就开始唱,它过多借鉴戏曲的东西,吉林之所以没发展起来就是它太守旧,把唱腔变成板腔体、程式化的表演,完全把二人转戏曲化,也把二人转原有的美学削弱了。当时我们这批人目标比较统一,研究把民间舞蹈和其他舞蹈结合到二人转中,除了跳进跳出扮演之外,还要加强舞蹈性,让人一边看一边美。二人转本身有些旋律很美,让舞蹈增加进去,把土的东西稍微提个色。不舞蹈和舞蹈的表演状态就不一样,舞蹈可能会更多地被城里和年轻观众接受。我们拉场戏也都是这样,吉林都是原原本本、地地道道的那种,表演都是戏曲化的表演。而我们想让它回归二人转原来的秧歌戏,靠大秧歌招揽观众,打开场子,吸引观众,然后再表演节目。赵本山演的《麻将豆腐》载歌载舞。在服装道具的使用上，我们也强调二人转的虚拟。吉林虚拟的表演过多借鉴戏曲，而我们借鉴舞蹈。舞蹈道具的使用上，我们更多围绕二人转的扇子和手绢，服装也强调中性化，便于舞蹈。《大观灯》一个剧场演出能到五百多场，创了全国纪录。《大观灯》是吉林原创，但在吉林没火起来，我把它改了，中间糅进了现代歌舞、通俗歌曲，一个剧目演了两年，为我们团年创收二三十万，那个时候还了得。"

1985年以后，赵本山在东北成了最红的笑星，他录制的二人转节目卡带铺满了音像店的柜台，他的表演连说带唱，但一个偶然的事件，把拉场戏中的说口变成了小品。

乔杰说："当年姜昆看完我们的演出后，要把赵本山和铁岭民间艺术团介绍到北京，参加一台晚会。因为晚会有时间限制，只能给这个节目十三分钟，但这个节目有十八分钟，怎么压也压不进去，因为带唱，不可能像说那样容易压缩时间。按他们的要求我实在完不成，只好带人到北京现场表演给他们，结果大家都乐，连摄像的都乐得手直抖。最后晚会导演看完后说：'不改了，有多长算多长。'这件事之后，我们再上晚会，就干脆把唱腔拿掉，直接说，就这样出现了小品形式。"

谈到二人转向小品的转变，宫庆山认为这是赵本山扬长避短的结果："赵本山的小品是脱胎于二人转，但是它取代不了二人转。很多人和我的观点一样，赵本山真正火起来就是通过磁带，他的磁带有《十三香》《麻将豆腐》《1+1等于几？》《摔三弦》，包括和潘长江的《大观灯》，这些原来都是二人转的拉场戏，都带唱，他演拉场戏可以扬长避短。一个是他的冷幽默、挺搞笑；再一个赵本山嗓子条件不好，他过去录磁带，很多伴奏都是吉林吉剧团和省民间艺术团的乐队，有时候他正唱呢，乐队自然就停了，因为我们乐队有专业水准，对音准非常敏感，稍微有些跑调不用谁说，乐队自己就停了。它不像民间，你唱我就拉，稀里糊涂就过去了，很不专业。后来赵本山进了中央电视台，演小品就把唱完全取消了。直到现在，赵本山小品里都带着拉场戏的特点，比如，说的时候都是四六八句带押韵，都是惯口，话剧小品和电影小品不是这么说话的。这些年给赵本山创作小品的作者，张超、崔凯、张庆东，他们过去就是二人转的作者。"

至此，二人转转型成小品。几年后，它被赵本山带上央视春晚，从此脱胎于二人转中的小品，开始了长达二十多年统治春晚语言类节目的过程。与此同时，其他带着东北口音的演员——潘长江、巩汉林、黄宏、高秀敏、范伟、李海、小沈阳……都成为央视春晚不可或缺的一部分。二十多年来，人们已经习惯了东北口音，也接受了东北文化。

乔杰举了一个很直接的例子："最早刚出现'忽悠'这个词的时候，央视春晚或央视其他晚会导演都会提出来，不要用这个词，怕人听不懂。现在南方人也在用，包括文章和影视作品都有。《蜗居》是典型的上海剧，都有这个词，时间长了以后慢慢地理解了，接受了，不自觉地使用了。"类似这样的很多东北方言土语，逐渐变成全国性的"普通话"。

那么，为什么是铁岭这个普普通通的城市走出了这么多喜剧小品演员？二人转主要活跃在吉林省，四平地区的梨树县是二人转之乡。四平、梨树、开原、铁岭从地理位置上讲非常接近，正好是辽吉交界地区，京哈线将它们串联到一起。这也是当辽宁省在二人转不景气的时候，铁岭地区的二人转非常活跃的原因。宫庆山说："铁岭的二人转受梨树的影响非常深，梨树可以追溯三四代人，李财、徐广财那些老艺人就在铁岭、开原和四平附近活动。他们现在的传人有一个在吉林，叫董孝方，这个人赵本山非常尊重，抛手绢儿就是他发明的，抛出去还能回来，叫凤还巢。赵本山和潘长江演的《大观灯》就是董孝方一口一口教出来的，赵本山身上那种幽默，很多地方都能看到董孝方的影子。"

《乡村爱情》的导演、曾为赵本山创作过春晚小品的张猛说："我父亲（张惠忠）那一代，都有样板戏，但不懂什么叫戏剧，可是就有一个神奇的老头给他们讲，包括给崔凯、张超、乔杰他们讲戏剧是怎么回事。那老头是从上海电影制片厂下放到铁岭话剧团的，他鼓动我父亲、乔杰等很多人报考中央戏剧学院，当时他给金山写了一封信。后来知道这个人是上海特别牛的一个演员,受到迫害,恢复高考后突然铁岭出来一批人,都是这个老头带动了这批人从戏剧学院学成回到铁岭。我父亲、乔杰、张超,都是中坚力量,所以出来的好多东西不一样。"

无法复制的本山传媒模式

虽然赵本山在春晚一露面就被观众接受,但观众也仅仅接受了他这个人和他的表演方式,并没有接受东北文化。但是架不住每年赵本山都出来跟观众见一面,作为中国最稀缺的喜剧型演员,赵本山的舞台空间太大了,这也为他日后进行商业实体操作铺平了道路。当赵本山通过春晚的平台把自己打造成一个时代的标志之后,他知道,该发挥他身上的另一面才能了——从商。

赵本山应该感谢何庆魁和高秀敏,是他们给赵本山出的主意。当时在吉林市和长春市,林越的剧场和徐凯泉的和平大戏院,已经有相当大的规模,和平大戏院最多的时候有一百多个演员、三家剧场。赵本山很认真地看了两家剧场的演出后,决定开设剧场。

2003年,辽宁省专门为他成立了辽宁省民间艺术团,最初的艺术团就以他的班底为主。此时他已经收了很多徒弟,以这个班底为主,他拍摄了电视剧《刘老根》。《刘老根》的成功让赵本山吃了定心丸,下一步还可以走得更远。而在此之前,他发现,东北三省的二人转剧场非常火爆,他必须让演电视剧的二人转演员有个栖身之所,同时还要继续投资拍电视剧。所以,他连续搞了两次"本山杯二人转大赛",比赛中,赵本山发现了一批人才,他通过个人魅力和任何一家剧场都不具备的出演影视剧的吸引力,将这些演员挖过来,使他在人才配备上没了后顾之忧。这时,赵本山开始收徒弟,不让他们随便演出,开始组织自己的演出队伍,在刘老根大舞台演出,出演电视剧。电视剧带来的明星效应可以让演员回到剧场后立刻变成明星,剧场上座率一直高居不下。

"本山杯"搞了两届,到第二届,林越不参加了,徐凯泉只派了二线演员参加,因为他们都意识到,这个比赛是个诱饵,担心自己的台柱子被挖走。事实上,大部分好演员都被赵本山挖走了。

乔杰说:"这些演员在舞台上,没有传统动作的演出,多是适应观众口味,把'说'单拉出来,专业术语叫'说口'。原来是在表演中借用人物插科打诨,表演一些幽默笑话什么的,逗观众一笑,它把这部分强化了,没有太多传统段子,又掺杂着一些绝活。二人转演员非常有本事,学什么像什么,现在小沈阳就是这样,加上自身有一些形体上的模仿动作,都能逗观众开心,他们把这部分强化了,现在冠名叫二人转演出,其实专业二人转不太承认。但这也不在于承认不承认,市场化后就看市场,二人转演出团队一年能创收几个亿。"

二人转的中心已经由长春偏移到沈阳。在沈阳,有三家刘老根大舞台,还有七家有规模的剧场表演二人转。在长春,除了刘老根大舞台之外,还有和平大戏院和东北风剧场,而和平大戏院已今非昔比,它原来有三家剧场,由于产权原因,有两家剧场被收回,现在只剩下一家剧场苦苦支撑。

沈阳"东北浪"剧场老板孟凡坤说:"虽然我们的剧场无法与刘老根大舞台抗衡,但是经营状况还可以。刘老根大舞台不会对我们有什么不好的影响,虽然市场竞争比较激烈,但是在票价上我们有优势。赵本山的剧场有限,有八家,他自己的人早就齐了,二人转演员成千上万,这个不用担心他挖墙脚,也不是说赵本山所有的演员都比别的剧场强。从现在这个形势看,沈阳这个地方再火几年没问题。而且看今年春晚吧,我听说小沈阳、赵本山都上了,如果上演得成功,今年的形势应该比去年还好。"

沈阳南风大剧院沙梦二人转剧场总经理霍燃也认为:"二人转的大旗赵本山扛起来,在全国范围内火了,对整个二人转产业是一个带动,就像我们的经营思路也是按照刘老根大舞台的思路去学习。"但同时他也说,"沈阳的十个剧场暂时处于饱和状态,这些剧场都能维持,说太好也不是,略有盈余。再多了也不行,就不挣钱了,没人开了"。

让二人转走出去

赵本山的胆子比较大，团队剧场化以后，他通过自己的影响力逐步扩大经营规模。他首先从沈阳开起，扩大到辽宁几个城市，后来扩大到吉林、黑龙江、天津、北京，在几年之内先后开设了八家刘老根大舞台，接着又拍摄了电视剧《马大帅》、《乡村爱情》，通过中央和地方电视台的平台，让这些演员都成了明星，它形成的剧场与电视剧之间的良性互动，是任何一家造星企业都做不到的。

在赵本山带领他的徒弟以正规军的方式走出东北之前，其实已经有很多东北二人转演员以不同的方式走向全国。宫庆山说："最早走向全国的是和平大戏院，2003年进京会演只是集中的一次展示，零散的一对一对到外地的演出一直没断过，从湖南到重庆到海南、深圳，和平大戏院演员的足迹遍布全国有二十多个城市。前些年在北京方庄，有一个二人转人才市场，夜总会老板会到那里找人，有一批二人转演员就在那儿等着。刚出道的，专业剧场没人用、自己又没有经纪人的，都去那儿等活儿，然后进夜总会去唱。还有一些比较好的二人转艺人，在南方夜总会唱，收入很高。"

乔杰说："每个地区都有自己的文化现象，东北统称是关东文化，原来并没有太突出的作品被全国接受。现在人们的思想状态、心灵状态、生活状态，跟改革开放初期大不相同，人们活得越来越滋润，越来越强调时尚、个性化，越强调这些就越寻求开心。在国外色情表演是可以的，在中国不允许，二人转可以打擦边球。二人转能把生活中的现象，用东北特有的语言、大实话，给你提炼出来，可能是东北人直爽、敢说的这种特点决定了他们说出来的话很实在，是那么回事。二人转现在实际上不光是在黄河以北传播，黄河以南也在接受它。"

本山传媒总经理刘双平说："刘老根大舞台的出现是一个标志，它是二人转的最高殿堂，是我们二人转的国家大剧院。东北有那么多二人转演员，他们最高目标就是希望到这个地方演一场。二人转进军北京是走向全国的非常关键的一步，2009年，小沈阳领队在全国搞了一百场巡回演出，这也可以算二人转走向全国的很重要的形式。刘老根大舞台正式落户于北京，应该是二人转两百多年历史崭新的一页，因为我们是强势进京，是团队进京，而不是一个人两个人进京，一下子得到了北京观众的认可。"

就目前而言，只有赵本山的刘老根大舞台有实力走出东北。而对其他二人转剧场来说，走向全国只是一种奢望。孟凡坤打算在辽宁省的二级城市开设东北浪剧场，但从目前来看，效果不好，他说："观众你说多也不多说少还不少，上来就是一百多人二百多人，票价还不能贵，贵了买不起。它不是一天演，它天天晚上演，这个要命，要是一年演那么几场，票价可以贵，没准儿还能爆满，你要天天晚上演，哪儿那么多人看呢，所以人口密度不够也不行。"

长春东北风剧场也曾在天津投资一两千万开设剧场，但是几个月下来赔得血本无归。原因很简单，没有名人效应。

徐凯泉和东北风老总马普安也想利用拍电视剧的方式挣钱，但又是血本无归。因为赵本山模式是很难复制的。

刘双平说："我们是自己找到了一条我们认为比较好的产业链，或者盈利模式，我们两个主业，一个是演出，一个是影视，这两个形成一个产业链。我们通过影视剧打造明星，通过明星火我们的舞台，互相呼应，互相支持，基本上形成完整的产业链，这是我们能够良性发展、成为老大的主要因素。"

二人转危机：创作枯竭，相互模仿

现在是东北文化的黄金年代，但是一种潜在的危机感一直存在。乔杰说："正因为东北文化底蕴没有那么深厚，所以二人转吸纳性非常强。二人转的优势在于可变性强，能吸百家之长，能融会贯通，可以把戏曲和二人转混着唱，别人听了是包袱，好笑。别的曲种很难做到。"但同时乔杰也一针见血地指出,"艺术本身包含文化底蕴,从文化角度说,二人转有什么文化?哪有文化?只是适应了现在的市场需求,这东西应运而生,火了"。虽然二人转可以依靠它自身特点一直存在,但是自身文化底蕴的缺失可能会阻碍它向更高的层次发展。尤其是,当今天的二人转越来越远离二人转的时候。

乔杰说:"包括赵本山团里的高徒们,仍然没有文化,剧本都看不了,不认字,只能认识个把字,只能靠口传。我在想赵本山下面这么多徒弟,它的怪现象是一帮没有文化的人在搞文化。"

宫庆山说:"现在唯独在东北保留下来的就是二人转,这个保留的原因是很自然的,现在的二人转也不像过去的二人转那么唱,它完全是以取悦观众、搞笑为主,它也是从农村移到城市,它原本是农民的二人转,现在农民反倒看不了了,要看二人转得通过电视去看。"

创作目前成了二人转的死结,孟凡坤说:"现在二人转是'天下一套嗑儿'。我也抓过创作,但效果不好。我说二人转要改革,打破'天下一套嗑儿'现象,组织人创作二人剧,演了三天我感觉效果不好,给枪毙了。毕竟是二人转演员,不是表演系毕业的,一表演就完蛋了。"刘双平也认为创作是本山传媒下面二人转演员面临的最大问题:"我们对创作非常重视,但是由于我们是领军的,我们推出的东西一下子就会被别人掏走,这个太普遍了。我们唯一的办法就是不断地创作。"

张猛说:"二人转已经枯竭到一定程度了,你隔两天去看也只能看到一个故事换汤不换药地讲,也是那个包袱,到哪儿都是那几出,没有强大的创作团队,全凭二人转演员自身的智慧。现在也都会上网了,手机传个段子再改一改,毕竟是有限的。因为每天都在马不停蹄地演出,在舞台上是个惯性的状态,应该休整一段时间再演,不然就伤了。小沈阳要是聪明的话,他要想将来能够在中国娱乐圈里多活几年,现在应该去物色一些能够帮助他们的人。"

宫庆山对目前二人转中创作匮乏、相互模仿的现象看得非常透彻,他说:"现在观众已经视觉疲劳了。十五年前,这种形式出现在舞台上的时候,大伙都觉得很新鲜，两个人拿着扇子就说上了唱上了。十几年了，还是老一套，就这点玩意儿。为啥小沈阳的东西全国人看了都觉得搞笑，但是东北人不买他的账？小沈阳那种表演打扮，东北遍地都是。他也就是靠中央电视台这个权力媒体，那舞台谁上谁火，再一个就是有赵本山这杆大旗给他飘起来了，不是他艺术本身能说明的东西，所以小沈阳根本火不了多久。现在二人转舞台上，演员唱小帽不会超过六个，《小拜年》《双回门》《送情郎》《月牙五更》，完了，再没有了，二人转小帽有多少个？九腔十八调七十二嗨，我这几年整理的就有一百多个，各种曲牌，但演员不会，上台就《小拜年》，再有就是《大话西游》《上海滩》，你到哪儿看都是这些玩意儿。台上一张嘴，台下的人都能知道是啥。再有，如果有个人包袱抖火了，三天之内，整个东北二人转舞台上全是这个。因为这个信息传播特别快，二人转演员私底下也都互相交流，互通有无。因为没有人给他们创作，演员自身有惰性，而且没文化，像孙小宝念过初中的，算文化人、高才生，大部分是没文化、不识字。包括我写过很多东西让他们录音录像的时候，得一句一句教，先录音然后再对口形录成光碟，因为他不识字。你说这样的人他怎么创作？而且现在最遗憾的是这些老板总觉得二人转演员是万能的，他啥都会，原来和平大戏院还有个创作班，现在彻底黄了，从导演、艺术总监到作词作曲全都没有了。比如说小沈阳的东西是谁的呢？是田娃的。田娃的是谁的呢？是周云鹏的。小沈阳那个装扮有个叫小贵子的演员早就那么穿了。在长春，名角要么被赵本山挖走了，要么成了名进了演艺圈，不屑这个舞台，剩下的这些新生代，他们又没有新东西，都是重复人家的东西。"

张猛说："你既然有本事能让这个民间艺术到今天这样，那么扶持就应该是双向的，不是单向的，如果是单向的不就变成一个投机的买卖了嘛，那些老的东西谁来扶持？到处去扩张，说今天我可以在这儿做剧场明天我可以在那儿做剧场，这种扩张有意义，是传播，可是传播的同时还要扶持啊，它是叫文化遗产，可是作为文化遗产，谁来扶持它？今天东北有好多二人转速成的班，唱首歌教你俩小品再教你吹个葫芦丝，就算出徒一个，你没有真正承传的东西。现在变成了快餐和标准化，上网找笑话改编，谁出了新歌就高度模仿。你接受采访的时候大谈东北文化大谈土地，我们离不开土地我们要回归到土地，你回哪儿去了，是要回到艺术的土地，是东北这片土地造就了民间艺术。"

乔杰也认为："现在存在一种现象，就是专业的文化团队，所谓作者、编剧，要是真想做满足他作品需要的包袱，这些人真的弄不出来。这些文人缺乏生活，演员自身维持这么长时间，是因为自己在农村、在基层生活太长时间了，能见到，说得出来，城里人听着还是觉得很新鲜。而专业作者离那个生活太远了，几乎完全是凭空编，玩文字游戏，那是玩不出东西的。"

这里不妨分析一下，赵本山之所以能在春晚舞台上屹立二十多年，跟他后面的一群创作班子有直接关系。这群创作团队多是50年代生人，赶上过"文革"、上山下乡，"文革"结束后又上大学，赶上文艺复兴，有生活，有经历，同时也有文化，有创作激情。崔凯、宫庆山、乔杰、张超、张惠忠等这一批人是后来复兴二人转这门艺术的幕后力量，但是现在的创作队伍出现了断层，创作重心慢慢地向演员一方倾斜，这是导致二人转小品越来越禁不住推敲的原因。现如今，没有任何一个演员能像赵本山那样幸运，有那么多创作者为他保驾护航。赵本山本人比任何人都清楚这一点，但是他也无能为力。

谁来接赵本山的旗？

关于东北文化现象，乔杰认为，它只是一个海市蜃楼。"它不完全说是虚的，它在人们眼睛里真的出现了，很美。因为赵本山现象出现了东北文化现象，如果没有赵本山的现象，东北文化的现象还存在不存在？东北文化有什么底蕴、历史渊源、发展、遗传基因？这是挖不出来的。"

张猛说："我觉得有一种泡沫感，但这个泡沫很实在，就是泡沫，大伙看得到，也许不会碎，只要董事长不倒泡沫还会有的，只要泡沫还有我们就在泡沫里待着，泡沫碎了他们回归到地上，才知道原来是这样的，他们才能再重新开始。"而另一个要面对的事实是，东北文化的大旗还能飘多久，也就是赵本山这杆大旗还能飘多久？目前东北文化有点像当年的京剧、豫剧、评剧和黄梅戏，或许这种地方戏曲都有一个有所依撑的旗手，一旦这个旗手消失，这门艺术就会走向衰落。二人转是否会走向这条路呢？

乔杰说："像现在这么鼎盛，就不好说了。可能和其他地方曲艺一样，各领风骚。"

刘双平认为，赵本山与当年的侯宝林、梅兰芳这样的大师不同之处在于，他把二人转产业化了。"他的贡献跟其他民间艺术大师比有共性的，也有个性的。我们现在这么大的群体，这是很大的力量，不是他单个的。民间艺术要发展需要大师，这是规律。另外他一直没有离开二人转这个产业，没有离开民间，二人转要接地气，这是至关重要的。而且我们会建立一套可持续发展的运营机制，把企业打造成一个百年老店。"

赵本山去年（2009）因病做了一次大手术，术后他表示过，尽量上春晚，如果上不了，大家也不要失望。赵本山还可以撑几年，但他终究会退下来的。即便本山传媒用他们最优越的方式可以打造出上百个明星，但赵本山这样的演员是可遇不可求的。他的弟子是无力扛起这杆大旗的，也许目前最好的做法就是，尽可能占有最大的地盘。

对于二人转剧场的经营者，他们不希望赵本山这杆大旗倒掉，霍燃说："我们也希望他身体健康万寿无疆，他有三长两短对我们业内是有很大影响的。"孟凡坤也表达了类似的看法："有一条是肯定的，赵本山把二人转办得越多演得越好，沈阳甚至东北各家二人转的生意肯定跟着火，这是没错的。前一段时间赵本山病了，个别人告诉我，表情好像喜剧一样，我非常生气，我说这不是好事这是坏事，本山大哥身体要有毛病，咱们这个剧场的生意肯定赶不上以前了，这是百分之百的。说穿了我们就是吃人家的喝人家的，他把二人转带到央视去，这出了名火起来了，咱们这些二人转剧场都跟着沾光。"

（2010年）

春晚：事先张扬的自娱自乐

> 春晚里面什么都有，唯独丧失的是一种文化真情。

中央电视台春节联欢晚会是这样一个东西：它用三十多年的努力，达到了和中国足球一样的境界——主要是供老百姓发泄用。但是它每年都要披着欢乐祥和的外衣出现，在除夕之夜的饭桌上端上一盘鸡肋，让你食之无味，又弃之不忍。它几乎变成一个举国体制，投入大量人力物力财力，在凭借一种垄断方式获得越来越大的经济效益的同时，口碑却与之成反比。中央电视台自己的收视率调查结果也是逐年递减，门户网站的观众满意度调查更是跌到了最低点——春晚的欢乐祥和是虚假的。今天的电视观众已经不是二十年前守在电视机前靠电视解闷的那种心态了，他们有更多的选择，那些选择是在这个中国传统节日当中能给他们带来真实快乐的，哪怕是打一圈麻将或吃一顿饺子，它的快乐都比花几千万打造出来的一台电视节目来得真实。

每一届春晚剧组的导演都不愿意去正视一个现实问题，那就是春晚是办给谁看的。如果说清楚是为了给少数领导看的，那无可厚非，这样我们还可以研究一下他们的审美口味或意识形态。问题是，他们一致认为他们花时间做出一台节目，是给口味不同的广大观众看的，那这无论从哲学上还是数学上看都是一个无法自圆其说的悖论。所以这些年他们已经准备了很多借口，他们会说没法满足所有人的喜好。既然没法满足所有人，只能办一台想象中满足所有人的节目，可是想象力又太差了。

过去我们生活在一个好像总是被给予快乐的环境中，因为在过去，各种运动让人无法左右自己的命运。人们感受到一点点快乐，都不是通过自己的努力创造的，而是被给予的。今天人们知道该通过什么样的方式去寻求自己的快乐，并且享受这样的快乐。但是春晚却依然摆出施舍的嘴脸在除夕之夜给予民众快乐，好像老百姓过年不知道怎么快乐，只有它给予的快乐才是快乐。如果说过去娱乐内容不发达，人们依赖电视，会形成一种你给我我快乐的默契，但它不意味你不给我我就不快乐。今天的春晚更像是想象着自己是制造快乐的源泉，而实际上它这个功能早就消失了。

"联欢晚会"是中国人聚众娱乐的一种方式，它是让所有参与的人体验快乐的过程。它自然、轻松、欢快，并充满喜剧色彩，更何况它通过覆盖最广的电视信号传播到千家万户，这就是为什么自从中央电视台有了春晚之后，近三十年间，人们一直怀念头两届春晚的原因——当初它正是做到了这一点。

春晚最早出现时，导演确实是本着给观众带来快乐的目的呈现这台节目的，并且做得很好。但好景不长，随着它的影响日益加深，它逐渐从一台娱乐节目变成了一种意识形态，导演为春晚附加了很多本不该它承载的东西，快乐变成了一副躯壳，实质上春晚变成了一个宣传阵地，国家政策、建设成就、光辉形象甚至外交政策……都塞进了春晚。一个本来是在除夕之夜让观众开心逗乐的晚会节目，变成了一个政策或政府形象的宣传片。这种做法要么是不屑于民众的快乐，要么是只为了满足少数人的要求。

当四个多小时的晚会节目变成必须围绕某种要求去做的时候，它只能违背艺术表现方式，以达到它想要的效果。每年春晚，剧组的人都很努力，也试图去突破，满足观众的需求，但为什么它反而离观众越来越远？因为它已经把艺术表现空间压缩到了一个极限。节目不管怎么变，它所诉求的价值核心是不变的，从观众这边看到最后还是一个字：假。

人们已经无所谓对它做出理性或感性的期待了。或者，它就像现在人们在过年时贴在门口的春联，只是用它来提醒自己，现在过年了。每年春晚都会给观众留下一些干巴巴的回忆，这就是它的真实状态。说得大一点，进入新世纪后，中国在经济上的迅速发展，更多是在解决利益分配的问题，文化发展几乎停滞了，即便今天的文化娱乐艺术市场从商业角度上看，有了前所未有的繁荣，但是毫无创造力，都是直接演变成商业速朽的文化现象，无法沉淀出文化。人们关注的是用文化娱乐形式创造商业价值，而不是让文化自身进步，文化的独立品格消失了。人们只能在速朽的文化氛围里，像食腐动物一样去寻找一些小趣味和恶趣味，春晚就是这样。

春晚走向它的自娱自乐是必然的趋势，因为任何一种展现在这个舞台上的艺术都已经变得腐朽没落。三十多年的春晚，逐步把电视观众挑剔的标准提得越来越高，从期待、享受、欢乐、失望逐步演变到今天的围观。春晚自己的热情从不减弱，但观众慢慢变得无情，甚至现在人们已经从春晚的节目中学会了解密，在这些衍生的内容中无聊地狂欢。

语言的没落

在春晚四个多小时的直播节目中，观众最喜欢看的节目是相声、小品、魔术、杂技，这类节目的形式比较符合节日氛围，或者说民间有这样的传统。它没有披红挂绿，也不用兴师动众，完全是凭借艺术本身魅力来吸引人。但是这几十年下来，唯一能让观众有期盼的艺术形式也被糟蹋得差不多了。

拿相声来说，它在近三十年的生存状态完全是竭泽而渔的方式。一方面它离开剧场走向电视，失去了扎根的土壤，为了适应电视而不得不削弱自身的艺术表现。同样，小品虽然完全是一个因电视时代出现的艺术表现形式，但是它表现手法的陈旧已经使它面临和相声同样的尴尬。如果说全世界喜剧表现的套路都是一样的，即你必须通过更新内容让观众继续感到意外来吸引住他们，可是相声小品都没有做到这一点。即使每年春晚作品的内容都尽量往当下的热点话题上靠，但它始终因为某些限制而无法将这些手法发挥到淋漓尽致。在作品创作上，又始终无法摆脱陈旧的窠臼，加上审查体系的制约，实际上相声小品早就只剩下形式而没有内容了。

戏剧心理学里有一点是，喜剧效果产生于戏剧语言表现过程中导致观众心理期待的意外感，这种意外感在瞬间能让观众联想到他最熟悉的事情，这种熟悉的事情可能是他心里积郁的某种情绪、状态或是事件，被一种意外的戏剧效果释放出来，产生一种愉悦的快感。这就是这么多年西方人的脱口秀节目长盛不衰的原因，因为它符合这种心理。但演员无法在春晚的舞台上挥洒自如，甚至无法适应新时期电视观众的心理和审美需要的幽默方式。春晚最终展示出来的，要么是保守老套的喜剧方式，比如至今他们仍然相信靠装傻充愣、故意听错话、说错台词的方式能逗乐观众，不知道他们是真傻还是真把观众当傻子了。所谓包袱，当抖到众人皆知的程度，就意味它该寿终正寝了。但这些语言类节目编剧用掩耳盗铃的方式坚信它真的是个包袱，这大过年的你好意思让人苦笑吗？这种效果和小剧场胡来的三流话剧无异。

语言类节目的堕落让从前喜欢这类文艺形式的观众不断降低自己的底线。以前观众希望能看到幽默讽刺的相声小品，但是后来看不到了；当然，处处都是歌颂赞扬，但只要还有幽默观众也能接受；可后来连这种幽默都没有了。现在观众大概只能祈求你可以随便歌颂，但只要不让人难受就知足了。

语言类节目的堕落，原因就是它最容易出问题，可能因为一句话、一个词甚至一个字引起争议，就能导致审查通不过。春晚节目的审查，其实主要针对的就是语言类节目。春晚为什么过度依赖赵本山？赵本山的小品大都是朴素的主旋律题材，但又不是那种肉麻的歌颂型小品，观众没什么抵触情绪，他只需要把二人转剧场里的一些包袱稍微净化一下，就可以拿到春晚上表演。但是赵本山的心理和身体都已力不从心，别说赵本山是一个小品大王了，哪怕他是个大仙，也有不行的时候。为了安全，为了能通过，不能批评，不能讽刺，不能触及现实，相声小品中最有魅力的要素慢慢都被抽干净了，语言类节目几乎变成了哑剧。从另外一方面来看，中国这些年喜剧幽默人才越来越少，喜剧幽默变得越来越肤浅无聊，跟大环境有直接关系。今天相声的命运就是明天小品的命运。

在民间剧场，喜剧幽默还是以它该存在的方式存在，不管是郭德纲还是周立波，甚至赵本山的刘老根大舞台，他们的表演依然有大量的观众。也许有人会认为每年春晚都有精彩的语言类节目，但是你没有发现这些所谓精彩的节目都是一个形态吗？

过去，语言类节目每年都会给观众制造一些流行语，从第一届春晚开始，这种现象就没有消失过。在媒体不是很发达的年代，这些在春晚上诞生的流行语流行度之广，流行时间之长，足以说明春晚语言类节目的魅力。但是近些年，我们再听不到春晚诞生的流行语了，即使是有人有意识想使它流行，它也消失得很快。这说明语言类节目在词语上的匮乏和套路化已经不足以刺激人们的神经了，那种出乎意料的精炼语言的消失，是一种智慧和魅力的消失。

相反，这些年春晚开始拿网络流行语做文章，可见他们真到黔驴技穷的地步了。网络流行语本来就是人们在网上缺乏语言表达能力的情况下使用的一种万金油用语，某些流行的词语，也是在特定的网络语境下才能让人明白的词汇，互联网上大量的流行语本身就带着语言退化的粗糙感。如果从事喜剧创作的人真把互联网上的低级幽默方式当成营养快餐的话，那只能更加营养不良。经常上网的人对流行语都避犹不及，不上网的人又听不懂，而观众就分上网和不上网两种人，用网络流行语表演小品两头不招待见。

春，从来不是叫出来的

春晚主持人一直是人们诟病最多的话题之一。不知道是不是时间太长、节目太多、一个人盯不下来的原因，每次春晚都要预备六个主持人，看上去每个人分工不同，实际上又没看出有什么分工。作为一个串场的角色，春晚主持人就像鸡肋中被嚼过的鸡肋一样，每当他们出现，观众都会感觉时间变慢。

全世界可能只有中国的高等院校才有"播音专业"，这些专业院校培养出来的播音员，几十年来不过是解决了如何说标准普通话的问题。语言专家通过实践把普通话标准定型，这些播音员进入广播电视领域，通过他们的声音能让受众接受普通话的标准，说得大一点，对促进经济发展也是有帮助的。

但从播音员朝主持人方向转变的过程中，这种教学方式培养出来的主持人就显得太笨拙了。千嗓一调、千人一面的模式化，早就不适合今天广播电视发展的要求了。

每年春晚开始，六个主持人齐刷刷地站在舞台上，激情饱满，气宇轩昂。每次都是朱军第一个喊出"中国中央电视台……"这样的场景会让人想到《长征组歌》《东方红》，这两部音乐舞蹈史诗的解说员都是激情澎湃，惊天地，泣鬼神。之所以这样，是因为在最初的战争年代，广播员用这样的语调播送消息一方面可以振奋自己的士气，另一方面可以震慑敌人。即使在以阶级斗争为纲的年代，播音员用这样的语调也是符合那个时代的情境的。

在中国，播音员一直起着终极宣传员的作用，必须有气势。这就像侯耀文在相声里说的一样，遇到小偷先大喊一声"啊——"，能起到壮自己的胆子、吓唬小偷和喊一喊四周邻居的效果。这种战争年代和阶级斗争年代的震慑腔一直延续到除夕的春晚舞台，你到底还想吓唬谁呀？

其实他们完全可以放下架子，用人的语气来主持这台晚会。而且，春晚有极强的示范作用，不管什么样的晚会，是电视台的还是企业的，是官方的还是民间的，是专业的还是业余的，这种"震慑性主持"方式都非常流行。好像我们现在用的扩音设备和卫星信号都不合格一样，不扯着嗓子喊生怕别人听不见。连中央电视台的人自己都承认："春，从来不是叫出来的。"

早些年赵忠祥主持春晚，也是带着播音腔，但有其他主持人的搭配，风格各异，而且赵忠祥的声音至少听着还算亲切入耳。但是现在的春晚主持人说话像打了兴奋剂，一个比一个高，已感觉不到亲切，甚至听着有些凄厉，如街上的喇叭声。

既然是联欢晚会，就应该轻松。可能每个观众的潜意识里都有这样的感觉，生怕主持人说错话。这么多年我们的主持人已经在春晚的舞台上练就了不出错的本领，观众多数情况下认为主持人是不能出错的，越这么想就越怕他们出错，越怕就越紧张，越紧张就越没有过年的感觉。尤其是开始零点报时以及结束时，六个人你一句我一句，有这个必要吗？我们总习惯为主持人捏一把汗，但心里却巴不得他们出错丢人，来改改他们的坏习惯。

终于，在 2007 年的春晚上，六位主持人以推倒多米诺骨牌的方式出了本该无所谓的错误，至今还让人"津津乐道"。如果他们放弃模式化、程序化的春晚主持风格，更随意一些，先把自己当成一个自然人的状态去主持，谁会介意主持过程中出错呢。

真正的主持人从来都是在实践中锻炼出来的，更多是扮演传播信息的角色，比如外国很多主持人，人们首先衡量的是他的社会阅历和媒体从业经验，以及分析新闻、整合信息的表达能力，因为观众希望通过主持人之口了解到的是高密度信息。我们的主持人现在还停留在背新闻稿的阶段，一旦让他即兴发挥，便不知所措。换句话说，这项技能不是大学里的专业能学到的，全靠日常积累和反应能力。假设春晚没有主持人，你会觉得节目更通顺，就是因为主持人没有做好传播信息的角色，可有可无。

今年（2011）春晚零点报时，导播们又没有算好数学题，报时之前距节目演完还空出一段时间，但六个主持人站在舞台上总不能出现时差吧，在还剩下快一分钟的时间里，主持人把该说的词都说完了，这时候肯定不能傻乎乎地像六根木桩子一样戳在那里等待零点钟声的敲响，于是朱军来了一段即兴"拖"口秀，总算把时间拖到了零点，他挽救了春晚。但从朱军的这段即兴主持能听得出来，都是一些大而无当、空洞无物的话，确实很符合春晚的主持台词风格。试想，如果没有平时这样假大空的职业训练积累，他能即兴说出那样的一番话吗。

原来，春晚在一个很小的演播厅里举行，大家团坐在一起，确实很有过年的气氛，演员与观众的交流互动也方便，尤其是很多舞台艺术的表现形式非常适合小空间表演，比如相声、小品、魔术、歌曲等。但是中国人都有一种贪大的恶习，春晚也不能幸免，不断扩展演播厅空间，貌似空间大了，人多了，喜庆气氛就增强了，主持人本能地扯着嗓子喊起来了。

策划撰稿假大空

导致主持人出现这些问题的另一个原因就是策划撰稿台词空洞无物。当年黄一鹤担任春晚导演，从一开始策划就让相声演员介入进来，一来相声是当时民众比较喜欢的艺术形式，相声演员的语言表现力远远要比其他演员强，在两个节目衔接过程中可以放讲很多包袱笑料，让主持本身就变成节目的一部分。

但是后来，这种策划撰稿的方式被放弃了。电视工作者一般是由演员和技术出身的人组成，他们常常认为自己所处的行业与文化圈相比缺少文化含量，所以有点盲目相信文化人的外脑作用，慢慢就形成了请文化圈的人担任春晚策划撰稿的传统。这些人相对更符合电视综艺晚会的需求，他们本来就是在假大空的文艺氛围中成长起来的——头脑僵化、缺乏创新、擅长空洞语言、缺乏幽默感。他们知道电视晚会需要什么样的语言，根本不用磨合。这就是这么多年来主持人说的那些话怎么听都是废话的原因。

事实上，在中国，晚会这种样式已经养活了很多擅长说假大空话的策划撰稿人，这跟当前主持人的素质正好相得益彰，他们写的台词都很套路化，背起来非常容易，完全可以不走脑子，放到任何晚会上都适用。策划撰稿人的心理状态是，这是一个全中国最大的行活，做起来也不用动脑子。至于观众听起来是否感到乏味，效果如何，他们从不考虑。

这种固化、机械的方式在录播节目中有时候看不出来，但是在直播又充满喜庆气氛的春晚上，就显得非常别扭。他们用的那些词汇都在极力渲染节日气氛，但节日的感觉不是你扔给观众的，是自然形成的，语言的魅力在这时候变得很重要。这就好比人们看一部恐怖片，恐怖总是在人们神经松弛的时候出现，而不是反复提醒观众几秒钟后会出现恐怖场景。这些策划撰稿人就是拙劣的恐怖片导演，反复告诉你过年了要喜庆要高兴……本来这台蹩脚的晚会就已经让观众看得过年的气氛只有一息尚存了，当这些毫无意义的词汇组合从主持人嘴里说出来时，基本上观众也就没什么感觉了。

当然，还有一个问题，即便是再有幽默感的撰稿人，也禁不住反复审查改动的折腾。一般而言，任何一届春晚的导演都有点追求，希望节目能做得好看一点，之后听到的骂声少一点，但是导演之上的多级审查体系已经让导演的初衷一次一次打折扣。每一次审查后的改动，都意味着解说词要重新编排，没有点钢铁般意志的人是承受不了这种反复改动的。耗到最后，肯定是什么感觉都没有了，只有那些空话用起来最稳妥。

春晚就是用亲切到极致的方式消灭亲和力的过程。比如春晚的开场，一通喜庆的歌舞之后，阎肃说了一句"都到家了吗？"很显然，这样的创意无疑是想在晚会一开始就把观众的情绪拉进来，而且，在这个环节上没有用主持人，而是用一个和蔼可亲的老人，但是前面的欢庆气氛让后面这个环节变得有些多余，即便是很简洁的一句话，也显得有些做作，有点像"没来的请举手"。没到家的人也听不见你这句招呼语啊。

春晚的导演大都不缺乏舞台戏剧经验，但是在春晚节目设置中，他们几乎放弃了舞台戏剧表演的规律，用一种不断强化的方式逼着观众的情绪跟着节目往前走,但电视机前的观众是不会任由你来摆布的,可以随时走神。如果你真的一口气把春晚看下来,会觉得腰酸腿疼,并不是因为节目时间长造成的,而是它无节制煽动你的喜庆情绪造成的疲劳感。这种明知故犯地把真情流露与煽情流露混淆到一起、只想给观众一个结果而不考虑观众感受的做法,让观众从一开始就进入到一个被动的情绪状态里,产生疲劳感是必然的。

春晚里面什么都有,唯独丧失的是一种文化真情。这种丧失文化真情的方式就是结果为先,先告诉你我要感染你打动你,然后你要走进来,你必须进来,你没有理由不进来。当一种艺术规律被践踏之后,他们可以变得如此疯狂和自信。

歌曲:不过是谱曲版的解说词

春晚的歌曲虽然占很大比重,但是它不过是谱曲版的解说词。三十多年来,春晚的歌曲表演经历了这样一个过程:最初导演们的想法很简单,找一些头一年比较流行的歌曲,兼顾港台,在春晚上唱一遍,只要歌曲内容和过年的氛围相符基本就可以了。后来,歌手们发现,通过上春晚可以让自己更红,这一点跟相声演员正好相反,相声演员红了才能上春晚。于是,大量的歌手都想方设法找机会站到春晚的舞台上,力求新的一年能有个好收成。所以有段时间(90年代中后期)春晚在选择歌手方面有些失控,它的选择标准已经变成一种名利驱使下的角逐,有关系有机会能上春晚的人,必然要演唱一批歌曲,这批歌曲往往是为晚会而作,没有经过听众的检验。也恰恰是在90年代,各类晚会的蓬勃兴起,培养了一批擅长写晚会歌曲的作者,造就了一批见光死的晚会歌曲。

每一个词曲作者都会像春晚的策划撰稿一样,想象着在这样的晚会上该去创作什么样的歌曲才能顺利通过。由于流行歌曲的信息量比较少,能传达信息的基本上是歌词,要写得应景,无非就是那些空洞无物的大词变换着组合。音乐创作的情感流露在这样的前提下就变得不那么重要了,甚至这些词曲作者在面对这样的创作时都知道自己在干什么——那只是为了对付一个行活儿而已。

进入 21 世纪,整个音乐行业变得非常萧条,创作力的丧失已经不限于晚会歌曲了,这就让晚会歌曲的重要性凸显出来——反正怎么写都是一个不流行,都拿不到版税,至少给上春晚的歌手写歌的稿费远远要比给市场歌手写歌高一些。到后来在春晚就几乎再也听不到一首像样的歌曲。几乎所有为春晚创作的歌曲,让任何一个主持人朗诵出来都可以当成串场词。

从有春晚开始,几乎在中国有影响的歌手都登上过这个舞台,但是他们也没有给观众留下什么深刻印象,歌曲逐渐过渡到为相声小品填缝的角色。当王菲演唱《传奇》,旭日阳刚演唱《春天里》时,才仿佛让人恍然大悟——原来春晚还可以唱这样的歌曲。

按照春晚的标准,《春天里》是不符合他们的标准的,但考虑到要有一个体现农民工生活状态的节目,旭日阳刚又非常有代表性,而且他们就是靠翻唱这首歌红起来的,所以成了漏网之鱼。试想,如果没有旭日阳刚,春晚会想到让汪峰去演唱这首歌吗?幸运的是,这首歌的歌词没有被改动。事实上,《春天里》体现出的伤感远远要比任何一次倪萍的煽情更动人,但它影响了春晚的喜庆氛围了吗?显然没有。相反,它反而让人有些激动。这就是原生态感人与人工感人的区别。

不是春晚不可以出现像《传奇》《春天里》这样的歌曲,而是所有参与创作表演的人都自动选择了放弃,因为春晚的强大力量让人们自作聪明地选择了讨巧这个氛围,忘记了观众情感中真正需要什么。而且它具有样板和示范作用,让后来的人马上进入这样的语言系统,放弃对艺术创作本身的尊重。

(2011 年)

田连元：说书要把人说透

> 真正要把书说好，还是得说人物。文学是写人的，说书也是说人的。把人说透，才会唤起听众的关注，关注人物的命运，关注人物在什么环境下会做出什么样的事情。
>
> ——田连元

虽然当年田连元先生讲《水浒传》没有他讲的另一部《杨家将》影响大，但是他对水浒的人物塑造，以及基于原著基础上的适当增删，也是非常精彩。田连元因为《水浒传》讲得好，后来中央电视台拍摄电视连续剧《水浒传》，专门聘请他作为顾问。当年他为了说这部书，准备了一年多的时间，查阅了大量资料，对比了不少其他民间曲艺版本，让听众在听这个故事的时候觉得更合情合理。在采访田连元先生的时候，他对当年书中的某些段落仍记忆犹新，甚至张嘴就能说上一段。

Q：您讲《水浒传》评书实际上也是个创作的过程，当初有哪些比较典型的二次创作？

Ａ：施耐庵在写《水浒传》的时候，其实是采集了古代说书艺人所用的素材，把他们所说的故事汇集起来，形成了《水浒传》。但是也有很多内容他并没有收集进去，但说书艺人把这些故事延续下来，演说下去了。在民间也流传着很多有关水浒人物的英雄故事。我说《水浒传》的时候，有很多故事是原作没有的。虽然原作没有，但我觉得故事的存在很有必要。一百单八将里的这些人物虽然都有外号，也有各自的作为，但有的人物相对鲜活，有的就显得苍白无力，像这样的人物，我们在说评书的时候就要给予适当的丰富。

比如有个不太起眼的人物，叫"神机军师朱武"。他为什么叫"神机军师"？他曾经做过什么？这些事在原作里没有交代。所以当我讲"神机军师朱武"的时候，就加了些故事。朱武曾经在一个县城里当过县官，曾经问过案，在问案的过程中体现了他的睿智、聪明和正直。比如有一段故事叫"朱武审鸡"，讲的是有一个富家子弟去集市上卖鸡，他的鸡被一个打柴的人给压死了，富家子弟就耍无赖讹他。这个无赖非说自己的鸡是九斤黄，一天能下一个蛋，有时候还下俩，要求退还这只鸡下蛋所能卖的钱。朱武在判案的过程中就和打柴的人说，你按他的要求把钱给他。然后又问那个富家子弟，你喂这只鸡喂了几年了？你要把粮食的钱还回来。通过这个办法，他就把刁钻的恶徒惩治了。但是后来他由于看到官府中的昏暗，所以占山为王了。

再比如"母夜叉"孙二娘，我有个《孙二娘外传》，讲的是孙二娘为什么叫母夜叉，她为什么要卖人肉馅儿包子。如果没有个前因后果，就让人非常不理解，觉得孙二娘这个人很可怕，把人肉剁成馅儿，卖包子，女人这样就不可爱了。这中间其实是有故事的：孙二娘的父亲曾经在绿林里干过，外号叫"山夜叉"，她父亲到中年的时候就金盆洗手，不再干这行了。他有两个女儿，大女儿叫孙美娘，二女儿叫孙二娘。孙美娘从小学针织，孙二娘从小跟她爸学武术。孙二娘长得丑，孙美娘长得漂亮。孙家开了个饭馆，县官少爷老在那饭馆里吃饭，发现了孙美娘的美貌，就起了歹意。孙美娘有次回老家探亲，路上碰见县官少爷，少爷在两个恶奴的帮助下把孙美娘在高粱地里奸污了。被奸污之后，孙美娘回家后没磨得开说，只是和孙二娘说了，说没脸活在这个人世上，被县官少爷给糟蹋了，没人偿还自己的名节，咱们也斗不过人家的势力。但孙二娘当时没往心里去，以为姐姐就是说说而已，没想到第二天姐姐投河自尽了。孙美娘一死，孙二娘就把详情跟她爹说了。她爹是绿林英雄出身，非常生气，想要报这个仇。就在这个时候，那个县官少爷又来饭馆找孙美娘，他不知道孙美娘投河自尽了。当时孙二娘正在后面烧一锅热水准备要烀猪肉。县官少爷误把孙二娘当成孙美娘了，从身后一搭，孙二娘一看是他，一怒之下就把这少爷塞大锅里了，把盖一盖，拿火一烧，就把少爷烀熟了。少爷带的随从发现少爷找孙美娘，半天不出来了，往里看也没看着，就走了。然后孙二娘把少爷从锅里弄出来了，他爹出于对少爷的恨，就把他的肉剔下来，剁成馅，包成包子，挎着篮子就上县衙卖包子，他要让县官知道，给自己女儿报仇。县官老爷把包子拿去之后，听手下的奴才说少爷去他家饭馆后就不见了，后来老爷在吃包子的时候看到包子里有他儿子指甲，是人肉的，就把"山夜叉"给抓起来了，严刑拷打，最后死于监房。她爹一死，孙二娘在家里待不下去了，只好带着母亲从家里逃出来，逃到十字坡，碰到了张青。和张青认识之后，孙二娘觉得应该找个男人，张青也是在家里惹了祸、杀了人命跑出来的，两个人同病相怜，就结合在一起了，这以后就有了孙二娘的那几条规定：一是恨官府的人，二是恨恶霸。这种思想根源是来自她亲身经历，孙二娘之所以会卖人肉馅的包子，是有原因的，她并不是见谁杀谁，是见了歹人，才会像见了那个县官少爷一样，做成人肉包子的。

Q:《水浒传》在描写某些人物的时候可能会一笔带过，或者写得比较粗糙，但是如果可以发挥，会有很多故事出来。您在说书时候，遇到这样的情节一般都是怎么处理的呢？

A:遇到这样的问题，一般都要适当地调整一下。我说《水浒传》不仅仅是在民间流传的故事之上的，还会参考一些对水浒学术研究的资料。

有一本书叫《水浒研究》，这本书的作者何心已经不在了，他是一位学者，将毕生的精力都投入到研究水浒上了，他对《水浒传》中每个人名的外号为什么这么叫都有考究，有种刨根问底的精神。比如"旱地忽律"，"忽律"是什么？"忽律"其实就是鳄鱼，说明这个人很厉害、很凶残。他同时也指出了施耐庵在写《水浒传》过程中的一些讹误，比如一些路程的讹误，从哪儿到哪儿未必会经过那个地方，他对书中的地名做了一些考证。凡是类似这样的部分，我能避开的避开，能改正的改正，尽量避免出现讹误。再比如"白日鼠"白胜挑的白酒，这白酒不是今天说的60°白酒，60°的白酒怎么能解渴呢？现在喝的酒是元末明初才有的，明代以前都是手工做的酒，按照清酒、白酒、老酒这样分的类。那个白酒相当于现在的啤酒，度数很低，喝多了也醉，但能解渴。不然像武松那十八碗白酒，酒量再好的人喝下去也够呛。

像这样的问题，既要参照民间的传说故事，也要参照专业学者们的水浒研究，包括对《水浒传》和人物的评论，也包括与宋史相关的一些书籍。《水浒传》和正史是有点接触的，比如《张叔夜传》和《侯蒙传》里，就有对平灭宋江的记录。还有些人物前后叙述不太吻合的，我就得想办法把它顺过来。比如宋江这个人物，《水浒传》原文说的是"号呼保义，又叫及时雨"，众将见了他，每个人都"纳头便拜"。他是这么个人物，很有人格魅力，在江湖上很讲究义气，是个黑白两道都吃得开的人，在官场上、江湖上、绿林中，都无人不知无人不晓。但是宋江为什么会有这样的威信呢？在《水浒传》原文中交代得就不够充分，使得宋江这个人物就不够饱满。我在讲宋江的时候就加了点他济困扶危、帮助别人的小情节。

我当年给第一版电视剧《水浒传》做顾问的时候也提到了这个问题，我说宋江是唯一可以加工塑造的人物，他的性格是有转变的，他是封建社会一个县级的底层官吏，相当于现在县级秘书长之类的一个官。他能文、能诗，而且有思想。他的思想不是远大高深的思想，没有推翻一个朝代、重建一个世界的抱负，但他看到了宋朝腐败、即将衰亡的状况，同时又觉得自己要想站住脚，还得靠着官府，他不想把这个朝廷推翻重造，心灵深处是这样的。所以施耐庵笔下宋江发展的道路交代得比较清楚，表现在晁盖智取生辰纲、官府要捉他的时候，宋江给晁盖送信，让他们逃跑。晁盖上山以后要报答宋江，给他钱财，他也不上山，因为宋江虽然对为盗为贼者网开一面，但是心里想的还是"我不能与你为伍，不能为贼"。后来发生阎婆惜的事情后，宋江要被充军发配了，晁盖他们把他接到山上，想叫他入伙，他仍然坚持不入伙。他认为阎婆惜的事情属于刑事犯罪，在宋朝，刑事犯罪充军发配刑满以后还可以回来，继续自己的仕途之路。但是宋江到了江州后，由于酒醉后一时的心潮起伏，看着朝廷里方方面面也有许多的不满，在浔阳楼题了反诗，这一判刑就成政治犯了。

从这开始，宋江觉得自己的仕途之路断了。后来他上了梁山，让他当首领，他开始不当，最后把他推成首领。宋江是梁山一百单八将里最有思想的人，他想到的是这一百零八个人将来会怎样，最终结果如何。他没有那种力量、勇气和思想去推翻宋王朝，他想的是在宋朝末年时，正好各地盗贼蜂起，官府最好的办法就是招安。史书有记载，很多小股的人都被朝廷招安了，所以宋江觉得招安是唯一可走的路，只要招了安，就不会落得个贼的名声。不但这一辈，后代子孙也不会落成贼子贼孙，最后不会在社会上抬不起头来，宋江是这么一种想法。正因为这种想法，他要提高自己招安的筹码，所以朝廷几次进剿的时候，他都想办法把进剿的军队打败，同时把进剿的官员收服，以此作为条件，他其实还是希望朝廷能够招安。当真正招安兑现的时候，朝廷把他们叫去后，让他们平王庆、打田虎、平方腊，宋江这才意识到招安是皇帝借刀杀人，是朝中的掌权者在利用他们这帮人，是拿他们的性命去换取另外一些起义人的性命。

宋江意识到这一点以后，他也觉得他没有力量再重回梁山，重回梁山还是没有结果。既然已经被招安了，就不如落一个尽忠到底的名声，起码是朝廷中的官员。后来被赐毒酒死的时候他想到了李逵，他知道李逵是最具反叛性格的，如果李逵不死，他死了，李逵肯定反上梁山，最后会因为李逵一人的反上梁山,把梁山所有弟兄和后代的名声都影响了,所以他后来把李逵找来,两人双双毒死,最终整个是一个悲剧结局。我对宋江这个人物是这样处理的。

Q:您说《水浒传》用了多长时间准备?

A:《水浒传》原文我是早就熟悉的,但是相关的准备过程差不多有一年多。我研究了很多相关的资料,包括《宋史》、民间故事的搜集以及很多专家对《水浒传》的评论。一部作品的伟大之处在于智者见智,仁者见仁。陈独秀、胡适、鲁迅、毛泽东、江青,他们对《水浒传》都有说法,他们各自站在不同的角度说出了不同的内容。《水浒传》的伟大之处就在于,不管是什么人,高低雅俗,都能从这部书中有所感悟。

Q:对于这种名著的历史感,您是怎么展现给听众的?

A:说书说的是"人情事理"。说故事的第一个前提就是合理性。合理性包括事物发展情节的合理性、人物性格的合理性,你不可能让李逵做出非常细腻的事情来,也不可能让宋江做出违反他个性的事情,必须顺应人物的性格发展,不能违背人物的个性。再有就是要考虑到宋朝的时代背景,要符合那个时候的典章制度、道德基准,不能让宋朝的人做出现代人会做的事,那就不是历史唯物主义,不叫古典文学名著了。

古典文学名著有它的基本精神,有其历史沉重感,是在某个历史客观环境所能允许的范围之中进行的。人物的行动不能脱离彼时彼地的规定,如果离开了那个时代,用今天的是非观与道德观衡量人物,就不是《水浒传》的原样了。因为人类的道德观与历史环境是不断发展变化的,50年代、80年代、一直到现在的道德观念都不一样。如果一直按照现代的道德观念去改变古人的行为规范,再过几十年就会改得没有《水浒传》原来的情节和人物了,顶多是一堆人名,让一群古代的人名,做着现代人的事。

历史观很重要。现代人并没有生活在北宋末年,我们怎么知道那时候的人是什么样？还是很有必要多看一看原著、看看那个时期的史书，包括宋朝那个时期相关的笔记小说。这些书的只言片语间都能流露出当时社会的氛围，基本能够吻合就能算是尊重历史的。

Q：《水浒传》在当年播出的时候很受听众欢迎，它和《三国演义》在听众心里产生的反应有什么不同呢？

A：《水浒传》和《三国演义》成书的方式和基调都不一样。《三国演义》是七分史实、三分虚构，而《水浒传》是三分史实、七分虚构。《三国演义》中发生的事件如果查阅《三国志》，基本上都有记载，最多就是人物性格不一样。《水浒传》也有历史上的真事，像"宋江起河朔"、"三十六天罡"，这些是有的，但一百单八将是后来加的。《水浒传》在成书之前已经由说书人将它说连起来了。最早的形式类似单人传记，诸如《石头孙立》、《行者武松》等，后来说书人逐渐就将这些人物连贯起来了。

《水浒传》比《三国演义》更具人民性。因为《三国演义》所说的是金戈铁马、帝王之争。而《水浒传》是一个社会横断面，上至帝王，下至平民百姓，所以人们爱听《水浒传》是因为它更有群众基础，反映了群众生活。此外更重要、更与众不同的地方在于它歌颂的是一帮绿林英雄，从这两点来说，《水浒传》最符合人民性。

而且水浒塑造的主要人物就那么几个，任何一部小说都不可能把所有人物都塑造得栩栩如生，这样就违反了创作规律。所以说书艺人就把水浒中的主要人物列成几个"十回"，比如"鲁十回"说的是鲁智深，"武十回"说的是武松，"宋十回"说的是宋江，"卢十回"说卢俊义，"林十回"说林冲，主要人物在这十回里贯穿始终，并且故事性很强。水浒的故事结构通常都是一个人物出现钩挂着另一个人物的出现，将这些"十回"钩挂在一起，再加一些小人物，就形成了主体故事。所以在水浒中只要把其中几个人物说活了，观众就会认同。把一百零八个人都说活了不可能，没那么大篇幅，也没那么多故事。

Q：您说《水浒传》的时候，和以前民间的故事、评书，或其他曲艺作品相比，哪些人物刻画花的功夫比较多？

A：对《水浒传》整部书我都下了比较大的功夫，因为它是名著，名著不能给说砸了，得说出点味道来，所以我对每个人物的性格、发展走向都是认真反复地琢磨过的，像林冲、鲁智深等，甚至高俅的发迹，虽然是个反面人物，但很有特点，能够说明宋王朝衰败时期的一些社会现象。此外对宋江我也是下功夫想过的，宋江这个人物有可塑性，有开拓的余地。原作并没有把他写满，这就留下了丰富的空间。像武松或鲁智深这样的人物从性格上就不能有什么改变，因为原作的描写已经在群众心里扎了根了。如果离开了原作中的性格，听众会不接受，也违背了原作精神。

Q：原作中某些人物性格写得并不丰满，说书为了吸引听众，一方面在情节上吸引听众，另外可能需要加重些人物在性格、心理上的细节刻画，听众就会觉得过瘾，您这方面是怎么处理的？

A：就《水浒传》这个作品而言，很多章节已经不存在艺术悬念了。比如说"武松打虎"，谁都知道武松把它打死了，你要说老虎把武松吃了，那就是瞎编了，听众也不认可。但是听众为什么还喜欢听"武松打虎"呢？过去讲"听书听扣子"，说的是所谓的悬念。其实说到一定程度就不存在"扣子"了，光靠"扣子"吸引观众是说书艺术的低级阶段，真正要把书说好，还是得说人物。文学是写人的，说书也是说人的，把人说透，才会唤起听众的关注，关注人物的命运，关注人物在什么环境下会做出什么样的事情。《水浒传》中很多人物出现时，都需要说书艺人通过细节的描述对人物进行情感表达，在这一点上，说书要比小说更细腻。

中国的艺术都是写意、白描的。中国小说不像外国小说，会有大段的心理描写，它甚至会只描出一个表象，让读者自己去推测人物的内里是怎样的，但是说书需要加入内心描述，并且要加得恰到好处，更重要的是还要在其中加入演员本身对故事情节的评述，这样才能点出听众想到而没有说出来的效果。在这一点上是说书相比其他艺术形式而言,需要更下功夫的地方。

Q:在您当年重点刻画的那些人物中,哪些人物处理得比较满意?

A:比如史进见了鲁智深,俩人在道上碰见打虎将李忠在卖膏药。原文中三言两语就过去了,而我在"李忠卖膏药"这段中加了一大段江湖话:"膏药,大伙都见过,药店里大街上能买到,而我这膏药跟别人不一样,我这个膏药叫虎骨追风万能膏。为什么叫万能膏? 因为是虎骨做的。虎骨,用老虎的骨头,我们家叫打虎将,打虎不是说把老虎拿来三拳两脚就给打死了。我们家打虎啊,靠的是挖坑、下夹子、下套子、下网子。捉了老虎后都做了膏药? 那不成,还不能都用,用哪儿呢? 脊椎骨咱不用,腿骨不用,尾巴骨也不用,牙不用,用的是三横一竖王字后面那个骨头,那叫天灵骨,又叫虎王骨。"接着就讲述这个膏药,这是一大段词。这段词就完全像是江湖上卖膏药人的样子。这样讲到最后,不但有种幽默感、笑料,而且他的身世、职业、特点,也都刻画出来了。

再比如说林冲火烧草料场。林冲在酒馆里面挑着葫芦喝酒,外面下着大雪,林冲喝酒时,心里有一番感想。天气会对人的心情产生影响,唐朝有个张打油,写了首《咏雪》诗:"江山一笼统,井口一窟窿,黄狗身上白,白狗身上肿。"他带着种幽默感,你听了觉得可笑。再有刘玄德三顾茅庐请诸葛亮,两顾不遇,出门碰上大雪:"一天风雪访贤良,不遇空回意感伤。冻合溪桥山石滑,寒侵鞍马路途长。当头片片梨花落,扑面纷纷柳絮狂。回首停鞭遥望处,烂银堆满卧龙冈。"这是刘玄德访贤不遇的惆怅心情。而今天,对于林冲而言,雪是愁雪,我是这么说的:"愁云密布天无缝,漫天白花飘飘扬扬,如柳絮如绒,摇摇晃晃,落得山川原野白茫茫。雪也茫茫,人也茫茫。关山千里不还乡,一壶热酒满腹惆怅,英雄气短怨满腔,荒村酒肆空荡荡,盛不下情感上的凄凉,心底里的悲伤。"从张打油的诗,到刘玄德的诗,最后引到林冲此时此刻的心情,听众一听就觉得恰好能表现出此时林冲悲愤的心情。

Q：说《水浒传》有没有遇到一些处理起来比较头疼的人物？

A：这取决于演播者本人如何看待这个问题。我认为有些事不是觉得头疼，而是应该要做的事情。如果完全按照原文照搬，今天的听众会有很多不理解的地方。比如《水浒传》中的潘金莲、武松和武大郎这三个人的戏。在施耐庵的笔下《水浒传》中的女人都是淫妇荡妇，像潘金莲和潘巧云，但我认为说书既不能完全按照原文说，又不能背离原意。比如有人说潘金莲是反封建的先锋，这就不合理、不可信。作为宋朝的底层社会的妇女，她不会有这样的思想。但要说她是纯牌的淫妇荡妇，又觉得这个人物除了可恨，没什么可琢磨之处。在这样的问题上，我的体会是应该介于两者之间，既不能说她天生淫荡，也不能说她就是反封建的先驱者。

武大郎对武松而言犹如父亲。武松很小的时候，父母双亡，是武大郎挑着炊饼担子卖炊饼，走百家，串万户，吃百家奶把武松拉扯大的。武松惹了祸以后，上少林寺学艺，武大郎为了他差点摊了官司，后来就成了在清河县卖炊饼的。潘金莲恰巧是清河县潘员外的侍女，从小被买来，长大了很漂亮。潘员外对她心存邪念，潘金莲没答应。尤其潘员外的媳妇是个醋坛子，看得紧，潘员外自己没得逞，就认为是因为潘金莲不从，他恨她——"你不允我片刻之欢，我就让你受罪一生"。所以他把潘金莲嫁给了清河县最丑的、最没能耐的武大郎。由于大伙的干扰，武大郎在清河县待不下去，最后搬到了阳谷县，搬到阳谷县之后潘金莲就见到了武松。

潘金莲最初嫁武大的时候，入洞房一看是这么一个人，也曾经哭过，曾经想走，武大没有留她，说你上哪儿去我送你去，我知道我不配你，你是一朵鲜花插在牛粪上了。但是潘金莲既想走，又觉得走了不好办，想着武大的确是个老实忠厚的人，所以潘金莲最后就认了命了。当她见到武松的时候，她对英姿飒爽的打虎英雄产生了爱慕之情，这也是情理之内的事情。而武松练武，在那个时代和社会，且不说习武之人要重信义，更重要的是他将兄长武大郎视为父亲，决不能对嫂嫂有什么不恭的行为，所以武松拒绝也是合理的。在这之中，潘金莲倒霉之处在于碰到了王婆和西门庆。西门庆是当地的一个大款，又是个色鬼，偶然看到了潘金莲漂亮，就通过王婆把潘金莲吸引过去。潘金莲的上当是一步一步被这两个人设计的圈套勾引上来的。上贼船容易，下贼船难，最后武大捉奸，西门庆一脚又把他踹成那样，武大郎病危，武松到日子要回来了，这时候西门庆和王婆共同设计，要把武大毒死，而且让潘金莲协助。

这样一来，故事从发展的轨迹来讲就是比较合理的，潘金莲并不是要主动毒死武大，而是听王婆说武大不死，武松回来自己也跑不了。在那个社会，这就是十恶不赦之罪。所以没办法，西门庆拿的毒药，王婆帮着潘金莲把武大给毒死了。潘金莲在矛盾的心情中毒死了武大，毒死武大就意味着她必须得跟着贼船走到底了。王婆掌舵，西门庆摇的橹，潘金莲跟着坐在船上，于是就走上了罪恶的深渊。

潘金莲是封建社会的一个底层妇女，她的命运并不是她自己说了算，是那个社会、环境、时代背景逼迫她走上了这么一条路。所以最后我把这个故事处理成这样，我觉得较为合理。再有中国人习惯的是"男权"，皇帝可以有三宫六院七十二嫔妃，女人就只能从一而终，保持贞洁，这是社会上对妇女的不公平。当然潘金莲本人的不检点也存在，但是不能归罪到她一个人身上，不能说是她一个人的罪恶。

Q：说书所讲的事理是一种能被大众接受的价值观。但《水浒传》和今天的价值观、判断之间是不相符的，比如滥杀无辜、不尊重女性，这可能是作品本身存在的缺陷。您在说的时候是怎么处理这些内容的？

A：我想施耐庵在写《水浒传》之时，肯定是听说书人讲了很多水浒的故事。在元朝和明朝，说书人在底层市井之中讲故事讲究的是热闹，就像我们现在看电视剧里面都得有爱情是一样的。他看到杀人时没有想到该不该杀，杀人对这英雄人物有没有影响和损害，没想那么多。你看李逵，他说杀人就杀人。

我在说《水浒传》的过程中，会尽量希望找到合理性。比如武松杀人和李逵杀人就不会一样，武松是有头脑的人，做事情比较冷静。他狮子楼杀西门庆，是因为西门庆和县官是把兄弟，为了给哥哥报仇才走向极端，才触犯法律，他是懂这个的。正因为他是这么一个人，后来张都监用一个圈套栽赃陷害，把他绕进去了。他得到这个消息之后又杀回了督监府，在武松的心里可能张都监府里面都是坏人，但我在说"血溅鸳鸯楼"的时候就没有像原作那样说他逮谁杀谁，他杀的顶多是蒋门神、张都监这些人，不会无缘无故地去杀人。像这样的改动我认为是有必要的，它体现了故事的合理性，更符合人物的个性。再比如林冲就不能随便杀人，林冲截路的时候一听这人有什么难处就下不了手，这才符合人物性格。

从传统理论上讲，中国的道德观念和标准是有总体规范的。中国总体上传承的还是儒家思想，人们在生活中也会有意识或下意识地接受儒家教育的影响。中国观众乐意在故事中去听什么是正义，什么是邪恶，当正义惩办邪恶、合情顺理时，他才会觉得爱听、有意思，如果超出合情顺理的范围了，即使是正义惩办邪恶，他也不会接受。我觉得这是中国观众的心态。

Q：您有没有吸收借鉴其他表演艺术家表演的水浒作品？

A：我都听过，比如山东快书《武松传》我从小就听过，里边有一种韵味，同时也强调演出效果，用词比较夸张。南方的评话我没有去现场听，但是相关的书籍我都看过。比如扬州评话王少堂，王老先生是说《水浒》的大家，他早先就出过书《武松》，光《武松》就出了厚厚的两本，有很多内容。但我也没有完全按照他的说法，南方的水浒比较细腻，但是又要考虑今天观众的接受心态，选择性地采用。比如武松替他哥哥报仇那段，王少堂加了一段"康文辩罪"，这段其实是来源于王先生自己曾经蒙受冤屈进过监狱的经历，他把自己那时深刻的感受讲出来了，写了很大的篇幅。但我说的时候一是没有王先生的经历，再有加了这段之后就觉得与主题游离，徒生枝节了。但他们的作品我都看过,方方面面看了不少东西。南方和北方的评书在风格上不太一样,北方的比较粗犷,南方的比较细腻。从手法上讲,我认为应该删繁就简,立异标新,粗细得当,把分寸把握好。

（2011年）

用周星驰过渡

与其说是周星驰的电影吸引了内地观众,倒不如说是内地观众从他的电影对白里找到了属于自己的网络表达的话语,周星驰的电影让他们在刚刚拥有话语表达权之后,笨拙地发出"自己的"声音。

王朔在小说《顽主》里有一句很经典的话:"用弗洛伊德过渡。"这句话出现在三 T 公司业务员杨重和售货员刘美萍的对话中。当时杨重侃不过刘美萍,知道的外国人名都说完了,只好打电话向于观求救,于观甩出这么一句话。暗示杨重把话题引向恶俗、粗俗、鄙俗。

今天,无论是在社交媒体还是传统媒体上,无论是日常交流还是正式谈话,你会发现,有很多词汇、语句被频繁使用,这些语言好像是一个封闭空间里的循环气流,随着被更多人使用,这些最初带着性格的词汇、语句开始变得苍白乏味,慢慢失去了力量和个性色彩,它的频繁出现即使不用弗洛伊德过渡也会让人感到无聊和厌烦。

过去中国也有类似今天网络上的模式化、百搭的常用语,比如"文革"时期出现的由语录衍生出的话语,这期间的大众话语因此受到极大限制,通过报纸、广播、电影等媒介传播，不断在人们记忆中被强化。于是，语录、样板戏台词，或者经常被反复放映的电影台词，成了那个年代的"流行语"。这种被迫形成的语境直到"文革"结束。

但"文革"式的流行语和今天的流行语有着本质区别。第一，"文革"式流行语是一种单向式语言，是在那种特定政治氛围下自上而下的表述，大众不得不接受和使用，甚至不能改变字句语法，因为创造性使用自己的语言有可能带来风险。第二，大众使用这种语言并非是为了表达自己的真情实感，而是政治渗入生活的方方面面后特殊语境下的产物。即使它在民间使用中产生变种，也只是这些句式在某些语境下表达时的方式不同而已。第三，当时大众即使可以创造出属于自己的话语，但由于缺乏传播媒介，只能通过地下、民间流传，其生命力和影响程度极其有限。

"文革"结束后，人们才慢慢从"文革"的思维和语境中走出来，去寻找属于自己的、个性化的语言表述方式。一个很有趣的现象是，"文革"结束后到互联网时代开始这段期间，实际上大众流行语并不活跃，除了一些因时代变化出现的新名词，或是一些文学影视作品中的台词之外，并没有出现真正的属于被大众广泛使用的流行话语。这一方面是获得话语表达自由的人希望能释放出一种具有更人性化的话语表达，积郁了十多年后，话语表达如井喷一般，这是一个话语重建过程。偶尔，一些从流行歌曲或者电视节目衍生出来的流行语会在大众中流行，但是这种语言因为缺乏大众化媒介支撑而无法传播得更广。

人们在语言重建过程中慢慢发现，80年代缺少一种易于被大众普遍接受和使用的话语表述方式，无论这个时期的语言多么精彩和丰富，它多属于精英话语表述，无法成为寻常百姓话语，直到王朔出现。

王朔在他的小说中，通过一种痞子式的语言试图将"文革"时期的话语解构。小说中那些不着调、带着些许叛逆的边缘化人物，用反讽和调侃的腔调将人们记忆中的"文革"式话语的力量消解，用文字游戏的方式将精英话语消解。这一解构立竿见影，迅速变成一种流行语，这尤其体现在他后期的影视剧作品中。

王朔之所以能占到这个便宜,主要是还是跟他的作品影响范围不断扩大有关。如果他的语言仅仅停留在小说文本上,不会有如此大的影响,后来他的小说几乎都转换成影视作品,这种媒介的影响力在当时是空前的。同时,大众对过去几十年一成不变的空洞的政治话语早已厌倦,急需用一种新的语言表达来代替阶级斗争式的政治话语,所以不由分说将王朔式的语言拿了过来。但是王朔式的话语在流传过程中并没有在公众和媒体中延续多久,人们在体验了新鲜感之后随即将王朔式话语抛弃。这主要是王朔式的话语存在两个问题:第一,他以"文革"解构"文革",以政治解构政治,更年轻的大众对"文革"背景下的语言已变得越来越陌生,它和现实生活中常用的语言在思维方式上隔阂越来越大,缺少真实感受和共鸣,当人们感受完幽默效果之后便觉得这种语言失去了魅力;第二,王朔偶尔能冒出一些智慧火花的文字游戏般的调侃语言,多少还需要一些文学功底和幽默细胞来理解,不能让每一个人感同身受、运用自如,这也是他的话语后来在公众中失传的原因之一。唯一继承王朔的语言风格的是冯小刚,尽管他的语言已经失去了王朔的深度和智慧,更接近通俗大众,并且继续通过影视作品散播,但这种语言风格仍无法在大众话语体系中产生共鸣。尤其是当冯小刚把这种语言逻辑用滥了之后,它反而变得有些庸俗和哗众取宠,成了影视桥段中的廉价笑料。不管是王朔还是冯小刚,他们的语言在大众体系中都有局限——他们在解构精英话语的同时,仍有重塑精英话语的企图,本质上仍属于精英价值观的体现。

其实,今天互联网社交媒体上发酵出的网络流行语、流行句式,使用并传播这些流行语的大众往往都是被动和无意识的。这些语句未必符合他使用那一瞬间的心境和情感需求,他们频繁使用,一来是比较时髦;二来是普通人不能像一个文学家那样动用语言功底即兴创造出一些符合自己需求的语言,绝大多数人在表达时只能鹦鹉学舌,人云亦云;还有就是这些语言在网络中貌似在表达自己的个性、观点、立场、态度，实则恰恰被淹没在共性之中，但使用者在乎的只是自己在表达某种观点时一瞬间的感受，并没有意识到这些模板化的语言早已失去了力量，甚至也不在乎这个。这客观上造成了流行语的出现和传播。

那么，公众究竟喜欢使用什么样的模板化的语言呢？通俗、直白、形象、谐趣，甚至有些粗俗，有意思无意义，略能代表人们的观点和态度，尤其是，这些语言最能直接体现普通人的低端审美趣味和价值观。而符合这些标准的语言恰恰大多来自周星驰的电影里，周星驰的电影台词几乎是内地大众鹦鹉学舌的教科书。

周星驰是一个深受内地观众喜爱的香港明星，他独树一帜的无厘头的电影风格一直为观众所乐道。如果我们分析一下周星驰的电影在内地的影响力和票房曲线，会发现，他受欢迎的程度和内地互联网的出现与发展有着密不可分的关系：网民越多，他的电影越受欢迎。与其说是周星驰的电影吸引了内地观众，倒不如说是内地观众从他的电影对白里找到了属于自己的网络表达的话语，周星驰的电影让他们在刚刚拥有话语表达权之后，笨拙地发出"自己的"声音。

上世纪90年代初期，周星驰确立了他的喜剧风格，在香港成了最受欢迎的影星之一。但是在内地，他的影响要滞后几年，恰恰这个滞后与当时互联网的兴起重叠在一起。现在被星迷们奉若经典的《大话西游》，当年在内地上映时票房惨不忍睹，即使在香港，这部电影的票房也是差强人意。但恰恰是这部电影，让内地观众找到了属于自己的话语归属。这部电影后来几乎是通过盗版的传播方式为人熟知。就是在盗版传播时，内地互联网出现了。1996年，内地开始有少数人接触互联网，1997年上网人数增多，到1998年，互联网上的中文内容开始翻倍增多，"周星驰语录"慢慢在互联网上传播。那个时期，刚刚体验互联网的中国网民，还不能熟练自如地通过虚拟空间嬉笑怒骂，还是相对比较严肃地在发表自己的看法。但并不是每个人都具有熟练自由表达的能力，这时候他们急需找到一些"自己想说说不出来，但是你恰恰说到我的心坎里"的话语作为替代，于是他们不约而同地选择了周星驰。诸如"I 服了 You"、"曾经有一分真挚的爱情放在我面前，我没有珍惜，等我失去的时候，我才后悔莫及，人世间最痛苦的事莫过于此"、"我对你的景仰之心，有如滔滔江水绵绵不绝，又有如黄河泛滥，一发不可收拾"、"你要是想要的话你就说话嘛，你不说我怎么知道你想要呢，虽然你很有诚意地看着我，可是你还是要跟我说你想要的"……开始充斥在电脑屏幕上。

中国普通大众在近二十年间经历了一个话语权不能表达、能表达、没能力表达、有能力表达、无个性表达的演变过程。当这种话语权在今天已变得司空见惯时，大众话语的特征也就变得非常明显了。通俗、直白、形象、谐趣、粗俗、肤浅、反智，反映最基本的普通大众的生活态度。这些，无疑和周星驰的无厘头风格相吻合，这也正是有别于精英话语的地方。周星驰的电影台词恰恰脱胎于香港市民阶层的环境，有坚实的群众基础，内地人接受起来毫无障碍。

周星驰最大的成就不是他的电影，而是他的电影台词，互联网给了内地民众话语表达权，周星驰给了他们表达的内容。如果没有周星驰，没有互联网，也许内地民众仍然像上世纪 80 年代那样，引用着与自己内心有一层隔膜的精英话语。

周星驰的电影台词起到了一种过渡作用。即使没有周星驰，有了互联网后，人们还是会在网络的喧哗中找到属于他们的最大众化的话语表述方式，只是周星驰让这种话语表述来得更快、更清晰了些。如今，网络化语言不仅颠覆了过去的语言文字，也让始终缺乏语言表达能力的大众迅速找到表达的"快捷方式"。网络话语表达空洞无物，它丧失了文字的美感、内容和力量。从缺乏自我表达到尽情自我表达，最终，仍找不到自我。而周星驰当初那些略带鄙俗的电影对白，在这个时代却显得如此文艺和富有哲理。比低级，周星驰还差了点。

现在再看王朔当初在小说里不经意间冒出的那句"用弗洛伊德过渡",似乎真的能从中琢磨出一些带有启示性的意味:谁都无法免俗,可怕的是人们在俗的时候连自己的语言底线都豁免了。

(2014年)

辑六

鲍勃·迪伦一直是个谜

> 鲍勃·迪伦就像一只刚刚从水里爬出来的猫本能地用最快的频率抖掉身上的水一样,把人们贴上在他上的任何东西抖得一干二净。与其说人们喜欢谈论鲍勃·迪伦作为一个美国文化现象的方方面面贯穿了过去整个五十年,还不如说迪伦是一个抗议后工业社会规则的歌手。

鲍勃·迪伦(Bob Dylan)是当代流行音乐独一无二的现象,从他成为一个民歌手至今,他用难以置信的勇气最大限度做到了对后工业社会的商业规则的顽强挑战。他不屈从,始终遵循他的内心,而不是身外的任何商业规则。在此之前也只有作家塞林格(Jerome David Sa linger)有过类似的做法。这让习惯商业规则的人们对迪伦这个人无所适从,媒体和公众对这个怪人的兴趣与日俱增,他的歌词、音乐、外表,甚至他说过的每一句话,都能成为人们猜测、分析的话题。但是迪伦从来不正面解答人们对他的疑问,这反而让人们的好奇心变本加厉,无数解读、分析迪伦的文章、书籍面世,甚至出现了"迪伦学"这门学科。这反倒使迪伦的形象变得越来越模糊。相反,这个蹩脚的诗人，反商业的歌手，在他写过的上千首歌中，没有几首成为热门歌曲，他的歌词也没有多少人能看明白，换一个人，人们早就会把他忘记，但是人们从来没有放弃迪伦。他可能是唯一一个用反商业方式利用商业并获得成功的人。他为自己创造的商业价值可能微不足道，但是为美国文化创造的价值却难以估量。鲍勃·迪伦就像一只刚刚从水里爬出来的猫本能地用最快的频率抖掉身上的水一样，把人们贴在他身上的任何东西抖得一干二净。与其说人们喜欢谈论鲍勃·迪伦作为一个美国文化现象的方方面面贯穿了过去整个五十年，还不如说迪伦是一个抗议后工业社会规则的歌手。

"我不能告诉你"

斯科特·科恩（Scott Cohen）在1985年采访迪伦时曾经这样描述他：

> 鲍勃·迪伦，桂冠诗人，身穿摩托夹克的先知，神秘的游民，衣衫褴褛的拿破仑，一个犹太人，一个基督徒，无数的矛盾集合体。完全不为人所知，像一块滚石。他曾经被分析，定级，分类，钉在十字架上，定义，剖析，调查，检验，拒绝；但是从来没有被弄明白过。
>
> 他携同一把吉他，一把口琴，一顶灯芯绒帽子，一个伍迪·格思里（Woody Guthrie）和小理查德的混合体，在1961年像一阵风一样开始了他的传奇。他是第一个朋克民歌手。他把抗议歌曲引入了摇滚乐。他使歌词变得比旋律和节奏更重要。他的沙哑的歌喉和浓重的鼻音是独一无二的。他可以创作超现实主义的歌曲，却具有自己的逻辑——就像詹姆斯·罗森奎斯特的画作和兰波的散文诗一样，简单，直指内心，带有民歌特有的轻松。他可以调用夜晚的黑暗，将白昼涂黑。
>
> 如果他可以自己选择，他可能会成为猫王之后最成功的性感偶像。
>
> 他1965年在新港民歌音乐节上，登台演出插电摇滚乐而引起了

骚动。纯正的民歌派别认为他出卖了自己。之后在爱与和平运动的顶峰，人人追随东方宗教的时候，迪伦头戴圆顶小帽来到了耶路撒冷的哭墙。十年之后他成为了一个获得新生的基督徒，发行福音专辑。人们发现，迪伦真的和他之前不太一样了。

并不是迪伦忽然间变得不太政治化，而是更追求灵性了。《圣经》里面的诗句一直都是他在歌曲里面经常引用的。人们多年来一直称他为预言家。谁知道呢，也许一场神性的转变即将到来，而摇滚乐则为新生世界拉开了序幕。还有谁能成为比鲍勃·迪伦更好的先知呢？

有时候，当远距离观看一件庞然大物时，往往近观会发现并非如此。迪伦就像他说过的一句话一样。他的生活非常简单，住在加州海边他的隐蔽居所里。尽管他近来常常曝光，参加格莱美奖活动，录制音乐录影带，甚至接受访谈，但这些丝毫不能减少他的神秘。

事实上迪伦在今天重新定义了"艺术家"这个概念。在上个世纪60年代，流行歌手通常被称为唱片艺人，他们提供给大众的是一种娱乐消遣行为，很少有人把这些艺人跟艺术家联系在一起。从19世纪以来，"艺术家"往往指的是画家、作曲家、作家。但迪伦的出现，重写了这个概念，他做的事情与任何一个艺人做的无异——录制唱片，像底层流浪艺人那样到处演出，但是他是一个艺术家——一个一生充满叛逆和不妥协的艺术家。

迪伦从来不跟媒体和公众互动，不管在他成名之前还是之后。一般认为，明星与公众之间的关系被默认为是——作为明星你有责任回答人们的好奇和疑问，因为这可能会给你带来直接商业利益，并且是互利行为。一直以来，商业媒体、明星、公众之间的关系就一直以互动的方式存在，从没有改变过，直到迪伦出现。

1962年，刚刚出道的、只有二十一岁的迪伦，在媒体面前就显示出他冷漠刻薄的一面。在一次广播节目采访中，主持人问："为什么要到纽约？"迪伦说："我不能告诉你，因为这会牵扯到其他人。"在剩下的半个小时的时间,他回避了主持人提出的任何问题,导致这个节目不得不中止。1963 年,他在另一次广播节目中,主持人问他:"《暴雨将至》(A Hard Rain's A-Gonna Fall) 这首歌中的'暴雨'是不是'核雨'的意思?"迪伦说:"仅仅是暴雨。"当有人问他:"你是唱自己的歌还是别人的歌?"迪伦的回答简明扼要:"现在都是我的。"迪伦在接受访谈时的冷漠、嘲讽和机智,是人们印象最深刻的,他也是用这样的方式保护了自己,让自己在媒体和公共视野中逐渐变成了一个谜团。

1969 年,迪伦接受《滚石》杂志主编詹·温纳 (Jann Wenner) 采访时说:"如果你接受了一家杂志的采访,很快,你就会被采访所包围。这就是我为什么不接受采访的原因。"但很快有好事者对迪伦接受采访的次数做了统计,从他出道至今,平均每个月接受一次媒体采访。不过从这些采访中会发现,迪伦熟练地用自己的方式控制着整个采访,他用冷漠、尖锐的思路主导着谈话内容。在采访中他通常不会透露任何有价值的信息,他更喜欢把媒体当成一个笑料来对待。媒体不顾一切想尝试界定他,试图使他钻进设定好的圈套,但是迪伦谜一样的态度让媒体无功而返。由于人们无法搞懂迪伦,无能的记者喜欢用平庸无聊的问题来对待迪伦。曾经采访过几次迪伦的乐评人罗伯特·希尔本说:"在他心里,就根本没把媒体当回事,人们总试图为他贴标签或者归类,所以他对整个采访和报道过程感到怀疑。"

迪伦的脑子里永远有无数和采访者希望知道的结果截然相反的答案,或者他的回答让人抓狂又难以捉摸。包括他的歌词,读起来没什么特别的,但却勾起人们破解密码一样的兴趣。他经常在歌词中引用很多人物或者发表无数观点,但是人们不知道哪些是代表他的。

1966 年迪伦接受《花花公子》杂志的采访,采访者是纳特·亨托夫 (Nat Hentoff),亨托夫在当时也算个挺了不起的人物,他是个爵士乐手、小说家、乡村歌手兼乐评人。看看迪伦当时是怎么耍弄亨托夫的,他说:"看,我没那么深刻,事情也没那么复杂。我的动机不管是什么它都不是商业性的,不是为了钱。但我挣钱了,我就顺其自然了,我觉得没有理由不去做这个事情。我的老歌,可以这么说,它什么意义都没有,新歌也一样没什么意义。唯一不同的是,新歌是在一个更大的观念下写的,可能也是无意义……我知道我的歌是什么。"亨托夫好奇地问:"是什么?"迪伦说:"有些歌大约四分钟长,有些五分钟长。有一些不管你信不信,大约有十一或十二分钟长。"

这种滑稽可笑的回应才是真正的鲍勃·迪伦。他一直很清醒地试图让人对他自己和他的作品感到迷惑不解。在看似严肃正经的回答背后,是迪伦为了保护自己私人世界不受到任何干扰。他说:"我唯一想对他撒两次谎的一个是自己、一个是上帝,媒体不是其中的任何一个。他们跟我没有任何关系。"

有一次在电视直播现场,他被问道:"你是怎么解释你的吸引力的?"他回答:"对什么的吸引力?"当他被问到是喜欢表演还是录唱片的时候,他严肃地说:"演出确实比以前有意思多了,但是唱片更重要,它确实可以容易听到歌词和其他东西。"

1986年迪伦在接受《滚石》杂志科特·洛德的采访时说:"当我回望过去,我很惊讶写了那么多歌,现在回想起来,我写歌的时候有一种精神,你知道吗?写《荒芜之街》(Desolation Row)的时候我只是想着某一个夜晚,歌词也没什么逻辑,它就从我脑子里出来了。"在另一个访谈里他的回答也大同小异:"我也不知道是怎么写出来的,反正那些早期的歌曲很神奇地写出来了。"

于是人们喜欢分析迪伦的歌词,试图寻找答案。迪伦意识到了一点,他厌烦人们的这种喜欢在歌词中搜寻隐含的意思和透露的信息的做法。所以人们评论迪伦的创作是"创造性完全是神秘甚至充满魔力的过程"。大概过于关注自我和技巧在某种程度上会妨碍无拘无束的创造性。人们对迪伦的期望就是失望的过程。包括他自己。

2005年,迪伦在马丁·斯科塞斯的纪录片《归家无向》中回忆他早年与媒体打交道时说:"他们认为表演者会提供所有社会问题的答案,这太荒谬了。"迪伦还说:"谁还指望什么?我是说任何人从我这里期待得到任何东西都是一个界线的问题。但凡现实一点的人都不会希望从我这里得到什么。我已经给他们足够多了,他们还想从我这要什么?你不能总是指望一个人给你所有的东西。"

迪伦是少有的保持不可理解的神秘性——大隐隐于市的人。他五十年来形成的深不可测的完美化形象随处可见。然而,直到今天仍然很少有人了解他。在媒体无孔不入的时代,看起来很难做到,但是他做到了。

"从现在开始,我只想写我内心的东西,我不属于任何运动和团体。"谈论迪伦,一直都无法避免"抗议歌手"这个话题,这个头衔是迪伦最风光、社会背景最混乱的60年代扣在他头上的。与其他标签不同的是,"抗议歌手"不是贴在他脸上的,而是刺在他脸上的,让他一生都洗不掉。

迪伦最为著名的抗议歌曲是在60年代初期的二十个月内集中创作完成的,不到一年的时间迪伦就背弃了它们。恰恰这二十个月创作的歌曲,成为迪伦后来最有影响的作品的一部分,而且是最重要的一部分。如果说迪伦当初写出《时代变了》(The Times They Are A-Changin')或者《在风中飘》(Blowing In The Wind)这样的歌曲只是就事论事——因为谁都能看明白他写的是什么,后来迪伦抛弃对政治的兴趣,离开左翼激进主义,其实是对自己内心的一次激进。同时他的性格不可能像约翰·列侬那样成为一个街头演说家——尽管两个人同样具备尖酸刻薄的语言风格。

《时代变了》确实是一种挑战,那时迪伦可能相信社会变革在所难免,民权运动,反对越战,冷战核威慑……对于一个从小地方来到纽约大都市混迹于艺术圈的年轻人来说,这种冲动最终把他推向时代代言人的位置。民权运动的成功改变了美国政治的版图,同样也给迪伦带来了机会。在他创作的反战歌曲里面,不管他是否承认,它包含的内容有核军备竞赛、贫困、激进主义、监狱、沙文主义和对战争的恐惧。当然也包含一些爱情歌曲。

《时代变了》给迪伦带来真正的成功,他变成了社会运动领袖。换一个人,此时会继续加磅,勇往直前,这样的机会可以为自己赚到很多实际的东西，但是迪伦没有。在他最风光的时候，他意识到这不是他需要的，他必须想出一个办法背叛这一切。作为一个叛逆者，他背叛了自己。一个被称为新时代的伍迪·格思里的人就这样抛弃了他的一片大好河山。他在1964年对亨托夫说："我不想再为任何人写歌，去做什么代言人。从现在开始，我只想写我内心的东西，我不属于任何运动和团体。"

从此，人们看到了一个不断背叛自己的鲍勃·迪伦。但他的忠实歌迷并没有这样饶过他，他们希望迪伦继续抗议下去，继续为他们代言。在一次演出中，观众们喊着让他唱抗议歌曲，迪伦冷冰冰地说："听吧，这都是抗议歌曲。"

迪伦从心里认为这是观众和媒体对他的无理纠缠，妨碍了他遵从内心的意愿，于是他做了更为极端的事情。1965年在新港音乐节上，他像恶作剧一样给传统民歌通上了电。这在纯粹的民歌听众看来简直是大逆不道，迪伦听到了他有生以来最多的嘘声。但恰恰是这一举动，让迪伦打开了自己的世界。文化评论者迈克·马克西说："迪伦的态度却逆向而行。对他而言，远离政治就是远离陈旧的概念，以及人云亦云的所谓态度。这种远离的态度是将假装无所不知重新定义为承认自己一无所知。"

"迪伦是一个革新者，猫王解放了你的身体，迪伦解放了你的思想"

很难想象，在迪伦一生中正式录制的四十多张专辑中，他的音乐触及的领域不超过四种，而这四种音乐恰恰是美国当代流行音乐的基础：民歌、乡村音乐、布鲁斯和摇滚乐。事实上摇滚乐也仅仅是迪伦在背叛民歌时暂时拿过来的一种武器。在不太漫长的美国历史中，迪伦始终从传统音乐中汲取营养。不管流行音乐如何像万花筒一样变幻，他没有跟随音乐形式往前走，喜欢变化的迪伦在这一点上始终很清醒，传统音乐的语言才是他音乐的万花筒。

在迪伦离开希宾这座小镇时，美国的音乐环境是这样的：第一代摇滚乐因为种种原因死了，第二代摇滚出现了，在"披头士"、"滚石"成名之前，美国摇滚乐出现短暂的真空；与此同时，50年代末期美国民歌复兴运动出现，而当时最主流的音乐还是"锡锅巷"里面制造的大量的乏味的流行歌曲。一般认为，迪伦受到影响最大的是民歌，尤其是伍迪·格思里，民歌是最适合表达对现实看法的音乐，但实际上迪伦从黑人布鲁斯音乐中获得了很多灵感，尤其是罗伯特·约翰逊（Robert Johnson）——这个一生只给后人留下二十九首歌曲的传奇人物，影响了无数人，迪伦也从约翰逊的音乐中掌握了一部分歌词写作技巧，当他听完约翰逊的音乐，开始了他的民歌之路。

迪伦选择民歌也跟他在纽约最初的经历有关。一方面，摇滚乐方兴未艾，对于内心充满叛逆的迪伦来说，摇滚乐无疑是最好的选择。但是纽约的环境告诉迪伦，民歌与精英艺术之间有着千丝万缕的联系，因为它代表着传统和原始，尤其是代表白人文化的传统。而摇滚乐，在当时还算不上艺术，至少这种粗野的音乐还站在精英的对立面。虽然民歌手在当时不会被看作艺术家，但是它在当代艺术中比较受重视——精英们需要一种音乐形式来确立都市大众文化的归属感。或者说，格林尼治村的氛围，尤其是像皮特·西格这样的民歌手一直活跃在这里，让迪伦明白，民歌可以拉近他和那批精英之间的距离。

波普艺术对迪伦的启发也很大，比如莱德·格鲁姆斯（Red Grooms）的绘画，使大众文化走进了精英们的艺术馆。迪伦后来也是如此，打破了摇滚乐和民歌之间的隔阂，使摇滚乐变得更有灵魂。

如果纵观迪伦五十年的歌唱生涯，大致可以分为几个阶段：第一阶段是从1962年到1965年发行《回到根源》（*Bringing It All Back Home*）之前，迪伦以一个纯正的伍迪·格思里的接班人形象出道，在风云变幻的60年代初期，迪伦像一块试金石，煽动了当时庞大的年轻人群体，使他走上了抗议歌手之路。

《鲍勃·迪伦》（*Bob Dylan*，1962）、《自由自在的鲍勃·迪伦》（*The*

Freewheelin' Bob Dylan，1963）和《时代变了》（1964）、《鲍勃·迪伦的另一面》（Another Side of Bob Dylan，1964）让人看到迪伦从一个民歌手向词曲作者的转变过程，他的成熟与老道与他的年龄不相符。这是迪伦还好好唱歌的阶段，此时迪伦并没有显示出他的嚣张与暴怒。

《自由自在的鲍勃·迪伦》一共十三首歌，只有两首翻唱歌曲，这是迪伦第一次展示自己的创作才能，与第一张专辑只有两首自创歌曲正好相反。迪伦研究了罗伯特·约翰逊的歌词结构，发现了歌词创作的秘密："老式歌词的结构方式和自由联想、妙趣横生的比喻、非感性抽象硬壳下的大实话。"《在风中飘》和《暴雨将至》就是迪伦学习约翰逊歌词的成果，在自由联想的片段上用比喻的修辞手法，引发听者的想象。埃里克·布尔森（Eric Bulson）评论道："在这张专辑里，迪伦学着成为了'迪伦'：那个诗人、哲学家、抗议者、情人，还让几乎所有音乐人发现了他作为词曲作者的力量。"

《时代变了》被认为是迪伦的"抗议专辑"，艾伦·金斯伯格（Allen Ginsberg）在听到《暴雨将至》这首歌之后承认自己"号啕大哭"。但是很快迪伦在下一张专辑《鲍勃·迪伦的另一面》中抛弃了抗议歌曲，专辑中《自由的钟声》（Chimes of Freedom）让人看到了迪伦文学才华方面的成长。

第二阶段以新港民歌节为标志，迪伦宣告了自己的背叛。当《回到根源》（1965）发行时，人们发现迪伦开始用电吉他伴奏，这张唱片的发行改变了美国民歌的现状，几乎是一次文化事件。迪伦第一次正式表达了他的摇滚气质，民歌变得性感而又充满活力。至此，迪伦完成了从抗议歌手回归到内心的转变。

《回到根源》变得更加无视人们对他的看法。他的歌迷喜爱轻慢民歌和原声歌曲，而他却转向布鲁斯音乐、电声吉他和口琴。当他的歌迷在现场嘘声四起抵制他的时候，他回敬了一个"Fuck you!"歌曲的主题也更加宽泛，从爱恨情仇到对宗教的讽刺。在迪伦之后，有很多歌手尝试去转变自己，但是多数人都以失败告终，因为这种转变是基于商业市场衡量的标准考虑的。迪伦从来不顾市场，这反而让他的转变如此轻松，那些一怒之下离开迪伦的歌迷，再度成了他的追随者，使他最终赢回了更多的尊重。《回到根源》可以称得上是迪伦的巅峰之作。

迪伦在早年对没完没了的巡回演出兴趣不大，甚至他有段时间认为民歌已经变得无聊，所以他把兴趣转移到写诗歌和小说上，因为这不受歌词的长度限制。最终，他从一个长篇大论中萃取出了一首《像一块滚石》(Like a Rolling Stone)。这首歌收录到《重访61号公路》(Highway 61 Revisited, 1965) 中。《像一块滚石》的出现给迪伦一个启发，让他找到了文学与音乐间的通道，把音乐作为载体，去表达他诗歌和散文方面的想法，这也成了迪伦事业的突破点。他对拉尔夫·格利森（Ralph Gleason）说："我知道我要和一支乐队一起唱，当我写作的时候我总是唱，写散文的时候也是唱。我就是这么听到这些歌的。"

《像一块滚石》放在了专辑的开头，摇滚歌手布鲁斯·斯普林斯汀（Bruce Springsteen）形容它"像一发重弹打开了思维的大门"。民歌歌手菲尔·奥克斯（Phil Ochs）狂热地形容整张专辑是"以一个人类的头脑怎么可能做到呢？"

《重访61号公路》真正奠定了迪伦的音乐风格的基石，并一直沿用下来。迪伦意识到一张专辑唱片可以是一个复杂的混合体，可以表达更多内容，这种想法在当时还没有人尝试过。这启发了像"披头士"这样的乐队，他们在1967年用《佩珀军士的孤独之心俱乐部》(Sgt. Pepper's Lonely Hearts Club Band) 把古怪的专辑概念推向了极致。

《像一块滚石》成了迪伦少有的热门歌曲，他从抗议偶像变成流行偶像，但他并未因此远离民歌，只是一定程度保持着民歌与其他音乐的平衡。

《美女如云》(Blonde on Blonde, 1966) 再次延续了这个阶段迪伦的才华，音乐层次丰富鲜明，有考证癖的听众、记者和评论家开始把它当成一个研究样本，试图解读出迪伦的创作动机。迪伦也意识到了这一点，开始了猫和老鼠的游戏，他逼迫着听众自己去领悟里面的含义，并且给出一个似是而非的承诺："很明显，任何人都能像我一样。"

第三阶段以1966年迪伦摩托车事故为起点,迪伦厌倦了巡回演出。摩托车事故发生后,迪伦终于找到一个休整自己的机会,他隐匿起来,与来自加拿大的乐手们合作。当迪伦一年后再次回归,人们发现,迪伦又转向了。接下来的《约翰·威斯利·哈丁》(*John Wesley Harding*,1967)和《纳什维尔地平线》(*Nashville Skyline*,1969)在演唱和音乐上都转向了乡村音乐风格。事实上,迪伦出道前一直深受乡村音乐的影响,在休整期间,他终于可以回归到乡村音乐之中去了。但这次"背叛"并没有引来太多争议,大概人们也看出来迪伦音乐的不确定性,至少,乡村音乐的尝试是人们意料之中的事情。迪伦在《约翰·威斯利·哈丁》中把美国西部乡村音乐进行了一次电声化改版。

《纳什维尔地平线》发行于60年代末期,对经历了整个60年代风风雨雨的运动的美国来人说,他们的激情已经耗尽,人们变得麻木而迷茫。眼前的这场运动究竟会以一个什么样的结果走进70年代,人们无法预见。人们脆弱的情感普遍需要安慰。《纳什维尔地平线》让迪伦再次发现乡村音乐的浪漫,多少可以给这个时期人们的心灵一点安慰。他的声音也比上一张更加乡村,早期的乡村音乐和摇滚乐形态在这张唱片里充分展示出来,或者说,这是一张更当代的乡村音乐专辑。它传达了爱的信息,甜腻腻的爱情歌曲让人很难想象这是几年前的那个抗议歌手干的事情。但是这张唱片最终在商业上获得成功,给迪伦带来更多的回报。换句话讲,他在60年代末期成为那些需要心灵抚慰的人们的"代言人"。

进入70年代,迪伦似乎随着各种运动的烟消云散而进入了瓶颈期,他进入了第四阶段。他的创作灵感还是基于那种动荡的环境,即使不以抗议歌手的面目出现,他也需要那样的环境。从70年代迪伦发行第一张被乐评人格雷尔·马库斯(Greil Marcus)严厉斥之为"这是什么垃圾玩意儿"的《自画像》(*Self Portrait*)开始,整个70年代,迪伦都鲜有佳作,除了1975年的《血迹》(*Blood on the Tracks*)之外。

《自画像》是翻唱专辑,专辑的名字似乎暗示人们这是一张真正揭示迪伦面目的唱片，但它就像当时的美国国内环境一样，尼克松上台，越战还没有结束，一片混乱。很多人认为迪伦在这时创作才华已经枯竭，试图从根源音乐中寻找新的灵感，但是他失败了。甚至有人怀疑这是一张非正式私录盗版专辑（Bootleg）。

之后的专辑《新的早晨》（*New Morning*，1970）、《迪伦》（*Dylan*，1973）、《行星波》（*Planet Waves*，1974）、《欲望》（*Desire*，1976）、《街道合法》（*Street Legal*，1978）、《慢车开来》（*Slow Train Coming*，1979）让人看到了表现平平的迪伦。

从70年代中期开始，迪伦突然对巡回演出产生兴趣。一方面可能是迪伦想回避自己的瓶颈期，对录音室专辑的质量越来越不讲究，上述这些专辑甚至还不如一些现场唱片。另一方面，迪伦意识到像个流浪歌手一样四处巡演才是真正的行吟歌手的根源状态。

乐评人基特·拉齐利斯这样评价迪伦："迪伦是一个本能的艺术家，他的录音室专辑从来不精雕细琢，专辑都像现场演出录音，这种效果他认为抓住了当时那一刻的感觉。从这个意义上来说，迪伦是一个真正的摇滚原生态。他不被文明所规定的自我意识所妨碍，他也从来不去想为什么这样做或做了什么。这并不是说他的作品就很简单，正好相反，他的作品里的情感、形式和掩饰都非常复杂。或者他就是一个天真的孩子，如此热衷于自己的想法，他做的任何事情都是出于他的兴趣，就像一个真正的原始人一样。他的作品就是自己的扩音器，结果是这个国家流行文化里面最棒的艺术就这样创造出来了。但这也意味着迪伦是他自己最好的也是最糟糕的评论家。"

迪伦自己也说过："我觉得我总是在做自己的唱片，虽然刚刚我让别人给我添乱了。我觉得除了我没人会知道我的声音应该是什么样的，除了我没人知道演奏者应该表现出什么，没人能像我一样说出演奏者哪里弄错了，或者找到一个能演奏的而不是在糊弄着玩的演奏者。我睡觉的时候都可以做到。"

但是格雷尔·马库斯的观察非常仔细,他在分析迪伦70年代的某些唱片时说:"迪伦在1974年巡演中发明了一种发声方式,这种方式毁掉了迪伦传达感情的精准度。迪伦在某些唱片中使用的这种演唱方式,情感被风格所取代。他的词句叙述是没有条理的,所以好的词句唱出来并不比坏的词句更好。迪伦总是写出很多烂句子,用来衬托他用心写成的句子,但他演唱的时候应该把那些烂句子弱化。在演唱中没有节奏感也没有音乐,变成很刺激的声音或者你实际上什么都听不到。"

在美国的传统价值观里,所谓的英雄人物都不能胡来,70年代迪伦的胡来无法让人接受。这十年只有五六首杰作,不足以涵盖这么长跨度的时间。过去他为听众创造了太多的形象和期待,留给他自己的空间越来越窄小,最后他连对自己的创作本能都不确定了。这不管是不是他的桎梏,至少他在过去的十年间都被政治和社会话题绑架了。

还好,《血迹》又把他的听众抓了回来,不然整个70年代就会被迪伦的我行我素彻底毁掉。这是一张忧郁的专辑,情绪与当时人们的心境相符合,它正好是《纳什维尔地平线》的反面,迪伦在专辑里不露痕迹地叙述了他的情感经历,他又一次写出了所有人的情绪。经过越战,70年代的人们可以对政治表达滔滔不绝,但是对浪漫情怀的表达能力却慢慢丧失,《血迹》又重新唤起了浪漫情怀。

整个80年代,几乎是70年代的翻版。80年代七张录音室专辑中,也只有《异教徒》(Infidels,1983)让人们眼前一亮。制作人马克·诺夫勒(Mark Knopfler)再度与迪伦合作,迪伦也创作了八首活力四射的歌曲。他一改之前让他作品失去分量的陈词滥调,把一个中年人内心深处的伤感用丢失很久的优美旋律带了出来。这是继《血迹》之后迪伦最好的专辑——只是它更像马克·诺夫勒的作品,他是受迪伦影响最大的英国摇滚歌手之一。

80年代至今,迪伦全身心喜欢上了巡回演出,他回到了行吟歌手的传统的源头,巡演重新定义了迪伦和他的传奇。同时,他审慎地慢慢开始在公开场合露面,而对他影响最大的是以色列之行,他变成了一个基督徒。

这体现在唱片《哦，老天》（*Oh Mercy*，1989）——也是他和制作人丹尼尔·勒努瓦（Daniel Lanois）合作的最好的唱片中。

从 90 年代至今，迪伦出版唱片的数量日渐减少。步入老年，他依旧喜欢巡回演出。这十多年的唱片让人明显感觉到他不断回到源头去探索根源音乐的可能性。《很久以前》（*Time Out of Mind*，1997）、《爱与贼》（*Love and Theft*，2001）和《近代》（*Modern Times*，2006）是他近些年不错的作品，但正如人们看到的那样，尽管他每一次发行唱片都会引起媒体的欢呼雀跃，但是迪伦不再尝试各种新的试验，而是对逝去久远的 60 年代的怀旧。

1988 年，在摇滚名人堂的典礼上，布鲁斯·斯普林斯汀这样说："迪伦是一个革新者，猫王解放了你的身体，迪伦解放了你的思想。"

基特·拉齐利斯说："迪伦是我们幻想的产物，我们可以把他塑造成一个任何我们想要的东西：民歌手、讨厌女人的人、政治宣传册写手、诗人、浪漫主义者、摇滚贵族、蹩脚诗人。但是迪伦演艺生涯最大的反讽是他难以捉摸，他总是能保持领先一步于听众和评论家。他创造了一个非常持久的个人形象——一个戴着面具的大师，一个完全掌控自己公众命运的表演者。"

（2011 年）

老鹰飞来

> 很久以前我们就知道你无法改变这个世界——如果可以的话,约翰·列侬的《想象》早就改变了世界了,但我们还是想写些类似的歌,因为只要人们对它有回应就好了。
>
> ——唐·亨利

老鹰乐队(Eagles)在他们变成"老"鹰的时候,终于飞到了中国。这支平均年龄六十四岁的乐队,将在上海和北京向中国观众奉献两场演出。这是他们第一次可能也是最后一次到中国举办演唱会。

老鹰乐队成立于1971年,他们不是第一支但却是最成功地把乡村音乐与摇滚乐结合的乐队,整个70年代,他们录制的六张专辑都成为畅销唱片。四十年间,老鹰乐队的唱片一共销售了八千三百五十万张,仅次于"披头士"(The Beatles)和"齐柏林飞艇"(Led Zeppelin)两支摇滚乐队,是摇滚乐队中销量第三高的乐队。老鹰乐队的成功得益于他们一直走中间路线,很多歌曲都成为热门歌曲。其中隐讳地描述了美国梦破碎的歌曲《加州旅馆》

（Hotel Cailfornia）成为他们经典歌曲中的经典。1980年，在乐队演艺生涯最顶峰时，成员之间的矛盾、绯闻以及各种官司的纠缠，让他们终于走到了尽头。十四年之后，乐队的几位成员心照不宣地都明白，他们该走回到一起了。于是，老鹰再次起飞。之后，他们开始了全世界巡回演出，年底，他们发行了一张现场专辑《地狱冰封》（Hell Freezes Over），其中原声版的《加州旅馆》再次成为热门歌曲。两个不同版本的歌曲先后变成热门歌曲的现象，在流行音乐史上还是非常罕见的。

作为乐队始创成员、灵魂人物、主唱、鼓手唐·亨利（Don Henley）在中国演唱会之前，接受了我们的采访，表达了他们对中国之行的向往。

Q：很高兴知道你们要来中国演出，这里有很多歌迷等着你们。在你们确定来中国演出之前，是否想过会到中国开演唱会？

A：我们乐队成员非常高兴能在北京和上海演出。这几年我们曾经在欧洲、美国、澳大利亚等地做世界巡演，现在终于可以来中国了，老鹰乐队的所有成员都非常希望可以去中国给你们做第一次的演出。能去新的地方很棒，尤其是去中国。我们很期待，真的。

Q：你之前对中国有什么印象？关于北京或者上海？

A：我们只去过香港演出，所以对于其他城市了解不是很多，只是在网络和书籍上面看到些图片。我们知道的是这两个城市都很大，而且很现代。北京的鸟巢很了不起。在得克萨斯州，我的孩子在学校里也有学习中文的课程。

Q：1994年以后，你们看上去更像一支巡回演出乐队，而不是70年代的那支老鹰乐队。

A：1994年后老鹰乐队每年都在巡演。除了演出，格伦（Glenn Frey）、蒂姆西（Timothy B. Schmit）、乔（Joe Walsh）和我自己都发行过个人专辑。

Q：当年你们花了十八个月才把《长跑》（The Long Run）录完，后来你们解散了，现在你觉得当初导致解散的理由充分吗？当年是否会觉得个人发展比在一支乐队里更好？

A：解散的原因是因为，在经过差不多九年的录音和演出生涯之后，我们都感到疲倦了。过多的压力，我觉得解散是一件好事，这给了我们每个人一个机会去休息，探索新的音乐途径。现在，我们非常享受这种状态，既是单独的个体，同时是老鹰的一员。我们拥有这两种角色中最好的部分。

Q：后来你们是如何化解成员之间的矛盾，重新走到一起？
A：有句话老说得好：时间愈合一切伤口。

Q：滚石乐队也曾经解散过，但他们重组之后就再也不散了。这是否跟到了中年考虑得更实际有关系？有一个乐队的金字招牌，无往而不胜。因为歌迷们最认可的还是乐队的那个名字。

A：我同意时间令有些人更加聪明。但是对你后面的话我们并不赞同。

Q：过去喜欢老鹰的歌迷跟今天买你们唱片的人会有不同吗？现在二十多岁的年轻人对你们的音乐是什么评价？

A：很多年轻人来看我们的演出，现在。我们对此非常开心。他们从他们的父母，甚至祖父母那里发现了我们的音乐；很多年轻人已经对现在的流行音乐感到厌倦了。但是我们的核心听众还是来自同时代的人。

Q：飞鸟乐队（The Byrds）和老鹰乐队代表不同风格音乐的融合。但是现在很难看到标志性音乐融合的现象了，今天的摇滚乐是否变得有些无聊了？

A：很多当今的摇滚乐对我来说都很无聊。糟糕的歌词，糟糕的旋律，糟糕的演唱。我希望它可以更好。

Q：你们还在写新歌吗？下一张录音室专辑录制有计划吗？

A：歌曲创作是我们生活的一部分。我们一直都在写歌，每周、每个月、每年。有时候是在纸上，有时候只是在我们的脑子里。但是音乐一直在那里。目前乐队还没有关于下一张专辑录制的计划。

Q：除了老鹰乐队之外，你的个人专辑也卖得非常好，下张个人专辑什么时候出呢？

A：你问这个问题我很高兴，明年吧。我还在制作中，我们都在制作中，乔在做专辑，格伦也在做专辑。

Q：能透露一些新专辑的内容给我们么？

A：我可以告诉你它可以算是个乡村音乐专辑吧，我和很多人一起在纳什维尔制作它，跟一些很棒的音乐人，他们很有可能出现在我的专辑里头。我1月份就要去纳什维尔了，我已经花了一年的时间制作这张专辑，希望2011年它可以发行吧。不过，我不喜欢被贴上任何标识，我指的是那个味道吧。我们有很多有名的乡村民谣，很可能跟硬乡村音乐全无关系。然后我就再着手做下一张专辑，有更多的节奏与布鲁斯，更像60年代的灵歌。我就是在那个年代学会如何唱歌如何模仿人唱歌的。在得州，他们想听灵歌、布鲁斯，所以我当时就学着唱，我现在想走以前的风格了。

Q：我常常听到朋友们说，我就知道老鹰的《加州旅馆》，因为这首歌太棒了，以致大家都忽略了别的歌曲。你是否也听到过类似的话？

A：是的，那太糟糕了。因为我们还有很多其他很棒的歌曲。如果人们来看我们的演出，他们会明白的。

Q：这次巡回演出，《加州旅馆》将以什么样的方式开始呢？1994年那次给我们的感觉太意外了。

A：你不会听到 1994 版本的《加州旅馆》。我们会演奏 1976 年的原版。

Q：你比我们想象中或者听到的要健谈得多，演出时经常能把人逗笑，幽默感是你最大的特征么？

A：算我特征中的一个吧。我觉得个人经历才是我最大的特征吧。我想我知道为什么，因为有些地方的观众真的很有礼貌，他们听你唱。在美国的现场，其实观众也不错，但总有很多吵闹的声音，在唱歌中途甚至也有人讲话、喝酒、叫喊等等，这样我们能说的就有限了。现场你讲不了英式冷笑话，因为你讲了人们也听不到。如果现场气氛相对安静，你可以有些小的发挥，可以让听歌的人笑，这感觉很好。但是，总有些人是喜欢喝得醉醺醺的，他们就是狂叫。比如就有个人一直在喊"你们是传奇！乔你是传奇，唐你是传奇"。而且他一直不停地叫了整个晚上，让我们每一个人听得都觉得奇奇怪怪的。

Q：这没有让你感觉良好？你确实是传奇啊！
A：才不呢。我觉得有点讨厌。

Q：现在一切都是数字化，网络化。你有没有觉得事情也变得不一样了，这有没有影响过你？你是欣然接受呢，还是持保留意见呢？

A：都有一点吧，我既觉得应该正视它，但是还是有不少问题的。我觉得互联网是个很神奇的东西，我经常发邮件什么的。没有表演的时候通常我都在发邮件，我会上网去找东西学东西，但是对那些靠写歌发唱片为生的人来说就有大麻烦了，什么东西数字化了之后就很容易被盗用。我和一群艺人一起努力，至少在美国是这样，试图去控制这种局面。我们的政府对于一些创意性质的财产、知识产权类的保护总是慢半拍，这会毁了音乐产业，真的是这样。这也将在某种意义上使版权概念彻底毁灭，我每天都会与之对抗。虽然我也总是用 Google，但我讨厌他们的作风，因为他们拥有YouTube，而YouTube是侵害版权最多的。如果人们来看我们表演，我完全不介意他们拍照，但他们若是用手机录像然后上传到YouTube上面去，这就属于侵权了，是不合法的。YouTube非常地不配合，我也不想讲太多，因为真的是很无聊。YouTube只会在意识到也许你才是短片真正拥有者的情况下才会把短片撤下，而且你得证明你才是真正的拥有者，他们从来不问那些上传短片的人，从来不征求我们的意见，最后我们也无法把老鹰演唱会的短片让他们给撤掉。你只能分开来告它，还得把每一个小的细节都记录在案。那么，谁有这个时间啊。我们哪有可能专门去雇一个人每天对着电脑在网上做这种监控呢。所以真的很可恶。还有一些在早年的电视节目里留下的老短片又被别的人发到网上去了。我猜一些年轻的乐队可能会觉得，这太好了，我要人们知道我。我们可不这么想，这是个人财产，只有我们愿意才会往上传。

Q：我个人也认为，去看演唱会的时候，一直在那儿录像是一件很傻的事情。

A：对我们来说也是一种干扰。当我们唱得正好的时候，看到台下有人对着我们在录像，这就好像有人一直拿把枪指着你一样。我可以一直这么说下去，但我不想让你觉得没劲，但这真的是个问题，一些美国的年轻人只会说录录没事儿，因为他们可以这么干，他们完全没有意识到他们会把整个产业给瓦解的。我们艺人只是这个产业的门面，他们却只看到一些有钱的摇滚明星，觉得从我们这里盗些版权也没什么，觉得我们不再需要钱。但我们也会雇人，打个比方说，现在跟着我们一起巡演的人有一百多个，要养一百多个人，这些人有在唱片公司工作的，有在律师事务所工作的，还有会计师事务所的，他们有可能是造鼓的、吉他的、鼓槌的、话筒还有录音设备的。我们支撑着整个产业。这个产业里头最基本的就是歌了，没有了歌，没有那些以写歌为生的人，这个产业就没了。我们也许还可以不计回报地写歌，但这可是整个音乐产业啊。如果人们把产业里的基石都给拆了，那就会影响到数以万计的人——他们的工作，他们的家庭，他们的生活状态。现在我们还可以唱现场，但可能过不了多久，唱现场就成了唱片产业里唯一的生存方式了。因为现在的CD销量都降了30%了。

Q：那是什么支持你们继续走下去呢，让你们所有人继续下去？

A：其实我也不清楚。我们非常享受我们的工作，当然也有不那么享受的时候。但我不太喜欢远离我的孩子们，我不喜欢在假期的时候还得出远门，但这就是我的工作。还有我们的自我价值和我们的工作是紧紧相连的。我们非常喜欢它，这工作已经很不错了。我的孩子们可以去私立学校读书，我自己有艘渔船，还可以做些慈善，我还在帮我得克萨斯州老家的法院做些重建工作。可以做的事情还是很多的。我也希望对社会有些回报吧，我觉得乐队里的每个人都有做慈善和社区服务方面的工作，我很肯定。其实除了乐队真的还有很多事情可以做，但正是因为乐队的演出使得我们去做其他的事情有了可能。

Q：你跟格伦是怎么认识的，又是怎么组建老鹰的呢？

A：我俩都不确定我们第一次是哪儿见面的，但格伦跟另一个得州人在一个乐队，这个人写了很多民权的热歌。他们被一个唱片公司签了，而当时我所在的得州乐队也是跟他们签的一家。所以我们有可能在唱片公司见过，或者跟他是在一个叫Tribute Door的酒吧见过，但我们是在Tribute Door酒吧里熟起来的。在50年代那是个很有名的民谣酒吧，在60年代它就变成了个摇滚吧。它现在还在呢，所以那儿就是我们相识的地方，我们在那儿喝酒，在那儿跟人们碰头。格伦那个乐队后来就解散了，开始弹吉他为生，后来他雇我来打鼓，这样我也离开了我之前的乐队。在1971年的时候，格伦建议我们组个乐队，事情就是这样的。

Q：能不能聊聊那个年代？对你意味着什么？

A：70 年代是从 60 年代开始的，现在还历历在目呢。那时候有战争，还有很多其他的事情也在同时期发生。人口特征是有人口高峰，也是现在最大批人口的一代，好像每个人都是在 1946 年到 1963 年出生的，这也是人们会叫它人口高峰的时代的缘故吧。人们都是那个年代出生的，第一波婴儿潮我也是其中一员，在我们快二十岁的时候，我记得有人反战，有人第一次提到了环境保护，女权运动也在 70 年代的时候进行着，还有 60 年代的人权运动，马丁·路德·金还有他那路人。那个年代真的有好多事啊，所以 60 年代深深影响着 70 年代。这个时代什么时候结束的呢，我觉得大概在 75 年到 76 年之间吧，迪斯科音乐开始流行的时候。

Q：你有没有预见《加州旅馆》的成功跟它现在的走红程度？
A：没有。

Q：这可是中国听众最喜欢的歌之一呢。
A：我听说过。过去我听到了关于中国观众对此歌的反应。有些时候我们知道哪些歌可能会走红，我只知道我们做得还不错，但不知道会这么红，而且红遍了全世界。几年前，我们去了洪都拉斯的一个热带雨林，爬上了一座山，被告知在这个遥远的山村他们没有电没有水，当我站在山上的时候，有个年轻人从他的帐篷出来，手里拿着一盘老磁带，然后他指了指上头又指了指我，只说了一个字"你"。那盘磁带就是《加州旅馆》。是的，这首歌也被带到空间站去了，一些航天员他们的起床铃声就是它，每天听着它起床，你想想吧。所以我们还是非常开心这首歌能这么红。

Q：中国观众可能相对来说比较安静，打算怎么让他们热情高涨起来呢？
A：没事，我们不介意。我们好好表演就行了，我们在日本演出过，他们就很安静，在澳大利亚也是。我们不会改变自己，只要做自己擅长的就可以了。

Q：在老鹰的新专辑《走出伊甸园》（Long Road Out of Eden）中，你们对环境的担忧显得非常的迫切。好像《不要在草丛中走来走去》（No More Walks in the Wood）还有《我梦到世界没有了战争》（I Dreamed There Was No War），让人想起了列侬的《想象》（Imagine）。那是主思路吧，通过音乐来影响人们还有世界？

A：并不是。很久以前我们就知道你无法改变这个世界——如果可以的话，约翰·列侬的《想象》早就改变了世界了，但我们还是想写些类似的歌，因为只要人们对它有回应就好了。如果你一直只是写这些题材的歌，时间长了可能听众会不太买账，也许在60年代还可以吧，但如今已经不行了，观众就是不感冒。但我们也还是写，《走出伊甸园》在演唱会现场有很好的反应，而且从音乐方面来讲，它制作得也是不错的。《我梦到世界没有了战争》完全没有歌词只是段音乐，但它却得了格莱美奖，它是有价值的。我们偶尔会写些这样的歌，虽然也写不了太多，因为无法这么做。当我们制作专辑的时候试图把握相对的平衡，写些爱情歌，写些其他主题的，总写与环境相关的是很困难的，写出来难免显得非常的说教，太教导别人了。但我们还是会写一些，因为我们需要这样的东西，把想法抒发出来，哪怕只有少数人能受它鼓舞，没关系。这些歌在不同的国家和地区会有不同程度的反响。

Q：你想象中不用工作的美好生活是什么样的？

A：我觉得我会一直想要工作的，我还会写歌，但很有可能巡演会慢慢少一些。我喜欢创作也喜欢制作，我在达拉斯做了个自己的录音室。乐队不是我生命中的一切，我也还做些其他的事情。我有孩子，那就相当于一份全职工作了。我还做些环保的工作，我有几个非盈利的环保机构，经营这些机构也挺耗时间的。照顾好家和家人,我非常喜欢做这些事。我喜欢养花,喜欢钓鱼,我是个农场长大的男孩,我长大的那个小镇上有两千三百多人,我还在重新筹建小镇,我们有得州最老的法院,那可是在内战前就有的。这些都是我可以做的事情,生活还是很充实的。总有做不完的事,可没有用不完的时间。

(2011年)

约翰·莱登：我是朋克之王

> 有些人用错误的方式做朋克，他们用一些所谓的公式来表现朋克。但我还在这里，我是朋克之王，没有人能有异议。如果你不同意，你就不是朋克。
>
> ——约翰·莱登

"愚公移山"酒吧看上去是一个比较糟糕的演出场所，狭小的空间不太适合摇滚现场演出。它位于北京最繁华的市中心，在寸土寸金的城区，能有这样的一块演出场所倒也难得，况且，这里接待了很多过去我们只能在外国音乐杂志上看到的摇滚歌星和乐队。这不，约翰·莱登（John Lydon）和他的"公共形象公司"乐队（Public Image Ltd）正在这个舞台上表演。没有多少人知道，这个看上去身体有些臃肿的英国人在上世纪70年代末期用他的咆哮重新定义了朋克摇滚。

除了那个现在到处流行的莫西干发型，你很难把五十七岁的约翰·莱登跟三十多年前的那场英国朋克摇滚风潮联系在一起。或者，在演唱间歇，他在台上的某些言行看上去有些随意或者滑稽，甚至有些孩童般的顽劣，不像一些歌手那样彬彬有礼，但他绝无冒犯之意。台下的几百名观众和看任何一场演出一样，并没有带着朋克标志的气质，甚至，在中国生根发芽的英国朋克的徒子徒孙们也没有出席，前来朝拜这位朋克先驱。

在今天看来，发生在70年代英国的那场朋克运动更像是一场阴谋，1975年，一个叫马尔科姆·麦克拉伦（Malcolm McLaren）的人为了能让他开的名为SEX的时装店引人注意，找了几个经常光顾该店的无业青年组成了一支乐队。最初他的想法也仅仅是通过胡闹的方式引起更多人注意，于是给乐队起了一个摇滚历史上最有冒犯色彩的名字：性手枪（The Sex Pistols）。约翰·莱登就是乐队的主唱。当然，那时候他给自己起了一个绰号：坏牙约翰尼（Johnny RottenJonny Rotten）。麦克拉伦把自己的很多政治想法灌输给了乐队，乐队把它变成歌词，约翰尼把它唱了出来。《神佑我王》（God Save the Queen）、《英国无政府主义》（Anarchy in The UK）的歌词通过地下印刷品在传播，麦克拉伦骗来了一份唱片公司的合同，但是他们的单曲在印刷制作过程中，由于封面表现出对英国女王的大不敬，工人拒绝印刷。当然，这些还不算什么，当英国举国上下庆祝女王登基25周年的时候，"性手枪"的《神佑我王》不开眼地登上了英国BBC歌曲排行榜的冠军位置。BBC迫于舆论压力不得不把这首歌拿下，将排在第二名的罗德·斯图尔特（Rod Stewart）的《我不想谈论什么》（I Don't Want to Talk About It）放在第一位。

种种迹象表明，这些都是麦克拉伦亲手导演的闹剧，他根本没有预见到当时英国社会矛盾尖锐的程度以及人们对时下流行的音乐感到乏味、希望有一种新的音乐来替代的愿望，却歪打正着诱发了英国的朋克运动。在当时，英国流行的音乐是精致的前卫摇滚乐和俗不可耐的迪斯科音乐，"性手枪"的出现把处于城市边缘粗糙的地下摇滚乐唤醒，唱片公司一时间签下了一大批过去它们认为毫无商业价值的摇滚乐队，无疑，这些乐队都被贴上了朋克的标签。这一现象在1991年的美国西雅图被复制过一次，"涅槃"（Nirvana）乐队把"脏摇滚"（Grunge Rock）带进主流音乐。

不管是"性手枪"还是"涅槃"，先驱者总是短命的。1978年，"性手枪"

在美国巡演时，坏牙约翰尼突然宣布离队，声称自己受骗了。事实上乐队一直是麦克拉伦的工具。坏牙约翰尼的退出宣布了那场混乱的朋克时代的终结。随后，坏牙约翰尼恢复了自己的真名，组建了"公共形象公司"，这支乐队的音乐风格让人无法将其归到任何一类流派中，这是约翰·莱登想与朋克摇滚划清界限的标志。

"公共形象公司"在1978年发行了第一张专辑，到1992年他们一共发行了十一张专辑。彻底洗清朋克印记的"公共形象公司"并没有带来多大的商业成功，只有死忠的朋克追随者们才会注意到这支乐队的存在。

去年（2012），"公共形象公司"发行了自1992年以来的第一张新专辑，也许人们早就把他们遗忘了。这二十年间，"性手枪"重组过一次，在1996年进行过一次全球巡回演出，因为这哥几个那段时间都有点囊中羞涩，这次名为"不义之财"的全球巡演让老朋克们再次目睹了他们的风采。随后，莱登录制了一张个人专辑，之后，"公共形象公司"为录制新专辑一直与唱片公司纠缠。最后，他们决定自己发行这张专辑。接着，他们要到全世界各地巡回演出，把投资这张专辑的成本收回来，亚太巡演是他们上半年的计划。

舞台下面的约翰·莱登和台上判若两人，他喜欢开玩笑，但在接受采访的时候却变得十分严肃——尽管这时候他已经有点喝多了。

"我从来没有做过两张听起来相同的唱片，因为对我来说，生活就是不断探索。"这是莱登的开场白，"我是一个音乐探索者，我对身边别的人在做什么音乐都很警觉。我的音乐是对于人类情感的探索。我作为一个人，尝试去了解自己，所以我致力于音乐事业，为之奉献我的一生。这并不容易，因为我必须保持不被别人影响。我最喜爱的一点是，每个人都是不同的个体，每个人喜爱的东西都不一样。这是作为一个人来说最美妙的事。每一个人都是一种我们可以去拥抱的喜悦，每一样事物都在教育我们"。

莱登的这番感慨来自于他在很小的时候生过的一场病，有四年的时间他失去了记忆，甚至忘记了自己的父母是谁，他必须重新学会信任这些"陌生人"。"我和这些'陌生人'建立的信任，让我很受启发，我学会了真爱。

我几乎丧生，但也因此变成一个更好的人。那就是为什么我会信任任何人。很明显，这会带来失望，但这是健康的生活方式。"莱登说。

来北京巡演之前，他在接受外国媒体采访时，很担心北京的天气。所以在他开场向台下观众问候时说："你好，污染。"过去，英国人总是把天气状况挂在嘴边，甚至人们在见面相互问候时都会来一句"今天的天气不错"。但是在莱登眼里，全球气候变化和音乐市场变化相比，他相信后者更糟糕，"音乐行业有太多的不诚实，很多人做音乐只为了名利。我和'性手枪'乐队有一个很好的机会，来说出真相。对我来说，这就是我的音乐塑造的类型，我的朋克音乐就是建立在真相之上的。今晚我唱了一首歌叫《战士》(Warrior)：我是一个战士，我不会对你说谎，最勇敢的战士不会用暴力"。

谈到二十年后迟来的新专辑，莱登似乎有些失望，因为这张新唱片是他们自己掏腰包录制的，为了能把制作唱片的费用挣回来，他们需要巡演两年时间。他说："我们现在完全是独立的。过去我在音乐上做的承诺和努力，让我在经济上不成问题。但在这二十年里，我不能演出，因为唱片公司声称，我欠他们很多钱。我认为，那是因为他们的经济腐败造成的，这就是西方的'乐趣'。我是公司的受害人，我对政治上左翼右翼的看法都是建立在我的经验之上的。我过去做的就是独立筹资，才把自己从与唱片公司的合约中赎出来，这花了很长时间。我做了很多和自然有关的事情，积攒了足够的钱来开自己的唱片公司，我做的这些事包括保护大白鲨等。作为一个音乐家，我是一个探索者，所以很自然地就去探索自然。通过这些经历，我才有钱出了唱片。这并不容易，但这传递了好的信息。"

莱登曾经抱怨说："我为什么没有得到唱片公司的合同，你去看看电视上的《X元素》或者《美国偶像》这类选秀节目就知道了。"

即使如此，"公共形象公司"也没有想过利用互联网去传播他们的音乐，莱登说："互联网是一个让人费解的东西，它本来提供了一个平台，让大家自由发表言论。但在西方，那个自由变成了腐败，所有的谎言都会被繁殖，然后人们都倾向于相信谎言，而不是真相。这就是现在网络让人左右为难的地方。那是一件让人耻辱的事情。但对我来说，我就是我，我喜欢现场演出，但我不在网上表演。几年以前，我在一首歌里写道：所有写下来的字都是谎言。但现在我觉得这应该改成'互联网就是谎言'。"

莱登只出过一张个人专辑，但是唱片公司认为他还欠公司巨额债务，这把他逼到了破产边缘。莱登说："我曾和 Virgin 唱片公司有协议，当我在1996年做'性手枪'乐队巡演时，他们承诺之后会帮我做个人唱片，但是只出了一张。后来我的事业几乎结束了。但我现在还是站在这里了。生活总是有各种麻烦。如果有人说生活是容易的，那他一定是没有过被起诉的经历。这是我的生活经验。"

在去年伦敦奥运会开幕式上，"性手枪"的歌声第一次通过奥运会传向全球，作为英国劳工阶层出身的约翰·莱登，他很高兴看到丹尼·博伊尔（Danny Boyle）能代表英国劳工阶层说话。他说："这是第一次英国文化能够通过劳工阶层表达出来。奥林匹克的一个重要主题就是对每个国家人民健康的尊重和关爱，这意味着给穷人免费的医疗救助。我很关心这个问题，所以让整个皇室家族被迫观看'性手枪'的演出，象征着穷人的胜利和快乐。战争暴力不能改变世界，但这种非暴力抵抗会改变世界。我们对英国文化有很大影响，以前是这样，以后也是这样。这是第一次英国社会认识到英国的工人阶级很重要。"不管是"性手枪"还是"公共形象公司"，对莱登来说，这只是他的双重身份，他说："我的身体和思想属于'性手枪'，但我的内心和灵魂属于'公共形象公司'。"

从"性手枪"解散之日起，关于朋克末日的言论就一直不断。但是在约翰·莱登的眼里，这些都是媒体的噱头，当问及"朋克已经死了吗"的时候，约翰·莱登很严肃地说："有些人用错误的方式做朋克，他们用一些所谓的公式来表现朋克。但我还在这里，我是朋克之王，没有人能有异议。如果你不同意，你就不是朋克。"

（2013年）

迈克尔·杰克逊：他始终在用音乐证明自己

他要用自己的才华证明什么是公平，他不希望自己成为被忽略的那一个，并且，他做到了。在1984年的格莱美奖上，他拿到了八个大奖。在那个群星璀璨的夜晚，他是最璀璨的一颗。可是有谁知道，他生命的悲剧已经开始悄悄上演，直至他生命最后一刻。

人们谈论一个名人的话题往往会因为名人的知名度越来越高而越来越偏离他本身，尤其会偏离成就他成为话题的领域。名人规律通常如此演化：最初，参与的人们是出于对名人作品以及他所创造的成就的兴趣和喜爱，话题会集中在作品和其成就本身。当引起更多旁观者的兴趣并好奇地加入进来后，谈论的话题就开始跑题——因为后来者对名人的作品和成就并不了解甚至并不喜爱。当这些人加入时，会带着"站在更高点"的心态去非议这个名人。表面上看，是昨天把你捧红，今天转身一枪把你干掉，实际上并不是一拨人干的。

还有谁比迈克尔·杰克逊（Michael Jackson）更符合这一规律呢？他在流行音乐领域里取得的成就已经做到后无来者。他是个黑人，他因为失去了正常的童年而在进入成年之后心理障碍被放大,他有些怪癖,但他又成了一个巨星,当他的一切都被置于公众的视线之内时,他身上可以成为公众议论评判的话题永远都说不完。

1979年,迈克尔·杰克逊的专辑《疯狂》(Off the Wall)创造了巨大的成功,但是在转年的格莱美颁奖典礼上,最佳专辑、最佳唱片的奖项却旁落他家,他只获得了一项无足轻重的提名。在那一瞬间,杰克逊哭了,他认为这不公平,因为他没有理由不获得这几个分量最重的奖项。此时杰克逊暗下决心:咱们走着瞧。

他要用自己的才华证明什么是公平,他不希望自己成为被忽略的那一个,并且,他做到了。在1984年的格莱美奖上,他拿到了八个大奖。在那个群星璀璨的夜晚,他是最璀璨的一颗。可是有谁知道,他生命的悲剧已经开始悄悄上演,直至他生命最后一刻。

很多时候,当人们去关注议论一个人,尤其是像迈克尔·杰克逊这样富有争议的人物时,更多是在通过他来照射自己的内心。他身上的话题牵扯的面太广,政治、种族、伦理、道德、生活方式……但是从来不包含他的音乐。

似乎,和他的形象、性格、后半生没完没了的官司、争议,甚至他的舞步相比,迈克尔·杰克逊的音乐是最不值得一提的。人们只是习惯肤浅地以他唱片卖得多少论英雄,而忽略了他为什么要那样做音乐,甚至忽略了他最后为什么对音乐失控,变成反击的武器。

迈克尔·杰克逊的父亲乔·杰克逊(Joe Jackson)一直相信,音乐可以改变命运,可以让黑人摆脱种族歧视,过上富有的生活,赢得属于白人世界的人的尊重。所以,当家里一堆孩子慢慢长大的时候,他知道,该把这些孩子带出去了,包括只有六岁的迈克尔。

60年代的美国流行音乐,是绝对的白人天下,那是音乐与政治走得最近的年代。而黑人音乐仍在主流之外,尽管一直有天才的黑人音乐家涌现,但不足以用主流的标准来衡量他们的艺术价值和商业价值乃至社会地位。

最能证明黑人音乐商业价值的地方就是摩城唱片公司（Motown），因为老板贝里·戈迪（Berry Gordy）是个有商业头脑的人，他知道即使没有种族问题，黑人音乐在商业上也有局限，因此，他必须把黑人音乐做得流行一些，这样才能赚到钱。这就是史蒂维·旺德（Stevie Wonder）与雷·查尔斯（Ray Charles）的音乐的不同之处，戴安娜·罗斯（Diana Ross）与阿蕾莎·富兰克林（Aretha Franklin）的音乐的不同之处。摩城唱片出品的音乐无一不甜美。

这也是"杰克逊五兄弟"为何能受到贝里·戈迪的喜爱的原因，因为他通过迈克尔·杰克逊那尚显稚嫩的嗓音听到了未来最完美的摩城之声。正如米卡尔·吉尔莫（Mikal Gilmore）所言："'杰克逊五兄弟'标志着从60年代的灵歌到70年代流行音乐的转变。在当时，许多美国人对少数民族渴望获得权利心有不安，而'杰克逊五兄弟'的出现则传递了一个能被欣然接受的黑人荣耀的理想形象，反映的是家族关系和拼搏奋斗，而非种族之间的敌对。"可以说，"杰克逊五兄弟"是继史蒂维·旺德和马文·盖伊（Marvin Gaye）后摩城唱片公司最成功的艺人。

随着"杰克逊五兄弟"日渐成功，摩城之声也开始走向衰败，最后，五兄弟以"杰克逊家族"（the Jacksons）的名义与一家更大的"史诗"（Epic）唱片公司签约，这给他们带来了一些自由，尤其是创作的自由。要知道，在摩城，只有史蒂维·旺德和马文·盖伊这个级别的歌手才有创作自由。

正如孩子大了要分家一样，"史诗"唱片公司知道，人大了一定要分家，于是和他们分别签下了单飞合同，这为日后迈克尔·杰克逊摆脱他父亲的控制打下了基础。如果杰克逊当时还在摩城唱片公司、公司的经营状况也没什么问题的话，那么，他可能是下一个奥尔·格林（Al Green）或是萨姆·库克（Sam Cooke）。但是新唱片公司给了他一个更大的机会，他抓住了。

促使杰克逊离开五兄弟，摆脱欺负与控制去单飞的很大一个原因是他遇到了音乐导师昆西·琼斯（Quincy Jones）。在当时，杰克逊认为只有琼斯才能帮助他的音乐脱胎换骨，让他的音乐才华在一个更大的空间施展，而不是停留在一成不变的商业音乐中。而琼斯也发现杰克逊真正的天赋还没有展现出来，他完全可以把杰克逊带到一个新高度。于是有了接下来一飞冲天的《疯狂》(Off the Wall)，它在美国卖掉了六百万张。

或许，他们在制作这张唱片的时候，并没有想过去迎合当时的潮流，黑人疯克舞曲在 70 年代初期就已经流行，迪斯科音乐在 70 年代末期成为潮流。这两种同宗关系的音乐因为演绎和传播方式的不同而变得生疏，人们更愿意接受被标签化的音乐——这是疯克，那是迪斯科。琼斯和杰克逊要做的是让这两个失散多年的兄弟相认。当然，琼斯为音乐的节奏赋予了飘逸和轻灵，让它听起来和当时泛滥的舞曲音乐相比显得超凡脱俗，这是《疯狂》成功的最主要原因，他们契合了潮流，并引导了潮流。更主要的是，杰克逊在制作这张专辑时，他只是想往前走一步，做一张属于他自己的唱片，无所谓是否要做到适应或追赶潮流，无所谓去超越什么，他只是想完成这个简单的愿望，当然，唱片做得要好。事实也证明了，它足够好，清晰地划出了杰克逊与过去的界限。在他的传记《太空步》(Moonwalk) 里，杰克逊这样说："当他（琼斯）问我制作这张唱片最希望得到什么样的收获时，我告诉他，我们必须让它的音乐风格完全区别于'杰克逊五兄弟'时代的风格。"

当然，这只是杰克逊音乐大餐中的餐前点，这个脆弱的歌手不会忘记，1980 年格莱美奖颁奖典礼对他的忽视，深深地刺痛了他。他要用下一张唱片来复仇，告诉他们，没有人可以忽视他。这是当年很多黑人歌手的心态，最初的动机仅仅是证明自己不比别人差，黑人歌手更愿意在商业上证明自己的成功，这样比在艺术上获得认可更容易让自己扬眉吐气。

所以，在下一张专辑录制之前，杰克逊蓄谋了很长时间，他知道已经有成功摆在他面前，他必须超越。他在传记中写道："昆西和罗德·斯坦顿中的一个问我：'如果这次我们做得还不如《疯狂》成功，你会不会感到失望？'我感到很不安，甚至觉得他们根本就不该问这个问题，我告诉他们，《颤栗》(Thriller) 必须超过《疯狂》，我要让它成为有史以来销量最大的唱片。他们大笑起来，好像这是白日做梦。"

米卡尔·吉尔莫写道:"当《颤栗》于1982年11月发行时,它不像是一张拥有主题或内在统一风格的专辑。相反,它听上去更像是一张单曲合集——就像是那些精选集一样。但很快一切就变得明显,这正是迈克尔所希望的样子:一张由很多意图用来打榜的歌曲所组成的璀璨歌集,每首歌都在脑中被设计出来吸引大规模的跨界听众……它们是精心构思的激情、节奏和架构的载体,定义了歌曲背后那位艺人的敏锐触觉——如果说不是他的内心世界的话,这些即刻就引人入胜的歌曲是关于对感情和性的幽闭恐惧,是关于艰难步入的成年,是关于在该艺人的恐惧担忧和逃脱不了的名气之间平衡的新式解决方案。"

毫无疑问,杰克逊希望每一首歌都能给他的商业成功上一层保险,这样,他不仅可以超越自己,还能超越所有人。这种放弃整体风格、化整为零、打造精华的做法,在唱片业中往往会被视为浪费。最终,专辑中有七首歌打进了排行榜前十名,两首歌获得冠军。三千多万张的销量让格莱美不能再视而不见,最终,他捧回了八项大奖,这是何等的快意恩仇!

杰克逊为三首歌精心设计了音乐录影带,《比莉·珍》(Billie Jean)实际上是庆祝摩城唱片公司成立二十五周年演唱会上的表演,比起最初平庸无奇的MV版本,显然这种纯舞台表演更能展示杰克逊的身体魅力,他的向后滑步动作随后风靡起来,因为当天美国至少有五千万观众看到了这场表演。

一道很简单的算术题让杰克逊明白,如果他想超越过去,不能仅仅依赖并非主流的黑人听众群体,他必须要赢得白人的认同,这样才能创造奇迹。这也是他为什么要写一首控诉暴力的摇滚风格的歌曲《闪开》(Beat It)的原因。而且,他请来了当时最红的重金属乐队"范·海伦"(Van Halen)的吉他手埃迪·范·海伦(Eddie Van Halen)为这首歌弹奏吉他。埃迪·范·海伦没有让人失望,他贡献了一段可能是他这一生当中最经典的吉他独奏。

杰克逊想跨越音乐市场种族界限的初衷,并非出于统治世界的野心,他希望唱片能做到完美,尽人皆知,无人企及。他做到了,做到了后来连他自己都无法超越的高度。

可以用"弓如满月"来形容杰克逊对这张唱片倾注的力量。但同时,人们开始意识到在弦之箭随时可能出手,这是一种危险、威胁,有必要制止一切可能发生的颠覆性结果。

迈克尔·杰克逊摧毁了过去一直心照不宣的平衡,触及了政治正确下人们一直隐蔽的种族问题。所有政治正确下的假面随着杰克逊的成功而被彻底撕破——他们不能容忍一个黑人如此成功。

最初的攻击全部来自媒体,吉尔莫说:"上世纪80年代中期,很多音乐记者开始担心大众流行——尤其是如果这看上去代表了某种一致或被认可的文化。迈克尔·杰克逊,毕竟不是那种传递社会政治革命讯息的艺人,他的歌词也不是很文学化。对那时的一些人来说——对现在依然存在的一些人来说也是——他代表的只是追求个人名望的雄心。看上去,他不像猫王或'披头士'乐队那样,能够成就他们各自听众所成就的事业,即用某个事件或某个颠覆,改变了年轻人的文化乃至整个世界。在我看来,迈克尔·杰克逊、猫王和'披头士'乐队的共同点是:他们可以把数百万完全不相类似的人聚集在一起,不仅能共享同样的艺术品位,还能对共同的梦想和价值观形成有力的、发自内心的共识。"

的确,人们都记得,当猫王从黑人音乐中汲取营养、成为一代歌王的时候,没有人会提出质疑——你偷走了黑人音乐。因为猫王的成功更能代表美国人的价值观:努力、幸运、成功……但是黑人不行。虽然公共厕所里的种族红线、公交车上的种族座位消失了,但是人们心中泾渭分明的界线从来没有消失,当有人试图越过这一界线时,它才会显现出来。

媒体开始避开迈克尔·杰克逊无可挑剔的音乐,转而对他这个人发起了攻击。他的种族内涵、他的整容和他肤色的变化,他的各种怪异行为以及他的性取向问题开始变成媒体议论的话题——他们动用道德和臆断的智商,试图把他赶出自己的价值观世界。詹姆斯·鲍德温(James Baldwin)

在《花花公子》上写道:"关于迈克尔·杰克逊的那些杂音很让人着迷,可这些都跟杰克逊无关。我希望他有足够的判断力明白,也有足够的好运可以避开伴随成功而来的血盆大口。他不会很快被原谅,因为他打破了太多的常规,因为他该死地抓住了成功的机会……"

对迈克尔·杰克逊而言,能证明自己、反击对手的武器只有音乐。

制作人昆西·琼斯对接下来的专辑能否超过《颤栗》三千八百万张的销量没有信心,但是迈克尔·杰克逊必须制定这个目标,不然,即使他超越了除自己之外的所有人,在人们眼里他也是个失败者。《颤栗》的制作花了三个月的时间,但是《真棒》(Bad)前后花了两年多的时间和两百万美元的制作费。事实证明,即使到了今天,《真棒》在销量上也没有超越《颤栗》。

此时,杰克逊还可以把心思花在专辑制作上,他希望用更专注的精力来做出一张完美的专辑。当今天人们回顾他为数不多的几张录音室专辑时,都会承认,《真棒》是杰克逊最好的专辑,但当年人们都羞于承认它是最好的。乔恩·多兰这样形容《真棒》:"专辑上的杰克逊显得更为强硬,降低了亲和力,转而把音乐做得更为强烈。专辑中所用的节奏有着一种带着邪气的枪击音效,摇滚吉他是炙热的,合成器效果质地则显得阴暗而圆滑,整张专辑感觉就像是注射过兴奋剂的《颤栗》……《真棒》专辑天才的一点在于它能够在诚实演绎出那种疏离感的同时,创造出戏剧性、煽动性的音乐。"

尽管专辑里有五首排行榜冠军歌曲,《真棒》在一年内也只卖出了六百万张,但能让杰克逊略感安慰的是,专辑在全球卖出了三千万张,其中国市场贡献了六十万张。

然而,还有更残酷的事实在等待着杰克逊。媒体憋了好长时间,终于可以冷嘲热讽他了,《真棒》在《滚石》杂志评选的年度专辑中,在读者区获得了"六个最差",他虽然获得格莱美奖的提名,但没有拿到一个奖项。

一个更大的背景是,80年代的黑人比起60年代,在各方面的现状都有了实质性的改善,这些改善体现在教育、就业、收入以及成功的方式等方面。所以,80年代比过去任何时期出来的超级明星都要多,他们不仅仅需要和白人一样的生活方式和收入，在度过了平权运动的60年代后，他们更需要一种尊重和认可。这种渴望获得尊重和认可体现在有些封闭和脆弱的迈克尔·杰克逊身上，就变得更加强烈，直至变成一场灾难。

《真棒》商业上的失败，不得不让迈克尔·杰克逊审时度势，适应新的潮流。当他发现，90年代的流行音乐被电子音乐、嘻哈说唱、工业噪音以及来自西雅图地区的Grunge统治之后，他那种带着60年代根源音乐和70年代舞曲音乐的风格已经显得不太入流了。新一代的音乐风格差异化越来越强，听众也越来越分化，那个"万众一心"促使他成名的氛围已经慢慢消失了，用一种音乐口味统领一个时代的做法已经显得极其冒险，甚至是不可能了。他必须放弃幻想，重新打通新音乐与他的音乐之间的血脉，这种尝试意味着试验有可能失败，但是他必须迎难而上，因为在他身后，有无数幸灾乐祸的人等着他从高台上掉下来。

新专辑取名《危险》（*Dangerous*），杰克逊是否有这样的一层含义，不得而知，但这张专辑是他最大胆的尝试。以前，他的音乐是他过去几十年浸染在音乐里的成果，他凭借天赋和才华把它雕塑成一首首经典歌曲。现在，他不仅要对自己的音乐进行一番革新，还要回击那些搬弄是非的人们——他无愧于伊丽莎白·泰勒（Elizabeth Taylor）赋予他的"流行、摇滚和灵歌之王"的美誉。

还好，当下流行的音乐有些对杰克逊来说并不陌生，比如嘻哈说唱，那本来就是属于他们黑人的艺术形式。所以他换掉了合作三张专辑的昆西·琼斯，琼斯可以给他带来华美绚丽的音乐，但是现在杰克逊不需要这样的音乐了，他需要一种破坏，一种新的组合，来证明他仍然属于这个时代。

《危险》在今天看来依然是成功的，销量仅次于《颤栗》。这至少可以让他稍有喘息，减缓一下压力，在接下来的专辑中大干一场。但是让他始料不及的是，一场娈童案丑闻把一直以来人们对他的争议推向顶点。过去，人们对他的非议还有些犹抱琵琶，现在，人们欢乐地撕下面具，打算摘去他头顶上的那顶王冠。杰克逊不得不花大量的时间和精力来应付这场官司。

他与猫王女儿的短暂婚姻又为这场争议的丑闻撒了一把作料。

杰克逊是带着羞辱与愤怒走进的录音棚,他要制作一张专辑——有生以来最愤怒的专辑,他知道,不能再用艺术作品回击那些闭不上嘴的人,他必须把手中仅有的这把音乐武器磨得更锋利一些才行。

可想而知,接下来的专辑《历史》(HIStory)会做成什么样子。事实上,到此时,杰克逊的音乐才华开始出现了枯竭,他不是像过去那样深思熟虑,或者专注在音乐上,也没有像昆西·琼斯这样的教父为他掌舵,他迷失方向了。

迈克尔·杰克逊是一个性格上腼腆害羞的人,在他单飞时,遇到一些非议,他往往会很委婉地通过歌曲来告诉人们他的想法,温和中带着一种自怜,比如《比莉·珍》。可这种回应方式并没有起到任何效果,逼着他必须在失控中完成对自我的救赎——但这无济于事。

他曾对音响设计师说:"我要你制作出人类耳朵从来没有听过的声音。"在这张专辑中,杰克逊已经不知道他要什么了,最终的专辑是一堆无意义的音效堆积如山,这些可怕的声效真的能吓退那些张牙舞爪的人们吗?显然不能,但这可以让他更加充满戾气。

从歌词里也能看出杰克逊制作这张专辑时的心态,对名望的痛恨(《尖叫》,Scream),对八卦媒体的诅咒(《小报迷》,Tabloid Junkie)。专辑既无整体感又无新意,能听到的只是一个受伤的灵魂在发出绝望的呼号。

正如人们当年假设猫王重生时所幻想的那样:"只要让当时已经上了年纪并变得肥胖的普雷斯利放弃他拉斯维加斯/好莱坞式的生活方式,并把他关在一间放有一台装满他早期唱片的自动电唱机的房间里,他就会意识到自己曾是如此伟大,于是他就会重新开始同自我的竞争,从而恢复他昔日的荣耀。"

同样,假如杰克逊没有遭遇偏见,让他一如既往地专注于他的音乐中,他可以一次次地超越自己,直到极限。事实上,成名之路就是这样,是一种穿行于不同判断标准中的冒险,充满诱惑的前方往往是残酷的现实。

除了巡回演出，官司和绯闻消耗着杰克逊的时间和精力，但是他仍然在1997年制作了一张混音加新歌的《血染舞池》（Blood on the Dance Floor）。即使不是新专辑，杰克逊也丝毫不敢马虎，他试图通过这张过渡性的专辑来完成他在音乐上的试验。从《真棒》之后，他的音乐已经越来越摇滚化，索性还不如把当下流行的音乐潮流再一次混进他的音乐中，看看会起什么化学反应。电子舞曲开始大行其道，舞厅DJ已经逐步代替歌手成为音乐舞台上的指挥，杰克逊想尝试一下舞厅化的音乐是什么效果。而在其中的五首新歌中，杰克逊甚至冒着牺牲自己风格的危险紧紧地拥抱了工业噪音。比起很多老一代歌手在接受新音乐风格时保守的做法，杰克逊则是来了一次深度融合。但不管怎么融合，作为后来者，他已经不具有这个领域的开拓者当年面对新音乐空间时的想象力了，他只是新音乐潮流中的替补队员。

经过各种尝试的迈克尔·杰克逊最终明白，他太独一无二了，他只能是一个商业神话的创造者，而不是一个音乐潮流的领导者，他的音乐无法像他的形象和肢体动作那样容易被模仿。在录制《疯狂》时，他是世界上最孤独的人，走了一圈，他才发现，他的音乐也是孤独的。当他着手制作《无敌》（Invincible）时，他知道，该回归到他成功的起点了。他放弃了那些让他着迷的花哨音效的实验，希望用回到根源这样反潮流的方式再度成功。他为自己制定的目标是：卖掉1亿张。

当然，这样的制作思路更适合昆西·琼斯，但是他选择了罗德尼·杰金斯（Rodney Jerkins）。杰金斯确实给他的这张专辑带来不少创新，所有能导致商业成功的要素在这张专辑里都包括了，也许换个歌手，他一定会凭借它获得成功，但是这些招数在杰克逊身上显得不灵了：在新一代的听众中，这些创新显得微不足道；而在老一代的听众中，又显得毫无新意，没有《颤栗》或《真棒》中那样的亮点。迈克尔·杰克逊失去了他最后一次自我救赎的机会。

没有人能在成功面前做到心无旁骛，也没有人拥有的才华是可再生资源。对迈克尔·杰克逊而言，他所经历和承受的一切远远要比其他巨星们要多出很多倍——他是一个黑人，所以他不能像布鲁斯·斯普林斯廷（Bruce Springsteen）那样代表美国音乐形象；他失去了真正的童年，成名后无法像鲍勃·迪伦那样在维护自己的声望和对付媒体八卦时游刃有余；他总是被负面新闻缠身，但他无法像麦当娜那样把这些化为商业利益和一代人的生活态度；他关心世界，关注环境问题，付出了他对世界应有的爱，却无法像U2乐队的波诺（Bono）那样可以影响到联合国的决策。但是迈克尔·杰克逊是一个音乐天才，他一生中在音乐方面释放的才华让他戴上"流行之王"的桂冠当之无愧。他在音乐方面能做到的都做到了，而且竭尽心血都做到了极致。即使是人们认为最差的唱片也都在流行音乐最高水准之上。他得到了此生应得到的一切——但少了一个生前对他的公正评价。

（2014年）

西摩·斯坦：音乐狩猎者

> 我希望他们也有我曾拥有过的机会，我有一个非常完美精彩的人生。我不会写歌、不会唱歌、不会演奏乐器，我也不是制作人。但是我有一双好耳朵，我一样做到了——创造自己的人生、事业、家庭，或者你满怀激情热爱的事物，这是一件非常美妙的事情。我愿意年轻的孩子们拥有同样的机会。
>
> ——西摩·斯坦

西摩·斯坦（Seymour Stein），作为塞尔（Sire）唱片公司的创始人之一，以及现在的华纳唱片公司终身副总裁，他的经历就是一个传奇。常被人提起的就是他在病床上跟麦当娜签下了唱片合约，当时谁都想跟这个性感尤物签下合约，但最后签字的一方是西摩·斯坦。当然，这只是他诸多传奇的一个。比如，他可以只听到一声吉他就把"面部特写"（Talking Heads）乐队签下来，他还没听见过"赶时髦"（Depeche Mode）乐队的歌就跟他们签了唱片合同。他是为数不多的以非歌手身份进入摇滚名人堂的人物，他给摇滚音乐带来了一个名词：新浪潮（New Wave）。他现在已经七十岁,仍旧奔波在世界各地,像一个狩猎者在森林中寻觅猎物一样,用他敏感的耳朵捕捉到一个又一个歌手。在过去的几十年间,他先后与来自不同国家的两百多位歌手签下了唱片合同,他一生的乐趣就是希望能在某处发现打动他的音乐。

斯坦来过多少次中国他已经记不清了。尼克松访华后的第二年,他就是第一批来到中国的美国人之一,他对中国一直有很特别的感情,对中国历史也非常感兴趣。在南京,面对大屠杀纪念碑他会泪流满面。我采访他约在一家意大利餐厅,斯坦没有吃午饭,但他强调自己在中国只会吃中餐,哪怕没吃午饭也不吃西餐。

斯坦此次来中国,先到上海,然后来北京,在上海登机的时候才发现,秘书给他订的机票是头一天的,这让他在机场耽搁了将近四个小时才上飞机。下飞机后,没有人来接他,他在出租车上辗转了四个小时才到了长城脚下的驻地。一路周折让这个七十岁的老人有些吃不消,最后病倒了。但他还是强撑着身体接受了两个多小时的采访,期间他一直咳嗽,流眼泪,吃药。但是聊起音乐,他的双眼立刻有了神,精神马上好了起来,即使说起话来有些吃力,仍无法阻止他滔滔不绝。

西摩·斯坦说:"一个人在九岁到十三岁的时候听到的音乐是最好的音乐。"像很多人一样,在一个家庭里,孩子总是受到父母或者哥哥姐姐的影响,斯坦也不例外。受姐姐的影响,他喜欢上了音乐,但是他没有像父母期待的那样变成一个律师或医生,而是成为唱片业的一员。在他八岁的时候,经常收听电台的排行榜节目,这让他对排行榜产生了好奇。"所以我觉得我应该去《公告牌》杂志,去了解每天所有的榜单。那时候我的想法很单纯,在那里我遇到了汤姆·努南——榜单栏目编辑,是他给了我这个机会。"他去《公告牌》杂志当助理的年纪是十三岁。

正像电影《几乎成名》(*Almost Famous*)里的那个小威廉一样,他十四岁去《滚石》杂志做记者。事实上《几乎成名》是导演卡梅隆·克罗(Cameron Crowe)的自传体电影,他确实在十四岁的时候就开始以记者身份采访摇滚歌星。斯坦说:"这并不是个普遍现象。但是你要知道,总有些人对音乐上瘾,这就是去学习了解的一种途径。而我去《公告牌》的原因是我想做研究,所以汤姆·努南给了我机会,让我去做一些资料备份之类的杂务工作。之后我遇到了保罗·阿克曼,他在《公告牌》工作了近四十年,是一个相当传奇的音乐编辑。那个时期,音乐界发生了许多变化,其中包括摇滚乐的诞生,我有机会认识了这些人。他们给了我一些课外兼职工作,这对我来说简直太不可思议了。阿克曼对我说:'在布鲁克林有一场摇滚音乐会,你想不想评论点什么?'评论后来发表在杂志上,他们付给我一张支票,我把它拿回家给了我妈妈,并对她说,'你相信吗?他们居然付给我钱,应该是我付给他们钱才对啊!'"

在《公告牌》杂志工作期间,西摩·斯坦遇到了许许多多唱片业的人物,歌手或者是唱片公司的重要人物,比如大西洋唱片公司的艾哈迈德·厄特冈,国王唱片公司的希德·纳森,是这两个人带他走进了唱片业。斯坦是个知道感恩的人,至今他都念念不忘带他走进唱片业并对他有过各种帮助的人。"希德·纳森非常照顾我,把我护在他的羽翼下,并且教给我很多东西。我有许许多多非常负责任的老师,我的任何成就都是属于他们的。现在我努力将这些东西回馈给年轻人,教给他们。这就是为什么我选择王江('甜蜜的孩子'乐队的经纪人)和印度两个非常聪明出色的学生。当然我在美国也帮助过许多人。"

唱片公司的老板最重要的工作就是辨别出好的音乐,发现有价值的歌手。谈到自己的判断,斯坦说:"怎么说呢,我并没有天分,我既不会写歌也不会演奏乐器,更不会唱歌。但我天生有一副好耳朵,我热爱音乐,一直热爱。我姐姐大我六岁,她比我更早地接触了音乐。当她十二岁时,我才六岁,但是我已经每天泡在流行音乐里了。在摇滚之前,我就喜欢上了节奏与布鲁斯,之后还有摇滚、乡村和西部歌曲。没办法,我就是喜欢,这令我心跳加速。"

整个高中阶段,斯坦都在《公告牌》杂志工作,十五岁时,纳森邀请他去辛辛那提。纳森把他知道的关于音乐产业的知识都教给了斯坦。高中毕业，斯坦本打算去大学学习新闻专业。"我是个相当不错的写手，但是与此同时，《公告牌》给我提供了一份全职工作，负责榜单和写稿。我觉得我在这样一家杂志社可能会学到更多东西，于是我没有去上大学，而是接受了这份工作。我在那工作了三年，之后我觉得自己需要了解更多的业内知识，于是我去了国王唱片公司。我搬到辛辛那提并在那工作了近三年。在辛辛那提时我遇到了一个人，他是一个非常棒的制作人，他叫赫布·艾布拉姆森，是大西洋唱片公司的创始人之一，他给我提供了一份工作。当时我思乡情重，很想回到纽约，后来我还是接受了那份工作，暂时离开国王唱片公司回到纽约。不幸的是，三四个月之后赫布破产了。他在音乐制作上是个天才，可却是个糟糕的商人。所以那时候我失业了，无所事事。"

对大多数唱片公司来说，纽约是一个象征。失业的斯坦想到了乔治·戈德纳，于是他在纽约著名的布里尔大厦找到了一份工作，布里尔大厦是一些独立出版商和唱片公司的工作大楼。斯坦开始在著名制作人杰里·莱伯和迈克·斯托勒开的红鸟唱片公司工作。"当我开始给红鸟工作的时候，我才二十二岁。布里尔大厦位于百老汇1619号，就是音乐界的地标建筑。对我来说就好像死在了天堂门口，这是多么美好的一件事啊！但是我并没有死，而且我还置身于天堂。那里每一层都是充满传奇色彩的人物，出版商、词曲作者、唱片艺人、制作人，所有人都很传奇，这的确是座天堂啊。这里到处都是机会，坐电梯的时候你会遇到人；在走廊里大厅里你会遇到人；走在大街上你会遇到人；在餐厅里你还会遇到人。到哪儿都是音乐圈的人。那时我早出晚归不停地工作，红鸟唱片在布里尔大厦的9层，10层有一个FGG制作公司，我认识了其中的一个人，后来我们成了挚友。他是一个非常有才华的曲作者和制作人，他叫理查德·戈特尔（Richard Gottehrer）。他想离开他的合作伙伴，当时我看到的红鸟——曾经是那么有名的一个唱片公司，因为合伙人之间内讧，日渐衰落。乔治·戈德纳与莱伯和斯托勒之间的矛盾非常激烈。"

最后，斯坦和戈特尔走到了一起。开始他们注册了一家公司，并通过哥伦比亚唱片公司发行唱片，但哥伦比亚公司并没有把他们当回事，这迫使他们二人成立了自己的塞尔唱片公司。斯坦想到了英国百代唱片公司（EMI），它的下属公司国会唱片公司（Capitol）几乎不发行单曲唱片，甚至拒绝了"披头士"这样的乐队。后来虽然还是被迫发行了"披头士"的唱片，但仍然拒绝了很多不错的乐队，比如"动物"（The Animals）"赫尔曼隐士"（Herman's Hermits）和乔吉·费姆。斯坦看到了这一点，便着手跟百代公司合作，把国会唱片公司拒绝的唱片拿过来发行。

斯坦回忆说："我去百代找人，我认识他们公司的头儿，因为百代是国王唱片公司（King）在英国和欧洲的代理商。他们允许我发行任何被国会唱片公司拒绝的唱片。我们卖了好多唱片才能维持生存。百代欧洲分公司也给我寄一些新唱片，其中有一张荷兰吉他手扬·阿克曼（Jan Akkerman）的唱片，他简直是太棒了。于是我给百代的人打电话，跟他们说'我想发行这张唱片'。他们说：'孩子，这不行。但是我可以告诉你，他不再和我们签约了，他走了，他现在没有跟任何人签约，他正在组建自己的新乐队"焦点"（Focus）。'于是我立即冲到荷兰，最后签下了这支乐队，他们成了我们第一个专辑销量百万的乐队。"

后来塞尔公司还帮助苏格兰的蓝色地平线唱片公司发行唱片，当时蓝色地平线比塞尔有名，实际上也帮助了塞尔公司，这让斯坦每隔一段时间就要去一次英国，渐渐地，斯坦爱上了英国，并且在那里设立办公室。这也是后来为什么他签下了很多英国乐队的原因。

回到美国后，斯坦去了纽约曼哈顿的鲍威利大街，这是一条以脏乱差闻名的大街，斯坦说："没有人愿意去那里，那里很脏，不过还算安全。流浪汉睡在大街上，非常可怕。就算你能找个床过夜，也会发现屋子里有二十具尸体。"但是，斯坦在鲍威利大街发现了金矿。

在鲍威利大街 315 号，有一个名叫 CBGB 的俱乐部，在这里，隐藏着日后影响美国摇滚乐历史的乐队，第一个开采这座金矿的就是斯坦。他签下了"雷蒙斯"(Ramones)和"面部特写"两支乐队,并且,他把CBGB音乐现象命名为"新浪潮",这是他一直引以为自豪的事情。斯坦说:"CBGB俱乐部太传奇了。它的老板希利·克里斯塔尔也是个传奇人物,他让所有人在那里演出,很多很好的乐队最先开始在他那里演出而不是去别的地方,当然也有很多糟糕的乐队。因为克里斯塔尔不会对任何乐队做出评价。他很包容很开放,接受任何人,他是个非常好的人。"虽然这些乐队的风格与英国的朋克摇滚有些类似,但又非常美国,为了区分这批乐队的风格,他用了"新浪潮",从此,这类音乐逐渐变成一股强大势力,像一种音乐范本,一直影响到90年代的另类音乐。

谈到新浪潮与朋克摇滚的区分,斯坦说:"因为有些人用朋克这个字眼攻击音乐。我从小到大的成长记忆中,音乐的种类非常少。当然,那时有古典音乐和爵士乐,但是我更关注现代流行的东西,比如节奏与布鲁斯、乡村和西部音乐。流行音乐之后演变成摇滚乐。但是对我来说,只有两种音乐:好音乐和坏音乐。而好音乐里你又要找出最好的。我喜欢各种类型的歌手,比如Ice-T是个说唱歌手;K. D. 朗是乡村音乐;西尔的声音非比寻常,我们推出了很多乐队。麦当娜超出了各种类型,因为她做了很多不同的音乐。大概我说'新浪潮'的时候更多是指……纽约长期以来毫无疑问是音乐的中心,之后底特律有了摩城唱片公司,孟菲斯有了斯塔克斯唱片公司(Stax Records),洛杉矶有很多唱片公司,旧金山有'杰斐逊飞机'(Jefferson Airplane)、'感恩而死'(Grateful Dead)这样的乐队,迈阿密有'迈阿密之声'(Miami Sound Machine)。然后还有英国伦敦、曼彻斯特的音乐……这些都到纽约来了,所以我说这是纽约的新浪潮。'新浪潮'这个词被很多人用过很多次。我相信在音乐上在我用这个词之前也被人用过,或许一百年前。我用这个词是为了取代朋克给音乐带来的一些不好的影响,因为对我来说,这不过就是新形式的音乐罢了。"

从音乐上讲,英国的朋克音乐确实与纽约的新浪潮有着千丝万缕的联系,或者说相互之间都有些影响。但在斯坦看来,摇滚乐就是在融合中不断创新的。"其实没什么。这些人就像'披头士'开始在英国得不到任何机会一样,他们转移到德国汉堡。'搜索者'(The Searchers)、'披头士'、'冲撞'(The Clash)、'扼杀者'(The Stranglers)和'性手枪'……他们也一样在英国不成功,于是他们离开英国。比如'扼杀者'先去巴黎给一些法国乐队做暖场。说到摇滚,其实它就是个混血儿,至少开始是。它最早是山地摇滚、乡村音乐、节奏与布鲁斯、灵歌以及流行乐的混合,还有点民谣。就像滚雪球一样,这个雪球越滚越大。在 80 年代,舞曲音乐又被重新演绎,这些都是摇滚。不过摇滚有不同的形式不同的风格,因为它是个混合体,不是单纯某一种音乐。这也就是为什么摇滚可以流行六十多年,太难以置信了。没有任何一种形式的音乐可以如此之久地占据音乐之巅。在摇滚之前,大乐队风格的音乐大概持续了十五年左右,如本尼·古德曼(Benny Goodman)、格伦·米勒(Glenn Miller)、汤米·多尔西(Tommy Dorsey),但是它不能永远流行。所有形式的音乐殊途同归,只有摇滚不断自我创新。"

70 年代末期,塞尔公司开始与华纳兄弟唱片(Warner Bros. Records Inc)集团合作。"这一直是我想要的。"斯坦说,"因为华纳是一个由各种独立制作人或独立唱片公司组成的集团。比如大西洋唱片公司(Atlantic Records)的厄特冈(Ahmet Ertegun)和杰里·韦克斯勒(Jerry Wexler),他们把公司卖给华纳但是留在那里继续经营它;埃里克特拉唱片公司(Elektra Records)的雅克·霍尔兹曼经营非常棒的民谣品牌,同时也拥有'大门'(The Doors)这样的乐队,他一直留在华纳;重奏唱片公司(Reprise Records)的老板莫·奥斯汀也把公司卖给了华纳。这是一个让我感到舒服的地方,因为艺人、商人、唱片公司在这里都受到尊敬。所以我决定,首先是让他们来发行,几年后我把公司一半股份卖给了他们,最后整个都卖了。就像厄特冈在大西洋公司一直到他去世,我也一直留在了塞尔唱片公司。华纳是一个非常特别的公司,在早期英国的独立唱片公司需要在美国寻找一个落脚点的时候,华纳给了他们一个家。比如克里斯·赖特的岛屿唱片公司(Island Records),理查德·布兰森的维真唱片公司

（Virgin Records Music），还有克里塞利斯唱片公司（Chrysalis Records），同时华纳还和戴维·格芬成立了避难所唱片公司（Asylum Records）……这就是为什么我很乐意去那里的原因。"

对很多喜欢摇滚乐的人来说，"赶时髦"(Depeche Mode)、"史密斯"(The Smiths)、"伪装者"(The Pretenders)、"时髦英语"(Modern English)、"治疗"(The Cure)……这样的乐队都不陌生，他们是英国摇滚乐历史上的重要乐队，这些乐队在他们从英国走向美国的时候，都遇到了西摩·斯坦。而斯坦也几乎是用疯狂的方式把唱片合同交给了这些乐队。

70年代中期，英国有一家很有名的唱片公司叫"原始交换"（Rough Trade Records），经营这家公司的人是杰夫·特拉维斯（Geoff Travis）。他创建了一个独立唱片发行联盟，叫卡特尔联盟——把一些小的独立唱片公司联合在一起，通过这个联盟发行唱片。4AD、工厂（Factory）、静音（Mute）等很多当时在独立摇滚圈里有知名度的唱片公司都加入了这个联盟。斯坦在原始交换公司遇到了静音公司的老板丹尼尔·米勒。虽然静音公司之前发行了一些唱片，但没什么影响。但他们相识九个月后的一天，斯坦早上醒来看英国的音乐杂志《新音乐快讯》（New Musical Express）时，得知米勒签下了一支叫"赶时髦"的乐队，便立刻从床上跳下来。"这对我来说太重要了。那时候我已经签了英格兰的乐队'伪装者'、爱尔兰的'低调'（The Undertones）、苏格兰的'雷兹洛斯'（The Rezillos），还有好多其他的英国乐队。但是现在的情况不同，这是一家独立唱片公司的乐队。所以我迅速地跳下床，拿着护照冲到机场，给我伦敦的办公室打电话告诉他们在机场见我，我直接在机场柜台买的机票，然后飞过去，最后在汽车上签了他们。"

斯坦和"史密斯"乐队签约的方式也是如此。杰夫·特拉维斯给他打电话："西摩，你一定会喜欢我刚签的这支乐队'史密斯'。"斯坦说："他们下一场演出是什么时候？""两三天之后吧。"斯坦回忆他签"赶时髦"的方式有点另类，但是接到特拉维斯的电话之后，他还是当晚便飞了过去，见到了"史密斯",并且签下了合同。

另一支叫"兔人与回声"(Echo & the Bunnymen)的乐队,与斯坦签约的地点在伦敦市中心的一条叫作托腾汉宫路的青年旅社,斯坦钻到了地下六米的房间里,见到了这支乐队。斯坦回忆说:"他们太棒了,太原创了,就像一首诗一样美,于是我签了他们。我认为知道你喜欢什么,并且快速做出决定是非常重要的。"斯坦先后签下了"治疗""膜拜"(the Cult)"时髦英语","膜拜"在美国成了第一批成为大牌的英国乐队。

斯坦签下中国歌手朱哲琴也有一段故事。他第一次听到朱哲琴的音乐是在伦敦去法国的飞机上,当时是去尼斯参加一年一度的音乐峰会。50年代美国歌星罗伊·奥比逊(Roy Orbison)的遗孀芭芭拉跟他同机,芭芭拉对斯坦说:"西摩,我猜你会喜欢这个。"于是便把随身听给了斯坦,那里面放的正好是朱哲琴的唱片。"我听了之后就再也忘不了她的音乐了,我非常骄傲签了她。"

斯坦说:"我没在寻找什么特别的东西,我就是寻找好音乐,来自任何地方的好音乐。我看今天的音乐,我不会去看卢达克里斯(美国嘻哈说唱歌手),我才不喜欢他那种类型呢。但我会去看北京的 Carsick Cars 和 PK 14,他们都很棒。我觉得兵马司唱片让我回忆起 70 年代中期和最早期的英国独立音乐,比如我提到过的'岛屿'和'维真',还有'克里塞利斯'。我觉得中国音乐必须让全世界的人都知道。不仅在中国,还有在印度。这就是为什么我会在中国和印度花这么多时间的原因。"

在摩西·斯坦激情的背后,恰恰是他的理性,他有自己的判断——能让他心跳加速的音乐,以及对朋友的信任。"实际上我非常信任杰夫·特拉维斯。我没听'史密斯'任何一个音符我就飞过去了,我也没有听'赶时髦'的任何一首歌也飞过去了。你在建立人与人之间的联系、友谊和信任。这是人的生意,也是音乐生意。太多的音乐分类会给你带来很多顾虑。至于签下他们的标准,对我来说,所有的共同点——即使不是所有也有 90%,最重要的是歌曲,对我来说歌曲就是一切。如果麦当娜没有好歌我不会签她,歌曲才是王道。"

虽然唱片工业正在萎缩，但是西摩·斯坦依旧在签下新面孔，来自俄罗斯的雷吉娜·斯佩克特（Regina Spektor）、来自澳大利亚的"维罗尼卡双生花"（The Veronicas）、来自加拿大的孪生姐妹"蒂根和萨拉"（Tegan and Sara）、来自芬兰的乐队 HIM……

斯坦不无感慨地说："我并没有像过去四十年那样签下很多乐队，大概在 1998 年，我发现唱片销量正在下滑，人们开始免费得到音乐，这令我很失望。但更重要的是，在 1998 年时我已经六十多岁了，可是我的美好年华应该在后面。我知道现在这些孩子们都想进入音乐行业，就像当年十三四岁的我一样。我觉得'天啊，这些可怜的孩子，他们根本完全没有机会，或者说他们的路会非常非常艰辛'。所以我相信印度和中国还是有希望的。这两个国家有将近全世界 40% 的人口。如果我们能把他们带上道，那么唱片工业就有救了。我希望他们也有我曾拥有过的机会，我有一个非常完美的精彩人生。我不会写歌、不会唱歌、不会演奏乐器，我也不是制作人，但是我有一双好耳朵，我一样做到了——创造自己的人生、事业、家庭，或者满怀激情热爱的事物，这是一件非常美妙的事情。我愿意年轻的孩子们拥有同样的机会。20 世纪前半叶的主要唱片公司，如 RCA、哥伦比亚、百代、戴卡都是从留声机发家的。当有了硬件和软件，有了更多的操作装置之后，人们就放弃了这些留声机。我们没有丢失它们，只是不用了。当今音乐工业里最大的公司根本不做音乐——iPhone。这是个非常大的遗憾，我很失望。"

西摩·斯坦更希望自己能扮演一个承前启后的角色，在日趋恶劣的音乐环境中，把经验传授给更年轻的人，给更多人机会。他说："我的老师是我的荣耀，就像现在我教年轻人一样。无论现在还是以前，一直有很多像我这样的人来扮演这个重要的角色。比如猫王、麦当娜、迈克尔·杰克逊。你知道谁发掘的'杰克逊五人组'（The Jackson Five）吗？是黛安娜·罗斯；那又是谁发掘的黛安娜·罗斯？是更早的人。所以，这就像一条链条。

现在需要有人去做我在做的事。我并不是在吹嘘自己,我还剩几年光阴啊,五年或者十年。相信我,我现在做的是我所热爱的事业,跟我本人的荣誉没有任何关系,就算没有我也总会有人在做这件事,将来也会有。唱片公司是非常重要的角色,他们或许会有些改变,日后的唱片公司跟今天的肯定不会相同,就像今天的唱片公司跟五十年前的也不一样,就是这样的。"

西摩·斯坦离开北京后回到纽约,短暂停留后立刻飞到伦敦,之后又去了加拿大参加蒙特利尔音乐节,接着飞到迈阿密。他继续带着那双灵敏的耳朵,不停歇地寻找着令他心跳加速的音乐。

(2011年)

斯皮尔伯格：《西游记》是一部公路片

事实上，整个《西游记》故事是佛道两派之争的结果。现在有两个超级大国，一个叫佛国，一个叫道国，他们都想扩大自己的势力和地盘，就像当年美苏冷战一样。

事实上，梦工厂著名制片人兼导演史蒂文·斯皮尔伯格（Steven Allan Spielberg）在十年前第一次看到中国四大名著之一的《西游记》之后，便产生了拍成电影的念头，无奈那时候他忙着和汤姆·汉克斯策划《兄弟连》，而且自己执导的《人工智能》也准备开机，当时他脑袋里装的都是科学，无暇顾及东方的神话。而且，在他看来，一旦自己看上了什么东西，必须要认认真真地去琢磨。在读《西游记》的时候，他发现这个故事由他来完成再合适不过了。之前他拍过的一些电影《第三类接触》《回到未来》《侏罗纪公园》《世界大战》都带着科幻色彩，而《西游记》简直是一部比科幻还科幻的作品。当然，这是他最擅长把控的题材。十年后，当他准备完成《西游记》这部电影时，他希望自己能以一个制片人的角色介入，把导演的机会让给另一个对中国感兴趣的人：迈克尔·贝（Michael Bay）。

迈克尔·贝过去执导过电影《石破天惊》、《绝地战警》和《变形金刚》，但是斯皮尔伯格一直认为迈克尔·贝拍战争片确实不太在行，至少不如他。迈克尔·贝适合拍那种超现实题材的打打杀杀的作品。他这几年也对《西游记》产生了兴趣，不止一次跟斯皮尔伯格提到这部小说。

在梦工厂斯皮尔伯格的办公室，两个人开始了"西游记之旅"。

斯皮尔伯格：梦工厂最新的电影计划是要拍一部打败《阿凡达》的电影，我希望用三到四年的时间来完成，这就是中国神话传说写成的小说《西游记》。十年前，我想把它拍成电影，但总是错过时机。现在，我认为时机成熟了，我们的两部《功夫熊猫》已经让中国观众疯狂，这两部完全由中国元素构成的电影也并没有被美国人拒绝，全世界都在为这个中国独有的动物形象疯狂。这至少说明，今天中国文化在世界上已经不再陌生，人们更渴望了解神秘的中国文化。如果十年前我拍《西游记》，可能会更多去考虑美国观众喜欢什么，但是现在没有这个顾虑了，为了中国市场——虽然那个市场份额很小，我们可以投其所好，这样他们的审查机构会很开心。而且我们不用担心它的票房，现在美国人都想说两句中文，认识几个汉字。我不想拍成动画片，而是 3D 电影，所以我打算让你来担任这部电影的导演。

迈克尔·贝：把《西游记》拍成电影一直是我的梦想之一。但是小说我看过之后发觉它有一个特别大的问题，角色太多，尤其是，要经历九九八十一难，这是故事的核心。我想过哪怕是拍成上中下集，也讲不完里面的故事。而且最要命的是，小说的故事结构完全犯了好莱坞电影的大忌，孙悟空在走投无路的时候总是有一只上帝之手伸过来帮他，观众不喜欢看这种自己系扣自己解的故事，而且每一个故事都是单独成立，前后没什么关系。我曾经考虑过拿掉一些妖魔鬼怪，让它变得简单一些。

斯皮尔伯格：这是个问题。不过我已经想好了改编的思路，我要把《西游记》拍成公路片。事实上小说就是一部公路小说，这比《在路上》要来得实在，如果拍成电影，是《末路狂花》《天生杀人狂》《午夜狂奔》这样的公路片无法相比的。

迈克尔·贝：我一直认为要把它拍成科幻暴力片，它的原作太超现实了。

斯皮尔伯格：我不这么认为。你可能没有看懂《西游记》，它确实是一部充满想象力的作品，很多今天我们实现的科技成果，小说里早就写出来了，比如克隆技术，比如药物人工流产。如果我们拍成科幻片，那些讨厌的媒体又会拿它跟《阿凡达》作比较了。我看《西游记》的时候发现，作者虽然充满了想象力，但是故事结构比较单一，降妖除魔的手段比较相似，有些角色出场消失都没交代清楚，这看上去不符合电影故事结构，但这正好给我们提供了最大的改编空间。不管我们怎样组合故事结构，都不会背离这是发生在去西天取经路上的故事核心，显然，它比凭空编出来一个《功夫熊猫》操作起来更得心应手。

迈克尔·贝：我唯一能想到的是，必须给孙悟空制造让他亲自解决的麻烦，而不是借助法力更强大的神来帮助他。孙悟空这个形象比较符合好莱坞的英雄模式，他神通广大，武力超强，能征服时空，比任何一个美国电影里塑造出来的英雄角色都要完美。英雄就一定要有麻烦，不能让他总是为所欲为。可是在《西游记》里，他大闹天宫，所向无敌，为什么在跟着唐僧这个废物取经后就变得功力大减？我搞不懂作者为什么这么写，中国人为什么可以接受这样的一个改变。我认为他的功力不能减弱，而是让他遇到麻烦的时候动用智慧来解决，孙悟空不能是一个本领高强的无赖，要赋予他智慧。至于唐僧，我想尽可能去弱化他，因为他身上的故事实在没什么可以吸引观众的地方。

斯皮尔伯格：我同意你对孙悟空的改编，但是不能弱化唐僧，这样太好莱坞了，既然投资巨大，我们为什么不编一个更好的故事呢。首先，看过《西游记》的美国人并不多，欧洲人也不多，亚洲可能韩国人、日本人了解一些，如果我们这样去编一个弱化唐僧的故事，在亚洲市场可能会受到抵制，毕竟我们不能再以不了解中国文化为借口胡来了。你要记住德国人曾经拍过一部取材西游记的《美猴王》，那简直是一个笑话，中国人完全不能接受。你要从《功夫熊猫》中获得启发，你要拍一部让任何国家的观众都能接受的《西游记》，不管从故事上还是美学上。我恰恰认为，唐僧很重要，但他绝不是小说里的那种形象。

迈克尔·贝：看来你已成竹在胸。

斯皮尔伯格：先说唐僧，你不喜欢他，我也不喜欢他，没有人喜欢他。但是他很重要，他就像《野鹅敢死队》里的那个非洲元首林班尼，手无缚鸡之力，但他是推动剧情的重要角色，他可以让故事变得更加扑朔迷离，他就是不死的007。关于《西游记》的故事结构我是这么设计的：你发现没有，唐僧去西天取经的故事，它的背景是什么？

迈克尔·贝：当然是唐王朝对佛教的兴趣，唐太宗资助唐僧完成了这个壮举。

斯皮尔伯格：不，这只是表面，如果我们这么看《西游记》，那就没意思了。事实上，整个《西游记》故事是佛道两派之争的结果。现在有两个超级大国，一个叫佛国，一个叫道国，他们都想扩大自己的势力和地盘，就像当年美苏冷战一样。想想你如果从莫斯科出发，沿着荒凉的西伯利亚去美国，越过白令海峡，经过阿拉斯加，去美国拿一份可以威胁到苏联政权和共产主义信仰的文件，克格勃会袖手旁观吗？

迈克尔·贝：你这么说我明白了，唐僧是唐王朝派到西天的使者，取回真经，弘扬佛法，但是玉皇大帝、太上老君认为这样会威胁到道教的地位，所以唐僧一路上遇到的妖魔鬼怪都是道国设下的埋伏。这样冲突就有了。

斯皮尔伯格：还不完全是，也有不属于这两派的妖怪，有些纯粹是为了自己。我认为电影从"三打白骨精"开始比较好。用大约五分钟的时间通过他们四个人的对白向观众简单交代这几个人的来历，这时，白骨精出现了，紧张气氛从此开始，故事的脉络也由此铺开。我发现一个很奇怪的现象,这一路上有十一个妖怪都惦记吃唐僧肉,有四个妖怪想嫁给唐僧,这就变得很有趣。白骨精第一个知道吃唐僧肉可以长生不老,其他妖怪不知道。所以我们这么设计:他们师徒四人遇上白骨精,白骨精掠走唐僧,让他们马上师徒分离,两条线就有了。一条线是白骨精准备吃唐僧肉,但不慎走漏风声,其他妖怪纷纷出现,都想抢走唐僧,他们在抢夺唐僧的时候也发生了各种冲突,这个可怜的僧人多数时间像是被软禁的人质,危在旦夕。那些想嫁给唐僧的女妖,又在拯救他保护他。孙悟空在寻找唐僧的过程中,猪八戒决定当逃兵,他始终不想去西天。孙悟空和沙僧一边想救唐僧,一边想抓回猪八戒,这中间却又总是遇到麻烦,各种妖怪就可以出来捣乱了。而作为最执着的妖怪,白骨精始终想吃掉唐僧,它不仅要跟那些痴情女们搏斗,还要跟同样想吃掉唐僧的妖精较量,同时还要躲避孙悟空的追杀……三打白骨精可以穿插在这些妖怪争夺唐僧的过程中。而猪八戒的捣乱,常常把孙悟空推向绝境,让他首尾难顾。当然,很多妖精都是出场一次,只有牛魔王这一家子一直跟他们师徒过不去,这是很好的一条线索,要把这条线索前后勾连在一起。当这三条线索都出现,一部公路片的结构就完整了。最主要的是,我们不能让孙悟空在唐僧的身边待得太久,必须让他们长时间保持分开状态,那些以各种目的打唐僧主意的妖怪实际上是孙悟空的引路人,当他们一路向前,各种磨难都可以装进去了。我们不可能把九九八十一难都装进去,但是那些故事都差不多,合并同类项是最好的处理办法,这样取经路上发生的故事就会紧凑得多。而且,要把最大的困难留给孙悟空,要把他逼得走投无路才好看,这时我们可以动用想象力和电脑特技把孙悟空与对手厮杀的各种变化展现出来。

迈克尔·贝:猪八戒这个角色是很有意思的,他是麻烦和危险制造者,他始终想离开取经队伍,怎么去处理他和孙悟空之间的关系呢?

斯皮尔伯格:作为一个从一开始就消极对待上路的角色来说,他一直摇摆不定,我们要让观众既讨厌他又喜欢他。他贪吃好色,出工不出力,必须增加他身上的喜剧色彩。他几次被妖精设计陷害,都被孙悟空救了,这应该让他有一个认知过程，最后变成一个忠诚的取经者。我认为他们俩就像在表演脱口秀，本来他们在小说里就是以喜剧角色出现的。

迈克尔·贝：那么沙僧呢？他武艺不高，在整个故事中可有可无，基本上是个打酱油的，是不是可以把它拿掉呢？

斯皮尔伯格：开始我也认为这里面的角色太多，三个人的戏是最好看的，四个人就容易分散。所以第一步我要让他们师徒分离，实际上就变成三条脉络，孙悟空这条脉络就是三个人的戏，沙僧始终勤勤恳恳帮助孙悟空解决问题，他是孙悟空和猪八戒之间的润滑剂，处理好他这个角色并不难，他和猪八戒的性格正好相反，这样可以让孙悟空在中间有更大的回旋余地。

迈克尔·贝：公路片的内容无非就是追杀与逃亡，这也是公路片的局限。我想，《西游记》不能这么拍，也许它看着好看，但也仅仅好看而已。就像当年我拍《绝地战警》，观众总是在笑，笑完就把电影忘了。

斯皮尔伯格：刚才我说过，《西游记》故事发生在两个"超级大国"争斗的背景下，这个电影应该传达一种价值观，我们要告诉观众，佛是什么，道是什么，任何宗教的最高的境界都是一致的。妖怪们为什么祈求长生不老，从妖变成神？我们应该很擅长从最简单的对白中告诉观众这些深邃的道理。

迈克尔·贝：现在该考虑一下演员了。

斯皮尔伯格：演员我基本上已选好：扮演沙僧的人，我看非德韦恩·约翰逊（Dwayne Johnson）莫属，这块"巨石"简直就是为沙僧准备的；至于如来，我要请印度最红的明星沙鲁克·汗（Shahrukh Khan）；猪八戒那一定是杰克·布莱克（Jack Black）首选，这个家伙很喜欢演一些三流的搞笑片，他手里的道具永远是把破吉他，观众都看腻了，现在让他拿一把钉耙试试，效果会出奇得好，说不定他能把耙子弄出声来；唐僧应该找两个中国演员，但是会说英文又为美国观众熟悉的人太少了，成龙和李连杰都不合适，倒是可以考虑让周润发演唐僧。

迈克尔·贝：李连杰可以扮演孙悟空，他会中国功夫。

斯皮尔伯格：十年前当我有拍《西游记》想法的时候，认为李连杰很合适，但是现在他老了。我倒是有个人选，他在中国观众心中已经是不折不扣的孙悟空了。他是威尔士人，叫贝尔，不过不是同样来自威尔士的演蝙蝠侠的那个克里斯蒂安·贝尔（Christian Bale），他叫加雷思·贝尔（Gareth Bale），现在在英国足球超级联赛踢球。我没有见过比他长得更像中国人想象中的孙悟空那个样子的人了。中国电视观众通过电视转播看英超比赛，早就熟悉贝尔了。另外，编剧我也想好了，在编剧方面，我希望能以乔纳森·阿贝尔（Jonathan Aibel）和格伦·伯杰（Glenn Berger）为编剧核心，没有哪个好莱坞编剧比他们俩更了解中国文化了，我可以让他们暂时把《功夫熊猫3》的编剧往后放一放，全身心投入到这个电影的编剧中，这样不仅可以接受中国人对这部电影的苛刻评判，也可以让孙悟空和猪八戒的对白变得更有趣一点。《怪物大战外星人》(Monsters vs. Aliens)的编剧玛雅·福布斯（Maya Forbes）和《怪物史莱克》(Shrek)的编剧威廉·斯泰格（William Steig）也可以介入，他们喜欢编一些鬼怪故事。这次外景地我也想好了，主要地点定在非洲，从撒哈拉沙漠到东非大裂谷，再到马达加斯加中部的非洲热带雨林，那里有各种各样稀奇古怪的动植物，足够我们取材了。剩下的事情，你执行就可以了。

迈克尔·贝：我现在已经想好影片结束出字幕的时候应该放哪一首歌曲了。我认为没有比"宠物店男孩"（Pet Shop Boys）的翻唱的那首《到西方去》(Go West)更适合放到片尾的了，简直就是他们在十九年前为我们准备好的。

斯皮尔伯格：这个我不管了，你自己来定。

迈克尔·贝：可我始终不明白，《西游记》里面最精彩的是在前面孙悟空大闹天宫这段。这段故事完全是充满个人英雄主义色彩的，任何一个好莱坞式的英雄在大闹天宫的孙悟空面前都会逊色，为什么要舍弃这一段故事？

斯皮尔伯格：笨蛋，《大闹天宫》是留着拍前传用的！

（本文纯属虚构，2012年）

附录
人物年表

（以本书篇章顺序排列）

邓丽君

1953 年　出生于台湾

1967 年　发行第一张个人专辑《邓丽君之歌第一集·凤阳花鼓》

1973 年　赴日发展

1995 年　因病逝于泰国清迈

叶佳修

1955 年　出生于台湾

1978 年　加入海山唱片公司

1979 年　发行专辑《赤足走在田埂上》

罗大佑

1954 年　出生于台湾

1982 年　发行首张专辑《之乎者也》

1983 年　发行专辑《未来的主人翁》

1985 年　与张艾嘉、李寿全等创作《明天会更好》后离台，期间于美国行医两年。

1988 年　发行专辑《爱人同志》

1994 年　发行专辑《恋曲 2000》

2000 年　第一次在大陆举办个人演唱会

2008 年　与李宗盛、周华健、张震岳组成纵贯线

李宗盛

1958 年	出生于台湾
1986 年	发行首张个人专辑《生命中的精灵》
1989 年	发行第二张专辑《1984–1989 李宗盛作品集》。
1994 年	发行《李宗盛的音乐旅程·不舍》。
2001 年	离开滚石唱片公司,移居上海并成立了自己的音乐工作室
2002 年	创立 Lee Guitars 手工吉他品牌
2008 年	与罗大佑、周华健、张震岳组成纵贯线

黄舒骏

1966 年	出生于台湾
1988 年	发行专辑《马不停蹄的忧伤》
1989 年	发行专辑《雁渡寒潭》
1992 年	发行专辑《何德何能》
1993 年	发行专辑《山盟海誓》
1995 年	发行专辑《未央歌》
1995 年	担任 EMI 科艺百代唱片公司音乐总监
1998 年	发行专辑《两岸》
1998 年	担任丰华唱片音乐总监
2001 年	发行专辑《改变 1995》

Beyond

1983 年	成立于香港
1987 年	发行首张专辑《亚拉伯跳舞女郎》
1990 年	发行专辑《大地》
1991 年	发行专辑《光辉岁月》
1992 年	签约华纳唱片公司,同年重新签约滚石唱片公司
1993 年	发行专辑《海阔天空》,黄家驹在日本拍摄娱乐节目时意外去世
2005 年	宣布正式解散

周杰伦

1979 年　出生于台湾

2000 年　发行首张专辑《Jay》

2001 年　发行专辑《范特西》

2004 年　发行专辑《七里香》

2005 年　主演电影《头文字 D》获得台湾电影金马奖、香港电影金像奖最佳新人奖

2007 年　导演电影《不能说的秘密》

2009 年　入选美国 CNN 评出的"25 位亚洲最具影响力的人物"

2013 年　导演电影《天台爱情》

李寿全

1955 年　出生于台湾

1980 年　制作李建复专辑《龙的传人》

1982 年　制作潘越云专辑《天天天蓝》

1983 年　为电影《搭错车》配乐

1986 年　发行专辑《8 又二分之一》

崔健

1961 年　出生于北京

1984 年　组建"七合板"乐队

1985 年　发行第一张专辑《梦中的倾诉》

1986 年　在"世界和平年演唱会"上第一次演唱《一无所有》，发行专辑《新潮》

1989 年　发行专辑《新长征路上的摇滚》

1991 年　发行专辑《解决》

1994 年　发行专辑《红旗下的蛋》

1998 年　发行专辑《无能的力量》

2005 年　发行专辑《给你一点颜色》

2014 年　导演电影《蓝色骨头》

2015 年　发行专辑《光冻》

朱哲琴

1968 年　出生于广州

1992 年　发行专辑《黄孩子》

1995 年　发行专辑《阿姐鼓》

1997 年　发行《央金玛》

2006 年　发行专辑《七日谈》

2013 年　发行专辑《月出》

窦唯

1969 年　出生于北京

1988 年　加入黑豹乐队，担任主唱

1991 年　组建做梦乐队

1994 年　发行第一张个人专辑《黑梦》

1995 年　发行专辑《艳阳天》

1998 年　发行专辑《山河水》

1999 年　组建译乐队，发行专辑《幻听》

2006 年　发行专辑《雨吁》

王菲

1969 年　出生于北京

1985 年　录制了个人第一张专辑《风从那里来》

1987 年　移居香港

1989 年　签约新艺宝唱片公司，改名王靖雯

1993 年　发行专辑《执迷不悔》

1994 年　发行专辑《迷》《胡思乱想》《天空》《讨好自己》，主演电影《重庆森林》

1995 年　发行翻唱邓丽君歌曲专辑《菲靡靡之音》，发行专辑《Di-Dar》

1996 年　发行专辑《浮躁》

1997 年　发行专辑《王菲》

1998 年　发行专辑《唱游》

1999 年　发行专辑《只爱陌生人》

2000 年　发行专辑《寓言》

2002年　签约Sony唱片公司

2003年　发行专辑《将爱》

2005年　淡出歌坛

陈琳

1970年　出生于重庆

1993年　发行首张专辑《你的柔情我永远不懂》

2001年　发行专辑《爱就爱了》

2003年　发行专辑《不想骗自己》

2005年　发行专辑《13131》

2009年　因抑郁症自杀

许巍

1968年　出生于西安

1993年　组建"飞"乐队，担任主唱

1994年　与红星音乐生产社签约

1997年　发行首张专辑《在别处》

2000年　发行专辑《那一年》

2002年　发行专辑《时光·漫步》

2008年　发行专辑《爱如少年》

2012年　发行专辑《此时此刻》

2018年　发行专辑《无尽光芒》

汪峰

1971年　出生于北京

1994年　组建"鲍家街43号"，担任主唱

1997年　发行专辑《鲍家街43号》

1998年　发行专辑《风暴来临》

2000年　"鲍家街43号"解散，发行个人专辑《花火》

2002年　发行个人专辑《爱是一颗幸福的子弹》

2004年　发行个人专辑《笑着哭》

2005 年	发行专辑《怒放的生命》
2007 年	发行专辑《勇敢的心》
2009 年	发行专辑《信仰在空中飘扬》
2011 年	发行专辑《生无所求》

朴树

1973 年	出生于南京
1996 年	与麦田音乐唱片公司签约
1999 年	出演高晓松执导的电影《那时花开》，签约华纳唱片，发行首张专辑《我去 2000 年》
2003 年	发行专辑《生如夏花》
2017 年	发行专辑《猎户星座》

HAYA

2006 年	HAYA 乐团成立
2007 年	发行首张专辑《狼图腾》
2009 年	发行专辑《寂静的天空》
2011 年	发行专辑《迁徙》
2014 年	发行专辑《疯马》

老狼

1968 年	出生于北京
1989 年	组建"青铜器"乐队，担任主唱
1990 年	"青铜器"乐队解散
1993 年	参与录制《校园民谣 1》
1994 年	与香港大地唱片公司签约
1995 年	与风行音乐工作室签约，发行首张专辑《恋恋风尘》
2000 年	与华纳唱片签约
2002 年	发行专辑《晴朗》
2007 年	发行专辑《北京的冬天》

崔永元

1963 年	出生于天津
1985 年	进入中央人民广播电台任记者
1996 年	担任《实话实说》主持人
2002 年	辞去《实话实说》制片人
2003 年	主持节目《小崔说事》
2004 年	制作纪录片《电影传奇》
2013 年	从央视离职,入职中国传媒大学任教

王朔

1958 年	出生于南京
1984 年	发表小说《空中小姐》
1985 年	发表小说《浮出海面》
1986 年	发表小说《一半是海水,一半是火焰》《橡皮人》
1987 年	发表小说《顽主》
1989 年	发表小说《千万别把我当人》《永失我爱》《玩的就是心跳》
1990 年	参与50集电视连续剧《渴望》
1991 年	参与策划电视剧《编辑部的故事》,并担任编剧,发表《动物凶猛》《无人喝彩》《我是你爸爸》《谁比谁傻多少》
1992 年	发表小说《你不是一个俗人》《过把瘾就死》
1999 年	出版小说《看上去很美》
2007 年	出版小说《我的千岁寒》
2010 年	担任电影《非诚勿扰2》编剧
2013 年	担任电影《私人定制》编剧

兰晓龙

1973 年	出生于湖南
2006 年	担任电视剧《士兵突击》编剧
2007 年	出版小说《零号特工》
2009 年	担任电视剧《我的团长我的团》《生死线》编剧

马未都

1955 年　出生于北京

1981 年　担任《青年文学》的编辑

1988 年　出版小说《记忆的河》

1992 年　 出版《马说陶瓷》

1997 年　创办中国第一家私立博物馆观复博物馆

2002 年　出版《中国古代门窗艺术》

2008 年　在中央电视台"百家讲坛"栏目中主讲系列节目《马未都说收藏》,《马未都说收藏》系列出版

2009 年　《马未都说》系列出版

2011 年　《醉文明》系列出版

陆川

1971 年　出生于新疆

2002 年　导演电影《寻枪》

2004 年　导演电影《可可西里》

2009 年　导演电影《南京!南京!》

2012 年　导演电影《王的盛宴》

2015 年　导演电影《九层妖塔》

贾宏声

1967 年　出生于吉林

1988 年　主演电影《银蛇谋杀案》

1992 年　主演电影《黑雪》

1995 年　主演电影《周末情人》

1998 年　主演电影《苏州河》

2000 年　主演电影《昨天》

2010 年　去世

北岛

1949 年　出生于北京

1978 年	与芒克等人创办《今天》杂志，发表诗歌《回答》
2003 年	出版《北岛诗歌集》
2004 年	出版散文集《失败之书》
2005 年	出版《时间的玫瑰》
2010 年	出版《城门开》
2014 年	选编《给孩子的诗》

宁浩

1977 年	出生于山西
2003 年	导演电影《香火》
2005 年	导演电影《绿草地》
2006 年	导演电影《疯狂的石头》
2012 年	导演电影《黄金大劫案》
2013 年	导演电影《无人区》
2019 年	导演电影《疯狂的外星人》

廖一梅

1970 年	出生于北京
1999 年	编剧话剧《恋爱的犀牛》
2005 年	编剧话剧《琥珀》
2010 年	编剧话剧《柔软》
2011 年	出版《像我这样笨拙地生活》
2014 年	编剧电影《一步之遥》

贾樟柯

1970 年	出生于山西
1998 年	导演电影《小武》
2000 年	导演电影《站台》
2006 年	导演电影《三峡好人》
2008 年	导演电影《二十四城记》
2013 年	导演电影《天注定》

2015 年　导演电影《山河故人》
2018 年　导演电影《江湖儿女》

朱德庸

1960 年　出生于台湾
1985 年　漫画《双响炮》连载于《时报周刊》
1989 年　漫画《醋溜族》连载于《中国时报》
1993 年　漫画《涩女郎》连载于《时报周刊》
2001 年　漫画《绝对小孩》连载于《中国时报》
2005 年　出版《关于上班这件事》
2011 年　出版《大家都有病》
2018 年　出版《绝对小孩：梦拐角》

宋柯

1965 年　出生于北京
1996 年　与高晓松合伙创立麦田音乐制作公司
1999 年　监制朴树专辑《我去 2000 年》
2001 年　监制叶蓓专辑《双鱼》
2002 年　监制老狼专辑《晴朗》
2016 年　出任阿里音乐董事长

单田芳

1934 年　出生于辽宁
1955—1956 年　讲传统评书《三国》《隋唐》等
1979 年　单田芳重返书坛，在鞍山人民广播电台播出了第一部评书《隋唐演义》
2008 年　开讲电视评书《红色将帅传奇》
2012 年　获中国曲艺牡丹奖"终身成就奖"
2015 年　评书《千山传奇》首播
2018 年　去世

马季

1934 年　出生于北京

1956 年　参加全国职工业余曲艺会演，调入中国广播说唱团

1965 年　表演相声《打电话》

1984 年　在春节联欢晚会上表演相声《宇宙牌香烟》

2006 年　去世

马东

1968 年　出生于黑龙江

2001 年　主持央视《挑战主持人》《文化访谈录》

2014 年　主持爱奇艺网络节目《奇葩说》

2015 年　从爱奇艺离职，创立米未传媒

田连元

1941 年　出生于吉林

1982 年　录制长篇评书《杨家将》

鲍勃·迪伦（Bob Dylan）

1941 年　出生于美国

1962 年　发行专辑《鲍勃·迪伦》（*Bob Dylan*）

1963 年　发行专辑《自由自在的鲍勃·迪伦》（*The Freewheelin' Bob Dylan*），其中的歌曲《答案在风中飘》（*Blowing in The Wind*）在其后的反战和民权运动中被反复传唱。

1965 年　发行专辑《重访六十一号公路》（*Highway 61 Revisited*），其中的一曲《像一块滚石》（*Like a Rolling Stone*）迅速登上美国排行榜第二名、英国排行榜第四名，后来被《滚石杂志》列为史上最伟大的歌曲。

2016 年　获得诺贝尔文学奖

老鹰乐队（Eagles）

1971 年　成立于美国

1976 年　发行专辑《加州旅馆》（*Hotel California*）

1979 年	发行专辑《长跑》(The Long Run)
1980 年	乐队解散
1994 年	乐队团聚重组,发行专辑《地狱冰封》(Hell Freezes Over)

约翰·莱登(John Lydon)

1956 年	出生于英国
1975 年	组建"性手枪"乐队,担任主唱
1978 年	"性手枪"解散,莱登组建"公共形象公司"乐队

迈克尔·杰克逊(Michael Jackson)

1958 年	出生于美国
1964 年	初次登上职业音乐舞台
1969 年	个人的首支单曲《我要你回来》(I Want You Back)登上排行榜榜首。
1979 年	发行专辑《疯狂》(Off the Wall)
1982 年	发行专辑《颤栗》(Thriller)
1983 年	第一次在公众面前表演了"太空步"。
1984 年	专辑《颤栗》获得了十二项格莱美奖提名,最终创纪录地获得了七个奖项。
1991 年	发行专辑《危险》(Dangerous)
1995 年	发行专辑《历史》(HIStory)
2001 年	发行专辑《无敌》(Invincible)
2009 年	去世

西摩·斯坦(Seymour Stein)

1942 年	出生于美国
1966 年	成立塞尔(Sire)唱片公司

史蒂文·斯皮尔伯格(Steven Allan Spielberg)

1946 年	出生于美国
1975 年	导演《大白鲨》
1982 年	导演电影《E.T.外星人》
1993 年	导演电影《侏罗纪公园》,导演的电影《辛德勒的名单》获得第66届奥斯卡

	最佳影片和最佳导演奖
2011年	导演电影《丁丁历险记》
2018年	导演电影《头号玩家》《华盛顿邮报》

迈克尔·贝（Michael Bay）

1965年	出生于美国
1995年	导演电影《绝地战警》
1996年	导演电影《勇闯夺命岛》
2001年	导演电影《珍珠港》
2007年	导演电影《变形金刚》

图书在版编目(CIP)数据

只有大众,没有文化 / 王小峰著.
—桂林:广西师范大学出版社,2015.8(2019.10 重印)
ISBN 978-7-5495-6902-1
Ⅰ.①只… Ⅱ.①王… Ⅲ.①随笔–作品集–中国–当代
Ⅳ.①I267.1
中国版本图书馆CIP数据核字(2015)第144957号

广西师范大学出版社出版发行
　　广西桂林市五里店路9号　邮政编码:541004
　　网址:www.bbtpress.com

出　版　人:张艺兵
全国新华书店经销
发行热线:010-64284815
山东临沂新华印刷物流集团有限责任公司
　　临沂高新技术产业开发区新华路　邮政编码:276017
开本:670mm×960mm　1/16
印张:40.25　字数:540千字
2015年8月第1版　2019年10月第6次印刷
定价:88.00元

如发现印装质量问题,影响阅读,请与出版社发行部门联系调换。